ସମ୍ପୂର୍ଣ୍ଣ ଉପନ୍ୟାସ

ଶିଳା ଦର୍ପଣ

(ଡ଼ କୁଞ୍ଜବିହାରୀ ଦାଶ ପୁରସ୍କାର ପ୍ରାପ୍ତ)

ଜାହ୍ନବୀ ମିଶ୍ର

ବ୍ଲାକ୍ ଇଗଲ୍ ବୁକ୍ସ

ଭୁବନେଶ୍ୱର, ଓଡ଼ିଶା

BLACK EAGLE BOOKS
Dublin, USA

ଶିଳା ଦର୍ପଣ / ଜାହ୍ନବୀ ମିଶ୍ର

ବ୍ଲାକ୍ ଇଗଲ୍ ବୁକ୍ : ଭୁବନେଶ୍ୱର, ଓଡ଼ିଶା ● ଡବ୍ଲିନ୍, ଯୁକ୍ତରାଷ୍ଟ ଆମେରିକା

 BLACK EAGLE BOOKS

USA address:
7464 Wisdom Lane
Dublin, OH 43016

India address:
E/312, Trident Galaxy, Kalinga Nagar,
Bhubaneswar-751003, Odisha, India

E-mail: info@blackeaglebooks.org
Website: www.blackeaglebooks.org

First International Edition Published by
BLACK EAGLE BOOKS, 2024

SILA DARPAN
by **Jahnabi Misra**
Cell: 9136119753, 9819865749

Distribution: **JJ & Co., Jayant Mohapatra**

Copyright © **Jahnabi Misra**

Cover Design: **Jahnabi Misra**

ISBN- 978-1-64560-604-8 (Paperback)

Printed in India & USA

ଉତ୍ସର୍ଗ

ମୋର ପ୍ରିୟ ଲେଖକ ଓ ଲେଖିକା ଚିରନମସ୍ୟ

ଶ୍ରୀଯୁକ୍ତ ଶାନ୍ତନୁ କୁମାର ଆଚାର୍ଯ୍ୟ ଓ

ଶ୍ରୀମତୀ ନିରୁପମା ଆଚାର୍ଯ୍ୟଙ୍କୁ

'ଶିଳା ଦର୍ପଣ' ସମର୍ପିତ।

ଡାଃ ଯଶୋଧାରା ବେହୁରାଙ୍କୁ
ତାଙ୍କ ସହଯୋଗ ପାଇଁ
ମୋର କୃତଜ୍ଞତା ।

ଲେଖିକାଙ୍କ କଲମରୁ

' ଶିଳା ଦର୍ପଣ ' ଉପନ୍ୟାସ ପାଇଁ ନିଜ ବକ୍ତବ୍ୟ ଲେଖି ବସିଲା ବେଳକୁ ମନକୁ ବାରମ୍ବାର ଆସୁଚି ମୋ ପିଲାବେଳେ ଶୁଣିଥିବା କାହାଣୀଟିଏ । କାହାଣୀଟି ଥିଲା ଏ ପ୍ରକାର –

ଅନେକ ବର୍ଷ ପୂର୍ବେ ଗୋଟେ ଗାଁରେ ରହୁଥିଲେ ଜଣେ ବିଧବା ବ୍ରାହ୍ମଣୀ ଆଉ ତାଙ୍କର ନଅ ବର୍ଷର ପୁଅ ନଚିକେତା । ଦିନକର ନଚିକେତା ପୂର୍ବାହ୍ନରେ ବିଦ୍ୟାଳୟରୁ ଫେରି ମା'ଙ୍କୁ କହିଥିଲେ – 'ମା .... ଆସନ୍ତା ଗୁରୁବାର ଦିନ ଗୁରୁଜୀ ଆମ ଶ୍ରେଣୀର ବିଦ୍ୟାର୍ଥୀଙ୍କ ପାଇଁ ଏକ ମିଳିତ ମଧ୍ୟାହ୍ନ ଭୋଜନର ପ୍ରସ୍ତାବ ଦେଇ ସମସ୍ତଙ୍କୁ କିଛି କିଛି ଜିନିଷ ଆଣିବା ପାଇଁ ବରାଦ କରିଚନ୍ତି । ଯେମିତି କେତେଜଣଙ୍କ ଭାଗରେ ପଡ଼ିଚି ଅନ୍ନ ଆଉ ଖିରି ପାଇଁ ଚାଉଳ । ଆଉ କେତେଜଣଙ୍କ ଭାଗରେ ଡାଲି, ପନିପରିବା ଏମିତି ସବୁ । ମୋ ଭାଗରେ ପଡ଼ିଚି ଓଖର ....ମାନେ ଖିରି ପାଇଁ ଡାଲେ ଓଖର ନେବାକୁ ବରାଦ କରିଚନ୍ତି ଗୁରୁଜୀ । ମୋ ସହିତ ଆହୁରି ତିନିଜଣଙ୍କ ଭାଗରେ ବି ଓଖର ପଡ଼ିଚି । ଯେମିତି ହେଲେ ବି ତୁମେ ମୋ ପାଇଁ ଡାଲେ ଓଖର ବ୍ୟବସ୍ଥା କରିଦେବ ।'

ନଚିକେତାର କଥା ଶୁଣି ଦୀର୍ଘ ନିଃଶ୍ୱାସ ଛାଡିଥିଲେ ବ୍ରାହ୍ମଣୀ – 'ହଉ, ତେବେ ତୁ ବାକିଆ କାମ ସାରେ... ଗୁରୁବାର ତ ଅଛି ....ସେବେକୁ ଦେଖିବା ।' ପୁଅକୁ ବୋଧ ଦେଇ କହିଦେଲେ, ହେଲେ ମୁଣ୍ଡରେ ପଡ଼ିଲା ଚଡକ । ରୋଜଗାର କହିଲେ ଗାଁ ମନ୍ଦିରରେ ଫୁଲ, ବେଲପତ୍ର ଓ ଦୀପ ବିକ୍ରି ପଇସା । ପେଟ ଦିଟା ପୋଷିଲା ବେଳକୁ ଅଣାୟତ...... ସେଥିରେ ପୁଣି ଡାଲେ ଓଖର..... ହଉ ସେଦିନ ଆସୁ ଦେଖିବା ।

ଦିନ ପରେ ଦିନ ଗଡ଼ିଯାଇ ଆସି ପହଞ୍ଚିଯାଇଥିଲା ବୁଧବାର । ରାତି ପାହିଲେ ଗୁରୁବାର, ନଚିକେତାର ବିଦ୍ୟାଳୟରେ ସାମୂହିକ ମଧ୍ୟାହ୍ନ ଭୋଜନର ଦିନ । ବୁଧବାର ରାତିରେ ଶୋଇବାକୁ ଗଲାବେଳେ ନଚିକେତା ମା'ଙ୍କୁ ମନେପକାଇ ଦେଇ କହିଥିଲା - 'ମା .... ଆସନ୍ତାକାଲି ପାଇଁ ଭାଲ ଓଖରର ବ୍ୟବସ୍ଥା କରିଚ ନା ?'

ମୁଚୁମୁଚୁକି ଚାହିଁଲେ ବ୍ରାହ୍ମଣୀ ନଚିକେତାକୁ ଆଉ କହିଲେ - 'ବାବୁରେ ଆମ ଠାକୁର ଘରେ ଯେଉଁ ଘନନୀଳ କେଶବଙ୍କ ଫଟୋଟିଏ ଅଛି ତା' ରି ଆଗରେ ପିଉଲ ଡ଼ାଲଟା ଥୋଇ ଦେ .... ତେଣିକି କାଲିକି ଦେଖିବା ।'

ମା'ଙ୍କ କହିବା ଅନୁଯାୟୀ ନଚିକେତା ପିଉଲ ଡ଼ାଲଟି କେଶବଙ୍କ ଫଟୋ ଆଗରେ ଥୋଇ ଦେଇ ଶୋଇବାକୁ ଗଲା । ତା' ପରଦିନ ରାତି ପହିଲା । ବ୍ରାହ୍ମଣୀ ଲାଗିଥାନ୍ତି ଘର କାମରେ । ନଚିକେତା ଅତି ଆଗ୍ରହରେ ଶୀଘ୍ର ଶୀଘ୍ର ପ୍ରସ୍ତୁତ ହେଇ ବିଦ୍ୟାଳୟକୁ ବାହାରି ପଡ଼ିଲା । ଘରୁ ବାହାରିବା ଆଗରୁ ଠାକୁର ଘରେ ରଖିଥିବା ଡ଼ାଲଟି ଆଣିବାକୁ ଯାଇ ଦେଖେ ତ, ଡ଼ାଲରେ ଡ଼ାଲେ ଓଖର ରହିଚି । ଭାବିଲା - 'ମା ବୋଧହୁଏ ଓଖର ରଖିଦେଇ ଘର କାମରେ ଲାଗିଚନ୍ତି । ମା'ଙ୍କୁ ତା' ର ଖୁବ୍ ପରିଶ୍ରମ କରିବାକୁ ପଡ଼େ । ବଡ଼ି ସକାଳୁ ଫୁଲତୋଲା , ହାର ଗୁନ୍ଥା, ଦୀପ ସଜଡ଼ା ପୁଣି ଘରର ଅନ୍ୟାନ୍ୟ କାମ ବି ଥାଏ । ତେଣୁ ମାଙ୍କୁ କିଛି ନକହି ନଚିକେତା ଚୁପଚାପ୍ ଓଖର ଭର୍ତ୍ତି ଡ଼ାଲଧରି ଚାଲିଲା ବିଦ୍ୟାଳୟ ଆଡ଼େ ।

ଏପଟେ ବ୍ରାହ୍ମଣୀ ନଚିକେତା ଠାକୁର ଘରୁ ଡ଼ାଲ ଧରି ବାହାରି ଯିବାର ଦେଖିଲେ , ଭାବି ହେଇଥିଲେ - ' ବାବୁରେ ତୁ ଗରିବ ଘରର ସନ୍ତାନ, ତା' ପୁଣି ପିତୃହରା । ମୋର ବା ରୋଜଗାର କେତେ ତୋତେ କି ଅଜଣା , ଓଖର କୁଆଡ଼ୁ ପାଇବି ....? ହଉ ମନ ବୁଝିବାକୁ ଖାଲି ଡ଼ାଲ ଯଦି ସାଙ୍ଗରେ ନେଇ ଯାଉଚୁ......ଯା' ତୋତେ କ'ଣ କହି ବୁଝେଇବି ଜାଣି

ପାରୁନି .... ହଉ   ଯା' । ବ୍ରାହ୍ମଣୀ ମନରେ କ୍ଷୋଭ ପ୍ରକାଶ କରି, ଘର କାମରେ ମନ ଦେଇ ଥିଲେ ।

ନଚିକେତା ଠିକ୍ ସମୟରେ ଓଖର ଭର୍ତ୍ତି ଡାଲ ନେଇ ଗୁରୁଜୀଙ୍କୁ ଦେଇଥିଲା । ଗୁରୁଜୀ ଚୁଲିରେ ଖିରି ପ୍ରସ୍ତୁତିରେ ବସିଥିବା ହାଣ୍ଡିରେ ଓଖରତକ ଢାଲି ଦେଇ, ଖାଲି ଡାଲଟିକୁ କଡ଼କୁ ଠୋଇ ଦେଲେ । କିଛି ସମୟ ପରେ ପୁଣି ଥରେ ନଜର ପଡ଼ିଲାରୁ ଦେଖିଲେ ଯେ , ଡାଲରେ ଓଖର ଭର୍ତ୍ତିହେଇ ରହିଟି , ଭାବିଲେ ଭୁଲରେ ବୋଧହୁଏ ଓଖରତକ ରହିଯାଇଛି । ତୁରନ୍ତ ଓଖରତକକୁ ପୁଣି ଥରେ ହାଣ୍ଡିରେ ଢାଲି ଦେଲେ । ଏପଟ ସେପଟ ଅନ୍ୟକାମରେ ବ୍ୟସ୍ତଥିବା ବେଲେ ପୁଣି ନଜର ପଡିଲାରୁ ଦେଖିଲେ ଡାଲଟି ଓଖରରେ ଭର୍ତ୍ତି ..... ଆଶ୍ଚର୍ଯ୍ୟ । ଏଥର ଓଖରତକ ଖିରି ହାଣ୍ଡିରେ ଢାଲି ଦେଇ , ଡାଲ ଉପରେ କଡା ନଜର ଦେଇ ବସିଲେ । ଦେଖିଲେ ଖାଲି ଡାଲଟି ଧୀରେ ଧୀରେ ଆପଣଛାଏଁ ପୁଣି ଥରେ ଓଖରରେ ଭର୍ତ୍ତି ହୋଇଗଲା ।   ଚମକ୍ରାର ....କି ଆଶ୍ଚର୍ଯ୍ୟ.... ଯେତେ ଓଖର ଖାଲି କଲେ ବି , ଡାଲଟି ପୁଣି ଥରେ ଓଖରରେ ଭର୍ତ୍ତି ହେଇଯାଉଟି ।

ଚାରିଆଡେ ହୁରି ପଡିଗଲା, ନଚିକେତାର ଓଖର ଡ଼ାଲରୁ ଓଖର ସରୁନି, ଯେତେ ଓଜାଡିଲେ ...... ଯେତେ ଖାଲି କଲେ ବି ।

ନଚିକେତାକୁ ପଚରାଗଲା , ଡାଲ ଓ ଓଖର ବିଷୟରେ । ନିଜର ଅସହାୟତା ଜଣାଇ ନଚିକେତା କହିଥିଲା - ' ସକାଳୁ ଓଖର ଭର୍ତ୍ତି ଡାଲ ସେ ତା' ଘରୁ ହିଁ ଆଣିଟି । ଏବିଷୟରେ ଜଣାଥିଲେ କେବଲ ତା' ମା'ଙ୍କୁ ଜଣାଥିବ ।'

ଏଥର ବ୍ରାହ୍ମଣୀଙ୍କୁ ବିଦ୍ୟାଲୟକୁ ଡ଼କା ପଡିଲା । ବ୍ରାହ୍ମଣୀ ସବୁ ଶୁଣିଲେ, ନଚିକେତା ଠୁ ବି ଆଉ ବିଦ୍ୟାଲୟର ଗୁରୁଜୀ ଓ ଅନ୍ୟାନ୍ୟ ବିଦ୍ୟାର୍ଥୀମାନଙ୍କଠୁ ବି । ସେ ବୁଝିଗଲେ - ସକାଳେ ନଚିକେତା ଖାଲି ଡାଲ ଧରି ଆସିଥିବ ବୋଲି ସେ ଭାବୁଥିଲେ , ହେଲେ ଡାଲଟି ଓଖରରେ ଭର୍ତ୍ତି

ଥିଲା । ଏବେ ତାଙ୍କୁ ଆଉ ବୁଝିବାକୁ କିଛି ବାକି ନଥିଲା । ଯୋଡ଼ ହସ୍ତରେ ଆଣ୍ଠେଇ ପଡ଼ିଥିଲେ ଚୁଲିରେ ବସିଥିବା ସେ ଖିରି ହାଣ୍ଡି ପାଖରେ ଥୁଆ ହୋଇଥିବା ଡ଼ାଲଟି ଆଗରେ ।

ଆଖିରୁ ଧାରଧାର ଲୁହ । ଡ଼ାଲଟିକୁ ଟେକି ଧରି ଓଖରତକ ଓଜାଡ଼ି ଦେଉଥିଲେ ଖିରି ହାଣ୍ଡିରେ ଆଉ କହି   ହେଇଥିଲେ - 'ମାଧବ ରେ ......ବାଙ୍କଚୁଲିଆ ରେ ...... କୁଞ୍ଜବିହାରୀ ରେ .... କେଶବ ରେ .....ତୋ ଲୀଳା ତୁ ଜାଣୁ । ଥାଉ ....ଏଥର ଏତିକି ଥାଉ ।'

ଶୂନ୍ୟ ଡ଼ାଲଟିକୁ ଏଥର କଡ଼ରେ ଥୋଇଦେଇ , ଆଖିର ଲୁହ ପଣତରେ ପୋଛିଲେ ।

ବାସ୍, ପିଉଳ ଡ଼ାଲରେ ଏଥର ଆଉ ଓଖର ପୂର୍ବ ପରି ପୁନର୍ବାର ଭରିହେଇ ନଥିଲା । ବ୍ରାହ୍ମଣୀ ଖାଲି ଡ଼ାଲଟି ଧରି ଘରମୁହାଁ ହେଇଥିଲେ। ନଚିକେତା ସମେତ ସେଠି ଉପସ୍ଥିତ ଥିବା ସଭିଏଁ ସେଦିନ ଅନୁଭବୀ ଥିଲେ ଏକ ଈଶ୍ୱରୀୟ ଅନୁଭୂତି ଯାହାକୁ ଯୁକ୍ତି ,ତର୍କ ଓ ବ୍ୟାଖ୍ୟା ଦ୍ୱାରା ତର୍ଜମା କରି ହେବନି ।

ତେବେ ଏ କାହାଣୀଟିରେ ଉଭୟ ଲୌକିକ ଓ ଅଲୌକିକ ଘଟଣାମାନଙ୍କର ଉପସ୍ଥିତି ରହିଚି । ଠିକ୍ ଏମିତି 'ଶିଳା ଦର୍ପଣ' କଥା ବସ୍ତୁଟି ଉଭୟ ଲୌକିକ ଓ ଅଲୌକିକ ଘଟଣାମାନଙ୍କୁ ନେଇ ଗତିଶୀଳ ।

'ଶିଳା ଦର୍ପଣ' କଥାବସ୍ତୁଟିର ଅନ୍ତଃସ୍ୱର ଦୁଇଟି କଥାକୁ ପ୍ରତିଧ୍ୱନିତ କରେ, ସେଥିରୁ ଗୋଟିଏ - ପ୍ରତି ମୁହୂର୍ତ୍ତରେ ଜୀବନ କିଛି ଶିଖାଏ । ଅବଶ୍ୟ ଏକଥା ବ୍ୟକ୍ତିବିଶେଷ ଉପରେ ନିର୍ଭର କରେ ଯେ, ସେ ନିଜର ଶିଖିବା ଗୁଣକୁ କେତେଦୂର ଉପଯୋଗ କରେ ।

ଦ୍ୱିତୀୟଟି - ଏ ପୃଥିବୀ , ଏ ସୃଷ୍ଟି ସବୁବେଳେ ସମ୍ଭାବନାମୟ । ହତାଶ ଭିତରେ, ସଂଘର୍ଷ ଭିତରେ ବି ଜୀବନର ସାର୍ଥକତାକୁ ଆବିଷ୍କାର

କରାଯାଇପାରେ । ଏ ଦୁଇଟି କଥାକୁ ବୁଝାଇବାକୁ ଯାଇ ମୋର ଚରିତ୍ରମାନଙ୍କର ଚୟନ ଓ ଘଟଣାମାନଙ୍କର ଉଦ୍ଭାପନ । ଏଥିରେ ମଧ ରହିଚି ଓଡ଼ିଶାର ପ୍ରାକୃତିକ ସୌନ୍ଦର୍ଯ୍ୟର ବର୍ଣ୍ଣନା, ହିନ୍ଦୁମାନଙ୍କର ଉପାସନା ପୀଠ ମନ୍ଦିରର ତାପୂର୍ଯ୍ୟ ଏବଂ ଦାମ୍ପତ୍ୟ ପ୍ରେମର ନିରୁତା ଛବି ।

ଆଶା କରୁଛି 'ଶିଳା ଦର୍ପଣ' ଉପନ୍ୟାସର କଥାବସ୍ତୁ କେବଳ ମୋ ପାଠକମାନଙ୍କ ମନ, ପ୍ରାଣ ଓ ହୃଦୟକୁ ଛୁଇଁବନି , ଏହା ଆଉ ଟିକେ ଉର୍ଦ୍ଧ୍ୱକୁ ଯାଇ ମାନବ ଚରିତ୍ରର ଉଦ୍ଧରଣରେ ସହାୟହେବ ବୋଲି । ମୋର କିଛି ଅନୁଭୂତି , କିଛି ଅତିକଳ୍ପନା ଆଉ କିଛି ଆନ୍ତରିକ ଇଚ୍ଛାର ରୂପାୟନ ହେଉଚି 'ଶିଳା ଦର୍ପଣ' ଉପନ୍ୟାସ ।

'ମତ୍ସ୍ୟକନ୍ୟା ସିକତା' ପରେ ଏହା ହେଲା ମୋ ଦ୍ୱିତୀୟ ଉପନ୍ୟାସ । ଜାଣେ ନାହିଁ ଉପନ୍ୟାସ ଲେଖିବାରେ ମୁଁ କେତେଦୂର ସଫଳ ତଥାପି ଏତିକି କହିବି, 'ଶିଳା ଦର୍ପଣ'କୁ ଡଃ କୁଞ୍ଜବିହାରୀ ଦାଶ ପୁରସ୍କାର ପ୍ରାପ୍ତି ହେବାରୁ , ଉପନ୍ୟାସ ଲେଖାକୁ ନେଇ ମୋର ଆଗ୍ରହ ଓ ଆମୃବିଶ୍ୱାସ ଦୃଢ ହେଇଚି ।

ମୋ ପାଠକମାନେ 'ଶିଳା ଦର୍ପଣ'ର ପଠନରେ ଆମୃସନ୍ତୁଷ୍ଟି ଲଭନ୍ତୁ , ଲେଖିକା ହିସାବରେ ମୋର ଏତିକି ଇଚ୍ଛା ।

ଶ୍ରୀମତୀ ଜାହ୍ନବୀ ମିଶ୍ର

ପ୍ରଥମ ପରିଚ୍ଛେଦ

ମନ୍ଦିର କହିଲେ ସ୍କୁଲ ଭାବରେ ବୁଝାଯାଏ ହିନ୍ଦୁମାନଙ୍କର ଉପାସନାସ୍ଥଳୀକୁ। ପ୍ରାଚୀନ ମନ୍ଦିରଗୁଡ଼ିକର ଅବସ୍ଥିତି, ସ୍ଥାପତ୍ୟ, କଳା, ବାସ୍ତୁଶାସ୍ତ୍ର, ଭାସ୍କର୍ଯ୍ୟ ଆଦିକୁ ଯଦି ବିଚାରକୁ ନିଆଯାଏ, ତେବେ ମନ୍ଦିରଗୁଡ଼ିକ ଯେ କେବଳ ଉପାସନାର ପୀଠ; ଏକଥା କହିଲେ ତା'ର ମହତ୍ତ୍ୱ ଓ ଗରିମା ସୀମିତ ହୋଇଯିବ। ଓଡ଼ିଶାରେ ଥିବା ନଭଶ୍ଚୁମ୍ବୀ କାରୁକାର୍ଯ୍ୟପୂର୍ଣ୍ଣ ପଥରର ମନ୍ଦିରଗୁଡ଼ିକ ବଳିଷ୍ଠ ବାସ୍ତୁଶାସ୍ତ୍ର ଓ ସ୍ଥାପତ୍ୟ ନିୟମସବୁକୁ ଅନୁସରଣ କରି ଗଢ଼ାଯାଇଛି। ଏଗୁଡ଼ିକର ନିର୍ମାଣ ଶୈଳୀ ବିଜ୍ଞାନସମ୍ମତ। ତେଣୁ ମନ୍ଦିରଗୁଡ଼ିକର ଉପାଦେୟତା ଓ ସାର୍ଥକତା ବ୍ୟାପକ।

ମନୁଷ୍ୟ ଦେହରେ ଆତ୍ମା ପରି ମନ୍ଦିର ଗର୍ଭଗୃହର ଅନ୍ଧକାର ଗୁହା ମଧ୍ୟରେ ଇଷ୍ଟଦେବଙ୍କ ବିଗ୍ରହ ସ୍ଥାପିତ ହୋଇଥାଏ। ମନୁଷ୍ୟ ଜୀବନର ବିଭିନ୍ନ ଦିନଚର୍ଯ୍ୟା, ଧର୍ମକର୍ମର ଚିତ୍ର ମନ୍ଦିର ଚତୁଃପାର୍ଶ୍ୱରେ ଓ ଗାତ୍ରରେ ରୂପାୟିତ ହୋଇଥାଏ। ଅନ୍ୟପ୍ରକାରେ କହିବାକୁ ଗଲେ ମନ୍ଦିର ସମଗ୍ର ବିଶ୍ୱର ପ୍ରତୀକ। ମନ୍ଦିରର ଚୂଡ଼ା ସର୍ବଦା ଊର୍ଦ୍ଧ୍ୱଗାମୀ ହୋଇଥାଏ, ଏହା ପରମାତ୍ମାଙ୍କ ସଙ୍ଗେ ମିଳିତ ହେବା ପାଇଁ ଆମ୍ଭର ଊର୍ଦ୍ଧ୍ୱାରୋହଣର ପ୍ରତୀକ।

ଓଡ଼ିଶାର ଗନ୍ଧମାର୍ଦ୍ଦନ ପର୍ବତଶ୍ରେଣୀର ପୂର୍ବ ଭାଗରେ ଅବସ୍ଥିତ ବଲାଙ୍ଗୀର ଜିଲ୍ଲାର ଏକ ଦୁର୍ଗମ ଗାଆଁ ଓ ସେ ଗାଆଁରେ ଥିବା ଏକ ଅତି ପୁରାତନ ମନ୍ଦିର ଏବଂ

ସେଠାକାର ଏକ ପରିବାରର କଥା । ଗନ୍ଧମାର୍ଦ୍ଦନ ପର୍ବତର ଉତ୍ତର ଗଡ଼ାଣିରେ ରହିଛି ବିଖ୍ୟାତ ନୃସିଂହନାଥଙ୍କ ମନ୍ଦିର ଓ ଏହାର ଦକ୍ଷିଣପଟ ଗଡ଼ାଣିରେ ରହିଛି ଅନ୍ୟ ଏକ ପ୍ରସିଦ୍ଧ ମନ୍ଦିର ହରିଶଙ୍କର । ବଲାଙ୍ଗୀର ଜିଲ୍ଲାର ସେ ଦୁର୍ଗମ ଗାଁରେ ଅବସ୍ଥିତ ସେ ପୁରାତନ ମନ୍ଦିରଟି କିନ୍ତୁ ନୃସିଂହନାଥ ଓ ହରିଶଙ୍କର ମନ୍ଦିର ପରି ଜନାଦୃତ ନ ଥିଲା । କାହିଁକିନା ଏହାର ଅବସ୍ଥିତି ଥିଲା ଅତି ଅଭ୍ୟନ୍ତର ଓ ତୁଳନାତ୍ମକ ଭାବେ ଦୁର୍ଗମ ଅଞ୍ଚଳରେ ।

ଗନ୍ଧମାର୍ଦ୍ଦନ ପର୍ବତଶ୍ରେଣୀଟି ପୌରାଣିକ ଦୃଷ୍ଟିକୋଣରୁ ବେଶ୍ ଜଣାଶୁଣା । ବିଶ୍ୱାସ କରାଯାଏ, ରାମ-ରାବଣଙ୍କ ଯୁଦ୍ଧ ସମୟରେ ଲକ୍ଷ୍ମଣ ଯେତେବେଳେ ମେଘନାଦର ଆକ୍ରମଣରେ ମୂର୍ଛା ଯାଇଥିଲେ, ସେତେବେଳେ ଲକ୍ଷ୍ମଣଙ୍କୁ ଚେତନ ଅବସ୍ଥାକୁ ଆଣିବା ପାଇଁ ବିଶଲ୍ୟକରଣୀ ବୃକ୍ଷ ଆବଶ୍ୟକ ବୋଲି ବୈଦ୍ୟରାଜ ସୁଷେଣ ମତ ଦେଇଥିଲେ । ସୁଷେଣଙ୍କ ପରାମର୍ଶରେ ବୀର ହନୁମାନ ଔଷଧୀୟ ବିଶଲ୍ୟକରଣୀ ଅନ୍ଵେଷଣରେ ହିମାଳୟ ପର୍ବତକୁ ଆକାଶମାର୍ଗରେ ଯାତ୍ରା କରିଥିଲେ । ସେଠାରେ ପହଞ୍ଚ ବିଶଲ୍ୟକରଣୀ ଗୁଳ୍ମଟିକୁ ଚିହ୍ନ ନ ପାରି ସେଇ ନିର୍ଦ୍ଦିଷ୍ଟ ପର୍ବତଟିକୁ ହାତରେ ଉଠାଇ ପୁନର୍ବାର ଆକାଶମାର୍ଗରେ ଲଙ୍କାପୁରୀକୁ ଫେରିବାକୁ ଲାଗିଲେ । ତାଙ୍କର ଏଇ ଫେରନ୍ତା ବାଟରେ ତାଙ୍କ ହାତରୁ ସେଇ ପର୍ବତରୁ ଖଣ୍ଡେ ତଳେ ପଡ଼ିଯାଇଥିଲା । ଆଉ ଏ ଗନ୍ଧମାର୍ଦ୍ଦନ ପର୍ବତଶ୍ରେଣୀଟି ସେଇ ପର୍ବତର ରୂପାନ୍ତରିତ ରୂପ । ଏହି ପର୍ବତଶ୍ରେଣୀରେ ସେଥିପାଇଁ ଭରି ରହିଛି ଅନେକ ଦୁର୍ମୂଲ୍ୟ ଔଷଧୀୟ ଗୁଳ୍ମ ଓ ବୃକ୍ଷସବୁ ।

ଗନ୍ଧମାର୍ଦ୍ଦନ ପର୍ବତର ନୈସର୍ଗିକ ସୁନ୍ଦରତା ତୁଳନାର ବାହାରେ । ଏହାର ପାଣି ପବନରେ ଶୁଦ୍ଧତାର ଛାପ । ସହରର କୋଲାହଲ, ବ୍ୟସ୍ତ ଜୀବନଠାରୁ ଦୂରରେ ଏହା ଏକ ପରମ ଶାନ୍ତି ପ୍ରଦାୟକ ପ୍ରାକୃତିକ ପରିବେଶ । ଗନ୍ଧମାର୍ଦ୍ଦନ ପର୍ବତଶ୍ରେଣୀଟି ଚିର ସବୁଜିମା ବୃକ୍ଷମାନଙ୍କ ଆବରଣରେ ବର୍ଷଯାକ ମଣ୍ଡିହେଇ

ରହିଥାଏ । ଏଠାରେ ସରକାରୀ ତଥ୍ୟ ଅନୁସାରେ ୨୨୦ ପ୍ରକାରର ଦୁର୍ଲ୍ଲଭ ଔଷଧୀୟ ଗୁଳ୍ମ ଓ ବୃକ୍ଷ ରହିଛି । କିନ୍ତୁ ସ୍ଥାନୀୟ ଅଧିବାସୀଙ୍କ ହିସାବରେ ଏଠାରେ ରହିଛି ପ୍ରାୟ ୫୦୦ ପ୍ରଜାତିର ଅତି ଦୁର୍ମ୍ମୂଲ୍ୟ ଓ ବିଶିଷ୍ଟ ଧରଣର ଔଷଧୀୟ ଲତା, ଗୁଳ୍ମ ଓ ବୃକ୍ଷ । ଏହି ପାର୍ବତ୍ୟ ଅଞ୍ଚଳରେ ଦନ୍ତୁରିତ ପାହାଡ଼ିଆ ପର୍ବତ ଖୋଲଗୁଡ଼ିକ ମଧ୍ୟରୁ ଠାଏ ଠାଏ ଛୋଟ ଛୋଟ ରତୁକାଳୀନ ଝରଣାମାନ ଜନ୍ମ ନେଇ କ୍ଷିପ୍ର ଗତିରେ କୁଳୁକୁଳୁ ନାଦ ସହ ଖଣ୍ଡେ ବାଟ ବୋହିଗଲା ପରେ ମିଶିଯାଇଛନ୍ତି କେଉଁ ଏକ ସ୍ଥାନୀୟ ବୃହତ୍ ଜଳସ୍ରୋତ ସହିତ; ଯେମିତିକି ଗଭୀର ନାଳ ବା କେଉଁ ଏକ ନଦୀରେ । ବର୍ଷାଦିନେ ମାଲମାଲ ମେଘଖଣ୍ଡ ସବୁ ପାହାଡ଼ ଦେହରେ ଘଷିହେଇ ଭାସି ବୁଲୁଥାନ୍ତି । ସେ ଅଞ୍ଚଳରେ ଯେ ପର୍ଯ୍ୟନ୍ତ ଆକାଶର ପରିବ୍ୟାପ୍ତି ଦୃଷ୍ଟିକୁ ଆସୁଥାଏ, ସେ ପର୍ଯ୍ୟନ୍ତ ଲମ୍ବିଥାଏ ପ୍ରକୃତିରେ ପ୍ରଶାନ୍ତି । ସେ ନୈସର୍ଗିକ ଶୋଭାକୁ ଦେଖିଲେ, ସେ ପରିବେଶର ସୁଷମତାକୁ ଅନୁଭବିଲେ ଲାଗେ ଗନ୍ଧମାର୍ଦ୍ଦନକୁ ନେଇ ରହିଥିବା ପୌରାଣିକ ତଥ୍ୟସବୁ ସତ୍ୟ ପରି ।

ମହାଭାରତ ଯୁଗରେ ମଧ୍ୟ ଏହି ପର୍ବତଶ୍ରେଣୀର ଅନେକ ମହତ୍ତ୍ୱ ଥିବାର ଜଣାଯାଏ । ବିଶ୍ୱାସ କରାଯାଏ, ଗୁରୁ ଦ୍ରୋଣ ଏହି ପର୍ବତଶ୍ରେଣୀର ବନରାଜିରେ ଆଶ୍ରମ ସ୍ଥାପନ କରି ଶିଷ୍ୟମାନଙ୍କୁ ଶସ୍ତ୍ରବିଦ୍ୟା ପ୍ରଦାନ କରିଥିଲେ ବୋଲି ।

ପ୍ରସିଦ୍ଧ ଚୀନ୍ ପରିବ୍ରାଜକ ହୁଏନ୍‌ସାଂ ତାଙ୍କର ଭାରତ ଭ୍ରମଣ ସମୟରେ ଗନ୍ଧମାର୍ଦ୍ଦନର ନୈସର୍ଗିକ ଶୋଭାରେ ଅଭିଭୂତ ହୋଇଥିଲେ । ଏବେ ମଧ୍ୟ ଅନେକ ବୌଦ୍ଧମଠଗୁଡ଼ିକର ଧ୍ୱଂସାବଶେଷ ଏଠାରେ ଦେଖିବାକୁ ମିଳେ ।

ଏଇ ଗନ୍ଧମାର୍ଦ୍ଦନ ପର୍ବତଶ୍ରେଣୀର ପାଦ ଦେଶରେ ପାଖାପାଖି ତିନିଶହ ବାସିନ୍ଦାଙ୍କୁ ନେଇ ଛୋଟିଆ ଗାଆଁଟିଏ । ଗାଆଁଟିର ନାମ 'ପଥରକଟା' । ଗାଆଁଟିର ଏ ପ୍ରକାର ନାମକରଣ ପଛରେ ମଧ୍ୟ ରହିଛି କାରଣଟିଏ । ଏଇ ଗାଆଁର

ବାସିନ୍ଦାମାନଙ୍କର ଜଙ୍ଗଲଜାତ ଦ୍ରବ୍ୟ ସଂଗ୍ରହ ଓ ବିକ୍ରି ସହିତ ପଥରକୁ କାଟି ସେଥିରୁ ଚକି, ଶିଳ, ଶିଳପୁଆ, ମସଲା ଛେଚା, ଔଷଧ ଘୋରିବା ପାଇଁ ଖଲ ଆଦି ବିଭିନ୍ନ ଘରକରଣା ସରଞ୍ଜାମ ସହିତ ସୁନ୍ଦର, ସୁଠାମ ଦୀପମାନ ତିଆରି କରି ବିକ୍ରି କରିବା ଥିଲା ଅନ୍ୟ ଏକ ମୁଖ୍ୟ ଜୀବିକା। ଏ ଅଞ୍ଚଳରେ ମିଳୁଥିବା ପଥରଗୁଡ଼ିକ ବେଶ୍ ଉପଯୋଗୀ ଥିଲା ଏ ପ୍ରକାର ଘରକରଣା ସରଞ୍ଜାମ ଓ ଦୀପ ତିଆରି ପାଇଁ। ଗୋଟିକିଆ ଦୀପ ସହିତ ସେମାନେ ତିନିମୁଖୀ ଆଉ ପଞ୍ଚମୁଖୀ ଦୀପ ପଥରରୁ ଗଢୁଥିଲେ। ପଥରକୁ କାଟି ତାକୁ ନିଖୁଣ ରୂପ ଦେଇ କେହି କେହି ସେଥିରୁ ତିଆରି କରୁଥିଲେ ଥାଳି, ଗିନା, ଗ୍ଲାସ୍, ବେଳଣା ପିଢ଼ା, ବସିବା ପାଇଁ ପିଢ଼ା, ଏପରି ନାନା ପ୍ରକାରର ସୁନ୍ଦର ସୁନ୍ଦର ସରଞ୍ଜାମସବୁ। ଏସବୁ ପଥର ତିଆରି ଜିନିଷମାନଙ୍କର ଆଖପାଖ ଗାଁଗୁଡ଼ିକରେ ଏମିତିକି ସହରଗୁଡ଼ିକରେ ମଧ ଚାହିଦା ଥିଲା ଅନେକ। ସେଥିପାଇଁ ଗାଁବାଲାଙ୍କୁ ସେମାନଙ୍କର ଏ ଜିନିଷ ବିକ୍ରି କରିବାକୁ ବାହାରକୁ ଯିବାକୁ ପଡ଼େନି କି କାହାରିକୁ ଖୋସାମତ କରିବାକୁ ପଡ଼େନି। ସେଗୁଡ଼ିକୁ ଗାଁର ସାପ୍ତାହିକ ହାଟରେ ବିକ୍ରି କରି ବେଶ୍ ରୋଜଗାର କରିପାରୁଥିଲେ ପଥରକଟା ଗାଁର ବାସିନ୍ଦାମାନେ। ଏହି କୌଳିକ ଜୀବିକାରୁ ଗାଁଟିର ନାମ ହୋଇଥିଲା 'ପଥରକଟା'। କେମିତି, କେବେ, କିଏ ଏଇ ନାଁଟି ଦେଇଥିଲା ଏସବୁ ଅଜଣା କଥା।

      ପଥରକଟା ଗାଁର ବାସିନ୍ଦାମାନଙ୍କୁ ଏକବିଂଶ ଶତାବ୍ଦୀର ଆଧୁନିକତାର ଛଟା ଛୁଇଁ ପାରି ନ ଥିଲା। ଏବେ ବି ସେମାନଙ୍କ ଆମୋଦପ୍ରମୋଦ ପାଇଁ ଗାଁରେ ଥିବା ଗନ୍ଧମାର୍ଦ୍ଦନ ପର୍ବତଶ୍ରେଣୀର ପାଦଦେଶର ଜଙ୍ଗଲ ଥିଲା ଯଥେଷ୍ଟ। ସେମାନେ ସେମାନଙ୍କ ପର୍ବପର୍ବାଣିରେ ଜଙ୍ଗଲ ଭିତରେ ଥିବା ପାହାଡ଼ି ଝରଣା କୂଲରେ ନାଚ, ଗୀତ କରି ମିଳିତ ଭାବରେ ରନ୍ଧାବଢ଼ା, ଖୁଆପିଆ କରି ଦିନ କାଟିଥା'ନ୍ତି। ଟିଭି, ମୋବାଇଲ ଫୋନ୍, ଇଣ୍ଟରନେଟ୍ ଏବେବି ସେମାନଙ୍କର କାୟା ବିସ୍ତାରର

ପ୍ରବାହରେ ସେଠାରେ ପହଞ୍ଚି ପାରିନାହାନ୍ତି । ଆଧୁନିକତାର ଏକମାତ୍ର ସଂକେତ ରୂପେ ପଥରକଟା ଗାଁଆଁଟିରେ ଦେଖ୍ୱାବାକୁ ମିଳିବ ବିଦ୍ୟୁତ୍ ସଂଯୋଗ । ଗାଁଆଁଟିର ପ୍ରତ୍ୟେକଟି ଘରକୁ ବିଦ୍ୟୁତ୍ ସଂଯୋଗ କରାଯାଇଥିଲା । ସନ୍ଧ୍ୟା ହେଲେ ସେଇ ପାହାଡ଼ିଆ ଜଙ୍ଗଲ ମଝିରେ ଛୋଟ ଗାଁଆଁଟିରେ ମିଞ୍ଜିମିଞ୍ଜି ଜଳିଉଠେ ବିଜୁଳି ଆଲୁଅସବୁ । ଗାଁଆଁଟିରେ ଅତ୍ୟାଧୁନିକ ସୁବିଧା ହିସାବରେ ରହିଥିଲା ଗୋଟିଏ ଡାକ୍ତରଖାନା, ଡାକଘର ଆଉ ପିଲାଙ୍କ ପାଇଁ ମାଧମିକ ଓ ଉଚ୍ଚ ବିଦ୍ୟାଳୟ । ଡାକ୍ତରଖାନାଟି ସ୍ଥାନୀୟ ବାସିନ୍ଦାଙ୍କର ଖୁବ୍ କମ୍ କାମରେ ଆସେ । କାହିଁକିନା ସେଠାକାର ଅଧିବାସୀମାନେ ମୁଖ୍ୟତଃ ଜଡ଼ିବୁଟି ଓ ଗାଁଆଁ ବୈଦ୍ୟଙ୍କ ପାଖେ ଆୟୁର୍ବେଦିକ ଚିକିତ୍ସାକୁ ବେଶୀ ଗୁରୁତ୍ୱ ଦେଇଥାଆନ୍ତି । ଡାକ୍ତରଖାନାଠୁ ଡାକଘରଟିର ବ୍ୟବହାର ଥିଲା ଅପେକ୍ଷାକୃତ ଅଧିକ । ଗାଁଆଁଟିର ବାସିନ୍ଦାମାନେ ଦୂରଦୂରାନ୍ତର ଲୋକଙ୍କ ସହ ଯୋଗାଯୋଗ ମୁଖ୍ୟତଃ ଚିଠିପତ୍ର ମାଧମରେ ହିଁ ରଖୁଥିଲେ । ଗାଁଆଁଟିରେ କାଁ ଭାଁ ଗଣ୍ଡଗୋଳ ହେଉଥ୍ବାରୁ ସେଠି ପୋଲିସ ଫାଣ୍ଡିଟିଏ ମଧ ନ ଥିଲା ।

ବାହାର ଦୁନିଆରେ କିଏ କେତେ ଉନ୍ନତି କଲାଣି, କେତୋଟି କ୍ଷେପଣାସ୍ତ ତିଆରି କଲାଣି, କିଏ ବା ଚନ୍ଦ୍ରକୁ ଯାନ ପଠାଇଲାଣି ଓ କେଉଁ କେଉଁ ଦେଶ ମହାକାଶଯାତ୍ରାକୁ ବ୍ୟବସାୟୀକରଣ ମାଧମରେ ସର୍ବସାଧାରଣଙ୍କୁ ମଧ ମହାକାଶକୁ ପ୍ରେରଣ କରିବାର ଯୋଜନା ଏବଂ କାର୍ଯ୍ୟକାରୀ କଲେଣି, ଏସବୁ ଜିନିଷ ଜାଣିବାକୁ ବା ବୁଝିବାକୁ ଏମାନଙ୍କର କୌଣସି ଆଗ୍ରହ ନ ଥିଲା । ସେମାନଙ୍କର ଜିଜ୍ଞାସା ସେଇ ଜଙ୍ଗଲ ଭିତରେ ହିଁ ଆରମ୍ଭ ହେଇ ସେଇଠି ସରି ଯାଉଥିଲା । ସେମାନେ ତାଙ୍କ ଅବସର ସମୟରେ ମେଳିବାନ୍ଧି ଜଙ୍ଗଲର ଅଭେଦ୍ୟ ଅଞ୍ଚଳଗୁଡ଼ିକୁ ଯାଇ ସେଠାରୁ ବିଭିନ୍ନ ଜଣା ଅଜଣା ଗୁଳ୍ମ ଓ ଲତାସବୁ ସଂଗ୍ରହ କରନ୍ତି । ସେଥିରୁ ପଥରକଟା ଗାଁଆଁର ଅଧିବାସୀମାନଙ୍କୁ ମିଳୁଥିଲା ଅପାର ଆନନ୍ଦ । ଏମିତି ଜାଗା ସେ ଜଙ୍ଗଲରେ

ଥିଲା, ଯେଉଁଠି ଗଛଲତାମାନଙ୍କର ଘନତ୍ୱ ଯୋଗୁଁ ତଳେ ସୂର୍ଯ୍ୟକିରଣ ପଡ଼ିପାରେନା । ସେ ଜଙ୍ଗଲ ମଧ୍ୟ ନିଜ ବକ୍ଷରେ ଧରି ରଖିଥିଲା ଅସରନ୍ତି ରହସ୍ୟ, ଅସରନ୍ତି ଅଜଣା କଥା । ସେଗୁଡ଼ିକର ଭେଦ ଖୋଜିବାରେ ଗାଆଁଟିର ବାସିନ୍ଦାମାନଙ୍କର ଜିଜ୍ଞାସା ମେଣ୍ଟିଯାଏ । ତେଣୁ ସେମାନେ ଡାଙ୍କ ଗାଆଁ, ତା'ର ଜଙ୍ଗଲ, ଏଇ ଦୁଇଟିକୁ ଛାଡ଼ିଦେଲେ ବାହାର ଦୁନିଆର ଖବର ଜାଣିବାରେ ବେଶି ଆଗ୍ରହୀ ନ ଥିଲେ ।

ପଥରକଟା ଗାଆଁଟିରେ ସାର୍ବଜନୀନ ଅନୁଷ୍ଠାନ ଡାକଘର, ବିଦ୍ୟାଳୟ ଆଉ ଡାକ୍ତରଖାନାକୁ ଛାଡ଼ିଦେଲେ ରହିଛି ପଥରରେ ଗଢ଼ା ଅତି ପୁରାତନ ମନ୍ଦିରଟିଏ । ଗାଆଁ ଅବସ୍ଥିତିର ଠିକ୍ ଅଗ୍ନି କୋଣରେ ମନ୍ଦିରଟିର ଅବସ୍ଥିତି । ପ୍ରତ୍ନତତ୍ତ୍ୱ ବିଭାଗ ଗଣନା ଅନୁଯାୟୀ ମନ୍ଦିରଟି ପାଖାପାଖି ପାଞ୍ଚଶହ ବର୍ଷର ପୁରୁଣା । ମନ୍ଦିରଟିର ପଥରଗୁଡ଼ିକୁ, ତା' ବକ୍ଷରେ ଖୋଦିତ କାରୁକାର୍ଯ୍ୟ ଓ ଗଢ଼ଣ ଶୈଳୀକୁ ଦେଖିଲେ ଏହାର ପୁରାତନତ୍ୱର ଅନୁମାନ ସହଜେ କରିହୁଏ । ମନ୍ଦିରଟିର ଅଧିଷ୍ଠାତ୍ରୀ ଦେବୀ ମା' ତାରା । ମା' ତାରାଙ୍କୁ ନୀଳ ସରସ୍ୱତୀ ରୂପେ ଏଠାରେ ପୂଜାର୍ଚ୍ଚନା କରାଯାଏ । ଏ ମନ୍ଦିରର ଅଧିଷ୍ଠାତ୍ରୀ ଦେବୀ ମା' ତାରା ହୋଇଥିଲେ ସୁଦ୍ଧା ମନ୍ଦିରଟି 'ଶିଳା ଦର୍ପଣ' ନାମରେ ଖ୍ୟାତ । ଏପରି ନାମକରଣ ପଛରେ ମଧ୍ୟ ରହିଛି ଏକ କିମ୍ବଦନ୍ତୀ ।

ମନ୍ଦିର ମୁଖଶାଳାରୁ ସାମାନ୍ୟ ଦୂରତାରେ ଛୋଟ ବଡ଼ ହୋଇ ଆୟତ କ୍ଷେତ୍ର ଆକାରର ପଥରସବୁ ଭୂମି ଉପରେ ଲଗାଲଗି ହେଇ ପଡ଼ି ରହିଥିଲେ । ଏଇ ପଥରଗୁଡ଼ିକର ସଂଖ୍ୟା ଥିଲା ଶହେଆଠ (୧୦୮), ଆଉ ଲୋକେ ଏଗୁଡ଼ିକୁ କହନ୍ତି 'ଶିଳା ଦର୍ପଣ' । ଦର୍ପଣ ସମତୁଲ ଆୟତକ୍ଷେତ୍ର ପରି ଏ ଶିଳାଗୁଡ଼ିକର ଆକାର ଥିଲା । ବିଶ୍ୱାସ କରାଯାଏ, ପୂର୍ଣ୍ଣିମା ରାତିରେ କେଉଁ ଏକ ଦୁର୍ଲଭ୍ୟ ଯୋଗରେ ଚନ୍ଦ୍ରମାଙ୍କର ଜ୍ୟୋସ୍ନା ଯେବେ ଏଇ ପଥରଗୁଡ଼ିକ ଉପରେ ପଡ଼େ, ସେଥିରୁ ଗୋଟିଏ ପଥର ଦର୍ପଣର କାଚ ପରି ସ୍ୱଚ୍ଛ ଓ ମସୃଣ ହୋଇଉଠେ, ତା' ପରି ଚିକ୍‌ଚିକ୍‌ କରି

ଉଠେ। ପୁଣି ଯେବେ ଚନ୍ଦ୍ରମା ନିଜ ଆବର୍ତ୍ତନରେ ନିଜର ସ୍ଥିତି ବଦଳାନ୍ତି, ସେତେବେଳେ ତାଙ୍କରି ଜ୍ୟୋସ୍ନାରେ ଦର୍ପଣ ପରି ଚିକ୍‌ଚିକ୍ କରି ଉଠିଥିବା ସେ ପଥରଟି ପୁଣି ଥରେ ତା'ରି ମୂଳ ରୂପକୁ ଫେରିଆସେ। ଏଇ ଦର୍ପଣ ପରି ରୂପ ବଦଳାଉଥିବା ଶିଳାଟି ପାଇଁ ମନ୍ଦିରର ନାଆଁ ରହିଛି 'ଶିଳା ଦର୍ପଣ'। ଏକଥା ଅବଶ୍ୟ ଅସ୍ବଷ୍ଟ ସେଇ ଶହେ ଆଠଟି (୧୦୮) ଶିଳାଗୁଡ଼ିକ ଭିତରୁ କେଉଁ ଶିଳାଟି ଦର୍ପଣର ରୂପନିଏ, କେତେ ସମୟ ଏ ଦର୍ପଣ ରୂପରେ ଶିଳାଟି ଝଲସେ ଏବଂ କେଉଁ ପୂର୍ଣ୍ଣମୀ ତିଥିରେ ଏ ଆଶ୍ଚର୍ଯ୍ୟଜନକ ଘଟଣାଟି ଘଟେ। ବର୍ତ୍ତମାନ ସେ ଗାଆଁରେ ଥିବା କୌଣସି ଲୋକ ଏ ଦୃଶ୍ୟ ସ୍ବଚକ୍ଷୁରେ ଦେଖି ନ ଥିଲେ ସୁଦ୍ଧା ସେମାନଙ୍କ ବହୁ ପୂର୍ବ ପିଢ଼ିର ଲୋକମାନଙ୍କ ମଧ୍ୟରୁ କେହି କେହି ଏ ଦୃଶ୍ୟ ଦେଖିଥିବାର ଶୁଣାଯାଏ। ତେବେ ଯା'ହେଉ, ଲୋକବିଶ୍ବାସ ଓ ଦୃଢ଼ ଆସ୍ଥାରେ ଶିଳା ଦର୍ପଣ ମନ୍ଦିର ଓ ତା'ର ଅଧିଷ୍ଠାତ୍ରୀ ଦେବୀ ମା' ତାରା, ସେ ଅଞ୍ଚଳ କାହିଁକି ତା'ର ଆଖପାଖ ଅଞ୍ଚଳରେ ପୂଜ୍ୟା ଓ ନମସ୍ୟା ଥିଲେ। ମନ୍ଦିର ଓ ତା'ର ପଶ୍ଚିମ ପଟରେ ସାମାନ୍ୟ ଦୂରତାରେ ଥିବା ଏ ଶିଳାଖଣ୍ଡଗୁଡ଼ିକୁ ଘେର କରି ନେଇ ଏକ ବିରାଟ ପାଚେରି ତିଆରି କରାଯାଇଥିଲା। ମନ୍ଦିର ପରିସରକୁ ଯିବାଆସିବା କରିବା ପାଇଁ ସେ ପାଚେରିରେ ଲଗାଯାଇଥିଲା ଲୁହାର ଶକ୍ତ ଫାଟକଟିଏ।

ଓଡ଼ିଶାରେ ଥିବା ମନ୍ଦିରଗୁଡ଼ିକର ଗଠନଶୈଳୀ ମୁଖ୍ୟତଃ ତିନି ପ୍ରକାରର– ରେଖ, ପିଢ଼ ଓ ଖାଖରା। ଶକ୍ତି ଉପାସନା ନିମନ୍ତେ ଉଦ୍ଦିଷ୍ଟ ମନ୍ଦିରଗୁଡ଼ିକ ପ୍ରାୟତଃ ଖାଖରା ଦେଉଳ ଗଠନ ଶୈଳୀରେ ଗଢ଼ାଯାଉଥିଲା। ଓଡ଼ିଶାର ମନ୍ଦିର ସ୍ଥାପତ୍ୟରେ ଖାଖରା ଏକ ସ୍ବତନ୍ତ୍ର ନିର୍ମାଣ ଶୈଳୀ ଅଟେ। ଖାଖରା ଦେଉଳର ଗର୍ଭଗୃହ ଆୟତାକାର ହୋଇଥାଏ। ଅନ୍ୟ ଦେଉଳଗୁଡ଼ିକର ଶିଖର ଉପରେ ଗୋଟିଏ ଆଁଲା, କଳସ ଓ ଧ୍ବଜାଦଣ୍ଡ ରହିଥିବାବେଳେ ଖାଖରା ଦେଉଳର ଶିଖରରେ ତିନୋଟି ଆଁଲା, କଳସ ସହିତ ତିନି ଧ୍ବଜାଦଣ୍ଡ ଦେଖାଯାଏ। ଏହି ଶିଳା ଦର୍ପଣ ମନ୍ଦିରଟି ମଧ୍ୟମ

ଉଚିତାର ଏବଂ ଖାଖରା ଗଠନ ଶୈଳୀ ଅବଲମ୍ବନରେ ନିର୍ମାଣ କରାଯାଇଥିଲା । ମୁଖ୍ୟ ମନ୍ଦିରଟିର କାନ୍ଥଗୁଡ଼ିକରେ ବିଭିନ୍ନ ଫୁଲ, ଫଳ, ପତ୍ର ଓ ଜୀବଜନ୍ତୁଙ୍କ ଛବି ଖୋଦିତ ହୋଇଥିବାବେଳେ ମୁଖଶାଳାଟିର ଖମ୍ବଗୁଡ଼ିକରେ ଖୋଦିତ ହୋଇଥିଲା ପାରିବାରିକ ଜୀବନଚର୍ଯ୍ୟାର ଘଟଣାସବୁ । ମୁଖଶାଳାଟି ଚାରିପଟରୁ ଖୋଲା ଥିଲା । ମୁଖଶାଳାର ଠିକ୍ ମଝି ସ୍ଥାନରେ ରହିଥିଲା ଖମ୍ବଟିଏ । ଖମ୍ବଟିର ଉପରିଭାଗରେ ଚାରୋଟି ଶୁକପକ୍ଷୀ(ଶୁଆ) ପରସ୍ପର ଲଗାଲଗି ହୋଇ ନିମ୍ନମୁଖୀ ହୋଇ ରହିଥିଲେ । ଏତେ ନିଖୁଣ ଭାବରେ ଏ ପକ୍ଷୀଗୁଡ଼ିକୁ ଗଢ଼ାଯାଇଥିଲା ଯେ, ଦେଖିଲେ ଲାଗୁଥିଲା ଜୀବନ୍ତ । ଶକ୍ତ ପଥରରେ ଏତେ କମନୀୟ ସୃଷ୍ଟି ବିରଳ । ସେ ଖମ୍ବଟିର ସ୍ଥିତି ଏପରି ଥିଲାଯେ, ସେ ଅଞ୍ଚଳରେ ଉଦିତ ସୂର୍ଯ୍ୟଙ୍କର ପ୍ରଥମ କିରଣ, ସେଇ ଚାରୋଟି ଶୁକପକ୍ଷୀଙ୍କ ଉପରେ ପଡ଼ୁଥିଲା ବର୍ଷସାରା; ମାସ ଓ ରୁତୁ ନିର୍ବିଶେଷରେ ।

ସେ ଅଞ୍ଚଳର ଜଙ୍ଗଲରେ ବନ୍ୟଜନ୍ତୁ ଥିଲେ ଖୁବ୍ କମ୍, କିନ୍ତୁ ଅଞ୍ଚଳଟି ନାନା ଜାତିର ପକ୍ଷୀମାନଙ୍କ ଦ୍ୱାରା ଭରପୂର ଥିଲା । ସେଠି ମୁଖ୍ୟତଃ ବିଭିନ୍ନ ପ୍ରଜାତିର ଶୁକପକ୍ଷୀ(ଶୁଆ) ବହୁଳ ଭାବରେ ଦେଖାଯାଉଥିଲେ । ସେ ଅଞ୍ଚଳରେ ପକ୍ଷୀ ଶିକାର, ଆଉ ପକ୍ଷୀମାନଙ୍କୁ ପଞ୍ଜୁରିରେ ବାନ୍ଧି ରଖିବା ମଧ୍ୟ ଥିଲା ନିଷେଧ । ସେଠିକାର ବାସିନ୍ଦାମାନଙ୍କର ଦୃଢ଼ ବିଶ୍ୱାସ ଥିଲା ଯେ, ସେ ଅଞ୍ଚଳରେ ଦେଖାଯାଉଥିବା ଶୁକପକ୍ଷୀଗୁଡ଼ିକ ମା' ତାରାଙ୍କର ପ୍ରତିନିଧି ।

ମୁଖ୍ୟ ମନ୍ଦିରର ସମ୍ମୁଖଭାଗରେ ମୁଖଶାଳାର ପରିସରରେ ପୂଜା ପାଉଥିଲେ ଅଗ୍ରପୂଜିତ ଠାକୁର ଶ୍ରୀଗଣେଶ, ଦଶମହାବିଦ୍ୟା ଠାକୁରାଣୀମାନେ ଓ ଘୁମେଇ ଠାକୁରାଣୀ । ଠୁଙ୍କା ହେଇ ବସିଥିବା ମଣିଷଟିଏ ଘୁମେଇ ପଡ଼ିଲେ ଯେମିତି ତଳକୁ ମୁହଁକରି ହାତଦୁଇଟି ଆଣ୍ଠୁ ଉପରେ ରଖିଥାଏ, ଠିକ୍ ସେମିତି ଅବସ୍ଥାରେ ଘୁମେଇ ମା' ବସିଥା'ନ୍ତି । ଏମିତି ଘୁମେଇବା ଅବସ୍ଥାରେ ଥାଇ ମଧ୍ୟ ଘୁମେଇ ମା' ମନ୍ଦିରର ସୁରକ୍ଷା ଭାର ଉଠାଇଥା'ନ୍ତି । ଲୋକବିଶ୍ୱାସ, ଶିଳା ଦର୍ପଣ ମନ୍ଦିରକୁ ବିଭିନ୍ନ ଆପଦ

ବିପଦରୁ ଏଇ ଘୁମେଇ ମା' ହିଁ ରକ୍ଷା କରିଥାନ୍ତି ।

ଶିଳା ଦର୍ପଣ ମନ୍ଦିରଟିର ମୁଖ୍ୟ ପୂଜକ ଶ୍ରୀପଞ୍ଜାନନ ମହନ୍ତ ସେଇ ପଥରକଟା ଗାଁଟିର ବାସିନ୍ଦା । ବଂଶାନୁକ୍ରମେ ମନ୍ଦିରଟିର ରକ୍ଷଣାବେକ୍ଷଣ ଓ ପୂଜା ଦାୟିତ୍ୱ ଆସି ପଡ଼ିଥିଲା ପଞ୍ଜାନନଙ୍କ ଉପରେ । ଜନଶ୍ରୁତି କହେ କାହିଁ କେଉଁ ପାଞ୍ଚଶହ ବର୍ଷ ତଳେ, ଏଠି ଯେଉଁଠି ମନ୍ଦିରର ଅବସ୍ଥିତି ରହିଛି, ସେଇଠି ଥିଲା ଘୋର ଜଙ୍ଗଲ । ସେ ସମୟରେ ପଞ୍ଜାନନଙ୍କର ପୂର୍ବପୁରୁଷ ଶ୍ରୀ ଶ୍ରୀବସ ମହନ୍ତଙ୍କର ପୁଅଟିଏ ହୋଇଥାଏ । ପିଲାଟି କିନ୍ତୁ ଠିକ୍ ସମୟରେ କଥାବାର୍ତ୍ତା କରିବା ଆରମ୍ଭ କରି ପାରି ନ ଥିଲା । ଏଇଠି, ଏଇ ଜାଗାରେ ଶ୍ରୀବସ ମହନ୍ତ ମା' ତାରାଙ୍କର ମୂର୍ତ୍ତିଏ ସ୍ଥାପନ କରି ତାଙ୍କୁ ମହାନୀଳ ସରସ୍ୱତୀ ରୂପରେ ପୂଜାର୍ଚ୍ଚନା କରିବାକୁ ଲାଗିଲେ । ପାଖ ଗନ୍ଧମାର୍ଦ୍ଦନ ଜଙ୍ଗଲରେ ଥିବା ଅନେକ ଔଷଧୀୟ ଗୁଳ୍ମ ଓ ଲତାମାନଙ୍କ ବିଷୟରେ ଅଧ୍ୟୟନ କରି ସେଗୁଡ଼ିକୁ ପିଲାଟିର ଚିକିସାରେ ପ୍ରୟୋଗ ମଧ୍ୟ କରୁଥିଲେ ।

ତାଙ୍କର ମା' ତାରାଙ୍କ ପ୍ରତି ଥିବା ପ୍ରଗାଢ଼ ନିଷ୍ଠା ଓ ନିଜ ଜ୍ଞାନ ଏବଂ ଉଦ୍ୟମରେ ତିଆରି କରିଥିବା ଔଷଧରେ ପିଲାଟି କିଛି ବର୍ଷ ପରେ କଥା କହିବାକୁ ଆରମ୍ଭ କରିଥିଲା । ଧୀରେ ଧୀରେ ଆଉ କିଛି ବର୍ଷ ଉପରାନ୍ତେ ପିଲାଟି ସମ୍ପୂର୍ଣ୍ଣ ବାକ୍‌ଶକ୍ତିର ଅଧିକାରୀ ହୋଇପାରିଥିଲା । ଏ ଚମକ୍ରାର ଘଟଣାଟି ଗାଁ ଲୋକଙ୍କଠୁ ଯାଇ ଯେବେ ସେଠାକାର ସ୍ଥାନୀୟ ରାଜାଙ୍କ କାନରେ ପଡ଼ିଲା, ସେତେବେଳେ ତାଙ୍କରି ପ୍ରଚେଷ୍ଟାରେ ସେଇ ସ୍ଥାନରେ ମା' ତାରାଙ୍କର ମନ୍ଦିରଟିଏ ତୋଲାୟାଇଥିଲା । କିନ୍ତୁ ମନ୍ଦିର ସମ୍ମୁଖରେ ଥିବା ଶିଳାଗୁଡ଼ିକର ରହସ୍ୟ ବିଷୟରେ କୌଣସି ଲିଖିତ ବା ଅଲିଖିତ ସ୍ପଷ୍ଟ ତଥ୍ୟ ନ ଥିଲା । ଲୋକ ବିଶ୍ୱାସରେ ଏ ଶିଳାଗୁଡ଼ିକ ମା' ତାରାଙ୍କର ଅଲୌକିକ ଆଶୀର୍ବାଦର ଫଳସ୍ୱରୂପ ଆପେ ଆପେ ସେଠାରେ ଫୁଟି ଉଠିଥିଲେ । ଶ୍ରୀବସ ମହନ୍ତଙ୍କ ଅଦ୍ୟ ଆଜିକୁ ପାଞ୍ଚଶହ ବର୍ଷ ହେଲାଣି ପୁରୁଷାନୁକ୍ରମେ ମନ୍ଦିରଟିର ପୂଜା ଦାୟିତ୍ୱ ତାଙ୍କରି ପରିବାର ଲୋକ ଉଠାଉଛନ୍ତି । ତା' ସହିତ ଆୟୁର୍ବେଦିକ

ଚିକିସ୍ସାଟି ମଧ୍ୟ ପୁରୁଷାନୁକ୍ରମେ ଆଜିପର୍ଯ୍ୟନ୍ତ ପିଢ଼ି ପରେ ପିଢ଼ି ଆଗକୁ ବଢ଼ି ଚାଲିଛି ।

ଶିଳାଦର୍ପଣ ମନ୍ଦିରଟିର ପୂଜାପାଠ ବିଧ୍ୟ ଥିଲା ଖୁବ୍ ସରଳ ଓ ନିରାଡ଼ମ୍ବର । ଆନୁଷ୍ଠାନିକ ଭାବରେ ଏଠାରେ କୌଣସି ମହୋସ୍ସବ କରାଯାଏ ନାହିଁ । ଗୋଟିଏ ନିର୍ଦ୍ଦିଷ୍ଟ ସୀମିତ ସ୍ୱରରେ ମା'ଙ୍କ ପାଖରେ ବାଦ୍ୟଯନ୍ତ୍ର ଯେମିତି ଢୋଲ, ଘଣ୍ଟା, ଶଙ୍ଖ, ମହୁରୀ ଆଦି ପୂଜାବେଳେ ବଜାଯାଏ । କାହିଁକି ନା ମା' ଶାନ୍ତିପ୍ରିୟ, ସେ ଅୟଥା ଶଢ, କୋଲାହଲ, ଆଡ଼ମ୍ବରରେ ବିଶ୍ୱାସ କରନ୍ତି ନି । ଜଙ୍ଗଲଜାତ ଫୁଲ, ଫଳ, ଗାଆଁ ଲୋକଙ୍କ ହାତବୁଣା ତନ୍ତଲୁଗା ଓ କାଚଚୁଡ଼ିରେ ମା' ସନ୍ତୁଷ୍ଟ । ସିନ୍ଦୂର, କଜ୍ଜଳ, ଚନ୍ଦନ, ଅଗରୁରେ ମା'ଙ୍କର ଶୃଙ୍ଗାର । ବର୍ଷସାରା ଅନେକ ପୂଜା ପାର୍ବଣ ପାଳନ କରାଯାଉଥିଲେ ମଧ୍ୟ ମା'ଙ୍କର ମୁଖ୍ୟ ପର୍ବଟି କୁମାରପୂର୍ଣ୍ଣିମୀ ଦିନ ପାଳନ କରାଯାଏ । ଏହିଦିନ ମନ୍ଦିର ପୂଜାରୀ ଠାକୁରାଣୀଙ୍କୁ ଷୋଡ଼ଶୋପଚାର ବିଧ୍ୟ, ପୂଜାର ଷୋହଳଟି ଅଙ୍ଗ: ଆସନ, ସ୍ୱାଗତ, ପାଦ୍ୟ, ଅର୍ଘ୍ୟ, ଅଚମନୀୟ, ମଧୁପର୍କ, ପୁନରାଚ-ମନୀୟ, ସ୍ନାନ, ବସନ, ଆଭରଣ, ଗନ୍ଧ, ପୁଷ୍ପ, ଧୂପ, ଦୀପ, ନୈବେଦ୍ୟ ଓ ବନ୍ଦନାରେ ପୂଜା କରିଥା'ନ୍ତି ।

କୁମାରପୂର୍ଣ୍ଣିମୀ ଦିନ ଶିଳା ଦର୍ପଣ ମନ୍ଦିରରେ ମା' ତାରାଙ୍କୁ ଷୋଡ଼ଶ ଉପଚାରରେ ପୂଜା କଲାପରେ ଗୋଟେ ଅଭିନବ ପ୍ରଥାର ପ୍ରଚଳନ ଥିଲା । ସେଦିନ ପଥରକଟା ଗାଆଁର ବାସିନ୍ଦା ଓ ଦୂରଦୂରାନ୍ତରୁ ଆସିଥିବା ଭକ୍ତମାନେ ବାଉଁଶ ପାତିଆରେ ତିଆରି ଡାଲାଗୁଡ଼ିକରେ ବିଭିନ୍ନ ଫଳ ବିଶେଷକରି କୋଲିଜାତୀୟ ଫଳସବୁ ସଜାଇ ରଖିଦିଅନ୍ତି ମନ୍ଦିର ପରିସରରେ, ସେଇ ଶହେ ଆଠଟି ଶିଲାଖଣ୍ଡ ପାଖରେ । ଫଳଭର୍ତ୍ତି ଡାଲାଟିମାନ ସେଠି ରଖିଦେଇ ଭକ୍ତମାନେ ଫେରିଆସନ୍ତି ମନ୍ଦିର ବେଢ଼ାକୁ । ଗନ୍ଧମାର୍ଦ୍ଦନ ଜଙ୍ଗଲରୁ ବିଭିନ୍ନ ପ୍ରକାରର ପକ୍ଷୀମାନେ ଉଡ଼ିଆସି ସେଇ ଫଳଗୁଡ଼ିକୁ ଥଣ୍ଡରେ ଖୁମ୍ପି ଖୁମ୍ପି ଖାଇଥା'ନ୍ତି । ଏଇ ପକ୍ଷୀମାନଙ୍କ ଭିତରେ

ମୁଖ୍ୟତଃ ଶୁକପକ୍ଷୀଙ୍କର ସଂଖ୍ୟା ଥାଏ ସର୍ବାଧିକ। ବିଭିନ୍ନ ପ୍ରଜାତିର ଦଳଦଳ ଶୁକପକ୍ଷୀ ଜଙ୍ଗଲ ଓ ତା'ର ଆଖପାଖ ଅଞ୍ଚଳରୁ ଉଡ଼ିଆସି ଅବାଧରେ ଖାଇଥା'ନ୍ତି ଫଳଗୁଡ଼ିକୁ। ଲୋକମାନ୍ୟତା ଓ ବିଶ୍ୱାସରେ ଶୁକପକ୍ଷୀମାନେ ମା' ତାରାଙ୍କ ପ୍ରତିନିଧି ହୋଇ ସେଦିନ ଶ୍ରଦ୍ଧାଳୁଙ୍କଠୁ ଫଳଭୋଗ ଗ୍ରହଣ କରିଥା'ନ୍ତି। କୁମାରପୂର୍ଣ୍ଣିମୀ ବା ଶରତପୂର୍ଣ୍ଣିମୀ ଦିନ ପଥରକଟା ଗାଁର ସବୁ ବାସିନ୍ଦା ପିନ୍ଧିଥା'ନ୍ତି ନୂଆ ପୋଷାକ। ପଥରକଟା ଗାଁର ବାସିନ୍ଦାଙ୍କ ଚଳଣି ପରି ଶିଳା ଦର୍ପଣ ମନ୍ଦିରର ଅଧିଷ୍ଠାତ୍ରୀ ଦେବୀ ମା' ତାରାଙ୍କର ପୂଜାବିଧି, ନୀତି ନିୟମ ମଧ୍ୟ ଥିଲା ସହଜ, ସରଳ ଓ ଚାକଚକ୍ୟବିହୀନ।

***

ଦ୍ଵିତୀୟ ପରିଚ୍ଛେଦ

ଶିଳା ଦର୍ପଣ ମନ୍ଦିରଟିର ଅବସ୍ଥିତି ସ୍ଥାନରୁ ହିଁ ଆରମ୍ଭ ହେଇଥିଲା ପଥରକଟା ଗାଁଟିର ପରିସୀମା। ଏହିଠାରୁ ଏକ ଅଣଓସାରିଆ ରାସ୍ତା ଲମ୍ବି ଯାଇଥିଲା ଗାଁ ଭିତର ଦେଇ ଗନ୍ଧମାର୍ଦ୍ଦନ ପର୍ବତଶ୍ରେଣୀର ଜଙ୍ଗଲ ଭିତରକୁ। ଆଉ ଏ ରାସ୍ତାଟି ମଧ୍ୟ ବିପରୀତ ଦିଗରେ ମନ୍ଦିରରୁ ଆଗକୁ ଲମ୍ବିଯାଇ ମିଶିଥିଲା ଅନ୍ୟ ଏକ ମୁଖ୍ୟ ରାସ୍ତା ସହିତ, ଯେଉଁଟା ଅଛ କିଛି ବାଟ ଆଗକୁ ଯାଇ ପୁନର୍ବ ସଂଯୋଗ ହୋଇଥିଲା ଜାତୀୟ ରାଜପଥ ସହ।

ମାତ୍ର ତିନିଶହ ବାସିନ୍ଦାଙ୍କୁ ନେଇ ଏଇ ଅତି ସାଧାରଣ ଗାଁଟିର ଲୋକମାନଙ୍କ ଗୃହସ୍ଥ ଜୀବନ ମଧ୍ୟ ଅତି ସାଧାରଣ ଓ ସାମାନ୍ୟ। କିନ୍ତୁ ଏଇ ଗାଁଟି ଭିତରେ ଗୋଟିଏ ପରିବାର ରହୁଥିଲେ, ଯିଏକି ଠିକ୍ ଶିଳା ଦର୍ପଣ ମନ୍ଦିରର ପାଚେରି କାନ୍ଥକୁ ଲାଗି ଗାଁ ଭିତରକୁ ଯାଇଥିବା ସଡ଼କଟିର ଆରପଟକୁ। ତାଙ୍କର ଜୀବନଚର୍ଯ୍ୟା ଥିଲା ସାଧାରଣଠୁ ଭିନ୍ନ ବା କ୍ଵଚିତ୍ ଅସାମାନ୍ୟ। ପାଖାପାଖି ପାଞ୍ଚ ଗୁଣ୍ଠ ପରିମିତ ଜାଗାରେ ଗୋଟିଏ କୋଣକୁ ତାଙ୍କ ଘର। ସମ୍ପୂର୍ଣ୍ଣ ଜାଗାଟିରୁ ଘରଟିକୁ ବାଦ୍ ଦେଲେ ବାକି ଜାଗାରେ ଲାଗିଥିଲା ଭଲିକି ଭଲି ଫୁଲଗଛ, ଶାଗ ଓ ପନିପରିବା ଗଛସବୁ। ସେ ସୁନ୍ଦର ସବୁଜିମାଭରା ପରିବେଶକୁ ତାଲ ଦେଇ ଘରର ଚାରି ପାଖରେ ସେମିତି ସୁନ୍ଦର, ମନଲୋଭା ବଗିଚାଟିଏ ତିଆରି ହୋଇଥିଲା। ଘରର ପରିସୀମାକୁ ଘେରି ରହିଥିବା ପାଚେରି କାନ୍ଥରେ ଲୁହାର ଫାଟକଟିଏ ଥିଲା, ଆଉ ସେଥିରେ ଗୋଟିଏ ଛୋଟ ଫଳକରେ ଲେଖା ହୋଇଥିଲା 'ଆଚାର୍ଯ୍ୟ ଭବନ'।

ବର୍ଷା। ରୁତୁରେ କେବେ କେବେ ପାହାଡ଼ ଶିଖରରୁ ପାଣି ସ୍ରୋତର ପ୍ରାବଲ୍ୟରେ ପଥରଟିମାନ ଗଡ଼ି ଆସି ତା'ରି ପାଦ ଦେଶରେ ଅଟକି ଯାଉଥିବା ଭଳି, ଆଜିକୁ ପ୍ରାୟ କୋଡ଼ିଏ ପଚିଶ ବର୍ଷ ତଳେ ଏଇ ଆଚାର୍ଯ୍ୟ ଭବନର କର୍ତ୍ତା ଯେଉଁମାନେ କି ଭୁବନେଶ୍ୱରର ମୂଳ ବାସିନ୍ଦା, ସମୟ ସ୍ରୋତରେ ଭାସି ଆସି ଏଠି ଏଇ ଗନ୍ଧମାର୍ଦ୍ଦନ ପର୍ବତଶ୍ରେଣୀର ପାଦଦେଶର ଛୋଟିଆ ଉପତ୍ୟକା ଗାଁ ପଥରକଟାରେ ଅଟକି ଯାଇଥିଲେ।

ଏଇ କଥାଟିର ଆରମ୍ଭ ସେଇ ସମୟରେ; ଯେତେବେଳେ ଇଣ୍ଟରନେଟ୍, ମୋବାଇଲ ଫୋନ୍ ବା ଏମିତି ଅନ୍ୟ ଗ୍ୟାଜେଟ୍ମାନଙ୍କର ପ୍ରବେଶ ଆମ ନିତିଦିନିଆ ଜୀବନରେ ହେଇ ନ ଥିଲା। କିନ୍ତୁ ଏହାର ବିସ୍ତୃତି ସେ ସମୟକୁ ଛୁଇଁଥିଲା, ଯେତେବେଳେ ଏସବୁର ପ୍ରବେଶ ଓ ବହୁଳ ବ୍ୟବହାର ଆମ ନିତିଦିନିଆ ଜୀବନରେ ଆରମ୍ଭ ହେଇଯାଇଥିଲା। ତା'ପରେ ଅବଶ୍ୟ ଏ କଥାଟିର ଚରିତ୍ରମାନଙ୍କର ସ୍ଥିତି ଆଗକୁ ରହିଥିଲେ ସୁଦ୍ଧା କଥାଟି ତା'ର ବିଶେଷତ୍ୱ ଦେଖାଇ ଦେଇ ଥିବାରୁ ଆଗକୁ ଆଉ ନ ବଢ଼ି ସେଇଠି ଅଟକି ଯାଇଛି।

ଆଚାର୍ଯ୍ୟ ଭବନର ବାସିନ୍ଦା ଥିଲେ ଘରଟିର ମାଲିକାଣୀ ସୁଗନ୍ଧା ଆଚାର୍ଯ୍ୟ, ତାଙ୍କର ଅଠର ବର୍ଷୀୟା ଏକମାତ୍ର ଝିଅ ଅଙ୍କିତା ଆଉ ଘର କାମରେ ସାହାଯ୍ୟ ଓ ବଗିଚାର ଦେଖାଚାହାଁ କରିବାକୁ ମଧ୍ୟବୟସ୍କ ନିଃସନ୍ତାନ ଦମ୍ପତି ପ୍ରହଲ୍ଲାଦ ଗାଦ୍‌ବା ଓ କାଞ୍ଚନ ଗାଦ୍‌ବା। ସୁଗନ୍ଧା ଆଚାର୍ଯ୍ୟ ଥିଲେ ବିଧବା। ତାଙ୍କ ସ୍ୱାମୀ ସ୍ୱର୍ଗତ ସୌରଭ ଆଚାର୍ଯ୍ୟ ଥିଲେ ପେସାରେ ଡାକ୍ତର। କଟକ ଶ୍ରୀରାମଚନ୍ଦ୍ର ଭେଷଜ ମହାବିଦ୍ୟାଳୟରୁ ଏମ୍.ବି.ବି.ଏସ୍. ସହ ଶିଶୁରୋଗରେ ସ୍ନାତକୋଉର ପାଠ ପଢ଼ି ନିଜକୁ ଜଣେ ଦକ୍ଷ ଶିଶୁରୋଗ ବିଶେଷଜ୍ଞ ଭାବେ ପ୍ରତିଷ୍ଠିତ କରାଇ ପାରିଥିଲେ। ସୌରଭଙ୍କର ଡାକ୍ତରି ପଢ଼ା। ପରେ ତାଙ୍କୁ ବଲାଙ୍ଗୀର ସଦର ମହକୁମାର ସରକାରୀ ଡାକ୍ତରଖାନାରେ ନିଯୁକ୍ତି ମିଳିଥିଲା। ବଲାଙ୍ଗୀର ଡାକ୍ତରଖାନାରେ କାର୍ଯ୍ୟରତ ଥିବାବେଳେ ସୌରଭଙ୍କର

ବାହାଘର ହୋଇଥିଲା ସୁଗନ୍ଧାଙ୍କ ସହ । ସୁଗନ୍ଧା ମଧ୍ୟ ଥିଲେ ଭୁବନେଶ୍ୱରର ବାସିନ୍ଦା, କିନ୍ତୁ ବାହାଘର ପରେ ଉଭୟ ଚାଲି ଆସିଥିଲେ ବଲାଙ୍ଗୀର । ନୂଆ ନୂଆ ସାଂସାରିକ ଜୀବନ ବେଶ୍ ହସଖୁସିରେ ଗତାନୁଗତିକ ଧାରାରେ ଗଡ଼ିଚାଲିଥାଏ । ଏମିତିରେ ବିବାହର ଦୁଇ ବର୍ଷ ପରେ ସୌରଭ ଓ ସୁଗନ୍ଧାଙ୍କ ପରିବାରରେ ନୂଆ ଚେହେରାଟିଏ ଯୋଗ ଦେଇଥିଲା ସେମାନଙ୍କର ଝିଅ ଅଙ୍କିତା । ସୌରଭ ଓ ସୁଗନ୍ଧାଙ୍କର ଏକମାତ୍ର ସନ୍ତାନ ହେଲା ଅଙ୍କିତା ।

ଆଚାର୍ଯ୍ୟ ଭବନର ଅନ୍ୟ ଦୁଇ ଅନ୍ତେବାସୀ ପ୍ରହଲ୍ଲାଦ (ପହଲା) ଗାଦ୍‌ବା ଓ ତାଙ୍କ ପତ୍ନୀ କାଞ୍ଚନ ଗାଦ୍‌ବା ଥିଲେ ପଥରକଟା ଗାଁର ଲୋକ । ଆଚାର୍ଯ୍ୟ ଦମ୍ପତି ଯେବେ ନୂଆ ନୂଆ ବଲାଙ୍ଗୀର ସହରରୁ ଉଠିଆସି ଏଠି ବସବାସ କରିବାକୁ ଲାଗିଲେ, ସେତେବେଳେ କାଞ୍ଚନ ସୁଗନ୍ଧାଙ୍କୁ ଘର କାମରେ ସାହାଯ୍ୟ କରିବାକୁ ଆସୁଥିଲା ଆଉ ପହଲା ବଗିଚାର ଦେଖାଚାହାଁ ଓ ଅନ୍ୟ ବାହାର କାମରେ ସାହାଯ୍ୟ କରୁଥିଲା । ସୌରଭଙ୍କର ଆକସ୍ମିକ ମୃତ୍ୟୁ ପରେ କାଞ୍ଚନ ଓ ପହଲା ଆଚାର୍ଯ୍ୟ ଭବନରେ ସ୍ଥାୟୀ ଭାବରେ ରହିବାକୁ ଲାଗିଲେ । ସେମାନେ ନିଃସନ୍ତାନ ଥିଲେ ମଧ୍ୟ ଘର ଓ ବଗିଚା କାମ ସହିତ ଅଙ୍କିତାର ଦେଖାଶୁଣା ଓ ଯତ୍ନ ନେବାରେ ସୁଗନ୍ଧାଙ୍କୁ ଅନେକ ସହଯୋଗ କରୁଥିଲେ ।

ମଧ୍ୟବୟସ୍କା ସୁଗନ୍ଧା ଥିଲେ ଉଚ୍ଚଶିକ୍ଷିତା । ମନୋବିଜ୍ଞାନ ପାଠ୍ୟକ୍ରମରେ କରିଥିଲେ ଏମ୍‌ଫିଲ୍ । ପିନ୍ଧାରେ ତାଙ୍କର ସବୁବେଳେ ଥାଏ ସୂତା ଲୁଗା, ମୁହାଁରୁ ଝଲସୁଥାଏ ଏକ ସମ୍ମୋହନୀୟ ଛଟା । ତାଙ୍କର ରୁଚିସମ୍ପନ୍ନ ବେଶଭୂଷା ଓ ଉଚ୍ଚଶିକ୍ଷା ତାଙ୍କୁ ଗାଁଟିର ଅନ୍ୟାନ୍ୟ ବାସିନ୍ଦାଙ୍କଠୁ ସ୍ୱତନ୍ତ୍ର କରୁଥିଲା । ଗାଁ ଲୋକ ଅଧିକାଂଶ ସମୟରେ ସେମାନଙ୍କ ନିଜସ୍ୱ ପାରିବାରିକ ଜୀବନର ସମସ୍ୟାକୁ ନେଇ ତାଙ୍କ ପାଖକୁ ଆସୁଥିଲେ । ପୂଜାପର୍ବ ବା ଶିଳା ଦର୍ପଣ ମନ୍ଦିରରୁ ଫେରନ୍ତା ବାଟ'ରେ ଅନେକ ଗାଁ ମହିଳା ସୁଗନ୍ଧାଙ୍କ ସହ କଥାବାର୍ତ୍ତା ହେବା ପାଇଁ କିଛି ସମୟ କାଟିବାକୁ ଆସୁଥିଲେ

ଆଚାର୍ଯ୍ୟ ଭବନକୁ । ମୋଟାମୋଟି ଭାବେ ଗାଆଁ ଲୋକଙ୍କ ସହ ସୁଗନ୍ଧାଙ୍କର ଖୁବ୍ ନିବିଡ଼ ସମ୍ପର୍କ ଥିଲା ।

    ଦିନକର ଶୀତୁଆ ସଞ୍ଜର କଥା । ଆଚାର୍ଯ୍ୟ ଭବନର ବାହାର ପଟ ପିଣ୍ଡା ଉପରେ ଚୌକିରେ ବସି ପତ୍ରିକାଟିଏ ଧରି ପଢ଼ୁଥା'ନ୍ତି ସୁଗନ୍ଧା । ପିଣ୍ଡାତଳକୁ ଦୁଇଟି ପାହାଚ ଓହ୍ଲାଇଗଲେ ବଗିଚାର ପରିସୀମା ଆରମ୍ଭ । ସେଇଠି ଗୋଟିଏ କଡ଼କୁ ଥିଲା ତୁଳସୀ ଚଉଁରାଟିଏ । ସଞ୍ଜ ରତରତ ବେଳକୁ କାଞ୍ଚନ ଚଉଁରାରେ ସଞ୍ଜବତି ଦେବାକୁ ଆସିଲା । ଏତିକିବେଳେ ପାଚେରି ସେପଟୁ ଶିଳା ଦର୍ପଣ ମନ୍ଦିରରୁ ଭାସି ଆସୁଥାଏ ସନ୍ଧ୍ୟା ସମୟ ପୂଜାର ମୃଦୁମୃଦୁ ଘଣ୍ଟି ଓ ଶଙ୍ଖର ଶବ୍ଦ । ସୁଗନ୍ଧା ଏଥର ହାତରୁ ପତ୍ରିକାଟି ତଳେ ଥୋଇଦେଇ ହାତ ଯୋଡ଼ି ନମସ୍କାର ଜଣାଇଲେ ବୃନ୍ଦାବତୀ ମା'ଙ୍କୁ । ତା'ପରେ ଶିଳା ଦର୍ପଣ ମନ୍ଦିର ଆଡ଼େ ଟିକେ ବୁଲିପଡ଼ି ମା' ତାରାଙ୍କ ଉଦ୍ଦେଶ୍ୟରେ ଆଉ ଗୋଟିଏ ନମସ୍କାର ଜଣାଇଲେ । ଏତିକିବେଳକୁ ଗୋଟେ ବିକଟ ରଡ଼ି ସହ କିଛି ଗୋଟେ କାଚ ଜିନିଷ ଭାଙ୍ଗିଯିବାର ଝଣ୍ଝଣ୍ ଶବ୍ଦ ଶୁଭିଲା । ଏ ଶବ୍ଦରେ ସୁଗନ୍ଧା ଚମକି ପଡ଼ିଲେ ସତ, କିନ୍ତୁ ବିବ୍ରତ ହେଲେନି । ସତେକି ଏ ଗୋଟିଏ ନିତିଦିନିଆ ଚିରାଚରିତ ଘଟଣା । ସେ ପୁଣି ଥରେ ଚୌକିରେ ବସିପଡ଼ି ତଳୁ ପତ୍ରିକାଟିକୁ ଉଠାଇ ନେଇ ପୂର୍ବରୁ ଛାଡ଼ିଥିବା ସ୍ଥାନରୁ ଆଗକୁ ପଢ଼ିବାକୁ ଲାଗିଲେ । ମନ୍ଦିରର ଘଣ୍ଟି ଓ ଶଙ୍ଖ ଶବ୍ଦ ସହ ସେ ରଡ଼ିର ଶବ୍ଦ ମିଶିଯାଇ ଏକ ଅଣ୍ଟ, ଅଗ୍ରହଣୀୟ ଧ୍ୱନି ସୃଷ୍ଟି କରୁଥିଲା । ଯା'ଭିତରେ କାଞ୍ଚନ ଏ ଶବ୍ଦ ଶୁଣି ସଞ୍ଜବତି ତରତରହେଇ ରଖିଦେଇ ଧାଇଁ ଯାଇଥିଲା ଘର ଭିତରକୁ । ଆଉ ଘର ଭିତରୁ ସେ ରଡ଼ି ସହ ଶୁଭୁଥିଲା କାଞ୍ଚନର ସ୍ୱର–

    – "ନାଇଁ, ଆମ ସୁନା ଝିଅଟା, ଅଙ୍କୁ ଦେଇ । ଚାଲ ଚାଲ ଆମେ ଆଉ ଏଠି ରହିବାନି, ଚାଲ ତୁମ ବଲ୍ ଆଣ, ଆମେ ବଗିଚାକୁ ଯିବା । ସୁନା ଝିଅଟା ଆମର କଥା ଶୁଣିବ ।"

କାଞ୍ଚନର ଆଦର ସହିତ ବିକଟ ରଡ଼ିଟା କ୍ରମେ ଧୀର ହୋଇ ଗାଁ ଗାଁ ଶଧ କରି ସ୍ଥିର ହୋଇଯାଇଥିଲା । କାଞ୍ଚନ ଅଙ୍କିତାକୁ ନେଇ ବଗିଚାର ପଛଭାଗକୁ ଚାଲିଯାଇଥିଲା ତା' ସହ କିଛି ସମୟ ଖେଳିବା ପାଇଁ । ଯା'ର ପାଞ୍ଚ ଦଶ ମିନିଟ୍ ପରେ ପହଲା ଗୋଟେ ଫଟୋ ଫ୍ରେମ୍ ଯାହାର ଉପର କାଚଟି ଏଇ କିଛି ସମୟ ପୂର୍ବରୁ ଅଙ୍କିତାର ହାତ ବାଜି ତଳେ ପଡ଼ି ଭାଙ୍ଗିଗଲା, ତାକୁ ଆଣି ସୁଗନ୍ଧା ହାତକୁ ବଢ଼ାଇ ଦେଇ କହିଲା–

– "ମା' ଅଙ୍କୁ ଦେଇଙ୍କ ହାତ ବାଜି ତଳେ ପଡ଼ି ଫଟୋଟିର ଉପର କାଚଟି ଭାଙ୍ଗିଗଲା । ମୁଁ ସେ ଜାଗାରୁ କାଚ ଉଠାଇ ସଫା କରି ଦେଇଛି । ଏଥର ବଜାରକୁ ଗଲାବେଳେ ଏଇଟାକୁ ନେଇ ଆଉ ଗୋଟେ ନୂଆ କାଚ ଲଗାଇ ଆଣିବି । ତା'ପରେ କିନ୍ତୁ ଏଇଟାକୁ କେଉଁଠି ଗୋଟେ ଉଙ୍କା ଜାଗାରେ ରଖିଦେବା ।" ଏଥର ପହଲା ଫଟୋଟିକୁ ସୁଗନ୍ଧାଙ୍କ ହାତକୁ ବଢ଼ାଇ ଦେଇ ଚାଲିଯାଇଥିଲା ନିଜ କାମରେ ।

ଫଟୋଟିକୁ ହାତରେ ଧରି ନିରେଖି ଚାହିଁଲେ ସୁଗନ୍ଧା, ତାଙ୍କ ସ୍ୱାମୀ ସୌରଭ, ଅଙ୍କିତା ଓ ସେ ନିଜେ । ତାଙ୍କ ସମ୍ପୂର୍ଣ୍ଣ ପରିବାରର ଫଟୋ । ଅଙ୍କିତାକୁ ଯେତେବେଳେ ତିନିବର୍ଷ, ବଲାଙ୍ଗୀର ବଜାରର ଏକ ଷ୍ଟୁଡିଓରେ ଫଟୋଟି ଉଠାଇଥିଲେ । ଅଙ୍କିତାକୁ କୋଳରେ ବସାଇ ତାକୁ ନିଜ ଦେହକୁ ଆଉଜେଇ ଦେଇ ଜାବୁଡ଼ି ଧରିଥିଲେ ସୌରଭ, ଆଉ ତାଙ୍କ କଡ଼କୁ ଅନ୍ୟ ଏକ ଚୌକିରେ ବସିଥିଲେ ସୁଗନ୍ଧା ।

ଫଟୋଟିରେ ଅଙ୍କିତାର ଚେହେରା ଉପରେ ଧୀରେ ଧୀରେ ସସ୍ନେହ ହାତ ବୁଲାଇ ଦିଅନ୍ତେ, ସତେକି ସେ ସ୍ପର୍ଶରେ ସମୟ ତାଙ୍କୁ ଟାଣି ନେଇଥିଲା, ତା' ଉଦ୍ଦାମ ସ୍ରୋତରେ ପୁଣି ଥରେ ବିତିଯାଇଥିବା ସେ ଦିନଗୁଡ଼ାକ ପାଖକୁ, ତା'ରି ଜନ୍ମବେଳର ସମୟକୁ । ଅଙ୍କିତା ଜନ୍ମ ହେବାର କିଛି ଘଣ୍ଟା ପରେ ସୁଗନ୍ଧା ପ୍ରକୃତିସ୍ଥ ହେଇଥିଲେ । ଟିକେ ସାଧାରଣ ଅବସ୍ଥାକୁ ଫେରି ଏକଡ଼ ସେକଡ଼ ଚାହିଁ କ'ଣ ହେଲା

ବୋଲି ଜାଣିବାକୁ ଇଚ୍ଛା କରନ୍ତେ, ଦେଖିଲେ ତାଙ୍କଠୁ କିଛି ଦୂରରେ ଅନ୍ୟ ଡାକ୍ତର ଓ ନର୍ସମାନଙ୍କ ସହ ଠିଆ ହେଇଛନ୍ତି ସୌରଭ। ସୁଗନ୍ଧାଙ୍କୁ ସାଧାରଣ ଅବସ୍ଥାକୁ ଫେରି ଆସୁଥିବାର ଦେଖି, ସୌରଭ ଦୌଡ଼ି ଆସି ତାଙ୍କ କପାଳକୁ ସ୍ନେହରେ ଆଉଁଶି ଦେଇଥିଲେ- ସୁଗନ୍ଧା, ମୋର ଝିଅଟେ ହୋଇଛି। ତା' ନାଁ ବି ମୁଁ ୟା' ଭିତରେ ଭାବି ନେଇଛି- ଅଙ୍କିତା। ସୌରଭ ଓ ସୁଗନ୍ଧାର ସ୍ନେହର ସ୍ୱାକ୍ଷର ଆଙ୍କି ଯିଏ ଆସିଛି, ସେ ହେଲା ଅଙ୍କିତା।

ସୌରଭଙ୍କ କଥା ଶୁଣି ପ୍ରସବଜନିତ କଷ୍ଟ ସତେକି ମିଳେଇ ଯାଇଥିଲା ସୁଗନ୍ଧାଙ୍କର।

- "ତୁମର ଝିଅଟେ ହେଲା ନା, ଆମର ଝିଅଟେ ହେଲା। ଇସ୍ କି ସ୍ୱାର୍ଥପର ତୁମେ, ଏପଟେ କହୁଚ ସୌରଭ ଆଉ ସୁଗନ୍ଧାର ସ୍ନେହର ସ୍ୱାକ୍ଷର, ସେପଟେ କହୁଚ- ମୋ ଝିଅ" – ଆତ୍ମତୃପ୍ତିର ହସଟେ ହସି, ଥରଥର ଗଳାରେ କହିଥିଲେ ସୁଗନ୍ଧା।

ସୁଗନ୍ଧାଙ୍କ କଥାରେ ସୌରଭ ନ ହସି ରହିପାରିଲେନି। ମନ ଖୋଲା ହସଟେ ହସି କହିଥିଲେ- "ବାସ୍ ଆଉ ଚିନ୍ତା ନାହିଁ, ମୋ ସହ ଯୁଦ୍ଧ କରିବାକୁ ବାହାରିଲଣି ମାନେ ତୁମେ ଏବେ ପୂରା ନର୍ମାଲ। ହେଲା... ବାବା... ଆମ ଝିଅ ଅଙ୍କିତା।"

ମା' ହେବାର ଅନୁଭୂତି ଓ ଖୁସି ଅନନ୍ୟ। ଯେବେ କ୍ଷେତଗୁଡ଼ିକ ଶସ୍ୟ ସମ୍ଭାରରେ ପୂରିଉଠନ୍ତି; ନଦୀର ବକ୍ଷ ବର୍ଷା ପାଣିରେ ଫୁଲିଉଠନ୍ତି; ବୃକ୍ଷଲତାଗୁଡ଼ିକ ଜାତିଜାତିକା ଫଳ ଫୁଲରେ ମଣ୍ଡି ହେଇଯା'ନ୍ତି; ସମୁଦ୍ର ଗର୍ଭରେ ଶାମୁକା ଭିତରେ ମୁକ୍ତାଗୁଡ଼ିକ ଆକାର ପାଆନ୍ତି; ବର୍ଷା ରତୁର ଆଗମନୀରେ ଆକାଶରେ ମାଲମାଲ ମେଘଖଣ୍ଡ ଭାସି ବୁଲନ୍ତି; ବୋଧହୁଏ ସେମାନେ ବି ଏଇ ମା' ହେବାର ଖୁସି ଓ ପୂରଣ୍ତା ଅନୁଭୂତି ପରି ଅନୁଭବ କରନ୍ତି।

ସୁଗନ୍ଧା ମଧ୍ୟ ସଦ୍ୟ ମାତୃତ୍ୱର ଅନୁଭୂତିରେ ଏମିତି ଉଲ୍ଲସିତ ହେଉଉଠିଥିଲେ ।

ଅଙ୍କିତାକୁ ପାଇ ସୌରଭ ଓ ସୁଗନ୍ଧା ଦୁହେଁ ଥିଲେ ଅତିମାତ୍ରାରେ ଖୁସି । କିନ୍ତୁ ସେମାନଙ୍କର ଏ ଖୁସି ବେଶିଦିନ ରହିପାରି ନ ଥିଲା । ଅଙ୍କିତାକୁ ଯେବେ ତିନିବର୍ଷ ବୟସ, ସୌରଭ ନିଜେ ଶିଶୁ ବିଶେଷଜ୍ଞ ହେଇଥିବାରୁ ଜାଣିପାରିଥିଲେ ଯେ, ତା'ର ଶାରୀରିକ ଓ ମାନସିକ ବିକାଶ ଦୁହେଁ ଦୁହିଁଙ୍କୁ ତାଲ ଦେଇ ହେଉନାହିଁ । ବୟସ ଅନୁସାରେ ମାନସିକ ଅଭିବୃଦ୍ଧି ଘଟୁନାହିଁ । ଅଙ୍କିତାକୁ ନେଇ ଏବେ ଦୁହିଁଙ୍କର ଚିନ୍ତା ବଢ଼ିଗଲା । ସୌରଭଙ୍କର ସମସ୍ତ ସମୟ ଓ ଶକ୍ତି ଏଥର ବ୍ୟୟ ହେଲା, ଏପ୍ରକାର ଅକ୍ଷମତାକୁ ଡାକ୍ତରି ଚିକିତ୍ସା ଦ୍ୱାରା କେମିତି ଆରୋଗ୍ୟ କରିହେବ ବୋଲି ଯଦିଓ ସେ ଜାଣିଥିଲେ ଓ ବୁଝି ଥିଲେ, ଏ ପ୍ରକାରର ଅକ୍ଷମତାକୁ ସମ୍ପୂର୍ଣ୍ଣ ଠିକ୍ କଲାପରି କୌଣସି ବଳିଷ୍ଠ ଚିକିତ୍ସା ବା ଅନ୍ୟ କୌଣସି ପଦ୍ଧତି ନାହିଁ । ମାନବ ଜାତି ଚିକିତ୍ସା ବିଜ୍ଞାନରେ ଅନେକ ଅଗ୍ରଗତି କରିପାରିଥିଲେ ବି ଆହୁରି ଅନେକ ଅଭେଦ୍ୟ ରହସ୍ୟ ରହିଛି, ଯାହାକୁ ବୁଝିବାକୁ ଏବେବି ଡାକ୍ତର ତଥା ବୈଜ୍ଞାନିକମାନେ ଅକ୍ଷମ । ଯେମିତିକି ବିଜ୍ଞାନାଗାରରେ କୃତ୍ରିମ ଉପାୟରେ କାନଟିଏ ଗଢ଼ିବାରେ ସଫଳତା ମିଳିପାରିଚି, କିନ୍ତୁ କାନଟି ପାଇଁ ଶ୍ରବଣ ଶକ୍ତିକୁ ବିକଶିତ କରାଯାଇ ପାରିନାହିଁ, ଠିକ୍ ଏମିତି ମଣିଷର ଜିନ୍ ଓ ଡି.ଏନ୍.ଏ.ରେ ରହିଯାଉଥିବା କିଛ ତୁଟି, ଯେଉଁଥିପାଇଁ ମଣିଷର ଅଙ୍ଗ ଓ ଭାବ ପ୍ରକାଶରେ ଅକ୍ଷମତା ଦେଖାଯାଏ, ତାକୁ ଚିକିତ୍ସା ଦ୍ୱାରା ସମ୍ପୂର୍ଣ୍ଣ ଠିକ୍ କରିପାରିବାର ଦକ୍ଷତା ଓ କ୍ଷମତା ମଧ୍ୟ ଏ ପର୍ଯ୍ୟନ୍ତ ଆମ ପାଖରେ ନାହିଁ ।

ଏସବୁ କଥା ଜାଣି ମଧ୍ୟ ସୌରଭ ଅଙ୍କିତାକୁ ନେଇ ଅନେକ ଆଶାବାଦୀ ଥିଲେ । ତାଙ୍କର ଜଣେ ଚିକିତ୍ସକ ବନ୍ଧୁଙ୍କ ପରାମର୍ଶରେ ଯିଏକି ନିଜେ ଆମେରିକାର ନ୍ୟୁୟର୍କସ୍ଥିତ ଜନ୍ ହପକିନ୍ସ ହସ୍ପିଟାଲରେ କାର୍ଯ୍ୟରତ ଥିଲେ, ଅଙ୍କିତାକୁ ନେଇ

ନ୍ୟୁୟର୍କ ଯାଇଥିଲେ ଚିକିସ୍ସା ପାଇଁ । ପାଖାପାଖ ଦୁଇ ବର୍ଷ କାଳ ସେମାନେ ଅଙ୍କିତାର ଚିକିସ୍ସା ସେଇ ବନ୍ଧୁ ଜଣଙ୍କ ପାଖରେ ରହି କରାଇଥିଲେ । ମନରେ ଆଶା, ଉନ୍ନତ ଦେଶରେ ଉନ୍ନତ ଚିକିସ୍ସା ପ୍ରଣାଳୀରେ ହୁଏତ କିଛି ଅସାଧାରଣ ଘଟଣା ଘଟି ଯାଇପାରେ । କିନ୍ତୁ ସେମିତି କିଛି ଆଶାନୁରୂପ ଫଳ ସେମାନଙ୍କୁ ମିଳିଲା ନାହିଁ । ତେଣୁ ସେମାନେ ପୁନଶ୍ଚ ଅଙ୍କିତାକୁ ଧରି ଫେରି ଆସିଥିଲେ ବଲାଙ୍ଗୀର ସହରକୁ ।

        ଏ ଉଦ୍ୟମ ପରେ ସୌରଭ ଓ ସୁଗନ୍ଧା ଅଙ୍କିତାକୁ ଚିକିସ୍ସା ମାଧ୍ୟମରେ ସୁସ୍ଥ କରିବାର ପ୍ରୟାସ ସହିତ ଆଉ ଏକ ଉଦ୍ୟମ ଆରମ୍ଭ କରିଦେଲେ । ସେମାନଙ୍କର ଏଥରକର ଚେଷ୍ଟା ରହିଲା, ଯଦି ପିଲାଟିର ଜାରି ରହିଥିବା ଚିକିସ୍ସାରେ ସେମିତି କିଛି ଆଖିଦୃଶିଆ ଉନ୍ନତି ନ ହୋଇ ପାରୁଛି, ତେବେ ତାକୁ ଏମିତି ଏକ ଅକ୍ଷମତା ସହିତ ଆମ୍ଭନିର୍ଭର ହେଇ ଜୀବନ ବିତାଇବାକୁ ହେବ । ସେ କଥା ଶିଖେଇବାକୁ ପଡ଼ିବ । ଏଇ କଥା ଠିକ୍ କରି ନ୍ୟୁୟର୍କରୁ ଫେରିଲା ପରେ ପରେ ବଲାଙ୍ଗୀରରେ କିଛିଦିନ ରହି ଅଙ୍କିତାକୁ ଯେବେ ପାଞ୍ଚ ବର୍ଷ, ସେମାନେ ତାକୁ ନେଇ ଚାଲିଯାଇଥିଲେ ଚେନ୍ନାଇ ସହର । ସେଠାରେ National Institute for Empowerment of Persons with Multiple Disabilities (NIEPMD) ଅଧୀନରେ କାମ କରୁଥିବା ଏକ ଅନୁଷ୍ଠାନରେ ସୁଗନ୍ଧା ଓ ସୌରଭ ଏପ୍ରକାର ପିଲାମାନଙ୍କର କିପରି ଯତ୍ନ ନେବ, ସେମାନଙ୍କୁ କେମିତି ପାଠ ପଢ଼ାଇବ, ବର୍ଦ୍ଧିତ ବୟସ ସହିତ ଆସୁଥିବା ସମସ୍ୟାଗୁଡ଼ିକର କିପରି ସମାଧାନ କରିବ, ଏସବୁ ଉପରେ ପାଠ ପଢ଼ି ନିଜକୁ ପ୍ରଶିକ୍ଷିତ କରିଥିଲେ । ଶିଶୁରୋଗ ବିଶେଷଜ୍ଞଙ୍କ ସହିତ ଏ ବିଶେଷ ପ୍ରଶିକ୍ଷଣ ସୌରଭଙ୍କୁ ଆହୁରି ଅଧିକ ଦକ୍ଷ କରିଥିଲା, ଅଙ୍କିତା ପରି ପିଲାମାନଙ୍କ କଷ୍ଟ ବୁଝିବାକୁ ଆଉ ତା' ସହିତ ତା'ର ଉପଶମର କିଛିଟା ଉପାୟ ଖୋଜି ପାଇବାକୁ । ଅଙ୍କିତାକୁ ଧରି ଚେନ୍ନାଇରେ ରହି ଏ ପାଠ୍ୟକ୍ରମରେ ନିଜକୁ ଦକ୍ଷ କରାଇ ସୌରଭ ଓ ସୁଗନ୍ଧା ପୁଣିଥରେ ଫେରିଥିଲେ ବଲାଙ୍ଗୀରକୁ ପାଖାପାଖ ଦେଢ଼ବର୍ଷ ପରେ ।

ଏବେ ଅଙ୍କିତାକୁ କେନ୍ଦ୍ରବିନ୍ଦୁ କରି ଘୂରି ଚାଲିଥିଲା ସୌରଭ ଓ ସୁଗନ୍ଧାଙ୍କ ଜୀବନ। ସକାଳ ଆରମ୍ଭ ହୁଏ ତା'ରି କାମରେ, ଦେଖୁଦେଖୁ ଦିନ ଗଡ଼ିଯାଇ ରାତିହୁଏ ତା'ରି ଚିନ୍ତାରେ। ସବୁଦିନ ରାତିରେ କୋଳରେ ପୁରାଇ ତା' କୁଞ୍ଚୁକୁଞ୍ଚିଆ ବୁଟି ଭିତରେ ହାତ ବୁଲାଇ ତାକୁ ଗେହ୍ଲା କରି ଶୋଇ ଦେଉଥିବା ବେଳେ ସୁଗନ୍ଧା ଅଜସ୍ର ନିରବ ଆଶୀର୍ବାଦରେ ତାକୁ ପୋତି ପକାଉଥିବାବେଳେ ସେ ଅଦୃଶ୍ୟ ଭଗବାନ୍‌ଙ୍କୁ ସ୍ମରଣ କରି ଆକୁଳ ପ୍ରାର୍ଥନା କରୁଥାନ୍ତି- "ହେ ସ୍ରଷ୍ଟା, ହେ ସର୍ବଜ୍ଞ, ହେ ସର୍ବସମର୍ଥ, ଏମିତି କିଛି ଚମକ୍ରାର କର ଆଜି ମୋ ଝିଅଟି ଶୋଇକି କାଲି ସକାଳକୁ ଯେବେ ଶେଯରୁ ଉଠିଲାବେଳକୁ ତା'ର ଏ ଅକ୍ଷମତା ଦୂରେଇ ଯାଇ ସେ ହେଇଯାଇଥାଉ ତା' ବୟସକୁ ଚାହିଁ ସାଧାରଣ ପିଲାଟିଏ। ତା'ର ସବୁ ବିକୃତି, ଅକ୍ଷମତା ତୁମର ପରମ କରୁଣାରେ ଏଇ ରାତ୍ରି ଅନ୍ଧକାରରେ ମିଳେଇଯାଉ, ଆଉ ସକାଳକୁ ସେ ଏକ ସୁସ୍ଥ, ସମ୍ପୂର୍ଣ୍ଣ ଝିଅଟିଏ ହେଇ ଚେତିଉଠୁ। କହିବା ବାହୁଲ୍ୟ, ସୁଗନ୍ଧାଙ୍କର ଏ ଆକୁଳ ପ୍ରାର୍ଥନା, ସେଇ ତାଙ୍କରି ଶୋଇବା ଘରର କୋଠରି ଭିତରର ବାୟୁମଣ୍ଡଳରେ ନିଷ୍ଫଳ ପ୍ରାୟ ମିଳେଇଯାଏ।

ଦିନ ଗଡ଼ିଚାଲେ ଆଗକୁ, ତା' ସହିତ ତାଳ ଦେଇ ବଢ଼େ ଅଙ୍କିତାର ଏ ସ୍ୱାସ୍ଥ୍ୟଗତ ସମସ୍ୟାସବୁ। ଯେବେ ଅଙ୍କିତାକୁ ଆଠବର୍ଷ ବୟସ, ଏମିତି ଦିନେ ସୌରଭ ସୁଗନ୍ଧାଙ୍କୁ କହିଥିଲେ- "ସୁଗନ୍ଧା, ମୁଁ ଭାବୁଛି, ଆମ ଏଇ ସହରର ଭିଡ଼ ଓ ପ୍ରଦୂଷଣରୁ ଅଙ୍କିତାକୁ ନେଇ ଏକ ସ୍ୱଚ୍ଛ, ନିର୍ମଳ ସବୁଜିମା ଭରା ପରିବେଶକୁ ଚାଲିଗଲେ ଭଲ ହେବ। ମୋତେ ବି ଆଉ ଏ ଭିଡ଼ ବ୍ୟସ୍ତ ଜୀବନ ଭଲ ଲାଗୁନି। କେଉଁ ଗୋଟେ ଜଙ୍ଗଲିଆ ପାହାଡ଼ଘେରା ଜାଗାକୁ ଯେଉଁଠି ଦିନ ଛୋଟ ହେଇଥବ ରାତି ହୋଇଥବ ଲମ୍ବା, ଯେଉଁଠି ଗାଡ଼ିମୋଟରଙ୍କ କେଁ... କାଁ... ବଦଳରେ ପକ୍ଷୀମାନଙ୍କର ଚେଁ... ଚେଁ... ଶବ୍ଦରେ ନିଦ ଭାଙ୍ଗୁଥବ, ସେମିତି ଗୋଟେ ଜାଗାକୁ ସ୍ଥାୟୀ ଭାବରେ ଚାଲିଗଲେ କେମିତି ହୁଅନ୍ତା।"

ସୁଗନ୍ଧା କିଛି ସମୟ କ'ଣ ଗୋଟେ ଭାବି କହିଥିଲେ– "ମୋତେ ତୁମ ପ୍ରସ୍ତାବଟି ଯୁକ୍ତିଯୁକ୍ତ ଲାଗୁଛି। ତୁମେ ଯଦି ସେମିତି କେଉଁ ଜାଗା ଜାଣିଛ ଚାଲ ସେଇଠି ଘରଟେ କରି ଆମେ ଦୁଇ ପ୍ରାଣୀ ଅଙ୍କିତାକୁ ଧରି ରହିବା। ଏ କଥାଟକ ସଶଦରେ କହିଦେଇ ସୁଗନ୍ଧା ନିଜକୁ ନିଜେ ନିଃଶଦ୍ଧରେ କହିଥିଲେ– "ଚାଲ ସୌରଭ ଏମିତି ଏକ ଜାଗାକୁ ନେଇଚାଲ ଯେଉଁଠି ବର୍ଷକ ବାରମାସ ରାତି ହୋଇଥବ, ଅପେକ୍ଷାକୃତ ଲମ୍ବା, ହେଲେ ମୋତେ ସେଇଠି ଅଙ୍କିତା ପାଇଁ ସେ ଅଦୃଶ୍ୟ ପାଖରେ ଅଲି କରିବାକୁ ଅଧିକ ସମୟ ମିଳିପାରିବ।"

ସେଦିନର ଏ ଯୋଜନାକୁ କାର୍ଯ୍ୟକାରୀ କରି, ଆଚାର୍ଯ୍ୟ ଦମ୍ପତି ଆସି ପହଞ୍ଚିଥିଲେ ପଥରକଟା ଗାଁରେ। ସେ ଗାଁର ଡାକ୍ତରଖାନାରେ ବିଧିବଦ୍ଧ ଭାବରେ ଡାକ୍ତର ହିସାବରେ ନିଯୁକ୍ତି ପାଇ ସେମାନେ ଆସି ଡାକ୍ତରଖାନା ସଂଲଗ୍ନ ଛୋଟ ସରକାରୀ ବସାଘରେ ପାଖାପାଖି ଦେଢ଼ ବର୍ଷ କାଳ ରହିଲେ। ଏଇ ଆରମ୍ଭର ଦେଢ଼ ବର୍ଷର ରହଣି ବେଳେ ସୌରଭ ଏବେ ଯେଉଁଠି ଆଚାର୍ଯ୍ୟ ଭବନ ତିଆରି ହେଇଛି ସେଇ ଜାଗାକୁ କିଣିଥିଲେ ଓ ସେଇଠି ନିଜ ପସଦରେ ସେଇ ସୁନ୍ଦର ବଗିଚା ସହିତ ଆଚାର୍ଯ୍ୟ ଭବନଟିକୁ ତୋଲାଇ ଥିଲେ। ତା'ପରେ ଆଚାର୍ଯ୍ୟ ପରିବାର ଉଠି ଆସିଥିଲେ ଶିଳା ଦର୍ପଣ ମନ୍ଦିର ପାଖକୁ, ତାଙ୍କର ସେ ଆଚାର୍ଯ୍ୟ ଭବନକୁ।

ଏମିତି ଘଟଣାଚକ୍ରରେ ଭୁବନେଶ୍ୱରର ସ୍ଥାୟୀ ବାସିନ୍ଦା ସୌରଭ ଓ ସୁଗନ୍ଧା ନିଜ ପରିବାର ସହ ଆସି ଗନ୍ଧମାର୍ଦନ ପର୍ବତଶ୍ରେଣୀର ପାଦଦେଶରେ ଥିବା ଜଙ୍ଗଲଘେରା ସେ ପଥରକଟା ଗାଁର ବାସିନ୍ଦା ସାଜିଥିଲେ।

ସେଦିନ ସଞ୍ଜବେଳେ ଭଙ୍ଗା ଫ୍ରେମ୍‌ରେ ଥିବା ନିଜ ସମ୍ପୂର୍ଣ୍ଣ ପରିବାରର ଫଟୋଟିକୁ ଧରି ସେଇଟିକୁ ନିରେଖ ବସି ଭାବନାର ସ୍ରୋତରେ ଭାସି ଭାସି ପହଞ୍ଚ ଯାଇଥିଲେ ସୁଗନ୍ଧା ସତେକି ଏକ ଦ୍ୱୀପରେ। ଦ୍ୱୀପର ପ୍ରତ୍ୟେକ କୋଣ, ଅନୁକୋଣ, ପ୍ରତ୍ୟେକ ଜିନିଷ ତାଙ୍କର ପରିଚିତ, ତାଙ୍କରି ନିଜର ଅଙ୍ଗେନିଭା ଅତୀତ।

ଏଥର ସୁଗନ୍ଧାଙ୍କ ହାତର ଆଙ୍ଗୁଠି ଫଟୋଟିରେ ଅଙ୍କିତାର ଚେହେରା ଉପରକୁ ଟିକେ ଉଠିଯାଇ ରହିଗଲା ସୌରଭଙ୍କ ଚେହେରା ଉପରେ । ଅତିଯତ୍ନରେ ଫଟୋରେ ଥିବା ତାଙ୍କ ଚେହେରାକୁ ସେ ଆଙ୍ଗୁଠିରେ ଆଉଁଶିବାକୁ ଲାଗିଲେ । ମନ ଭିତରୁ ଛାତି ଥରାଇ ଦେଇ କୋହଟେ ଉଠିଲା- "ଆଃ, ସୌରଭ କେମିତି ଏଇ ମଝିରାସ୍ତାରେ ଛାଡ଼ି ଚାଲିଗଲ ! ଆସି ଥରଟେ ଦେଖିଯାଆନ୍ତ ହେଲେ ଆମ ଝିଅ ନାଇଁ... ତୁମ ଝିଅ ଅଙ୍କିତାକୁ ଧରି ମୁଁ ଏକା କେତେ ସଂଘର୍ଷ କରୁଛି ।"

ଏଇ ଭାବନା ସହିତ ସୁଗନ୍ଧାଙ୍କର ଆଖି ଧୀରେ ଧୀରେ ମୁଦି ହେଇ ଆସିଥିଲା । ସେଇ ବନ୍ଦ ଆଖିର ପଲକ ତଳେ ନାଲି କମଳା, ହଳଦିଆର ବର୍ଣ୍ଣାଳୀ ଭିତରେ ସୁଗନ୍ଧାଙ୍କ ଅତୀତ ଆଉ ଥରେ ଜୀବନ୍ତ ହେଇ ଦୃଶ୍ୟ ହେବାକୁ ଲାଗିଲା । ସେଇ ଦୃଶ୍ୟରେ ଭାସି ଆସିଥିଲା ତାଙ୍କର ସୌରଭଙ୍କ ସହ ପ୍ରଥମ ଦେଖାର ସ୍ମୃତିଟି ।

ସୁଗନ୍ଧାଙ୍କର ଏମ୍ଫିଲ୍ ପାଠପଢ଼ାର ଶେଷ ବର୍ଷର କଥା । ଦିନେ ସକାଳେ ତରତର ହେଇ ଉକ୍ରଳ ବିଶ୍ୱବିଦ୍ୟାଳୟ ବାଣୀବିହାରକୁ ବାହାରି ଯାଉଥିବା ବେଳେ ବୋଉ ତାକୁ ଡାକି ନେଇ ବୈଠକଖାନାର ସୋଫା ଉପରେ ବସାଇ ଦେଇ କହିଥିଲା- "ସୁଗୁ ଗୋଟେ ଅତି ଜରୁରୀ କଥା କହୁଚି । ମୋଠୁ ଶୁଣିଲା ପରେ ତୁ ଯାହା କହିବୁ ମୁଁ ଶୁଣିବି, ମଝିରେ ମୋତେ ଯାଡୁସ୍ୟାଡୁ କହି ଅଟକାଇବୁନି ।"

ସୁଗନ୍ଧା ବୋଉର ଚେତାବନୀ ଶୁଣି ଚୁପ୍ ହେଇ ସୋଫାଟି ଉପରେ ବସି ରହିଲେ । ବୋଉର କହିବାର ସୁଅ ଛୁଟିଲା । ଏକା ନିଃଶ୍ୱାସରେ ବୋଉ କହିଗଲା- "ସୁଗୁ, ତୋ କାହ୍ନୁମାମୁଙ୍କ ସାଙ୍ଗ ରମେଶ ଭାଇନାଙ୍କ ପୁଅ ସୌରଭ, ଏଇ ଆମ କଟକ ମେଡିକାଲ କଲେଜରୁ ଏମ୍.ବି.ବି.ଏସ୍. ପରେ ପି.ଜି. ପାଠ ପଢ଼ି ଏବେ ବଲାଙ୍ଗୀରରେ ଚାକିରି କରୁଛି । ସେମାନେ ତୋତେ କାହ୍ନୁ ଭାଇନାଙ୍କ ପୁଅ ବାହାଘରରେ ଦେଖିଥିଲେ । ସେମାନଙ୍କର ଭାରି ଇଚ୍ଛା ତୋତେ ବୋହୂ କରିବା ପାଇଁ । ଏଇ କିଛି ଦିନ ତଳେ ମୋତେ ଭାଉଜ ଫୋନ୍ କରି ଏକଥା କହିଛନ୍ତି ।

ମୋତେ ତ ପ୍ରଥମେ ବିଶ୍ୱାସ ହେଲାନି । ଭାରି ଖୁସି ଲାଗିଲା ଏ ପ୍ରସ୍ତାବଟି ବିଷୟରେ ଶୁଣିକି । ଭାବିଲି ଲୋକଙ୍କୁ ଖୋଜିଲେ ମିଳୁନି, ଆଉ ସୁଗୁ ପାଇଁ ଘରେ ବସି ବସି ଏତେ ବଢ଼ିଆ ପ୍ରସ୍ତାବ ।

ଭାଉଜ କାଲି ସନ୍ଧ୍ୟାରେ ପୁଣି ଥରେ ଫୋନ୍ କରି ଜଣାଇଛନ୍ତି ଯେ, ସୌରଭ କୁଆଡ଼େ କିଛି ଦିନ ପାଇଁ ବଲାଙ୍ଗୀରୁ ଭୁବନେଶ୍ୱରକୁ ଆସିଛି । ତୁ ଯଦି ରାଜି, ଦେଖାଚାହାଁ କରିବା ।"

– "ଏଇ ଜରୁରୀ କଥା ପାଇଁ ମୋତେ ଚେତାବନୀ ଦେଇ ବସାଇ ଦେଲୁ, ମୋର ସେପଟେ କ୍ଲାସ ପାଇଁ ଡେରି ହେଉଛି ।"

ଏଇ ସମୟରେ ସୋଫା ଉପରେ ବସି ସକାଳର ଜଲଖିଆ ଖାଉଥିବା ସୁଗନ୍ଧାର ନନା କହିଥିଲେ– "ସୁଗୁ ତୁ ପ୍ରେମ ଫ୍ରେମ କରୁଛୁ ଯଦି ସିଧାସିଧା କହିଦେ ।"

– "ଓହୋ ନନା, ତୁମେ ବି କିଛି କମ୍ ନୁହଁ, କୋଉ କଥାରୁ କେଉଁଠି ତୁମେ ପହଞ୍ଚିଲଣି ।" ସ୍ନେହମିଶା ରାଗ ଦେଖାଇ କହିଥିଲେ ସୁଗନ୍ଧା ।

– "ଆରେ ତୁ ଜାଣିନୁ ତୋ ବୋଉ ଯଦି ଆଜିକାଲିକା ଝିଅ ହେଇଥାନ୍ତା, ସେ ବାହାଘର ପୂର୍ବରୁ ପ୍ରେମ ନିଶ୍ଚିତ କରିଥା'ନ୍ତା । ତା' ପ୍ରେମିକକୁ ନାକରେ କାନରେ ଥୋଡ଼େ ପାଣି ପିଆଇଥା'ନ୍ତା । ତା'ପରେ ଯାଇ ବାହା ହେଇଥା'ନ୍ତା ।"

– "ମୁଁ କୋଉ କଥା କହୁଛି, ଆଉ ତୁମେ କଥାଟାକୁ କେଉଁଆଡ଼କୁ ମୋଡୁଛ ।" ନନାଙ୍କ କଥାରେ ବିରକ୍ତ ହେଇ କହିଥିଲା ବୋଉ । ନନା ଏଥର ଚୁପ୍ ହେଇ ସୁଗନ୍ଧାକୁ ଚାହିଁ ଖାଲି ଆଖିମିଟିକା ମାରୁଥିଲେ ।

ସୁଗନ୍ଧା ଏଥର ଯିବାପାଇଁ ଉଠି ଠିଆ ହେଲେ, ଆଉ ରୋକ୍ଠୋକ୍ କରି କହିଦେଲେ– "ବୋଉ ମୁଁ ବାହାଘର, ଘରସଂସାର, ପିଲାଛୁଆ ପାଇଁ ମାନସିକ ସ୍ତରରେ ଏବେ ଆଦୌ ପ୍ରସ୍ତୁତ ନାହିଁ ।"

– "ତୁ ମାନସିକ ସ୍ତରରେ ପ୍ରସ୍ତୁତ ହେଉଥା, ସେପଟେ ଯଦି ସୌରଭ ତା' ପାଇଁ ଆଉ କୌଉ ମାନସୀକୁ ଖୋଜି ଆଣିବ ପରେ କହିବୁନି। ସୌରଭ ଖାଲି ପିଲାଟିଏ ନୁହେଁ, ହୀରା ଖଣ୍ଡେ।"

ଘରୁ ବାହାରିଗଲା ବେଳକୁ ସୁଗନ୍ଧାଙ୍କୁ ବୋଉର ଏ କଥାଗୁଡ଼ିକ ଶୁଭିଯାଉଥିଲା। ତା'ପରେ ବୋଉ ଆହୁରି କ'ଣ ସବୁ କହି ଚାଲିଥିଲା, ଘରୁ ପୂରା ବାହାରି ଆସିଥିବାରୁ ତାଙ୍କୁ ଆଉ କିଛି ଶୁଭିନଥିଲା।

ସେଦିନ ସୁଗନ୍ଧାଙ୍କର କ୍ଲାସ୍ ସବୁ ସରିଲାବେଳକୁ ସନ୍ଧ୍ୟା ପାଞ୍ଚ। ତାଙ୍କରି ବିଭାଗରୁ କେତେ ଜଣ ସାଙ୍ଗଙ୍କ ସହ ସୁଗନ୍ଧା ଚାଲି ଚାଲି ଅଟୋଷ୍ଟାଣ୍ଡ ଆଡ଼କୁ ଆସୁଥା'ନ୍ତି। ଏତିକିବେଳେ ଆଗଆଡ଼ୁ ମୋଟର ସାଇକେଲରେ ପିଲାଟିଏ ଆସି ସେମାନଙ୍କ ଆଗରେ ଅଟକି ଯାଇ ସୁଗନ୍ଧା ଆଡ଼କୁ ଚାହିଁ କହିଲା– "ତୁମେ ବୋଧହୁଏ ସୁଗନ୍ଧା ଦାସ।"

– "ହଁ, କିନ୍ତୁ ତୁମେ କିଏ, ଏମିତି ହଠାତ୍ ଅଚାନକ ରାସ୍ତା ଉପରେ... କଥା କ'ଣ ?"

– "ମୋ ନାଁ ସୌରଭ ଆଚାର୍ଯ୍ୟ। ମୋର ତୁମ ସହ କଥା ଥିଲା, ଏକୁଟିଆରେ।" ସୁଗନ୍ଧା ପ୍ରଥମେ ଥମଥମ ହେଇଗଲେ। ଅଚାନକ କୌଣସି ଖଣ୍ଡିଆଭୂତର ମୁହାଁମୁହିଁ ହେଲାପରି କହିଥିଲେ– "ମୁଁ କୋଉ ସୌରଭ ଫୌରଭକୁ ଜାଣେନି।"

ସେମାନଙ୍କର ଏ ପ୍ରକାର କଥା ଶୁଣି ସୁଗନ୍ଧାଙ୍କ ସହିତ ଥିବା ତାଙ୍କର ଅନ୍ୟ ସାଙ୍ଗମାନେ ଭୁକୁଞ୍ଚନ କରି ଚାହିଁ ରହିଲେ। ଅବସ୍ଥାକୁ ସମ୍ଭାଳିବାକୁ ଯାଇ ସୁଗନ୍ଧା ସେମାନଙ୍କୁ କହିଥିଲେ– "ତୁମେମାନେ ଆଗରେ ଯାଅ, ମୁଁ ପଛରେ ଆସୁଛି।" ଏ କଥା ଶୁଣି ସେମାନେ ଯେମିତି ଆଗକୁ ବଢ଼ିଛନ୍ତି ଏଥର ସୌରଭଙ୍କ ଉଦ୍ଦେଶ୍ୟରେ ଆରମ୍ଭ କରିଦେଲେ ସୁଗନ୍ଧା–

– "ତୁମେ ମୋତେ ଚିହ୍ନିଲ କେମିତି, ମୁଁ ତ ଆଗରୁ କେବେ ତୁମକୁ ଦେଖିଥିବାର ମନେପଡୁନି । ଆଜି ସକାଳେ ପ୍ରଥମ ଥର ପାଇଁ ବୋଉଠୁ ତୁମ କଥା ଶୁଣିଥିଲି ।"

– "ମୁଁ ଆଗରୁ ଦେଖିଛି ତୁମକୁ । ଏବେ ତୁମେ ମୋତେ ଦେଖିଲ । ମୋ ବିଷୟରେ, ମୋ କାର୍ଯ୍ୟ ବିଷୟରେ କିଛିଟା ଶୁଣିଥିବ ନିଶ୍ଚୟ ତୁମ ବୋଉଙ୍କଠୁ । ଏବେ ମୋତେ ଶୀଘ୍ର ତୁମ ମତାମତ ଜଣାଇଦିଅ । ଆମ ଡାକ୍ତରମାନଙ୍କୁ ସମୟ ବହୁତ କମ୍ ମିଳେ । ମୋ ସହ ବାହାଘରକୁ ନେଇ ଏବେ ଏଇଠି ତୁମ ମତାମତ ଜଣାଅ ।"

ସୁଗନ୍ଧା ଆଶ୍ଚର୍ଯ୍ୟ ହେଇ ଭାବିହେଲେ– "ଏ କି ପ୍ରକାର ପିଲା ! ପିଲାଟେ ନା ତୋଫାନଟେ ! ଦିନେ କାଳେ କଥା ନାହିଁ, ଚିହ୍ନା ପରିଚୟ ନାହିଁ, ସିଧା ଆସି ପୁଣି କେଉଁ ଜାଗାରେ, କେଉଁ ପ୍ରକାରେ ବାହାଘର କଥା ପଚାରୁଛି !"

ସୁଗନ୍ଧାଙ୍କୁ ଏମିତି ଏକ ଅଭାବନୀୟ ପରିସ୍ଥିତିରେ ପକାଇଦେଇ ସୌରଭ ପୁଣି କହିଥିଲେ– "ଦେଖ ତୁମ ନିଷ୍ପତ୍ତି ଉପରେ ମୋର ଆଗତ ଭବିଷ୍ୟତର କାର୍ଯ୍ୟକଳାପ ମୁଁ ସ୍ଥିର କରିବି । ଯଦି ତୁମେ ହଁ କୁହ, ମୁଁ ସିଧା ବାହାଘର ତାରିଖ ଧାର୍ଯ୍ୟ କରିବାକୁ ତୁମ ଘରକୁ ଯିବି, ଆଉ ଯଦି ତୁମେ ନା କୁହ, ମୁଁ ଏଇଠୁ ଚାଲିଯିବି ମୋ ମନର ଆଉ ଗୋଟେ ମାନସୀ ଖୋଜିବାକୁ ।"

– "କିନ୍ତୁ ମୁଁ ବାହାଘର ପାଇଁ ଏବେ ମାନସିକ ସ୍ତରରେ ପ୍ରସ୍ତୁତ ନାହିଁ ।"

– "ବାହାଘର ପାଇଁ ପ୍ରସ୍ତୁତ ହେବା କ'ଣ ଦରକାର ? କ'ଣ ଯୁଦ୍ଧକୁ ଯାଉଛ କି ?" ଖୁବ୍ ଜୋର୍ ହସଟେ ହସିଦେଇ କହିଥିଲେ ସୌରଭ ।

– "ତୁମେ ସୁଗନ୍ଧା ଆଉ ମୁଁ ସୌରଭ ଗୋଟିଏ ଜିନିଷର ଦୁଇଟି ରୂପ । ଆଉ ଥରେ ଭାବି ଦେଖ । ଆସନ୍ତାକାଲି ଦ୍ୱିପ୍ରହରଯାଏ ତୁମକୁ ସମୟ ଦେଲି, ଯାହା ନିଷ୍ପତ୍ତି ନେବ ଜଣାଇବ ନିଶ୍ଚୟ । ଆଉ ସେଇଟା ବି ହେବ ସୌରଭର ନିଷ୍ପତ୍ତି ।"

ଏଥର ସୌରଭ ଯେମିତି ଆସିଥିଲେ, ମୋଟରସାଇକେଲ ବୁଲାଇ ଘୁଁ କରି ସେମିତି ଚାଲିଗଲେ ।

ସୁଗନ୍ଧା ଆଗକୁ ଚାଲିଲେ ଧୀରେ ଧୀରେ ଅଟୋଷ୍ଟାଣ୍ଡ ଆଡ଼କୁ । ଅଚାନକ ବର୍ଷାରେ ମୁଣ୍ଡରୁ ଗୋଡ଼ଯାଏ ଓଦା ହୋଇଗଲେ ଝିଅଟିଏ ଯେମିତି ଅପ୍ରସ୍ତୁତ ହେଇଯାଏ, ସେମିତି ଏକ ଭାବ ନେଇ ସେଦିନ ଘରକୁ ଫେରିଥିଲେ ସୁଗନ୍ଧା ।

ଆଗରୁ ସୌରଭଙ୍କୁ କେଉଁଠି ଦେଖିଥିବାର ତାଙ୍କର କାଇଁ ମନେପଡ଼ୁନାହିଁ । ସେଦିନ ରାତିସାରା ବିଛଣାରେ ପଡ଼ିପଡ଼ି ତାଙ୍କ ଚେହେରାକୁ ମନେପକାଇବାକୁ ଲାଗିଲେ । ଡେଙ୍ଗା, ପତଳା ଆକର୍ଷଣୀୟ ଚେହେରା । ମୋଟାମୋଟି ଭାବରେ ସୌରଭ ଦେଖିବାକୁ ସୁନ୍ଦର । ତାଙ୍କ କଥାଗୁଡ଼ିକ ରହିରହି ମନରେ ଲହଡ଼ି ଭାଙ୍ଗୁଥାଏ- "ବାହାଘର ନା... ଯୁଦ୍ଧକ୍ଷେତ୍ରକୁ ଯାଉଚ । ସୌରଭ ଓ ସୁଗନ୍ଧା ଗୋଟିଏ ଜିନିଷର ଦୁଇଟି ରୂପ... ।"

ରାତିୟାକ ଏମିତି ଭାବିଭାବି ସକାଳୁ ଉଠି ବୋଉକୁ କହିଥିଲେ- "ବୋଉ, ତୁ ଆଉ ନନା ଯଦି ସେ ସୌରଭ ଫୌରଭକୁ ପସନ୍ଦ କରିଚ, ତାହେଲେ ବାହାଘର ପାଇଁ ହଁ କରିଦେ । ମୁଁ କିନ୍ତୁ ଏବେ ବି ମାନସିକ ସ୍ତରରେ ପ୍ରସ୍ତୁତ ନାହିଁ... ଖାଲି ତୁ କହିଲୁ ବୋଲି ବାଧ୍ୟ ହୋଇ ହଁ କରୁଚି ।"

ବୋଉ ହସିଥିଲା ମନଖୋଲା ହସଟିଏ ଆଉ କହିଥିଲା- "ଯାହା ହେଉ ସୁଗୁ ଆମର ତା' ନନା, ବୋଉଙ୍କ ପାଇଁ କେତେ ବଡ଼ ବଳିଦାନ ଦେବାକୁ ଯାଉଚି ।" ଆଉ ମନେମନେ ନିଜକୁ ନିଜେ କହିହେଇଥିଲା- "ସୁଗୁ, ତୁ ମନୋବିଜ୍ଞାନର ବିଶ୍ୱବିଦ୍ୟାଳୟର ଛାତ୍ରୀ, ମୁଁ କିନ୍ତୁ ମାଟ୍ରିକ ପାସ୍, ହେଲେ ତୁ କ'ଣ ମୋ'ଠୁ ବଲିଯିବୁ । ତୁ ଏଇଲେ କ'ଣ ଭାବୁଚ୍ଚୁ, ପର ମୁହୂର୍ତ୍ତରେ କ'ଣ ଭାବିବୁ, ତୋ ମନକଥା ମୋଠୁ ଅଧିକ କିଏ ଜାଣିଚି ମ... କହିଲା କ'ଣ ନା ଆମ କଥାରେ ରାଜି ହେଇଚି । ସୌରଭକୁ ଦେଖିଲା ପରେ ଜମା ଇଚ୍ଛା ଥିବକି ?"

ସୌରଭ ଓ ସୁଗନ୍ଧାଙ୍କର ଖୁବ୍ କମ୍ ଦିନ ଭିତରେ ନିର୍ବନ୍ଧ ଓ ବାହାଘର ହେଇଯାଇଥିଲା । ବାହାଘରର ଚତୁର୍ଥୀ ଦିନର କଥା । ସେଇ ଆକାଂକ୍ଷିତ ସମୟର କଥା । କୋଠରିଟିକୁ ରଜନୀଗନ୍ଧା ଆଉ ନାଲି ଗୋଲାପରେ ଖୁବ୍ ଯତ୍ନରେ ସଜାଯାଇଥିଲା । ଖଟଟି ଉପରେ ଗୋଟେ କଡ଼କୁ ନୂଆ ବୋହୂ ରୂପରେ ସଜେଇହେଇ ବସିଥିଲେ ସୁଗନ୍ଧା । ନିର୍ଦ୍ଦିଷ୍ଟ ସମୟରେ ସୌରଭ କୋଠରି ଭିତରକୁ ଆସି ବସିଗଲେ ସୁଗନ୍ଧାଙ୍କ ଆଗରେ । ତାଙ୍କ ଆଡ଼କୁ ଚାହିଁ ଦେଇ ସ୍ମିତ ହସି କହିଥିଲେ– "ସେଦିନ ତ ତୁମେ ପ୍ରସ୍ତୁତ ନ ଥିଲ... ମାନେ ମାନସିକ ସ୍ତରରେ ପ୍ରସ୍ତୁତ ନ ଥିଲ ବାହାଘର ପାଇଁ, କିନ୍ତୁ ହଠାତ୍ ଏମିତି କ'ଣ ହେଲା ଯେ... !"

– "ମୁଁ ଭାବିଲି ତୁମ ଡାକ୍ତରମାନଙ୍କ ପାଖରେ ସମୟ ବହୁତ କମ୍ । ମୁଁ ଯଦି ତୁମକୁ ନିରାଶ କରେ, ତୁମେ ପୁଣି ତୁମ ମନର ମାନସୀକୁ ଖୋଜିବାକୁ ଯାଇ ଆହୁରି ସମୟ ନଷ୍ଟ କରିବ । ସେଥିପାଇଁ ମୁଁ ହଁ କରିଦେଲି ।"

– "ଓହୋ, ତାହେଲେ ସେଦିନର ସେ ତୀରଟା ଠିକ୍ ଜାଗାରେ ବାଜିଥିଲା, ଆଉ କାମ ବି କଲା, ତୁମକୁ ମାନସିକ ସ୍ତରରେ ପ୍ରସ୍ତୁତ କରାଇଦେଲା– ଖୁବ୍ ଜୋରରେ ହସିଦେଇ କହିଥିଲେ ସୌରଭ ।

– "କ'ଣ ମ' ସେତେବେଳୁ ମାନସିକ ସ୍ତରରେ... ମାନସିକ ସ୍ତରରେ କହି ଚାଲିଛ । ଆଉ କିଛି ନାହିଁ କହିବାକୁ ।" ଚିଡ଼ି ଉଠି କହିଥିଲେ ସୁଗନ୍ଧା ।

– "ଆରେ ମୋତେ ଲାଗିଲା ତୁମେ ମନୋବିଜ୍ଞାନର ଛାତ୍ରୀ ତ, ତୁମକୁ ବୋଧହୁଏ ମାନସିକ ଶବ୍ଦଟା ବେଶୀ ଭଲ ଲାଗୁଥିବ, ସେଥିପାଇଁ ସେଇ ଶବ୍ଦଟିକୁ ମୁଁ ବାରମ୍ବାର କହୁଚି ।"

– "ଆଉ କ'ଣ ନା.. !" ମୁହଁ ମୋଡ଼ି ଦେଇ କହିଥିଲେ ସୁଗନ୍ଧା । ସୌରଭ ଏଥର ନିଜ ହାତଟିକୁ ସୁଗନ୍ଧାଙ୍କ ମୁହଁ ଆଡ଼କୁ ବଢ଼ାଇ ଦେଉ ଦେଉ ହଠାତ୍ ରହିଯାଇ କହିଥିଲେ– "ସୁଗନ୍ଧା ମୁଁ ତୁମକୁ ଛୁଇଁ ପାରିବି... ?"

ସୁଗନ୍ଧା ଏକ ବିମୋହିତ ଚାହାଣିରେ ସୌରଭଙ୍କୁ ଚାହିଁ ଭାବି ହେଲେ–
"ଆଜିକାଲି ଦୁନିଆରେ ଏମିତି ପିଲା ବି ଅଛନ୍ତି, ଯିଏକି ଏମିତି ଏକ ପରିସ୍ଥିତିରେ
ଓ ସମୟରେ ମାଗୁଛନ୍ତି ଅନୁମତି । ବୋଉର କଥା ମନେପଡ଼ିଯାଇଥିଲା, 'ପିଲାଟିଏ
ନୁହେଁ ହୀରାଖଣ୍ଡେ ।'

ସୌରଭଙ୍କର ନିଙ୍ଗ ଆସିଥିବା ହାତଟିକୁ ସୁଗନ୍ଧା ଏଥର ନିଜ ଦୁଇ
ପାପୁଲିରେ ଉଠାଇ ନେଇ କହିଥିଲେ– "ସୁଗନ୍ଧା ଓ ସୌରଭ ଗୋଟିଏ ଜିନିଷର
ଦୁଇଟି ପ୍ରତିରୂପ । ସେଥିପାଇଁ ଅନୁମତିର ଆବଶ୍ୟକତା ନାହିଁ ।"

– "ଆରେ ମୁଁ ତ ଭୁଲିଯାଇଥିଲି…" ଚିଡ଼େଇ ଦେଇ କହିଥିଲେ
ସୌରଭ । ସୁଗନ୍ଧାଙ୍କର ଲାଜରେ ନିଙ୍ଗ ଆସିଥିବା ମୁହଁଟିକୁ ସ୍ନେହରେ ତୋଲି ନେଇ
ତାଙ୍କ କପାଳରେ ଆଙ୍କି ଦେଇଥିଲେ ସ୍ନେହର ସ୍ୱାକ୍ଷର । ପ୍ରଥମ ଛୁଆଁର ଉଷ୍ମତାରେ
ସେଦିନ ଶୀତେଇ ଉଠିଥିଲେ ସୁଗନ୍ଧା ।

ଆଜି ପୁଣି ଏତେ ବର୍ଷ ପରେ, ସୌରଭଙ୍କ ଫଟୋଟି ଉପରେ ହାତ ବୁଲାଉ
ବୁଲାଉ ବନ୍ଦ ଆଖିର ପଲକ ତଳେ ଭାସି ଉଠିଥିବା ସେ ସ୍ମୃତିର ଦୃଶ୍ୟରେ ହଜିଯାଇ
ସୁଗନ୍ଧାଙ୍କ ଦେହ ପୁଣି ଥରେ ଅନୁରୂପ ଭାବରେ ଶୀତେଇ ଉଠିଥିଲା ।

ଏବେ ବନ୍ଦ ଆଖିର ପଲକ ତଳେ ସେଇ ନାଲି, କମଲା, ହଳଦିଆ ବର୍ଣ୍ଣାଳୀ
ଭିତରେ ହଠାତ୍ କଳାରଙ୍ଗ ଘୋଟିଆସି ଅନ୍ଧାର ଦିଶିଥିଲା । ଆଉ ତା' ଭିତରେ ଉଙ୍କି
ମାରିଥିଲା ସୌରଭଙ୍କ ଶେଷ ଦିନର ଘଟଣାଟି ।

ସେମାନେ ବଲାଙ୍ଗୀରରୁ ସ୍ଥାନାନ୍ତରିତ ହେଇ ପଥରକଟା ଗାଁରେ ନିଜସ୍ୱ
ଘରଟିଏ ତୋଲି ବସବାସ କରିବାକୁ ଲାଗିଥିଲେ । ଡାକ୍ତରଖାନା ଓ ଅଙ୍କିତାକୁ ନେଇ
ସୌରଭ ଖୁବ୍ ବ୍ୟସ୍ତ ରହୁଥିଲେ । ବଲାଙ୍ଗୀର ସହରର ଡାକ୍ତରଖାନାଠୁ ପଥରକଟା
ଗାଁର ଡାକ୍ତରଖାନା ଛୋଟ ହେଇଥିବାରୁ ରୋଗୀଙ୍କ ସଂଖ୍ୟା ମଧ ସୀମିତ ଥିଲା ।
ତେଣୁ ସୌରଭଙ୍କୁ କିଛିଟା ଅଧିକ ସମୟ ମିଳିଯାଉଥିଲା ଅଙ୍କିତା ସହ ବିତାଇବାକୁ ।

କେତେବେଳେ କେମିତି   ଆବଶ୍ୟକ ପଡ଼ିଲେ ସୌରଭଙ୍କୁ ବଲାଙ୍ଗୀର ସହରର ଡାକ୍ତରଖାନାକୁ ଯିବାକୁ ପଡ଼ି ଥାଏ। ଏମିତି ଏକ ଖରାଦିନେ ସୌରଭ ନିଜେ ତାଙ୍କର ଜିପଟି ଚଲାଇ ଯାଇଥିଲେ ବଲାଙ୍ଗୀର। ସେଦିନ ଫେରିଲା ବେଳକୁ ସନ୍ଧ୍ୟା ଯାଇ ରାତି ହେଇ ଆସିଥିଲା। ପଥରକଟା ଗାଁଆଁଟିକୁ ଯେଉଁ ମୁଖ୍ୟ ରାସ୍ତାଟି ଜାତୀୟ ରାଜପଥ ସହ ସଂଯୁକ୍ତ ହେଇଥିଲା, ସେଇ ରାଜପଥରେ ଜିପଟିକୁ ଚଲାଇ ଫେରୁଥିବା ବେଳେ ଆଗରୁ ଗୋଟିଏ କାଠ ବୋଝେଇ ଟ୍ରକ୍ ସହ ତାଙ୍କର ମୁହାଁମୁହିଁ ଧକ୍କା ହେଇଯାଇଥିଲା। ସେଇ ସଡ଼କ ଦୁର୍ଘଟଣାରେ ସୌରଭଙ୍କର ଧପଧପ୍ ହେଇ ଜଳୁଥିବା ଜୀବନ ସଲିତାଟି ଲିଭିଯାଇଥିଲା।

ବନ୍ଦ ଆଖିର ପଲକରେ ସେ ଅନ୍ଧାର ଭିତରେ ଏ ଦୃଶ୍ୟ ମନେପଡ଼ି ଯାଆନ୍ତେ ଭୟ ଓ ଆତଙ୍କରେ ରଡ଼ିକରି ଉଠିଥିଲେ ସୁଗନ୍ଧା- "ସୌରଭ... ସୌରଭ।"

ତାଙ୍କର ଏ ପାଟିରେ ଘର ଭିତରୁ କାଞ୍ଚନ ଦୌଡ଼ି ଆସି ତାଙ୍କ କାନ୍ଧ ଦୁଇଟିକୁ ହଲାଇଦେଲା। ଏଥର ସୁଗନ୍ଧାଙ୍କର ବନ୍ଦ ଆଖି ଖୋଲିଯାଇ ତାଙ୍କୁ   ଫେରାଇ ଆଣିଥିଲେ ଅତୀତର ସେ ସ୍ମୃତି ରାଇଜରୁ ବାସ୍ତବତାର ଦୁନିଆକୁ। ସୁଗନ୍ଧା ପ୍ରକୃତିସ୍ଥ ହେଇ ଦେଖିଲେ ପାଖରେ କାଞ୍ଚନ ଠିଆ ହେଇ ତାଙ୍କୁ ଚାହିଁଚି। ତାଙ୍କ କପାଳଟା ସାରା ଝାଳରେ ଭର୍ତ୍ତି ଆଉ ଅହେତୁକ ଭୟରେ ଛାତିର ସ୍ପନ୍ଦନ ମାତ୍ରାଧିକ ବଢ଼ିଯାଇଥିଲା। ପରିସ୍ଥିତିକୁ ସମ୍ଭାଳି ନେଇ କାଞ୍ଚନ କହିଥିଲା- "ମା' ସନ୍ଧ୍ୟା ବେଳଠୁ ଏମିତି ଏଇ ପିଣ୍ଢାରେ ଫଟୋଟିକୁ ଧରି ଆଖି ବୁଜି ବସିଛ। ମଝିରେ ମୁଁ ଆସି ଥରେ ଦେଖି ବି ଗଲି। ତୁମର କିନ୍ତୁ ଅନ୍ୟ ଆଡ଼କୁ ନିଘା ନ ଥିଲା। ଭାବିଲି ଡାକିବି ବୋଲି, ପୁଣି ଭାବିଲି ବସିଚ ତ ଟିକେ ଶାନ୍ତିରେ, କାଇଁ ଡାକିବି। କିଛି ସମୟ ପରେ ବଲେ ଉଠି ଆସିବନି ଯେ...!"

– "ମୋ ଜୀବନରେ ଶାନ୍ତି କାଇଁ କାଞ୍ଚନ। ଆଖି ଖୋଲିଲେ ସଂଘର୍ଷର ରଣଭୂମି, ଆଖିବୁଜିଲେ ବି ଅତୀତର ଆତଙ୍କ।"

– "ମା' ସେମିତି ସନ୍ତୁଲେଇ ହେଲେ ହେବ! ଯିଏ କଷ୍ଟ ଦେଇଛି ସେଇ ଦିନେ ବାଟ ବଢେଇ ଦେବନି ଏଥରୁ ମୁକୁଲିବାକୁ। ଏ ସଂସାରରେ କ'ଣ ସମସ୍ତଙ୍କୁ ସବୁ ଜିନିଷ ମିଳେ। ହଉ ତୁମେ ଏଥର ଉଠିଆସ, ବହୁତ ଡେରି ହେଇଗଲାଣି। ମୁଁ ଯାଇ ବାହାର ଲୁହା ଫାଟକରେ ତାଲା ମାରି ଚାଲିଆସେ।"

– "କାଞ୍ଚନ, ଅଙ୍କିତା କ'ଣ କରୁଛି ? କାଇଁ ଆଉ ତା' ପାଟି ଶୁଭୁନି କି ଖୁଡ଼ଖାଡ଼ ଶବ୍ଦ କିଛି ଶୁଭୁନି ?"

– "ରାତି ଦଶଟା ବାଜିଗଲାଣି ମା'। ବଲ୍ ଖେଳିକି ଆସିଲା ପରେ ଅଙ୍କୁ ଦେଇର ଜାମା ବଦଲେଇ ତା' ହାତଗୋଡ଼ରେ ଟିକେ ତେଲ ଘଷି ଦେଲି। ଏଇ କିଛି ସମୟ ପୂର୍ବରୁ କ୍ଷୀରରେ ରୁଟି ବତୁରେଇ ଖୁଆଇ ଦେଲି ଯେ, ଖାଇସାରି ଆପେ ଆପେ ଖଟ ଉପରକୁ ଯାଇ ଶୋଇ ପଡ଼ିଲେ। ବଲ୍ ଖେଳରେ ଥକି ଯାଇଥିଲେ ବୋଧେ।"

– "ଆଉ ପହଲା, ସେ ଖାଇଲାଣି ?"

– "ସେ କୁମ୍ଭକର୍ଣ୍ଣ ବି ତା'ର ନିଜେ ଭାତ ତୁଅଣ ବାଢ଼ି ନେଇ ଖାଇ ଶୋଇଲାଣି। ଏବେ ଖାଲି ତୁମେ ଓ ମୁଁ ବାକିଅଛେ। ବହୁତ ବେଳୁ ଏଠି ବସିଲଣି, ଚାଲ ଏବେ ଖାଇନେବା।"

ଏତିକି କହି କାଞ୍ଚନ ତାଲା ଚାବିଟିଏ ଧରି ମୁଖ୍ୟ ଫାଟକ ଆଡ଼କୁ ବାହାରିଗଲା। କାଞ୍ଚନ ଆଡ଼କୁ ଚାହିଁ ସୁଗନ୍ଧା ଭାବି ହେଇଥିଲେ– "କେଉଁ ଜନ୍ମର କି ସମ୍ପର୍କ ଏଇ ପହଲା ଆଉ କାଞ୍ଚନ ସହ କେଜାଣି। ଏ ଜନ୍ମରେ ଏମିତି ଆଦରି ନେଇଛନ୍ତି ଏ ଦୁହେଁ ତାଙ୍କ ପରିବାରଟିକୁ ଯେମିତି ଜନ୍ମ ଜନ୍ମାନ୍ତରର ଏ ଭାବ, ଏ

ସମ୍ପର୍କ । ନିଃସନ୍ତାନ, ପାହାଡ଼ ଦେଶର ଏ ନିରୀହ ଦମ୍ପତି ନିଜର ସବୁ ସ୍ନେହ ମମତାକୁ ଅଙ୍କିତା ଉପରେ ଅଜାଡ଼ି ଦେଇ ତା'ର ଯତ୍ନ ନେଇ ସତେକି ପାଉଛନ୍ତି ଏକ ଅଜଣା ଆତ୍ମସନ୍ତୋଷ ।

ବିଚିତ୍ର ଏ ସୃଷ୍ଟି, କାହା ପାଖରେ କ'ଣ ଅଭାବ ରହିଯାଏ, ପୁଣି ସେ ଅଭାବଗୁଡ଼ିକୁ ପୂରଣ କରିବାକୁ କାହାକୁ କେମିତି ସମୟ ଘଟଣାକ୍ରମରେ ଯୁଟାଏ, ସେକଥା କେବଳ ସେଇ ବିଧାତାକୁ ହିଁ ଜଣା ।

ଏମିତି ଭାବି ଭାବି ଉଠି ଠିଆ ହେଲେ ସୁଗନ୍ଧା ଘର ଭିତରକୁ ଯିବାପାଇଁ । ଯ୍ୟା' ଭିତରେ କାଞ୍ଚନ ବି ମୁଖ୍ୟ ଫାଟକରେ ତାଲା ପକାଇ ଫେରି ଆସିଥିଲା । ଦୁହେଁ ଏକା ସାଙ୍ଗରେ ଆଗପଛ ହେଇ ଘର ଭିତରକୁ ପଶି ଯାଇଥିଲେ । ଆଉ ତା'ର କିଛି ସମୟ ପରେ ପିଣ୍ଡାରେ ଜଳୁଥିବା ବିଜୁଳିବତିଟି ଲିଭିଯାଇଥିଲା ଓ ମୁଖ୍ୟ ଫାଟକ ପାଖର ବତିଟି ଜଳି ଉଠିଥିଲା ।

***

ତୃତୀୟ ପରିଚ୍ଛେଦ

ଉତ୍ତରମୁଖା ଆଚାର୍ଯ୍ୟ ଭବନର ମୁଖ୍ୟ ଫାଟକର ଡାହାଣ ପଟକୁ କାଠଚମ୍ପା ଗଛଟିଏ; ବେଶ୍ ହୃଷ୍ଟପୁଷ୍ଟ ଓ ଝଙ୍କାଳିଆ । ଗଛଟିରେ ପତ୍ର ଯେତିକି, ଫୁଲ ବି ସେତିକି । ଦିନେ ଅପରାହ୍ନରେ ପହଲା ଇଟା କେତେଗୁଡ଼ିକୁ ଭାଙ୍ଗି ଚମ୍ପାଗଛ ଚାରିପଟେ ତେରେଛା କରି ଗୋଟିଏ ପାଖକୁ, ଆଉ ଗୋଟେକୁ ମାଟିରେ ଅଧା ପୋତି ଦେଇ ବାଢ଼ ପରିକା ଅର୍ଦ୍ଧ ବୃତ୍ତାକାର ବଳୟଟିଏ ତିଆରି କରିବାରେ ବ୍ୟସ୍ତଥାଏ । ଗଛଟି ଦିନକୁ ଦିନ ବଡ଼ ହେଉଛି, ତା’ର ପାଣିର ଆବଶ୍ୟକତା ମଧ୍ୟ ବଢୁଛି । ତେଣୁ ଏମିତି ଗୋଟିଏ ଇଟା ଦ୍ୱାରା ବାଢ଼ ତିଆରି କରିଦେଲେ ଗଛଟିକୁ ଯଥେଷ୍ଟ ପାଣି ମିଳିପାରିବ । ପହଲା ଚମ୍ପାଗଛ ମୂଳେ ଆଣ୍ଠେଇ ପଡ଼ି ତା’ କାମରେ ମଗ୍ନଥାଏ ।

ଶିରିଶିରି ହେଇ ବହିଯାଉଥିବା ଉତ୍ତରା ପବନରେ କାଠଚମ୍ପା ଫୁଲଗୁଡ଼ିକର ବାସ୍ନା ଫେଣ୍ଟି ହେଇ ସେ ସମ୍ପୂର୍ଣ୍ଣ ପରିବେଶକୁ ଏକପ୍ରକାର ମାଦକତାରେ ଭରିଦେଉଥାଏ । ସେଇ ଶିଥିଳ ଅପରାହ୍ନରେ ପିଣ୍ଡାଟି ଉପରେ ବସି ସୁଗନ୍ଧା ଚାହିଁ ରହିଥିଲେ ଚମ୍ପାଗଛଟି ଆଡ଼କୁ ଏକ ଫାଙ୍କା ଦୃଷ୍ଟିରେ । ଚମ୍ପାଗଛଟି ୟା’ ଭିତରେ ଖୁବ୍ ବଡ଼ ହେଇଗଲାଣି, ଫୁଲରେ ମଣ୍ଡିହେଇଯାଇଛି । ଏଇ ଗଛଟିର ଚାରାଟିକୁ ସୌରଭ ଥରେ ଡାକ୍ତରଖାନାରୁ ତାଙ୍କ ଫେରନ୍ତା ବାଟରେ ରାସ୍ତାକଡ଼ରେ ଚାରା ବିକ୍ରି କରୁଥିବା ଲୋକଠୁ କିଣି ଆଣିଥିଲେ । ଏମିତିଆ ଏକ ଅପରାହ୍ନରେ ନିଜେ ଗାତ ଖୋଲି ଚମ୍ପାଗଛଟିକୁ ଲଗାଇଥିଲେ ।

– "ଏମିତି କ'ଣ ମନ ହେଲା ଯେ, ଚମ୍ପାଗଛଟେ ହଠାତ୍ ଆଣି ଲଗାଇ ପକେଇଲଣି" – ପଚାରିଥିଲେ ସୁଗନ୍ଧା ।

– "ତୁମେ ଜାଣିନ ସୁଗନ୍ଧା, ମୋ ଝିଅ ଅଙ୍କିତାର କୁଞ୍ଚୁକୁଞ୍ଚିଆ ଚୁଟିରେ ଚମ୍ପାଫୁଲଟେ ଖୋସି ଦେଲେ କେଡ଼େ ସୁନ୍ଦର ସେ ଦିଶିବ । ଦେଖ୍ଲୁନ ଅଙ୍କିତାର ଦେହର ରଙ୍ଗଟା ବି ଠିକ୍ କାଠଚମ୍ପା ପରି ।

ସୁଗନ୍ଧା ଗୋଟେ ଏମିତି ଗୀତ ଅଛି ନା– ଚମ୍ପାଫୁଲ ବାସନା ମୋ ପାଖକୁ ଆସ ନା... ।"

– "ହେ, ସେଇଟା ନୁହଁ ମ... କିଆ ଫୁଲ ବାସନା ମୋ ପାଖକୁ ଆସନା ।"

– "ଆରେ ତୁମ କିଆଫୁଲ ବାସନାରେ ସେ ପାଖକୁ ଆସିବାକୁ ମନା କରୁଚି । କିନ୍ତୁ ମୋ ଚମ୍ପାଫୁଲ ବାସ୍ନାରେ ମୁଁ କହୁଚି ପାଖକୁ ଆସ ନା... ଟିକେ ।"

– "ଧେତ୍ ।"

ସୌରଭ ସବୁବେଲେ ଏମିତି ଥଟ୍ଟାମଜା କରି ଜୀବନର ସବୁ ମୁହୂର୍ତ୍ତଗୁଡ଼ାକୁ ହାଲୁକା କରି ରଖ୍ଥିବେ ।

ସୌରଭଙ୍କ ମୃତ୍ୟୁର ଠିକ୍ ମାସେ ପୂର୍ବରୁ ଏଇ ଚମ୍ପାଗଛଟାକୁ ସେ ଲଗାଇଥିଲେ କେତେ ଶ୍ରଦ୍ଧାରେ, ତାଙ୍କ ଝିଅ ମୁଣ୍ଡରେ ଚମ୍ପାଫୁଲ ପିନ୍ଧିବ ବୋଲି । ଯେତିକି ବର୍ଷ ହେଲାଣି ସୌରଭ ଚାଲିଗଲେଣି, ଚମ୍ପାଗଛଟିର ବୟସ ମଧ ଠିକ୍ ସେତିକି ବର୍ଷ । ଚମ୍ପାଗଛ ବଡ଼ ହେଲା, ଫୁଲ ଫୁଟିଲା, ସୁଗନ୍ଧା ଚମ୍ପାଫୁଲ ଦୁଇଟି ଅଙ୍କିତାର କୁଞ୍ଚୁକୁଞ୍ଚିଆ ଚୁଟିରେ ଯତ୍ନରେ ଲଗାଇ ଦେଇଥିଲେ, କିନ୍ତୁ ତାକୁ ଦେଖ୍ବାକୁ ସୌରଭ ନ ଥିଲେ ।

ଆଜି ସେଇ ଚମ୍ପାଗଛକୁ ଚାହିଁ ସୁଗନ୍ଧା ପୁଣି ଭାବି ହେଲେ- "ସୌରଭ ତୁମେ ସ୍ଥୂଳ ଭାବରେ ନାହଁ ସତ, କିନ୍ତୁ ତୁମର ଛାପ ସବୁଠି। ଏ ଘର, ଏ ଅଗଣା, ତା'ର ଏ ବଗିଚା ସବୁଠି ତୁମର ସ୍ଥିତି। ଯୁଆଡ଼େ ବି ଚାହିଁଦେଲେ ତୁମେ... ତୁମେ... ଆଉ ତୁମେ। ତୁମର ସେ ଠଙ୍ଗା ମଜା କଥା, ଜୀବନର ପ୍ରତିଟି ମୁହୂର୍ତ୍ତକୁ ଜିଇବାର କଳା ସବୁ ଏଇଠି, ଏଇ ବାୟୁମଣ୍ଡଳରେ ଫେଣ୍ଡି ହୋଇ ରହିଛନ୍ତି। ସେଥିପାଇଁ ବୋଧହୁଏ ବେଳ ଅବେଳରେ ପ୍ରତ୍ୟେକ ଦିନ ଅନେକ ଥର ତୁମେ ଉଙ୍କିମାର ମୋ ଭାବନାରେ।

ଦିନ ଭିତରେ ଏମିତି ଅନେକ ଥର କେତେବେଳେ ଆକାଶରେ ଭସା ବାଦଲକୁ ଚାହିଁ, କେବେ ବା ପିଣ୍ଡା ଉପରୁ ଦୃଶ୍ୟମାନ ହେଉଥିବା ଗନ୍ଧମାର୍ଦ୍ଦନ ପର୍ବତର ଜଙ୍ଗଲରେ ଥିବା ବଡ଼ବଡ଼ ଗଛଗୁଡ଼ିକୁ ଚାହିଁ ସୁଗନ୍ଧା ଅଚିରେ ଭାବି ଚାଲନ୍ତି ତାଙ୍କ ଅତୀତକୁ, ଆଉ ନିଃଶବ୍ଦରେ ସେମାନଙ୍କ ସହ ବାଣ୍ଟିପକାନ୍ତି ତାଙ୍କ ମନର ବ୍ୟଥା, କୋହ, ଉଦ୍‌ବେଳନ ଓ ଆଶଙ୍କା ସବୁକୁ।

ସୁଗନ୍ଧାଙ୍କ ଦୃଷ୍ଟି ଏଥର ଆକାଶ ଉପରେ ନିବଦ୍ଧ ହୋଇଥିଲା। ସେ ନିଃଶବ୍ଦରେ କଥା ଆରମ୍ଭ କରି ଦେଇଥିଲେ ଆକାଶ ସହିତ-

- "ହେ ଆକାଶ, ମୋତେ ଲାଗୁଛି ତୁମ ଆଉ ମୋ ସମ୍ପର୍କ ଜନ୍ମଜନ୍ମାନ୍ତରର। ତମେ ମୋର ଜଣେ ହିତାକାଂକ୍ଷୀ, ନ ହେଲେ କ'ଣ ତୁମେ ମୋ ମନର ଭାବ ସହ ରଙ୍ଗ ବଦଲାଉଥା'ନ୍ତ। ମୋର ଠିକ୍ ମନେଅଛି, ଆମେ ଯେବେ ଡାକ୍ତରଖାନାର ସରକାରୀ ବାସଭବନରୁ ଏଠିକି ଏଇ ଆଚାର୍ଯ୍ୟ ଭବନକୁ ଆସିଥିଲୁ, ଘର ପ୍ରତିଷ୍ଠା ଦିନ ତୁମ ଦେହରେ ଠିକ୍ ଗନ୍ଧମାର୍ଦ୍ଦନର କୁଞ୍ଚୁକୁଞ୍ଚୁଆ ଶିଖର ଆଠୁଆଲରେ ସୃଜିଥିଲ ଇନ୍ଦ୍ରଧନୁ। ପର୍ବତ ଉପତ୍ୟକାରେ ଇନ୍ଦ୍ରଧନୁ କି ମନୋରମ! ଏଇ ପିଣ୍ଡା ଉପରେ ଠିଆ ହୋଇ ଆମେ ଦୁହେଁ ମୁଁ ଆଉ ସୌରଭ ଅନେକ ସମୟ

ତୁମକୁ ତୁମର ଇନ୍ଦ୍ରଧନୁର ପାଟ ଶାଢ଼ି ପିନ୍ଧା ରୂପକୁ ସ୍ଥିର ଦୃଷ୍ଟିରେ ଚାହିଁ ରହିଥିଲୁ ।

ଯେଉଁଦିନ ସୌରଭ ଆମକୁ ଅକାଳରେ ଛାଡ଼ି ଚାଲିଗଲେ, ସେଦିନର ସନ୍ଧ୍ୟା । ସେଦିନର ସନ୍ଧ୍ୟାର ଆକାଶ ଥିଲା ଅକଳ୍ପନୀୟ ଗାଢ଼ କଳା । ଲାଗୁଥିଲା ଯେମିତି ସୃଷ୍ଟିର ପ୍ରଳୟ ପ୍ରାରମ୍ଭରେ ଅନ୍ଧକାରର ଗାଢ଼ତ୍ଵ ଠିକ୍ ଏମିତି ଘନ ହେବ ।

ଆଉ ଯେଉଁଦିନ ଅଙ୍କିତା ଘରଯୋଗ୍ୟା ହେଇଥିଲା ସେଦିନ । ସେଦିନର କଥା ତ ଏବେ ବି ଜମାଟ ବାନ୍ଧି ଅଛି ମୋ ଛାତି ତଳେ । ଅଙ୍କିତାକୁ ଚଉଦ ପୂରି ପନ୍ଦର ବର୍ଷ ଚାଲିବା ଆରମ୍ଭ କରିଥାଏ । ସକାଳର ଜଳଖିଆ ଖାଇସାରି ତାକୁ ପଢ଼ାଇବା ପାଇଁ ତା' ପଢ଼ାଘର କୋଠରିରେ ମୁଁ ବ୍ୟସ୍ତ ଥାଏ ବିଭିନ୍ନ ପଶୁପକ୍ଷୀଙ୍କ ଛୋଟ ଛୋଟ କାର୍ଡବୋର୍ଡରେ ବନିଥିବା ଫଟୋ, ବିଭିନ୍ନ ଫଳ ଓ ସଂଖ୍ୟା ଲେଖାଥିବା ଫଟୋ ସବୁକୁ ଏକାଠି କରି ରଖିବାରେ । ଅଙ୍କିତାକୁ ଏସବୁ ଗୋଟିକ ପରେ ଗୋଟିଏ ଦେଖାଇ ପଚାରିବାକୁ ହୁଏ । ସେ ଧୀରେ ଧୀରେ ସେସବୁକୁ ଚିହ୍ନେ ଆଉ ସେମାନଙ୍କ ନାଁ କୁହେ । ତା' ହାତ ଧରି ତାକୁ ଅକ୍ଷର ଲେଖେଇବାକୁ ପଡ଼େ । ରଙ୍ଗ ପେନ୍‌ସିଲରେ ବିଭିନ୍ନ ପ୍ରକାର ଆକାରକୁ ରଙ୍ଗରେ ଭରିବାକୁ ପଡ଼େ । ଅଙ୍କିତାର ପାଠପଢ଼ାରେ ଦରକାର ହେଉଥିବା ଏମିତି ଅନେକ ଜିନିଷ ସବୁକୁ ଆଗରୁ ସଜାଡ଼ି ରଖିଥିବା ବେଳେ କାଞ୍ଚନ ଅଙ୍କିତାର ତା' ପୂର୍ବଦିନର ପିନ୍ଧା ଫ୍ରକ୍‌ଟିକୁ ଧରି ଏକପ୍ରକାର ଦୌଡ଼ି ଦୌଡ଼ି ଆସି ପହଞ୍ଚ୍ୟାଇଥିଲା ପାଠପଢ଼ା କୋଠରିରେ ।

– "ମା' ହେଇଟି ଦେଖ ଅଙ୍କୁ ଦେଇଙ୍କ ଫ୍ରକ୍ ।"

– "ଫ୍ରକ୍‌ଟେ ତ ଦେଖିବି କ'ଣ ?"

– "ନାଇଁ ମା' ଟିକେ ଭଲକି ମୁଣ୍ଡ ଉଠାଇ ଦେଖ ।"

କାଞ୍ଚନର ବାଧବାଧକତାରେ ମୁଣ୍ଡ ଉଠାଇ ଚାହିଁଲେ ସୁଗନ୍ଧା। କାଞ୍ଚନ ଧରିଥିଲା ଫ୍ରକ୍‌ଟିର ତଳ ପଟ ଘେର ଅଂଶକୁ ତାଙ୍କରି ଆଡ଼କୁ ଦେଖାଇ। ସେଥିରେ କେଇବୁନ୍ଦା ଖଇରିଆ ରଙ୍ଗର ଦାଗ। ଧଡ଼୍‌କରି ରହିଯାଇଥିଲି ମୁଁ। କାଞ୍ଚନ ହାତରୁ ଫ୍ରକ୍‌ଟିକୁ ଭିଡ଼ି ଆଣି ଏକପ୍ରକାର ରଡ଼ିଟେ ଛାଡ଼ି ଥିଲି– ଅଙ୍କିତା, ଆଉ ପାଗଳ ପ୍ରାୟ ଧାଇଁ ଆସିଥିଲି ନିଜ ଶୋଇବା ଘରକୁ। ଖଟଟି ଉପରେ ବସି ଛୋଟ ବଡ଼ ତୁଲାରେ ତିଆରି ଗୁଡ଼େ କଣ୍ଢେଇକୁ ସଜାଇ ରଖୁଥାଏ ଅଙ୍କିତା। ତାକୁ ଛାତିରେ ଜାକି ଧରି ଭୋ... ଭୋ.. ହେଇ କାନ୍ଦି ଉଠିଥିଲି। ମୋ' ପଛେ ପଛେ କାଞ୍ଚନ ମଧ୍ୟ ପହଞ୍ଚିଯାଇଥିଲା ଶୋଇବା ଘରେ। ମୋ' ଛାତିଫଟା କାନ୍ଦରେ ତା'ର ଲୋମ ଟାଙ୍କୁରି ଉଠିଥିବ ସେଦିନ। ତା' ଆଖିରୁ ବି ବୋହି ଚାଲିଥିଲା ଧାରଧାର ଲୁହ।

ପୃଥିବୀ ବକ୍ଷରେ ଉଦ୍‌ବେଳନ ଅସହ୍ୟ ହେଲେ, ସୀମା ପାର କରି ଗଲେ ଆଗ୍ନେୟଗିରିମାନଙ୍କ ମାଧ୍ୟମରେ ପୃଥିବୀ ଉଦ୍‌ଗାରିଥାଏ ତତଲା ଲାଭା। ଠିକ୍ ସେମିତି ମୋ' ମନତଳର ବେଦନାସବୁ କୋହମିଶା ଲୁହ ହେଇ ତୁହାକୁ ତୁହା ଛାତି ଫଟାଇ ବାହାରି ଆସୁଥିଲେ।

ଏବେ କାଞ୍ଚନ ନିଜକୁ କିଛି ପରିମାଣରେ ସମ୍ଭାଳି ନେଇ ମୋତେ ବୋଧ ଦେଇ କହିଥିଲା– "ମା' ସମ୍ଭାଳନ୍ତୁ ନିଜକୁ। ତୁମେ ଯଦି ଏମିତି ଭାଙ୍ଗି ପଡ଼ିବ ଅଙ୍କୁ ଦେଇଙ୍କୁ କିଏ ସମ୍ଭାଳିବ। ଇଏ ତ ପ୍ରକୃତିର ନିୟମ, ଯା'କୁ ବା କାହାର ହାତ ଅଛି।"

– "ମୋର ସବୁ ଅଭିଯୋଗ ସେଇ ଅଦୃଶ୍ୟ ପାଖରେ କାଞ୍ଚନ। ଏପରିକା ଅକ୍ଷମ ପିଲାଙ୍କୁ ଯିଏ ନିଜର ଦୈନନ୍ଦିନ କାମଗୁଡ଼ିକୁ କରିବାକୁ ସଂଘର୍ଷ କରୁଛନ୍ତି, ସେମାନଙ୍କୁ ଏ ବୈଭବ ଦେଇ ଲାଭ କ'ଣ? ଏସବୁର ମୂଲ୍ୟ ଅଙ୍କୁ ପରି ପିଲା ବୁଝିବ କ'ଣ, ତା'ର ଉପାଦେୟତା ବି କ'ଣ? ପ୍ରକୃତି ମା'ର ଏ ବୈଭବ, ତା'

ପାଇଁ ଆଶୀର୍ବାଦ ନା ଅଭିଶାପ । ଏ ଅସମର୍ଥମାନଙ୍କୁ ଏ ସୌଭାଗ୍ୟରେ ମଣ୍ଡିଦେବା ଅନ୍ୟାୟ, ଅବିଚାର । ଘୋର ଅନ୍ୟାୟ କାଞ୍ଚନ, ଘୋର ଅନ୍ୟାୟ ।" କଣ୍ଠ ମୋର ରୁଦ୍ଧ ହୋଇ ଥମି ଯାଇଥିଲା ।

– "ମା' ଧୈର୍ଯ୍ୟ ଧରି ଥରଟେ ଭାବ । ତୁମେ ସବୁଦିନ ଅଙ୍କୁ ଦେଇଙ୍କୁ ପାଠ ପଢ଼ଉଚ ଦୁଇ ତିନି ଘଣ୍ଟା ସମୟ ଧରି । ଏବେ ସେ ଆଗ ଅପେକ୍ଷା ଅନେକ କଥା ଜାଣି ଗଲେଣି । ଯେମିତି ରଙ୍ଗମାନଙ୍କୁ ଚିହ୍ନିଲେଣି । ମାଙ୍କଡ଼, ବାଘ, ଭାଲୁ, ପାରା, କୁଆ, ବିରାଡ଼ି ଏମିତି କେତେଗୁଡ଼ିଏ ପଶୁ ଆଉ ପକ୍ଷୀଙ୍କୁ ମଧ୍ୟ ଜାଣିପାରୁଛନ୍ତି । ସେଦିନ କେମିତି ମାଙ୍କଡ଼ ଆମ ବଗିଚାକୁ ପଶିଆସିଥିଲେ ଆଉ ସେମାନଙ୍କୁ ଦେଖି ଅଙ୍କୁ ଦେଇ କେମିତି ମଙ୍କି... ମଙ୍କି... ବୋଲି ଚିହ୍ନିଦେଲେ । ଆଗ ଅପେକ୍ଷା ଆହୁରି ଅନେକ ନିତିଦିନିଆ କଥା ବୁଝିବାକୁ ଲାଗିଲେଣି । ଆମେ ଦୁହେଁ ମିଶି ଅଙ୍କୁ ଦେଇଙ୍କୁ ମାସର ସେଇ ନିର୍ଦ୍ଦିଷ୍ଟ ଦିନ କେତେଟାରେ କେମିତି ନିଜର ଯନ୍ ନେବାକୁ ହେବ ଶିଖାଇ ଦେବା । ସମୟ ଲାଗିପାରେ ହୁଏତ ତିନି ବର୍ଷ, ଚାରିବର୍ଷ ଅଙ୍କୁ ଦେଇ କିନ୍ତୁ ଶିଖ୍ୟିବେ ।"

– "ହଁ, କାଞ୍ଚନ ସେଇଆ ହେଉ । ମୋ' ପିଲାଟି ଯଦି ତା' ବୟସକୁ ଚାହିଁ ସାଧାରଣ ଝିଅଟେ ହେଇଥା'ନ୍ତା, ଉଚିତ ବୟସରେ ଉଚିତ ଘଟଣାଟେ ଘଟିଚି ବୋଲି ମୁଁ ଆଜି ଖୁସିରେ ଏ ଖବରଟି ମୋ' ପ୍ରିୟଜନଙ୍କୁ ଜଣାଇଥା'ନ୍ତି । ସପ୍ତାହ ପରେ ଝିଅକୁ ମୋର ନୂଆ ପୋଷାକ ପିନ୍ଧାଇ ଶିଳା ଦର୍ପଣ ମନ୍ଦିରରେ ଦର୍ଶନ କରାଇ ଆଣିଥା'ନ୍ତି । ଆଜି କିନ୍ତୁ ମୋ' ପିଲାଟିର ସ୍ୱାସ୍ଥ୍ୟଗତ ଓ ଶାରୀରିକ ଅବସ୍ଥା ଯାହା, ସେଥିରେ ଏସବୁ ଲାଗୁଚି ଯେମିତି ବିଧାତା ଆମକୁ ଦଣ୍ଡୁଚି ।"

– "ନୁହେଁ ମା', ଏମିତି କଥା ଭାବନି । ସପ୍ତାହକ ପରେ ଅଙ୍କୁ ଦେଇଙ୍କୁ ନୂଆ ପୋଷାକ ପିନ୍ଧାଇ ଆମେ ମନ୍ଦିର ଯିବା, ମା' ତାରାଙ୍କ ପାଖରେ ଅଳି କରିବା ପିଲାଟିକୁ ଆମର ସାମର୍ଥ୍ୟ ଦିଅନ୍ତୁ; ଏ ଦିନଗୁଡ଼ିକରେ ନିଜକୁ ସମ୍ଭାଳି ନେବା ପାଇଁ ।"

ମୋ' ଛାତିତଳେ ଜାକି ହେଇଥିବା ଅଙ୍କିତା ଖାଲି ଜୁଲୁଜୁଲୁ ଚାହିଁ ରହି ମଝିରେ ମଝିରେ କା...ଚ...କାଚ...କାଚ ବୋଲି ଡାକ ଦେଉଥାଏ। ଅଙ୍କିତା କାଞ୍ଚନକୁ ସମ୍ପୂର୍ଣ୍ଣ ତା' ନାଁ ନେଇ ଡାକି ପାରେନି। ତାକୁ ସେ ଚିହ୍ନେ, ଜାଣେ ଆଉ ଦରକାର ପଡ଼ିଲେ କା... ଚ... କାଚ ବୋଲି ଡାକେ।

କାଞ୍ଚନର କଥାରେ ଆଉ ଅଙ୍କିତାର ଡାକରେ ଏଥର ନିଜକୁ ସହଜ କରିବାକୁ ଚେଷ୍ଟା କରି ଅଙ୍କିତାକୁ ନିଜର ବାହୁଛନ୍ଦରୁ ମୁକୁଳେଇ ଦେଇ ତା' କପାଳରେ ଆଶୀର୍ବାଦର ହାତ ବୁଲାଇ ଆଣି ଉଠି ଠିଆ ହେଇଥିଲି। ଏବେ ମୁଁ ଆଉ କାଞ୍ଚନ ଦୁହେଁ ମିଶି ଅଙ୍କିତାର ଯନ୍ ନେବାରେ ଲାଗିଯାଇଥିଲୁ।

ସେଇ ଦିନ ଅପରାହ୍ନରେ ମୁଁ ଏମିତି ଏଇ ପିଣ୍ଡା ଉପରେ ଘରର କାନ୍ଥକୁ ଆଉଜି ବସିଥିବା ବେଳେ ତୁମରି ଦେହରେ କେଉଁଆଡ଼ୁ ଭାସି ଆସିଥିଲା ଅଦିନିଆ ମେଘ ଖଣ୍ଡିଏ। ବର୍ଷିଯାଇଥିଲା ସେ ମେଘଖଣ୍ଡଟି କେବଳ ଆଚାର୍ଯ୍ୟ ଭବନ ଓ ମନ୍ଦିରର ପାଖ ଅଞ୍ଚଳରେ। ଗାଁର ଅନ୍ୟ ଅଞ୍ଚଳ ଥିଲା ଠକ୍ଠକ୍ ଶୁଖିଲା। ବର୍ଷା ବର୍ଷିବା ଆରମ୍ଭ କଲାବେଳେ ମୋର ମନ ହେଇ ନ ଥିଲା ଘର ଭିତରକୁ ଉଠିଯିବାକୁ। ଏଠି ଏଇ ପିଣ୍ଡା ଉପରେ ବସି ସେଦିନ ବର୍ଷାରେ ଭିଜାଇ ଦେଇଥିଲି ନିଜକୁ। ବେଶ୍ କିଛି ସମୟ ବର୍ଷା। ବର୍ଷ ଥିଲା ଖୁବ୍ ଜୋର୍‌ରେ, ଆଉ ଏପଟେ ବର୍ଷାର ଧାରାକୁ ଟାଲ ଦେଇ ମୋ' ଆଖିରୁ ଲୁହ ବର୍ଷିଯାଉଥିଲା ସ୍ୱତଃସ୍ଫୂର୍ତ ଭାବରେ। ହେ ଆକାଶ! ତୁମର ସେ ଅକସ୍ମାତ୍ ବର୍ଷାର ଧାରା ଆଉ ମୋର ଲୁହର ଧାରାମାନ ମିଶି ଏକାକାର ହେଇଯାଇଥିଲେ। ମୋ' ସହ ବୁକୁ ଫଟେଇ ତୁମେ ବି କାନ୍ଦିଥିଲ ସେଦିନ। କାଞ୍ଚନ କି ପହିଲା କେହି ସେଦିନ ସାହସ କରି ନ ଥିଲେ ମୋତେ ଘର ଭିତରକୁ ଡାକି ନେବାକୁ।

ହେ ଆକାଶ! ପାହାଡ଼ିଆ ଜଙ୍ଗଲିଆ ମୁଲକରେ ତୁମ ବକ୍ଷରୁ ଝରୁଥିବା ବର୍ଷାଟୋପାଗୁଡ଼ାକ କି ଓଜନିଆ! ବୋଧହୁଏ ସେଥିରେ ଜଳକଣାର ସାନ୍ଦ୍ରତା ଥାଏ

ଅପେକ୍ଷାକୃତ ଅଧିକ । ଆଗରୁ ଅନେକ ଥର ବର୍ଷାରେ ଓଦା ହୋଇଚି କେବେକେବେ ଜାଣି ଜାଣି ତ ଆଉ କେବେ କେବେ ଅପ୍ରସ୍ତୁତ ସ୍ଥିତିରେ । କିନ୍ତୁ କାଇଁ ସେଦିନ ପରି ବର୍ଷା ପାଣିର ଟୋପା ମୋ' ଦେହକୁ ଏତେ କଷ୍ଟ ଲାଗି ନ ଥିଲା ।

ସେଦିନ ମୋତେ ଲାଗିଥିଲା ମୋ' ଦୁଃଖରେ ତୁମେ ମଧ ସମଦୁଃଖୀ ଥିଲ । ନ ହେଲେ ତୁମେ କ'ଣ ଏମିତି ତୁମ ଛାତି ଫଟାଇ ବର୍ଷି ଯାଇଥା'ନ୍ତ । ତୁମେ ବିଶାଳ, ତୁମେ ମହାନ୍ । ତୁମେ ତ ତୁମ ବକ୍ଷରେ ଧରିଚ ଗ୍ରହ, ନକ୍ଷତ୍ର, ଉପଗ୍ରହ, ଉଲ୍କାପିଣ୍ଡ, ଆହୁରି କେତେ କ'ଣ । ମୋ' ପରି ଏକାକୀ ପ୍ରାଣର କଷ୍ଟ, ମନର ବ୍ୟଥା ତୁମ ସହ ବାଣ୍ଟି ଦେଲେ ମୋତେ ଟିକେ ହାଲୁକା ଲାଗେ । ତୁମେ ମୋର ଖୁବ୍ ଅନ୍ତରଙ୍ଗ ।

ଆକାଶ ଆଡ଼କୁ ଚାହିଁ ଭାବବିହ୍ୱଳତାରେ ଭାସି ଯାଇଥିବା ବେଳେ ଅଙ୍କିତା ଆସି ତାଙ୍କ ହାତଟିକୁ ଭିଡ଼ି ଧରି କହିଚାଲିଲା– "ମା'... ମା'... ମା'... ବଲ୍... ।"

ଅଙ୍କିତାର ଏ ଡାକ ସୁଗନ୍ଧାଙ୍କୁ ଟାଣି ଆଣିଥିଲା ସେତେବେଳର ବର୍ତ୍ତମାନକୁ । ତାଙ୍କ ବେକ ଚାରିପଟେ ଗୁଡ଼େଇ ହୋଇଥିବା ଅଙ୍କିତାର ହାତ ପାପୁଲିକୁ ସ୍ନେହରେ ଚୁମି ଦେଇ କହିଥିଲେ ସୁଗନ୍ଧା– "ଅଙ୍କିତା ଆମର ବଲ୍ ଖେଳିବ । ବଲ୍– B... A..." ଏତକ କହି ସୁଗନ୍ଧା ଚୁପ୍ ହୋଇଯାଆନ୍ତେ ଅଙ୍କିତା ପୂରା କରିଥିଲା ଅନ୍ୟତକ– "L... L... ବଲ୍ ।"

ଏଥର ସୁଗନ୍ଧା ଖୁସିର ହସଟେ ହସିଦେଇ ସ୍ନେହରେ ତା' ମୁଣ୍ଡକୁ ଆଉଁଶି ଦେଇଥିଲେ ।

ୟା' ଭିତରେ କାଞ୍ଚନ ବଲ୍ଟିଏ ଧରି ବଗିଚା ଭିତରକୁ ଆସିଯାଇଥିଲା । ତାକୁ ଦେଖ୍ ଅଙ୍କିତା ଏଥର ଚାଲିଲା ବଲ୍ ଖେଳିବାକୁ ।

ଅଙ୍କିତା ପରି ପିଲାମାନଙ୍କୁ ଇଂରାଜୀରେ କୁହାଯାଏ Autistic child, ଆଉ ଓଡ଼ିଆରେ ସ୍ୱପ୍ରବଣ ପିଲା । ଏହିପରି ତ୍ରୁଟିକୁ ଇଂରାଜୀରେ Autism, ଓଡ଼ିଆରେ ସ୍ୱପ୍ରବଣତା କୁହାଯାଏ । ଏଇ ସ୍ୱପ୍ରବଣତା ଏକ ରୋଗ ନୁହେଁ, ଏହା ଏକ ଶାରୀରିକ ଅବ୍ୟବସ୍ଥା । ମଣିଷର ଜିନ୍‌ରେ ସୂକ୍ଷ୍ମରୁ ସୂକ୍ଷ୍ମ ତ୍ରୁଟି ରହିଗଲେ ସେଗୁଡ଼ିକ ଏମିତି ମାନସିକ ଓ ଶାରୀରିକ ଅସମ୍ପୂର୍ଣ୍ଣତା ହେଇ ଫୁଟିଉଠନ୍ତି । ସବୁବେଳେ ଏ ସ୍ୱପ୍ରବଣତା ଜିନ୍‌ର ଦୋଷ ଦୁର୍ବଳତା ଯୋଗୁ ବିକଶିତ ହେଇ ନଥାଏ, ଅନେକ କ୍ଷେତ୍ରରେ ଆମର ଜୀବନଶୈଳୀ, ପିଲାମାନେ ବଢୁଥିବା ପରିବେଶ ମଧ୍ୟ ଦାୟୀ ହେଇଥାଏ । ତେବେ ସ୍ୱପ୍ରବଣତା ପାଇଁ ମୁଖ୍ୟତଃ ଦୁଇଟି କାରଣ ଦାୟୀ । ଗୋଟିଏ ଜିନ୍‌ରେ ଦୋଷ ରହିଗଲେ ଓ ଅନ୍ୟଟି ଆମର ଜୀବନ ଶୈଳୀ ଓ ପରିବେଶ ଯାହାକୁ କୁହାଯାଏ ଏନ୍‌ଭିରନ୍‌ମେଣ୍ଟାଲ ଫ୍ୟାକ୍ଟର (Environmental Factor) ।

ସ୍ୱପ୍ରବଣ ପିଲାମାନଙ୍କର ଶୈଶବରେ ଶରୀର ଓ ମସ୍ତିଷ୍କର ବିକାଶର ବେଗଥାଏ ତୁଳନାତ୍ମକ ଭାବେ କମ୍ ବା ଧୀର । ପ୍ରାରମ୍ଭରେ ସେମାନେ କଥାବାର୍ତ୍ତା କରିବା, ଦୃଷ୍ଟି ମିଳେଇବା, ଲେଖାଲେଖି କରିବା ଓ ବିଭିନ୍ନ କାମରେ ତାଳମେଳ ବା ସମନ୍ୱୟ ରଖିବାରେ ଅକ୍ଷମତା ଦେଖାଇଥା'ନ୍ତି । ଅବଶ୍ୟ ସମସ୍ତଙ୍କର ଏ ଅକ୍ଷମତା ଏକା ସ୍ତରର ନ ଥାଏ । କେଉଁ କେଉଁମାନେ ଟିକେ ଚେଷ୍ଟାରେ କିଛି ବିଳମ୍ବରେ ଏସବୁରେ ସକ୍ଷମତା ଦେଖାଇଥା'ନ୍ତି ଓ ଆଉ କିଏ କିଏ ତୁଳନାତ୍ମକ ଭାବେ ଅଧିକ ସମୟ ନେଇଥା'ନ୍ତି । ଉଚିତ ସମୟରେ ପିଲାମାନଙ୍କର ଏ ଖୁଣଟିକୁ ବୁଝିପାରି ସେମାନଙ୍କୁ ଉପଯୁକ୍ତ ତାଲିମ ଓ ଶିକ୍ଷା ଦ୍ୱାରା ଆମ୍‌ନିର୍ଭରଶୀଳ କରାଯାଇପାରିବ ।

ସୁଗନ୍ଧାଙ୍କର ଅବାରିତ ଚେଷ୍ଟା ଫଳରେ ଅଙ୍କିତା ଆଜି ଅନେକ କିଛି ବୁଝିପାରୁଛି ଓ ପ୍ରକାଶ ମଧ୍ୟ କରିପାରୁଛି । ଏଇ ଯେମିତି ବଲ୍ ଖେଳିବା ପୂର୍ବରୁ ସେ ନିଜେ ତା' ବାଆଁ ପଟ ଛାତିରେ ଫ୍ରକ୍ ଉପରେ ରୁମାଲଟିଏ ସେଫ୍ଟିପିନ୍‌ରେ ଲଗାଇ ଦେଇଥିଲା । କଥା କହିଲାବେଳେ ତା' ପାଟି କୋଣରୁ କେବେ କେବେ ଲାଳ ବୋହି

ଆସିଲେ ସେ ତାକୁ ରୁମାଲଟିରେ ପୋଛିପକାଏ। ଅଙ୍କିତାକୁ ପଢ଼ାଇଲାବେଳେ ଅକ୍ଷର ଓ ସଂଖ୍ୟାଗୁଡ଼ିକ ଇଂରାଜୀରେ ବ୍ୟବହାର କରିଥା'ନ୍ତି ସୁଗନ୍ଧା। ଯେମିତି ଇଂରାଜୀର ଆଲ୍ଫାବେଟ୍ A to Z, ଆଉ ସଂଖ୍ୟା 1,2,3,4...। ଅନେକ ବ୍ୟାବହାରିକ ବସ୍ତୁଗୁଡ଼ିକର ମଧ୍ୟ ଇଂରାଜୀ ଶବ୍ଦ ଶିଖାଇଛନ୍ତି ସୁଗନ୍ଧା। ଏସବୁ ପଛର କାରଣ, ଏମିତି ପିଲାମାନେ ଏକାଧିକ ଭାଷାକୁ ଅକ୍ତିଆର କରି ପାରି ନ ଥା'ନ୍ତି, ତେଣୁ ସେମାନେ ଭାଷାକୁ ନେଇ ବାଉଳା ହେଇଥା'ନ୍ତି। ଆମମାନଙ୍କ ଟଙ୍କା ପଇସାରେ ସେମାନଙ୍କର ମୂଲ୍ୟ ଇଂରାଜୀ ସଂଖ୍ୟାରେ ଲେଖାଯାଇଛି, ଯେମିତି ଦଶଟଙ୍କିଆ ନୋଟ୍ ଉପରେ Rs. 10. ତେଣୁ ଇଂରାଜୀରେ ସଂଖ୍ୟା ଓ ଅକ୍ଷର ଶିଖାଇଥିଲେ ନିତିଦିନିଆ ଜୀବନରେ ଚଳିବାକୁ ଟିକେ ସହଜ ହେଇଯିବ।

ସ୍ୱପ୍ରବଣ ପିଲାମାନଙ୍କୁ ଶିଖେଇବାର ଓ ପଢ଼େଇବାର ଶୈଳୀ ଏବଂ ପଦ୍ଧତି ସ୍ୱତନ୍ତ୍ର ପ୍ରକାରର। ଏମାନଙ୍କୁ ବାରମ୍ବାର ଗୋଟିଏ ଜିନିଷକୁ ଚିତ୍ର ମାଧ୍ୟମରେ ବା କୌଣସି ବସ୍ତୁ ଦେଖେଇ ବୁଝେଇବାକୁ ପଡ଼ିଥାଏ। ଯେମିତି ପଶୁ ପକ୍ଷୀମାନଙ୍କୁ ଚିହ୍ନେଇବାକୁ ହେଲେ ସେମାନଙ୍କର ବଡ଼ ସାନ ଚିତ୍ର ସହିତ ଛୋଟ ଛୋଟ ପ୍ଲାଷ୍ଟିକ ହେଉ ବା ପଥରର ବା ମାଟିର ହେଉ, ଆକୃତି ମଧ୍ୟ ସବୁ ଦେଖାଇବାକୁ ହୋଇଥାଏ।

ସୁଗନ୍ଧା ଅନେକ ଥର ଅଙ୍କିତାକୁ ପଢ଼େଇଲାବେଳେ ସତସତିକା ଆଳୁ, ପିଆଜ, ଟମାଟୋ ଆହୁରି ଅନ୍ୟାନ୍ୟ ପରିବା, ପୁଣି କମଳା, ସେଓ, କଦଳୀ ଆଦି ଫଳ ମଧ୍ୟ ଦେଖାଇଥା'ନ୍ତି। ଏଇ ଫଳ, ପରିବା ଆଉ ବଗିଚାର ନାନା ଜାତିର ଫୁଲସବୁକୁ ଦେଖାଇ ତାକୁ ଚିହ୍ନେଇଥା'ନ୍ତି। ଏସବୁ ସହିତ ରଙ୍ଗମାନଙ୍କ ସହ ପରିଚୟ କରାଇଥା'ନ୍ତି। ଯେମିତି ଟମାଟୋ ନାଲି ରଙ୍ଗ, କଲରା ଶାଗୁଆ ରଙ୍ଗ ଆଦି।

ଅଙ୍କିତା ବୁଝିପାରେ ଓ କରିପାରେ ସଂଖ୍ୟାଗୁଡ଼ିକର ମିଶାଣ ଆଉ ଫେଡ଼ାଣ। ସେ କିନ୍ତୁ ବୁଝିପାରେନି ମିଶାଣରେ ଅଧିକ ମୂଲ୍ୟକୁ ଦଶକ ଘରକୁ

ନେବା । ଯେମିତି ୯ ମିଶାଣ ୯, ୧୮ରୁ ୧ ସଂଖ୍ୟାଟି ଦଶକ ଘରକୁ ଯିବ । ସେ ୯ ମିଶାଣ ୯, ଗୋଟି ବା କାଠି ଗଣି ଗଣି କରିପାରେ । ଠିକ୍ ସେମିତି ସେ ବୁଝିପାରେନି ଫେଡ଼ାଣ ସୂତ୍ରରେ ଦଶକ ଘରୁ ଧାର ନେବା । ଯେମିତି ୨ ୨ ଫେଡ଼ାଣ ୯, ଦଶକ ଘରୁ ଧାର ସୂତ୍ରରେ ମୂଲ୍ୟ ଆଣି ଏକକ ଘର ସଂଖ୍ୟାରେ ମିଶେଇବା । କିନ୍ତୁ ସେ ଫେଡ଼ାଣ କାଠି ବା ଗୋଟି ଦ୍ୱାରା କରିପାରେ । ସେ ଏକଥା ବୁଝେ ମିଶାଣ ମାନେ ମିଶେଇବା, ଫେଡ଼ାଣ ମାନେ ବାହାର କରିବା । ଗୁଣନ ଓ ହରଣ ସେ କିଛି ବୁଝିପାରେ ନାହିଁ । ପଣିକିଆ ୨ ରୁ ୧୦ ପର୍ଯ୍ୟନ୍ତ ଲେଖ୍ପାରିଲେ ମଧ୍ୟ ତାକୁ ବ୍ୟବହାରରେ ଲଗେଇ ପାରେନି । ଯେମିତି ଘଣ୍ଟାରୁ ସମୟ ଜାଣିବାକୁ ହେଲେ ସେ ପଣିକିଆକୁ ବ୍ୟବହାର କରିପାରେନି । ଡିଜିଟାଲ ଠ୍ୱାର୍, ମାନେ ସଂଖ୍ୟା ଦ୍ୱାରା ସମୟ ସୂଚାଉଥିବା ଘଣ୍ଟାରୁ ସେ ସମୟ ଜାଣିପାରେ ।

ଅଙ୍କିତାର ପାଠ ପଢ଼ା କେବଳ ଅକ୍ଷର ଓ ସଂଖ୍ୟା ଜାଣିବାରେ ସୀମିତ ନଥିଲା । ତା' ବୟସ ସହିତ ତାଳଦେଇ ସୁଗନ୍ଧା ତାକୁ ଅନେକ ଘରକରଣା କାମରେ ମଧ୍ୟ ମିଶେଇଥାନ୍ତି । ଯେମିତିକି ପହଲା ହାତରୁ ପରିବା ଭର୍ତ୍ତି ଥଲି ଧରି ଫେରିଲା ପରେ, ପରିବା ସବୁକୁ ରୋଷେଇ ଘର ଚଟାଣରେ ଅଜାଡ଼ିଦିଏ । ଅଙ୍କିତା ପରିବା ସବୁକୁ ଅଲଗା କରି ରଖେ । ଆଳୁ ଡାଲାରେ ଆଳୁ, ଟମାଟୋ ଡାଲାରେ ଟମାଟୋ .... ଏମିତି । ତାଙ୍କ ବଗିଚାରୁ ଫୁଲ କି ଫଳ ତୋଲିଲା ବେଲେ ବି ପହଲା ଓ କାଞ୍ଚନ ସାଙ୍ଗରେ ନେଇଥାନ୍ତି ଅଙ୍କିତାକୁ । ସେମାନଙ୍କ ସହ ମିଶି ସେ ବି ଫୁଲ ଓ ଫଳସବୁ ତୋଲିଥାଏ । ଶୀତଦିନରେ ତ କାଞ୍ଚନ ଡାଲାଏ ଲେଖା ମଟରଛୁଇଁ ଧରାଇ ଦିଏ ଅଙ୍କିତାକୁ ଚୋପା ଛଡ଼ାଇ ମଞ୍ଜି ସବୁକୁ ଅଲଗା ରଖିବାକୁ । ଆଉ ସବୁଦିନ ରାତିରେ କାଞ୍ଚନ ଯେତେବେଲେ ରୁଟି କରିବସେ ଅଙ୍କିତା ଥାଏ ପାଖରେ । ଦୁଇଟା ଅଟା ଗୋଲା ଆଗ ଧରିକି ବସେ ଅଙ୍କିତା । ତାକୁ ହାତରେ ଚାପି ଗୋଲ୍ କରି ଦି ପାପୁଲିରେ ଥାପି ତିଆରି କରେ କଞ୍ଚା ଅଟାରେ ରୁଟି । ଏମିତି ନାନା ପ୍ରକାର ଛୋଟ

ଛୋଟ ଘରକରଣା କାମରେ ଅଙ୍କିତାକୁ ସେମାନେ ମିଶାଇଥାନ୍ତି । ଅକ୍ଷର ଓ ସଂଖ୍ୟା ଶିଖ୍ବା ସହିତ ଏସବୁ ନିତିଦିନିଆ ଦିନଚର୍ଯ୍ୟାର କାମ ସ୍ୱପ୍ରବଣ ପିଲାଙ୍କ ପାଇଁ ଏକ ପ୍ରକାର ଥେରାପି ପରି ଉପଯୋଗୀ ହୋଇଥାଏ । ଖାଲି ସ୍ୱପ୍ରବଣ ପିଲା କାହିଁକି ସାଧାରଣ ସୁସ୍ଥ ପିଲାମାନଙ୍କୁ ଘରକରଣା ନିତିଦିନିଆ କାର୍ଯ୍ୟରେ ମିଶାଇଲେ ପିଲାମାନଙ୍କର ବ୍ୟବହାରିକ ଜ୍ଞାନ ବଢ଼ି ଥାଏ ।

ଏଭଳି ପିଲାମାନଙ୍କର ହାତମୁଠାର ଦୃଢ଼ତା ଥାଏ ଅପେକ୍ଷାକୃତ କମ୍ । ସେଥିପାଇଁ ସେମାନେ କଲମ ଓ ପେନ୍ସିଲ ମୁଠେଇ ଧରି ଅଧିକ ସମୟ ଲେଖ୍ପାରନ୍ତିନି । ସେମାନଙ୍କ ହାତମୁଠାକୁ ଧରି ବେଳେବେଳେ ଲେଖେଇବାକୁ ପଡ଼ି ଥାଏ । କଇଁଚିରେ କୌଣସି ଜିନିଷ କାଟିବା ପାଇଁ ସେମାନେ ସହାୟତା ଲୋଡ଼ି ଥାନ୍ତି । ଏମିତି ନିତିଦିନିଆ ଜୀବନରେ ସାଧାରଣ କାମଗୁଡ଼ିକ କରିବାକୁ ସ୍ୱପ୍ରବଣ ପିଲାମାନଙ୍କୁ କଷ୍ଟ କରିବାକୁ ପଡ଼ି ଥାଏ । ତଥାପି ଅବାରିତ ପ୍ରଶିକ୍ଷଣ ଓ ଯନ୍ ଦ୍ୱାରା ଏମାନଙ୍କ ପାଖରେ ମଧ୍ୟ ଆଖ୍ଦୃଶିଆ ଉନ୍ନତି ଦେଖାଦେଇଥାଏ, ଯେମିତି ଅଙ୍କିତା କ୍ଷେତ୍ରରେ । ଏବେ ସେ ଟଙ୍କା ପଇସା କିଛି କିଛି ବୁଝ଼ି ଗଲାଣି । ସୁଗନ୍ଧା ତାକୁ ପ୍ଲାଷ୍ଟିକ୍ରେ ତିଆରି ନକଲି ପଇସା ଓ କାଗଜରେ ତିଆରି ନକଲି ନୋଟ୍ ସବୁକୁ ଦେଖାଇ ସେଗୁଡ଼ିକୁ ଚିହ୍ନେଇଦେଲେଣି । ସେ ଦଶଟଙ୍କିଆ ନୋଟ୍ ଆଉ ଶହେ ଟଙ୍କିଆ ନୋଟ୍ ଭିତରେ ପାର୍ଥକ୍ୟ କରିପାରୁଛି । ପାଞ୍ଚଟଙ୍କିଆ ପଇସା ମାଗିଲେ ଅନେକ ପ୍ରକାରର ପଇସା ମଧ୍ୟରୁ ପାଞ୍ଚଟଙ୍କିଆ ପଇସାଟିକୁ ଖୋଜି ବାହାର କରିପାରୁଛି । ସତର ବର୍ଷୀୟା ଅଙ୍କିତା ଯଦିଓ ତା' ବୟସକୁ ଚାହିଁ ସାଧାରଣ ପିଲା ପରି ସବୁ କାମରେ ଧୁରନ୍ଧର ଓ ଫୁର୍ତ୍ତି ଦେଖାଇ ପାରୁନି, ତଥାପି ଅନେକ କଥା ଆଗ ଅପେକ୍ଷା ବୁଝି ପାରିଲାଣି ।

ସ୍ୱପ୍ରବଣ ପିଲାମାନଙ୍କଠାରେ ଦୁଇ ପ୍ରକାର ଭାବର ମିଶାମିଶି ଲକ୍ଷଣ ଦେଖାଦେଇଥାଏ । ଗୋଟିଏ ହେଲା ଦୂରେଇ ରହିବା (avoiding) ଅନ୍ୟଟି ହେଲା

ଖୋଜିବା (seeking) । ଯେଉଁ ଜିନିଷଟି ତାଙ୍କୁ ଖୁସି ଦେଇଥାଏ, ସେମାନେ ସେଇ ଜିନିଷକୁ ସବୁବେଳେ ଖୋଜି ହୁଅନ୍ତି । ଯେମିତି କେଉଁ ପିଲାକୁ ଯଦି ଖାଦ୍ୟ ଖାଇବାରେ ଖୁସି ମିଳିଚି ସେ ଖାଇବା ପ୍ରତି ସବୁବେଳେ ଆଗ୍ରହ ପ୍ରକାଶ କରିବ ଆଉ ଖାଇବା ଜିନିଷର ବାସ୍ନା ବା ମହକରୁ ଖାଇବା ଜିନିଷକୁ ବାରିପାରିବ । ଗୋଟିଏ କୋଠରିରେ ଯଦି ଖାଇବା ଜିନିଷ ଥାଏ, ତା'ର ବାସ୍ନାରେ ଟାଣି ହୋଇ ସେଠି ପହଞ୍ଚିଯାଇପାରିବ । କିନ୍ତୁ କୌଣସି ପିଲାକୁ ଯଦି ଖାଇବା ସୁଖ ଲାଗେନି, ତେବେ ସିଏ ଖାଦ୍ୟଠାରୁ ସବୁବେଳେ ଦୂରେଇ ରହିବାକୁ ଚାହିଁବ । ଖାଲି ଖାଦ୍ୟ ନୁହେଁ, କୌଣସି ବସ୍ତୁ ଓ ବ୍ୟକ୍ତିକୁ ନେଇ ଯଦି କିଛି ଅପ୍ରୀତିକର ଅନୁଭୂତି ରହିଯାଏ, ତା'ହେଲେ ବି ସେମାନଙ୍କଠୁ ଏମାନେ ନିଜକୁ ସମ୍ପୂର୍ଣ୍ଣ ଦୂରେଇ ରଖିବାକୁ ଚେଷ୍ଟା କରିଥା'ନ୍ତି । ଦରକାର ପଡ଼ିଲେ ପାଟି କରି ବା ରଡ଼ି ଛାଡ଼ି ବା ସେ ଜାଗାରୁ ଦୌଡ଼ି ପଳାଇ ଯାଇ ନିଜର ଅନାଦର ଭାବ ଦେଖାଇଥା'ନ୍ତି ।

ପ୍ରତ୍ୟେକ ଦିନ ସକାଳୁ ସୂର୍ଯ୍ୟଙ୍କ କଅଁଳ ଖରାରେ କାଞ୍ଚନ ଅଙ୍କିତାକୁ ନେଇ ତାଙ୍କ ବଗିଚାରେ ଥିବା ଘାସ ଭର୍ତ୍ତି ଜାଗାଗୁଡ଼ିକରେ ଖାଲି ପାଦରେ ଦି ଘେରା ଚଲାଇ ଆଣେ । ତା'ପରେ କେବେକେବେ ସେମିତି ଖାଲି ପାଦରେ ଦୁହେଁ ସେମାନଙ୍କ ଘରୁ ବାହାରିଯାଇ ଶିଳା ଦର୍ପଣ ମନ୍ଦିରର ସାମ୍ନାପଟ ଫାଟକ ପାଖରୁ ଘେରେ ବୁଲି ଆସନ୍ତି । ଖାଲି ପାଦରେ ଚାଲିବା ଦ୍ୱାରା ଅଙ୍କିତାର ଗୋଡ଼ ଓ ପାଦର ମାଂସପେଶୀରେ ଏକ ପ୍ରକାର ଆକ୍ୟୁପ୍ରେସର ପରି କାମ ଦିଏ ।

ଅଙ୍କିତାର ପାଟିର ଗୋଟେ ପଟ ଟିକେ ବଙ୍କେଇ ହୋଇ ନାଲ ବାହାରେ ବୋଲି, ସୁଗନ୍ଧା ପ୍ରତ୍ୟେକ ଦିନ ତା ଖାଇବାରେ ରଖିଥାନ୍ତି ତାଙ୍କ ବଗିଚାରୁ ତୋଲା ସତେଜ କଞ୍ଚା ପିଜୁଳି, ଡାଲିମ୍ବ ପରି ଫଳ । ସେଗୁଡ଼ିକୁ ଚୋବାଇ ଚୋବାଇ ଖାଇବା ଦ୍ୱାରା ତା ମୁହଁ ମାଂସପେଶୀର ମଧ୍ୟ ଏକ ପ୍ରକାର ବ୍ୟାୟାମ ହୋଇ, ତା ମୁହଁରେ ଥିବା ଏ ଅସାମଞ୍ଜସ୍ୟତାକୁ ସଜାଡ଼ିବାରେ ଅନେକାଂଶରେ ସହାୟ ହେବାର ସମ୍ଭାବନା ଥାଏ ।

ଆକାଶକୁ ଚାହିଁ ରହି ଅଙ୍କିତାର ଲାଳନପାଳନ ଓ ପାଠପଢ଼ା କଥା ଭାବି ହେଉଥିବା ବେଳେ ହଠାତ୍ ଗୋଟେ କୁହାଟରେ ଆକାଶରୁ ମୁହଁ ଫେରାଇ ଅଙ୍କିତା ଆଡ଼କୁ ଚାହିଁ ସୁଗନ୍ଧା ଦେଖିଲେ, ସେ ଖୁସିରେ ତାଲି ମାରି କୁଦା ମାରୁଛି। ଆଉ ମଝିରେ ମଝିରେ କୁହାଟେ ଛାଡ଼ୁଛି। ବଲ୍‌ଟିକୁ ସେ ଜୋର୍‌ରେ ମାରି ଦେଲାରୁ ସେଇଟି ଯାଇ ପଡ଼ିଲା ଚମ୍ପାଗଛ ମୂଳେ ପହଲା ପାଖରେ। ସେଥିରେ ସେ କୁହାଟ ସହ ପ... ପ... ପହଲା ବୋଲି ଡାକି ଖୁସି ହେଉଛି। ପହଲା ଏଥର ମାଟିଲଗା ବଲ୍‌ଟିକୁ ଅଙ୍କିତା ଆଡ଼କୁ ଫିଙ୍ଗି ଦେଲା। ଅଙ୍କିତା କିନ୍ତୁ ତାକୁ ଉଠାଇବାକୁ ନାରାଜ। କୌଣସି ଅପରିଷ୍କାର ଜିନିଷକୁ ସେ ହାତ ମାରେନି। ଧୂଳି, ମାଟି ବା କିଛି ଜିନିଷ ପଡ଼ି ଯାଇ ଦାଗ ହେଇ ଯାଇଥିଲେ ସେ ସବୁର ପାଖକୁ ଆସେନି, ଯେ ପର୍ଯ୍ୟନ୍ତ ଜାଗାଟିକୁ କି ଜିନିଷଟିକୁ ଧୋଇଧାଇ ସଫା କରା ନ ଯାଇଛି। ଅଙ୍କିତାର ଏଗୁଣଟି କାଞ୍ଚନକୁ ବେଶ୍ ଜଣା। ସେ ପାଖ ପାଇପ୍‌ଟିଏରୁ ବଲ୍‌ଟିକୁ ଧୋଇ ତାକୁ ଶୃଙ୍ଖଳା କନାରେ ପୋଛିକି ଦେଲାରୁ, ଅଙ୍କିତା ଆରମ୍ଭ କଲା ଆଉ ଥରେ ବଲ୍ ଖେଳ। ଅଙ୍କିତାର ଏ ହାବଭାବ ଦେଖି ସୁଗନ୍ଧା ପୁଣି ମନେପକାଇ ଥିଲେ ସୌରଭଙ୍କୁ – ସୌରଭ ତୁମରି ଝିଅ, ଠିକ୍ ତୁମରି ପରି ହେଇଛି, ଟିକେ ଧୂଳି ମଳି ବରଦାସ୍ତ କରିବନି।

ବିଧାତା ଗଢ଼ିଲା ସଂସାର। ସଂସାରୀଙ୍କୁ ଛନ୍ଦିଲା ଭାବରେ, ସମ୍ପର୍କରେ। କେତେବେଳେ କଷ୍ଟ, କେତେବେଳେ ସୁଖ। ଦୁଃଖ ଆଉ ସଂଘର୍ଷର ସୁଅ ଭିତରେ କେତେବେଳେ କେମିତି ସୁଖର ଛୋଟ ଚିକ୍‌ଚିକ୍ ଚିତ୍ରିତ ମାଛଟିଏ ଦେଖାଦିଏ। ତାକୁ ଦେଖି ସଂସାରୀ ଖୁସିହୁଏ, ଆଶାବାଦୀ ହୁଏ ପୁଣି ସେ ନିଜକୁ ହଜେଇଦିଏ ସେଇ ସୁଅରେ।

***

ଚତୁର୍ଥ ପରିଚ୍ଛେଦ

କାର୍ତ୍ତିକ ମାସ ଶୁକ୍ଲପକ୍ଷ ତୃତୀୟା, ରତୁଟି ହେମନ୍ତ । ହେମନ୍ତ ରତୁ ତା'ର ପ୍ରକୋପ ବିସ୍ତାର କରିଦେଇଥିଲା । ଚାରିଆଡ଼ ହେମାଳ । ଗନ୍ଧମାର୍ଦ୍ଦନ ପର୍ବତଶ୍ରେଣୀର ପାଦଦେଶରେ ସ୍ଥିତ ସେଇ ଛୋଟ ପଥରକଟା ଗାଁଟିରେ ମଧ ଶୀତର ବହଳ ଆସ୍ତରଣ । ସନ୍ଧ୍ୟା ଓ ସକାଳ ସମୟରେ ଜଙ୍ଗଲ ଆଡୁ ଶିରିଶିରି ହେଇ ବୋହି ଆସୁଥିବା କାଲୁଆ ପବନରେ ଭରି ରହିଥିଲା ଔଷଧୀୟ ଓ ଅନ୍ୟାନ୍ୟ ବୃକ୍ଷ ଓ ଗୁଲ୍ମମାନଙ୍କର ପତ୍ର ଓ ଫୁଲଗୁଡ଼ିକର ବାସ୍ନା । ସେ ବାସ୍ନା ଥିଲା ସ୍ୱତନ୍ତ୍ର ଓ ବର୍ଣ୍ଣନାତୀତ । ତାକୁ କେଉଁ ଗୋଟିଏ ପ୍ରକାର ମହକ ଯେମିତି ଗୋଲାପ, ୟୁଇ, ଜାଇ, ରଜନୀଗନ୍ଧା ପରି କହି ହେବନି । ଏ ମହକ ଥିଲା ଆମୋଦିତ କଲାପରି ଅନେକ ବାସ୍ନାମାନଙ୍କର ସମାହାର । ଯା'ର ଆଘ୍ରାଣରେ ମନରେ ଭରି ଉଠୁଥିଲା ସ୍ୱସ୍ତିର ଭାବ । ସେଠାକାର ବାସିନ୍ଦାମାନେ ଏ ମହକ ସହିତ ଖୁବ୍ ପରିଚିତ ଥିଲେ ।

ଏହି ହେମନ୍ତ ରତୁର କାର୍ତ୍ତିକ ମାସର ଶୁକ୍ଲପକ୍ଷ ତୃତୀୟାରେ ଆଚାର୍ଯ୍ୟ ଭବନରେ ଲାଗିଥିଲା ବିଶେଷ ଗହଳଚହଳ । ଆଚାର୍ଯ୍ୟ ଭବନର ଅନ୍ତେବାସୀ ଥିଲେ ସାଧାରଣ ଦିନଗୁଡ଼ିକଠୁ ଅଧିକ କାର୍ଯ୍ୟବ୍ୟସ୍ତ ଓ ପରିବେଶଟି ଦିଶୁଥିଲା ଉତ୍ସବମୁଖର । ସେଦିନ ଥିଲା ଅଙ୍କିତାର ଅଷ୍ଟାଦଶ ଜନ୍ମଦିନ । ପହିଲା ଲୁହା ଫାଟକଟିକୁ ଗେଣ୍ଠୁମାଲ ଦେଇ ସଜାଇ ଦେଇଥିଲା । ତୁଲସୀ ଚଉଁରା ଆଗରେ ବିଭିନ୍ନ ରଙ୍ଗିନ୍ ମୁରୁଜର ସମାହାରରେ କାଞ୍ଚନ ତିଆରି କରିଦେଇଥିଲା ଖୁବ୍ ସୁନ୍ଦର ଡାଲପତ୍ର ସଂଯୁକ୍ତ ଝୋଟି । ପ୍ରତ୍ୟେକ ବର୍ଷ ଅଙ୍କିତାର ଜନ୍ମଦିନରେ ଗାଁରୁ ତା'ରି ସମବୟସ୍କ ପିଲା ଦଶ ବାର ଜଣ ଆସିଥା'ନ୍ତି ଜନ୍ମଦିନ ଭୋଜି ଖାଇବାକୁ । ସେଥିପାଇଁ ଲାଗିଥିଲା ଗହଳଚହଳ । କାଞ୍ଚନ ବ୍ୟସ୍ତ ଥିଲା ପୁରି, ଖିରି, ଘାଣ୍ଟ, ଖଟା

ଏମିତି ଖାଇବା ଜିନିଷ ସବୁ ପ୍ରସ୍ତୁତ କରିବାରେ । ତାକୁ ଅବଶ୍ୟ ଏ କାମରେ ସାହାଯ୍ୟ କରୁଥିଲା ପହଲା । ଆଉ ଏପଟେ ସୁଗନ୍ଧା ବ୍ୟସ୍ତ ଥିଲେ ଅଙ୍କିତାକୁ ନେଇ । ଅଙ୍କିତା ଗାଧେଇ ସାରିଲା ପରେ ତାକୁ ନୂଆ ସାଲୱାର ଓ ଲମ୍ବା କୁର୍ତ୍ତା ଖଣ୍ଡେ ପନ୍ଧାଇ ଦେଇ ତା' କୁଞ୍ଚୁକୁଞ୍ଚିଆ ବୁଟିକୁ ପାନିଆରେ କୁଣ୍ଡାଇ ବାନ୍ଧିବାରେ ଲାଗିପଡ଼ି ଥିଲେ । ଇଚ୍ଛା ଥିଲା ପିଲାଟିକୁ ନେଇ ଶିଳା ଦର୍ପଣ ମନ୍ଦିରରେ ମୁଣ୍ଡିଆ ମରେଇ ଆଣିବେ ବୋଲି । କିନ୍ତୁ କେତେଦୂରଯେ ସେ ଏଥିରେ ସହଯୋଗ କରିବ ସୁଗନ୍ଧାଙ୍କୁ ଏକଥା ଜଣା ନ ଥିଲା ।

ତଥାପି ଅଙ୍କିତାକୁ ଧରି ସୁଗନ୍ଧା ବାହାରି ପଡ଼ିଲେ ମନ୍ଦିରରେ ଠାକୁରାଣୀଙ୍କ ଦର୍ଶନ ପାଇଁ । ଡାହାଣ ହାତରେ ଧରିଥା'ନ୍ତି ପୂଜା ପାଇଁ ଭୋଗ ଚାଙ୍ଗୁଡ଼ିଟିଏ, ଆଉ ବାଆଁ ହାତରେ ଶକ୍ତ ଭାବରେ ଅଙ୍କିତାର ଡାହାଣ ହାତର କଚଟିକୁ । ମା'ଙ୍କ ପୂଜା ଉଦ୍ଦେଶ୍ୟରେ ଭୋଗ ଚାଙ୍ଗୁଡ଼ିଟିକୁ ଖୁବ୍ ଯନ୍ତରେ ସଜାଡ଼ି ଦେଇଥିଲା କାଞ୍ଚନ । ଚାଙ୍ଗୁଡ଼ିଟିରେ ବଗିଚାରୁ ସଦ୍ୟ ତୋଳା ହୋଇଥିବା ସତେଜ ସେବତି, ଗେଣ୍ଡୁ, ରଜନୀଗନ୍ଧା, ତରାଟ ଫୁଲସବୁ ସହିତ ଥିଲା ନଡ଼ିଆଟିଏ ଆଉ ପାଣିକାଚ କେତୋଟି । ମା' ତାରାଙ୍କର ପାଣିକାଚରେ ଭାରି ଶ୍ରଦ୍ଧା ।

ଏଥର ସୁଗନ୍ଧା ଘରୁ ବାହାରି ଯାଇ ତାଙ୍କ ଘର ସଂଲଗ୍ନ ସଡ଼କଟିକୁ ଅଙ୍କିତାକୁ ଧରି ଅତି ସାବଧାନତାରେ ପାର ହେଇ ଶିଳା ଦର୍ପଣ ମନ୍ଦିରରେ ପହଞ୍ଚି ଯାଇଥିଲେ । ସେମାନଙ୍କୁ ଦେଖି ପୂଜାରୀ ପଞ୍ଚାନନ ମହନ୍ତ ଆଦରରେ ଡାକିନେଇ କହିଲେ– "ଆସନ୍ତୁ, ମା' ଆସନ୍ତୁ । ଦିଅନ୍ତୁ, ଭୋଗ ଚାଙ୍ଗୁଡ଼ିଟା ମୁଁ ଠାକୁରାଣୀଙ୍କ ପାଖରେ ଭୋଗ ଲଗାଇଦିଏ, ପାଣିକାଚକୁ ବି ଠାକୁରାଣୀଙ୍କୁ ଲାଗି କରିଦିଏ ।"

ମନ୍ଦିର ଗର୍ଭଗୃହରେ ଉଚ୍ଚ ସୁସଜ୍ଜିତ ପଥର ପିଣ୍ଡି ଉପରେ ବିଦ୍ୟମାନ ମା' ତାରାଙ୍କ ବିଗ୍ରହକୁ ଚାହିଁ ସୁଗନ୍ଧା ନମସ୍କାର ଜଣାଇଥିଲେ ଆଉ ତା'ପରେ ଅଙ୍କିତାର ହାତ ପାପୁଲି ଦୁଇଟିକୁ ତା' ଅନିଚ୍ଛା ସତ୍ତ୍ୱେ ଏକାଠି ଚାପିଧରି ଠାକୁରାଣୀଙ୍କ

ଉଦ୍ଦେଶ୍ୟରେ ନମସ୍କାର କରାଇଲେ । ଏବେ ସୁଗନ୍ଧା ମୁଖଶାଳାରେ ଥିବା ଘୁମେଇ ଥାକୁରାଣୀଙ୍କ ଆଗରେ ଚକା ପକାଇ ଅଙ୍କିତାକୁ ଧରି ବସି ରହିଲେ, ପୂଜାରୀ ପଞ୍ଚାନନଙ୍କୁ ଅପେକ୍ଷା କରି । ସେଇ ସ୍ଥାନରୁ ମା' ତାରାଙ୍କ ବିଗ୍ରହଟି ମଧ୍ୟ ସ୍ପଷ୍ଟ ଝଟକି ଦିଶୁଥିଲା । ମା'ଙ୍କ ବିଗ୍ରହଟି ଏକ ଅଖଣ୍ଡିତ କଳା ମୁଗୁନି ପଥରରେ ଗଢ଼ା ହେଇଥିଲା । ମୂର୍ତ୍ତିଟି ଥିଲା ବରଦ ଓ ଅଭୟ ମୁଦ୍ରା ଶୋଭିତ । ସ୍ମିତହାସ୍ୟ ବଦନା ମା'ଙ୍କ ଚକ୍ଷୁ ଯୁଗଳରୁ ଝଟକୁଥିଲା ସ୍ନେହର ଆଭା । ସେଇ ମନ୍ଦିର ଗର୍ଭଗୃହରେ ଜାଜ୍ୱଲ୍ୟମାନ ଥିବା ଅଖଣ୍ଡ ଦୀପଟିର ସ୍ୱର୍ଣ୍ଣାଭ ଆଭାରେ ମା' ଦିଶୁଥିଲେ ଜୀବନ୍ତ ।

ବିଗ୍ରହଙ୍କ ଆଖିରେ ମିଶିଗଲା ସୁଗନ୍ଧାଙ୍କ ଚାହାଣୀ । ସୁଗନ୍ଧା ମା' ରୂପରେ ନିଜ ସନ୍ତାନକୁ ନେଇ ଆସିଛନ୍ତି ଜଗତଜନନୀ ସୃଷ୍ଟିର ବୀଜମନ୍ତ୍ର ସ୍ୱରୂପିଣୀ, ବିପଉ ହାରିଣୀ, ନୀଳ ସରସ୍ୱତୀ ରୂପେ ପୂଜିତା ମା' ତାରାଙ୍କ ପାଖକୁ । ଏ ପାର୍ଥିବ ଜଗତର ମା'ଟିଏର ଦୃଷ୍ଟି ମିଶିଯାଇଥିଲା ଅପାର ଶକ୍ତି ସମନ୍ଦିତ ଜଗତର ମା'ର ଦୃଷ୍ଟି ସହିତ । ଅଜାଣତରେ ସୁଗନ୍ଧାଙ୍କ ଆଖିରେ ଜକେଇ ଆସିଥିଲା ଲୁହ । ଅଭିମାନଭରା ସ୍ୱରରେ ସେ ମା'ଙ୍କ ଉଦ୍ଦେଶ୍ୟରେ କହିଥିଲେ– "ମା' ତୁମେ ନିଷ୍ଠୁର, ତୁମେ ଅବିଚାର କରିଛ ମୋ' ସନ୍ତାନ ପ୍ରତି । ଦେଖ ଆଜି ଅଙ୍କିତାକୁ ଅଠର ବର୍ଷ ହେଲା, କିନ୍ତୁ ମାନସିକ ବିକାଶ ମାତ୍ର ଦଶବର୍ଷର ପିଲା ପରି । ଏ ଅବିଚାର କାହିଁକି ମା' । ମୋ' ପିଲାଟି ତା'ର ଅକ୍ଷମତାକୁ ନେଇ କେତେ ସଂଘର୍ଷ କରୁଛି ତୁମ ମନରେ କ'ଣ ଟିକେ ଦୟା ଆସୁନି ମା' । ତୁମେ କେବଳ ପଥର... ପଥର,... ନିର୍ଜୀବ... ସ୍ଥାଣୁ । ତୁମେ କଠୋର, ତୁମେ ନିଷ୍ଠୁର ।"

ମନର ଏ ଭାବନା ସହିତ ସେଦିନ ସେଇଠି ଘୁମେଇ ମା'ଙ୍କ ମୂର୍ତ୍ତି ପାଖରେ ମା' ତାରାଙ୍କ ବିଗ୍ରହକୁ ଚାହିଁ ବସି ରହିଥିବା ସୁଗନ୍ଧା କଇଁ କଇଁ କାନ୍ଦି ପକାଇଥିଲେ । ସନ୍ତାନର ଅସରନ୍ତି କଷ୍ଟ ଓ ଯନ୍ତ୍ରଣାକୁ କେତେଦିନ ବା କୋଉ ମା' କେତେ ଆଉ ସହ୍ୟ କରିବ ! ପରମୁହୂର୍ତ୍ତରେ ପରିସ୍ଥିତିକୁ ସମ୍ଭାଳି ନେଇ ସୁଗନ୍ଧା ନିଜକୁ ନିଜେ

ବୋଧଦେଇ ପଣତରେ ଆଖିରୁ ଲୁହ ପୋଛି ଚୁପ୍ ହୋଇ ବସିରହିଲେ। ଅଙ୍କିତାର ହାତଟିକୁ ସେମିତି ଜାବୁଡ଼ି ଧରି ବସିଥିଲେ। ଭୟଥାଏ କାଲେ ହାତ ଛାଡ଼ିଦେଲେ କେଉଁଆଡ଼େ ଦୌଡ଼ି ପଳାଇଯିବ। ସେ ଏତେ ପରିଚିତ ନୁହେଁ ଏ ଜାଗା ସହିତ।

ମନ୍ଦିରରେ ସେ ସମୟରେ ବେଶୀ ଭିଡ଼ ନ ଥିଲା। ପୂଜାରୀ ପଞ୍ଚାନନ ସ୍ବଚ୍ଛ ସମୟରେ ଭୋଗ ଚାଙ୍ଗୁଡ଼ି ଧରି ଫେରିଲେ। ତାଙ୍କୁ ଦେଖି ସୁଗନ୍ଧା ଏଥର ଅଙ୍କିତାକୁ ଧରି ବସିବା ସ୍ଥାନରୁ ଉଠି ଠିଆ ହେଲେ। ପୂଜାରୀ ପଞ୍ଚାନନ ଭୋଗ ଚାଙ୍ଗୁଡ଼ିଟିକୁ ସୁଗନ୍ଧାଙ୍କ ହାତକୁ ବଢ଼ାଇ ଦେଇ ଅଙ୍କିତାକୁ ଆଶୀର୍ବାଦ ପ୍ରଦାନ ସ୍ବରୂପ ତା' ମୁଣ୍ଡରେ ହାତ ଦୁଇଟି ରଖି ଠାକୁରାଣୀଙ୍କ ଉଦ୍ଦେଶ୍ୟରେ ମନ୍ତ୍ରଟିଏ ପାଠକଲେ। ଏଥର ସୁଗନ୍ଧା ମଧ୍ୟ ପୂଜାରୀଙ୍କୁ ନମସ୍କାରଟିଏ କରି ଘରକୁ ଫେରିବାକୁ ବୁଲି ପଡ଼ି ଆଗକୁ ବଢ଼ିଲେ। ମନ୍ଦିର ମୁଖଶାଲାରୁ କିଛି ପାଦ ଆଗକୁ ବଢ଼ିଛନ୍ତି ଅଙ୍କିତାର ଦୃଷ୍ଟି ଭୋଗ ଚାଙ୍ଗୁଡ଼ି ଉପରେ ପଡ଼ିଗଲା। ସେଥିରେ ଖୋଲପାଛଡ଼ା ନଡ଼ିଆ ଖଣ୍ଡସବୁ ରହିଥିଲା ଓ ତା' ସହିତ ଗୋଟିଏ ଛୋଟ ଛୁରି। ଛୁରିଟି ଉପରେ ଯେମିତି ଅଙ୍କିତାର ଦୃଷ୍ଟି ପଡ଼ିଛି ସେ ଥରିବାକୁ ଆରମ୍ଭ କଲା। ନିଜ ପାରୁପର୍ଯ୍ୟନ୍ତ ଶକ୍ତି ଲଗାଇ ସୁଗନ୍ଧାଙ୍କୁ ପଛକୁ ଭିଡ଼ି ଚାଲିଲା, ତା'ପରେ ସେଇ ଛୁରି ଆଡ଼କୁ ତା' ବାଆଁ ହାତରେ ଇଙ୍ଗିତ କରି ଗଁ ଗଁ ହୋଇ ରଡ଼ି କରିବାକୁ ଲାଗିଲା। ଅଙ୍କିତାର ଏ ଆଚରଣରେ ସୁଗନ୍ଧା କିଛି ବୁଝି ନ ପାରି ସେ ଇଙ୍ଗିତ କରୁଥିବା ଜିନିଷ ଆଡ଼କୁ ଚାହିଁ ଦେଖିଲେ ତ ଭୋଗ ଚାଙ୍ଗୁଡ଼ିରେ ନଡ଼ିଆ ଭୋଗ ସହ ଛୋଟ ଛୁରିଟିଏ ରହିଯାଇଥିବାର। ସେ ଛୁରିକୁ ଦେଖି ଭୟ ପାଇ ଅଙ୍କିତା ଏମିତି ଆଚରଣ କରୁଛି। ଅଙ୍କିତାର ରଡ଼ି ଶୁଣି ପୂଜାରୀ ପଞ୍ଚାନନ ବି ପହଞ୍ଚ ଯାଇଥିଲେ ସେମାନଙ୍କ ପାଖରେ। କିଛି ବୁଝି ନ ପାରି ପଚାରିଲେ- "ମା' କ'ଣ ହେଲା, ଝିଅ କାହିଁକି ଏମିତି ଅଚାନକ ଭୟ ପାଇ ଚିତ୍କାର କରୁଛନ୍ତି ?"

– "ଭୋଗ ଚାଙ୍ଗୁଡ଼ିରେ ଛୁରିଟିକୁ ଦେଖି ଭୟ ପାଇଗଲା। ଆପଣ ବୋଧେ ନଡ଼ିଆ ଭୋଗ କରି ସାରିଲା ପରେ ସେଥିରୁ ଖୋଲପା ଛଡ଼ାଇବା ପାଇଁ ଏ ଛୁରିଟିକୁ

ବ୍ୟବହାର କରିଥିଲେ, ଆଉ ସେଇଟା ଭୁଲରେ ଏଥିରେ ରହିଯାଇଛି ।" ଚାଙ୍ଗୁଡ଼ି ଭିତରୁ ଛୁରିଟିକୁ ଉଠାଇ ନେଇ ପଞ୍ଚାନନଙ୍କ ହାତକୁ ବଢ଼ାଇ ଦେଉ ଦେଉ କହିଥିଲେ ସୁଗନ୍ଧା ।

– "ଆରେ ହଁ ତ, ଫଳକଟା ଛୁରିଟା ତରତରରେ କେମିତି ରହିଯାଇଛି ।"

– "କିଛି କଥା ନାଁ, ଆପଣ ଛୁରିଟିକୁ ଏଠୁ ନେଇଯା'ନ୍ତୁ, ଅଙ୍କିତା ନିଜେ କିଛି ସମୟ ପରେ ଆପେ ଚୁପ୍ ହେଇଯିବ ।"

ପଞ୍ଚାନନ ଏଥର ଫେରିଯାଇଥିଲେ ମନ୍ଦିର ଭିତରକୁ ଆଉ ଅଙ୍କିତାକୁ ଧରି ସୁଗନ୍ଧା ଧୀରେ ଧୀରେ ଘରମୁହାଁ ହେଇଥିଲେ । ଫେରନ୍ତା ବାଟରେ ଅଙ୍କିତାକୁ ବୋଧ ଦେଇ କହିଚାଲିଥିଲେ– "ବ୍ୟସ୍ତ ହଅନା ଅଙ୍କିତା ସେ ଛୁରିଟିକୁ ମୁଁ ନେଇ ବହୁତ ଦୂରକୁ, ଜଙ୍ଗଲ ଭିତରକୁ ଫୋପାଡ଼ି ଦେଇ ଆସିଲିଣି । ସେଇଟା ଏଠି ଆଉ ନାହିଁ । ତୁ ଏଥର ଆଖି ଖୋଲି ଦେଖେ ତ ।"

ଏପର୍ଯ୍ୟନ୍ତ ଆଖିବୁଜି ଗୋଟେ ପଟକୁ ମୁହଁ ବୁଲାଇ ଠିଆ ହୋଇଥିବା ଅଙ୍କିତା ଟିକେ ଶାନ୍ତ ହେଇ ଭୋଗ ଚାଙ୍ଗୁଡ଼ି ଆଡ଼କୁ ଝୁଙ୍କି ପଡ଼ି ଚାହିଁଲା । ଦେଖିଲା ଚାଙ୍ଗୁଡ଼ିରେ ଆଉ ସେ ଜିନିଷଟି ନ ଥିଲା । ତେଣୁ ଏବେ ପୁଣି ଥରେ ସେ ପୂର୍ବପରି ଆଗକୁ ବଢ଼ିଲା ଶାନ୍ତ ହେଇ । ଏଥର ସେମାନେ ମନ୍ଦିର ପରିସରରୁ ବାହାରି ଆସି ସଡ଼କ ପାଖରେ ପହଞ୍ଚ ଯାଇଥିଲେ । ସଡ଼କଟିକୁ ପାରି ହେଲାବେଲକୁ ଆଗରୁ କୁକୁରଟିଏ ସେମାନଙ୍କ ସାମ୍ନା ଦେଇ ଚାଲିଗଲା । କୁକୁରଟିକୁ ଦେଖିଦେଇ ଖୁସିରେ ତା' ବାଆଁ ହାତଟିକୁ ଛାତି ଛାତି କୁଦାମାରି କହିଲା– ଡ… ଗ୍… ଡ… ଗ୍… ଡଗ୍ । ତା'ର ଏ କଥାରେ ସୁଗନ୍ଧା ବି ଖୁସି ହେଇ ତାକୁ ଆଦର କରି ଘର ଆଡ଼କୁ ନେଇ ଯାଇଥିଲେ ।

ଅଙ୍କିତା ପରି ପିଲାମାନେ ଗୋଟିଏ ଛବିକୁ ବାରମ୍ବାର ଦେଖିଲେ ତାକୁ ଜାଣିପାରନ୍ତି ବା ତା' ସହିତ ଯଦି କିଛି ଘଟଣା ଘଟିଥାଏ, ତେବେ ତାକୁ

ମନେପକାଇ ପ୍ରତିକ୍ରିୟା ମଧ ଦେଖାଇଥା'ନ୍ତି । ଯେମିତି ଛୁରିଟିକୁ ଦେଖି ଅଙ୍କିତାର ହଠାତ୍ ଭୟ କରିବା । ଅଙ୍କିତାକୁ ଯେତେବେଳେ ଦଶବର୍ଷ, ସେବେ ଅସାବଧାନତା କାରଣରୁ ଥରେ ତା' ହାତ ଅଙ୍ଗୁଲିରୁ ଖଣ୍ଡେ ଫଳକଟା ଛୁରି ବାଜି କଟିଯାଇ ରକ୍ତ ବୋହିଥିଲା । ଅବଶ୍ୟ କ୍ଷତଟି ସାମାନ୍ୟ ଥିଲା ଓ ଖୁବ୍ ଅଳ୍ପ ଦିନ ଅନ୍ତରରେ ଠିକ୍ ହେଇଯାଇଥିଲା, ତଥାପି ଏ ଘଟଣାଟିର ଛାପ ତା' ମସ୍ତିଷ୍କରେ ଦୃଢ଼ ଭାବରେ ବସିଯାଇଥିଲା । ଯେଉଁଥିପାଇଁ ସେ କେବେ ବି କେଉଁଠି ଛୁରିଟିଏ ଦେଖିଲେ ଭୟରେ ପାଟିକରି ଉଠେ । ଠିକ୍ ସେମିତି କୁକୁରଟିକୁ ଦେଖିଦେଇ ଖୁସିରେ ନାଚି ଉଠିଥିଲା ଅଙ୍କିତା । ସବୁଦିନ ତାକୁ ପାଠ ପଢ଼ାଇଲାବେଳେ କୁକୁରଟିଏର ଛବି ଦେଖାଇ ତାକୁ ବାରମ୍ବାର କହିଥା'ନ୍ତି ସୁଗନ୍ଧା, ଡଗ୍... ଡଗ୍ । ତେଣୁ ତା' ମସ୍ତିଷ୍କରେ କୁକୁରଟିକୁ ନେଇ ଏକ ସୁଖକର ଅନୁଭୂତି ରହିଛି । ସେଥିପାଇଁ ସଡ଼କ ଉପରେ କୁକୁରଟିକୁ ଦେଖି ଦେଇ ଖୁସି ହେଇଯାଇଥିଲା ।

ଅଙ୍କିତାର ହାତକୁ ନିଜ ହାତମୁଠାରେ ସେମିତି ଶକ୍ତ ଭାବରେ ଚାପି ଧରି ସୁଗନ୍ଧା ଆସି ପହଞ୍ଚ ଯାଇଥିଲେ ଆଚାର୍ଯ୍ୟ ଭବନରେ । ସେଠି ପହଞ୍ଚିଲା ପରେ ଯାଇ ଅଙ୍କିତାର ହାତକୁ ତାଙ୍କ ହାତମୁଠାରୁ ମୁକ୍ତ କରିଥିଲେ । ଏ ପରିବେଶ ସହିତ ସେ ପରିଚିତ, ତେଣୁ ଏଠି ଭୟ କରିବାର ନାହିଁ ।

ସେମାନେ ଦୁହେଁ ମନ୍ଦିରରୁ ଦର୍ଶନ କରି ଘରକୁ ଫେରିଲା ବେଳକୁ ସକାଳ ପାଖାପାଖି ଦଶଟା । ୟା' ଭିତରେ ଜନ୍ମଦିନର ଭୋଜି ପାଇଁ ଦଶ ବାର ଜଣ ପୁଅ ଓ ଝିଅ ଗାଁରୁ ଆସି ପହଞ୍ଚ ଯାଇଥିଲେ । ଏଥର କାଞ୍ଚନ ଅଙ୍କିତା ସହିତ ପିଲାମାନଙ୍କୁ ଘରର ପିଣ୍ଡା ଉପରେ ଲମ୍ବ ଧାଡ଼ିରେ ପାଖକୁ ପାଖ ଭୋଜି ଖାଇବା ପାଇଁ ବସାଇଦେଲା । ସୁଗନ୍ଧା ପହଲା ସହ ମିଶି ପିଲାମାନଙ୍କୁ ଖାଦ୍ୟ ପରଷିବାରେ ଲାଗିଲେ । ହାତକୁ ଛାତି ମୁହଁକୁ ବଙ୍କେଇ ମଝିରେ ମଝିରେ ଇଙ୍ଗିତ କରି କିଛି ବୁଝା, ବହୁତ କିଛି ଅବୁଝା କଥା କହୁଥାଏ, ଅଙ୍କିତା । ଜନ୍ମଦିନର ଭୋଜି ଖାଇବାକୁ

ଆସିଥିବା ଏ ପିଲାମାନେ ସମସ୍ତେ ଅଙ୍କିତାର ଏ ହାବଭାବ ସହ ବେଶ୍ ପରଚିତ ଥିଲେ । କିଛି ସମୟ ପରେ ଭୋଜି ଖାଇବା ପର୍ବ ଆରମ୍ଭ ହୋଇଗଲା ।

ସୁଗନ୍ଧା ଏଥର ପିଣ୍ଢାରେ ଗୋଟିଏ କଡ଼କୁ ପିଲାମାନଙ୍କ ମେଳରେ ବସିଯାଇ ଅଙ୍କିତାର ସମବୟସ୍କା ଝିଅମାନଙ୍କୁ ଚାହିଁ ଦେଇ ଭାବି ହେଉଥା'ନ୍ତି- ଆହାଃ, ଅଙ୍କିତା ଯଦି ସାଧାରଣ ପିଲାଙ୍କ ପରି ହେଇଥା'ନ୍ତା ତାହେଲେ ଏଇ ଝିଅଟି ପରି ଦିଶିଥା'ନ୍ତା । ଯଦି ସେ ଠିକ୍ ସେ କଥା କହି ପାରୁଥା'ନ୍ତା, ତାହେଲେ ତା' ସ୍ୱରଟା ବୋଧହୁଏ ଏମିତି ଶୁଭୁଥା'ନ୍ତା । ଆଉ ସଜବାଜ ହେଇ ମୁଣ୍ଡରେ ଗୋଲାପ ଫୁଲ ଓ ପାଦରେ ଅଳତା ଲଗାଇ ଆସିଥିବା ଝିଅଟିକୁ ଦେଖି ସୁଗନ୍ଧା ପୁଣି ଭାବି ହେଇଥିଲେ- ଅଙ୍କିତା ଠିକ୍ଠାକ୍ ଥିଲେ ଏମିତି ସବୁଦିନେ ବେଶ ହେଇ ବାହାରିଥା'ନ୍ତା । ଏବେବି ସୁଗନ୍ଧା ତାଙ୍କ ଲିପ୍‌ଷ୍ଟିକ୍‌କୁ ଅଙ୍କିତାଠୁ ଲୁଚେଇକି ରଖିଥା'ନ୍ତି । ନହେଲେ ନଜରରେ ପଡ଼ିଗଲେ ଓଠ୍‌ୟାକ ବୋଲି ହେଇ ବସିଥାଏ । ଏମିତି ଆତ୍ମପ୍ରତ୍ୟୟୀ ଭାବନାରେ ଭାସି ଚାଲିଥିବା ବେଳେ ତାଙ୍କ ମନରେ ଉଙ୍କିମାରିଥିଲେ ସୌରଭ । ପିଣ୍ଢାରୁ ଦୃଶ୍ୟମାନ ପାହାଡ଼ର ଜଙ୍ଗଲ ଆଡ଼କୁ ଚାହିଁ ଦୀର୍ଘଶ୍ୱାସ ପକାଇ ମନକୁ ମନ ଭାବି ହେଇଥିଲେ- "ସୌରଭ ଆସନ୍ତ ହେଲେ ଥରଟେ, ଏଇ ଜଙ୍ଗଲ ଭିତରୁ, ପାହାଡ଼ ଖୋପରୁ, ଅଚାନକ ଭାବରେ କିଛି ସମୟ ପାଇଁ ବାହାରି ଆସି ଦେଖ୍ୟାଆଆନ୍ତ ହେଲେ- ଆମ ଝିଅକୁ, ନା ନା ତୁମ ଝିଅକୁ । ଆଜି ତାକୁ ଅଠର ବର୍ଷ ହେଲା । ଆଜି ମନ କାଇଁ ଭାରି ବ୍ୟାକୁଳ ହେଉଛି ତୁମ ସାନ୍ନିଧ ପାଇଁ । କେଉଁଆଡ଼େ ଚାଲିଗଲ, ହଜିଗଲ, ଏମିତି ଆମକୁ ଏକା କରି ।"

ସୁଗନ୍ଧାଙ୍କ ଆଖିରେ ଥିଲା ଆଖିଏ ଲୁହ । ଏଇଟା ତାଙ୍କ ପାଇଁ ନିହାତି ସାଧାରଣ କଥା । ଦିନରେ କାର୍ଯ୍ୟବ୍ୟସ୍ତତା ଭିତରେ ବି ଅନେକଥର ସେ ଏମିତି ଭାବୁକ ହେଇଉଠିଥା'ନ୍ତି । ମନର ଭାବଗୁଡ଼ିକ ତାତିଲା ଲୁହ ହେଇ ଆଖି ବାଟେ ବୋହିଯାଇ ଭିଜାଇଥା'ନ୍ତି ତାଙ୍କ ଗାଲ ଓ ଚିବୁକ ।

ଅଙ୍କିତା ଜନ୍ମଦିନର ସେ ଭୋଜିରେ ପିଲାମାନଙ୍କ ମେଲରେ ନିଜକୁ ହଜେଇ ଦେଇଥିବା ବେଳେ ପଛରୁ କାହାର ମା' ଡାକରେ ପ୍ରକୃତିସ୍ଥ ହୋଇଥିଲେ ସୁଗନ୍ଧା। ବୁଲିପଡ଼ି ଦେଖିଲେ ତ ଗାଁ ଡାକଘରର ଡାକବାଲା ହାତରେ ପାର୍ସଲଟିଏ ଧରି ଠିଆ ହେଇଥିଲା। ତାକୁ ଦେଖିଦେଇ ନିଜ ପଣତରେ ଆଖିରେ ଜକେଇ ଆସିଥିବା ଲୁହଗୁଡ଼ିକୁ ଅତି ସତର୍ପଣରେ ପୋଛିପକାଇ କହିଥିଲେ-

– "ଆଛା ପାର୍ସଲ ଆସିଛି, ଭୁବନେଶ୍ୱରରୁ ଡାକ୍ତର ଅର୍ଜୁନାଙ୍କର ହେଇଥିବ ନିଶ୍ଚୟ। ପ୍ରତ୍ୟେକ ବର୍ଷ ଅଙ୍କିତା ପାଇଁ ଜନ୍ମଦିନରେ ଉପହାର ପଠାଇବାକୁ କେବେ ବି ଭୁଲନ୍ତି ନାହିଁ। କେବେ କେବେ ତିନି ଚାରି ଦିନ ପୂର୍ବରୁ ମିଳିଯାଏ। ଏବର୍ଷ ତ ଠିକ୍ ସମାନ ଦିନରେ ଆସି ପହଞ୍ଚିଛି।"

– "ହଁ ଆଜ୍ଞା, ମୁଁ ବି ସେଇ କଥା ଭାବୁଥିଲି ଆସିଲାବେଲକୁ ଫାଟକରେ ଗେଣ୍ଡୁମାଳ ଓ ପିଲାମାନଙ୍କ ଗହଳ ଚହଳ ଦେଖି ଠିକ୍ ସେଇକଥା ଭାବୁଥିଲି। ମା' ମୋର ବି ଇଚ୍ଛା ଅଙ୍କିତାକୁ ଜନ୍ମଦିନରେ କିଛି ଉପହାର ଦିଅନ୍ତି, କିନ୍ତୁ ମୁଁ ତ କିଛି ଆଣିକି ଆସିନି। ଆପଣ ଯଦି ଅନୁମତି ଦିଅନ୍ତି ତେବେ ଆପଣଙ୍କ ଏ ବଗିଚାରୁ ଗୋଲାପ କଢ଼ିଟେ ତୋଲି ଅଙ୍କିତାକୁ ଉପହାର ରୂପେ ଦିଅନ୍ତି। ପିଲାଟି ଆଜି କେତେ ଖୁସି ଦିଶୁଚି।"

– "ଏଇଟା ଗୋଟେ କଥା, ଉପହାରରେ ଫୁଲଠୁ ବଢ଼ି ଆଉ ଅଧିକ ସୁନ୍ଦର ଜିନିଷ କ'ଣ ହେଇପାରେ। ବିନା ସଙ୍କୋଚରେ ତୁମ ପସନ୍ଦର ଗୋଲାପ କଢ଼ିଟେ ତୋଲି ନିଅ। ଆଉ ଗୋଟେ କଥା- ଅଙ୍କିତାର ଏ ଜନ୍ମଦିନର ଭୋଜି ଖାଇ ତାକୁ ଆଶୀର୍ବାଦ କରି ଯିବାକୁ ହେବ।"

ଡାକବାଲା ଏଥର ପାର୍ସଲ ଉଦ୍ଦେଶ୍ୟରେ ଥିବା କାଗଜଟିକୁ ଦସ୍ତଖତ ପାଇଁ ବଢ଼ାଇ ଦେଇଥିଲା ସୁଗନ୍ଧାଙ୍କ ହାତକୁ। ସୁଗନ୍ଧା ଉପଯୁକ୍ତ ସ୍ଥାନରେ ଦସ୍ତଖତ କରିଦେଇ ପାର୍ସଲଟିକୁ ଧରି ନିଜ ଶୋଇବା ଘରକୁ ଚାଲିଗଲେ। ଆଉ ଏପଟେ

ଡାକବାଲା ଅଙ୍କିତା ପାଇଁ ଗୋଲାପ କଢ଼ିଟିଏ ତୋଳି ଆଣିବାକୁ ବଗିଚା ଆଡ଼କୁ ଚାଲିଗଲା ।

ଶୋଇବା ଘରର ଖଟ' ପାଖରେ ପଡ଼ିଥିବା ବେତରେ ତିଆରି ଆରାମ ଚୌକିଟି ଉପରେ ବସିପଡ଼ି ସୁଗନ୍ଧା ପାର୍ସଲଟିର ଖୋଲ ଖୋଲିବାକୁ ଲାଗିଲେ । ଯନ୍ତ୍ ସହକାରେ ପାର୍ସଲ ଉପରର ରଙ୍ଗିନ୍ କାଗଜଟିକୁ ବାହାର କରି ଡବାଟି ଖୋଲି ଦେଖିଲେ, ସେଥିରେ ରହିଥିଲା ଅଙ୍କିତା ପାଇଁ ଗୋଟିଏ ଲମ୍ବା ମାକ୍ସି ଫ୍ରକ୍, ଦୁଇ ତିନୋଟି ଲିପ୍ଷ୍ଟିକ୍ ଆଉ ଗୋଟିଏ ଚିଠି । ଫ୍ରକ୍ଟିକୁ ବାହାର କରି ଦେଖିଥିଲେ ସୁଗନ୍ଧା– "ବାଃ କି ସୁନ୍ଦର ରଙ୍ଗ ହେଇଚି, ଅଙ୍କିତାର ଦେହର ରଙ୍ଗକୁ ଖୁବ୍ ମାନିବ । ଡା. ଅର୍ଜ୍ଜନାଙ୍କ ପସନ୍ଦ ସବୁବେଲେ ନିଆରା ।"

ଏଥର ଲିପ୍ଷ୍ଟିକ୍ ଦୁଇଟିକୁ ହାତରେ ଧରି ମନେମନେ ହସି ଉଠିଥିଲେ ସୁଗନ୍ଧା । "ଅର୍ଜ୍ଜନା ତୁମକୁ ମାନିବାକୁ ପଡ଼ିବ । ମୋର କେବେ ଲିପ୍ଷ୍ଟିକ୍ ଲଗାଇବାର ସଉକ ଥିଲା, ସେକଥା ତୁମେ ଆଜିଯାଏ ମନେରଖିଚ । ଏବେକାର ପରିସ୍ଥିତି କିନ୍ତୁ ଭିନ୍ନ । ଏଠି ଏ ପଥରକଟା ଗାଆଁରେ ମୁଁ ଲିପ୍ଷ୍ଟିକ୍ ଲଗାଇ ଯିବି ବା କୁଆଡ଼େ ? ତା'ଛଡ଼ା । ମୋର ଯେଉଁ ମାନସିକ ସ୍ଥିତି, ମୁଁ ସେଥିରେ କେବେଠୁ ଲିପ୍ଷ୍ଟିକ୍ ଲଗାଇବା ଛାଡ଼ି ସାରିଲିଣି । ମୋର ମନେ ନାହିଁ ମୁଁ କେବେ ଶେଷଥର ପାଇଁ ଲିପ୍ଷ୍ଟିକ୍ ଲଗାଇଥିଲି ବା ସଜ ହେଇଥିଲି । ତଥାପି ତୁମର ଏ ଉପହାର ପାଇ ମୋତେ ଖୁବ୍ ଭଲ ଲାଗୁଚି । ପ୍ରତ୍ୟେକ ବର୍ଷ ଅଙ୍କିତାର ଜନ୍ମଦିନର ଉପହାର ସହିତ ମୋ ପାଇଁ ତୁମେ ପଠାଉଥିବା ଏ ଉପହାର ମୋତେ ମୋ କଲେଜ ଆଉ ୟୁନିଭର୍ସିଟି ବେଲର କଥା ମନେପକାଇଦିଏ । ମୁଁ ବି ଦିନେ ଝିଅଟେ ଥିଲି ସଂସାରର ଦାୟିତ୍ୱବୋଧରୁ ଅଜ୍ଞାନ, ବେଶ ଖୁସିମିଜାଜର ପ୍ରଜାପତିଟିଏ ପରି ଡେଣା ଝାଡ଼ି ଝାଡ଼ି ଉପଭୋଗ କରିଥିଲି ମୋ ଝିଅ ଦିନଗୁଡ଼ାକୁ । ଆଃ, କି ସୁନ୍ଦର ଦିନ ଥିଲା ସେଗୁଡ଼ାକ । ଏବେ କିନ୍ତୁ ମୋ ପାଇଁ ପରିସ୍ଥିତି ଭିନ୍ନ । ମୁଁ ଏବେ ଜଣେ ମା', ତା'

ପୁଣି ସ୍ୱାମୀହରା ଏକ ଭିନ୍ନକ୍ଷମ ସନ୍ତାନର ମା'। ମୋ ଚେତନ, ଅବଚେତନର ପୃଷ୍ଠଭୂମିରେ ସବୁବେଳେ ଗୋଟିଏ ଭୟ ଘୁରି ବୁଲୁଛି- ମୋ' ପରେ ମୋ' ପିଲାଟିର ଅବସ୍ଥା। କ'ଣ ହେବ ? କିଏ ତା'ର ରକ୍ଷଣାବେକ୍ଷଣର ଦାୟିତ୍ୱ ନେବ... କିଏ ? ଅଙ୍କିତାର ବୟସ ଯେତିକି ବଢୁଚି, ମୋ ମନକୁ ଏ ଭୟ ସେତିକି ସେତିକି ଗ୍ରାସ କରି ଚାଲିଛି।"

ଡା. ଅର୍ଚ୍ଚନାଙ୍କଠୁ ପାଇଥିବା ଉପହାରକୁ ଦେଖ୍ ସୁଗନ୍ଧା ଏମିତି କିଛିକ୍ଷଣ ପାଇଁ ଭାବୁକ ହେଇଉଠିଥିଲେ। ଲିପ୍ଷ୍ଟିକ୍ ଦୁଇଟିକୁ ଡବାରେ ରଖିଦେଇ ସେ ଖୋଲିଲେ ଚିଠିଟିକୁ। ଡା. ଅର୍ଚ୍ଚନାଙ୍କର ହାତଲେଖା ଚିଠିଟି। ଚିଠିଟିର ଲେଖାଗୁଡ଼ିକ ଥିଲା ଏଇ ପ୍ରକାର-

"ସୁଗନ୍ଧା, ତୁମକୁ ଓ ଅଙ୍କିତାକୁ ମୋର ଅଜସ୍ର ସ୍ନେହ ଓ ଆଶୀର୍ବାଦ। ସମୟ ବହନ୍ତ ନଈ ପରି କେମିତି କେତେ ପ୍ରଖର ଭାବରେ ଧାଇଁ ଚାଲିଛି ଆଗକୁ। ଦେଖୁଦେଖୁ ଅଙ୍କିତାକୁ ଅଠର ବର୍ଷ ହେଇଗଲାଣି। କାଲିପରି ଲାଗୁଛି ବଲାଙ୍ଗୀର ଡାକ୍ତରଖାନାରେ ତା' ଜନ୍ମଦିନର କଥା ମନେପଡ଼ିଗଲେ। ସୌରଭ ତ ସେଦିନ ଖୁସିରେ ଚାଲୁ ନ ଥିଲା, ଖପଖାପ ଡେଇଁ ଡେଇଁ ଚାଲୁଥିଲା। ଯାହାକୁ ଦେଖୁଥିଲା ଚିହ୍ନ ଅଚିହ୍ନ ସମସ୍ତଙ୍କୁ କହି ହେଉଥିଲା- 'ଜାଣିଚ ମୋର ଝିଅଟେ ହୋଇଛି।'

ହଉ, ଛାଡ଼ ସେ କଥା। ଅଙ୍କିତାର ମେଡିସିନ୍ କେତେଟା ବରାଦ ଦେଇଚି, ଆସିଗଲେ ମୁଁ ପୁଣି ଡାକଯୋଗେ ତୁମ ପାଖକୁ ପଠାଇଦେବି।

ଭଗବାନ୍ ତୁମକୁ ଧୈର୍ଯ୍ୟ ଓ ସାହସ ଦିଅନ୍ତୁ। ଅଙ୍କିତାକୁ ମୋ ତରଫରୁ ଗେଲ କରିଦେବ। ଏଥର ରହିଲି।

ଡା. ଅର୍ଚ୍ଚନା ପ୍ରଧାନ।"

ଡା. ଅର୍ଚ୍ଚନା ଆଉ ସୌରଭ ଥିଲେ ପାଠପଢ଼ାବେଳର ସାଙ୍ଗ। ଦୁହିଁଙ୍କ ଘର ଭୁବନେଶ୍ୱରର ଏକା ସ୍ଥାନରେ। ସେମାନେ ଛୋଟବେଲୁ ସ୍କୁଲ କଲେଜ ସହିତ ଏକା

ସାଙ୍ଗରେ ଭେଷଜ ବିଜ୍ଞାନ ମଧ୍ୟ ପଢ଼ିଥିଲେ। ଏମିତିକି ପାଠପଢ଼ା ପରେ ଦୁହିଁଙ୍କର ନିଯୁକ୍ତି ମଧ୍ୟ ବଲାଙ୍ଗୀର ଡାକ୍ତରଖାନାରେ ହୋଇଥିଲା। ସେଥିପାଇଁ ସେମାନଙ୍କ ଭିତରେ ଥିଲା ଏକ ନିବିଡ଼ ଅନ୍ତରଙ୍ଗତା। ଅଙ୍କିତାର ଜନ୍ମବେଳେ ସୌରଭଙ୍କ ସହିତ ସେ ମଧ୍ୟ ଥିଲେ ପ୍ରସୂତି ଗୃହରେ। ସୌରଭ ଓ ସୁଗନ୍ଧା ଯେବେ ଅଙ୍କିତାକୁ ନେଇ ପଥରକଟା ଗାଁକୁ ଚାଲି ଆସିଥିଲେ, ସେତେବେଳେ ଡା. ଅର୍ଜ୍ଜୁନା ବଦଲି ହେଇ ପୁନଶ୍ଚ ଚାଲିଯାଇଥିଲେ ଭୁବନେଶ୍ୱର, ତାଙ୍କ ପରିବାର ସହିତ। ସୌରଭଙ୍କର ଅକାଳ ମୃତ୍ୟୁ ପରେ ମଧ୍ୟ ଡା. ଅର୍ଜ୍ଜୁନାଙ୍କର ଆଚାର୍ଯ୍ୟ ପରିବାର ସହ ସମ୍ପର୍କ ସେମିତି ପୂର୍ବପରି ଅତୁଟ ଥିଲା। ଅଙ୍କିତା ପାଇଁ ନିୟମିତ ଔଷଧ ପଠାଇବା ସହିତ ସମୟ ଅସମୟରେ କୌଣସି ଅନ୍ୟାନ୍ୟ ଆବଶ୍ୟକ ଜିନିଷ ମଧ୍ୟ ସେ ଭୁବନେଶ୍ୱରରୁ ପଠାଇବା ବ୍ୟବସ୍ଥା କରିଥା'ନ୍ତି।

ଡା. ଅର୍ଜ୍ଜୁନାଙ୍କୁ ମନେମନେ ଅଶେଷ ଧନ୍ୟବାଦ ଜଣାଇ ସୁଗନ୍ଧା ଏଥର ଚିଠିଟିକୁ ଚାରି ଚଉତା କରି ତାଙ୍କ ଖଟ ପାଖରେ ଥିବା ବହି ଥାକରେ ସାଇତି ରଖିଦେଇ ଚାଲି ଆସିଲେ ପିଲାମାନଙ୍କ ମେଲକୁ।

ଜନ୍ମଦିନର ଭୋଜି ଖାଇବା ପର୍ବ ବେଶ୍‌ ଜୋର୍‌ରେ ଚାଲିଥାଏ। ସେମାନଙ୍କ ମେଲରେ ବସି ଡାକବାଲା ମଧ୍ୟ ଭୋଜି ଖାଇବାରେ ଲାଗିଥିଲେ। ସମସ୍ତଙ୍କ ଚାହିଦା ଅନୁଯାୟୀ କାଞ୍ଜନ ଓ ପହଲା ଖାଦ୍ୟ ପରଷି ଦେଉଥା'ନ୍ତି। ଅଙ୍କିତାର ଶାଲପତ୍ରରେ ତିଆରି ଖଲିରେ କାଞ୍ଜନ ପୁରି କେତେଗୁଡ଼ିଏକୁ ଛୋଟ ଛୋଟ ଛିଣ୍ଡେଇ ଦେଇ ରଖି ଦେଇଥାଏ। ସେଇ ପୁରି ଖଣ୍ଡେ ଉଠାଇ ତାକୁ ଡାଲମାରେ ଟିକେ ବୁଡ଼ାଇ ଦେଇ ଅଙ୍କିତା ଖାଉଥାଏ। ପୁରି ବା ରୁଟିକୁ ଛିଣ୍ଡେଇ ଖାଇବାଟା ସେ ଜାଣିପାରେନି। ପୁରି ଖଣ୍ଡେ ଖାଇ ସାରିଲା ପରେ ଟମାଟୋ ଖଟାରୁ ନିଜ ଆଙ୍ଗୁଠିରେ ଟିପେ ଚାଟିଦେଇ ଅଙ୍କିତା ଖୁସି ହେଇ ଏପଟ ସେପଟକୁ ଚାହୁଁଥାଏ। ତା'ର ଖାଇବାର ଗତି ଥିଲା ଅନ୍ୟମାନଙ୍କଠୁ ଖୁବ୍‌ ଧୀର। ସେ ଥରଟେ ଖାଇସାରିଲା ପରେ

ତା' ଖୁସି ଜଣାଇ ମୁହଁ ଟେକି ଅନ୍ୟମାନଙ୍କ ଆଡ଼େ ଚାହିଁ ହସି ଦେଉଥାଏ, ଆଉ ତା'ପରେ ପୁଣି ଥରେ ଖାଇବା ଆରମ୍ଭ କରୁଥାଏ। ତା'ର ଏଇ ଖାଇବା ଓ ଖୁସି ହେବା ପ୍ରକ୍ରିୟାରେ ତା' ଓଠ କଡ଼ରୁ ଧାରେ ଲାଳ ବୋହିବାରେ ଲାଗିଥିଲା। ତା'ର ଏ ଅବସ୍ଥା ଦେଖି ସୁଗନ୍ଧା ଘର ଭିତରୁ ଛୋଟ ରୁମାଲଟିଏ ଆଣି ତା' ଲାଳକୁ ପୋଛି ସଫା କରିଦେଲେ। ଏବେ ସୁଗନ୍ଧା ମଧ୍ୟ ବସିଯାଇଥିଲେ ପିଲାମାନଙ୍କ ମେଲରେ। ସେମାନଙ୍କର ଚାହିଟାପରା, କୋଲାହଲ, ଭୋଜି ଖାଇବାର ଆଗ୍ରହରେ ନିଜକୁ ସେଇ ସମୟତକ ହଜାଇ ଦେଇଥିଲେ।

ଜନ୍ମଦିନର ଭୋଜି ଖିଆ ପରେ ପିଲାମାନେ ଓ ଅଙ୍କିତା ଠାଙ୍କରି ବଗିଚାରେ ବେଶ୍ କିଛି ଘଣ୍ଟା ନିଜ ନିଜ ଭିତରେ ଖେଳିଥିଲେ। କାର୍ତ୍ତିକ ମାସ ହୋଇଥିବାରୁ ସୂର୍ଯ୍ୟଙ୍କ କିରଣ ମଧ୍ୟ ଏତେ ପ୍ରଖର ନ ଥିଲା। ତେଣୁ ପିଲାମାନେ ସେ ବିସ୍ତୃତ ବଗିଚାରେ ଏମୁଣ୍ଡରୁ ସେମୁଣ୍ଡ ବୁଲି ଖୁବ୍ ଉପଭୋଗ କରିଥିଲେ ଦିନଟିକୁ। ମଧାହ୍ନ ପୂର୍ବରୁ ଅଙ୍କିତାକୁ ପୁଣିଥରେ ଶୁଭେଚ୍ଛା ଜଣାଇ ପିଲାମାନେ ନିଜ ନିଜ ଘରକୁ ଫେରିଯାଇଥିଲେ।

***

ପଞ୍ଚମ ପରିଚ୍ଛେଦ

ଅବିରତ, ଅବିଶ୍ରାନ୍ତ ପୃଥିବୀ ଘୂରୁଚି ତା' ଅକ୍ଷ ପଥରେ । ଏଇ ଆବର୍ତ୍ତନ ଗତି ପୃଥିବୀରେ ସୃଜିଥାଏ ଦିନ ଆଉ ରାତି । ସେଦିନ ମଧ୍ୟ ରାତି ପରେ ସକାଳ ହେଇଥିଲା । ଗନ୍ଧମାର୍ଦ୍ଦନ ପର୍ବ୍ବତଶ୍ରେଣୀର ଆଢୁଆଲରୁ ସୂର୍ଯ୍ୟ ଉଇଁଥିଲେ । ଉଚିତ ସମୟରେ ତାଙ୍କର ଶୁଭ୍ର କୋମଳ ତେଜ ଧୀରେ ଧୀରେ ପର୍ବତ ପାଦଦେଶର ବୃକ୍ଷଲତା ସବୁକୁ ଛୁଇଁଯାଇ ପ୍ରସାରିତ ହେଇଥିଲେ ଗାଆଁ ଆଡ଼କୁ । ସେ ଅମୃତ ପରଶରେ ଜଙ୍ଗଲରେ ଏବଂ ଗାଁଆଁଟିରେ ଜୀବନଗୁଡ଼ିକ ପୁଣି ଚଳଚଞ୍ଚଳ ହେଇ ଉଠିଥିଲେ ।

ଏମିତି ଭାବରେ ଦିନ ପରେ ଦିନ, ପକ୍ଷ ପରେ ପକ୍ଷ ବିତି ଯାଇ ସମୟ ଗଡ଼ି ଆସିଥିଲା ଆଉ କେତେଗୁଡ଼େ ମାସ ଆଗକୁ । ସମତାଲରେ ଆଉ କିଛି ପଥ ଆଗକୁ ଜୀବନ ନଈ ମଧ୍ୟ ବୋହି ଆସିଥିଲା । ଆଜିକୁ ଆଚାର୍ଯ୍ୟ ପରିବାର ଏ ଗାଁଆଁକୁ ଉଠିଆସିବାର ହେଇଯାଇଥିଲା ପାଖାପାଖି ଏଗାର ବର୍ଷ । ସେ ଅଞ୍ଚଳରେ ସବୁକିଛି ଥିଲା ଆଗପରି ସାମାନ୍ୟ ଓ ସାଧାରଣ । କିନ୍ତୁ ବାହାର ଦୁନିଆରେ ଯା'ଭିତରେ ଘଟିଯାଇଥିଲା ଯୁଗାନ୍ତକାରୀ ବୈଷୟିକ ପରିବର୍ତ୍ତନ ଇଣ୍ଟରନେଟ୍, ମୋବାଇଲ ଫୋନ୍, ଲାପ୍‌ଟପ୍ ପରି ଅନେକ ଗ୍ୟାଜେଟ୍‌ମାନଙ୍କର ସାଧାରଣ ମଣିଷ ଜୀବନରେ ପ୍ରବେଶ ଫଳରେ । ଆମ ଦେଶ ଭାରତରେ ଇଣ୍ଟରନେଟ୍‌ର ବ୍ୟବହାର ୧୯୮୬ ମସିହାରେ ଆରମ୍ଭ ହୋଇଥିଲା କେବଳ ଶିକ୍ଷା ଓ ଗବେଷଣା କ୍ଷେତ୍ରରେ । ସାଧାରଣ ଜନତାଙ୍କ ପାଇଁ ବା ସର୍ବ୍ବସାଧାରଣଙ୍କ ପାଇଁ ଏହା ୧୫ ଅଗଷ୍ଟ ୧୯୯୫ ମସିହାରେ

ଉପଲବ୍ଧ ହେଇପାରିଥିଲା । ଆଉ ୨୦୧୦ ମସିହାବେଳକୁ ପାଖାପାଖି ୫୪.୨୯ ପ୍ରତିଶତ ଜନସଂଖ୍ୟା ଇଣ୍ଟରନେଟର ସକ୍ରିୟ ଉପଭୋକ୍ତା । ତଥାପି କଥରକଟା ଗାଁଆଟି ଏସବୁର ପ୍ରଭାବରୁ ଥିଲା ଦୂରରେ । ସେଠି ନା ଇଣ୍ଟରନେଟ ସେବା ଥିଲା, ନା ସେଠାକାର ବାସିନ୍ଦା ମୋବାଇଲ ଫୋନ୍ ବା ଅନ୍ୟ କିଛି ଗ୍ୟାଜେଟ୍‌ର ବ୍ୟବହାର ଜାଣିଥିଲେ । ଏମିତିକି ସୁଗନ୍ଧା ଉଚ୍ଚଶିକ୍ଷିତା ହେଇ ମଧ୍ୟ ଏସବୁର ଆବଶ୍ୟକତା ମାଣିନାହାନ୍ତି । ଏତେ ବର୍ଷ ଭିତରେ ସେ ଅଞ୍ଚଳରେ କେବଳ ଦୁଇଟି କଥା ଯୋଡ଼ି ହେଇଥିଲା, ସେଇଟା ଥିଲା ଆଚାର୍ଯ୍ୟ ଭବନକୁ ଟେଲିଭିଜନଟିଏର ପ୍ରବେଶ ଓ ଭାରତ ସଞ୍ଚାର ନିଗମ ତରଫରୁ ଗୋଟିଏ ଲ୍ୟାଣ୍ଡଲାଇନ ଫୋନ୍‌ର ସଂଯୋଗ ।

ଟେଲିଫୋନ୍‌ର ଘଣ୍ଟି ବାଜି ଉଠିଲେ ଖୁବ୍ ଖୁସିହୁଏ ଅଙ୍କିତା । ସୁଗନ୍ଧା ସେତେବେଳେ ଯଦି ସେ ସ୍ଥାନରୁ ଦୂରରେ ଥିବେ, ତାଙ୍କ ହାତ ଧରି ଭିଡ଼ି ଆଣେ ଫୋନ୍ ପାଖକୁ । ସୁଗନ୍ଧା କଥା ହେଇ ସାରିଲା ପରେ ସେ ବି ଜିଦି କରେ ଫୋନ୍‌ରେ କଥା ହେବାକୁ । ଯଦି କେହି ପରିବାରର ଲୋକ ବା ଚିହ୍ନାଜଣା ଲୋକ ଫୋନ୍ କରିଥାନ୍ତି, ସୁଗନ୍ଧା ଅଙ୍କିତାକୁ କଥା ହେବାକୁ ସୁଯୋଗ ଦିଅନ୍ତି । ତାକୁ ସେ ଶିଖାଇଛନ୍ତି ରିସିଭରର ତାର ଲାଗିଥିବା ପଟଟିକୁ ପାଟି ପାଖରେ ଦେବ, ଆଉ ଆରଟିକୁ କାନ ଉପରେ ରଖିବ । ନୂଆ ନୂଆ ଅଙ୍କିତା ଫୋନ୍‌ରେ କଥା ଶୁଣି ପ୍ରତ୍ୟୁତ୍ତରରେ ମୁଣ୍ଡ ଟୁଙ୍ଗାରୁଥିଲା, ହଁ ବା ନା କରିବାକୁ । ପରେ କିନ୍ତୁ ଜାଣିଲା ସେଥିରେ କଥା କୁହାଯାଏ ବୋଲି । ଏଥର ସେ ହଁ ଆଉ ନା ସହ ତା’ ଅସ୍ପଷ୍ଟ ଭାଷାରେ ଫୋନ୍ କଲାବାଲାକୁ ପ୍ରତ୍ୟୁତ୍ତର ଦେଇ ଶିଖିଲାଣି ।

ସେଦିନ ସକାଳ ଦଶଟା ପାଖାପାଖି, ଟେଲିଫୋନ୍‌ର ଘଣ୍ଟିରେ ଆଚାର୍ଯ୍ୟ ଭବନର ବୈଠକଖାନାଟି ଗୁଞ୍ଜରି ଉଠିଥିଲା । ପାଖରେ ଥିବା ସୁଗନ୍ଧା ଫୋନ୍ ଉଠାଇଥିଲେ । ସେପଟୁ ଭାସି ଆସିଥିଲା ଚିହ୍ନା ପରିଚିତ ଜଣଙ୍କର ସ୍ଵର । ସୁଗନ୍ଧାଙ୍କ ମୁହଁରେ ଖୁସିର ଝଲକ ।

– "ଆରେ ସିଷ୍ଟର ଲୁସି, କେମିତି ଅଛନ୍ତି, ଏତେ ବର୍ଷ ପରେ ବି ଆମକୁ ମନେରଖିଛନ୍ତି ସେଇଟା ବଡ଼କଥା ।"

– "ମ୍ୟାଡାମ୍, ସୌରଭ ସାର୍ ଆଉ ଆପଣ ଏମିତି ବ୍ୟକ୍ତିତ୍ୱର ମଣିଷ ଯେ, ଆପଣଙ୍କୁ ଭୁଲିଯିବା ସହଜ ନୁହେଁ । ଆପଣ କେମିତି ଅଛନ୍ତି, ଆଉ ଅଙ୍କିତା ?"

– "ହଁ, ଆମେମାନେ ଭଲ ଅଛୁ । ତୁମ କଥା କୁହ ।"

– "ମ୍ୟାଡାମ୍, ଏଇ ବର୍ଷଟା ମୋ ଚାକିରିର ଶେଷବର୍ଷ । ଯୋଗକୁ ଏ ବର୍ଷ ଆମ ବଲାଙ୍ଗୀର ଡାକ୍ତରଖାନାର ଶିଶୁ ବିଭାଗକୁ ପଚିଶ ବର୍ଷ ପୂରିଯିବ । ସେଇ ଅବସରରେ ଆମେମାନେ ରୌପ୍ୟ ଜୟନ୍ତୀ ପାଳନ କରିବୁ । ସେଥିପାଇଁ ଆପଣଙ୍କୁ ନିମନ୍ତ୍ରଣ ଦେବାକୁ ଫୋନ୍ କରିଛି । ମନା କରିବେନି, ଆସିବେ ନିଶ୍ଚୟ । ଏ ବର୍ଷଟା ପରେ ମୋର ଅବସର ନେବା ସମୟ ଆସିଯିବ, ତା'ପରେ ମୁଁ ଫେରିଯିବି କେରଳ । ଆପଣଙ୍କ ସହିତ ଆଉ ଭେଟ ହେଇ ପାରିବନି ।"

– "ଠିକ୍ ଅଛି ମୁଁ ଆସିବି, ଯଦି ବେଶୀ କିଛି ଅସୁବିଧା ନ ହୁଏ । ତୁମେ ତ ଜାଣିଛ ମୋ ଘରର ପରିସ୍ଥିତି ।"

– "ହଁ ମ୍ୟାଡାମ୍, ଚେଷ୍ଟା କରନ୍ତୁ ଆସିବାକୁ । ଆସିଲେ ଦେଖିବେ କେତେ ବଦଳିଯାଇଛି ଯା'ଭିତରେ ଡାକ୍ତରଖାନା । କେତେ ପୁରୁଣା ଲୋକ ଯାଇ ନୂଆମାନେ ଆସିଲେଣି । ତଥାପି ମୋ ପରି ପୁରୁଣା କର୍ମଚାରୀମାନେ ଯେଉଁମାନେ ସୌରଭ ସାର୍ଙ୍କ ସହ କାମ କରିଛନ୍ତି, ଆପଣଙ୍କ ସହ ମିଶିଛନ୍ତି, ସବୁବେଳେ ଆପଣଙ୍କୁ ଝୁରି ହେଉଛନ୍ତି । ଆସିଲେ ଖୁବ୍ ଖୁସି ଲାଗିବ ।"

– "କାର୍ଯ୍ୟକ୍ରମର ତାରିଖଟା କୁହ, ମୁଁ ଆସିବାକୁ ପୂରା ଚେଷ୍ଟା କରିବି ।"

– "ଆସନ୍ତା ରବିବାର, ସକାଳ ପାଖାପାଖି ଏଗାରଟାରୁ କାର୍ଯ୍ୟକ୍ରମ ଆରମ୍ଭ ହୋଇ ଅପରାହ୍ନ ହୋଇଯିବ । ଡାକ୍ତରଖାନା ତରଫରୁ ଆପଣଙ୍କ ପାଇଁ ଟାକ୍ସିଟିଏ

ବ୍ୟବସ୍ଥା କରାଯାଇଛି ଆପଣଙ୍କୁ ଆଣିବା ଓ ଛାଡ଼ିବା ପାଇଁ। ସକାଳ ସାତଟା ପାଖାପାଖି ପଥରକଟା ଗାଁରେ ଆପଣଙ୍କ ଠିକଣାରେ ପହଞ୍ଚିଯିବ।"

– "ଆରେ ନା... ନା... ମୁଁ ଯିବା ଆଉ ଫେରିବା କଥା ବୁଝିନେବି।"

– "ମନା କରନ୍ତୁନି ମ୍ୟାଡାମ୍, ଆପଣଙ୍କ ପାଇଁ ଏତିକି ଟିକେ କାମ କରିବାକୁ ସୁଯୋଗ ଦିଅନ୍ତୁ।"

ସିଷ୍ଟର ଲୁସିଙ୍କ ଆଗ୍ରହକୁ ଭାଙ୍ଗି ନ ପାରି ସୁଗନ୍ଧା ସମ୍ମତି ଜଣାଇ ଫୋନ୍ ରଖିଥିଲେ।

ସିଷ୍ଟର ଲୁସି ହେଲେ କେରଳ ବାସିନ୍ଦା। ସେ ମୁଖ୍ୟ ନର୍ସ ହିସାବରେ କାର୍ଯ୍ୟରତ ଥିଲେ ବଲାଙ୍ଗୀର ଡାକ୍ତରଖାନାରେ। ଓଡ଼ିଶାରେ ଅନେକ ବର୍ଷର ରହଣି ଯୋଗୁ ସେ ଓଡ଼ିଆ ଭାଷା ଖୁବ୍ ଭଲଭାବରେ ବୁଝିପାରୁଥିଲେ ଆଉ କହି ମଧ୍ୟ ପାରୁଥିଲେ। ଅବଶ୍ୟ ତାଙ୍କ ଓଡ଼ିଆ ଶବ୍ଦର ଉଚ୍ଚାରଣରୁ ବୁଝି ହେଉଥିଲା ସେ ଜଣେ ଅଣଓଡ଼ିଆ ବୋଲି। ତଥାପି ତାଙ୍କର ଓଡ଼ିଆ କଥାଗୁଡ଼ିକ ସବୁ ବେଶ୍ ବୋଧଗମ୍ୟ ଥିଲା।

ଫୋନ୍‌ରେ କଥା ହେଉଥିବା ବେଳେ କାଞ୍ଚନ ସେଇ କୋଠରିରେ ଥାଇ କଥାଟକ ଶୁଣିଥିଲା।

– "ମା', କିଏ ଫୋନ୍ କରିଥିଲେ କି, କଉଠିକି ଯିବାପାଇଁ ନିମନ୍ତ୍ରଣ ଦେଲେ"– ପଚାରିଥିଲା ଜିଜ୍ଞାସୁ ମନ ନେଇ କାଞ୍ଚନ।

– "ବଲାଙ୍ଗୀର ଡାକ୍ତରଖାନାରୁ ସିଷ୍ଟର ଲୁସିଙ୍କର ଫୋନ୍ ଥିଲା। ଆସନ୍ତା ରବିବାର ଡାକ୍ତରଖାନାର ଶିଶୁ ବିଭାଗର ପଚିଶ ବର୍ଷ ପୂର୍ତ୍ତି ଅବସରରେ ରୌପ୍ୟ ଜୟନ୍ତୀ ପାଳନ ହେବାର ଅଛି। ସେଇ କାର୍ଯ୍ୟକ୍ରମକୁ ନିମନ୍ତ୍ରଣ କରିଛନ୍ତି। ବହୁତ ଆଗ୍ରହରେ ଡାକୁଛନ୍ତି। ତାଙ୍କ ଆଗ୍ରହକୁ ଭାଙ୍ଗି ନ ପାରି ହଁ ତ କରିଦେଲି, ଜଣା ନାହିଁ କ'ଣ ହେବ।"

– "ଆସନ୍ତା ରବିବାର ଚତୁର୍ଦଶୀ, ତା'ପର ଦିନ ଭାଦ୍ରପୂର୍ଣ୍ମୀ ଆଉ ତା'ର ଠିକ୍ ମାସେ ପର ପୂର୍ଣ୍ମାଟି ହେଲା ଆଶ୍ୱିନପୂର୍ଣ୍ମୀ ମାନେ କୁମାରପୂର୍ଣ୍ମୀ। ଠିକ୍ ବେଳେ ଡାକରା ଆସିଛି। ତୁମେ ଯାଅ, କାର୍ଯ୍ୟକ୍ରମରେ ଯୋଗଦେଇ ଆସ, ଅକୁ ଦେଇଙ୍କୁ ମୁଁ ସମ୍ଭାଳି ନେବି। କୁମାରପୂର୍ଣ୍ମୀ ପାଇଁ ନୂଆ ଲୁଗାପଟା ବଲାଙ୍ଗୀର ବଜାରରୁ କିଣି ଆଣିବ। କ'ଣ କ'ଣ ଆସିବାର ଅଛି ମୁଁ ଚିଠା ବନେଇ ଦେବି।"

– "ଠିକ୍ ମନେ ପକେଇଲୁ କାଞ୍ଚନ। ତା'ହେଲେ ତୁ ଚିଠା କରି ରଖ, ଲୁଗାପଟା ସହ ଅନ୍ୟ କିଛି ଘରକରଣା ଜିନିଷ ଦରକାର ଥିଲେ ତାକୁ ବି ଲେଖିଦେବୁ।" – ଏକଥା କହି ସୁଗନ୍ଧା ଚାଲିଯାଇଥିଲେ ପଢ଼ାଘରକୁ, ଅଙ୍କିତାର ପାଠପଢ଼ା। ସମୟ ହେଇଯାଇଥିବାରୁ।

ନବମ ଶ୍ରେଣୀଯାଏ ପାଠ ପଢ଼ିଥିବା କାଞ୍ଚନ ଖୁସିରେ ଚାଲିଯାଇଥିଲା ରୋଷେଇ ଘରକୁ, ଚିଠା ପ୍ରସ୍ତୁତ କରିବା ଦାୟିତ୍ୱ ନେଇ।

ନିର୍ଦ୍ଦିଷ୍ଟ ସମୟରେ ଉଦ୍ଦିଷ୍ଟ ଦିନଟି ଆସି ପହଞ୍ଚିଥିଲା। ସକାଳ ସାତଟା ପାଖାପାଖି ଆଚାର୍ଯ୍ୟ ଭବନ ଆଗରେ ଟ୍ରାଭେଲର୍ସର କାର୍‌ଟିଏ ଆସି ଠିଆ ହେଇଯାଇଥିଲା। ସୁଗନ୍ଧା ମଧ୍ୟ ନିଜକୁ ପ୍ରସ୍ତୁତ କରି ନେଇଥିଲେ। ପଥରକଟା ଗାଁରୁ ବଲାଙ୍ଗୀର ଡାକ୍ତରଖାନା ପାଖାପାଖି ତିନି ଚାରି ଘଣ୍ଟାର ବାଟ। ଶୀଘ୍ର ବାହାରିଗଲେ ଠିକ୍ ସମୟରେ ପହଞ୍ଚ ପାରିବେ, କାହାକୁ ଅପେକ୍ଷା କରାଇବାଟା ଉଚିତ ହେବନି। ଜଳଖିଆ ଟିକେ ଖାଇଦେଇ କାର୍‌ରେ ଆସି ବସିଗଲେ ସୁଗନ୍ଧା। ପିଣ୍ଡା ଉପରୁ ଅଙ୍କିତା ଆଉ କାଞ୍ଚନ ଦୁହେଁ ରଡ଼ିଛାଡ଼ି ହାତ ହଲାଇ ଟା... ଟା... ଟା... କରି ଚାଲିଥିଲେ, ସେମାନଙ୍କ ଦୃଷ୍ଟିରୁ କାର୍‌ଟି ଅଦୃଶ୍ୟ ହେବାଯାଏ। କାଞ୍ଚନଟା ବି ଅଙ୍କିତା ସହିତ ମିଶି ପିଲାଙ୍କ ପରି ହେଉଛି। ତାକୁ ତାଲ ଦେଇକି ବଡ଼ ପାଟିରେ ଟା... ଟା... କହି ଚାଲିଛି, ମନେମନେ ହସିଥିଲେ ସୁଗନ୍ଧା।

କାର୍‌ଟି ଶିଳା ଦର୍ପଣ ମନ୍ଦିର ପାଖ ରାସ୍ତା ଦେଇ ଏବେ ବାହାରି ଆସିଥିଲା ଜାତୀୟ ରାଜପଥ ଉପରକୁ । ସୁଗନ୍ଧା ନିଜ ହାତଧରା ପର୍ସଟିକୁ ଅଣ୍ଡାଳିଲେ, କାଞ୍ଚନଠୁ ଚିଠାଟା ଆଣିଛନ୍ତି କି ନାହିଁ– ହଁ, ମିଳିଗଲା କାଞ୍ଚନର ଲମ୍ବାଚଉଡ଼ା ଚିଠା । ସେଥିରେ ରହିଛି ସେମାନଙ୍କ ପାଇଁ ନୂଆ ଶାଢ଼ି, ଅଙ୍କିତା ପାଇଁ ସାଲଓ୍ୱାର ପଞ୍ଜାବି ଆଉ ପହଲା ପାଇଁ ନୂଆ ପ୍ୟାଣ୍ଟ୍ ଶାର୍ଟ । ପହଲା ପ୍ରାୟତଃ ହାଫ୍ ପ୍ୟାଣ୍ଟ ପିନ୍ଧେ । ତେଣୁ ତା' ପାଇଁ ଦିଖଣ୍ଡ ହାଫ୍ ପ୍ୟାଣ୍ଟ୍ ଆଉ ଖଣ୍ଡେ ଶାର୍ଟର ଫରମାଇସ୍ ଅଛି । ଏ ସବୁକୁ ଛାଡ଼ିଦେଲେ ଆଉ କିଛି କିଛି ଘରକରଣା ଜିନିଷ, ଯେମିତିକି ଝରକା ପାଇଁ ପରଦା କେତୋଟି, ମସଲା ଗୁଣ୍ଡ ରଖିବାକୁ ଛୋଟ ଛୋଟ ଡବା କେତୋଟି ମଧ୍ୟ ସ୍ଥାନ ପାଇଥିଲେ ଚିଠାରେ । ସୁଗନ୍ଧା ଚିଠାଟିକୁ ପଢ଼ିନେଇ ରଖିଦେଇଥିଲେ ପର୍ସରେ ।

କାର୍‌ଟି ଏଥର ଜାତୀୟ ରାଜପଥରେ ଆଗେଇ ଚାଲିଥିଲା ବଲାଙ୍ଗୀର ସହର ଆଡ଼କୁ । ରାସ୍ତାର ଦୁଇପାଖେ ଶାଳ ପିଆଶାଳ ଆମ୍ବ ଆଉ ସେଇପରି ବଡ଼ ବଡ଼ ଗଛମାନଙ୍କୁ ନେଇ ଜଙ୍ଗଲର ସୀମା ଆରମ୍ଭ । ଜାତୀୟ ରାଜପଥର ଧାରେ ଧାରେ ଥିବା ଏଇ ଜଙ୍ଗଲ କିନ୍ତୁ ପତଳା ହେବାରେ ଲାଗିଚି । ଏଇଠୁ ଗଛହାଣି କାଠ ସବୁ ଚୋରାରେ ଚାଲାଣ କରିବା ସହଜ । କାର୍‌ର ଝରକା କାଚ ଦେଇ ଆବିଷ୍ଟ ଚିତ୍ତରେ ବାହାରକୁ ଚାହିଁ ରହିଥିଲେ ସୁଗନ୍ଧା । ଏଇ ରାସ୍ତା ଦେଇ ଅନେକ ଥର ସେ ସୌରଭଙ୍କ ସହିତ ସେମାନଙ୍କ ଜିପ୍‌ରେ ଯାଇଛନ୍ତି ବଲାଙ୍ଗୀର । ସୌରଭ ଥିବା ବେଳେ କୌଣସି ଗୁରୁତର ମାମଲା ବା ଜରୁରୀ କାମ ଆସିଲେ ସୌରଭଙ୍କୁ ଡକରା ପଡ଼େ, ପଥରକଟା ଗାଁରୁ ଆସନ୍ତି ସେ । ସେତେବେଳେ ବଲାଙ୍ଗୀର ବଜାରରୁ କିଛି କିଣାକିଣି ଉଦ୍ଦେଶ୍ୟରେ ଆସିଥା'ନ୍ତି ସୁଗନ୍ଧା ତାଙ୍କ ସାଥିରେ । ପଥରକଟା ଗାଁଟିରେ ବଜାର କହିଲେ ସେମିତି କିଛି ନ ଥିଲା । ସାପ୍ତାହିକ ହାଟ୍ ହିଁ ଥିଲା କିଣାବିକାର ମୁଖ୍ୟସ୍ଥଳ ।

ରାସ୍ତା ଦୁଇ କଡ଼ର ଧାଡ଼ି ଧାଡ଼ି ଶାଳ ପିଆଶାଳ ଆମ୍ବଗଛଗୁଡ଼ିକ ଭିତରେ ଏକ ବିସ୍ତୀର୍ଣ୍ଣ ଅଞ୍ଚଳରେ, ଅବଶ୍ୟ ଟିକେ ଅଭ୍ୟନ୍ତରକୁ ଥିଲା ଅନେକ ପଲାଶ ଗଛ ।

ଏଗୁଡ଼ିକ ପାଖାପାଖି ହେଇ ରହିଥିବାରୁ ସେମାନଙ୍କର ଫୁଲଗୁଡ଼ିକର ଗାଢ଼ ନାଲିରଙ୍ଗ ଏକାଠି ମିଶିଯାଇ ନୂଆ ବୋହୂ ମାଥାର ନାଲି ସିନ୍ଦୂର ଟୋପାପରି ଦିଶୁଥାଏ । ଟିକେ ଆଗକୁ ଝୁଙ୍କି ଆସି ଚାହିଁଲେ ସୁଗନ୍ଧା ଜଙ୍ଗଲର ଭିତରଆଡ଼କୁ, ସେଇ ପଳାଶ ଗଛ ଆଉ ତା'ର ଫୁଲଗୁଡ଼ିକୁ ମନେପକାଇ । ବାଃ, ଏବେ ବି ପଳାଶଗଛଗୁଡ଼ିକ ସେମିତି ଅଛନ୍ତି । ଆଉ ଟିକେ ମୁଣ୍ଡଟେକି ଚାହିଁଲେ ସେ ଆଡ଼େ, ଧଳା ଶୁଭ୍ର ଆକାଶର ପୃଷ୍ଠଭୂମିରେ ଦିଶୁଥିଲେ ଉଚ୍ଚ ପଳାଶଗଛଗୁଡ଼ିକର ନାଲି ନାଲି ରଙ୍ଗର ଫୁଲ । ଏଥର ସୁଗନ୍ଧାଙ୍କ ଦୃଷ୍ଟି ସ୍ଥିର ହେଇଯାଇଥିଲା ଆକାଶ ଉପରେ । ସେଠି ଉତୁରି ଆସିଥିଲା ସୌରଭଙ୍କ ସ୍ମୃତି, ରାତିରେ ଆକାଶରେ ଜହ୍ନ, ତାରା ମିଟିମିଟି ହେଇ ଉତୁରି ଆସିଲା ପରି ।

         ବଲାଙ୍ଗୀର ଡାକ୍ତରଖାନାରେ ହେବାକୁ ଥିବା ଶିଶୁରୋଗ ବିଶେଷଜ୍ଞମାନଙ୍କ ସେମିନାରକୁ ସୌରଭ ବାହାରି ପଡ଼ିଥିଲେ ଦିନେ ସକାଳୁ ନିଜ ଜିପ୍‌ଟିରେ । ତାଙ୍କୁ ସେଦିନ ସାଙ୍ଗ ଦେଇଥିଲେ ସୁଗନ୍ଧା । ପାଖାପାଖି ଘଣ୍ଟାଟିଏର ଯାତ୍ରା ପରେ ସେମାନେ ଆସି ପହଞ୍ଚ ଯାଇଥିଲେ ଜାତୀୟ ରାଜପଥର ଏଇ ନିର୍ଦ୍ଦିଷ୍ଟ ଅଞ୍ଚଳରେ । ଯାଉ ସ୍ୟାଉ କଥାବାର୍ତ୍ତା ଭିତରେ ହଠାତ୍‌ ସୌରଭ କହିଥିଲେ-

         – "ସୁଗନ୍ଧା, ଚାଲ ଆଜି ଗୋଟେ ବଢ଼ିଆ ଜାଗା ତୁମକୁ ଦେଖାଇବି"- ଏତକ କହି ସୌରଭ ଜିପ୍‌ଟିକୁ ଜାତୀୟ ରାଜପଥରୁ ତଳକୁ ଗୋଟେ ପାଦଚଲା ରାସ୍ତା ଉପରକୁ ଗଡ଼ାଇ ଆସି ଟିକେ ଭିତରକୁ ରଖିଦେଇ ଓହ୍ଲାଇ ପଡ଼ିଥିଲେ ।

         – "ତୁମ ସେମିନାର ପାଇଁ ଡେରି ହେବନି, ଏଠି ଏମିତି ଅଚାନକ ଓହ୍ଲାଇଲଣି ଯେ !"

         – "ହାତରେ ଘଣ୍ଟାଏ ସମୟ ଅଧିକ ଅଛି, ତୁମେ ଓହ୍ଲାଇ ଆସ ଏଇ ପାଦଚଲା ବାଟରେ ବାସ୍‌ କିଛି ବାଟ ଜଙ୍ଗଲ ଭିତରକୁ ଗଲେ ଗୋଟେ ବଢ଼ିଆ ଜାଗା ଅଛି । ମୁଁ ଏ ବାଟରେ ଯିବାବେଳେ ଅନେକ ଥର ଭାବେ ଓହ୍ଲାଇ ସେଟିକି ଯାଇ ବୁଲି

ଆସିବି ବୋଲି, କିନ୍ତୁ ଏକା ଥାଏ ଯେ, ମନ ହୁଏନି । ଆଜି ତୁମେ ଅଛ ସୁଯୋଗ ହାତଛଡ଼ା କରିବାକୁ ଚାହିଁଲିନି ।”

    – “ଶାଳ, ପିଆଶାଳ ଗଛରେ ଭର୍ତ୍ତି ଏ ଜଙ୍ଗଲରେ ତୁମକୁ କ’ଣ ଅପୂର୍ବ ଜିନିଷ ଦେଖିବାକୁ ମନ କଲା ଯେ ଓହ୍ଲାଇ ପଡ଼ିଲ !”

    – “ଟିକେ ଆଗକୁ ଚାଲ ଦେଖିବ, କେତେ ପଲାଶଗଛ ସବୁ ଧାଡ଼ି ଧାଡ଼ି ହେଇ ଲଗାଲଗି ହେଇ ଅଛନ୍ତି । ପଲାଶ ଫୁଲର ସେ ଗାଢ଼ ନାଲିରଙ୍ଗ ଏତେସବୁ ସବୁଜ ରଙ୍ଗମାନଙ୍କ ଭିତରେ କେତେ ଆକୃଷ୍ଟ ନ କରେ ମନକୁ ! ମୁଁ ଦୂରରୁ ଅନେକ ଥର ଲକ୍ଷ୍ୟ କରିଛି ପ୍ରକୃତିର ଏ ସମ୍ଭାରକୁ ।”

    ଏମିତି କଥା ହେଇ ହେଇ ଆଗପଛ ଚାଲି ଚାଲି ସେଇ ପାଦଚଲା ବାଟରେ ଦୁହେଁ ବେଶ୍ କିଛିବାଟ ଅଭ୍ୟନ୍ତରକୁ ପଶିଆସିଲା ପରେ ଆସିଥିଲା ପଲାଶଗଛଗୁଡ଼ିକର ସମ୍ଭାର ।

    – “ବାଃ, କେତେ ସୁନ୍ଦର ଦିଶୁଚି ଏ ଜାଗାଟି, ମୁଣ୍ଡ ଟେକି ଉଚ୍ଚା ଉଚ୍ଚା ପଲାଶଗଛଗୁଡ଼ିକର ଅଗ୍ରଭାଗରେ ଫୁଟିଥିବା ଲେନ୍ଥା, ଲେନ୍ଥା ପଲାଶ ଫୁଲଗୁଡ଼ିକୁ ଚାହିଁ କହିଥିଲେ ସୁଗନ୍ଧା ।

    – “ଏଥର କୁହ ପ୍ରକୃତିର ଏ ବିଭବ ଦେଖି ତୁମ ମନ ଖୁସି ହେଲା କି ନାହିଁ । ତୁମେ ଜାଣ ଫାଲ୍‌ଗୁନ ମାସରେ ପଲାଶ ଫୁଲ ଖୁବ୍ ଫୁଟେ । ବସନ୍ତ ରତୁରେ ଆସେ ଫାଲ୍‌ଗୁନ ମାସ । ଆଉ ଏବେ ଫାଲ୍‌ଗୁନ ମାସ ହିଁ ଚାଲିଛି । ସେଥିପାଇଁ ପେନ୍ଥା ପେନ୍ଥା ଫୁଲରେ ମଣ୍ଡି ହେଇଛନ୍ତି ସବୁ ଗଛଗୁଡ଼ାକ । ପତ୍ର କମ୍, ଫୁଲ ବେଶୀ । ଏତେ ସବୁ ଫୁଲ ଫଳ ଆଉ ପ୍ରାକୃତିକ ସୌନ୍ଦର୍ଯ୍ୟ ନେଇ ଆସୁଥିବାରୁ ବସନ୍ତ ରତୁକୁ ରତୁରାଜ ବୋଲି କୁହନ୍ତି ।”

    – “ହଁ, ବଢ଼ିଆ ଜାଗାଟେ ଖୋଜି ପାଇଚ, ଆଉ ଠିକ୍ କଥା ବି କହିଲ,

ମାସଟା ଫାଲ୍ଗୁନ ଆଉ ରୁତୁଟା ବସନ୍ତ ଯେ, ଫୁଲରେ ମଣ୍ଡିହେଇ ଗଛଗୁଡ଼ାକ କି ସୁନ୍ଦର ଦିଶୁଛନ୍ତି !''

– ''ଚାଲ, ସେଇ ଆଗରେ ଯେଉଁ ଗଛଟା ଦିଶୁଚି, ତା ମୂଳରେ ଗୋଟେ ବଡ଼ ପଥର ଅଛି, ସେଠି କିଛି ସମୟ ରହି ପୁଣି ଫେରିଯିବା।''

ଦୁହେଁ ଏଥର କିଛି ପାଦ ଆଗେଇ ଯାଇ ପହଞ୍ଚିଯାଇଥିଲେ ସେ ଗଛଟି ମୂଳରେ। ସୁଗନ୍ଧା କିଛି କହିବାକୁ ଯାଉଥିଲେ ତାଙ୍କୁ ବାଧା ଦେଇ ସୌରଭ କହିଥିଲେ– ''କିଛି କୁହନି ସୁଗନ୍ଧା। ଏକଦମ୍ ଚୁପ୍ ହେଇ ମନଧ୍ୟାନ ଦେଇ କାନଦେରି ଶୁଣ। ଜୀବନ କେବଳ ମଣିଷମାନଙ୍କ ଭିତରେ ସୀମାବଦ୍ଧ ନୁହେଁ। ଗଛଲତା, ପଶୁପକ୍ଷୀ, କୀଟପତଙ୍ଗ ଆଦି ସବୁ ସଜୀବ ବସ୍ତୁରେ ଜୀବନ। ଏ ଜଙ୍ଗଲ ନିଜ ବକ୍ଷରେ ଧରି ରଖିଛି କେତେ ଯେ ଜୀବନ। ମୋତେ ତ ଲାଗେ ଏତେଗୁଡ଼େ ଜୀବନକୁ ଧରି ରଖିଥିବା ଜଙ୍ଗଲର ନିଶ୍ଚୟ ଆମ୍ବା ବି ଥାଇପାରେ। ଜଙ୍ଗଲର ବି ଅଛି ଗୋଟେ ନିଜସ୍ୱ ସ୍ୱର। ଆଜି ତାକୁ ହିଁ ଅନୁଭବ କର।''

ଏବେ ଦୁହେଁ ଗଛର ଗଣ୍ଡିକୁ ଆଉଜି ଛିଡ଼ା ହେଇ ନିରବରେ କାନପାତିଲେ। ପବନର ଏକ ଧୀମା ସୁଅରେ କାନରେ ବାଜୁଥିଲା ବିଭିନ୍ନ ପକ୍ଷୀମାନଙ୍କର ରାବ ଓ ଗଛପତ୍ରଗୁଡ଼ିକର ସାଇଁ ସାଇଁ ଶବ୍ଦ।

ସୌରଭ ଓ ସୁଗନ୍ଧା, ଗୋଟିଏ ଶବ୍ଦ (ବାସ୍ନା) ର ଦୁଇଟି ପ୍ରତିରୂପ ଠିଆ ହେଇଥିଲେ ଦୁହେଁ ଦୁହିଁକୁ ଲଗାଲଗି ହେଇ ଖୁବ୍ ନିକଟରେ ପଲାଶ ଗଛଟିଏର ଗଣ୍ଡିକୁ ଆଉଜି। ସୁଗନ୍ଧାଙ୍କ ମୁହଁଟି ଢଳି ପଡ଼ିଥିଲା ସୌରଭଙ୍କ ଛାତି ଉପରକୁ ଆଉ ସୌରଭଙ୍କ ହାତ ଦୁଇଟି ଛନ୍ଦି ହେଇଯାଇଥିଲେ ସୁଗନ୍ଧାଙ୍କ ପିଠି ଉପରେ। ସୁଗନ୍ଧା ଶୁଣିପାରୁଥିଲେ ସୌରଭଙ୍କର ହୃଦୟର ସ୍ପନ୍ଦନ– ''ହେ ଭଗବାନ୍ ଯଦି ଏମିତି ଅବସ୍ଥାରେ ମୋ ପ୍ରାଣବାୟୁ ଉଡ଼ିଯାଏ, ତେବେ ମୁଁ ମୋକ୍ଷ ପଥର ଯାତ୍ରୀ ହେବି ନିଶ୍ଚୟ। କି ତୃପ୍ତିକର ଅନୁଭୂତି, ଗୋଟେ ପଟେ କାନରେ ମୋ ପ୍ରିୟ ମଣିଷଙ

ଜୀବନର ସ୍ପନ୍ଦନର ଧ୍ୱନି, ଅନ୍ୟପଟେ ପ୍ରକୃତି କୋଳରୁ ଭାସିଆସୁଥିବା ପକ୍ଷୀମାନଙ୍କର ବିବିଧ କଳରବ।"

ସମ୍ମୋହିତ ପ୍ରାୟ ସୁଗନ୍ଧା ସେଇ କିଛି ସମୟ ପାର୍ଥିବ ସଂସାରୁ ଦୂରେଇ ଯାଇ ସମ୍ପୂର୍ଣ୍ଣ ହଜିଯାଇଥିଲେ ଏକ ନୈସର୍ଗିକ ଜଗତରେ।

ଏମିତି କେତେ ସମୟ ସେମାନେ ଠିଆ ହେଇ ରହିଥାନ୍ତେ କେଜାଣି, କେତେଜଣ ପଥଚାରୀଙ୍କ ମୃଦୁ ବାର୍ତ୍ତାଳାପ ଓ ପାଦଚଲା ଶବ୍ଦରେ ଚମକିପଡ଼ି ଦୁହେଁ ପ୍ରକୃତିସ୍ଥ ହେଇଥିଲେ। ଏଥର ସୁଗନ୍ଧା ନିଜକୁ ସୌରଭଙ୍କର ବାହୁ ବନ୍ଧନରୁ ମୁକୁଳେଇ ନେଇଥିଲେ। ସେମାନଙ୍କ ଅନୁମାନ ଠିକ୍ ଥିଲା। ତିନିଜଣ ମହିଳା ଆଉ ଦୁଇଜଣ ପୁରୁଷ ଜଙ୍ଗଲ ଭିତରୁ କାଠ ହାଣି ମୁଣ୍ଟେଇ ଫେରୁଥିଲେ ସେ ବାଟରେ ଜାତୀୟ ରାଜପଥଆଡ଼କୁ। ସେମାନଙ୍କୁ ଦେଖି ସୁଗନ୍ଧା ଆଉ ସୌରଭ ଚୁପ୍ ହେଇ ଆଡ଼କରି ରହିଗଲେ। ସେମାନେ ଟିକେ ଆଗକୁ ବଢ଼ିଯାଆନ୍ତେ ସୁଗନ୍ଧା କହିଥିଲେ– "ଓହୋ ରକ୍ଷା, ଯଦି ସେମାନେ ଆମକୁ ଏମିତି ଦେଖିଥା'ନ୍ତେ...।"

– "ତା'ହେଲେ କ'ଣ ହେଇଥା'ନ୍ତା, ମୁଁ ମୋ ଧର୍ମପତ୍ନୀ ସହ ଠିଆ ହେଇଥିଲି। ହକ୍ ଅଗ୍ନିକୁ ସାକ୍ଷୀ ରଖି ବାହା ହେଇଚି।" – ଖୁବ୍ ଜୋର୍‍ରେ ହସ‍ଟେ ହସି କହିଥିଲେ ସୌରଭ।

ଏଥର ସୁଗନ୍ଧା ସୌରଭଙ୍କ ହାତକୁ ଭିଡ଼ିନେଇ ସେଇ ପଥରଟି ଉପରେ ବସାଇ ଦେଇ ତାଙ୍କ ପାଖକୁ ଲାଗି ନିଜେ ବସିପଡ଼ି କହିଲେ– "ଆଉ ଅଳ୍ପ ସମୟ ଏଠି ବସି ତା'ପରେ ଯିବା।"

– "ଭଲ କଥା, ଏଇ ପଥର ଉପରୁ ତୁମକୁ ଆଉ ଗୋଟେ କଥା ଦେଖାଇବି। ହେଇ ଦେଖ ଗଛଗୁଡ଼ିକ ସନ୍ଧି ଦେଇ ଦୂରକୁ ଚାହଁ, ଯେତେ ପର୍ଯ୍ୟନ୍ତ ଦୃଷ୍ଟି ଯାଉଚି ସେ ପର୍ଯ୍ୟନ୍ତ ଚାହଁ। ଦେଖ ସେଇଠି କେମିତି ଆକାଶ ପୃଥ୍ୱୀ ସହିତ

ମିଶିଚି । ସେଇଟା ହେଲା ଦିଗ୍‌ବଳୟ । ଜଙ୍ଗଲ ଭିତରେ ମାଲମାଲ ଗଛଗୁଡ଼ିକ ସନ୍ଧିରେ ଦିଗ୍‌ବଳୟଟା କେତେ ନିଆରା ଦିଶୁଚି ନା ! ”

– “ହଁ, ତୁମର ଏ ଦିଗ୍‌ବଳୟଟା ମୋତେ ସବୁବେଳେ ଛଳନାରେ ପୂର୍ଣ୍ଣ ଲାଗେ । ଦେଖ୍‌ନ, ଏଠି ବସି ଯେତେ ନିରେଖ୍‌ ଦେଖ୍‌ଲେ ବି ଲାଗେ ଯେମିତି ସତକୁ ସତ ଆକାଶ ମିଶିଚି ପୃଥ୍‌ବୀ ସହ । କିନ୍ତୁ ସେଠି ପହଞ୍ଚଗଲେ ଜଣାପଡ଼ିଯାଏ ଏସବୁ ଛଳନା, ମିଛ । ଆକାଶଟା ତା’ ଜାଗାରେ ସ୍ଥିର ଆଉ ପୃଥ୍‌ବୀଟା ଲମ୍ବି ଲମ୍ବି ଚାଲିଚି ଆଗକୁ ଆଗକୁ । ”

– “ତୁମ ଦୃଷ୍ଟିକୋଣଟାକୁ ଟିକେ ଟୁଇଷ୍ଟ କଲେ କେମିତି ହେବ ସୁଗନ୍ଧା– ମଣିଷର ଦୃଷ୍ଟି ଏକ ନିର୍ଦ୍ଦିଷ୍ଟ ଦୂରତାଯାଏ ପ୍ରସାରିତ ହେଇପାରେ । ତା’ପରେ ମଣିଷର ଦୃଷ୍ଟି ଆଉ ଦୃଶ୍ୟକୁ ଧରି ରଖି ପାରେନା । ସର୍ବାଧିକ ପ୍ରସାରିତ ହେଇ ମଣିଷର ଦୃଷ୍ଟି ଯେଉଁଠି ସରିଥାଏ ସେଇଠି ଥାଏ ଦିଗ୍‌ବଳୟ, ସମ୍ଭାବନାରେ ଭରପୂର, ନ ହେଲେ କ’ଣ ସେଠି ଆକାଶ ପୃଥ୍‌ବୀ ସହିତ ମିଶୁଥା’ନ୍ତା । ”

ଆଶ୍ଚର୍ଯ୍ୟରେ ଚାହିଁ ରହିଯାଇଥିଲେ ସୁଗନ୍ଧା, ସୌରଭଙ୍କ ମୁହଁକୁ । ସୌରଭ କହି ଚାଲିଥିଲେ– “ଜୀବନ ପ୍ରତି ଏତେ ବିମୁଖତା କାହିଁକି ? ସବୁବେଳେ ଜୀବନୋନ୍ମୁଖୀ ହେଇ ଜିଅଁ ସୁଗନ୍ଧା, ନ ହେଲେ ଖୁବ୍‌ ଶୀଘ୍ର ଅକାରଣେ ଥକିଯିବ, ହାରିଯିବ । ”

– “ତୁମର ଏମିତି କଥାସବୁ ଶୁଣିଲେ ମୋତେ ବଡ଼ ଦ୍ୱିଧା ଲାଗେ, ମୁଁ ଭାବେ ତୁମେ ବିଜ୍ଞାନର ଛାତ୍ର ନା ଦର୍ଶନଶାସ୍ତ୍ରର ଛାତ୍ର । ”

– “ହା... ହା... ହା... ତୁମେ ଭାବିପାର ମୁଁ ଦୁଇଟାଯାକର ଛାତ୍ର । ଏଥର ଉଠ, ନ ହେଲେ ସେମିନାରରେ ଠିକ୍‌ ସମୟରେ ପହଞ୍ଚପାରିବାନି । ”

ଏବେ ଦୁହେଁ ଆଗପଛ ହେଇ ସେଇ ପାଦଚଲା ବାଟରେ ଫେରିବାକୁ ଲାଗିଲେ ଜିପ୍‌ ଆଡ଼କୁ । ସୌରଭଙ୍କ କଥାଗୁଡ଼ିକ କିନ୍ତୁ ରହି ରହି ପ୍ରତିଧ୍ୱନି

ତୋଳୁଥିଲେ ସୁଗନ୍ଧାଙ୍କ ମନରେ- ସବୁବେଳେ ଜୀବନୋନ୍ମୁଖୀ ହେଇ ଜିଅଁ...। ତା'
ସହିତ ଭାସି ଆସିଥିଲା ବୋଉର କଥାପଦକ- "ସୌରଭ ପିଲାଟିଏ ନୁହେଁ ... ହୀରା
ଖଣ୍ଡେ।"

ପଲାଶଗଛଗୁଡ଼ିକୁ ଦେଖ୍ ସେ ଅଞ୍ଚଳରେ କାଟିଥିବା ସୌରଭଙ୍କ ସହିତ
କିଛି ଅନ୍ତରଙ୍ଗ ମୁହୂର୍ତ୍ତଗୁଡ଼ିକୁ ମନେପକାଇ ସୁଗନ୍ଧା ଚାଲିଯାଇଥିଲେ ଭିନ୍ନ ଏକ
ପୃଥିବୀକୁ। କାର୍‌ଟି କିନ୍ତୁ ଧାଇଁଥିଲା ଦ୍ରୁତ ଗତିରେ ବଲାଙ୍ଗୀର ଅଭିମୁଖେ। ଆଗରେ
ଗୋଟିଏ ହମ୍ପ୍‌କୁ ପାର ହେଲାବେଳକୁ ଧଡ଼୍ ଧଡ଼୍ ଶବ୍ଦରେ ସୁଗନ୍ଧା ଛିଟିକି
ଆସିଥିଲେ ଭାବନାର ସେ ପୃଥିବୀରୁ ପ୍ରକୃତ ପୃଥିବୀକୁ।

– "ଡ୍ରାଇଭର, ଆଉ କେତେ ସମୟ ଲାଗିବ ?"

– "ମ୍ୟାଡାମ୍, ପ୍ରାୟ ପହଞ୍ଚିଗଲେଣି, ପାଖାପାଖି ଅଧଘଣ୍ଟାରେ ବଜାର
ପାଖରେ ହେଇଯିବା।"

– "ବଜାରରୁ ମୋର କିଛି ଆବଶ୍ୟକ ଜିନିଷ କିଣିବାର ଅଛି। ତୁମେ
କାର୍‌ଟା ଗୋଟେ ଖୋଲା ଜାଗାରେ ରଖ୍‌ଦେବ। ମୁଁ କାମ ସାରି ଅଳ୍ପ ସମୟରେ
ଫେରି ଆସିବି, ତା'ପରେ ଡାକ୍ତରଖାନାକୁ ଯିବା।"

– "ଠିକ୍ ଅଛି ମ୍ୟାଡାମ୍।"

– "ୟା'ଭିତରେ ଏତେଗୁଡ଼େ ସମୟ ଗଡ଼ିଗଲାଣି, ଜଣାପଡ଼ିଲାନି
ଜମାରୁ। ଥରେ ଭାବନା ରାଇଜରେ ପଶିଗଲେ ମୋତେ ସମୟ ଜଣାପଡ଼େନି...
ଆଉ ନୁହେଁ। ଘରକୁ ନ ଫେରିବା ପର୍ଯ୍ୟନ୍ତ ଆଉ କେଉଁ ଭାବନା ରାଇଜର ଧାର
ଧରିବିନି"- ନିଜକୁ ନିଜେ ତାଗିଦା କରି ସ୍ଥିର ହେଇ ବସି ରହିଲେ ସୁଗନ୍ଧା।"

ଅଳ୍ପ ସମୟ ଭିତରେ ବଲାଙ୍ଗୀର ବଜାରରେ ପହଞ୍ଚିଯାଇଥିଲା କାର୍‌ଟି।
ସୁଗନ୍ଧା ବଜାରରେ ଓହ୍ଲାଇପଡ଼ି କାଞ୍ଚନ ଦେଇଥିବା ଚିଠାଟିକୁ ଦେଖ୍ ଗୋଟିକ ପରେ

ଗୋଟେ ଜିନିଷ କିଣି ଚାଲିଥିଲେ। ବେଶ୍ କିଛି ସମୟ ଭିତରେ ସୁଗନ୍ଧାଙ୍କର କିଣାକିଣି ପର୍ବ ସରିଯାଇଥିଲା। ଏଥର କାର୍ ପାଖକୁ ଫେରି ଆସିଲାବେଳେ ପାଦ ତାଙ୍କର ଆପେଣାଛାଏଁ ଷ୍ଟୁଡିଓଟିଏ ଆଗରେ ଅଟକି ଯାଇଥିଲା କିଛିକ୍ଷଣ ପାଇଁ। ଏଇଟି ସେଇ ଷ୍ଟୁଡିଓ, ଯେଉଁଠି ସିଏ ଆଉ ସୌରଭ ଅଙ୍କିତାକୁ ଧରି ଫଟୋ ଉଠାଇଥିଲେ। ଓଃ ସୌରଭ, ଜାତୀୟ ରାଜପଥ କଡ଼ର ସେ ପଳାଶଗଛଗୁଡ଼ା ଏବେ ବି ଅଛନ୍ତି, ବଲାଙ୍ଗୀର ବଜାରର ସେ ଷ୍ଟୁଡିଓଟି ଏବେ ବି ଅଛି..., ଖାଲି ଯାହା ତୁମେ ନାହଁ। ଦୀର୍ଘଶ୍ୱାସ ସହ ମନତଳର ବ୍ୟଥାକୁ ମନରେ ଚାପିଦେଇ ସୁଗନ୍ଧା ଆସି ବସିପଡ଼ିଥିଲେ କାର୍‌ରେ। ଦଶମିନିଟ୍ ଉପରାନ୍ତେ ସୁଗନ୍ଧା ଆସି ପହଞ୍ଚି ଯାଇଥିଲେ ବଲାଙ୍ଗୀର ଡାକ୍ତରଖାନାରେ।

ଡାକ୍ତରଖାନାଟିର ମୁଖ୍ୟ ଫାଟକଟିକୁ ତୋରଣ ଓ ବେଲୁନ୍‌ଦ୍ୱାରା ସଜାଯାଇଥିଲା। "ରୌପ୍ୟ ଜୟନ୍ତୀକୁ ସ୍ୱାଗତ" ଲେଖାଯାଇ ଗୋଟେ ବଡ଼ ବ୍ୟାନର ଲଗାଯାଇଥିଲା। ଏଇ ଫାଟକର ଦୁଇପଟେ ଗଦା ହେଇ ରହୁଥିବା ଅଳିଆ ଆବର୍ଜନାଗୁଡ଼ିକୁ ବି ସଫା କରାଯାଇ ଜାଗାଟିକୁ ଚିକ୍‌ଚିକ୍ କରାଯାଇଥିଲା। ଭାରି ଖୁସି ଲାଗୁଥିଲା ସୁଗନ୍ଧାଙ୍କୁ ଏ ଆୟୋଜନକୁ ଦେଖି। କେତେ ଗହଳଚହଳ, ଆଜି ରୋଗୀ, ରୋଗୀମାନଙ୍କର ଅଭିଭାବକ ଆଉ ଡାକ୍ତରଖାନାର କର୍ମଚାରୀମାନଙ୍କୁ ଛାଡ଼ିଦେଲେ ସାଧାରଣ ଲୋକଙ୍କ ଗହଲି ବେଶୀ। ଏ ଡାକ୍ତରଖାନାକୁ ବୋଧେ ଏଠିକା ବାସିନ୍ଦାମାନେ ଖୁବ୍ ଆଦରି ନେଇଛନ୍ତି, ନ ହେଲେ ଏତେ ଭିଡ଼ କାହିଁ କରିଥା'ନ୍ତେ।

କାର୍‌ଟି ଶିଶୁରୋଗ ବିଭାଗ ଆଗରେ ଅଟକି ଗଲାରୁ ଓହ୍ଲାଇ ପଡ଼ିଲେ ସୁଗନ୍ଧା। ତାଙ୍କୁ ଦେଖି ଫୁଲତୋଡ଼ା ସହ ସ୍ୱାଗତ କରିନେଲେ ସିଷ୍ଟର ଲୁସି ଓ ଅନ୍ୟମାନେ। ସୁଗନ୍ଧାଙ୍କୁ ନୂଆ ଡାକ୍ତର ଓ କର୍ମଚାରୀମାନଙ୍କ ସହ ପରିଚୟ ମଧ୍ୟ କରାଇଦେଲେ। ଏଥର ଆରମ୍ଭ ହେଇଥିଲା କାର୍ଯ୍ୟକ୍ରମ। ବେଶ୍ ଶୃଙ୍ଖଳିତ ଧାରାରେ

ଗୋଟିଏ ପରେ ଗୋଟିଏ କାର୍ଯ୍ୟକ୍ରମ ବଢ଼ିଯାଇ ଅପରାହ୍ନ ଚାରିଟା ବାଜି ଯାଇଥିଲା । ଏ ସମୟ ଭିତରେ ଅତିଥି ଅଭ୍ୟାଗତଙ୍କ ସମ୍ଭାଷଣ ଓ ମଧ୍ୟାହ୍ନଭୋଜନ ବି ସରିଯାଇ କାର୍ଯ୍ୟକ୍ରମ ତା'ର ଅନ୍ତିମ ଚରଣରେ ପହଞ୍ଚି ସମାପ୍ତ ହେଇଥିଲା । ସୁଗନ୍ଧା ଏବେ ଫେରି ଆସିବେ ପଥରକଟା ଗାଁକୁ । ଫେରିବା ପୂର୍ବରୁ ସିଷ୍ଟର ଲୁସିଙ୍କୁ ତାଙ୍କ ଅବସର ପରବର୍ତ୍ତୀ ସମୟ ପାଇଁ ଶୁଭକାମନା ଜଣାଇ କାର ଆଡ଼କୁ ମୁହାଁଉଥିବା ବେଳେ ସିଷ୍ଟର ଲୁସି ଅନୁରୋଧ କରିଥିଲେ- "ମ୍ୟାଡାମ୍ ମୋର ଗୋଟେ ଅନୁରୋଧ ଅଛି । ଏଇ ଶିଶୁ ବିଭାଗରୁ ଟିକେ ଆଗକୁ ଗଲେ ହତା ଭିତରେ ମୋ କ୍ୱାର୍ଟରଟି । ଆପଣ ଯଦି କିଛି ମନେ ନ କରି ମୋ ସହିତ ଆସନ୍ତେ, ତେବେ ମୁଁ ଅଙ୍କିତା ପାଇଁ ଗୋଟେ ଉପହାର ରଖିଛି ସେଇଟା ଦେଇ ଦିଅନ୍ତି । ଆଜି ଏତେ ସବୁ ବ୍ୟସ୍ତତା ଭିତରେ ସାଙ୍ଗରେ ଆଣିବାକୁ ଭୁଲିଗଲି । ଆପଣ ଯା'ପରେ ଆଗକୁ କେବେ ଆସିଲେ ବି ହୁଏତ ମୁଁ ସେତେବେଳେ ନ ଥିବି ।"

– "ହଉ କିଛି କଥା ନାହିଁ, ଚାଲନ୍ତୁ ଆପଣଙ୍କ ବସାଘରକୁ ।"

ଦୁହେଁ ଆଗପଛ ହେଇ ଆସି ପହଞ୍ଚି ଯାଇଥିଲେ ଶିଶୁ ବିଭାଗର ପିଣ୍ଢାରେ । ତାକୁ ଲାଗି ସ୍ତ୍ରୀରୋଗ ଓ ପ୍ରସୂତି ବିଭାଗ । ସେଇଟିକୁ ଡେଇଁ ଗଲେ ସିଷ୍ଟର ଲୁସିଙ୍କର ବଖୁରିଆ ବସାଘରଟି । ଶିଶୁ ବିଭାଗର ପିଣ୍ଢା ସରି ସରି ଆସିଲା ବେଳକୁ ଗୋଟେ ଚାପା କାନ୍ଦର ଶବ୍ଦ ପବନର ହାଲୁକା ଲହରରେ ଭାସି ଆସୁଥିଲା । ଆଗକୁ ପ୍ରସୂତି ବିଭାଗର ପିଣ୍ଢାରେ ପହଞ୍ଚିଲା ବେଳକୁ ସେ ଶବ୍ଦ ଧୀରେ ଧୀରେ ସ୍ପଷ୍ଟ ହେଇଯାଉଥାଏ । ସତେକି ଯେମିତି କିଏ ଗଲାଫଟାଇ କାନ୍ଦିବାକୁ ଚାହୁଁଛି ଅଥଚ ତା' ଠଣ୍ଟିକୁ ଆଉ କିଏ ଜଣେ ଚାପି ଧରିଚି । ସେଥିରେ ପୁଣି ମଝିରେ ମଝିରେ ଓ... ଓ,.. ସହ ହୁ.. ଉ.. ହୁଉ... ହୁଉ... ଶବ୍ଦ ମିଶି ସୃଷ୍ଟି ହେଉଥିଲା ଗୋଟେ ଅଶ୍ରୁତ ଛାତିଥରା ସ୍ୱର । ପ୍ରସୂତି ବିଭାଗ ପିଣ୍ଢାର ମଝିଆମଝି ଥିବା ଝରକା ଦେଇ ସୁଗନ୍ଧାଙ୍କ ଦୃଷ୍ଟି ଅଚିରେ ଚାଲିଯାଇଥିଲା ଭିତରକୁ । ଖଟ ଉପରେ ଯୁବତୀଟିଏ କି ସ୍ତ୍ରୀଲୋକଟିଏ

ଜଣାପଡ଼ୁ ନ ଥାଏ । ଖଟର ଦୁଇ ଲୁହାବାଡ଼କୁ ଦୁଇ ହାତରେ ମୁଠାଇ ଧରି ଏମିତି କାନ୍ଦୁଥିଲା ଓ ତା'ରି ମୁହଁରୁ ବାହାରି ଆସୁଥିଲା ସେ ପୀଡ଼ାଦାୟକ ସ୍ୱର । ମନକୁ ଭେଦି ଅନ୍ତରକୁ ଦୋହଲାଇ ଦେଉଛି । ଆସନ୍ନପ୍ରସବାର ଯନ୍ତ୍ରଣାର ଚିତ୍କାର ପରି ଏ ଲାଗୁନି । ଏ ଚିତ୍କାରରେ ଯନ୍ତ୍ରଣା ଓ କଷ୍ଟର ମାତ୍ରା କାହିଁ କେତେ ଗଭୀର । ଥରି ଉଠିଥିଲେ ସୁଗନ୍ଧା । ପାଦରୁ ମୁଣ୍ଡଯାଏ କେମିତି ଗୋଟେ ଭୟ ଖେଳିଗଲା ।

– "ସିଷ୍ଟର, କିଏ ଏ ସ୍ତ୍ରୀ ଲୋକଟି ? ତା'ର ପ୍ରସବ ସମୟ କ'ଣ ଖୁବ୍ ନିକଟରେ କି ?" ଅପ୍ରତ୍ୟାଶିତ ଭାବେ ପଚାରି ଦେଇଥିଲେ ସୁଗନ୍ଧା ।

– "ନାଇଁ ମ୍ୟାଡାମ୍ ଇଏ ଅବିବାହିତା ଝିଅଟିଏ । ଆଉ ଏ ମଧ୍ୟ ପ୍ରସବ ପୂର୍ବର ଯନ୍ତ୍ରଣା ନୁହେଁ ।"

– "ତେବେ... !"

– "ପାଖାପାଖି ଚବିଶ ବର୍ଷର ଝିଅଟିଏ । ଭୁବନେଶ୍ୱରରେ ଗୋଟେ ଘରୋଇ କମ୍ପାନୀରେ କାମ କରେ । ତିନିଦିନ ତଳେ ଟ୍ରେନ୍‌ରେ ଭୁବନେଶ୍ୱରରୁ ଆସି ପହଞ୍ଚିଥିଲା ବଲାଙ୍ଗୀର ଷ୍ଟେସନରେ । ଏଇ ସହରର ବାସିନ୍ଦା ଏମାନେ । ସେଦିନ କୌଣସି ଗୋଟେ କାରଣରୁ ଟ୍ରେନ୍‌ଟା ନିର୍ଦ୍ଧାରିତ ସମୟରୁ ଦୁଇ ତିନି ଘଣ୍ଟା ବିଳମ୍ବରେ ପହଞ୍ଚିଥିଲା । ଇଏ ଶୀଘ୍ର ଘରେ ପହଞ୍ଚିବ ବୋଲି ଟ୍ରେନ୍‌ରୁ ଓହ୍ଲାଇ ଅଟୋ ଷ୍ଟାଣ୍ଡକୁ ମୁଖ୍ୟ ରାସ୍ତାରେ ନ ଯାଇ ଗୋଟେ ପାଦଚଲା ଅଣଓସାରିଆ ରାସ୍ତା ଦେଇ ଆସୁଥିଲା । ରାସ୍ତାଟା ଟିକେ ଅନ୍ଧାରୁଆ ଆଉ ନିଛାଟିଆ ବି । ଲୋକ ଚଳାଚଳ ଅପେକ୍ଷାକୃତ କମ୍ ଥାଏ । ସେଇ ବାଟରେ ତିନିଜଣ ମଦୁଆ ଝିଅଟିକୁ ଜବରଦସ୍ତି ଟେକିନେଇ ତା'ର ଅପବ୍ୟବହାର କରିଛନ୍ତି ।

ରାତିଯାକ ଝିଅଟି ସେଇ ରାସ୍ତାକଡ଼ ଗୋଟେ ଗଛମୂଳରେ ଅଧା ଦରମଲା ଅବସ୍ଥାରେ ସୁକୁସୁକୁ ହେଇ ପଡ଼ିଥିଲା । ଭୋର ସକାଳୁ କେତେଜଣ ଦୟାଳୁ ଲୋକ

ତାକୁ ଆଣି ଡାକ୍ତରଖାନାରେ ଭର୍ତ୍ତି କରିବା ସହିତ ଥାନାରେ ଖବରଟି ଜଣାଇଥିଲେ । ବେଶ୍ ଶିକ୍ଷିତ ମଧ୍ୟବିତ୍ତ ପରିବାରର ଝିଅଟି ।

ଝିଅଟିର ଅବସ୍ଥା ଗୁରୁତର, ଭୁବନେଶ୍ୱରରୁ ଡାକ୍ତର ଆସୁଛନ୍ତି ଟ୍ରମା ସେଣ୍ଟରରୁ, ଆଜିକାଲି ଭିତରେ ପହଞ୍ଚିବେ । ସେ ଆଦୌ କଥା କହୁନି, କେବଳ କାନ୍ଦିବା ଓ ଯନ୍ତ୍ରଣାରେ ଚିକ୍କାର କରିବା ଛଡ଼ା । ତା' ବାପା ମା'ଙ୍କ ଅବସ୍ଥା ମଧ୍ୟ ଭାରି ଖରାପ । ଏକଦମ୍ ଭାଙ୍ଗିପଡ଼ିଛନ୍ତି ।"

ସିଷ୍ଟର ଲୁସିଙ୍କ କଥା ସରିଲା ବେଳକୁ ସେମାନେ ଆସି ଠିଆ ହେଇଥିଲେ ତାଙ୍କ ବସାଘର କବାଟ ଆଗରେ । ସିଷ୍ଟର ଲୁସି ଏବେ ଘର ଭିତରୁ ନାଲି ଛୋଟ ଡବାଟିଏ ଆଣି ତାକୁ ଖୋଲି ଦେଖାଇଲେ ସୁଗନ୍ଧାଙ୍କୁ । "ମ୍ୟାଡାମ୍ ଏଇ ଆମ ପ୍ରଦର୍ଶନୀ ପଡ଼ିଆରେ ଗତ ମାସରେ ବାଣିଜ୍ୟ ମେଳା ପଡ଼ିଥିଲା । ସେଇଠୁ କିଣିଛି ଏଇ କୁନି ମାର୍ବଲର ଗଣେଶଙ୍କ ମୂର୍ତ୍ତିଟି ଅର୍ଚ୍ଚିତା ପାଇଁ । କେମିତି ହେଇଛି କହିଲେ ?"

ଥରଥର ହାତରେ ମୂର୍ତ୍ତିଟିକୁ ଦୁଇ ପାପୁଲିରେ ତୋଲି ନେଇ ସୁଗନ୍ଧା କହିଥିଲେ– "ଖୁବ୍ ସୁନ୍ଦର, ଛୋଟିଆ ମୂର୍ତ୍ତିର କାମ କେତେ ନିଖୁଣ ହେଇଛି । ଅନେକ ଧନ୍ୟବାଦ ସିଷ୍ଟର । ମଝିରେ ମଝିରେ ଫୋନ୍ରେ କଥା ହେବା । ଏଥର ମୁଁ ଯାଏ, ଡେରି କରିଦେଲେ ଅନ୍ଧାର ହେଇଯିବ । ଜଙ୍ଗଲିଆ ରାସ୍ତା ।"

– "ନିଶ୍ଚୟ, ଅବସର ପରେ ଯଥେଷ୍ଟ ସମୟ ମିଳିବ, ସେତେବେଳେ ଆପଣଙ୍କୁ ଫୋନ୍ କରି ବୋର୍ କରିବି" –ହସି ଦେଇ କହିଥିଲେ ସିଷ୍ଟର ଲୁସି ।

– "ଆସୁଛି ତେବେ... ।"

– "ଆଜ୍ଞା, ନମସ୍କାର... ।" ସିଷ୍ଟର ଲୁସି ସୁଗନ୍ଧାଙ୍କୁ କାର୍ ପର୍ଯ୍ୟନ୍ତ ବାଟେଇ ଦେଇଥିଲେ ।

ଯେତେଶୀଘ୍ର ସମ୍ଭବ ସୁଗନ୍ଧା ଚାଲି ଆସି ବସିଯାଇଥିଲେ କାର୍‌ରେ । ଏଥର କାର୍‌ ଚାଲିଲା ଫେରିବା ରାସ୍ତାରେ । ସ୍ତବ୍ଧ ପରି ବସିଥିଲେ ସୁଗନ୍ଧା । ସତେକି ନିର୍ଜୀବ । କେମିତି ଯାଇ ଘରେ ପହଞ୍ଚିବେ ମନ ତାଙ୍କର ବ୍ୟାକୁଳ ହେଉଥାଏ । ଏ ସୃଷ୍ଟିକୁ ଘୃଣା କରିବେ ନା ତା'ର ଏ ଅବାଞ୍ଛିତ, ଘୃଣ୍ୟ କଥାଗୁଡ଼ିକୁ ଅଣଦେଖା କରି ବଞ୍ଚିବାକୁ ଚେଷ୍ଟା କରିବେ । ସେଇଆ କରିବାକୁ ହେବ, ଏ ଘଟଣାକୁ ମନରୁ ପୋଛି ନ ଦେଲେ ଶାନ୍ତିରେ ନିଃଶ୍ୱାସ ନେଇ ହେବନି ।

ନିଜ ସହ ନିଜେ ଏମିତି ଯୁଦ୍ଧ କରୁକରୁ ସେ ଫେରନ୍ତା ସମୟତକ କେତେବେଲେ କଟିଯାଇ ଥିଲା ଜାଣିପାରି ନ ଥିଲେ ସୁଗନ୍ଧା । ସନ୍ଧ୍ୟା ସାତଟା ପୂର୍ବରୁ ସେ ଆସି ପହଞ୍ଚ ଯାଇଥିଲେ ଆଚାର୍ଯ୍ୟ ଭବନରେ ।

ମୁଖ୍ୟ ଲୁହା ଫାଟକଟିକୁ ଖୋଲି ଦେଉ ଦେଉ ଦୌଡ଼ି ଆସିଥିଲେ ତିନିହେଁ– ପହଲା, କାଞ୍ଚନ ଆଉ ଅଙ୍କିତା । ପହଲା ତାଙ୍କ ହାତରୁ ଜିନିଷଭର୍ତ୍ତି ବ୍ୟାଗ୍‌ତକ ନେଇଯାଇଥିଲା, ଅଙ୍କିତା ଓହଲି ପଡ଼ିଥିଲା ଗୋଟେପଟ କାନ୍ଧରେ । କାଞ୍ଚନ କହି ଚାଲିଥିଲା– "ମା' ଅଙ୍କୁ ଦେଇ ଆଜି କିଛି ଅଟ୍‌କଟ କରି ନାହାନ୍ତି । ଜାଣିଚ, ଆଜି ମୁଁ ଭାତ, ଡାଲି, ତରକାରି ସବୁ ଦି'ପ୍ରହର ଖାଇବାରେ ବାଢ଼ିଦେଲି ଯେ ସେ ନିଜେ ଖାଇଲେ, ଗୋଟେ ବି ଭାତ ତଲେ ପଡ଼ିନି...।" ଏମିତି ଏମିତି ଆହୁରି ଅନେକ କଥା ।

ଏ ତିନୋଟି ମଣିଷ ତାଙ୍କୁ ଏମିତି ପାଛୋଟି ନେଇଥିଲେ ଯେ, ଯେମିତି ବର୍ଷଟେ ପରେ ସେ ଫେରିଛନ୍ତି ।

ସନ୍ଧ୍ୟା ଗଡ଼ିଯାଉଥାଏ । ତରତର ହେଇ କାଞ୍ଚନ ତୁଲସୀ ଚଉଁରାମୂଲେ ସଞ୍ଜବତି ଜାଲିଲା । ସୁଗନ୍ଧା ଧୁଆଧୋଇ ହେଇ ଲୁଗା ବଦଲାଇଲେ । ତା'ପରେ ଆରମ୍ଭ ହେଲା କିଣା ହେଇ ଆସିଥିବା ନୂଆ ଜିନିଷ ସବୁକୁ ଖୋଲିକି ଦେଖିବା ।

କାଞ୍ଚନ, ପ୍ୟାଣ୍ଟ ଶାର୍ଟ କାଢ଼ି ପହଲା ହାତକୁ ବଢ଼ାଇ ଦେଇ ନିଜ ଶାଢ଼ି ଓ ସୁଗନ୍ଧାଙ୍କ ଶାଢ଼ିକୁ ପ୍ରଶଂସା କରିବାରେ ଲାଗିଥାଏ। ଅଙ୍କିତା ସାଲଓ୍ବାର କମିଜର ଓଢ଼ଣିକୁ ବେକରେ ପକାଇ ଖୁସିରେ ଥେଇ ଥେଇ ହେଇ ପାଦ ଥାପୁଥାଏ।

ଏସବୁ ଭିତରେ କିନ୍ତୁ ସୁଗନ୍ଧା ଥିଲେ ଅନ୍ୟମନସ୍କ। ପ୍ରସୂତି ବିଭାଗର ଝରକା ବାଟେ ସେ ଦେଖିଥିଲେ ଝିଅଟିର ମୁହଁର ଝଲକ ଟିକିଏ ମାତ୍ର। ତଥାପି ସେ ମୁହଁଟି ବାରମ୍ବାର ତାଙ୍କ ଭାବନାରେ ଦୃଶ୍ୟମାନ ହେଇ ଉଠୁଥାଏ, ଆଉ ତା' ସହିତ ସେ ସ୍ୱର...। ସେ ସ୍ୱର ତ ଲାଗୁଥାଏ ଯେମିତି ତାଙ୍କରି ଆଖପାଖରେ ଏଇଠି କୋଉଠି ରହିଛି, ଆଉ କିଛି କିଛି ଅନ୍ତରାଲରେ ଆପଣାଛାଏଁ ଭାସି ଆସୁଛି ତାଙ୍କ କାନକୁ।

ରାତି ନଅଟା। ଅଙ୍କିତା ଆଉ ପହଲା ଟିଭି ଆଗରେ ବସିଯାଇଥିଲେ ଦୂରଦର୍ଶନରେ ଶକ୍ତିମାନ ଧାରାବାହିକ ଦେଖିବାକୁ। କାଞ୍ଚନ ରାତି ଖାଇବା ବଢ଼ାବଢ଼ି କରିବାରେ ବ୍ୟସ୍ତଥାଏ। ଠିକ୍ ଧାରାବାହିକ ସରି ଆସିଲା ବେଳକୁ କାଞ୍ଚନ ବାଢ଼ି ଦେଲା ଖାଇବା। ଅଙ୍କିତା ପାଇଁ ରୁଟି ଛିଣ୍ଡାଇ ଥାଲିର ଗୋଟେ କଡ଼ରେ ରଖିଥାଏ, ତା' ସହିତ ଛୋଟ ଗିନାଟିଏରେ ଡାଲମା ଓ ସିଝା କ୍ଷୀର କପେ। ସୁଗନ୍ଧାଙ୍କ ଥାଲିରେ ରୁଟି, ଡାଲମା ଆଉ ସାଲାଡ୍। ପହଲା ରୋଷେଇ ଘରୁ ତା'ର ଆଉ କାଞ୍ଚନର ଖାଇବା ବାଢ଼ି ନେଇଥିଲା ତାଙ୍କ ଶୋଇବା ଘରକୁ। ସେଇଠି ସେମାନେ ଖାଇବେ।

– "କାଞ୍ଚନ, ମୋତେ ପଟେ ରୁଟିରେ ଚିନିଟିକେ ଗୁଡ଼େଇକି ଦେ, କାହିଁକି ଖାଇବାକୁ ଜମା ଇଚ୍ଛା ହେଉନି।" – କହିଥିଲେ ସୁଗନ୍ଧା।

ବିନା ବାକ୍ୟ ବିନିମୟରେ କାଞ୍ଚନ ଥାଲିଟିକୁ ଉଠାଇ ନେଇ ରୁଟିଟିଏରେ ଚିନି ଟିକେ ଗୁଡ଼ାଇ ଦେଇ ଆଣି ଦେଇଥିଲା।

ବାସ୍, କିଛି ସମୟ ଭିତରେ ଖାଇବା ପିଇବା ପର୍ବ ସରିଯିବା ପରେ କାଞ୍ଚନ ଆସି ଅଙ୍ଠା ଗୋଟେଇ ନେଇ ରୋଷେଇ ଘର ସଫାସଫି କରି ଶୋଇବାକୁ

ଚାଲିଗଲା । ପହିଲା ବାହାରର ମୁଖ୍ୟ ଲୁହା ଫାଟକଟିରେ ତାଲା ପକାଇ ଦେଇ ତା'
କାମ ବି ସାରି ଦେଇଥିଲା । ସୁଗନ୍ଧା, ଅଙ୍କିତା ଦୁହେଁ ସେମାନଙ୍କ ଶୋଇବା ଘରର
ଖଟଟି ଉପରେ ଗଡ଼ି ପଡ଼ିଥିଲେ ।

ଅଙ୍କିତାର କୁଞ୍ଚୁକୁଞ୍ଚିଆ ଗହଳିଆ ଚୁଟିରେ ଆଙ୍ଗୁଠି ବୁଲାଇ ଦେଇ ତାକୁ
ଟିକେ ଗେହ୍ଲା କରି ଦେବାରୁ ସେ କୋଳରେ ତକିଆଟିଏ ଜାକି ଶୋଇଗଲା । ସୁଗନ୍ଧା
ନିଜେ ଶୋଇବା ପାଇଁ କଡ଼ ଲେଉଟାଇଲେ, ଆଖି ବୁଜିଲେ, କାନରେ ବାଜିଲା
ସେଇ ସ୍ୱର... ବେଦନା, ଯନ୍ତ୍ରଣାସିକ୍ତ ସେଇ ସ୍ୱର । ସେ ଏଥର ଅଙ୍କିତା ଆଡ଼କୁ
ଘୁଞ୍ଚିଯାଇ ତାକୁ ନିଜ ଆଡ଼କୁ ଜାକି ଆଣିଲେ । ରହି ରହି ସେ ଝିଅଟିର ମୁହଁ ଝଲସି
ଉଠୁଥାଏ ମନରେ । ସତେକି ସେ ସ୍ୱର ଆଉ ସେ ଚେହେରା ତାଙ୍କୁ ଅନୁଧାବନ କରି
ଆସି ପହଞ୍ଚ ଯାଇଛନ୍ତି ଏଠି ।

ହଠାତ୍ ଚମକି ପଡ଼ିଲେ ସୁଗନ୍ଧା- "ଯଦି ଜଣେ ଶିକ୍ଷିତା ଶାରୀରିକ ଓ
ମାନସିକ ସ୍ତରରେ ସୁସ୍ଥ ଝିଅଟିଏ ସହିତ ଏ ପ୍ରକାର ଦୁର୍ଘଟଣା ଘଟିପାରୁଛି ତେବେ
ଅଙ୍କିତା ପରି ଝିଅମାନେ... ସେମାନଙ୍କର ଅବସ୍ଥା... ସେମାନେ କେତେଦୂର
ସୁରକ୍ଷିତ !

ନା... ନା... ସେମିତି ନୁହେଁ । ଅଙ୍କିତା ସହ ଏମିତି କିଛି ହେବନି... ହେ
ଭଗବାନ୍, ହେ ମା' ତାରା, ମୁଁ କ'ଣ ସବୁ ଭାବିଯାଉଛି ! କେମିତି ଏ ଦୁର୍ଭାବନାରୁ
ନିଜକୁ ମୁକ୍ତ କରିବି... କେମିତି ?"

ଏ ଭାବନାଟି ଧୀରେ ଧୀରେ ଜମାଟ ବାନ୍ଧି ଶକ୍ତ ଖୋଲପାଟେ ପରି ଜାବୁଡ଼ି
ଧରିଲା ସୁଗନ୍ଧାଙ୍କ ଅନ୍ତରାତ୍ମାକୁ । ଖୋଲପା ଭିତର କୀଟ ପରି ପ୍ରତିକ୍ଷଣ ଦଂଶିଯାଇ
ଶତ ବିଦୀର୍ଣ୍ଣ କରୁଥିଲା ତାଙ୍କ ଚିନ୍ତା, ଭାବନା ଓ ଚେତନାକୁ ।

***

ଷଷ୍ଠ ପରିଚ୍ଛେଦ

ଚମ୍ପାଗଛର ଡାଳରୁ କେଉଁ ଗୋଟେ ଚଢ଼େଇର ଟୁରୁଙ୍ଗ... ଟୁରୁଙ୍ଗ... ଟୁରୁଙ୍ଗ... ରାବ ସହ ବାଇ ଚଢ଼େଇମାନଙ୍କର କିଚିରିମିଚିରି ଶବ୍ଦ ଭାସି ଆସୁଥିଲା ବନ୍ଦ ଝରକା ଫାଙ୍କ ଦେଇ ସୁଗନ୍ଧାଙ୍କ ଶୋଇବା କୋଠରି ଭିତରକୁ। ଗନ୍ଧମାର୍ଦ୍ଦନ ପାଦଦେଶର ଜଙ୍ଗଲରୁ କୁମ୍ଭାଟୁଆର ଡାକ ମଧ୍ୟ ବାଜିଲା ସୁଗନ୍ଧାଙ୍କ କାନରେ। ରାତିଟିକୁ ବିନିଦ୍ର କାଟିଥିବା ସୁଗନ୍ଧା ଅନୁମାନ କରୁଥିଲେ ଧୀରେ ଧୀରେ ରାତି ପାହିଯାଇ ଭୋର୍ ସକାଳ ହେଇ ଆସିବାର।

କିଏ ସେ ଥାପିଚି ଏ ପୃଥିବୀକୁ ତା' ଅକ୍ଷ ଆଉ କକ୍ଷ ପଥରେ। କିଏ ସେ ଦେଇଚି ତାକୁ ଏ ଗତି। ସେ ଘୁରୁଚି, ଆଉ ଘୁରୁଚି। ଅବିଶ୍ରାନ୍ତ, ଅବିରତ ଏ ଘୂର୍ଣ୍ଣନ। ଏତେ ସନ୍ତୁଳନ ତା'ର ଏ ଘୂର୍ଣ୍ଣନରେ ଯେ ରାତି ପରେ ଦିନ ଆଉ ଦିନ ପରେ ରାତି ଆସିବ ହିଁ ଆସିବ। ଋତୁଚକ୍ରରେ ଗୋଟିଏ ପରେ ଗୋଟିଏ ଋତୁ ବଦଳିବ। ସେ ଥକୁନି କି ହାରୁନି। ଶତ ସନ୍ତାପ ସତ୍ତ୍ୱେ, ମନରେ ଶତ ବିଦ୍ରୋହ ସତ୍ତ୍ୱେ ସୁଗନ୍ଧାଙ୍କୁ ବି ଉଠିବାକୁ ପଡ଼ିବ। ଏ ସଂସାରରେ ସଂସାରୀ ହେଇ ନିଜକୁ ହଜେଇ ଦେବାକୁ ହେବ। ସାଂସାରିକ ଧର୍ମ ପାଳନ ଦ୍ୱାରା ତ ପରିପୁଷ୍ଟ ହେଉଚନ୍ତି ଜୀବନମାନେ, ଜନ୍ମ ନେଉଛନ୍ତି ନୂଆ ଜୀବନ। ଭଲ ହେଉ ବା ମନ୍ଦ ଏଥିରୁ ବା ନିସ୍ତାର କାଇଁ।

ନିସ୍ତେଜ ମନ, ଦୁର୍ବଳ ଶରୀର ନେଇ ସକାଳ ଆରମ୍ଭ ହେଇଥିଲା ସୁଗନ୍ଧାଙ୍କର। ନିତ୍ୟକର୍ମ ଓ ଗାଧୁଆପାଧୁଆ ସାରି ସୁଗନ୍ଧା ଠାକୁର ଘରେ ପୂଜା

କରିବାକୁ ବସିଯାଇଥିଲେ । ଫୁଲ ଚାଙ୍ଗୁଡ଼ିରେ ଟଗର, ଦରାଟ, ଗେଣ୍ଡୁ, ଅପରାଜିତା, କନିଅର ଏମିତି ଜାତି ଜାତିକା ଫୁଲ ଆଉ ବେଲପତ୍ର କେତୋଟି ତୋଳି ରଖି ଦେଇଥିଲା ପହିଲା । ସୁଗନ୍ଧା ଠାକୁରଙ୍କୁ ଜୁହାର ହେଇ ଫଟୋମାନଙ୍କରୁ ବାସିଫୁଲ ଗୋଟିଏ ଗୋଟିଏ କାଢ଼ିବାକୁ ଲାଗିଗଲେ । ଚନ୍ଦନ ଘୋରି ରଖିଲେ । ଆଜି କାହିଁକି ତାଙ୍କର ମନ ହେଉ ନ ଥିଲା କୌଣସି ଠାକୁରଙ୍କ ମୁହଁକୁ ଚାହିଁବାକୁ କି ତାଙ୍କ ପାଟିରୁ ସ୍ୱତଃପୂର୍ଣ୍ଣ– 'ତ୍ୱମେବ ମାତାଶ୍ଚ ପିତା ତ୍ୱମେବ...' ଶ୍ଳୋକ ସବୁ ବାହାରି ଆସୁ ନ ଥିଲେ । ଯନ୍ତ୍ରଚାଳିତ ପରି ପୂଜା କର୍ମଗୁଡ଼ିକୁ କରୁଥିବା ବେଳେ ହଠାତ୍ ସୁଗନ୍ଧା ଉଠି ଆସିଥିଲେ ପୂଜା ଘରୁ, ଆଉ ଗୋଟେ ବୀତସ୍ପୃହ ଭାବ ନେଇ କାଞ୍ଚନକୁ କହିଥିଲେ– "କାଞ୍ଚନ, ତୁ ଆଜି ପୂଜା କରିଦେ, ମୋର କାହିଁକି ଇଚ୍ଛା ହେଉନି ପୂଜା କରିବାକୁ ।"

– "ଆଜିୟାଏ ଏମିତି କେବେ ହେଇନି, ମା' ଠାକୁର ପୂଜା ନ କରି ଉଠିଗଲେ" ମନେମନେ ଭାବିଥିଲା କାଞ୍ଚନ । କିଛି ପ୍ରତ୍ୟୁଉର ନ ଦେଇ ଚୁପ୍ ରହିଥିଲା ।

ୟା' ଭିତରେ ଅଙ୍କିତା ଉଠିପଡ଼ିଥାଏ । ସୁଗନ୍ଧା ଚାଲିଗଲେ ତାକୁ ତା' ନିତ୍ୟକର୍ମରେ ସାହାଯ୍ୟ କରିବାକୁ । ଅବଶ୍ୟ ଆଗ ଅପେକ୍ଷା ଅନେକ କିଛି ଶିଖିଗଲାଣି ଅଙ୍କିତା । ଗାଧୁଆ ଘରେ ପଶି ସାବୁନ ଆଦି ସଜାଡ଼ିକି ରଖିଦେଲେ ନିଜେ ତା' କାମ ସାରି ଆସିପାରୁଛି, ଯଦିଓ ଅପେକ୍ଷାକୃତ ଧୀର ତା' କାମ । ଗାଧୁଆ ଘରେ ପଶିଗଲା ମାତ୍ରେ ଅଙ୍କିତା ଆଗ ପାଣିଭର୍ତ୍ତି ବାଲ୍ଟିରେ ଚାପୁରୁ ଚାପୁରୁ କରି ଅଧଘଣ୍ଟା ଖେଳିବ । ବାହାରୁ ସୁଗନ୍ଧା ଦୁଇ ଚାରି ଥର ପାଟି କଲେ ଯାଇ ବନ୍ଦ ହୁଏ ଅଙ୍କିତା ।

ପହିଲା ଗାଁ ହାଟରୁ ପନପରିବା କିଛି, ଆଉ ବଗିଚାରେ ଲଗାଇବାକୁ ଫୁଲ ଚାରା କିଛି କିଣି ଆଣିଥିଲା । ପରିବାଗୁଡ଼ିକୁ ବାଛି ସଜାଡ଼ି ରଖୁଥିଲା ।

ସୁଗନ୍ଧାଙ୍କ ଡାକରେ ଅଙ୍କିତା ତା' କାମ ସାରି ଠାକୁର ଘରେ ଜୁହାର ହେଇ ଆସି ବସିଯାଇଥିଲା ସକାଳ ଜଳଖିଆ ଖାଇବା ପାଇଁ । କାଞ୍ଚନ ଠାକୁର ପୂଜା ସାରି ସମସ୍ତଙ୍କ ପାଇଁ ବାଢ଼ି ଦେଉଥିଲା ଉପମା ଆଉ ବୁଟଡାଲି ଚଟଣି ।

– "କାଞ୍ଚନ ମୋର କାଇଁ ଏସବୁ ଖାଇବାକୁ ମୋତେ ଇଚ୍ଛା ହେଉନି । ମୋତେ କାଲିର ବାସି ରୁଟିରେ ଚିନିଟିକେ ଗୁଡ଼େଇ ଆଣି ଦେ"– କହିଥିଲେ ସୁଗନ୍ଧା ।

ସୁଗନ୍ଧାଙ୍କର ଏ ଉଦାସ ଭାବ ଆଉ ପରିବର୍ତ୍ତିତ ଆଚରଣସବୁ ଦେଖି କାଞ୍ଚନ ମନେ ମନେ ଖୁବ୍ ବ୍ୟସ୍ତ ହେଉଥିଲେ ମଧ୍ୟ ମୁହଁ ଖୋଲି କିଛି ପଚାରି ପାରୁ ନ ଥାଏ ।

ଦ୍ୱିପ୍ରହର ଖାଇବା ବେଳେ ମଧ୍ୟ ଠିକ୍ ସେଇ ଭାବ । ଖାଲି ଭାତ ଦି' ଗୁଣ୍ଠା ଖାଇ ଉଠି ଯାଇଥିଲେ ସୁଗନ୍ଧା । ଅଙ୍କିତାକୁ ପଢ଼ାଇଲାବେଳେ ବି ପଢ଼ାଘରୁ ଅଧାରୁ ଉଠିଆସି କାଞ୍ଚନକୁ କହିଥିଲେ– "ଅଙ୍କିତାକୁ କେତେଗୁଡ଼େ ଅକ୍ଷର ଲେଖିବାକୁ ଦେଇ ଆସିଚି, ତୁ ଯାଇ ଦେଖ ଆସେ । ସେତକ ତା'ର ହେଇଗଲେ ତାକୁ ସୁତାରେ ମାଲି ଗୁନ୍ଥିବାକୁ ଦେବୁ । ସେଇଠି ଥାକରେ ଗୋଟେ ଗିନାରେ ଛୋଟ ବଡ଼ ହେଇ ଗୁଡ଼େ ମାଲି ଅଛି, ସେଇ ଗିନାଟା ଦେବୁ । ତୁ ତାକୁ ଜମାରୁ ଏଥିରେ ସାହାଯ୍ୟ କରିବୁନି, ସେ ନିଜେ କରିବ ସବୁ ।"

ଆଜି ପର୍ଯ୍ୟନ୍ତ କ୍ରମାନ୍ୱୟରେ ଶୃଙ୍ଖଳିତ ଭାବରେ ଆଚାର୍ଯ୍ୟ ଭବନରେ କଟୁଥିବା ଦୀନଚର୍ଯ୍ୟାରେ ସେଦିନ କିନ୍ତୁ ସବୁଥିରେ ଥିଲା ଅହେତୁକ ଭାବେ ବ୍ୟତିକ୍ରମ ।

ଅପରାହ୍ନ ଗଡ଼ିଯାଇ ସନ୍ଧ୍ୟା ଆଗତପ୍ରାୟ । ପିଣ୍ଡା ଉପରେ ବସିଥାନ୍ତି ସୁଗନ୍ଧା ଗୋଟେ ଶୂନ୍ୟ ଦୃଷ୍ଟିରେ ଆକାଶକୁ ଚାହିଁ । ଆଜି ଆକାଶରେ ଧଳା ଧଳା କେତେ ଖଣ୍ଡ ମେଘ ଇତସ୍ତତଃ ହେଇ ଭାସୁଚ୍ଛନ୍ତି । ଆକାଶର ରଙ୍ଗଟା ବି କେମିତି ପିଁକାଲିଆ ଦିଶୁଚି । ବଗିଚାରେ ପହଲା, ଅଙ୍କିତା ଆଉ କାଞ୍ଚନ ତିନିହେଁ ଆଜି ଚୋର ପୋଲିସ

ଖେଳ ଖେଳୁ ଖେଳୁ ସନ୍ଧ୍ୟା । କାଞ୍ଚନ ଚାଲିଗଲା ସନ୍ଧ୍ୟାବତି ଦେବାକୁ । ପହଲା ଗଲା ଘରର ଅନ୍ୟାନ୍ୟ କାମସବୁ ଆଗେଇ ନେବାକୁ ଆଉ ଅଙ୍କିତା ଚାଲିଗଲା ଧୁଆଧୋଇ ହେଇ ଠାକୁର ଘରେ ସନ୍ଧ୍ୟାବତି ପରେ ମୁଣ୍ଡିଆ ମାରିବାକୁ । ସୁଗନ୍ଧା ସେମିତି ବସିଥା'ନ୍ତି ଆକାଶକୁ ଚାହିଁ । ଆଜି ତାଙ୍କର ଅଙ୍କିତା ଆଡ଼କୁ କି ଆଖପାଖର ଦୁନିଆକୁ ଦୃଷ୍ଟି ନାହିଁ ।

ଆକାଶ ବକ୍ଷରେ ଭାସୁଥିବା ଧଳା ବାଦଲଟିଏ ପାଉଁଶିଆ ରଙ୍ଗ ଧରିବାକୁ ଲାଗିଥିଲା । ଧୀରେ ଧୀରେ ସେ ବାଦଲଟା କେମିତି ସୌରଭଙ୍କ ଚେହେରାର ରୂପନେଲା । ନିବିଷ୍ଟ ଚିଉରେ ଚାହିଁ ବସିଥିବା ସୁଗନ୍ଧା ହଠାତ୍ ନିଃଶବ୍ଦେ ଉଚ୍ଚାରିଲେ— "ସୌରଭ ତୁମେ, ତୁମର ସେ ଅତି ପସନ୍ଦିଆ ଚମ୍ପାରଙ୍ଗର ଶାର୍ଟ ପିନ୍ଧି ଆସିଛ ।"

ହସିଥିଲେ ସୌରଭ ସେଇ ମେଘ ରାଇଜରୁ, ଆକାଶ ବକ୍ଷରୁ । ଦିନେ ସୌରଭ ଚମ୍ପାରଙ୍ଗର ଶାର୍ଟ ସହିତ ଗୋଟେ ଗାଢ଼ ନୀଳ ରଙ୍ଗର ପ୍ୟାଣ୍ଟ ପିନ୍ଧି ସକାଳୁ ସକାଳୁ ଡାକ୍ତରଖାନା ବାହାରି ଗଲାବେଳେ ସୁଗନ୍ଧାଙ୍କ ଦୃଷ୍ଟିଟା ତାଙ୍କ ଉପରେ ପଡ଼ିଯାଇଥିଲା— "କି ମାନୁଚି ତୁମକୁ ଏ ରଙ୍ଗଟା, ଗାଢ଼ ନୀଳ ରଙ୍ଗର ପ୍ୟାଣ୍ଟ ସହିତ ତୁମେ କି ହ୍ୟାଣ୍ଡସମ୍ ଦିଶୁଚ !"

– "ଆଚ୍ଛା ।"

– "ଟିକେ ଶୁଣିଲ– "ଏମିତି ଗୋଟେ ବାହାନା କରି ସୌରଭଙ୍କୁ ଡାକି ନେଇ ଯାଇଥିଲେ ସୁଗନ୍ଧା ଶୋଇବା ଘର ଭିତରକୁ ।

ଶୋଇବା ଘରର ଗୋଟେ କୋଣକୁ ଭିଡ଼ି ନେଇ ଥୁ... ଥୁ...କରି ଛେପଟିକେ ପକାଇ ଦେଇଥିଲେ ସୌରଭଙ୍କ ଉପରକୁ ।

– "ଆରେ ଆରେ ଏ କ'ଣ କରୁଚ"– ରଡ଼ିଟେ ଛାଡ଼ି କହିଥିଲେ ସୌରଭ ।

– "ଓହୋ, ଏତେ ବଡ଼ ପାଟିରେ କହୁଚ, ବାହାରେ ସବୁ ଅଛନ୍ତି

ଶୁଣିନେବେ ।” ସୌରଭଙ୍କ ପାଟିକୁ ହାତରେ ଚାପି ଦେଇ ଆକଟ କରି କହିଥିଲେ ସୁଗନ୍ଧା, ଆଉ ତା’ ପରେ ପୁଣି ଯୋଡ଼ିଥିଲେ– “ତୁମେ ଆଜି ଏ ଚମ୍ପାଫୁଲ ରଙ୍ଗର ଶାର୍ଟ ଓ ଗାଢ଼ ନୀଳରଙ୍ଗ ପ୍ୟାଣ୍ଟରେ ଏଡ଼େ ସୁନ୍ଦର ଦିଶୁଚ ଯେ, କାଲେ କାହାର ଦୃଷ୍ଟି ପଡ଼ିଯିବ, ସେଥିପାଇଁ ଛେପଟିକେ ପକାଇ ଦେଲି, ତୁମ କପାଳରେ କଜଳଟିପା ତ ମାରି ପାରିବିନି ନା, ତେଣୁ... ।”

– “ଓହୋ, କଥାଟା ତାହେଲେ ଏମିତି । କିନ୍ତୁ ତୁମେ ଛେପ ପକାଇ ମୋତେ ଅଇଁଠା କରି ଦେଲ, ଏବେ ମୋ ପାଲି ।”

ସୌରଭଙ୍କ ହାତ ଦୁଇଟି ଅଚିରେ ଛନ୍ଦି ହେଇଯାଇ ଥିଲା ସୁଗନ୍ଧାଙ୍କ ଶାଢ଼ି ପିନ୍ଧା ଅଣ୍ଟା ଚାରିପଟେ, ନଇଁପଡ଼ି ଓଠଟି ଥାଙ୍କର ଆଙ୍କି ଦେଇଥିଲା ସୁଗନ୍ଧାଙ୍କ ଗ୍ରୀବାରେ ଦାମ୍ପତ୍ୟ ସ୍ନେହର ସ୍ମାରକୀଟିଏ ।

– “ମା... ମା... ଦୀପଟା ଗର୍ଭ ହେଇଗଲାଣି ”– ରଡ଼ିଟି ସହ ଘର ଭିତରୁ ଦୌଡ଼ି ଆସି କାଞ୍ଚନ ଚଉଁରାମୂଳରେ ସଞ୍ଜଦୀପଟିକୁ ଓଲଟାଇ ଦେଇଥିଲା ।

ଚମକି ପଡ଼ିଥିଲେ ସୁଗନ୍ଧା କାଞ୍ଚନର ପାଟିରେ । ସେ ମେଘ ରାଇଜରୁ ଛିଟିକି ଆସି ପଡ଼ିଥିଲେ ଭବ ରାଇଜରେ ।

– “ମା’, ତୁମରି ଆଗରେ ଦୀପଟା ଜଳି ଜଳି ଗର୍ଭ ହେଇଗଲା, ତୁମର କିନ୍ତୁ ସେଠିକି ନିଘା ନାହିଁ । ଅନ୍ୟ ଦିନ ହେଇଥିଲେ, ତୁମେ ନିଜେ ଉଠି ଯାଇ ସଲିତାଟିକୁ ତେଜି ଦେଇଥାନ୍ତ । ଦୀପ ଗର୍ଭ ହେଲେ ତୁମେ କେତେ ବିରକ୍ତ ହୁଅ, ମୋତେ ସବୁବେଳେ ତାଗିଦା କର– ‘କାଞ୍ଚନ ଦୀପ ସଲିତା ମଝିରେ ମଝିରେ ତେଜୁଥିବୁ, ଦୀପ ଗର୍ଭ ହେଲେ ଭଲ ନୁହେଁ । କିନ୍ତୁ ଆଜି ତୁମରି ଆଗରେ ଦୀପଟା ଜଳି ଗର୍ଭ ହେଇଗଲା, ଆଉ ତମେ ଆକାଶକୁ ଚାହିଁ ବସିଚ । କ’ଣ ହେଇଚି ମା’ ତୁମର । କାଲିଠୁ ବଲାଙ୍ଗୀର ଡାକ୍ତରଖାନାରୁ ଫେରିଲା ପରଠୁ ତୁମେ ଯେମିତି ସମ୍ପୂର୍ଣ୍ଣ ବଦଲି ଯାଇଚ । ଖୁଆପିଆ ବି ଠିକ୍ ସେ କରୁନ, ସବୁବେଳେ ଅନ୍ୟମନସ୍କର ଭାବ ।

ତୁମେ ତ ଏ ପରିବାରର ମେରୁଦଣ୍ଡ, ଆମକୁ ତୁମେ ହିଁ ତ ସଲଖ୍ ଧରିଚ, ତୁମେ ଯଦି ନଇଁ ଯିବ, ଆମ ବଳ ବି ଭାଙ୍ଗିଯିବ ।"

– "ପୁରୁଣା ଜାଗାରେ ପୁରୁଣା କଥାଗୁଡ଼ିଏ ଦେଖି ଆସିଲି, ସେଗୁଡ଼ିକ ବାରମ୍ବାର ମନେପଡ଼ି ଯାଉଚି, ସେଥିରୁ ଓହରି ଆସିବାକୁ ସମୟ ଲାଗୁଚି, ଆଉ ନ ହେଲେ କିଛି କଥା ନାହିଁ । ତୁ ବ୍ୟସ୍ତ ହଅନା, କାଲି ସକାଳକୁ ମୁଁ ପୁଣି ଆଗପରି ହେଇଯାଇଥିବି ।" – ସତ କଥାଟିକୁ ଲୁଚାଇ ରଖି କହିଥିଲେ ସୁଗନ୍ଧା ।

– "ମା' ତୁମ ଉଦାସ ମୁହଁ, ତୁମ ବିମୁଖତା ଭାରି କଷ୍ଟ ଦେଉଚି ମନରେ । ତମେ ତ ଆମର ମନୋବଳ ।"

– "ହଁ...ରେ କାଞ୍ଚନ, ଏ ପରିବାର ମୋର, ତୁମେମାନେ ବି ମୋର । ତୁମମାନଙ୍କୁ କେନ୍ଦ୍ର କରି ତ ଘୂରୁଚି ମୁଁ, ଠିକ୍ ପୃଥ୍ବୀ ପରି..." – ଆଉ ଅଧିକା କିଛି ନ କହି ସୁଗନ୍ଧା ଉଠି ଆସିଲେ ପିଣ୍ଢାରୁ ଘର ଭିତରକୁ । ଆସିଲାବେଲେ ବୁଲି ଚାହିଁ ଦେଲେ ସେ ମେଘ ଖଣ୍ଡ ଆଡ଼କୁ– ନା ସୌରଭ ଆଉ ସେଠି ନ ଥିଲେ । ଓଃ, ସୌରଭ, ତୁମ ସହ ଆହୁରି ଗପିବାକୁ ଇଚ୍ଛା ଥିଲା । କାଲି ବଲାଙ୍ଗୀର ଡାକ୍ତରଖାନାରେ ଦେଖି ଆସିଥିବା ଘଟଣାଟିଏ ମୋ ସମଗ୍ର ଅସ୍ତିତ୍ବକୁ ଯେମିତି ହଲାଇ ଦେଇଚି । ତୁମକୁ ଏସବୁ କହିବାକୁ ସୁଯୋଗ ପାଇଲିନି ।

ଏଇ ଅନୁଚ୍ଚାରିତ ଶବ୍ଦଗୁଡ଼ିକ ସୌରଭଙ୍କ ଉଦ୍ଦେଶ୍ୟରେ କହିଦେଇ, ସୁଗନ୍ଧା ନିଜକୁ ସହଜ କରିବା ପାଇଁ ଘର କାମରେ ଏଥର ମନ ଦେବାକୁ ଚେଷ୍ଟା କରିଥିଲେ ।

ସୁଗନ୍ଧାଙ୍କ କଥା କାଞ୍ଚନକୁ ସବୁ ଅବୋଧ ଲାଗିଥିଲେ ବି ସେ ଖୁସି ହେଇଥିଲା ଯେ, ସୁଗନ୍ଧା ପୁଣି ଥରେ ଆଗପରି ଘରକାମ କରିବା ଆରମ୍ଭ କରି ଦେଲେଣି ବୋଲି ।

ରାତି ହେଲା । ଶକ୍ତିମାନ ଧାରାବାହିକ ଦେଖା ବି ହେଲା । ତା'ପରେ ସମସ୍ତେ ରାତିଖାଇବା ଖାଇ ନେଇ ଶୋଇବାକୁ ଚାଲିଗଲେ ।

ଖଟ ଉପରେ ଅଙ୍କିତାର କୁଞ୍ଚୁକୁଞ୍ଚିଆ ବାଳ ଭିତରେ ଆଙ୍ଗୁଠି ବୁଲେଇ ନିଜେ ଆଖିବୁଜି ଶୋଇବାକୁ ଚେଷ୍ଟା କରୁଥିଲେ ସୁଗନ୍ଧା । ଅଙ୍କିତା ଗୁଣୁଗୁଣାଉଥିଲା ତା' ନିଜସ୍ୱ ଅଧାବୁଝା ଅଧା ଅବୁଝା ସ୍ୱରରେ- "ଶକ୍ତିମାନ୍… ଶକ୍ତି… ଶକ୍ତି… ଶକ୍ତିମାନ୍, ଅଭୁତ୍… ଅଦମ୍ୟ ସାହସ କି ପରିଭାଷା ହେ ଶ… ଶ… ଶ… ଶକ୍ତିମାନ୍ ।"

ଏମିତି ଗୁଣୁଗୁଣେଇ ଅଙ୍କିତା ଶୋଇପଡ଼ିଲା କିଛି ସମୟ ଭିତରେ । ସୁଗନ୍ଧା ତଥାପି ଚେଷ୍ଟା କରୁଥିଲେ ଟିକେ ଶାନ୍ତିରେ ଶୋଇ ପଡ଼ିବା ପାଇଁ ।

କିନ୍ତୁ ସେ ମର୍ମଭେଦୀ ସ୍ୱରଟା, ସେ କରୁଣ ମୁହଁଟା ମନରେ ପୁଣି ଶତ ଅନିଚ୍ଛା ସତ୍ତ୍ୱେ ଉକୁଟି ଉଠିଲା । ସତେକି ନିରନ୍ତର ତାଙ୍କୁ ଗୋଡ଼ଉଚି ସେ ସ୍ୱର ଆଉ ସେ ଚେହେରା । ବ୍ୟତିବ୍ୟସ୍ତ ହେଇ ଖଟରୁ ଉଠିପଡ଼ିଲେ ସୁଗନ୍ଧା ।

– "ନା… ଏ ଦୁର୍ଭାବନାକୁ ଯେମିତି ହେଲେ ମନରୁ ସମ୍ପୂର୍ଣ୍ଣ ପୋଛିବାକୁ ହେବ ।" ଶୋଇବା ଘର କବାଟ ଖୋଲି ବାହାରି ଆସିଲେ ବୈଠକଖାନାକୁ । ବୈଠକଖାନାରେ କାଞ୍ଚନ ବିଜୁଲିବତି ଜାଲି ସଉପଟିଏ ଉପରେ ବସି କ'ଣ ଗୋଟେ ଛୁଞ୍ଚିସୁତା ଧରି ସିଲେଇ କରୁଥାଏ ।

– "କାଞ୍ଚନ, ଏତେ ରାତିରେ କ'ଣ ସିଲେଇ କରୁଛୁ । ପୁଣି ରାତିରେ ଛୁଞ୍ଚିସୂତା ଧରି ।"

– "ତୁମରି ପୁରୁଣା ଲୁଗା କେଇଖଣ୍ଡରେ କନ୍ଥାଟିଏ ସିଲେଇ କରିବା ଆରମ୍ଭ କରିଥିଲି ଗତ ବୁଧବାର ଦିନ । ସରି ଆସିଲାଣି, ଆଉ ଟିକେ ବାକିଥିଲା । ଆଜି ଦ୍ୱିପ୍ରହରେ ଘଣ୍ଟାଏ ଶୋଇ ପଡ଼ିଥିଲି ଯେ, ଏବେ ଆଉ ସାଙ୍ଗେ ସାଙ୍ଗେ ନିଦ ହେଲାନି । କେତେ ଆଉ ଶୋଇରେ ଏକଡ଼ ସେକଡ଼ ହେଇଥାନ୍ତି, ଉଠି ଆସି ବାକି ତକ ସାରୁଚି । ଆଉ ରାତି କ'ଣ ମା' ଏ ବିଜୁଲି ଆଲୁଅରେ ରାତି ତ ଦିନପରି ଫରଚା ଦିଶୁଚି । ବାହାରଟାରେ ବି ଆଜି ଭାରି ଆଲୁଅ । ଦେଖନ୍ତୁ ବାହାରକୁ ଝରକା

ଦେଇ, ବାହାରେ ପୂର୍ଣ୍ଣମୀ ଜହ୍ନର ଆଲୁଅରେ କେମିତି ଚାରିଆଡ଼ ପରିଷ୍କାର ଦିଶୁଚି ।"

ଝରକା ଦେଇ ବାହାରକୁ ଚାହିଁ ଦେଖିଲେ ସୁଗନ୍ଧା । ଭାଦ୍ର ପୂର୍ଣ୍ଣମୀର ପୂରତା ଜହ୍ନ, ନିର୍ମେଘ ଆକାଶ ବକ୍ଷରୁ ଅଜାଡ଼ି ଦେଉଚି ରାଶି ରାଶି ନୀଳ ଜ୍ୟୋତ୍ସ୍ନାର ରେଣୁ । ମନ ତାଙ୍କର ଚହଟି ଉଠିଲା, ଭାବିଲେ ବାହାରୁ ଟିକେ ବୁଲି ଆସିଲେ ହୁଏତ ମନର ଅଶାନ୍ତିକୁ କିଛିଟା ଲାଘବ କରିପାରିବେ ।

– "କାଞ୍ଚନ ମୁଁ ଟିକେ ବାହାରୁ ବୁଲି ଆସୁଚି, ମାନେ... ମନ୍ଦିର ବେଢ଼ାରେ କିଛି ସମୟ ବସି ଆସିବି । ଏତେ ସୁନ୍ଦର ପୂର୍ଣ୍ଣମୀ ଜହ୍ନ, ଭାରି ଇଚ୍ଛା ହେଉଚି ଟିକେ ତା' ଆଲୁଅରେ ବୁଲି ଆସିବାକୁ, କ'ଣ କହୁଚୁ ?"

– "ମା' ଏତେ ରାତିରେ, ଏଗାରଟା ବାଜିବ ବାଜିବ ହେଉଚି । ଏ ତ ଗାଁ ପରିବେଶ ମା' । ଚାରିଆଡ଼ ଶୂନ୍ଶାନ୍, ଝିଙ୍କାରିମାନଙ୍କ ଡାକ ଶୁଭୁଚି ଜଙ୍ଗଲ ଆଡୁ । ସହର କଥା ନୁହେଁ ଯେ, ଗାଡ଼ିମୋଟର ଲୋକବାକ ହାଉଯାଉ ।"

– "ତୁ ବ୍ୟସ୍ତ ହଅନା, ତୋର କନ୍ଥା ସିଲେଇ ସରିନଥିବ, ମୁଁ ଆସି ପହଞ୍ଚିବି । ଅଙ୍କିତା ଶୋଇଚି । ଶୋଇବା ଘର କବାଟଟା ଖୋଲା ରଖିଦେଇଚି, ତୁ ଖାଲି ମଝିରେ ମଝିରେ ସେ ଆଡ଼କୁ ଚାହିଁ ଦେଉଥିବୁ ।"

ସୁଗନ୍ଧା ଏଥର ବାହାର ମୁଖ୍ୟ ଲୁହା ଫାଟକର ଚାବିଟା ଧରି ଦୁଆର କବାଟ ଖୋଲି ବାହାରି ଗଲାବେଲକୁ କାଞ୍ଚନ ଦୌଡ଼ିଯାଇ ତାଙ୍କ ହାତକୁ ଟର୍ଚଟିଏ ବଢ଼ାଇ ଦେଇ କହିଥିଲା– "ହାତରେ ଧରି ଥାଅ, କାଳେ କେଉଁଠି ବେଶୀ ଅନ୍ଧାର ଥବ କାମରେ ଆସିବ ।"

କାଞ୍ଚନଟା ସବୁବେଲେ ଏମିତି । ଭାରି ଚିନ୍ତା ତା'ର ସୁଗନ୍ଧାଙ୍କ ପାଇଁ । କାଞ୍ଚନ ହାତରୁ ଟର୍ଚଟି ଧରି ସୁଗନ୍ଧା ଲୁହା ଫାଟକ ଚାବି ଖୋଲି ଚାଲିଆସିଥିଲେ ସଡ଼କ ଉପରକୁ ।

ଏକ ପ୍ରକାର ସମ୍ମୋହିତ ସୁଗନ୍ଧା, ସତେ ଯେମିତି ଏକ ଅଜଣା ଶକ୍ତି ଦ୍ୱାରା ଭିଡ଼ି ହେଇ ଚାଲି ଆସି ପହଞ୍ଚ ଯାଇଥିଲେ, ସଡ଼କ ପାରି ହେଇ ମନ୍ଦିରର ମୁଖ୍ୟ ଫାଟକ ପାଖରେ। ନିଛାଟିଆ, ଶୂନ୍‌ଶାନ୍ ଜଙ୍ଗଲିଆ ଅଞ୍ଚଲରେ ପ୍ରାୟ ଅଧ ରାତି ବେଳକୁ ଘରୁ ବାହାରି ଆସି ମନ୍ଦିରରେ କିଛି ସମୟ ବିତାଇବାର ଇଚ୍ଛା ପଛରେ ଥାଏ ଗୋଟିଏ ଉଦ୍ଦେଶ୍ୟ- ମୁକ୍ତି, ସେ ଅସହନୀୟ ମାନସିକ ତାଡ଼ନାରୁ ମୁକ୍ତି। ସେ ଅବୁଝା ଦୁଣ୍ଡିଚାରୁ ମୁକ୍ତି।

ମନ୍ଦିରର ମୁଖ୍ୟ ଫାଟକରେ ତାଲା ପଡ଼େନାହିଁ। ତା'ର ଶିକୁଲି ଖୋଲି ସୁଗନ୍ଧା ପଶିଲେ ମନ୍ଦିର ପରିସରକୁ। ମନ୍ଦିର ଭିତରେ କୌଣସି ବତିଖୁଣ୍ଟର ବ୍ୟବସ୍ଥା ନ ଥିଲା। କେବଲ ଭାଦ୍ର ପୂର୍ଣ୍ଣମୀର ଜହ୍ନ ଜ୍ୟୋତ୍ସ୍ନାରେ ଚାରିଆଡ଼ ଦୃଶ୍ୟମାନ ହେଉଥାଏ। ସୁଗନ୍ଧା ବସିଗଲେ ମୁଖ୍ୟ ଫାଟକକୁ ଲାଗିଥିବା ପାଚେରିକୁ ଆଉଜି ହେଇ, ଯେଉଁଠି ଶହେ ଆଠ(୧୦୮) ଶିଲାଖଣ୍ଡ ଲଗାଲଗି ହେଇ ରହିଥିଲେ। ସେଇଠୁ ଦିଶୁଥାଏ ମା'ଙ୍କ ମନ୍ଦିରର ମୁଖ୍ୟ ଦ୍ୱାର ପରିଷ୍କାର। ବନ୍ଦ ଦରଜାର ଫାଙ୍କ ଦେଇ ଗର୍ଭଗୃହରେ ଜଳୁଥିବା ଅଖଣ୍ଡ ଦୀପର ସ୍ୱର୍ଣ୍ଣାଭ ଆଭା ଅଚିରେ ଭାସି ଆସି ଆଲୋକିତ କରୁଥାଏ ମୁଖଶାଲାର କେତେକାଂଶକୁ। ମୁଖଶାଲା ମଧ୍ୟସ୍ଥ ଖୁମ୍ୟ ଉପରେ ଲଗାଲଗି ନତମସ୍ତକ ହେଇ ରହିଥିବା ସେଇ ଚାରୋଟି ଶୁକପକ୍ଷୀଙ୍କ ମୂର୍ତ୍ତିକୁ ଦେଖିଲେ ଲାଗୁଥିଲା ସତେ ଯେମିତି ସେମାନେ ରାତ୍ରିର ଏ ପ୍ରହରରେ ଗଭୀର ନିଦ୍ରାଗ୍ରସ୍ତ।

ସୁଗନ୍ଧା ସେଇଠି, ସେଇ ଭୂମି ଉପରେ ମା' ତାରାଙ୍କ ଉଦ୍ଦେଶ୍ୟରେ ମୁଣ୍ଡିଆଟିଏ ମାରି ପାଚେରିକୁ ଆଉଜି ବସିଗଲେ। ଛାତି ଫଟେଇ ଆଖିବାଟେ ବୋହି ଚାଲିଲେ ଧାର ଧାର ଲୁହ। ସୁଗନ୍ଧାଙ୍କ ଲୁହଗ୍ରନ୍ଥିଚାର କ୍ଷମତା ବୋଧହୁଏ ଅପେକ୍ଷାକୃତ ଅଧିକ, ନ ହେଲେ କ'ଣ ଏ ଲୁହର ଧାରଗୁଡ଼ିକ ଏମିତି ଅଚିରେ ନିରଙ୍କୁଶ ବୋହି ଚାଲନ୍ତେ ! ଲୁହର ଧାରଗୁଡ଼ିକୁ ଅଟକାଇବାକୁ ସୁଗନ୍ଧାଙ୍କୁ ପ୍ରୟାସ

କରିବାକୁ ପଡ଼ିଥାଏ । ବାରମ୍ବାର ନିଜକୁ ବୁଝାଇ, ବୋଧ ଦେଇ ସେ ଅଟକାଇ ପାରନ୍ତି ଅମାନିଆ ଲୁହର ଧାରଗୁଡ଼ିକୁ । ଏବେ ମା' ତାରାଙ୍କ ଉଦ୍ଦେଶ୍ୟରେ ହାତଯୋଡ଼ି ସୁଗନ୍ଧା ମନେମନେ ଉଚ୍ଚାରିଥିଲେ—

— "ମା' ଅଧରାତିରେ ମୁଁ ତୋର ଶରଣାପନ୍ନ ହେଇଚି, ମୋତେ ଏ ଅବୁଝା ଦୁଶ୍ଚିନ୍ତାରୁ ମୁକ୍ତି ଦେ । କାଲି ବଲାଙ୍ଗୀର ଡାକ୍ତରଖାନାରେ ଦେଖ ଆସିଥିବା ସେ ଘଟଣାଟି ମୋ ଚିନ୍ତା ଚେତନାକୁ ସମ୍ପୂର୍ଣ୍ଣ ଗ୍ରାସ କରିବାକୁ ବସିଲାଣି । ମୋ ପିଲାଟିର ସୁରକ୍ଷାକୁ ନେଇ ମୋ ମନର ଭୟ ମୋତେ ରହି ରହି ଉରେଇବାକୁ ଲାଗିଛନ୍ତି । ମୁଁ ଭାବୁଚି ମୋ ଅଙ୍କିତା ତ ଏତିକି ସକ୍ଷମ ନୁହେଁ ଯେ, ସେ ବୁଝିପାରିବ କାହାର ଭଲ ଉଦ୍ଦେଶ୍ୟ ବା ମନ୍ଦ ଉଦ୍ଦେଶ୍ୟ । ସେ ତ ଫରକ କରି ପାରିବନି ଭଲ, ସ୍ନେହପୂର୍ଣ୍ଣ ଛୁଆଁ ଆଉ ମନ୍ଦ ଉଦ୍ଦେଶ୍ୟ ନେଇ ଛୁଆଁକୁ, ତାହେଲେ କେମିତି ସେ ସୁରକ୍ଷିତ ରଖିବ ନିଜକୁ । ତାକୁ କିଏ ଦୁର୍ବ୍ୟବହାର କଲେ ସେ ତ ଆପଢ଼ି ବା ପ୍ରତିବାଦ କରିପାରିବ ନାହିଁ । ଭଲ ଆଉ ମନ୍ଦର ପାର୍ଥକ୍ୟ କରିବାକୁ ତ ସେ ଅକ୍ଷମ । ମୋତେ ବୁଦ୍ଧି ଦେ ମା', ଏ ଦୁଶ୍ଚିନ୍ତାରୁ ମୁକ୍ତି ଦେ ।"

ତୁହାକୁ ତୁହା ଉଠୁଥିବା କୋହ ସହ ସୁଗନ୍ଧାଙ୍କ ମନର ଏ କଥା ସେଇଠି ସେଇ ବାୟୁମଣ୍ଡଳରେ ମିଳେଇ ଯାଉଥାଏ । ଚାରିଆଡ଼େ ରାତିର ନିସ୍ତବ୍ଧତା ଆଉ ନୀରବତା । ଏଥର ସୁଗନ୍ଧାଙ୍କ ଆଖି ଆପେ ଆପେ ମୁଦି ହେଇ ଆସିଲା, ଭାବିଲେ— ହଁ, ଏ ନିର୍ଜୀବ ପଥରଗୁଡ଼ିକ ମେଳରେ, ନିର୍ଜୀବ ପଥରରେ ତିଆରି ମା'ଙ୍କ ମୂର୍ତ୍ତି ଉଦ୍ଦେଶ୍ୟରେ ବିଳାପ କରି ଲାଭ ବା କ'ଣ । ଏମାନେ କାହୁଁ ବୁଝିବେ ଭୟସିକ୍ତ ପ୍ରାଣର ବ୍ୟଥା । ଏଇ ନିର୍ଜୀବ ଶଢ଼ରୁ ମନେପଡ଼ିଗଲେ ସୌରଭ । ଯେବେ ନ୍ୟୁୟର୍କରୁ ସେମାନେ ଅଙ୍କିତାକୁ ନେଇ ଚିକିତ୍ସା କରିବାକୁ ଯାଇ ଆଶାନୁରୂପ ସଫଳତା ନ ପାଇ ଫେରି ଆସିଥିଲେ, ସେତେବେଳର କଥା । ଥରେ ଏମିତି କଥାବାର୍ତ୍ତା ହେଉଥିବା ବେଲେ ସୁଗନ୍ଧା ପଚାରିଥିଲେ— "ବିଜ୍ଞାନ ଏତେ ଉନ୍ନତି କଲାଣି, କେତେ ଅସମ୍ଭବ

କଥା ସମ୍ଭବ ହେଲାଣି । କ'ଣ ଆମ ଅଙ୍କିତା ପରି ସ୍ୱପ୍ରବଣ ପିଲାମାନଙ୍କୁ ସମ୍ପୂର୍ଣ୍ଣ ଭଲ କରିବାକୁ କିଛି ଉପାୟ ନାହିଁ, କିଛି ତ ଥିବ । କିଛି ତ ଚିକିସ୍ସା ପ୍ରଣାଳୀ ଥିବ ଯାହାଦ୍ୱାରା ଏମିତିଆ ତ୍ରୁଟିମାନଙ୍କୁ ସଜାଡ଼ି ହେଉଥିବ ।"

– "ଏ ସୃଷ୍ଟି ବଡ଼ ବିଚିତ୍ର ସୁଗନ୍ଧା, ଅଭେଦ୍ୟ ରହସ୍ୟମୟ ଏ ସୃଷ୍ଟି । ମାନୁଟି ଆଜି ବିଂଶ ଶତାଧୀରେ ଆମ ବିଜ୍ଞାନ ଅନେକ ଉନ୍ନତି କରିଚି, ଅନେକ ରହସ୍ୟ, ଅଜଣା କଥା ଉନ୍ମୋଚନ କରିପାରିଚି । ତଥାପି ବାକି ରହିଛନ୍ତି ଅଗଣିତ ରହସ୍ୟ, ସେମିତି ରହସ୍ୟ ହେଲ ।

ସ୍ଥୂଳ ଭାବରେ ଆମେ ଦେଖୁଥିବା ଅନେକ ଜିନିଷକୁ ଯଦି ସୂକ୍ଷ୍ମ ଦୃଷ୍ଟିକୋଣରୁ ବିଶ୍ଲେଷଣ କରିବା, ତା'ର ପରିପ୍ରକାଶ ମଧ୍ୟ ହେବ ସମ୍ପୂର୍ଣ୍ଣ ଭିନ୍ନ ରୂପରେ । ଯେମିତି ଦେଖ ବିଜ୍ଞାନ ସମ୍ପୂର୍ଣ୍ଣ ଜଗତକୁ ବିଭକ୍ତ କରିଚି ସଜୀବ ଓ ନିର୍ଜୀବ ପଦାର୍ଥରେ । ସଜୀବ ସେଗୁଡ଼ିକ, ଯେଉଁମାନଙ୍କର ଜୀବନ ଥାଏ, ଯିଏ ବଂଶବିସ୍ତାର କରିପାରେ, ଯାହାର ନିଜସ୍ୱ ଗତିଥାଏ ଇତ୍ୟାଦି ଇତ୍ୟାଦି । ତେଣୁ ଆମୋଇବା ଏକକୋଷୀ ଜୀବଠୁ ଆରମ୍ଭ କରି ପଶୁପକ୍ଷୀ, ମଣିଷ, ଉଭିଦମାନେ ସଜୀବରେ ଗଣା । ମାଟି, ବାଲି, ପଥର, ପବନ ଏମିତି ଆହୁରି ଅନେକ ନିର୍ଜୀବରେ ଗଣା । କିନ୍ତୁ ଥରେ ଭାବି ଦେଖ ମାଟି ବିନା ଜୀବନ ଅସମ୍ଭବ । ପାଣି ବିନା ଜୀବନ ଅସମ୍ଭବ । ଠିକ୍ ସେମିତି ପବନ ବିନା ଜୀବନ ଅସମ୍ଭବ । ତା'ହେଲେ ଯେଉଁ ପଦାର୍ଥଗୁଡ଼ିକ ଜୀବନର ଉସ୍ସ, ସେଗୁଡ଼ିକ ନିର୍ଜୀବ ହେଲେ କେମିତି । ଜଲ ହିଁ ଜୀବନ । ନିଃଶ୍ୱାସ ପ୍ରଶ୍ୱାସ ନ ଚଲିଲେ, ବାୟୁ ସଞ୍ଚାରଣ ନ ହେଲେ କିଏ ବା ବଞ୍ଚିପାରିବ । ମଞ୍ଜିଟିଏକୁ ମାଟି ନ ମିଲିଲେ ବୃକ୍ଷଟି ଜନ୍ମିବ କେମିତି ?

ଏ ପୃଥିବୀର କୋଣେ କୋଣେ ଜୀବନ । ଦେଖୁନ ନହେଲେ କ'ଣ ପଥର ଉପରେ ଶିଉଲି ଜନ୍ମିଥା'ନ୍ତା । ଶିଉଲି ବି ତ ଗୋଟେ ଉଭିଦ । ତା'ର ବି ଜୀବନ ଅଛି । କେଉଁଠି ଅପରିସ୍କାର, ଗନ୍ଧିଆ ପାଣି ଯଦି ଜମିଯାଏ, ସେଥିରେ ବି କିଛି

ଦିନରେ ପୋକ ସାଲୁବାଲୁ ହେଉଅନ୍ତି । ସେମାନଙ୍କର ବି ତ ଥାଏ ପ୍ରାଣସତ୍ତା । ତେଣୁ ଯେଉଁ ପଦାର୍ଥଗୁଡ଼ିକର ପ୍ରତ୍ୟେକ ଅଣୁରେ ଜୀବନକୁ ପରିପୁଷ୍ଟ କରିବାର କ୍ଷମତା ଓ ଗୁଣ ରହିଚି, ସେଗୁଡ଼ିକ ନିର୍ଜୀବ କେମିତି ହେଲେ । ଏଇଟା ହେଲା ମୋ ସୂକ୍ଷ୍ମ ବିଶ୍ଳେଷଣର କଥା ।

– "ତୁମ କଥା ଶୁଣିଲେ ମୋତେ ବେଳେବେଳେ ଲାଗେ ଯେମିତି ମୁଁ କେଉଁ ଜଣେ ମହାପୁରୁଷଙ୍କୁ ବାହା ହେଇଚି ।" ସୌରଭଙ୍କୁ ଚିଡ଼େଇ କହିଥିଲେ ସୁଗନ୍ଧା ।

– ହା... ହା... ମନଖୋଲା ହସ ହସି ଦେଇ ସୁଗନ୍ଧାଙ୍କ କାନ୍ଧ ଉପରେ ହାତ ରଖି ସୌରଭ କହିଥିଲେ– "ତୁମର ଏ ମହାପୁରୁଷର ଆଉ ଗୋଟେ କଥା ମନେରଖିବ । ଏ ସୃଷ୍ଟି ସବୁବେଳେ ସମ୍ଭାବନାମୟ । ଏଇ କଥାକୁ ବୁଝେଇବାକୁ ତୁମକୁ ଏତେଗୁଡ଼େ କଥା କହିଲି । ଆଉ ତୁମ ପ୍ରଶ୍ନର ଉତ୍ତରରେ କହିବି ଆଜି ଅଙ୍କିତା ପରି ସ୍ୱପ୍ରବଣ ପିଲାମାନଙ୍କୁ ସମ୍ପୂର୍ଣ ଠିକ୍ କରିବାକୁ କୌଣସି ବଳିଷ୍ଠ ଚିକିତ୍ସା ପ୍ରଣାଳୀ ନାହିଁ, ହୁଏତ ଭବିଷ୍ୟତରେ ସମ୍ଭବ ହୋଇପାରେ– ହୁ ନୋଜ୍ (who knows) ।"

ଏ କଥାଗୁଡ଼ିକ ସୁଗନ୍ଧାଙ୍କୁ ବିସ୍ମିତ କରିଥିଲା ଯେତିକି, ପୁଲକିତ ବି କରିଥିଲା ସେତିକି ।

ଭାବନାର ଏଇ ବିମୁଗ୍ଧତା ଭିତରେ ଥିବାବେଳେ କେମିତି ଗୋଟେ ଉଜ୍ଜ୍ୱଳ ଆଲୁଅର ଝଟକରେ ବନ୍ଦ ଆଖିପତା ଆପେ ଆପେ ଖୋଲି ହେଇଯାଇଥିଲା ସୁଗନ୍ଧାଙ୍କର– ଆରେ ଅଳ୍ପ ସମୟ ପୂର୍ବରୁ ଚାରିଆଡ଼ ଫରଚା ଥିବା ଏ ମନ୍ଦିର ପରିସରରେ ହଠାତ୍ କୁହୁଡ଼ିର ଏତେ ବହଳ ଆସ୍ତରଣ! ଚାରିଆଡ଼ ଏତେ ଧୂଆଁଲିଆ । ତଥାପି ପୂର୍ଣ୍ଣମୀ ଜହ୍ନର ଜ୍ୟୋସ୍ନା ଏ ଗାଢ଼ ଆସ୍ତରଣକୁ ଭେଦି ବିଛାଡ଼ି ହେଇ ପଡ଼ିଥିଲା ସେ ଖଣ୍ଡମଣ୍ଡଳରେ । ଜହ୍ନ ବି ୟା' ଭିତରେ ଅପେକ୍ଷାକୃତ ବଡ଼ ଆଉ

ଆକାଶରେ ଆଉଟିକେ ତଳକୁ ଖସି ଆସିଥିଲେ । ସେ ସମୟର ଏ ଅବସ୍ଥାକୁ ଆଉ ଅଧିକ ବୁଝିପାରିବା ପୂର୍ବରୁ ଆକସ୍ମିକ ଏକ ଆଲୁଅର ଧାରା ବୋହି ଆସିଲା ପୂର୍ଣ୍ଣିମା ଜହ୍ନର ବକ୍ଷସ୍ଥଳରୁ, ଭେଦିଗଲା ସେଇ ଦର୍ପଣ ଆକୃତିର ଶହେଆଠ ପଥରମାନଙ୍କ ଭିତରୁ ସୁଗନ୍ଧାଙ୍କ ସାମ୍ନାସାମ୍ନି ଏକ ପଥରର ସମଗ୍ର ସଭାରେ । ଝକ୍ କରି ଅମସୃଣ, ଖଦଖଦଡ଼ିଆ ପଥରଟି ଝଟକିଉଠିଲା ଦର୍ପଣ ପରି । ସୁଗନ୍ଧାଙ୍କ ବିସ୍ମୟତାର ସୀମା ରହିଲାନି ।

– ଆରେ ଏ ଖଦଖଦଡ଼ିଆ ପଥର ଖଣ୍ଡଟା ତ କ'ଣ ଚାହୁଁ ଚାହୁଁ କାଚ ପରି ସ୍ୱଚ୍ଛ ଆଉ ମସୃଣ ହୋଇଗଲା । ଖାଲି ଏତିକି ନୁହେଁ, ଏ ତ ଦର୍ପଣ ପରି କିଛି ପ୍ରତିବିମ୍ବକୁ ତା' ଭିତରେ ପ୍ରତିଫଳିତ କରୁଚି । କିଛି ଆସନ୍ନ ବିପତ୍ତିର ଆଶଙ୍କାରେ ସୁଗନ୍ଧାଙ୍କର ସମଗ୍ର ଶରୀର ଝାଳରେ ଜୁଡୁବୁଡୁ ହେଇଯାଇଥିଲା ।

– ଏ କ'ଣ ଶିଳା ଦର୍ପଣ ମଝିରୁ ତେରେଛା ଭାବରେ ଦୁଇଭାଗ ହେଇଯାଉଛି, ଯେମିତି କିଏ ଜଣେ କାଗଜଟେ ମୋଡ଼ି ତା' କର୍ଣ୍ଣଦ୍ୱୟ ଦେଇ ଭାଙ୍ଗଟେ ପକାଇ ଦେଲା ପରି । ଆହୁରି ପୁଣି ଏ ଦୁଇଭାଗରେ ଫୁଟିଉଠିଲା ନଖ ଛବିକୁ ନଖରେ ଘଷି ଦେଲେ ଛବିଟିଏ ଉତୁରି ଆସିଲା ପରି, ଦୁଇଟି ଭିନ୍ନ ଭିନ୍ନ ଛବି । ଉପର ଭାଗର ଛବିରେ ଅଙ୍କିତା ଆଉ ସେ ନିଜେ ହାତରେ ଧରିଚନ୍ତି ବିଭିନ୍ନ ଫଳରେ ଭର୍ତ୍ତି ଭୋଗଡାଲା, ପୃଷ୍ଠଭୂମିରେ ପୂର୍ଣ୍ଣିମାର ଜହ୍ନ ଓ କେତୋଟି ଉଡ଼ନ୍ତା ଶୁକପକ୍ଷୀଙ୍କର ଛବି । ଏ ଛବିର ବିଶେଷତ୍ୱ ଥିଲା ଅଙ୍କିତାର ଚେହେରାରେ କୌଣସି ଶାରୀରିକ ବିକୃତି ବା ଅସାମଞ୍ଜସ୍ୟର ଚିହ୍ନ ନ ଥିଲା । ଗୋଟେ ନିଖୁଣ ଚେହେରା । କିନ୍ତୁ ଶିଳା ଦର୍ପଣର ତଳଭାଗରେ ଛବିରେ ଥିଲା ସେ ବିକୃତି । ତଳଭାଗର ଛବିରେ ବି ଦିଶୁଥିଲା ସୁଗନ୍ଧା ଓ ଅଙ୍କିତାଙ୍କ ଚେହେରା, ସେମିତି ଫଳଭର୍ତ୍ତି ଭୋଗଡାଲାଧରି । ପଛଦିଭାଗରେ ସେମିତି ପୂର୍ଣ୍ଣିମାର ଜହ୍ନ ଓ ଉଡ଼ନ୍ତା ଶୁକପକ୍ଷୀ । କିନ୍ତୁ ଏଠି ଅଙ୍କିତାର ଚେହେରାରେ ସ୍ପଷ୍ଟ ବାରି ହୋଇପଡ଼ୁଥିଲା ତା'ର ଶାରୀରିକ ବିକୃତି । ପ୍ରଥମ ଭାଗର

ଛବିରେ ସୁଗନ୍ଧାଙ୍କ ମୁହଁରେ ଥିଲା ଭୟ ଆଉ ଅବିଶ୍ୱାସ ଭାବର ଛଟା ତ, ଦ୍ୱିତୀୟ ଭାଗର ଛବିରେ ଥିଲା ଆସ୍ଥାର ଭାବ ।

ମାତ୍ର କେତୋଟି ମୁହୂର୍ତ୍ତର କଥା । ସେ ଶିଳା ଦର୍ପଣଟିର ୫ଟକ ଏଥର ତା'ରି ବକ୍ଷରେ ହିଁ ଏକାଠି ହେବାକୁ ଲାଗିଲା ଧୀରେ ଧୀରେ । ତା' ସହିତ ଚକ୍ରାକାରରେ ନଖ ଛବି ପରି ଫୁଟି ଉଠିଥିବା ସେ ଛବି ଦୁଇଟି ମଧ୍ୟ ମିଶେଇବାକୁ ଆରମ୍ଭ କରି ଦେଇଥିଲେ ।

ସ୍ୱଚକ୍ଷୁରେ ଦେଖିଥିବା ପ୍ରକୃତିର ଏ ଦୁର୍ଲଭ୍ୟ ଚମକ୍କାରୀ ଘଟଣାର ଆକସ୍ମିକତା ଏବଂ ପୂର୍ଣ୍ଣମୀ ଜହ୍ନର ଜ୍ୟୋସ୍ନାର ପ୍ରାବଲ୍ୟତାକୁ ସହଜରେ ଗ୍ରହଣ କରି ନେବାକୁ ଅକ୍ଷମ ସୁଗନ୍ଧା, ସେଇଠି ସେମିତି ମନ୍ଦିର ପାଚେରିକୁ ଆଉଜି ବସିଥିବା ଅବସ୍ଥାରେ ଅତ୍ୟଧିକ ଭୟ ପାଇ ଚେତାଶୂନ୍ୟ ହେଇଯାଇଥିଲେ ।

ମା' ତାରା ମାତୃଶକ୍ତିର ଅନନ୍ୟ ସ୍ୱରୂପ, ସର୍ବଦା ଶରଣ ରକ୍ଷଣକାରୀ । ଜୀବନର ସଂଘର୍ଷରେ ଏକ ଘୃଣ୍ୟ ବାସ୍ତବତାକୁ ଗ୍ରହଣ କରି ନ ପାରି, ସେଦିନ ନିଜର ଆଲୋଡ଼ିତ ମନକୁ ଶାନ୍ତ କରିବାକୁ ଯାଇ ମା'ଙ୍କ ଶରଣାର୍ଥୀ ସୁଗନ୍ଧା ସ୍ୱଚକ୍ଷୁରେ ଦେଖିପାରିଥିଲେ ମା'ଙ୍କ ମନ୍ଦିର ଶିଳା ଦର୍ପଣକୁ ନେଇ ଜନଶ୍ରୁତିର ସତ୍ୟତାକୁ ।

ସେଦିନ ସେ ଘଟଣାଟି ଘଟିଥିଲା ରାତ୍ରିର ଦ୍ୱିତୀୟ ପ୍ରହରର ଶେଷାର୍ଦ୍ଧରେ ଆଉ ତୃତୀୟ ପ୍ରହରର ଆରମ୍ଭରେ, ମାତ୍ର କିଛି ମୁହୂର୍ତ୍ତର ଅବଧିରେ । ସେ ସମସ୍ତ ଘଟଣା ଥିଲା ଶବ୍ଦ ରହିତ କିନ୍ତୁ ପ୍ରଚଣ୍ଡ ତେଜୋମୟ, ଯାହାର ପ୍ରଭାବରେ ସୁଗନ୍ଧା ଚେତା ହରାଇ ମା' ତାରାଙ୍କ ଶିଳା ଦର୍ପଣ ମନ୍ଦିର ପରିସରରେ ଶୋଇ ରହିଥିଲେ ।

***

ସପ୍ତମ ପରିଚ୍ଛେଦ

ପ୍ରତିପଦ ତିଥିର ଆରମ୍ଭକୁ ସୂଚାଇ ଭାଦ୍ର ପୂର୍ଣ୍ଣମୀର ସେ ରାତି ଆଉ ଗୋଟେ ପ୍ରହର ଆଗକୁ ବିତିଯାଇ ହେଇଥିଲା ନୂତନ ସକାଳର ଆଗମନ ।

ମନ୍ଦିର ପୂଜାରୀ ପଞ୍ଚାନନ ମହନ୍ତ ଗୋଟେ ବାଉଁଶ ଡାଲାରେ ଭର୍ତ୍ତି ଫୁଲ ଓ ବେଲପତ୍ର ଧରି ଆସି ପହଞ୍ଚ ଯାଇଥଲେ ସେଇ ପ୍ରତ୍ୟୁଷକୁ । ଜାକୁଜାକୁ ଅନ୍ଧାର ଆଲୁଅ ମିଶା ପରିବେଶ ଭିତରେ ମନ୍ଦିରର ମୁଖ୍ୟ ଫାଟକ ପାଖରେ ପହଞ୍ଚ ଦେଖ୍‌ଲେ ଫାଟକଟିର ଶିକୁଳି ଖୋଲା– ବୋଧହୁଏ କାଲି ଭୁଲି ଯାଇଥିବି ଶିକୁଳିଟିକୁ ବନ୍ଦ କରିବାକୁ । ମନେମନେ ଭାବି ଭିତରକୁ ପଶି ଆସନ୍ତେ ପ୍ରତ୍ୟୁଷର ସେଇ କ୍ଷୀଣ ଆଲୋକରେ ତାଙ୍କୁ ଦିଶିଗଲେ ସୁଗନ୍ଧା ପାଚେରିକୁ ଆଉଜି ଭୂଇଁ ଉପରେ ବସିଥିବାର । ମୁଣ୍ଡଟି ଗୋଟେ ପଟକୁ ଢଳିପଡ଼ିଥିଲା, ଆଉ ଗୋଡ଼ ଦୁଇଟି ଅଧା ଜାକି ହେଇ ରହିଥିଲା ।

– "ଏତେ ସକାଳୁ ଫରଚା ହେବାକୁ ଆହୁରି ସମୟ ଅଛି, ଆଚାର୍ଯ୍ୟ ମା' ଆସି ଏଠି ବସିଛନ୍ତି, ପୁଣି ଏମିତି ଅବସ୍ଥାରେ ।"

ଫୁଲଡାଲାକୁ ସେଇଠି ଥୋଇଦେଇ ଧାଇଁ ଆସି ପଞ୍ଚାନନ ଦେଖନ୍ତି ତ ସୁଗନ୍ଧା ବସିଛନ୍ତି ମୂର୍ତ୍ତିଟିଏ ପରି । ସୁଗନ୍ଧାଙ୍କ ନାଡ଼ି ଓ ନାକ ତଳେ ହାତ ମାରି ପରୀକ୍ଷା କରି ଜାଣିଲେ ନାଡ଼ିର ଗତି ଯଦିଓ ସାଧାରଣ ଗତିଠୁ ଧୀର, କିନ୍ତୁ ସ୍ପନ୍ଦିତ ହେଉଛି । ନିଃଶ୍ୱାସ ପ୍ରଶ୍ୱାସ ବି ଚାଲୁଛି । ଗୋଟେ ମୁହୂର୍ତ୍ତ କିଛି ଭାବି ନେଇ ଏଥର ଧାଇଁଗଲେ ସଡ଼କ ପାର ହୋଇ ଆଚାର୍ଯ୍ୟ ଭବନ ଆଡ଼କୁ । ପହଞ୍ଚ ଦେଖ୍‌ଲେ ତା'ର ମୁଖ୍ୟ ଲୁହା

ଫାଟକଟି ମଧ ତାଲା ନ ପଡ଼ି ଖୋଲା ହେଇ ରହିଛି । ପିଣ୍ଡା ଉପରକୁ ଉଠି ବୈଠକଖାନାର କବାଟରେ ହାତ ମାରି ଦେଇ ଦେଖ୍‌ଲେ କବାଟ ମଧ ଖାଲି ଆଉଜା ହେଇଛି । ଏଥର ଭିତରକୁ ପଶିଗଲେ ପଞ୍ଚାନନ, କାଞ୍ଚନ ଶୋଇଚି ସଉପଟେ ଉପରେ ।

– "କାଞ୍ଚନ, କାଞ୍ଚନ ଉଠେ, ଏମିତି ଦାଣ୍ଡ କବାଟ ଖୋଲା, ଲୁହା ଫାଟକ ଖୋଲା... ତୁ ଶୋଇଛୁ, ସେଠି ଆଚାର୍ଯ୍ୟ ମା'... ।"

– "ଏଁ ମହନ୍ତେ ତୁମେ, ଏତେ ସକାଳୁ ଏଠି କେମିତି ?" ପଞ୍ଚାନନଙ୍କ ଡାକରେ ନିଦରୁ ଉଠି ପଚାରିଥିଲା କାଞ୍ଚନ ।

– "ଡେରି କରନି, ପହଲାକୁ ଡାକେ, ଆଚାର୍ଯ୍ୟ ମା' ମନ୍ଦିର ବେଢ଼ାରେ ବେହୋସ ହୋଇ ପଡ଼ିଛନ୍ତି । ଶୀଘ୍ର ଚାଲେ, ତାଙ୍କୁ ଏଠିକି ମିଲିମିଶି ଉଠାଇ ଆଣିବା ।"

– "କି କଥା କହୁଛ ମହନ୍ତେ, କାଲି ରାତିରୁ ତାହେଲେ ମା' ସେଇଠି ମନ୍ଦିରରେ ରହିଛନ୍ତି, କି କଥା ହେଲା । ରୁହ... ରୁହ... ମୁଁ ପହଲାକୁ ଡାକିଆଣେ ।" ଧଡ଼ପଡ଼ ହୋଇ କାଞ୍ଚନ ଉଠିଯାଇ ପହଲାକୁ ଡାକିଆଣିଥିଲା ତା' ଶୋଇବା ଜାଗାରୁ ।

ଏବେ ତିନିହେଁ ଆଗପଛ ହୋଇ ଏକପ୍ରକାର ଦୌଡ଼ୁଥିଲେ ମନ୍ଦିରଆଡ଼କୁ । ସେଇ ସ୍ୱଳ୍ପ ସମୟ ଭିତରେ କାଞ୍ଚନ କହି ଚାଲିଥାଏ ଅନର୍ଗଳ– "ଦି ଦିନ ହେଲାଣି ମା'ଙ୍କ ମନଟା ଭାରି ଉଦାସ ଥିଲା । କାଲି ରାତିରେ ମୋତେ ନିଦ ନ ଲାଗିବାରୁ ମୁଁ ଶୋଇବା ଜାଗାରୁ ଉଠିଆସି କନ୍‌ଥା ସିଲେଇ କରି ବସିଥିଲି । ବାହାରର ପୂର୍ଣ୍ଣମୀ ରାତିର ଜହ୍ନ ଆଲୁଅକୁ ଦେଖ୍‌ ମା' କହିଥିଲେ ତାଙ୍କ ମନକୁ ହାଲୁକା କରିବାକୁ, ସେ ଟିକେ ମନ୍ଦିର ଆଡୁ ବୁଲି ଆସିବେ ବୋଲି । ମୁଁ ତ ଆଗ ମନା କରୁଥିଲି, କିନ୍ତୁ ତାଙ୍କ ମନର ଅବସ୍ଥା ଦେଖ୍‌ ମୁଁ ତାଙ୍କୁ ଅଟକାଇ ପାରିଲିନି । ସେପଟେ ମା' ରାତିଯାକ ମନ୍ଦିରରେ । ଆଉ ଏପଟେ ମୁଁ ବି କନ୍‌ଥା ସିଲେଇ କରୁକରୁ କେତେବେଲେ ଶୋଇ

ପଢ଼ିଚି ଜାଣିପାରିଲିନି ।

ହେ ବିଧାତା ! ମୋ ମା'ର କିଛି ନ ହେଇଥାଉ ହେ... କିଛି ନ ହେଇଥାଉ ।"

– "କାଞ୍ଚନ ତୁ ଆଉ ହାଉଲି ଖାଆନା, ଆମେ ପହଞ୍ଚଗଲେଣି, ସାଥରେ ପଞ୍ଚାନନ ମହନ୍ତେ ଅଛନ୍ତି, କବିରାଜ ଲୋକ ସେ ଠିକ୍ କରିଦେବେ ମା'ଙ୍କୁ" କହିଲା ପହଲା କାଞ୍ଚନକୁ ଆକଟ କରି ।

ମନ୍ଦିର ଫାଟକ ଦେଇ ତିନିହେଁ ପହଞ୍ଚ ଯାଇଥିଲେ ସୁଗନ୍ଧାଙ୍କ ପାଖରେ । କାଞ୍ଚନ, ସୁଗନ୍ଧାଙ୍କ ଦେହଯାକ ଆଉଁଶି ପକାଇଲା ବିକଳ ହେଇ । ଆଖିରେ ତା'ର ଆଖିଏ ଲୁହ ସହାନୁଭୂତିର । ସୁଗନ୍ଧାଙ୍କ ବସିବା କଡ଼କୁ ଥୁଆ ହେଇଥିବା ଟର୍ଚ୍ଚ ଓ ମୁଖ୍ୟ ଲୁହା ଫାଟକର ଚାବିଟିକୁ ଗୋଟେ ହାତରେ ଉଠାଇ ଧରିଲା । ଏବେ ତିନିହେଁ ମିଳିମିଶି ସୁଗନ୍ଧାଙ୍କୁ ଟେକି ଆଣି ଆଚାର୍ଯ୍ୟ ଭବନର ବୈଠକଖାନାର ସୋଫା ଉପରେ ଲମ୍ବ କରି ଶୁଆଇ ଦେଇଥିଲେ ।

ପଞ୍ଚାନନ ମହନ୍ତ ଏଥର ଆଉଥରେ ଧ୍ୟାନ ଦେଇ ସୁଗନ୍ଧାଙ୍କ ନାଡ଼ି ଆଉ ଶ୍ୱାସକ୍ରିୟା ପରୀକ୍ଷା କରି କହିଥିଲେ– "କାଞ୍ଚନ ଗୋଟେ ବଡ଼ କଂସାରେ ପାଣି ନେଇ ଆସ, ପଙ୍ଖାର ଗତିଟା ଆଉ ଟିକେ ବଢ଼ାଇ ଦେ ।"

ମହନ୍ତେ ସୁଗନ୍ଧାଙ୍କ କପାଳରେ ବାରମ୍ବାର ହାତ ବୁଲାଉଥା'ନ୍ତି, କାଞ୍ଚନ ପାଣି କଂସେ ଆଣି ଥୋଇଦେଲା । ମହନ୍ତେ ଏଥର ପାଣି କଂସାରେ ହାତ ବୁଡ଼ାଇ ତାଙ୍କ ଓଦା ହାତକୁ ସୁଗନ୍ଧାଙ୍କ ମୁହଁରେ ବୁଲାଇ ଦେଇ ତାଙ୍କ ପାଦ ଦୁଇଟିରେ ବି ଓଦା ହାତ ବୁଲାଇ ଦେଲେ ।

– "ମୁଁ ଯାଉଚି, ପୋକଶୁଙ୍ଗା ପତ୍ର କେତୋଟି ତୋଳି ଆଣୁଚି । ତୁ ଖଲ ଆଣି ରଖ କାଞ୍ଚନ ।" ମହନ୍ତ ଚାଲିଗଲେ ପୋକଶୁଙ୍ଗା ପତ୍ର ଖୋଜିବାକୁ । ଜଙ୍ଗଲିଆ ଅଞ୍ଚଳ ହେଇଥିବାରୁ, ଆଉ ସେ ଅଞ୍ଚଳ ବି ଏମିତିଆ ଔଷଧୀୟ ଗୁଳ୍ମ ଲତା ଓ

ଉଭିଦରେ ଭରି ରହିଥିବାରୁ ସହଜରେ ମିଳିଯାଇଥିଲା ପୋକଶୁଙ୍ଗା ପତ୍ର ।

ମହନ୍ତ ଏଥର ପତ୍ର କେତୋଟିକୁ ପାଣିରେ ଭଲକି ଧୋଇ ଦେଇ ଖଲରେ ତା'ର ରସ ବାହାର କଲେ । ସେଇ ରସ ଦୁଇଟୋପା ଆଗ ଦାହାଣ ନାକ ପୁଡ଼ାରେ ପକାଇଲେ, ତା'ପରେ ଆଉ ଦୁଇଟୋପା ବାମ ନାକ ପୁଡ଼ାରେ ପକାଇ ଅପେକ୍ଷା କରି ରହିଲେ । ପାଞ୍ଚରୁ ଦଶ ମିନିଟ୍ ବିତି ଯାଆନ୍ତେ ସୁଗନ୍ଧାଙ୍କ ପାଦର ଆଙ୍ଗୁଠିଗୁଡ଼ିକ ଧୀରେ ଧୀରେ ହଲିବାକୁ ଆରମ୍ଭ କଲା । ହାତ ଆଙ୍ଗୁଠିଗୁଡ଼ିକ ମଧ୍ୟ ଏକଡ଼ ସେକଡ଼ ହେବାକୁ ଲାଗିଲେ । ସାରା ଶରୀରରେ ତାଙ୍କର ଯେମିତି ଗୋଟେ ମୃଦୁ କମ୍ପନ ଖେଳିଗଲା । ଏଥର ଆଖିପତାରେ ବି କମ୍ପନ । ମିଟିମିଟି ହେଇ ଆଖି ଖୋଲିଲେ ସୁଗନ୍ଧା । ଦୃଷ୍ଟି ତାଙ୍କର ସ୍ଥିର ହେଇ ରହିଗଲା କାଞ୍ଚନ ଉପରେ, କିନ୍ତୁ କିଛି ପ୍ରତିକ୍ରିୟା ନାହିଁ । ଶୂନ୍ୟ ସେଇ ଦୃଷ୍ଟି । କାଞ୍ଚନ ନଇଁପଡ଼ିଲା ସୁଗନ୍ଧାଙ୍କ ମୁହଁ ପାଖକୁ, ଡାକିଦେଲା- ମା' ମା' ।

ଏ ଡାକ ସତେକି ସୁଗନ୍ଧାଙ୍କ ସମ୍ମୋହନକୁ କାଟିଦେଇ ଭିଡ଼ି ଆଣିଥିଲା ତାଙ୍କୁ ବାସ୍ତବ ଦୁନିଆକୁ । କାଞ୍ଚନର ନଇଁ ପଡ଼ିଥିବା ମୁହଁଟିକୁ ନିଜ ଦୁଇ ହାତରେ ଭିଡ଼ିଆଣି ତାକୁ ଛାତି ଉପରେ ଚାପି ଧରି ଭୋ ଭୋ ହେଇ କାନ୍ଦି ଉଠିଥିଲେ ସୁଗନ୍ଧା । ପହଲା ଆଖିରେ ବି ଆଖିଏ ଲୁହ । ପାଖରେ ଠିଆହେଇ ହସୁଥିଲେ କିନ୍ତୁ ପଞ୍ଚାନନ ମହନ୍ତ । ଯେମିତି ଗୋଟେ ନିଶ୍ଚିତତାର ଭାବ ତାଙ୍କ ମୁହଁରେ ଖେଳିଯାଉଥିଲା ।

– "ଆଉ ଭୟ ନାହିଁ । ଆଚାର୍ଯ୍ୟ ମା' ଆମର ପୂରା ଠିକ୍ ଅଛନ୍ତି । କିଛି ଗୋଟେ ଜିନିଷ କାଲି ରାତିରେ ବୋଧ ଦେଖିଦେଇ ଅତ୍ୟଧିକ ଭୟରୁ ମୂର୍ଚ୍ଛା ଯାଇଥିଲେ । ମୂର୍ଚ୍ଛାପଣ ଏଥର କଟିଗଲାଣି । ଧୀରେ ଧୀରେ ସେ ସୁସ୍ଥ ହେଇଯିବେ । ତାଙ୍କୁ କାଲିର ଘଟଣା ବିଷୟରେ କିଛି ପଚାରିବନି । ସେ ତାଙ୍କ ଆଡ଼ୁ ଯେତିକି କହିବେ ସେତିକି ଶୁଣିବ । ବେଶିଗୁଡ଼େ ଫତେଇ ଫତେଇ ପଚାରିବନି । ମୁଁ

ଯାଉଚି, ସନ୍ଧ୍ୟାବେଳକୁ ପୁଣି ଆସି ଦେଖୁଯିବି, ମନ୍ଦିର କାମରେ ନ ହେଲେ ଉଛୁର ହେଇଯିବ ।" ପହଲାକୁ ଗୋଟେପଟକୁ ଡାକିନେଇ ଏତିକି କହି ତରତର ହେଇ ମନ୍ଦିର ଆଡ଼କୁ ବାହାରି ଯାଇଥିଲେ ପଞ୍ଚାନନ ।

ଆଚାର୍ଯ୍ୟ ଭବନର ପରିବେଶ ସେତେବେଳେ ଥିଲା କ୍ରନ୍ଦନରତ । ଅବଶ୍ୟ କିଛି ବିଶେଷ ଜିନିଷ ହଜେଇ ଦେଇଥିବାର କାନ୍ଦ ନ ଥିଲା, ଥିଲା ଗୋଟେ ଘୋର ବିପତ୍ତିର ଚକ୍ରବ୍ୟୁହରେ ହଜି ନ ଯାଇ ତା'ର ଅନ୍ତେବାସୀ ମାନେ ନିଜ ନିଜକୁ ସମ୍ଭାଳି ରଖିପାରି ଥିବାର ସନ୍ତୁଷ୍ଟିର କାନ୍ଦ ।

ସୁଗନ୍ଧା ଉଠି ବସିଲେ ସୋଫାଟି ଉପରେ । "କାଞ୍ଚନ ଦେହଟା କେମିତି ଦୁର୍ବଳ ଲାଗୁଚି, ଖଟରେ ଟିକେ ଲମ୍ବ ହେଇ ଘଣ୍ଟେ ଦୁଇଘଣ୍ଟା ଶୋଇଗଲେ ଭଲ ଲାଗିବ । ମୋତେ ଶୋଇବା ଘର ଖଟ'ପାଏ ନେଇଯା ।"

ସୁଗନ୍ଧାଙ୍କ ହାତ ଧରି କାଞ୍ଚନ ତାଙ୍କୁ ନେଇ ଶୁଆଇ ଦେଇଥିଲା ଖଟ ଉପରେ, ଅଙ୍କିତା କଡ଼ରେ । ଏତେସବୁ ଘଟି ଯାଇଥିବା ଘଟଣାରୁ ଅଜ୍ଞାତ ଅଙ୍କିତା, ସେ ପର୍ଯ୍ୟନ୍ତ ବି ଶୋଇ ଥିଲା ନିଶ୍ଚିତ ହେଇ । ତା'ରି ଦେହକୁ ଲାଗିଯାଇ ସୁଗନ୍ଧା ଶୋଇଗଲେ । ବୋଧହୁଏ ଅତ୍ୟଧିକ କ୍ଲାନ୍ତି ଆଉ ମହନ୍ତଙ୍କ ଔଷଧର ପ୍ରଭାବରୁ ସେ ଶୋଇ ପଡ଼ି ଥିଲେ ବେଶ୍ କିଛି ଘଣ୍ଟା ଗଭୀର ନିଦରେ ।

ଘରର ଯାବତୀୟ କାମକୁ ଏପଟେ କାଞ୍ଚନ ଆଉ ପହଲା ଆଗକୁ ବଢ଼େଇ ନେଇଥିଲେ । ଦୁହେଁ ମନେମନେ ଆଶ୍ୱସ୍ତ ଥିଲେ ଯେ, ଗୋଟେ ଘୋର ବିପଦ ଟଳିଯାଇଛି ବୋଲି ।

ସକାଳ ପାଖାପାଖି ନଅଟା ବେଳକୁ ସୁଗନ୍ଧା ଆଉ ଅଙ୍କିତା ଶୋଇବା ଶେଯରୁ ଉଠିବସିଲେ । ଚିରାଚରିତ ଢଙ୍ଗରେ ସମୟ ସହିତ ତାଳଦେଇ ସେମାନଙ୍କ ଦିନଚର୍ଯ୍ୟା ଆଗକୁ ଗଡ଼ିଥିଲା । ଦିନ୍ୟାକ ସୁଗନ୍ଧା ଠିକ୍‌ଠିକ୍‌ ସମୟରେ ଯେତିକି ଇଚ୍ଛା ହେଉଥିଲା ଖାଇବା ଖାଇ ବିଶ୍ରାମ ନେଇଥିଲେ । କାଞ୍ଚନ ସେଦିନ ପହଲା ସହିତ

ମିଶି ପୂରା ଘରଟିର ଦାୟିତ୍ୱ ତୁଲାଇଥିଲା ।

ସନ୍ଧ୍ୟାବେଳକୁ ପଞ୍ଚାନନ ମହନ୍ତ ମନ୍ଦିର ଯିବା ବାଟରେ ଗୋଟେ ବଡ଼ ପାଣିକଖାରୁ ଆସି କାଞ୍ଚନ ହାତକୁ ବଢ଼ାଇ ଦେଇ କହିଥିଲେ- "ସବୁଦିନ ଆଚାର୍ଯ୍ୟ ମା'ଙ୍କୁ ଯ୍ଯା'ରି ରସ ବାହାର କରି ସକାଳୁ ସେ ଦାନ୍ତ ଘଷିଲା ପରେ ଅଧଗିଲାସେ ଦେବୁ । ମାସେ ଖଣ୍ଡେ ନିୟମିତ ଦେବୁ । ମା' ଆମର ପୂରା ଠିକ୍ ହେଇଯିବେ । ସପ୍ତାହେ ପରେ ତୁ ବଲେ ଜାଣିପାରିବୁ ଯ୍ଯା'ର କରାମତି । ମନ ଆଉ ଶରୀରର ଉତ୍ତେଜନାକୁ ଶାନ୍ତ କରିବାରେ ଏ ରସ ମହୌଷଧ ।"

ଶତ ଧନ୍ୟବାଦରେ ମହନ୍ତଙ୍କୁ ପୋଟିଦେଇ କାଞ୍ଚନ ପାଣିକଖାରୁଟିକୁ ନେଇ ରୋଷେଇ ଘରେ ରଖିଦେଇ ସଞ୍ଝବତି ଜାଳିବାକୁ ଚାଲିଯାଇଥିଲା ।

ବିଗତ କିଛିଦିନର ଘଟଣାସବୁ ସୁଗନ୍ଧାଙ୍କ ଜୀବନରେ ଆଣିଥିଲା ଆଖିଦୃଶିଆ ପରିବର୍ତ୍ତନ । ବଲାଙ୍ଗୀର ଡାକ୍ତରଖାନାରେ ଦେଖି ଆସିଥିବା ସେ ଅଗ୍ରହଣୀୟ ଘଟଣାଟି ସୁଗନ୍ଧାଙ୍କ ମନରେ ତୋଲିଥିଲା ସ୍ୱଷ୍ଟା ପ୍ରତି ବିଦ୍ରୋହ ଆଉ ତା' ପରେ ପରେ ସ୍ୱଚକ୍ଷୁରେ ଦେଖିଥିବା ଶିଳା ଦର୍ପଣର ସତ୍ୟତା ତାଙ୍କ ମନକୁ କରିଥିଲା ସନ୍ଦିହାନ । ଏଥର ସେ ବାରମ୍ବାର ଭାଲି ହେଉଥିଲେ ଶିଳା ଦର୍ପଣରେ ଦେଖି ଆସିଥିବା ସେ ଦୃଶ୍ୟ ଦୁଇଟିକୁ- ସତରେ କ'ଣ ଏମିତି କିଛି ହବ...! ଯଦି ଏମିତି ହୁଏ, ତାହେଲେ ତା'ପରେ... ତା'ପରେ କ'ଣ ହେବ...। ସେ ଆଉ ଅଙ୍କିତାକୁ ମୁହୂର୍ତ୍ତେ ବି ଏକା ଛାଡ଼ୁ ନ ଥିଲେ । ଦିନରେ ଦଶଥର ତା' ହାତ ମୁହଁକୁ ନିରେଖି ଦେଖୁଥିଲେ- ନା, ଶିଳା ଦର୍ପଣରେ ଦେଖିଥିବା ଅଙ୍କିତାର ପ୍ରତିଛବି ପରି ନିଖୁଣ ଚେହେରା ତା'ର ନାହିଁ । ଏବେ ବି ତା' ଚେହେରାରେ ରହିଚି ଶାରୀରିକ ବିକୃତି ।

ମଣିଷ ଜୀବନ ଘଟଣାଗୁଡ଼ିକର ସମାହାର । କେବେ କେବେ ଘଟଣାଟିଏ ତାକୁ ପ୍ରାଚୁର୍ଯ୍ୟର ଶିଖରରେ ପହଞ୍ଚାଇଦିଏ ତ ଆଉ କେବେ କେବେ ଘଟିଥିବା ଘଟଣାଟିଏର କଷାଘାତରେ ମଣିଷ ପେଷି ହେଇଯାଇଥାଏ। ଆଉ ମଧ

କେବେକେବେ ଏଇ ଘଟଣାଗୁଡ଼ିକ ଘଟିଥାନ୍ତି ସାଧାରଣ ଭାବରେ, ସେଥିରେ ନ ଥାଏ ଆଖିଦୃଶିଆ ପ୍ରାଚୁର୍ଯ୍ୟ କିମ୍ବା ପତନ। ସେପରି ଜୀବନର ଧାରା ହେଇଥାଏ ସାଧାରଣ ଓ ସମତୁଲ। ଏଇ ଘଟଣାଗୁଡ଼ିକ ଭିତରେ ନିଜକୁ ଯିଏ ଯେତିକି ସନ୍ତୁଳନ କରି ରଖିପାରିଲା ତା' ଜୀବନ ସେତିକି ସହଜ ହେଇପାରିଲା। ସୁଗନ୍ଧା ନିଜକୁ ତାଙ୍କ ଜୀବନରେ ସଦ୍ୟ ଘଟିଯାଇଥିବା ଦୁଇଟି ଘଟଣା– ଗୋଟେ ନିଛକ ବାସ୍ତବ, ଆଉ ଆରଟି ଅଲୌକିକ, ଅତିଭୌତିକ ଘଟଣା ଭିତରେ ନିଜକୁ ସନ୍ତୁଳିତ ରଖିବାକୁ ଚେଷ୍ଟା କରୁଥିଲେ।

ଏବେ ବି ସନ୍ଧ୍ୟା ହେଲେ କାଞ୍ଚନ ସଞ୍ଜବତି ଜାଳେ, ଶିଳା ଦର୍ପଣ ମନ୍ଦିରରୁ ସନ୍ଧ୍ୟା ଆଲତିର ଘଣ୍ଟ, ଘଣ୍ଟା ଶଙ୍ଖଧ୍ୱନି ଆଖପାଖ ପରିବେଶରେ ଗୁଞ୍ଜରିତ ହୁଏ। ସେଇ ପିଣ୍ଢାଟିରେ ବସି ସୁଗନ୍ଧା ଜୁହାର ହୁଅନ୍ତି ବୃନ୍ଦାବତୀ ମା'ଙ୍କୁ ଓ ମା' ତାରାଙ୍କୁ। କିନ୍ତୁ ଆଗପରି ତାଙ୍କ ମନରେ ବିଦ୍ରୋହ କି ହତାଶ ଭାବ ନ ଥିଲା। ତାଙ୍କ ଚିନ୍ତା, ଚେତନା, ପ୍ରାଣସତ୍ତା କେବଳ ଏକ ସର୍ତ୍ତହୀନ ସମର୍ପଣ ଭାବାନ୍ତରରେ ସିକ୍ତ ହେଇ ରହିଥିଲା।

ଆଦ୍ୟ ଅପରାହ୍ନ ସମୟରେ ସେଇ ପିଣ୍ଢାରୁ ଏବେ କେବଳ ଆକାଶ ଆଡ଼କୁ ସେ ଚାହିଁ ରହୁଥିଲେ ଏକ ପ୍ରତିକ୍ରିୟାହୀନ ଦୃଷ୍ଟିରେ। ସେଦିନ ଏମିତି ଚାହିଁ ବସିଥିବା ବେଳେ ତାଙ୍କ ମନରେ ଫୁଟିଉଠିଥିଲା ଚାରି ଧାଡ଼ିର କବିତାଟିଏ–

"ଶୂନ୍ୟତାର ମହୋସ୍ବରେ
ଅତୀତ କରୁଚି ପ୍ରହାର
ରାଶି ରାଶି ସ୍ମୃତିସବୁ ଝଡ଼ିପଡ଼ୁଛନ୍ତି
ଗଙ୍ଗଶିଉଲି ପରି ମନର ଚଟାଣରେ।
ବେଳ ଅବେଳରେ
କୋହସବୁ ଲହଡ଼ି ଭାଙ୍ଗି

ତୋଳୁଛନ୍ତି ପ୍ରତିଧ୍ବନି

ହେ ସମୟ କେତେ ଆଉ ସାଇତିଚ

ତୁମ ମୁଣିରେ ମୋ ପାଇଁ

ଘଟଣା, ଦୁର୍ଘଟଣା ।

ତୁମ ସହ ମୋର ଏ ଦ୍ବନ୍ଦ୍ବଯୁଦ୍ଧରେ

କେତେ ଆଉ ଲଢ଼ିବି ଏକା ଏଲା ।”

ଛାତ୍ରୀ ଜୀବନରେ କବିତା ଲେଖିବାକୁ ଭଲପାଉଥିବା ଆଉ ଅନେକ କବିତା ଲେଖି ପ୍ରଶଂସାର ପାତ୍ରୀ ହେଇଥିବା ସୁଗନ୍ଧାଙ୍କ ମନର ଉଦ୍‌ବେଳନ ଅନେକ ବର୍ଷ ପରେ ସେଦିନ ଏମିତି କବିତାର ରୂପ ନେଇଥିଲା ।

ୟା’ ଭିତରେ ସପ୍ତାହେ ବିତିଯାଇଥାଏ । ଆଚାର୍ଯ୍ୟ ଭବନରେ ସବୁକିଛି ପୂର୍ବପରି ସାଧାରଣ ଲାଗୁଥାଏ । କାଞ୍ଚନ ଆଉ ପହଲା ଆଶ୍ୱସ୍ତ ଥିଲେ ସୁଗନ୍ଧାଙ୍କୁ ନେଇ ଯେ, କିଛିଦିନ ପୂର୍ବର ସେ ଉଦାସଭାବ ସୁଗନ୍ଧାଙ୍କର ଆଉ ନାହିଁ ବୋଲି । କିନ୍ତୁ ସୁଗନ୍ଧାଙ୍କ ମନ ତଳେ ସୁପ୍ତ ଆଗ୍ନେୟଗିରିର ବକ୍ଷରେ ଫୁଟୁଥିବା ଲାଭା ପରି ନିରନ୍ତର ଫୁଟୁଥିଲେ ଶିଳା ଦର୍ପଣରେ ଦେଖି ଆସିଥିବା ସେ ଛବିଦୁଇଟି, ଆଉ ତାକୁ ନେଇ ସମ୍ଭାବ୍ୟ ପରିଣତିର ଚିନ୍ତା । ସୁଗନ୍ଧା ଏ କଥାଗୁଡ଼ିକ କାଞ୍ଚନ କି ପହଲା ସହିତ ବାଣ୍ଟି ପାରି ନ ଥିଲେ, କାହିଁକି ନା ମନରେ ଭୟ ଏ ଦୁହେଁ କଥାଟିକୁ କେମିତି ଗ୍ରହଣ କରିବେ ବୋଲି । ପୂର୍ଣ୍ଣିମା ରାତିରେ ଶିଳା ଦର୍ପଣ ମନ୍ଦିରରେ ଘଟିଥିବା ଘଟଣାକୁ ପ୍ରଘଟ କରି ଲୋକମାନଙ୍କ ମନରେ ଅଯଥା କୌତୂହଳ ସୃଷ୍ଟି କରିବାକୁ ମଧ୍ୟ ସେ ଚାହୁଁ ନ ଥିଲେ ।

ଦିନେ ସକାଳୁ ଅଙ୍କିତା ତା’ର ସକାଳର ନିତ୍ୟକର୍ମ ସାରିବା ପରେ ସୁଗନ୍ଧା ତା’ କୁଣ୍ଠୁକୁଣ୍ଠିଆ ଚୁଟିକୁ ପାନିଆରେ କୁଣ୍ଠାଇ ବେଣୀ ପକାଇ ଦେଉଥା’ନ୍ତି । ଅଙ୍କିତା କହିଲା– “ମା’ ଆଜି ମୋର ଦୁଇଟି ବେଣୀ କରିବ, ଗୋଟେ ନୁହେଁ ।”

- "ଚମକି ପଡ଼ିଥିଲେ ସୁଗନ୍ଧା । ଅଙ୍କିତାର କଥାରେ ଏତେ ସ୍ୱସ୍ତତା । ଆଗପରି ସେ ଏକଥା ଦୁଇଧାଡ଼ି ଥଙ୍ଗାଥଙ୍ଗା ହେଇ ଅଧା ଗିଳି ଅଧା ଓଟାରି ହେଇ କହିନି । ଖୁବ୍‌ ସହଜରେ କହିଯାଇଥିଲା ।

ଅଙ୍କିତାର ମୁହଁକୁ ନିଜ ଆଡ଼କୁ ବୁଲେଇ ଦେଇ ଭଲଭାବରେ ନିରେଖି ଗଲେ– ହଁ, ତା' ପାଟି ପାଖର ବଙ୍କାପଣଟା କେତେ କମିଯାଇଛି ।

ଅଙ୍କିତା ହସିଦେଲା ସୁଗନ୍ଧାଙ୍କୁ ଚାହିଁ, ଆଉ ହାତରେ ଧରିଥିବା ଦୁଇଟି ଗୋଲାପୀ ରବର ବଢ଼ାଇ ଦେଇଥିଲା ସୁଗନ୍ଧାଙ୍କ ହାତକୁ ।

ତା' ହାତରୁ ରବର ଦୁଇଟିକୁ ନେଇ ଦୁଇ ବେଣୀରେ ଶକ୍ତ କରି ବାନ୍ଧି ପକାଇଲା ବେଳକୁ ସୁଗନ୍ଧା ଭାବି ହେଉଥିଲେ– "ହସଟା ବି ତା'ର ବଙ୍କା ନହେଇ କେତେ ସଲଖ ଦିଶୁଚି ।"

ଶିଳା ଦର୍ପଣରେ ସେ ଦେଖିଥିବା ପ୍ରଥମ ଛବିଟି ତାହେଲେ କ'ଣ ସତ ହେବାକୁ ଯାଉଛି । ସେ ଛବିଟିର ମର୍ମ ଧୀରେ ଧୀରେ ସେ ହୃଦୟଙ୍ଗମ କରିବାକୁ ଲାଗିଥିଲେ । ସେ ବୁଝିପାରିଥିଲେ ସେଥିରେ ଦେଖିଥିବା ଅଙ୍କିତାର ନିଖୁଣ ଚେହେରା ଆଉ ତା' ପୃଷ୍ଠପଟରେ ଥିବା ଉଡ଼ନ୍ତା ଶୁକପକ୍ଷୀ ଆଉ ଫଳଭର୍ତ୍ତି ଭୋଗଡାଲା କଥା । ଉଡ଼ନ୍ତା ଶୁକପକ୍ଷୀ ଆଉ ଫଳଭର୍ତ୍ତି ଭୋଗଡାଲା ସୂଚାଉଥିଲା ଆଶ୍ୱିନ ବା କୁମାରପୂର୍ଣ୍ଣିମାକୁ । କୁମାରପୂର୍ଣ୍ଣିମା ଦିନ ହଁ ଶିଳା ଦର୍ପଣ ମନ୍ଦିରରେ ଶୁକପକ୍ଷୀମାନଙ୍କୁ ଫଳ ଭୋଗ ଲାଗି କରାଯାଇଥାଏ । କୁମାର ପୂର୍ଣ୍ଣିମାକୁ ଆଉ ମାତ୍ର ଦଶଦିନ ବାକି ରହିଲା । ତାହେଲେ ଏଇ ଦଶଦିନ ଭିତରେ ଯଦିଓ ଏ ରୂପାନ୍ତର ପ୍ରକ୍ରିୟା ବୋଧହୁଏ ଆରମ୍ଭ ହେଇଗଲାଣି ଭାଦ୍ର ପୂର୍ଣ୍ଣିମାର କିଛି ଦିନ ପରଠୁ; ଅଙ୍କିତାର ସ୍ୱପ୍ରବଣତା ସମ୍ପୂର୍ଣ୍ଣ କଟିଯାଇ ସେ ତା' ବୟସକୁ ଚାହିଁ ଗୋଟେ ସୁସ୍ଥ ପିଲାଟିଏରେ ରୂପାନ୍ତରିତ ହେଇଯିବ ।

ଠିକ୍‌ ସେଇଆ ହେଲା ଭାଦ୍ରପୂର୍ଣ୍ଣିମାରୁ ଆଶ୍ୱିନପୂର୍ଣ୍ଣିମା, ଏଇ ମାସଟି ସମୟ

ଭିତରେ ଅଙ୍କିତାର ଶାରୀରିକ ଆଉ ମାନସିକ ଅକ୍ଷମତା କଟିଯାଇ ସେ ରୂପାନ୍ତରିତ ହେଇଯାଇଥିଲା ଗୋଟେ ସୁସ୍ଥ ମଣିଷରେ। ତା'ର ଆଉ କଥା କହିଲାବେଲେ ଓଠ ବଙ୍କା ହେଉ ନ ଥିଲା କି ଥଙ୍ଗ ଥଙ୍ଗ ହେଇ କଷ୍ଟ କରି ଶବ୍ଦଗୁଡ଼ିକୁ ଓଟାରି କହୁ ନ ଥିଲା। ସେ ଚାଲିଲାବେଲେ ଏବେ ତା' ଗୋଡ଼ ଦୁଇଟି ନିଜ ନିଜ ଭିତରେ ଏକଦମ୍ ଠିକ୍ ଭାବରେ ସାମଞ୍ଜସ୍ୟତା ରଖିପାରୁ ଥିଲେ। ଅବଶ୍ୟ ଏ ରୂପାନ୍ତର ପ୍ରକ୍ରିୟା ଥିଲା ଖୁବ୍ ଧୀର ଆଉ ପ୍ରଣାଳୀବଦ୍ଧ। ଠିକ୍ କଢ଼ିଟିଏରୁ ଫୁଲଟିଏ ଫୁଟିବା ପରି। ଏ ପରିବର୍ତ୍ତନକୁ କାଞ୍ଚନ ଆଉ ପହଲା ଜାଣିପାରିଥିଲେ। କାଞ୍ଚନ କହୁଥିଲା– "ମା' ଅକ୍କୁ ଦେଇଙ୍କ ପାଟି କି ମୁହଁ ଆଉ ବଙ୍କା ହେଉନି ଖାଇଲାବେଲେ କି କଥା କହିଲାବେଲେ। କାଲି ଆମେ ସନ୍ଧ୍ୟା ବେଲେ ଛୋଟି ପାରା ଖେଲୁଥିଲୁ ଯେ, ଦେଇ ପୂରା ଡଗଡଗ ହେଇ ମୋଠୁ ଅଧିକ ଜୋରରେ ଦୌଡୁଥିଲେ।"

ସୁଗନ୍ଧା ଏଥର ଥଙ୍ଗଥଙ୍ଗ ହେଇଯାଇଥିଲେ। ସତ କଥାଟିକୁ କହି ପାରିବେନି, କାହିଁକି ନା ଜଣା ନାହିଁ ଶିଳା ଦର୍ପଣର ଦ୍ୱିତୀୟ ଭାଗର ଛବିର ସତ୍ୟତା କ'ଣ। ଯଦି ଏମିତି ହେଉଛି, ଅଙ୍କିତା ପୁଣି ତା'ର ସ୍ୱପ୍ରବଣ ଅବସ୍ଥାକୁ ଫେରିଆସିବ, ତେବେ... ତେବେ ଆଗକୁ କ'ଣ ?

– "ହଁ, କାଞ୍ଚନ, ଅଙ୍କିତା ଧୀରେ ଧୀରେ ଠିକ୍ ହେଇଗଲା ପରି ଲାଗୁଚି, ଭୁବନେଶ୍ୱରରୁ ଡାକ୍ତରାଣୀ ମାଉସୀ (ଅର୍ଚ୍ଚନାକୁ କାଞ୍ଚନ ଡାକେ ଡାକ୍ତରାଣୀ ମାଉସୀ) ଏଇ କିଛି ମାସ ତଲେ କେତେଟା ସ୍ୱତନ୍ତ୍ର ଧରଣର ଔଷଧ ପଠାଇଥିଲେ ବିଦେଶରୁ ମଗେଇକି। ତା'ରି ପ୍ରଭାବ ବୋଧେ। ହେଲେ ଜଣା ନାହିଁ ଏ ଔଷଧର ପ୍ରଭାବ କେତେଦିନ ରହିବ। ତୁ ଏକଥା ଆଉ କାହାକୁ କହିବୁନି। ଯେବେ ଜାଣିବା ଅଙ୍କିତା ପୂରା ଠିକ୍ ହେଇଯାଇଛି, ସେବେ ଅନ୍ୟମାନଙ୍କୁ ଏ ବିଷୟରେ କହିବା। ନ ହେଲେ ଲୋକେ ହଜାରେ ପ୍ରଶ୍ନ ପଚାରି ଅଶାୟଣ କରିବେ, ପହଲାକୁ ବି ଏକଥା କହିଦେବୁ।"

– "ଠିକ୍ କଥା ମା' ଔଷଧର ଗୁଣ ସରିଲେ କ'ଣ ହେବ ଜଣାନାହିଁ, କାହିଁକି ଆଗରୁ ଡେଙ୍ଗୁରା ପିଟିବା। ତୁମେ ଖାଲି ସେ ଔଷଧରୁ ଆହୁରି ଅଧିକ ମଗେଇକି ରଖିଥାଅ। ଯେମିତିକି ଦରକାର ପଡ଼ିଲେ ଆମେ ସେ ଔଷଧକୁ ଖୁଆଇକି ଦେଇଙ୍କୁ ଭଲ ରଖିପାରିବା।" କଥାଟକ କାଞ୍ଚନ କହିଥିଲା ଖୁସିରେ ଗଦ୍‌ଗଦ୍ ହୋଇ।

ଆଜି ଆଶ୍ୱିନ ଚତୁର୍ଦ୍ଦଶୀ। ରାତି ପାହିଲେ ପୂର୍ଣ୍ଣମୀ। ଅଙ୍କିତାଠି ସ୍ୱପ୍ରବଣତାର ଆଉ କୌଣସି ଚିହ୍ନବର୍ଣ୍ଣ ନାହିଁ। ଚତୁର୍ଦ୍ଦଶୀର ଜହ୍ନ ଖିଲି ଖିଲି ହସୁଛନ୍ତି ଆଚାର୍ଯ୍ୟ ଭବନର ଦାଣ୍ଡ ଅଗଣାରେ, ସନ୍ଧ୍ୟା ଆକାଶରେ। ଅଙ୍କିତା ଆଉ କାଞ୍ଚନ ଦୁହେଁ ମଧ୍ୟ ହସୁଛନ୍ତି ଖିଲିଖିଲି ହେଇ ସେମାନଙ୍କର ଆସନ୍ତାକାଲିକୁ ପିନ୍ଧିବାକୁ ଥିବା ନୂଆ ପୋଷାକଗୁଡ଼ିକୁ ଦେହରେ ଗଲାଇ ଦେଇ।

ସୁଗନ୍ଧା ଠିକ୍ କରିନେଇଛନ୍ତି ଅଙ୍କିତାର ଏ ପରିବର୍ତ୍ତିତ ରୂପରେ ଏଠି ପଥରକଟା ଗାଁରେ ରହିବାଟା କିଛି ଅସୁବିଧା ସୃଷ୍ଟି କରିପାରେ। ଗାଁ ଲୋକମାନେ ତାକୁ ଏମିତି ରୂପରେ କେତେଦୂର ସହଜରେ ଗ୍ରହଣ କରିପାରିବେ, ତା'ଛଡ଼ା ଆସନ୍ତା ବର୍ଷକୁ ଅଙ୍କିତା ଯଦି ତା'ର ଏ ସ୍ୱପ୍ରବଣତା ଗୁଣ ପୁଣି ଫେରିପାଏ, ତେବେ ଗାଁର ବାସିନ୍ଦା ଆଉ ଚିହ୍ନାଜଣା ଲୋକେ କେମିତି ପ୍ରତିକ୍ରିୟା ଦେଖାଇବେ, କିଏ ବା ଜାଣେ ? ତେଣୁ କୁମାରପୂର୍ଣ୍ଣମୀ ବାସି ତାଙ୍କୁ ଅଙ୍କିତାକୁ ନେଇ ଭୁବନେଶ୍ୱର ଚାଲିଯିବାକୁ ହେବ। ମନେମନେ ଏ ନିଷ୍ପତ୍ତି ନେଇ ତାଙ୍କର ଆଉ ଅଙ୍କିତାର ଆବଶ୍ୟକ ଜିନିଷ ସବୁ ବାହାର କରି ରଖିଥିଲେ।

ସୁଗନ୍ଧା ଥିଲେ ତାଙ୍କ ନନା, ବୋଉଙ୍କର ଏକମାତ୍ର ସନ୍ତାନ। ଏବେ ସେମାନେ ଆରପାରିରେ। ତାଙ୍କ ଦ୍ୱିତଳ ବିଶିଷ୍ଟ ବସାଗୃହଟିର ତଳ ମହଲାରେ ଏଇ ଗତବର୍ଷ 'ଫାଷ୍ଟ ଫୁଡ୍' ଦୋକାନଟିଏ ଖୋଲିଚି। ଭଡ଼ା ପଇସା ପ୍ରତ୍ୟେକ ମାସରେ ତାଙ୍କ ବ୍ୟାଙ୍କ ଖାତାରେ ଜମା ହେଇଯାଏ। ଉପର ମହଲାଟି ସେମିତି ତାଲା ପଡ଼ି

ରହିଚି । ତା'ର ରକ୍ଷଣାବେକ୍ଷଣ ଡାକ୍ତର ଅର୍ଚ୍ଚନାଙ୍କ ଉପରେ । ଠିକ୍ ସେମିତି ସୌରଭଙ୍କ ଘରର ଅବସ୍ଥା । ତାଙ୍କ ବାପା ମା' ମଧ୍ୟ କେଉଁ କାଳୁ ଦେହତ୍ୟାଗ କଲେଣି । ସୌରଭଙ୍କର ସାନ ଭାଇଟି, ଗୌରବ, ଆମେରିକାର ସ୍ଥାୟୀବାସିନ୍ଦା । ସୌରଭ ଆଉ ସୁଗନ୍ଧା ପଥରକଟା ଗାଁଟିରେ ରହିଯିବାରୁ ତାଙ୍କର ସେ ଘରଟି ମଧ୍ୟ ଖାଲି ପଡ଼ିଚି ବିରାଟ ଦ୍ୱିତଳ ବିଶିଷ୍ଟ କୋଠା । ଅର୍ଚ୍ଚନା ରୁହନ୍ତି ସେଇ ପାଖରେ । ସେ ଘରର ଦାୟିତ୍ୱ ବି ଅର୍ଚ୍ଚନା ସ୍ୱତଃସ୍ଫୂର୍ତ୍ତ ଭାବେ ମୁଣ୍ଡାଇ ନେଇଛନ୍ତି । ତେଣୁ ଅଙ୍କିତାକୁ ନେଇ ଭୁବନେଶ୍ୱର ଚାଲିଯିବା ହିଁ ଠିକ୍ ହେବ । ସେଥିପାଇଁ ସେ ସନ୍ଧ୍ୟାବେଳୁ ବଲାଙ୍ଗୀରର ଡାକ୍ତର ଜଣାଶୁଣା ଟ୍ୟାକ୍ସିବାଲାକୁ ଫୋନ୍ କରି ପହରଦିନ ପାଇଁ ଟ୍ୟାକ୍ସିଟି, ଯୋଗାଡ଼ କରିଦେଇଛନ୍ତି ଭୁବନେଶ୍ୱର ଚାଲିଯିବା ପାଇଁ ।

କୁମାରପୂର୍ଣ୍ଣମୀର ସକାଳ । ପଥରକଟା ଗାଁରେ ଜନଜୀବନ ଉତ୍ସବ ମୁଖରିତ । ଶିଳା ଦର୍ପଣ ମନ୍ଦିରରେ ସବୁ ବର୍ଷ ପରି ବେଶ୍ ଲୋକ ଗହଳି । କାଞ୍ଚନ ଆଉ ପହଲା ସାଙ୍ଗ ହେଇ ମନ୍ଦିରରେ ପୂଜା କରି ଶୁକପକ୍ଷୀମାନଙ୍କ ଉଦ୍ଦେଶ୍ୟରେ ଫଳ ଡାଲା ଥୋଇ ଦେଇ ଆସିଲେ । ସୁଗନ୍ଧା ମଧ୍ୟ ପଥରକଟା ଗାଁକୁ ଆସିବା ଦିନରୁ ପ୍ରତ୍ୟେକ ବର୍ଷ ଅଙ୍କିତାକୁ ନେଇ ଶିଳା ଦର୍ପଣ ମନ୍ଦିରକୁ ଶୁକପକ୍ଷୀମାନଙ୍କ ଉଦ୍ଦେଶ୍ୟରେ ଭୋଗଡାଲା ଧରି ଯା'ନ୍ତି । ଏବର୍ଷ କିନ୍ତୁ ସେ ଜାଣିଶୁଣି ମନ୍ଦିରକୁ ଯାଇ ନ ଥିଲେ । ମନରେ ଭୟ ଗାଁ ଲୋକେ ଅଙ୍କିତାର ଏ ପରିବର୍ତ୍ତିତ ରୂପକୁ ଦେଖି କ'ଣ ଭାବିବେ ଆଉ କେମିତି ତାକୁ ଗ୍ରହଣ କରିବେ ବୋଲି । ସେ ସାରାଦିନ ତାଙ୍କର ଆଉ ଅଙ୍କିତାର ଜିନିଷ ବାନ୍ଧିବାରେ ବ୍ୟସ୍ତ ରହିଲେ । ସନ୍ଧ୍ୟାବେଳକୁ ଚଉଁରା ପୂଜା । ଛେନାରେ ତିଆରି ଜହ୍ନ ଆକୃତିର ଭୋଗ ସଜାଡ଼ି ଦେଇ ରଖିଦେଲେ ତୁଳସୀ ଚଉଁରା ମୂଳେ । ପୂର୍ଣ୍ଣମୀ ଜହ୍ନକୁ ଚାହିଁ ପାଣିଛଡ଼େଇ ଦେଲେ । ଏଥର ଅଙ୍କିତା ନୂଆ ପୋଷାକ ପିନ୍ଧି ଛେନା ଚାନ୍ଦକୁ ନେଇ କବାଟ କୋଣରେ ଜହ୍ନକୁ ଲୁଚି ଖାଇଲା । ଅଙ୍କିତାର ଏ ପରିବର୍ତ୍ତିତ ରୂପକୁ ଖାଲି ସୁଗନ୍ଧା ଚାହୁଁଥା'ନ୍ତି । ସବୁବେଳେ ସେ

ଅଙ୍କିତାର ସମବୟସ୍କ ପିଲାଙ୍କୁ ଦେଖି ଭାବି ହେଉଥିଲେ ଅଙ୍କିତାର ଯଦି ସ୍ୱପ୍ରବଣତା ନ ଥା'ନ୍ତା, ତା'ହେଲେ ସେ କେମିତି ହେଇଥାନ୍ତା ବୋଲି । ଆଉ ଆଜି ଅଙ୍କିତା ଠିକ୍ ସେଇ ରୂପରେ ତାଙ୍କ ଆଗରେ ଠିଆ ହେଇଛି । ତା'ର ଏ ପରିବର୍ତିତ ରୂପର ହାବଭାବକୁ ପରଖିବାକୁ ସୁଗନ୍ଧାଙ୍କ ପାଖେ ସମୟ ନ ଥିଲା । ସେ ଯନ୍ତ୍ରଚାଳିତ ପରି ଭୁବନେଶ୍ୱର ଯିବା ପାଇଁ ସମସ୍ତ ପ୍ରସ୍ତୁତିରେ ଲାଗିଗଲେ ।

ତାଙ୍କର ଏ ପ୍ରସ୍ତୁତି ଦେଖି କାଞ୍ଚନ ଏଥର ପଚାରି ଦେଇଥିଲା– "ମା' ତୁମେ ଆଜି ସକାଳୁ ତୁମର ଆଉ ଅକ୍ଷୁ ଦେଇଙ୍କର ଲୁଗାପଟା ବାନ୍ଧିବାରେ ଲାଗିଚ, କେଉଁଠିକି ଯିବାକୁ ବାହାରିଛନ୍ତି କି ?

– "ହଁ ରେ, କାଲି ସକାଳୁ ଆମ ଦୁହିଁଙ୍କୁ ଭୁବନେଶ୍ୱର ଯିବାକୁ ପଡ଼ିବ । ଡାକ୍ତରାଣୀ ମାଉସୀଙ୍କୁ ଅଙ୍କିତାକୁ ଦେଖାଇବାକୁ ପଡ଼ିବ, କେମିତି ତାଙ୍କ ଔଷଧରେ ଅକ୍ଷୁ ଦେଇର ଦେହଟା ଠିକ୍ ହେଇଗଲାଣି ବୋଲି । ବାସ୍ କିଛି ଦିନ ରହି ଆମେ ଫେରି ଆସିବୁ ।"

– "ମା' ମୁଁ ବି ମୋ ଲୁଗାପଟା ବାନ୍ଧୁଛି, ଅକ୍ଷୁ ଦେଇଙ୍କ ବିଷୟରେ ମୋଠୁ ଆଉ ଅଧିକ କାହାକୁ ଜଣା । ଡାକ୍ତରାଣୀ ମାଉସୀ ଯଦି କିଛି ପଚାରିଲେ ଯୋଉଟା ତୁମକୁ ଜଣା ନ ଥିବ, ଆଉ ମୋତେ ଜଣାଥିବ, ତାହେଲେ... । ତାହେଲେ ତ ଦେଇଙ୍କ ଚିକିତ୍ସାରେ କିଛି ଗୋଟେ କମି ରହିଯାଇପାରେ । ତେଣୁ ମୁଁ ବି ଆସୁଚି ତୁମମାନଙ୍କ ସହ ଭୁବନେଶ୍ୱର ।"

– "ଆଉ ପହଲା ?"

– "ସେ କ'ଣ ଏ ଘର, ବାଡ଼ିବଗିଚା ଛାଡ଼ି ଯିବ । ଏବେ ପରା ସେ ଉଲ୍କୋବି ଚାରାସବୁ ଆଣି ଲଗାଇଛି । ଆହୁରି ପୁଣି କିଆରି ସଜାଡ଼ିଛି ଶାଗ ଆଉ ଧନିଆପତ୍ର ସବୁ ଲଗାଇବ ବୋଲି ।"

କାଞ୍ଚନର କଥା ନ ସରୁଣୁ ପଛପଟୁ ପହଲାର କଥା ଶୁଭିଲା– "ମା' ତୁମେ

ସବୁ ଯାଆ କାଞ୍ଚନ ବାହାରିଚି ଯଦି ଯାଉ। ତୁମେ ସେଠି ପହଞ୍ଚି ଫୋନ୍‌ରେ ଖବରସବୁ ଜଣଉଥିବ। ଯଦି ଦରକାର ପଡ଼ିବ ମୁଁ ଆସିବି ଭୁବନେଶ୍ୱର, ବଲାଙ୍ଗୀର ସଦର ମହକୁମାରୁ ବସ୍ ଟ୍ରେନ୍ ସବୁ ତ ଚାଲିଛି।"

କାଞ୍ଚନର ଆଗ୍ରହକୁ କାଟି ନ ପାରି ସୁଗନ୍ଧା କେବଳ ନୀରବ ରହିଥିଲେ। ତା'ଛଡ଼ା କାଞ୍ଚନ ବି କେଉଁ ତାଙ୍କ ଅନୁମତିକୁ ଅପେକ୍ଷା କରିଥିଲା ଯେ, ସେ ହଁ କି ନା କହିଥା'ନ୍ତେ।

ପଥରକଟା ଗାଆଁର ନିଜ ବସାଗୃହ ଆଚାର୍ଯ୍ୟ ଭବନକୁ ଛାଡ଼ି ଅନିର୍ଦ୍ଦିଷ୍ଟ ସମୟ ପାଇଁ ଭୁବନେଶ୍ୱରରେ ଯାଇ ରହିବାର ସମସ୍ତ ପ୍ରସ୍ତୁତି ସୁଗନ୍ଧା ସେ ରାତିଟା ଭିତରେ କରି ଦେଇଥିଲେ।

***

ଅଷ୍ଟମ ପରିଚ୍ଛେଦ

ସୁଗନ୍ଧା ଘରର କେତୋଟି ଜରୁରୀ କଥା ପହିଲାକୁ ବୁଝାଇ ଦେଉଥିବା ବେଳେ ତାକୁ ସବୁଦିନ ଠାକୁର ପୂଜା ଆଉ ସନ୍ଧ୍ୟାଧୂପ ଦେବା ପାଇଁ ମଧ୍ୟ କହି ରଖିଲେ। ଏବେ ତିନିହେଁ- ସୁଗନ୍ଧା, ଅଙ୍କିତା ଆଉ କାଞ୍ଚନ ନିଜ ନିଜର ଜିନିଷ ଥିବା ବ୍ୟାଗ୍ ଆଉ ସୁଟ୍‌କେଶଗୁଡ଼ିକ ସହ ଆସି ବସିଯାଇଥିଲେ ସକାଳୁ ଆସି ଅପେକ୍ଷାରତ ଟ୍ୟାକ୍ସିଟିରେ। ଟ୍ୟାକ୍ସିଟି ଆଗକୁ ଗଡ଼ିଲା। ପହିଲା ଆଚାର୍ଯ୍ୟ ଭବନର ପିଣ୍ଡା ଉପରୁ ସେମାନଙ୍କୁ ହାତ ହଲାଇ ଟା... ଟା... ଟା... କରିଥିଲା, ସେମାନେ ତା' ଦୃଷ୍ଟିରୁ ଅପସରି ଯିବାଯାଏ।

ଟ୍ୟାକ୍ସିଟି ଏଥର ଶିଳା ଦର୍ପଣ ମନ୍ଦିର କଡ଼ରାସ୍ତା ଦେଇ ମୁଖ୍ୟ ରାସ୍ତା ଆଡ଼କୁ ମୁହାଁଇଲା। ମନ୍ଦିର ପରିସରର ଧାରେ ଧାରେ ସଡ଼କଟି। ଟ୍ୟାକ୍ସିଟିରେ ବସି ରହି ସୁଗନ୍ଧା ମା' ତାରାଙ୍କ ଉଦ୍ଦେଶ୍ୟରେ ହାତ ଯୋଡ଼ିଲେ- "ମା' ଘଟଣାମାନଙ୍କ ପ୍ରବାହରେ ମୁଁ ଭାସି ଚାଲିଛି। ଜାଣେ ନାହିଁ ଆହୁରି କେତେ କ'ଣ ଦେଖିବାକୁ ମୋର ବାକି ରହିଛି। ମୋର କେବଳ ଗୋଟିଏ ଗୁହାରି ମା', ଏ ଘଟଣାଗୁଡ଼ିକ ଚକ୍ରବ୍ୟୂହରେ ମୁଁ ହଜି ନ ଯାଏ, ବରଂ ଏ ଘଟଣାଗୁଡ଼ିକଠୁ ମୁଁ ଜୀବନର ଏକ ମହତ୍ତର ଉଦ୍ଦେଶ୍ୟକୁ ଉପଲବ୍ଧି କରିପାରେ।"

ସୁଗନ୍ଧାଙ୍କର ଏ ନୀରବ ପ୍ରାର୍ଥନା ସରି ଆସିଲା ବେଳକୁ ଟ୍ୟାକ୍ସିଟି ପହଞ୍ଚିଯାଇଥିଲା ରାଜରାସ୍ତାରେ। ସେଠାରୁ ବଲାଙ୍ଗୀର ସଦର ମହକୁମା ପ୍ରାୟ ତିନିଘଣ୍ଟାର ବାଟ। ତା'ପରେ ପୁଣି ଭୁବନେଶ୍ୱର ଆହୁରି ପ୍ରାୟ ସାତ ଘଣ୍ଟା। ଜାତୀୟ

ରାଜପଥ ୫୭, ଆଉ ରାଜ୍ୟ ସଡ଼କ ପଥ ୬୪ ଦେଇ, ଖୋର୍ଦ୍ଧା। ପଟ ହେଇ ସେମାନଙ୍କୁ ଭୁବନେଶ୍ୱରରେ ପହଞ୍ଚିବାକୁ ପ୍ରାୟ ୩୧୬ କିଲୋମିଟର ଦୂରତା ଅତିକ୍ରମ କରିବାକୁ ହେବ। ଏତେଗୁଡ଼େ ବାଟ ଯିବାକୁ ଥିବାରୁ ସୁଗନ୍ଧା ଜାଣିଜାଣି ଇନୋଭାଟିଏ ଭଡ଼ାରେ ଆଣିଥିଲେ। ପଛ ସିଟ୍‌ରେ କାଞ୍ଚନ ଗୋଡ଼ ହାତ ମେଲାଇ ବେଶ୍ ଫୁର୍ତ୍ତିରେ ବସିଥିଲା। ସୁଗନ୍ଧାଙ୍କ କଡ଼ ସିଟ୍‌ରେ ଅଙ୍କିତା ବସିଥିଲା, ଆଉ ଝରକା କାଚବାଟେ ବାହାରର ଦୃଶ୍ୟକୁ ଉପଭୋଗ କରି ଚାଲିଥିଲା ସ୍ଥିର ଦୃଷ୍ଟିରେ।

ଅଙ୍କିତାର ସ୍ୱପ୍ରବଣତା କଟିଯାଇ ସେ ଏବେ ସମ୍ପୂର୍ଣ୍ଣ ସୁସ୍ଥ। ପଥରକଟା ଗାଁରୁ ଭୁବନେଶ୍ୱର ଚାଲିଯିବାକୁ ନେଇଥିବା ନିଷ୍ପତ୍ତି ଯୋଗୁ ସୁଗନ୍ଧାଙ୍କର ଏଇ ଦୁଇଦିନ ଖୁବ୍ ବ୍ୟସ୍ତତାରେ କଟିଗଲା। ସେ ଅଙ୍କିତାକୁ ଏ ନୂଆ ରୂପରେ ଏଯାଏ ଠିକ୍‌ସେ ଦେଖିପାରି ନ ଥିଲେ। ଝିଅ ତାଙ୍କର କାଚ ଝରକା ଦେଇ ଦେଖୁଥାଏ ବାହାରର ଦୃଶ୍ୟ। ସୁଗନ୍ଧା କିନ୍ତୁ ନିରେଖି ଚାଲିଥା'ନ୍ତି ଅଙ୍କିତାକୁ। ପାଦଠୁ ମୁହଁଯାଏ, ୟା' ଭିତରେ ଦଶଥର ସେ ତନ୍ନ ତନ୍ନ କରି ଚାହିଁ ଦେଖିଲେଣି ତାକୁ। ତା'ର ଏ ପରିବର୍ତ୍ତନକୁ ବାହାର ଲୋକ ଯେମିତିକି ସିଏ ଆଉ କାଞ୍ଚନ, ପହଲା ଜାଣିପାରୁଛନ୍ତି, ସେମିତି ସେ ନିଜେ କ'ଣ ବୁଝିପାରୁଛି ତା'ର ଏ ପରିବର୍ତ୍ତନର କଥା। କାଇଁ ତା' ବ୍ୟବହାରରେ ତ ସେ ସେମିତି କିଛି ଦେଖି ପାରିନାହାନ୍ତି ଏ ପର୍ଯ୍ୟନ୍ତ। ଅବଶ୍ୟ ଏତେ ଶୀଘ୍ର କୌଣସି ସିଦ୍ଧାନ୍ତରେ ପହଞ୍ଚିଯିବା ଠିକ୍ ହେବନି।

ଏଥର ନିଜକୁ ସହଜ କରି ବସିରହିଲେ ସୁଗନ୍ଧା। ସାଙ୍ଗରେ ଯଥେଷ୍ଟ ପିଇବା ପାଣି ଆଉ ଖାଇବା ଜିନିଷ ଧରିଥିଲା କାଞ୍ଚନ। ମଧ୍ୟାହ୍ନଭୋଜନ ସମୟକୁ କାଗଜ ପ୍ଲେଟ୍‌ରେ ସମସ୍ତଙ୍କୁ ପରଟା ଆଳୁଭଜା ବାଢ଼ିଦେଲା କାଞ୍ଚନ। କିଛି ସମୟ ରାସ୍ତା କଡ଼ରେ ଗାଡ଼ି ରଖି ସମସ୍ତେ ଖାଇନେଲେ। କାଞ୍ଚନର ସବୁ କାମରେ ଏମିତି ସନ୍ତୁଳଣା। ଫଳ କେତେଗୁଡ଼ିଏ ବି ସାଙ୍ଗରେ ଆଣିଛି, ତା' ସହିତ ପୁରୁଣା ଖବରକାଗଜ କେତେଟା ବି ମନେକରି ରଖିଛି।

ଏତେ ସବୁ ଘଟଣା ଭିତରେ ସବୁଠୁ ଖୁସି ଥିଲା କାଞ୍ଚନ। ଅଙ୍କିତାର ସ୍ୱପ୍ରବଣତାକୁ ଦେଖିଥିବା ସେ ସମୟର ତା'ର କଷ୍ଟ ଓ ସଂଘର୍ଷରେ ସାଥୀ ହୋଇଥିବା କାଞ୍ଚନ ଖୁସି ହେବାଟା ଥିଲା ସ୍ୱାଭାବିକ ଆଉ ସେ ଜାଣିଥିଲା ଯେ, କୌଣସି ବିଶେଷ ଔଷଧର ପ୍ରଭାବରେ ଏ ପରିବର୍ତ୍ତନ ଘଟିଛି, ତେଣୁ ତା' ଖୁସି ଥିଲା ଅମାୟିକ। ସୁଗନ୍ଧାଙ୍କୁ ଜଣାଥିଲା ଏ ପରିବର୍ତ୍ତନ ପଛର ରହସ୍ୟ। ତେଣୁ ସେ କାଞ୍ଚନ ପରି ସ୍ୱତଃପ୍ରବୃତ୍ତ ଭାବେ ଖୁସି ହେଇ ପାରୁ ନ ଥିଲେ, କିନ୍ତୁ ଖୁସି ହେବାକୁ ଚେଷ୍ଟା କରୁଥିଲେ। ଗାଆଁ ଛାଡ଼ି କାଞ୍ଚନ ପ୍ରଥମ ଥର ପାଇଁ ଏତେଗୁଡ଼େ ବାଟ, ଏତେ ଦୂର ଜାଗାକୁ ଆସିଚି। ନ ହେଲେ ପଥରକଟା ଗାଆଁ ଆଉ ବଲାଙ୍ଗୀର ସଦର ମହକୁମାଯାଏ ଥିଲା ତା'ର ଅନୁଭୂତି। ସେଥିପାଇଁ ମଧ ତା' ମନ ଆଉ ଟିକେ ଉଲ୍ଲାସରେ ଭରା। ପିନ୍ଧିଚି ଗତକାଲିର କୁମାରପୂର୍ଣ୍ଣିମୀର ନୂଆ ଶାଡ଼ି, ତା' ସାଙ୍ଗକୁ ନାଲି ଫୁଲପକା ବ୍ଲାଉଜ୍। ରାଜଧାନୀକୁ ବୁଲି ଯାଉଚି, ଆହୁରି କେତେ ସବୁ ଭଲ ଭଲ ଶାଡ଼ି ସାଙ୍ଗରେ ଆଣିଥିବ। କାଞ୍ଚନ କଥା ଭାବି ସୁଗନ୍ଧା ହସିଥିଲେ ମନେମନେ।

ପଥରକଟା ଗାଆଁରୁ ସକାଳୁ ଯାତ୍ରା ଆରମ୍ଭ କରିଥିବା ଟ୍ୟାକ୍ସିଟି ଭୁବନେଶ୍ୱରରେ ସୁଗନ୍ଧାଙ୍କ ଘରେ ଆସି ପହଞ୍ଚିଲା ବେଳକୁ ସନ୍ଧ୍ୟା। ସୁଗନ୍ଧା ଯେତେବେଳେ ଦ୍ୱିତୀୟ ଶ୍ରେଣୀର ଛାତ୍ରୀ ଥିଲେ, ସେବେ ସେମାନେ ଏଇ ଘରଟିକୁ ଆସିଥିଲେ ଭଡ଼ାଘରଟିରୁ। ସୁଗନ୍ଧାଙ୍କର ନନା ଥିଲେ ଜଣେ ପ୍ରତିଷ୍ଠିତ ବିଉଶାଳୀ ବ୍ୟବସାୟୀ। ସେତେବେଳେ ଏଇ ଡିହଖଣ୍ଡକ କିଣି ଦ୍ୱିତଳ କୋଠାଟି ତିଆରି କରି ସେମାନେ ଏଠିକି ଚାଲି ଆସିଲା ପରେ ସାରା ଜୀବନ ସେମାନଙ୍କର ଏଇଠି କଟିଥିଲା। କୋଠାଟିର ନାଁ ତାଙ୍କ ନନା ରଖିଥିଲେ 'ମାତୃଛାୟା'। ଏଇ 'ମାତୃଛାୟା' ଦେଖିଚି ସୁଗନ୍ଧାଙ୍କର ଶୈଶବ, କୈଶୋର ଓ ଆଦ୍ୟ ଯୌବନ। ମାତୃଛାୟାର ଅବସ୍ତିତି ଏପରି ଥିଲା ଯେ, ତା'ର ସମ୍ମୁଖ ଭାଗରେ ଗୋଟେ ଚଉଡ଼ା ରାସ୍ତା ଲମ୍ଭିଯାଇ ମିଶିଥିଲା ମୁଖ୍ୟ ରାସ୍ତାରେ, ଆଉ ଠିକ୍ ସେମିତି ପଛପଟରେ ବି ଚଉଡ଼ା

ରାସ୍ତାଟିଏ, ଯେଉଁଟାକି ଆଗକୁ ବଢ଼ି ଅନ୍ୟ ଏକ ମୁଖ୍ୟରାସ୍ତା ସହ ଯୋଡ଼ି ହୋଇଥିଲା । ସେଥିପାଇଁ ତଳ ମହଲାରେ ଚାଲିଥିବା 'ଫାଷ୍ଟ ଫୁଡ୍' ଦୋକାନଟିର ପ୍ରବେଶ ପଥ ଥିଲା ପଛପଟ ରାସ୍ତାରୁ ଆଉ ଉପର ମହଲା ପାଇଁ ପ୍ରବେଶ ପଥ ଥିଲା ଆଗପଟ ରାସ୍ତାରୁ । ତେଣୁ 'ଫାଷ୍ଟ ଫୁଡ୍' ଦୋକାନର ଗହଳଚହଳ ଉପର ମହଲାର ବାସିନ୍ଦାଙ୍କ ଉପରେ ପ୍ରଭାବ ପକାଏ ନାହିଁ ।

ପଥରକଟା ଗାଁରୁ ବାହାରିଲା ପୂର୍ବରୁ ଫୋନ୍‍ରେ ଅର୍ଚ୍ଚନାଙ୍କୁ ସେମାନଙ୍କ ଭୁବନେଶ୍ୱର ଆସିବା କଥା ଜଣାଇ ଦେଇଥିଲେ ସୁଗନ୍ଧା । ସେମାନେ ପହଞ୍ଚିଲା ବେଳକୁ ଅର୍ଚ୍ଚନାଙ୍କ ଡ୍ରାଇଭର ଉପର ମହଲାର ଚାବି ଖୋଲି ଘରସବୁ ଆଉ ଟିକେ ସଫାସଫି କରିଦେଇଥାଏ । ସାଙ୍ଗରେ ରାତି ଖାଇବା ମଧ୍ୟ ଆଣି ଆସିଥାଏ । ଏବେ ଟ୍ୟାକ୍‍ସିକୁ ତା'ର ଦେୟ ପଇଠ କରି ସେମାନେ ଚାଲି ଆସିଥିଲେ ଉପର ମହଲାକୁ । ସୁଗନ୍ଧା ତାଙ୍କ କୋଠରିରେ ତାଙ୍କର ଆଉ ଅଙ୍କିତାର ଜିନିଷ ସବୁ ସଜାଡ଼ି ରଖିଥିଲେ । ଆଉ ତା'ରି ସଂଲଗ୍ନ ଅନ୍ୟ ଏକ କୋଠରିରେ କାଞ୍ଚନର ରହିବା ବ୍ୟବସ୍ଥା କରିଦେଲେ । ସମସ୍ତେ ଏଥର ଲୁଗା ବଦଳାଇ ଧୋଇଧାଇ ହେଇ ରାତି ଖାଇବା ଖାଇନେଇ ନିଜ ନିଜ ଉଦ୍ଦିଷ୍ଟ କୋଠରିରେ ଶୋଇପଡ଼ି ଥିଲେ । ଶୋଇବା ବେଳେ ସୁଗନ୍ଧା ଅଙ୍କିତାର କୁଞ୍ଚୁକୁଞ୍ଚିଆ ଚୁଟି ଭିତରେ ଆଙ୍ଗୁଠି ବୁଲାଇବା ବେଳେ ତାଙ୍କର ପ୍ରାର୍ଥନା ଥିଲା ଭିନ୍ନ ପ୍ରକାରର- "ମା' ମୋ ପିଲାଟିକୁ ସମ୍ଭାଲି ନେବୁ । ଏତେ ସବୁ ବିଚିତ୍ର ଘଟଣା ତା' ସହ ଘଟିଯାଉଚି, ଏସବୁ ଭିତରେ ସେ ନିଜକୁ ସନ୍ତୁଲିତ ରଖିପାରୁ, ସେ ଶକ୍ତି ତାକୁ ଦେବୁ ମା'... ସେ ଶକ୍ତି ତାକୁ ଦେବୁ ।" ସୁଗନ୍ଧା ଏଥର ଅଙ୍କିତା ସହ ଶୋଇପଡ଼ିଲେ ନିଶ୍ଚିନ୍ତର ନିଦ ।

ସକାଳୁ ମୁଖ୍ୟ ଦରଜାରେ କଲିଂବେଲ୍ ଶବ୍ଦରେ ନିଦ ଭାଙ୍ଗିଥିଲା ସୁଗନ୍ଧାଙ୍କର । କବାଟ ଖୋଲି ଦେଖନ୍ତି ତ ଅର୍ଚ୍ଚନାଙ୍କ ଡ୍ରାଇଭର ଦିଲୀପ । ଦିଲୀପ କ୍ଷୀର ପ୍ୟାକେଟ, କିଛି ପରିବାପତ୍ର ଆଉ ସଉଦା ଜିନିଷ ଥିବା ବ୍ୟାଗ୍ ଦୁଇଟି ତାଙ୍କ

ହାତକୁ ବଢ଼ାଇ ଦେଇଥିଲା ଆଉ କହିଥିଲା- "ମ୍ୟାଡାମ୍ ପଠାଇଛନ୍ତି ଆଜ୍ଞା, ଆଉ ଯଦି କିଛି ଦରକାର ଅଛି କୁହନ୍ତୁ, ଆଣିଦେବି । ମ୍ୟାଡାମ୍ କହିଛନ୍ତି ସେ ଦ୍ୱିପ୍ରହର ଖାଇବା ବେଳେ ଆପଣଙ୍କ ପାଖକୁ ଆସିବେ ।"

– "ସବୁ ଜରୁରୀ ଜିନିଷ ତ ଆଣିଦେଇଛ, ଆଉ କିଛି ଦରକାର ନାହିଁ । ଅର୍ଜିନାଙ୍କୁ କହିବ ମୁଁ ତାଙ୍କୁ ଅପେକ୍ଷା କରିଛି ବୋଲି ।"

– "ଆଜ୍ଞା, ମୁଁ ଏଥର ଆସୁଛି, ନମସ୍କାର ।"

ଡ୍ରାଇଭର ଚାଲିଗଲା । ସୁଗନ୍ଧା ଘର ଭିତରକୁ ଜିନିଷତକ ଆଣି କାଞ୍ଚନକୁ ଉଠାଇଲେ । ଏତେ ଡେରିଯାଏ ଶୋଇବା ଲୋକ ନୁହଁ କାଞ୍ଚନ, ବୋଧହୁଏ ଏତେଗୁଡ଼େ ବାଟର ଯାତ୍ରା । ପରେ କ୍ଲାନ୍ତିରେ ଶୋଇପଡ଼ିଛି । ଏବେ ଅଙ୍କିତା ମଧ୍ୟ ଉଠିଯାଇଥିଲା । ଦିନଟିର ଶୁଭାରମ୍ଭ ହେଇଥିଲା ସାଧାରଣ ଦିନଚର୍ଯ୍ୟାରୁ । ପାଖାପାଖି ସାତ ବର୍ଷ ପରେ ସୁଗନ୍ଧା ଆସିଥିଲେ ଭୁବନେଶ୍ୱର ତାଙ୍କ ଘରକୁ । ଏବେ ଜଣାନାହିଁ କେତେ ଦିନ ରହିବାକୁ ହେବ । ଯାହା ବି ହେଉ, ଘରଟିକୁ ସଜାଡ଼ିବାକୁ ପଡ଼ିବ । କାଞ୍ଚନ ସହ ମିଶି ରୋଷେଇ ଘର ଉପର ଥାକରୁ ରୋଷେଇ ସରଞ୍ଜାମ ଆଉ ବାସନକୁସନ ସବୁ ବାହାର କରାଗଲା । ଗ୍ୟାସ୍ ଚୁଲିକୁ ପୋଛାପୋଛି କରି ସଜଡ଼ା ଗଲା । ଫ୍ରିଜ୍ ଉପରର ପ୍ଲାଷ୍ଟିକ ଖୋଲକୁ କାଢ଼ି ତାକୁ ମଧ୍ୟ ଚାଲୁ କରାଗଲା । ଦ୍ୱିପ୍ରହର ବେଳକୁ ପ୍ରାୟ ସବୁ ସଜଡ଼ା ସଜଡ଼ି ସରିଯାଇଥାଏ । ବୈଠକଖାନାରେ ଲାଗିଥିବା ଟିଭି ଉପରୁ ମଧ୍ୟ ଖୋଲକୁ କଢ଼ାଯାଇ ତାକୁ ଠିକ୍‍ସେ ରଖାଗଲା । ଅର୍ଜିନା ସେମାନଙ୍କ ଆସିବା କଥା ଶୁଣି ଗୋଟେ ଭରା ଗ୍ୟାସ୍ ସିଲିଣ୍ଡର ଆଣି ରଖିଦେଇଥିଲେ ରୋଷେଇଘରେ । ସକାଳୁ ସକାଳୁ ଦରକାରୀ ଜିନିଷସବୁ ପଠାଇ ଦେଲାରୁ ସକାଳର ଚା ପିଆଠୁ ଆରମ୍ଭ କରି ଜଳଖିଆ ଆଉ ଦ୍ୱିପ୍ରହରର ଖାଇବା ମଧ୍ୟ ପ୍ରସ୍ତୁତ ହେଇଯାଇଥିଲା ।

ଦିନଟି ଖୁବ୍‌ ବ୍ୟସ୍ତତାରେ କଟିଥିଲା ସତ, କିନ୍ତୁ ଘରକରଣା ବେଶ୍‌ ସୁରୁଖୁରୁରେ ଆରମ୍ଭ ହେଇଯାଇଥିଲା। ଏସବୁ ଭିତରେ କିନ୍ତୁ ଗୋଟିଏ ଜିନିଷର କମି (ଅଭାବ) ରହିଥିଲା, ଠାକୁର ଘରଟି ଥିଲା ଖାଲି। ନନା, ବୋଉଙ୍କ ଦେହାନ୍ତ ପରେ ସେ ଘରେ ରହିବାକୁ ଯେତେବେଳେ ଆଉ କେହି ନ ଥିଲେ, ସୁଗନ୍ଧା ଠାକୁର ଫଟୋ ଓ ମୂର୍ତ୍ତିମାନଙ୍କୁ ମନ୍ଦିରକୁ ପଠାଇ ଦେଇଥିଲେ। ତାଙ୍କ ବୋଉଙ୍କ ଲକ୍ଷ୍ମୀ ପେଡ଼ିଟିକୁ ତାଙ୍କ କକାପୁଅ ଭାଇଙ୍କୁ ଦେଇଥିଲେ। ଆଜି ଗାଧୋଇ ସାରି ଶୂନ୍ୟ ଠାକୁର ଘରେ ମୁଣ୍ଡିଆ ମାରି ଉଠିଲା ବେଳକୁ ଭାବିଥିଲେ ଦିନେ ଦୁଇ ଦିନ ଭିତରେ ଯାଇ ବଜାରରୁ ଦୁର୍ଗାମାଧବ ଫଟୋଟିଏ କିଣି ଆଣିବେ ବୋଲି।

ଦ୍ୱିପ୍ରହର ସମୟ। ଭୋଜନରେ ଭାତ, ଡାଲ୍‌ମା ଆଉ କଲରା ଭଜା। ସୁଗନ୍ଧା ଓ ଅଙ୍କିତାକୁ ବାଢ଼ି ଦେଇ କାଞ୍ଚନ ନିଜେ ଗୋଟେ ଥାଲିରେ ସବୁ ବାଢ଼ି ନେଇ ଖାଇବାକୁ ବସିଗଲା। ସୁଗନ୍ଧା ଭାତରେ ଡାଲ୍‌ମା ଗୋଲାଇ ଚାହିଁଲେ ଅଙ୍କିତାକୁ। ଅଙ୍କିତା ମଧ ଭାତରେ ଡାଲ୍‌ମା ଗୋଲାଇଲା। ଡାଲ୍‌ମାର ପରିବାଗୁଡ଼ିକୁ ନିଜ ହାତରେ ଭାତ ସହିତ ଅଧାଅଧା ଚକଟିଦେଲା, ନିଜେ ଛୋଟ ଗୁଣ୍ଡା କରି ଖାଇବାକୁ ଲାଗିଲା। ଆଜି ତା' ପାଟି କଡ଼ରୁ ଖାଇଲାବେଲେ ଲାଳ ବୋହୁନି, କି ତା' ମୁହଁ ଓଠ ବଙ୍କା ହେଉନି। ସେ ଖୁବ୍‌ ସହଜରେ ପାଟି ଆଁ କରି ଖାଉଥାଏ ଏବଂ ଗୋଟେ ସୁସ୍ଥ ମଣିଷର ଖାଇବାର ଗତି ପରି ଆଜି ତା'ର ଖାଇବାର ଗତି। ଏବେ ଅଙ୍କିତା ଖାଇ ଦେଇ ତା' ଅଇଁଠା ହାତ ଧୋଇଥିଲା ଆଉ ଶୋଇବା ଘରକୁ ଯିବା ପୂର୍ବରୁ କହିଥିଲା– "ମା' ମୁଁ ଟିକେ ଶୋଇ ପଡ଼ୁଚି, ଉଠିଲେ ଏ ଘର ଆଗ ବଗିଚାରେ କାଞ୍ଚନ ସହ ଖେଳିବି।"

କି ସ୍ୱଚ୍ଛ କଥା, କି ଢଙ୍ଗର କାମ, ପୂରା ସୁସ୍ଥ ପିଲାଟିଏ ପରି। ଅଙ୍କିତା ଚାଲିଗଲା, ତା' ପଛେ ପଛେ କାଞ୍ଚନ ମଧ ଚାଲିଯାଇଥିଲା ଟିକେ ବିଶ୍ରାମ କରିବାକୁ। ସୁଗନ୍ଧା ଏଥର ବୈଠକଖାନାର ସୋଫାଟି ଉପରେ ଆଉଜି ବସିଥିଲେ

ଅର୍ଚ୍ଚନାଙ୍କୁ ଅପେକ୍ଷା କରି । ଆଖି ତାଙ୍କର ମୁଦି ହେଇ ଆସୁଥିଲା– ଆଗକୁ କ'ଣ ସବୁ ହେବ ଜଣାନାହିଁ । ଗୋଟେ ଦୀର୍ଘଶ୍ୱାସ ସହ ବାହାରି ଆସିଥିଲା ଭାବନାତକ ।

ଟିଙ୍ଗ୍... ଟିଙ୍ଗ୍... ବାଜିଥିଲା ମୁଖ୍ୟ ଦରଜାର କଲିଂବେଲ୍‍ଟି । କବାଟ ଖୋଲୁ ଖୋଲୁ ଅର୍ଚ୍ଚନା ଏକ ପ୍ରକାର କୁଣ୍ଠାଇ ପକାଇଥିଲେ ସୁଗନ୍ଧାଙ୍କୁ ।

– "କେତେ ବର୍ଷ ପରେ ଦେଖା ହେଉଚି ସୁଗୁ ତୁମ ସହିତ । ଯା'ହେଉ ଏତେ ଦିନ ପରେ ଏ ଘର ତୁମର ମନେପଡ଼ିଲା । ଭାରି ଖୁସି ଲାଗୁଚି ତୁମକୁ ଦେଖି । ମୁଁ ତ କହୁଚ୍ଛି ଯିବା ନାଁ ଏବେ ଧରିବନି ତୁମ ପ୍ରିୟ ପଥରକଟା ଗାଁକୁ । ପ୍ରାୟ ପାଞ୍ଚ ବର୍ଷ ପରେ...।"

– "ପାଞ୍ଚ ବର୍ଷ ପରେ ନୁହଁ, ସାତ ବର୍ଷ ହେଇଗଲାଣି ।"

– "ବାପରେ, ସାତ ବର୍ଷ ପରେ ତୁମେ ଆସିଚ ସୁଗୁ, ତୁମ ସହ ସାତ ବର୍ଷ ପରେ ଦେଖା ହେଉଚି, time flies..."

– "really time flies ..."

ସେମାନଙ୍କ ଏମିତି ହୋ ହଲ୍ଲା କଥାବାର୍ତ୍ତାରେ ଅଳ୍ପ ସମୟ ପୂର୍ବରୁ ଶୋଇବାକୁ ଯାଇଥିବା ଅଙ୍କିତା ଆଉ କାଞ୍ଚନ ଉଠି ଚାଲି ଆସିଥିଲେ ବୈଠକଖାନାକୁ ।

– "ଅଙ୍କିତା ଇଏ ହେଲେ ଡାକ୍ତରାଣୀ ମାଉସୀ ତାଙ୍କୁ ନମସ୍କାର କର ।" – କହିଥିଲେ ସୁଗନ୍ଧା ।

– "ନମସ୍କାର ।"

– "ବାପରେ କେଡ଼େ ଡେଙ୍ଗାତେ ହେଇଚି ଆମ ଅଙ୍କିତା । ମୁହଁଟା ତା'ର ତ ପୂରା ଆମ ସୌରଭ ପରି ଦିଶିଲାଣି । ଏତକ କହି ଅର୍ଚ୍ଚନା ଟିକେ ଥଙ୍ଗଥଙ୍ଗ

ହେଇଗଲେ, ମନେପଡ଼ି ଯାଉଥିଲା ତାଙ୍କର ଅଙ୍କିତାର ସ୍ୱପ୍ରବଣତା କଥା ।

କାଞ୍ଚନ ଦୌଡ଼ି ଆସି ମୁଣ୍ଡିଆ ମାରିଲା ଅର୍ଚ୍ଚନାଙ୍କୁ ।

– “ଇଏ ହେଲା କାଞ୍ଚନ, ଫୋନ୍‌ରେ ତୁମେ ଥରେ ଅଧେ କଥା ହେଇଚ କାଞ୍ଚନ ସହିତ ପଥରକଟା ଗାଁଆରୁ ।”

– “ଆରେ ହଁ, ଥରେ ଅଧେ କଥା ହେଇଚି, କିନ୍ତୁ ତୁମ ମୁହଁରୁ କାଞ୍ଚନ ନାଁଆଟା ହଜାର ଥର ଶୁଣିଚି ।”

– “ତୁମ କଥା ବି ଶୁଣିଚି, ଆପଣେ ଅଙ୍କୁ ଦେଇଙ୍କ ପାଇଁ ଜନ୍ମଦିନରେ ଉପହାର ପଠାନ୍ତି, ତାଙ୍କ ପାଇଁ ଔଷଧ ବି ପଠାନ୍ତି, ସବୁ ଜାଣିଚି, ଆଜି ଆଖିରେ ଦେଖିଲି । ତୁମ ଔଷଧରେ ଦେଖନ୍ତୁ ଆମ ଅଙ୍କୁ ଦେଇ କେମିତି...।” ଅଧିକ ଉସ୍ସାହରେ କାଞ୍ଚନ ଆଗକୁ ଆହୁରି କହିବାକୁ ଗଲାବେଳକୁ ସୁଗନ୍ଧା ତାକୁ ଆଖିମିଟିକା ମାରି ଇସାରାରେ ଆଉ ଅଧିକା କିଛି ନ କହିବାକୁ ଜଣାଇଥିଲେ । ସୁଗନ୍ଧା କାଞ୍ଚନକୁ ବୁଝାଇଥିଲେ ଯେ, ଅଙ୍କିତାର ଉପସ୍ଥିତିରେ ତା’ ସ୍ୱପ୍ରବଣତା ବିଷୟରେ କୌଣସି ପ୍ରକାର କଥା ନ ହେବାକୁ, ଜଣା ନାହିଁ ଅଙ୍କିତା ଏ କଥାଗୁଡ଼ାକୁ କେମିତି ଗ୍ରହଣ କରିବ ।

କାଞ୍ଚନ ଏଥର କଥାକୁ ଅନ୍ୟଆଡ଼େ ବୁଲାଇଥିଲା ।

– “ଡାକ୍ତରାଣୀ ମାଉସୀ, ତୁମ ରାଜଧାନୀର ପରିବାଗୁଡ଼ିକ ଜମାରୁ ସୁଆଦିଆ ନୁହେଁ, ସବୁଗୁଡ଼ା ସାରଦିଆ ପାଣିଚିଆ ପରିବା ।”

– “କିଛିଦିନ ରହି ଯା’ ଏଠି ରାଜଧାନୀରେ, ତୋତେ ଏସବୁ ପାଣିଚିଆ ପରିବା ବି ଭାରି ସୁଆଦିଆ ଲାଗିବ ।” ହସି ହସି କହିଥିଲେ ଅର୍ଚ୍ଚନା, ତା’ପରେ ପୁଣି ଯୋଡ଼ିଥିଲେ– “ଆରେ ଏତେଗୁଡ଼େ ବାଟ ଆସିଲ, ରାସ୍ତାରେ କିଛି ଅସୁବିଧା ହେଇନି ତ ?”

– "ଆମେ ମଜା କରି କରି ଆସିଲୁ। ବାଟରେ ପରଟା ଆଳୁଭଜା ଖାଇଲୁ। ବହୁତଗୁଡ଼େ ଟ୍ରକ୍ ଆଉ ବସ୍ ଦେଖିଲୁ। କାଉମାନଙ୍କୁ ବି ଦେଖିଲୁ। ବହୁତ ପାଣି ପିଇଲୁ। ଆପେଲ, ଅରେଞ୍ଜସବୁ ଖାଇ ଖାଇ ଏଠି ମା'ଙ୍କ ଘରେ ପହଞ୍ଚିଗଲୁ।" କହିଥିଲା ଅଙ୍କିତା ଅର୍ଜନାଙ୍କ ପ୍ରଶ୍ନର ଉଉରରେ।

ଅବାକ୍ ହେଇ ଚାହିଁ ରହିଲେ ଅର୍ଜନା, ଅଙ୍କିତା ଆଡ଼କୁ। ତାଙ୍କ ଦୁଇ ଭୁଲତା କୁଣ୍ଠହେଇ ମିଶିଯାଇ ଥିଲେ ଠିକ୍ ନାକର ଆରମ୍ଭ ଜାଗାରେ। ଅଙ୍କିତାକୁ ନେଇ ତାଙ୍କ ମନର ଦ୍ୱିଧା ବେଶ୍ ସ୍ୱଷ୍ଟ ବାରି ହେଇ ପଡ଼ୁଥିଲା ତାଙ୍କ ହାବଭାବରୁ।

– "ଅଙ୍କିତା ଆଉ କାଞ୍ଚନ ତୁମେ ଦୁହେଁ ଯାଇ ଟିକେ ଶୋଇପଡ଼, ସନ୍ଧ୍ୟା ବେଳକୁ ଢେର କାମ ଅଛି। ଡାକ୍ତରାଣୀ ମାଉସୀ ଏବେ ଚାଲିଯିବେ ଏଇ ଟିକେ ସମୟ ପରେ। ମୁଁ ବି ତା'ପରେ ଶୋଇବାକୁ ଆସିବି। ନିଜ ନିଜ ରୁମ୍ର କବାଟ ଆଉଜେଇ ଦେଇ ଶୁଅ ଯେ, ଆମ କଥାରେ ତୁମମାନଙ୍କ ନିଦ ଆଉ ଖରାପ ହେବନି... ଯାଅ... ଶୀଘ୍ର ଯାଇ ଟିକେ ଶୋଇପଡ଼।" ପରିସ୍ଥିତିକୁ ସମ୍ଭାଳିବାକୁ ଯାଇ କହିଥିଲା ସୁଗନ୍ଧା।

କାଞ୍ଚନ ଆଉ ଅଙ୍କିତା ଚାଲିଯିବା ପରେ ପରେ ସୁଗନ୍ଧା ସୋଫା ଉପରେ ବସିଥିବା ଅର୍ଜନାଙ୍କ ପାଖକୁ ଆଉ ଟିକେ ଘୁଞ୍ଚି ଆସିଥିଲେ। ସେ ପର୍ଯ୍ୟନ୍ତ ମଧ ଅର୍ଜନାଙ୍କର ଅଙ୍କିତାକୁ ନେଇ ଦ୍ୱିଧାଭାବ କଟି ନ ଥିଲା। ବଡ଼ ବିଚଳିତ ସ୍ୱରରେ କହିଥିଲେ– "ସୁଗନ୍ଧା ମୋର ଯେତିକି ମନେଅଛି, ଅଙ୍କିତା କଥା କହିଲା ବେଳେ ତା' ପାଟିଟା ଗୋଟେ କଡ଼କୁ ବାଙ୍କିଯାଉଥିଲା। ସେ ଥଙ୍ଗ ଥଙ୍ଗ ହେଇ ଅଧାଗିଳି, ଅଧା ଢୋକି କଥା କହୁଥିଲା ନା। ଏଇ ମାସେଖଣ୍ଡେ ତଳେ ତ ମୁଁ ଫୋନ୍‌ରେ ତୁମ ସହ କଥା ହେଲାବେଳେ, ସେ ବି ମୋ ସହ ଦି'ପଦ କଥା ହେଇଥିଲା। କିନ୍ତୁ ଆଜିର ଏ ଅଙ୍କିତାଠି ଏ ପରିବର୍ତନ କିଛି ବୁଝା ପଡ଼ୁନି।"

– "ଅଙ୍କିତା ପାଇଁ ହିଁ ମୋର ଚିନ୍ତା । ତା' ସହିତ ନାଇଁ... ଆମ ସହିତ ଏଇ କିଛି ଦିନ ହେଲାଣି ବଡ଼ ବିଚିତ୍ର, ଅଶ୍ରୁତ ଘଟଣାସବୁ ଘଟିଯାଇଛି । ତୁମ ପାଖରେ ସମୟ ଅଛି ଯଦି, ସବୁ କଥା ବିସ୍ତାରରେ କହିବି ।"

– "ମୁଁ ସନ୍ଧ୍ୟା ପର୍ଯ୍ୟନ୍ତ ତୁମ ପାଖରେ ରହିପାରିବି । ଆଜି ନର୍ସିଂହୋମ୍‌ରେ ଅନ୍ୟ ଡାକ୍ତରମାନଙ୍କ ଡ୍ୟୁଟି । ମନରେ କିଛି ଭାବନା, ଦୁର୍ଭାବନା ନ ରଖି ସବୁ କଥା ଖୋଲିକି କୁହ, ସବୁ ଶୁଣିଲା ପରେ ଯାଇ ମୋତେ ଶାନ୍ତି ଲାଗିବ ।"

– "ମୋ ମନରେ ସବୁବେଳେ ଅଙ୍କିତାର ଭବିଷ୍ୟତକୁ ନେଇ ଚିନ୍ତାଥାଏ । ସୌରଭ ତ ଅକାଲରେ ଚାଲିଗଲେ । ମୁଁ ବି ଦିନେ ଆମ ଗୁରୁଜନମାନଙ୍କ ପରି ବୟସ ହେଲେ ଚାଲିଯିବି । ତା'ପରେ... ତା'ପରେ ଅଙ୍କିତାର କ'ଣ ହେବ । କିଏ ତା' ଦାୟିତ୍ୱ ନେବ, ତା' କଥା କିଏ ବୁଝିବ । ଏ ଚିନ୍ତାକୁ ବଳିଯାଇଥିଲା ଆଉ ଗୋଟେ ଚିନ୍ତା । ଏଇ ଗତ ମାସରେ ବଲାଙ୍ଗୀର ଡାକ୍ତରଖାନାର ରୌପ୍ୟ ଜୟନ୍ତୀ ପାଳନ ଅବସରରେ ସିଷ୍ଟର ଲୁସି ଫୋନ୍ କରି ଡାକିଥିଲେ ।"

– "ହଁ, ମୋତେ ବି ସିଷ୍ଟର ଲୁସିଙ୍କ ଫୋନ୍ ଆସିଥିଲା । ଭାରି ଭଲ ଲାଗିଥିଲା । ଏତେ ବର୍ଷ ପରେ ବି ଯା' ହେଉ ମନେରଖି ଫୋନ୍ କରୁଛନ୍ତି ଆଉ ନିମନ୍ତ୍ରଣ ବି କରିଥିଲେ । ହେଲେ ମୋର ଯିବାଟା ସମ୍ଭବ ହେଲାନି ।" ସୁଗନ୍ଧାଙ୍କ କଥା ମଝିରେ ଏ କଥା ପଦକ କହିଥିଲେ ଅର୍ଚ୍ଚନା ।

– "ହଁ, ସେଇ ଦିନର କଥା । କାର୍ଯ୍ୟକ୍ରମ ସବୁ ସରିଲା ପରେ ମୁଁ ଘରକୁ ଫେରିଲାବେଲକୁ ସିଷ୍ଟର ଲୁସି ମୋତେ ଡାକି ନେଇଥିଲେ ଡାକ୍ତରଖାନା ପରିସରରେ ଥିବା ତାଙ୍କ ବସାଘରକୁ । ଅଙ୍କିତା ପାଇଁ କିଛି ଉପହାର ରଖିଥିଲେ ଦେବାପାଇଁ । ଆମେ ସ୍ତ୍ରୀ ଓ ପ୍ରସୂତି ବିଭାଗ ପଟର ବାରଣ୍ଡା ଦେଇ ଗଲାବେଲକୁ ଗୋଟେ କୋଠରିରୁ ବେଦନାସିକ୍ତ କରୁଣ ସ୍ୱରଟେ ମୋ କାନରେ ବାଜିଲା ।

ମର୍ମଭେଦୀ ସେ ସ୍ୱର। ମୁଁ ଭାବିଥିଲି ଆସନ୍ନପ୍ରସବା କାହାର ସ୍ୱରଟି ବୋଧେ। କିନ୍ତୁ ସିଷ୍ଟର ଲୁସିଙ୍କଠୁ ଶୁଣିଲି ଭୁବନେଶ୍ୱରରେ ଚାକିରି କରୁଥିବା ଅଛ ବୟସର ଝିଅଟିଏ, ବଲାଙ୍ଗୀର ତା' ଘରକୁ ଟ୍ରେନ୍‌ରେ ଆସି ଷ୍ଟେସନରୁ ଅଟୋ ଷ୍ଟାଣ୍ଡକୁ ଗଲାବେଳେ ଶିକାର ହୋଇଥିଲା କେତେଗୁଡ଼େ ଅସାମାଜିକ ବ୍ୟକ୍ତିଙ୍କ ଦୌରାମ୍ୟର। ଝିଅଟିର ଅବସ୍ଥା ଖୁବ୍ ସଙ୍କଟାପନ୍ନ ଥିଲା। ସେ ଯା' ହେଉ ମୁଁ ସିଷ୍ଟର ଲୁସିଙ୍କଠୁ ଉପହାରଟି ନେଇ ଫେରି ଆସିଥିଲି। ପଥରକଟା ଗାଆଁରେ ପହଞ୍ଚିଲା ବେଳକୁ ସନ୍ଧ୍ୟା। ସେ ଝିଅଟିର ବିକଳ ସ୍ୱର ଓ ଯନ୍ତ୍ରଣାସିକ୍ତ ମୁହଁଟି କିନ୍ତୁ ମୋ ମନରେ ବାରମ୍ୱାର ଉକୁଟି ଉଠୁଥାଏ। ତା' ପର ଦିନ ଦୁଇଟି ମୋ ପାଇଁ ଥିଲା ଅସହ୍ୟ। ମୁଁ ଏକପ୍ରକାର ଖାଇବା ପିଇବା ବି ଛାଡ଼ି ଦେଇଥିଲି। ଜୀବନ ପ୍ରତି ବିତୃଷ୍ଣା ଆସିଯାଇଥିଲା। ଏ ଘଟଣାଟି ମୋ ମନରେ ଅଙ୍କିତାର ଭବିଷ୍ୟତ ଚିନ୍ତା ସହିତ ଯୋଡ଼ି ଦେଇଥିଲା ଆଉ ଗୋଟେ ଚିନ୍ତା ଯେ- ପାଠ ପଢ଼ୁଆ, ଶାରୀରିକ ଓ ମାନସିକ ସ୍ତରରେ ସୁସ୍ଥ ଝିଅଟିଏ ଯଦି ଏ ପ୍ରକାର ଘଟଣାର ଶିକାର ହେଉଚି, ତେବେ ଅଙ୍କିତା ପରି ପିଲାମାନେ କେତେଦୂର ସୁରକ୍ଷିତ। ଏ ଚିନ୍ତାରୁ ଉପରକୁ ଉଠି ମୁଁ ଆଉ କିଛି ଭାବିପାରୁ ନ ଥିଲି।

ଦୁଇ ଦିନ ପରେ ଆସିଲା ଭାଦ୍ରପୂର୍ଣ୍ଣିମା ରାତି। ଅଙ୍କିତା ଶୋଇଥାଏ, ମୋ ଆଖିକୁ ନିଦ ନାହିଁ। ଉଠି ଦେଖିଲି କାଞ୍ଚନ ବୈଠକଖାନାରେ ସୋଫା ପାଖରେ ସଉପଟିଏ ଉପରେ ବସି କନ୍ଥାଟିଏ ସିଲେଇ କରୁଥିବାର। ଝରକା ଦେଇ ବାହାର ପୂନେଇଁ ଜହ୍ନକୁ ଦେଖି ଇଚ୍ଛା ହେଲା ବାହାରୁ ମାନେ ଶିଳା ଦର୍ପଣ ମନ୍ଦିର ଆଡ଼ୁ ବୁଲି ଆସି ଟିକେ ଅଶାନ୍ତ ମନକୁ ଶାନ୍ତ କରିବାକୁ। ଶିଳା ଦର୍ପଣ ମନ୍ଦିର କଥା ମନେଅଛି ନା...।"

– "ହଁ ସୌରଭ ମୋତେ ସେ ମନ୍ଦିର ଆଉ ଆଖପାଖ ଜଙ୍ଗଲ ଜାଗା ସବୁ ବୁଲେଇକି ଦେଖାଇଥିଲା। ତା' ଜିପ୍‌ରେ ବସି ଆଖପାଖ ଅଞ୍ଚଲ ଖୁବ୍ ବୁଲିଥିଲି। ତୁମେମାନେ ବଲାଙ୍ଗୀରରୁ ସ୍ଥାୟୀ ଭାବେ ପଥରକଟା ଗାଆଁକୁ ଆସିବାର କିଛି ଦିନ

ପୂର୍ବର କଥା ଇଏ।"

– "ତାହେଲେ ତ ସେ ମନ୍ଦିରର ବିଶେଷତ୍ଵ ମଧ୍ୟ ଜାଣିଥିବ, ତାକୁ ନେଇ ଥିବା କିମ୍ବଦନ୍ତୀ କଥା ମଧ୍ୟ ଶୁଣିଥିବ।"

– "ସେଇ ଯୋଉ ଶହେ ଆଠଟା ଦର୍ପଣ ଆକାରର ପଥରସବୁ ତା' ପାଖରେ ଭୂଇଁ ଉପରେ ପଡ଼ିଛନ୍ତି, ଆଉ ସେଥରୁ ଗୋଟେ କୁଆଡ଼େ କେବେ କେଉଁ ପୂର୍ଣ୍ଣିମାରେ ଦର୍ପଣ ପରି ଝଟକିଉଠେ। ଅବଶ୍ୟ ଏ ଘଟଣା ନିୟମିତ ପ୍ରତ୍ୟେକ ବର୍ଷ ବା କିଛି ବର୍ଷର ବ୍ୟବଧାନରେ ଘଟେ ନାହିଁ, କେବେ କେବେ ଖୁବ୍ ଦୁର୍ଲଭ୍ୟ ଯୋଗରେ ଏହା ଘଟେ। ସୌରଭ ମନ୍ଦିରର ନାଆଁର ସାର୍ଥକତା ବୁଝାଇବାକୁ ଯାଇ ଏ କାହାଣୀଟି ମୋତେ କହିଥିଲା। ଶୁଣାକଥା, କିଏ ଜାଣେ ସତ କ'ଣ।"

– "ସେଇ ଶୁଣାକଥାକୁ ମୁଁ ଆଖିରେ ପ୍ରତ୍ୟକ୍ଷ ଦେଖିଲି।"

– "ମାନେ..."

– "ସେଦିନ ଭାଦ୍ରପୂର୍ଣ୍ଣିମା ରାତିରେ ମୁଁ ଯାଇ ମନ୍ଦିର ପରିସରରେ ତା' ପାଚେରିକୁ ଆଉଜି ବସିଲି, ସେଇ ଦର୍ପଣ ଆକାରର ପଥରଖଣ୍ଡ ପାଖରେ। ମନରେ ଶିଳା ଦର୍ପଣ ମନ୍ଦିରର ଅଧିଷ୍ଠାତ୍ରୀ ଦେବୀ ମା' ତାରାଙ୍କୁ ଖୁବ୍ ଭର୍ସନା କରିଛି। ତାଙ୍କୁ ନିର୍ଜୀବ ବୋଲି କହି ମନେମନେ ଖୁବ୍ ତିରସ୍କାର କରିଛି। ଏମିତି ଆଖିବୁଜି ସେଠି ବସିରହି ଆହୁରି ଅନେକ କଥା ଭାବି ଯାଉଥିବା ବେଳେ ହଠାତ୍ ଗୋଟେ ଆଲୁଅର ଝଟକରେ ମୋ ଆଖି ଆପେ ଆପେ ଖୋଲିଯାଇଥିଲା। ମୁଁ ଦେଖିଲି ସେ ଜାଗାଟା ପୂରା କୁହୁଡ଼ିରେ ଭରି ଯାଇଥିଲା। ଜହ୍ନଟା ଆକାଶରେ ଟିକେ ତଳକୁ ଖସି ଆସିଥିଲେ, ଆଉ ଖୁବ୍ ଉଜ୍ଜ୍ୱଲ ଦିଶୁଥିଲେ। ସେଇ ଉଜ୍ଜ୍ୱଲ ଜହ୍ନରୁ ଆଲୁଅର ଧାରା ବାହାରି ଆସି ସଞ୍ଚରିଗଲା ମୋ ସାମ୍ନାରେ ଥିବା ଗୋଟେ ପଥର ଦେହରେ ଆଉ ସେ ପଥରଟି ନିମିଷକରେ ଦର୍ପଣର କାଚ ପରି ସ୍ୱଚ୍ଛ, ମସୃଣ ହେଇଯାଇଥିଲା। ଦର୍ପଣ

କାଚରେ ସୂର୍ଯ୍ୟ କିରଣର ଧାରାଟିଏ ପଡ଼ିଲେ ଯେମିତି ଝଟକ ଫୁଟି ଉଠେ, ଠିକ୍ ସେମିତି ଝଟକୁଥିଲା ସେ ଶିଳା ଦର୍ପଣଟି ।

ତା'ରି ଦେହରେ ଦେଖିଲି ଦୁଇଟି ଛବି ପ୍ରତିଫଳିତ ହେଉଥିବାର । ଗୋଟିକରେ ସୁସ୍ଥ, ସୁଠାମ ଅଙ୍କିତା ହାତରେ ଧରିଥାଏ ଫଳଭର୍ତ୍ତି ଡାଲା ଆଉ ତା' ସହିତ ଥିଲି ମୁଁ । ଆଉ ଆମ ପଛରେ ଥିଲେ ଉଡ଼ନ୍ତା କେତେଟା ଶୁକପକ୍ଷୀ ଓ ପୂର୍ଣ୍ଣମୀ ଜହ୍ନ । ଆର ଛବିଟାରେ ବି ଥିଲା ଅଙ୍କିତା, କିନ୍ତୁ ତା' ଶାରୀରିକ ଅକ୍ଷମତା ସହ ବଙ୍କା ଓଠ ଆଉ ମୁହଁର ଭାବ ମଧ୍ୟ କିଞ୍ଚିଟା ଶେଥାଲିଆ । ସେଥିରେ ବି ମୋର ଛବି ଆଉ ପଛପଟରେ ସେମିତି ଉଡ଼ନ୍ତା ଶୁକପକ୍ଷୀ ଏବଂ ପୂର୍ଣ୍ଣମୀ ଜହ୍ନ ।

ଏସବୁ ଅପ୍ରତ୍ୟାଶିତ ଭାବେ ବାସ୍ କିଛି ମୁହୂର୍ତ୍ତରେ ଏମିତି ଭାବେ ଘଟିଗଲା ଯେ, କ'ଣ ହେଲା କ'ଣ ନାଇଁ ବୋଲି ବୁଝିବାକୁ ମୋ ପାଖେ ସମୟ କି ସୁଯୋଗ ନ ଥିଲା । ଏ ଅଭୁତ ଘଟଣାଟି ଦେଖିଲା ପରେ ଅତ୍ୟଧିକ ଭୟରୁ ମୁଁ ସେଠି ମୂର୍ଚ୍ଛା ଯାଇଥିଲି । ସକାଳୁ ମନ୍ଦିର ପୂଜାରୀ ପଞ୍ଚାନନ ମହାନ୍ତ, କାଞ୍ଚନ ଆଉ ପହଲା ମିଶି ମୋତେ ସେଠୁ ଉଠାଇ ଘରକୁ ଆଣିଥିଲେ ।"

– "କ'ଣ କହୁଚ ସୁଗନ୍ଧା, ଏମିତି ଗୋଟେ ବିଚିତ୍ର କଥା ତୁମେ ତୁମ ଆଖିରେ ଦେଖିଲ... ଅନ୍‌ବିଲିଭେବଲ... ତା'ପରେ ।"

– "ତା'ପରେ ଦିନ କେତେଟାରେ ମୁଁ ବୁଝିପାରିଥିଲି, ଶିଳା ଦର୍ପଣରେ ଦେଖିଥିବା ସେ ପ୍ରତିଛବି ଦୁଇଟିର ସତ୍ୟତା । ଗୋଟେ ସପ୍ତାହ ପରେ ଅଙ୍କିତାର ଚେହେରା ଓ କାର୍ଯ୍ୟକଳାପରେ ଅତି ସାମାନ୍ୟ ପାର୍ଥକ୍ୟ ଦେଖାଗଲା । ତା'ପର ସପ୍ତାହଗୁଡ଼ିକରେ ମୁଁ ଏମିତି କିଛି କିଛି ପରିବର୍ତ୍ତନ ଲକ୍ଷ୍ୟ କରିପାରିଥିଲି । ଧୀରେ ଧୀରେ ସେ ଭାଦ୍ରପୂର୍ଣ୍ଣମୀରୁ ଆଶ୍ୱିନପୂର୍ଣ୍ଣମୀ, ଏଇ ମାସଟେ ଭିତରେ ଜଣେ ଶାରୀରିକ ଓ ମାନସିକ ସ୍ତରରେ ସୁସ୍ଥ ପିଲାରେ ବଦଲିଗଲା । ଏ ପରିବର୍ତ୍ତନ ଥିଲା

ଧୀର, ସୁସଙ୍ଗଠିତ ଠିକ୍ କଢ଼ରୁ ଫୁଲଟିଏ ଫୁଟିଲାପରି ।”

– “ମିରାକିଲ୍... ମିରାକିଲ୍... ସୁଗନ୍ଧା । ତୁମ କଥାସବୁ ଫିଲ୍ମର କାହାଣୀ ପରି ଲାଗୁଚି । ଫୋନ୍‌ରେ ତୁମଠୁ ଏସବୁ ଶୁଣିଥିଲେ ହୁଏତ ବିଶ୍ୱାସ କରି ନ ଥା’ନ୍ତି, କିନ୍ତୁ ଅଙ୍କିତାକୁ ଦେଖିଲା ପରେ ଅବିଶ୍ୱାସ କରିବାର ପ୍ରଶ୍ନ ଉଠୁନି । ଖୁବ୍ ଖୁସିର କଥା ଅଙ୍କିତାର ଆଉ ସ୍ୱପ୍ରବଣତା(autism) ନାହିଁ । ତୁମ ମନର ସବୁ ଚିନ୍ତା ଦୂର ହେଇଗଲା ସୁଗନ୍ଧା ।”

– “ଚିନ୍ତା ଏବେ ବି ଅଛି, ବରଂ କହିବି ଆହୁରି ଗଭୀର ଭାବରେ ଅଛି, ହଁ ଚିନ୍ତାର ରୂପଟା ଏବେ ବଦଳିଯାଇଛି । ଶିଳା ଦର୍ପଣରେ ଦେଖିଥିବା ଅନ୍ୟ ପ୍ରତିଛବିର ଚିନ୍ତା । ସେଥିରେ ଅଙ୍କିତାର ମୁହଁରେ ତା’ର ପୂର୍ବର ମାନେ ସ୍ୱପ୍ରବଣତାର ଛାପ, ଉଡ଼ନ୍ତା ଶୁକପକ୍ଷୀ ଆଉ ଫଳଭର୍ତ୍ତି ଭୋଗଡାଲା । ତା’ମାନେ ଆସନ୍ତା ଆଶ୍ୱିନ ମାସର ପୂର୍ଣ୍ଣିମା ମାନେ କୁମାରପୂର୍ଣ୍ଣିମାକୁ ପୁଣି ଥରେ ଅଙ୍କିତା ତା’ର ସ୍ୱପ୍ରବଣତା ଫେରି ପାଇଥିବ । ବୋଧହୁଏ ଏଥରକ ପରି ଆସନ୍ତା ଭାଦ୍ର ପୂର୍ଣ୍ଣିମାରେ ଏ ପରିବର୍ତ୍ତନ ପ୍ରକ୍ରିୟା ରିଭର୍ସ ମାନେ ଓଲଟା ମୋଡ଼ ନେଇ ପୁଣି ମାସେ ଭିତରେ ସେ ତା’ ପୂର୍ବ ରୂପ ଫେରି ପାଇଥିବ ।”

– “ହଁ ସେଇଆ ହେଇପାରେ, ତୁମ ଅନୁମାନ ଠିକ୍ ହେଇପାରେ । ଏ ପରିସ୍ଥିତିରେ ଆମେ କେବଳ ଅପେକ୍ଷା କରିପାରିବା ।”

– “ସେଇ କଥା, କେବଳ ପରିସ୍ଥିତି ଅନୁସାରେ ହିଁ କିଛି ନିଷ୍ପତ୍ତି ନେଇ ହେବ, ଏବେର ଯାହା ପରିସ୍ଥିତି ତା’ ଅନୁସାରେ କାମ କରାଯିବା କଥା ।”

– “ଆଛା, ମୋତେ ଗୋଟେ କଥା କୁହ, ଅଙ୍କିତା ନିଜେ ତା’ର ଏ ପରିବର୍ତ୍ତନ କଥା କିଛି ବୁଝିପାରୁଛି କି ? ଆଉ ତା’ଛଡ଼ା ତା’ର ଏ ପରିବର୍ତ୍ତନରେ ତୁମର କିଛି ବିଶେଷ ଅନୁଭୂତି ।”

– "ଆଗରୁ ସେ ଅନେକ କାମ କରିପାରୁ ନ ଥିଲା। ତା' କଥା ଓ ଚେହେରାରେ ସାମଞ୍ଜସ୍ୟ ନ ଥିଲା। ସେଇଟା ସେ ବୋଧହୁଏ ଏତେଟା ବୁଝି ପାରୁନି। ଆଜି ଅବଶ୍ୟ ସେ ଗାଧୋଇ ସାରି ଆମ ଶୋଇବା ଘରର ବଡ଼ ଦର୍ପଣରେ ତା' ମୁହଁ ଦେଖାଲାବେଲେ ତା' ଓଠ ପାଖରେ ବାରମ୍ବାର ହାତ ମାରୁଥିଲା। ବୋଧହୁଏ ତା' ଓଠ ବଙ୍କା ହେଇ ରହେ, ଏକଥାଟା ସେ ତା' ସ୍ୱପ୍ରବଣତା ସମୟରେ ଲକ୍ଷ୍ୟ କରିଥିଲା, ଯେଉଁଟାକୁ ସେ ମନେପକାଉଥିଲା।

ସବୁଠୁ ଗୁରୁତ୍ୱପୂର୍ଣ୍ଣ କଥା ହେଲା ସେ ସ୍ୱପ୍ରବଣତା ସମୟରେ ଯାହା ଶିଖିଥିଲା ବୁଝିଥିଲା ସେ ସେଟିକି କାମ କରୁଚି। ତା' ବ୍ୟବହାର, କଥାବାର୍ତ୍ତା, ହାବଭାବରେ ସେଟିକି ଜିନିଷ ମୁଁ ଦେଖୁଚି, କିନ୍ତୁ ସେସବୁ କରିବାର ଗତି ଓ ଶୈଳୀ ସୁସ୍ଥ କୋଡ଼ିଏ ବର୍ଷର ପିଲା ପରି। ଏବେ ସେ ଯାହା ନୂଆ କଥା ଦେଖୁଚି ତାକୁ କିନ୍ତୁ କୋଡ଼ିଏ ବର୍ଷର ପିଲା ପରି ଶିଖିଯାଉଚି ଓ କରି ମଧ ପକାଉଚି। ଆଜି ସକାଲେ ରୋଷେଇ ଘର ସଜାଡ଼ୁଥିବାବେଲେ ଛୋଟ ବଡ଼ ହେଇ ରହିଥିବା ଡବାଗୁଡ଼ିକର ଖୋଲ ସବୁକୁ ସେ ଥରଟେ ମୋ ଆଡ଼େ ଚାହିଁ ଦେଇ ଏକା ଥରକେ ନିଜେ ନିଜେ ଲଗାଇ ଦେଇଥିଲା; ଯେଉଁଟା କି ସେ ପୂର୍ବରୁ କରିପାରୁ ନ ଥିଲା। ବହୁତ ଥର ଦେଖି ଦି'ଚାରି ଥର ଭୁଲ କଲା ପରେ ଯାଇ ଠିକ୍ ଖୋଲକୁ ଠିକ୍ ଡବାରେ ଲଗାଏ।

ସେ ଛୁରି ଦେଖିଲେ ଖୁବ୍ ଡରିଯାଇ ରଡ଼ିଛାଡ଼େ। କାଲି ରୋଷେଇ ଘରେ ବାସନକୁସନ କାଢ଼ିଲା ବେଲେ ପୁରୁଣା ଛୁରିଟେ ଦେଖି ଆଗ ହାତ ନ ମାରି ଦୂରରେ ଠିଆ ହେଲା, ପରେ କିନ୍ତୁ କାଞ୍ଚନ ଛୁରିଟାରେ ପରିବା କାଟିବାର ଦେଖି ଧୀରେ ଧୀରେ କେମିତି ଗୋଟେ ଭରସିଯାଇ ତାକୁ ପାଞ୍ଚ ଦଶ ମିନିଟ୍ ସ୍ଥିର ଭାବରେ ଚାହିଁଲା, ସେ କେମିତି କାଟୁଚି ବୋଲି। ତା'ପରେ ତା'ଠୁ ଛୁରି ନେଇ ଧନିଆପତ୍ର କେତେଟା କାଟିବାକୁ ଲାଗିଲା।"

– "ତା'ମାନେ ଏବେ ତା' ମସ୍ତିଷ୍କର ଗ୍ରହଣ ଓ ପ୍ରତିକ୍ରିୟା କରିବା ଶକ୍ତି ଠିକ୍ ତା' ବୟସକୁ ଚାହିଁ ବିକଶିତ ।"

– "ହଁ, ଠିକ୍ କହୁଚ । ଏଇ ପାଞ୍ଚଦିନ ତଳେ ହିଁ ତା' ସ୍ୱପ୍ରବଣତା ଦୂର ହେଇଛି । ତେଣୁ ତା' ମସ୍ତିଷ୍କ ଏ ପର୍ଯ୍ୟନ୍ତ ଶିଖିଥିବା ଓ ବୁଝିଥିବା କଥାଗୁଡ଼ିକ ଅନୁସାରେ ପ୍ରତିକ୍ରିୟା କରୁଚି । କିନ୍ତୁ ଦିନ ଗଡ଼ି ଚାଲିବା ସହିତ ସେ କୋଡ଼ିଏ ବର୍ଷର ସୁସ୍ଥ ପିଲା ପରି ସବୁ ଶିଖିଯିବ ଆଉ କରିବ ମଧ୍ୟ । ଆଜିର ଛୁରି ଆଉ ଡବାଖୋଲ କଥାକୁ ନଜରରେ ରଖି କହୁଚି ।"

– "ତୁମ ଅନୁମାନ ପୂରା ଠିକ୍ । ତୁମେ ତ ନିଜେ ମନୋବିଜ୍ଞାନର ଉଚ୍ଚ ଶିକ୍ଷିତା, ତୁମଠୁ ଆଉ କିଏ ଠିକ୍ ଅନୁମାନ କରିପାରିବ । ତେବେ ଆମକୁ ଏବର୍ଷଟା ସାରା ସବୁ ଭଲ ଭଲ କଥା ଅଙ୍କିତାକୁ ଶିଖେଇବାକୁ ପଡ଼ିବ । ସେ ଯେଉଁଯାଏ ଲେଖାପଢ଼ି ଜାଣିଚି, ତା'ଠୁ ଅଧିକ ଆଉ ଉଚ୍ଚ ଶ୍ରେଣୀର ବହିସବୁ ଆଣି ପଢ଼େଇବାକୁ ପଡ଼ିବ, ନା କ'ଣ କହୁଚ ?"

– "ଏଇ କଥା ହିଁ ମନେମନେ ଭାବିଥିଲି । କାଲି ବଜାରକୁ ଯାଇ କିଛି କିଛି ଜିନିଷ କିଣି ଆଣିବି ।"

ସୁଗନ୍ଧା ଆଉ ଅର୍ଜନାଙ୍କ କଥାରେ ସମୟ କେତେବେଳେ ବିତିଯାଇ ଅପରାହ୍ନ । ଅର୍ଜନାଙ୍କ ପର୍ସରେ ମୋବାଇଲ ଫୋନ୍ ବାଜିଲା । ଅର୍ଜନା ଫୋନ୍‌ଟିକୁ କାଢ଼ି ଉତ୍ତର ଦେଇ ପୁଣି ସେଇଟିକୁ ପର୍ସରେ ରଖିଲେ । ଏଥର ଯିବାପାଇଁ ବାହାରିଲାବେଳକୁ କହିଥିଲେ–

– "ତୁମ ପାଇଁ ମୋବାଇଲ ହ୍ୟାଣ୍ଡ ସେଟ୍‌ଟେ କିଣି ଆଣିବି, ସୁବିଧା ଅସୁବିଧାରେ ଯୋଗାଯୋଗ କରିପାରିବ । ଲ୍ୟାଣ୍ଡଲାଇନ୍ ଫୋନ୍ କାଇଁ ନେବ ।"

– "ହଁ କେତେଦିନ ରହିବି, କ'ଣ ହେବ ଆଗକୁ ଜଣାନାହିଁ । ପୁଣି ଗୁଡ଼େ

ବୋଇ୍ କାଇଁ ବଢ଼ାଇବି । ଟିଭି ପାଇଁ କ'ଣ କରିବା ?"

– "କେବୁଲବାଲାକୁ କହି କନେକ୍‌ନ୍‌ଟା କରିଦେବା । ଏବେ ମୁଁ ଚାଲିଲି । ଫୋନ୍ ଆଉ ଟିଭିର ବ୍ୟବସ୍ଥା । ଏଇ ଦିନେ ଦୁଇଦିନ ଭିତରେ ହେଇଯିବ ।"

ଅର୍ଜ୍ଜୁନା ବାହାରିଗଲେ । ତାଙ୍କୁ ବାଟେଇବାକୁ ଆସିଲେ ସୁଗନ୍ଧା ମାତୃଛାୟାର ମୁଖ୍ୟ ଫାଟକଯାଏ । ଘରମୁହାଁ ହେଲା ପୂର୍ବରୁ ଅର୍ଜ୍ଜୁନା ଜାବୁଡ଼ି ଧରିଲେ ସୁଗନ୍ଧାଙ୍କ ଦୁଇହାତ ପାପୁଲିକୁ ନିଜ ପାପୁଲି ଭିତରେ, ଆଉ ସ୍ନେହପୂର୍ଣ୍ଣ ଆବେଗରେ କହିଥିଲେ– "ସୁଗନ୍ଧା ତୁମ ଧୈର୍ଯ୍ୟ ଆଉ ପାରିବାପଣକୁ ଦେଖ୍ ମୋର ଆଜି ତୁମ ଉପରେ ଗର୍ବ ହେଉଛି ।

ସୌରଭଟା କେଉଁଠି ଅଛି କେଜାଣି, ଯେଉଁଠି ବି ଥିବ ଆଜି ସେ ବି ଗର୍ବ ଅନୁଭବ କରୁଥିବ ।"

ହସିଥିଲେ ସୁଗନ୍ଧା ଶୁଙ୍ଖଲା ହସଟେ ।

– "ଏ ଘରଟାକୁ ସଜାଡ଼ି ସାରିଲା ପରେ ତୁମର ଆର ଘରଟି– ତୁମ ଶାଶୁଘରକୁ ବି ଯିବା । ଆସନ୍ତା ସପ୍ତାହରେ ସେ ଘରର ହାଲଚାଲ ବି ଦେଖ୍ଆସିବା ।" – ଅର୍ଜ୍ଜୁନା କହିଦେଇ ବସିଯାଇଥିଲେ ତାଙ୍କୁ ଅପେକ୍ଷା କରିଥିବା କାର୍‌ଟିରେ ।

ସୁଗନ୍ଧା ଏଥର ବୁଲିପଡ଼ି ଘର ଆଡ଼କୁ ଫେରିଥିଲେ । ତାଙ୍କ ପଛପଟେ ଅପରାହ୍ନର ସୂର୍ଯ୍ୟ ପ୍ରାୟ ଢଳିଯାଉଥିଲେ ରାଜଧାନୀର ବ୍ୟସ୍ତବହୁଲ ଅଞ୍ଚଳର ଆକାଶର ପଶ୍ଚିମ କୋଣରେ ।

***

ନବମ ପରିଚ୍ଛେଦ

ଅନେକ ଦିନରୁ ଖାଲି ପଡ଼ି ଥିବା 'ମାତୃଛାୟା'ର ଉପର ମହଲାଟି ଏବେ ଚଳଚଞ୍ଚଳ । ପଥରକଟା ଗାଁରୁ ଆଚାର୍ଯ୍ୟ ପରିବାର ଆସି ଏଠି ରହିବାର ଯ୍ୟା'ଭିତରେ ହେଇଗଲାଣି ସାତମାସରୁ ଅଧିକ । ଏଇ ସାତ ମାସ ଭିତରେ ମାତୃଛାୟାର କାୟାକଳ୍ପ କେତେ ପରିମାଣରେ ବଦଳିଯାଇଚି । ମଳିନ ପଡ଼ିଯାଇଥିବା କୋଠାରେ ଧଳା ରଙ୍ଗ ଲାଗିଯିବାରୁ କୋଠାଟି ଦିଶୁଥିଲା ଓନମ୍ ପର୍ବରେ ଧଳା ସିଲ୍କ ଶାଡ଼ି ପରିହିତା ତରୁଣୀଟିଏ ପରି । ତା' ମୁଖ୍ୟ ଫାଟକରୁ ଘରର ମୁଖ୍ୟ ଦରଜା ପର୍ଯ୍ୟନ୍ତ ଥିବା ବେସ୍ ବିସ୍ତୃତ ବଗିଚାଟିର ମଧ୍ୟ ରୂପ ବଦଳି ଯାଇଥିଲା । ବଗିଚାର ଦେଖାଚାହାଁ କରିବାକୁ ଆସୁଥିବା ମାଳୀ ସହିତ ମିଶି କାଞ୍ଚନ ଗୋଟେପଟେ ଲଗାଇ ଦେଇଥିଲା ଧାଡ଼ି ଧାଡ଼ି ସୂର୍ଯ୍ୟମୁଖୀ ଫୁଲଗଛଗୁଡ଼ିଏ । ନାନା ପ୍ରକାରର ଗେଣ୍ଡୁ, ସେବତି, ରଜନୀଗନ୍ଧା, ଗୋଲାପ ଏମିତି ଅନେକ ପ୍ରଜାତିର ଓ ରଙ୍ଗର ଫୁଲଗଛସବୁ । ବାଟଚଲା ଲୋକେ ଘଡ଼ିଏ ଠିଆ ହେଇ ଚାହୁଁଥିଲେ ବଗିଚା ଆଡ଼କୁ ।

ମାତୃଛାୟାର ଶୂନ୍ୟ ଠାକୁରଘରେ ଏବେ ଦୁର୍ଗାମାଧବଙ୍କ ଫଟୋଟିଏ । ଗାଧୋଇ ସାରି ସୁଗନ୍ଧା ପୂଜା ସାରିଲେ । କାଞ୍ଚନ ଫୁଲ କୁଣ୍ଡଟିଏରେ ତୁଳସୀ ଗଛଟିଏ ଲଗାଇ ଦେଇ ଆଣି ରଖିଦେଇଚି ରୋଷେଇ ଘରର ବାଲ୍‌କୋନୀରେ, ଏଠିକି ଆସିବାର କିଛିଦିନ ପରେ । ସେଇଟା ହେଲା ତୁଳସୀ ଚଉରା । ତୁଳସୀ ଚଉରାରେ ପାଣି ଦେଇ ଅନ୍ୟାନ୍ୟ କାମ ପାଇଁ ତତ୍ପର ହେଇ ଉଠିଲେ ସୁଗନ୍ଧା ।

    ଆଉ ଅଙ୍କିତା, ସୁଗନ୍ଧା ଓ ସୌରଭଙ୍କ ଅଲିଅଲ ଝିଅ ଅଙ୍କିତାର ତ ହେଇଥିଲା ପୁନର୍ଜନ୍ମ । ତା' ସ୍ୱପ୍ରବଣତା କଟିଯାଇ ସେ ଏବେ ଶାରୀରିକ ଓ ମାନସିକ ସ୍ତରରେ ସୁସ୍ଥ ଝିଅଟିଏ । ପ୍ରତ୍ୟେକ ଦିନ ସେ ଟିଭି ଦେଖୁଚି, କିନ୍ତୁ ଶକ୍ତିମାନ ନୁହେଁ, ଦେଖୁଚି ଷ୍ଟାର୍ପ୍ଲସ ଚ୍ୟାନେଲ୍ରେ "କୁମ୍‌କୁମ୍‌, ଏକ ପ୍ରେମ କାହାନୀ" ଧାରାବାହିକ । ସେ, ସୁଗନ୍ଧା ଓ କାଞ୍ଚନ ସାଙ୍ଗ ହେଇ ଦେଖି ସାରିଲେଣି ଦିଲ୍ଲୀପ କୁମାର ଓ ବୈଜୟନ୍ତୀମାଲାଙ୍କର ସିନେମା 'ମଧୁମତି' ଆଉ ସେପରି ଗୁଡ଼େ କଳାଧଳା ସିନେମା ସହିତ ଆଜିକାଲିର ରଙ୍ଗିନ ସିନେମା କେତେଗୁଡ଼େ । ଆଜିକାଲି ଅଙ୍କିତା ତା' ନିଜର ଡ୍ରେସ ନିଜେ ବାହାର କରୁଚି ପିନ୍ଧିବା ପାଇଁ । ନିଜ ଚୁଟିକୁ ନିଜେ ବାନ୍ଧୁଚି, କେବେ ଦୁଇଟା ବେଣୀ ତ କେବେ ଗୋଟେ । ଆଉ ପୁଣି କେବେ ଚୁଟିତକକୁ ଖୋଲା ରଖିଦେଇ ଦୁଇପଟେ ଲଗାଇ ଦେଉଚି କ୍ଲିପ୍ । ସୁଗନ୍ଧାଙ୍କ ପରି ଅଙ୍କିତା ମଧ୍ୟ ଲିପ୍‌ଷ୍ଟିକ୍‌ପ୍ରିୟ । ବଜାର କିମ୍ବା ଅନ୍ୟ କେଉଁଠିକୁ ଯିବାବେଲେ ଲିପ୍‌ଷ୍ଟିକ୍ ବିନା ବାହାରକୁ ଯାଉନି ଅଙ୍କିତା । ଭଲିକି ଭଲି ରବର, କ୍ଲିପ୍, ଚୁଡ଼ି, ନେଲପଲିସ୍‌ରେ ଦର୍ପଣ ପାଖ ଥାକଟି ଭରିଯାଇଥିଲା । ମାସର ସେଇ ନିର୍ଦ୍ଦିଷ୍ଟ ଦିନ କେତେଟାରେ ନିଜର ଯତ୍ନ ନେବାବି ଶିଖାଇଯାଇଛି ସେ । ସୁଗନ୍ଧା କି କାଞ୍ଚନକୁ ଆଉ ସେଥିପାଇଁ କଷ୍ଟ କରିବାକୁ ପଡୁନି ।

    ଅର୍ଜିନା ସୁଗନ୍ଧାଙ୍କ ପାଇଁ ଆଣିଦେଇଥିବା ମୋବାଇଲ ହ୍ୟାଣ୍ଡସେଟ୍‌ଟିର ବ୍ୟବହାର ମଧ୍ୟ ଜାଣି ନେଇଛି ଅଙ୍କିତା । ସେଥିରେ ସେ କଥା ହେବା ସହିତ ଗୀତ ଶୁଣିବା ଆଉ ୟୁଟ୍ୟୁବ୍‌ରେ ଭିଡିଓ ମଧ୍ୟ ଦେଖିବା ଶିଖିଯାଇଛି । ଅଙ୍କିତାର ପାଠପଢ଼ାର ମାନ ଓ ଶୈଲୀ ମଧ୍ୟ ବଦଲିଯାଇଚି । ତାକୁ ମାଲି ଗୁନ୍ଥିବାକୁ ପଡୁନି କି କାଞ୍ଚନର ସାହାଯ୍ୟ ନେଇ କଇଁଚିରେ କାଗଜର ବିଭିନ୍ନ ପ୍ରକାର ଫୁଲ କି ଆକୃତି ସବୁକୁ କାଟି ଅଠାଦେଇ ଡ୍ରଇଂ ଖାତାରେ ଲଗାଇବାକୁ ପଡୁନି ।

ସେମାନେ ଏଠିକି ଆସିବାର ସପ୍ତାହକ ଭିତରେ ହିଁ ସୁଗନ୍ଧା କିଣିଆଣିଥିଲେ ଗଣିତ ଓ ଇଂରାଜୀର ଉଚ୍ଚଶ୍ରେଣୀର ବହି କେତୋଟି । ତା'ପରେ ଆରମ୍ଭ ହେଇଥିଲା ପ୍ରତ୍ୟେକ ଦିନର ନିୟମିତ ପାଠପଢ଼ା । ତା'ର ଫଳସ୍ୱରୂପ ସେ ଆଗରୁ ବୁଝିପାରୁ ନ ଥିବା ଗୁଣନ ଓ ହରଣର ସୂତ୍ର, ଏଠିକି ଦିନରେ ବୁଝି ଅଚିରେ କରିପାରୁଚି । ବର୍ତ୍ତମାନ ସେ ସମ୍ପୂର୍ଣ୍ଣ ସୁସ୍ଥ । ତେଣୁ କଲମ ଧରି ବା ସ୍କେଚ୍ପେନ୍‌ରେ କିଛି ଚିତ୍ର ରଙ୍ଗ ଭରିବାକୁ ତାକୁ ଆଉ ଆଗପରି କଷ୍ଟ କରିବାକୁ ପଡ଼ୁନି । ଇଂରେଜୀରେ ମଧ୍ୟ ଲମ୍ବା ଲମ୍ବା ବାକ୍ୟ ସହିତ ବଡ଼ ବଡ଼ ପାରା ଲେଖିପାରୁଚି । କହିବାକୁ ଗଲେ ଏବେକାର ସୁସ୍ଥ ସୁନ୍ଦର ଅଙ୍କିତା ତା' ଜୀବନରେ ଅଚାନକ ଆସିଥିବା ଏ ମୋଡ଼ରେ ନିଜକୁ ଖୁବ୍ ସୁନ୍ଦର ଓ ସହଜ ଭାବେ ଖାପ ଖୁଆଇ ନେଇଥିଲା । ତାକୁ ଦେଖିଲେ ବିଶ୍ୱାସ କରି ହେବନି ତା'ର ପୂର୍ବ ଅବସ୍ଥାର ସତ୍ୟତାକୁ ।

ଅନେକ ଦିନ ପରେ, ସନ୍ଧ୍ୟା ହେବାକୁ ଆହୁରି ବାକିଥାଏ, ସୁଗନ୍ଧା ବସିଥିଲେ ମାତୃଛାୟାର ବଗିଚାରେ ଥିବା ସେଇ ସୂର୍ଯ୍ୟମୁଖୀ ଗଛଗୁଡ଼ିକ ଆଗରେ ଚୌକିଟିଏରେ । ବଗିଚାର ଫୁଲଗୁଡ଼ିକ ଉପରେ ଦୃଷ୍ଟି ବୁଲେଇ ନେଉ ନେଉ ତାଙ୍କ ଚାହାଣି ଟିକେ ଉପରକୁ ଉଠିଯାଇ ସ୍ଥିର ହେଇଯାଇଥିଲା ଆକାଶ ଉପରେ । ଏଇ ଗତ ଆଠମାସ ଭିତରେ ସେ କେବଳ ଥରେ ଅଧେ ତା' ଆଡ଼େ ଚାହିଁ ପାରିଛନ୍ତି ଯାହା, କିନ୍ତୁ ତା' ସହ ଦୁଃଖ ସୁଖ ହେବାକୁ ସୁଯୋଗ କି ସମୟ ପାଇ ନାହାନ୍ତି । କେବଳ ଗୋଟିଏ ନିଶା ଯେ, ଏଇ ବର୍ଷକ ଭିତରେ ଯେତେ ସେ ପାରିବେ, ଅଙ୍କିତାକୁ ପାଠ ପଢ଼େଇ ଦେବେ ଆଉ ଘରକରଣା ଜିନିଷ ଶିଖେଇ ଦେବେ ।

ଆକାଶଟା ଦିଶୁଥିଲା ଖୁବ୍ ଛନ୍‌ଛନ୍ ତା' ବକ୍ଷରେ ଗୁଡ଼ାଏ ଧଳା ଧଳା ବାଦଲମାନଙ୍କୁ ଧରି । ବାଦଲଗୁଡ଼ିକ ଭାସିଯାଉଥିଲେ ଏପଟରୁ ସେପଟକୁ ହାଲୁକା ପବନର ସୁଅରେ ।

– "ମୁଁ ଜାଣେ ତୁମେ ହିଁ ମୋର ଅତି ଅନ୍ତରଙ୍ଗ, ମୋ ମନର ଭାବନା ପରି ଆଜି ତୁମେ ବି ଖୁବ୍ ହାଲୁକା ଓ ବିଶ୍ରାନ୍ତ। ତୁମେ ବିଶାଳ, ତୁମେ ଉଦାର, ତୁମରି ଆଶୀର୍ବାଦରୁ ବୋଧହୁଏ ସବୁଦିନ ପାଇଁ ନ ହେଲେ ବି କିଛି ମାସ ପାଇଁ ମୁଁ ମୋ ପିଲାଟିର ସୁସ୍ଥତାକୁ ଉପଭୋଗ କରୁଚି। ତୁମରି ଭିତରେ ବି ଲୁଚିଚି ତା'ର ଭବିଷ୍ୟତ।"

ଏମିତି ଭାବି ହେଉଥିବା ବେଳେ ଦୁଇଟି ବଡ଼ ବାଦଲ ଭିତରୁ ଉଙ୍କିମାରିଥିଲା ଛୋଟ ବାଦଲଟିଏ, ଆଉ ତା' ସହିତ ସୁଗନ୍ଧାଙ୍କ ମନ ଆକାଶରେ ଉଙ୍କିମାରିଥିଲା ସୌରଭ ଆଉ ଏ ଘର ମାତୃଛାୟାକୁ ନେଇ ସ୍ମୃତିଟିଏ।

ବାହାଘର ପରେ ପ୍ରଥମଥର ପାଇଁ ସୁଗନ୍ଧା ଆଉ ସୌରଭ ଦୁହେଁ ଏକାସାଙ୍ଗରେ ଆସିଥା'ନ୍ତି ସୁଗନ୍ଧାଙ୍କ ଘରକୁ। ଲୁହା ଫାଟକ ପାଖରୁ ପାଞ୍ଚୋଟି ନେଇଥିଲେ ନନା ଘର ଆଡ଼କୁ। ଘରର ମୁଖ୍ୟ ଦ୍ୱାର ପାଖରେ ସୌରଭଙ୍କୁ ଗୋଟେ ଚୌକିରେ ବସାଇ ଦେଇ ସୁଗନ୍ଧାଙ୍କ ଭାଉଜ (ଦଦେଇ ପୁଅ ଭାଇଙ୍କ ସ୍ତ୍ରୀ) ତାଙ୍କ ପାଦକୁ ନୂଆ ରୁପାଥାଲିରେ ରଖି ନୂଆ ତାଲରେ ପାଣି ଆଣି ଧୋଇଥିଲେ ଆଉ ନିଜ ଲୁଗାକାନିରେ ପାଦ ଦୁଇଟିକୁ ପୋଛିଥିଲେ। ତା' ପରେ ଯାଇ ସୌରଭଙ୍କ ଘରେ ପ୍ରବେଶ ହେଇଥିଲା।

ସେଦିନଟା ଖୁସିଗପ, ଖିଆପିଆରେ କେତେବେଲେ କଟିଗଲା ଜଣା ପଡ଼ିଲାନି। ଗାଁଆରୁ ଆସିଥିବା ବନ୍ଧୁବାନ୍ଧବଙ୍କ ସହ ବେଶ୍ ଆସର ଜମେଇ ଦେଇଥିଲେ ସୌରଭ। ରାତି ଖାଇବା ସରିବା ପରେ ତାଙ୍କ ଘରକୁ ଯିବାକୁ ବାହାରିଥିଲେ ସୌରଭ। ସୁଗନ୍ଧା ଆଉ ସୌରଭଙ୍କ ଘରର ଦୂରତା ପାଦଚଲାରେ ଅଧଘଣ୍ଟାର ବାଟ। ମୋଟର ସାଇକେଲ କି କାର୍‌ରେ ଆସିଲେ ତ ପନ୍ଦରମିନିଟ୍‌ରେ ପହଁଚ୍ଚିବ। ସୌରଭଙ୍କୁ ଯେତେ କୁହା ହେଲେ ବି ସେ ରାତିରେ ରହିବାକୁ ନାରାଜ। ଶେଷରେ ଶୋଇବା ପାଇଁ ସୌରଭ ତାଙ୍କ ଘରକୁ ଚାଲିଯାଇଥିଲେ।

ତା'ପରଦିନ ସକାଳ। ସୁଗନ୍ଧାଙ୍କ ନନା ଫୁଲ ଚାଙ୍ଗୁଡ଼ିଟିଏ ଧରି ବଗିଚାରୁ ପୂଜା ପାଇଁ ଫୁଲ ତୋଳୁଥା'ନ୍ତି। ଜଣେ କେହି ମୋଟର ସାଇକେଲଟିଏରେ ମୁଖ୍ୟ ଫାଟକ ପାଖେ ଠିଆ ହେଇଥିବାର ଦିଶିଗଲା ନନାଙ୍କୁ। ସେ ପାଟିକରି "ହେ... ହେ... ସେଠି କିଏ କିରେ... କିଏ ସେ ଠିଆ ହେଇଚ" – କହି ଫାଟକ ଖୋଲି ପକାଇଲା ବେଳକୁ ସୌରଭ।

– "ନମସ୍କାର, ସୁଗନ୍ଧାକୁ ନବାକୁ ଆସିଥିଲି।"

– "ଏଡ଼େ ସକାଳୁ, ସେ ତ ଶୋଇଚି, ଭିତରକୁ ଆସନ୍ତୁ, ଏମିତି ବାହାରୁ, ବାହାରୁ...।"

– "ଆପଣ ସୁଗନ୍ଧାଙ୍କୁ ଖାଲି କହିଦିଅନ୍ତୁ ମୁଁ ତାକୁ ନେବାକୁ ଆସିଚି ବୋଲି, ପ୍ଲିଜ୍।"

– "କି ଅବସ୍ଥା, ଜୋଇଁ ପୁଅ ଭିତରକୁ ଆସିବାକୁ ନାରାଜ" – ମନେମନେ ଗୁଣୁଗୁଣୁ ହେଇ ସୁଗନ୍ଧାର ଶୋଇବା ଘରେ ପହଞ୍ଚ୍ୟାଇ ନନା ଏକପ୍ରକାର ତାକୁ ତା' ଖଟରୁ ଭିଡ଼ିକି ଉଠାଇ ଦେଲେ।

– "ଉଠୁ ସୁଗୁ ଜଲ୍‌ଦି ଉଠୁ। ତୋତେ ନେବାକୁ ତୋ ଡ୍ରାଇଭର ଆସିଗଲେଣି। କି ଅଭୁତ ପିଲା, ଘରକୁ ଆସିବାକୁ ନାରାଜ। ସେଇଠି ଫାଟକ ପାଖେ ମୋଟର ସାଇକେଲ ସହିତ ଠିଆ ହେଇଛନ୍ତି।"

ସୁଗନ୍ଧା ଆଖି ମଳି ମଳି ଉଠିଲେ ଆଉ ନନାଙ୍କଠୁ ସବୁ କଥା ଶୁଣି ଆସି ମୁଖ୍ୟ ଫାଟକ ପାଖରେ ହାଜର।

– "ଗୁଡ୍ ମର୍ଣ୍ଣିଂ, ଜଲ୍‌ଦି ବାହାରିପଡ଼, ଯିବା।"

– "କ'ଣ ଏଡ଼େ ସକାଳୁ! ମୁଁ ମୋର କିଛି କାମ ବି ସାରିନି ତୁମେ ଆସି ହାଜର, ପୁଣି ନନା ଏତେ ଡାକୁଛନ୍ତି, ଘର ଭିତରକୁ ବି ଆସୁନ?"

– "ତୁମର ସେ ଭାଉଜ ଅଛନ୍ତି ?"

– "ହଁ, କ'ଣ ହେଲାକି ?"

– "ନାଇଁରେ ବାବା, ମୋର ଯିବାର ନାହିଁ, ସେ ପୁଣି ମୋ ପାଦଧୋଇ ବସିବେ।"

– "ଲାଜ ନାହିଁ ତୁମକୁ, ସେଇଟା ଖାଲି ପ୍ରଥମଥର ଆସିଲାବେଲେ କରାହୁଏ। ତା'ପରେ ଆଉ ପାଦ ଧୁଆ ହୁଏନି।" – ଏତକ କହି ହସରେ ଫାଟି ପଡ଼ି ଥିଲେ ସୁଗନ୍ଧା।"

– "ଛାଡ଼ ସେ କଥା, ତୁମେ ତୁମ ଗାଉନ୍‌ଟା ବଦଳାଇ ଦେଇ ଯେମିତି ସେମିତି ଶାଢ଼ି ଖଣ୍ଡେ ପିନ୍ଧିଦେଇ ଆସନା, ଯିବା ଘରକୁ। ତୁମ ବିନା ଜମା ଭଲ ଲାଗୁନି।"

– "ଆଚ୍ଛା, ଆଗରୁ କେମିତି ରହୁଥିଲ, ବାହାଘର ପୂର୍ବରୁ ମୋ' ବିନା।"

– "ତୁମକୁ ଏବେ ତେଇଶି ବର୍ଷ ଚାଲିଚି ନା।"

– "ହଁ, କିନ୍ତୁ ?"

– "ତେଇଶ ବର୍ଷ ହେଲା ତୁମେ ତୁମ ନନାଙ୍କ ପାଖରେ ରହିଥିଲ। ଏବେ ମୋ ପାଖେ ତେଇଶ ବର୍ଷ ରହିଲା ପରେ ଯାଇ ଏଠିକି ଆସି ରହିବା ନାଆଁ ଧରିବ, ତା' ପୂର୍ବରୁ କହିବନି। ଆଉ ସପ୍ତାହେ ପରେ ତ ମୁଁ ବଲାଙ୍ଗୀର ପଳେଇବି, ସେତେବେଲେ ଆସି ରହିଯିବ, ତୁମ କୋଟା ପୂରା କରିଦେବ।" – ଆଖିମିଟିକା ମାରି ଅଳି କଲା ପରି କହିଥିଲେ ସୌରଭ।

– "ବଢ଼ିଆ ହିସାବ ଯୋଡ଼ିଚ, ହଉ ମୁଁ ଆସୁଚି।"

ମନର କେଉଁ ନିଭୃତ କୋଣରେ ସୌରଭଙ୍କ ପାଇଁ ସାଇତା ଥିବା

ସ୍ନେହଟିକକ ଆହୁରି ଗାଢ଼ ହେବାକୁ ଲାଗିଥିଲା ସୁଗନ୍ଧାଙ୍କର ।

ଯେତେ ଶୀଘ୍ର ସମ୍ଭବ ଲୁଗା ବଦଳେଇ ଦେଇ ସୁଗନ୍ଧା ଯିବାକୁ ବାହାରି ଆସିଲେ । ତାଙ୍କ ପଛେ ପଛେ ନନା ଆଉ ବୋଉ ବି ମୁଖ୍ୟ ଫାଟକ ଯାଏ ଆସିଥା'ନ୍ତି ।

– "ଏମିତି କ'ଣ ହଡ଼ବଡ଼ରେ ଘରୁ ଯାଆନ୍ତି ? ପ୍ରଥମକରି ଝିଅଟା ମୋର ଆସିଥିଲା ଯେ, ଭଲକି ଦି'ପଦ କଥା ବି ହେଇ ପାରିଲିନି ।" – ମୁହଁ ଶୁଖେଇ କହିଥିଲା ବୋଉ ।

– "ପାଖରେ, ଏଇ ପାଦଚଲା ବାଟରେ ଶାଶୁଘର ହେଲେ ଏଇଆ ହୁଏ ।" – କୃତ୍ରିମ ରାଗ ଦେଖାଇ କହିଥିଲେ ସୁଗନ୍ଧା ।

ପରିସ୍ଥିତିକୁ ସରସ କରିବାକୁ ଯାଇ ନନା କହିଥିଲେ– "ଆରେ ପାଖରେ ଶାଶୁଘର ହେଲେ ଗୋଟେ ଭାରି ସୁବିଧା ଆଉ ଫାଇଦା । ଯିବା ଆସିବା ପାଇଁ ଗାଡ଼ି ଭଡ଼ା ପଡ଼ିବନି କି ଯିବା ଆସିବାରେ ସମୟ ନଷ୍ଟ ହେବନି । ସେ ବାବଦକୁ କେତେ ପଇସା ସଞ୍ଚୁବୁ କହ ।"

– "ନନା, ଆପଣ ଠିକ୍ କହିଛନ୍ତି । ଏଇ ସକାଳୁ ମୁଁ ଏଠୁ ସୁଗନ୍ଧାକୁ ମୋଟରସାଇକେଲରେ ନେଇଯିବି । ପୁଣି ସନ୍ଧ୍ୟାକୁ ଆଣି ଛାଡ଼ିଦେଇ ଯିବି । ଦି' ଚାରି ଘଣ୍ଟା ପରେ ପୁଣି ରାତିକୁ ନେଇଯିବି । ମୁଁ ଏଇଲେ ସୁଗନ୍ଧାର ଡ୍ରାଇଭର ।"

ସୌରଭଙ୍କ କଥା ନ ସରୁଣୁ ନନାଙ୍କ ହା... ହା... ହସରେ କମ୍ପିଥିଲା ସେ ଖଣ୍ଡମଣ୍ଡଳ । ସନ୍ଧ୍ୟାବେଳକୁ ପୁଣି ସୁଗନ୍ଧା ଆସିବ ଶୁଣି ବୋଉର ମୁହଁ ଉଜ୍ଜ୍ୱଳ ଦିଶିଥିଲା ।

ସୁଗନ୍ଧା ମୋଟରସାଇକେଲରେ ସୌରଭଙ୍କ ପଛକୁ ବସି ପଡ଼ିଲା ବେଳକୁ ନନା ତା' କାନରେ ଫୁସ୍‌ଫୁସ୍‌ କରି କହିଥିଲେ– "ସୁଗୁ ! ଭଲ ହାଇ କ୍ୱାଲିଫାଏଡ୍‌ ଡ୍ରାଇଭରଟେ ପାଇଚୁ ।"

ସୁଗନ୍ଧାଙ୍କ ସଶବ୍ଦ ହସ, ମୋଟରସାଇକେଲର ଫଟ୍ ଫଟ୍ ଶବ୍ଦରେ ଫେଣ୍ଟ ହେଇଯାଇଥିଲା । ନାନା ଆଉ ବୋଉଙ୍କ ମୁହଁରେ ବି ଝଲସି ଉଠିଥିବା ଚେନାଏ ହସକୁ ଦେଖିପାରି ଥିଲେ ସୁଗନ୍ଧା ।

ପୁରୁଣା କଥାଟି ମନେପଡ଼ିଯିବାରୁ ସୁଗନ୍ଧାଙ୍କ ମୁହଁରେ ବି ଝଲସି ଉଠିଥିଲା ଧାରେ ହସ । ସେ ହସ ସମ୍ପୂର୍ଣ୍ଣ ନ ଲିଭୁଣୁ କାହାର 'ମ୍ୟାଡାମ୍' ଡାକରେ ବୁଲି ଚାହିଁଲେ ସୁଗନ୍ଧା ।

– ୩୪, ମାତୃଛାୟାର ତଳ ମହଲାରେ ଥିବା ଫାଷ୍ଟଫୁଡ୍ ଦୋକାନର ମାଲିକ– ମିଃ. ଗୁପ୍ତା ।

ମିଃ. ଗୁପ୍ତା ଅଣଓଡ଼ିଆ, କିନ୍ତୁ ଓଡ଼ିଶାରେ ପାଖାପାଖି ତିରିଶ ବର୍ଷର ରହଣି ହେତୁ ଓଡ଼ିଆ କହିବା ଓ ଓଡ଼ିଆ ଚଳଣି ସହ ବେଶ୍ ପରିଚିତ । ସୁଗନ୍ଧା ଏଠିକି ଆସିବା ପରେ ସୌଜନ୍ୟତା ଦୃଷ୍ଟିରୁ ତାଙ୍କ ସହ ଆଗରୁ ଦୁଇଥର ଭେଟ୍ କରି ମଧ୍ୟ ଯାଇଛନ୍ତି ।

ନମସ୍କାରଟିଏ କରି ମିଃ. ଗୁପ୍ତା ସୁଗନ୍ଧାଙ୍କ ହାତକୁ ବଢ଼ାଇ ଦେଇଥିଲେ ନିମନ୍ତ୍ରଣପତ୍ରଟିଏ ।

– "ଆଜ୍ଞା ଆସନ୍ତାକାଲି ସନ୍ଧ୍ୟାରେ ଦୋକାନରେ ଗୋଟେ ଛୋଟ ଧରଣର ପାର୍ଟି ରଖିଛି । ଆସନ୍ତାକାଲିକୁ ମୋର ଏଇ ଫାଷ୍ଟଫୁଡ୍ ଦୋକାନ ଏଠି ଖୋଲିବାର ବର୍ଷଟିଏ ହେଇଯିବ, ସେଇ ଉପଲକ୍ଷ୍ୟରେ । ଆସିବେ ନିଶ୍ଚୟ, ଘରର ଅନ୍ୟ ସଦସ୍ୟମାନଙ୍କୁ ବି ସାଙ୍ଗରେ ଆଣିବେ ।"

ପୁରୁଣା କଥା ସହିତ କିଛି ସମୟ ପୂର୍ବରୁ ସୁଗନ୍ଧାଙ୍କ ମୁହଁରେ ଉକୁଟି ଉଠିଥିବା ହସରୁ ଧାରେ ଏବେ ବି ଲାଗି ରହିଥିଲା ତାଙ୍କ ଓଠରେ । ସେଇ ହସ ଟିକକ ଏବେ ଆପେ ଆପେ ପ୍ରସାରିତ ହୋଇଯାଇଥିଲା ମି. ଗୁପ୍ତାଙ୍କ ଉଦ୍ଦେଶ୍ୟରେ ।

– "ଆସନ୍ତାକାଲି ସନ୍ଧ୍ୟାରେ, ଆଛା ହଉ ଚେଷ୍ଟା କରିବି ଆସିବାକୁ ।" ମିଃ. ଗୁପ୍ତାଙ୍କ ହାତରୁ ନିମନ୍ତ୍ରଣପତ୍ରଟିକୁ ନେଇ କହିଥିଲେ ସୁଗନ୍ଧା ।

– "ଆଜ୍ଞା ଚେଷ୍ଟା କରିବେ କ'ଣ ଆସିବେ ନିଶ୍ଚୟ । ଦୋକାନ ତ ଆପଣଙ୍କ ଘରର ହିଁ ଗୋଟେ ଅଂଶ, ଜାଣିକି ଆପଣଙ୍କର । ଆସିଲେ ଖୁବ୍ ଖୁସି ଲାଗିବ ।"

– "ହଉ ଠିକ୍ ଅଛି, କାଲି ଆପଣଙ୍କ କାର୍ଯ୍ୟକ୍ରମରେ ଆସିବି । ପୂରା ସମୟତକ ନ ରହିପାରେ, କିନ୍ତୁ କିଛି ସମୟ ପାଇଁ ଆସିବି ନିଶ୍ଚୟ ।"

– "ଧନ୍ୟବାଦ ମ୍ୟାଡାମ୍, କାଲିକୁ ଦେଖାହେବ, ନମସ୍କାର ।"

– "ନମସ୍କାର ।"

ମିଃ. ଗୁପ୍ତା ଚାଲିଗଲେ । ସୁଗନ୍ଧା ନିମନ୍ତ୍ରଣପତ୍ରଟିକୁ ପଢ଼ିବାକୁ ଆରମ୍ଭ କଲାବେଳକୁ ଆସି ପହଞ୍ଚ୍ୟାଇଥିଲା ଅଙ୍କିତା । ତାଙ୍କ ହାତରୁ ନିମନ୍ତ୍ରଣପତ୍ରଟିକୁ ନେଇ ପଢ଼ିବାକୁ ଆରମ୍ଭ କଲା– "ୟୁ ଅଲ୍ ଆର କୋର୍...ଡି...ଆଲି ଇନ୍‌ଭାଇଟେଡ୍ ଟୁ ଆଓ୍ବାର ଫାଷ୍ଟ ଇୟର ସେଲି...ବ୍ରେ...ସନ୍... ସେଲିବ୍ରେସନ୍, ମା' c..e..l..e..b..r..a..t..i..o..n, ସେଲିବ୍ରେସନ୍ ତ ?"

– "ହଁ, ସେଲିବ୍ରେସନ୍ ।"

– "ସେଲିବ୍ରେସନ ଫଙ୍କସନ... ।"

ସୁଗନ୍ଧା ଚାହିଁଥିଲେ ପ୍ରତିକ୍ରିୟାଶୂନ୍ୟ ପ୍ରାୟ । ଏ ଆଠ ମାସରେ ଅଙ୍କିତାର ଏତେ ଉନ୍ନତି ଦେଖି ମଧ ନା ସେ ଖୁସି ହେଇପାରୁଥିଲେ, ନା ଆଗକୁ କ'ଣ ହେବ ଭାବି ଦୁଃଖୀ । ମନଟା ତାଙ୍କର ଆଜିକାଲି ଏମିତି ସବୁବେଳେ ଦୋଛକିରେ ବାନ୍ଧି ହେଇଯାଉଚି ।

– "ଦେଈ, ଜଲ୍‌ଦି ଆସ ସନ୍ଧ୍ୟା ହେଲା, ସଞ୍ଜବତି ଜାଲିବା ।" ଡାକ ଦେଇଥିଲା କାଞ୍ଚନ ।

– "ମା' ଆମେ କାଲି ସେଠିକି ଯିବା ତାଙ୍କ କାର୍ଯ୍ୟକ୍ରମକୁ ?" – ଘର ଭିତରକୁ ଆସୁଆସୁ ପଚାରିଥିଲା ଅଙ୍କିତା।

– "ଏତେ କରି କହିଗଲେ, ନ ଗଲେ ଭଲ ହେବନି, କାଲି ସନ୍ଧ୍ୟାବେଳକୁ ତୁ ଆଉ କାଞ୍ଚନ ବି ବାହାରିବ, ସାଙ୍ଗହେଇ ଯିବା।"

"ୟେ... ବଢ଼ିଆ ମଜା ହେବ, ଥ୍ୟାଙ୍କ୍ ୟୁ ମା'।" ଅଙ୍କିତାର ଖୁସି ଏମିତି ଉଛୁଳି ପଡ଼ୁଥିଲା ଛଳଛଳ ହେଇ।

ଠାକୁର ଘରେ ସନ୍ଧ୍ୟା ଦେଇ ମୁଣ୍ଡିଆ ମାରି ଉଠିଆସିଲାବେଳକୁ ମୋବାଇଲରେ ବାଜିଉଠିଲା ଫୋନ୍ ଆସିବାର ରିଂ ଟୋନ୍।

ପହିଲା ଫୋନ୍ କରିଚି ପଥରକଟା ଗାଁରୁ। ସୁଗନ୍ଧା ମୋବାଇଲଟିକୁ କାଞ୍ଚନ ହାତକୁ ବଢ଼ାଇ ଦେଲେ। କାଞ୍ଚନ ମୋବାଇଲ ଫୋନ୍ର ବ୍ୟବହାର କିଞ୍ଚିଟା ବୁଝିଯାଇଛି। ଯେମିତି ସବୁଜ ବଟନଟିକୁ ଟିପି ଦେଲେ କଥା ହେଇହେବ, ଆଉ ନାଲି ବଟନ୍କୁ ଟିପିଦେଇ କଥା ବନ୍ଦ କରିହେବ। କାଞ୍ଚନ ଫୋନ୍ଟିକୁ ନେଇ ଚାଲିଯାଇଥିଲା ତା' ଶୋଇବା କୋଠରିକୁ। ପାଖାପାଖି ଦଶ ମିନିଟ୍ ପରେ ଫେରି ଆସି ରୋଷେଇ ଘରେ ବ୍ୟସ୍ତ ଥିବା ସୁଗନ୍ଧାକୁ ଫୋନ୍ଟି ବଢ଼ାଇ ଦେଉ ଦେଉ ଅନର୍ଗଳ କହି ଚାଲିଲା କାଞ୍ଚନ–

– "ମା, ଜାଣିଛନ୍ତି, ଇୟେ ଯେଉ ଉଲ୍ଲୁକୋବି ଚାରାସବୁ ଲଗେଇଥିଲା, ସେଗୁଡ଼ା କୁଆଡ଼େ ବେଶ୍ ଛନ୍ଦଛନ୍ଦ ହେଇବଢ଼ିଛନ୍ତି। ତରାଟ ଗଛରେ ଫୁଲ ଭର୍ତ୍ତି, ପତ୍ର ଯେତିକି ଫୁଲ ବି ସେତିକି। ପିଜୁଳି ଗଛରେ କଶି ଏତିକି ଧରିଚି, ଡାଲ ଭାଙ୍ଗି ପଡ଼ିଲା ପରି ଲାଗୁଚି। ବାରମାସୀ ଲେମ୍ବୁ ଗଛଟାର ଅବସ୍ଥା ମଧ୍ୟ ସେଇଆ। ଲେମ୍ବୁରେ ଖୁଦି ହେଇଯାଇଚି।

– "ଆଚ୍ଛା।"

– "ହଁ, ମା' ଧନିଆପତ୍ର ଆଉ ଲେଇଟିଆ ଶାଗ ଦୁଇଥର ଲେଖା ହେଇ ଆଉ ଥରେ ପୁଣି କିଆରି ସଜାଡ଼ିଚି ମଞ୍ଜି ବୁଣିବ ବୋଲି । ସବୁଦିନ ସକାଳୁ ଫୁଲତୋଳାଏ ଲେଖେ ମନ୍ଦିରରେ ଦେଇ ଆସୁଚି ଘର ପାଇଁ କିଛିଟା ରଖିକି । କହୁଥିଲା ମୁଁ ଥିଲେ ହାର ଗୁନ୍ଥିଥା'ନ୍ତି । ପିଜୁଳି, ଲେମ୍ବୁ, ଶାଗସବୁ ମଝିରେ ମଝିରେ ନେଇ ଗାଆଁରେ ତା' ଦାଦି ଘରେ ଦେଇଆସୁଚି ।"

– "ଆଉ ତା' ଖୁଆପିଆ ଠିକ୍ ସେ କରୁଚି ତ ?"

– "କେଜାଣି, ମୁଁ ପଚାରିଲାରୁ କହିଲା– ଭାତ ରାନ୍ଧି ଦେଉଚି ଅଧ୍ୱାକରି, ତାକୁ ଇ ଦୁଇ ତିନି ଦିନ ଖାଉଚି । ତୁ'ଣ କରୁଚି କି ନାହିଁ ଜଣାନାହିଁ ।"

ଏତକ କହିଲାବେଳକୁ କାଞ୍ଚନର ମୁହଁଟା ଶୁଖ୍ୟାଇଥାଏ । ସୁଗନ୍ଧା ବାରିନେଲେ ତା' ମନର କଥା । ନଅ ମାସ ପାଖାପାଖି ହେବ ସେମାନେ ପଥରକଟାରୁ ଏଠିକି ଆସିଲେଣି । ପହିଲା ସେଠି ଏକା । ଏତେ ସବୁ କାର୍ଯ୍ୟ ବ୍ୟସ୍ତତା ଭିତରେ ଏ କଥାଟିକୁ ସେ ଏତେ ଗୁରୁତ୍ୱ ଦେଇନାହାନ୍ତି । ପ୍ରାୟ ପ୍ରତି ସପ୍ତାହରେ ପହିଲା ଫୋନ୍ କରେ, ହେଲେ ସୁଦ୍ଧା ଏତେ ବଡ଼ ଘରଟା(ଆଚାର୍ଯ୍ୟ ଭବନ)ରେ ଏତେଗୁଡ଼େ ଦିନ ହେଲାଣି ବିଚରାଟା ଏକା ରହୁଚି । ତା'ଛଡ଼ା ତାଙ୍କୁ ମଧ୍ୟ ଜଣାନାହିଁ 'ମାତୃଛାୟା'ରେ ସେମାନଙ୍କୁ ଆହୁରି କେତେଦିନ ରହିବାକୁ ପଡ଼ିବ । ଏବେ ତ ଅଙ୍କିତା କାଞ୍ଚନ କି ତାଙ୍କ ଉପରେ ଆଦୌ ନିର୍ଭର ନୁହେଁ । ତେଣୁ କାଞ୍ଚନକୁ ପଥରକଟା ଗାଆଁକୁ ପଠାଇଦେଲେ ଭଲ ହେବ । ସୁଗନ୍ଧା ଏଥର ଫୋନ୍ ଲଗାଇଲେ ପହିଲାକୁ ।

– "ହ୍ୟାଲୋ, ମୁଁ ମାଆ କହୁଚି ଭୁବନେଶ୍ୱରରୁ ।"

– "ଜୁହାର ମା' ।"

– "ଜୁହାର, ତୁ ଗୋଟେ କାମ କରେ । ଏଇ ଦିନେ ଦୁଇଦିନ ଭିତରେ

ଏଠିକି ଆସେ, ଭୁବନେଶ୍ୱର ବୁଲି ଦେଖିବୁ ଆଉ କାଞ୍ଚନକୁ ବି ସାଙ୍ଗରେ ନେଇ ଯିବୁ ।"

– "ନାଇଁ ମ ମା', ରାଜଧାନୀ ଜାଗା, ମୁଁ ସେଠି କ'ଣଟା ଦେଖିବି । କାଞ୍ଚନ ଥାଉ, ତୁମେ ସବୁ ସାଙ୍ଗହେଇ ଆସ, ଆଉ କେତେଦିନ ରହିବ କି ତୁମେମାନେ ସେଠି ?"

– "କେବେ ଆସିବୁ ଆଜିଠୁ ଠିକ୍ କରି କହିପାରୁନି । ତୁ ଆସେ, ରାଜଧାନୀରେ ବହୁତ ଜିନିଷ ଦେଖିବାକୁ ଅଛି । ବଲାଙ୍ଗୀରରୁ ସିଧା ବସ୍‍ରେ ବସିକି ଆସେ । ଯେଉଁଦିନ ବସିବୁ ତା' ଆଗରୁ ଫୋନ୍‍କରି ତୋ ବସିବା ସମୟ ଆଉ ବସ୍‍ର ନାଁଟା କହିଦେବୁ । ମୁଁ ତୋତେ ବସ୍‍ଷ୍ଟାଣ୍ଡରୁ ଆଣିବା ବ୍ୟବସ୍ଥା କରିଦେବି ।"

– "ମା', ହେଲେ ଏ ଘରଟାକୁ ଏମିତି ଖାଲି ତାଲା ପକେଇ ଯିବାକୁ ଇଚ୍ଛା ହେଉନି । ପାଣି ନ ପାଇଲେ ଗଛଗୁଡ଼ା ଉଜୁଡ଼ି ଯିବେ ବଗିଚାରେ ।"

– "ତୁ ଗୋଟେ କାମ କର, ତୋ ଦାଦିପୁଅ ଭାଇକୁ ଘର ଜଗେଇ ଦେଇ ଆସେ । ତାକୁ ଭଲକି ବୁଝେଇ ଦେବୁ କେମିତି ମୁଖ୍ୟ ଲୁହା ଫାଟକରେ ତାଲା ପକାଇବ, ବାହାରର ବିଜୁଲିବତିଟା ରାତିରେ ଜାଳିବ, ବଗିଚାରେ ପାଣି ଦେବ, ଏଇସବୁ ନିତିଦିନିଆ ଜରୁରୀ କଥା ।"

– "ହଁ, ସେମିତି କଲେ ହବ, ହଉ ତୁମେ କହୁଚ ଯଦି ମୁଁ କାଲିକି ତା' ସହ କଥା ହେଇ ତୁମକୁ ଜଣାଇବି ।"

– "ହଉ ଏଥର ଫୋନ୍ ରଖ ।"

– "ରଖିଲି ଫୋନ୍‍"– ପହଲାର ଫୋନ୍ ରଖିବାର ଧଡ଼୍ ଶବ୍ଦ ଶୁଣିପାରିଥିଲେ ସୁଗନ୍ଧା ।

– "ମା', ସତରେ କ'ଣ ସିଏ ଆସିବ, ରାଜଧାନୀକୁ ତା'ର ଭାରି ଭୟ। ରାଷ୍ଟାରେ ଅନବରତ ଗାଡ଼ିଘୋଡ଼ା। ସେ ଏଠିକି ଆସି ଦିନଟେ ସୁଦ୍ଧା ରହିପାରିବନି" କହିଥିଲା କାଞ୍ଚନ, ସୁଗନ୍ଧା ଆଉ ପହଲାର ଫୋନ୍‍ର କଥାବାର୍ତ୍ତା ଶୁଣି।

– "ଆଚ୍ଛା ହଉ ଦେଖ୍‍ବା, ପହଲା ଆସି ପହଞ୍ଚୁ ଆଗ" – ସୁଗନ୍ଧା କହିଦେଇ ଚାଲିଯାଇଥିଲେ ଅନ୍ୟାନ୍ୟ କାମ କରିବାକୁ।

ସତରେ ଯେ ପହଲା ଆସିବ, ସେମାନେ ସାଙ୍ଗହେଇ ରାଜଧାନୀ ବୁଲିବେ, ରୋଷେଇ ଘର କାମକୁ ଆଗକୁ ବଢ଼େଇ ନେଲାବେଲେ ଏଇ ଭାବନାରେ ବୁଡ଼ିଯାଇଥିଲା କାଞ୍ଚନ।

ମାତୃଛାୟାରେ ଘରକରଣା ଆରମ୍ଭ କଲାବେଲେ ପୁରୁଣା ଜିନିଷ ସବୁକୁ ବାହାର କରି ସଜାଡ଼ି ରଖୁଥିବାବେଲେ ତାଙ୍କ ଝିଅ ବେଲର କାନ୍ତ ପେଣ୍ଡୁଲମ୍ ଘଣ୍ଟାଟିକୁ ମଧ୍ୟ ବୈଠକଖାନାର ଗୋଟେ ପଟ କାନ୍ଥର ଠିକ୍ ମଝିଆ ମଝି ଟଙ୍ଗାଇ ଦେଇଥିଲେ ସୁଗନ୍ଧା। ଅନେକ ଦିନରୁ ବ୍ୟବହାର ନ ହେଇ ରହିଥିବା ପେଣ୍ଡୁଲମ୍ ଘଣ୍ଟାଟି ସମୟ ଠିକ୍ ଠିକ୍ ସୁଚାଉଥିଲା ସତ, କିନ୍ତୁ ତା'ର ପ୍ରତିଘଣ୍ଟାକୁ ଢଙ୍‍... ଢଙ୍‍... ଶଦ୍ଧ କରିବାର ଗୁଣଟି ଖରାପ ହେଇଯାଇଥିଲା। ସମୟ ସେଇ ନିଃଶଦ୍ଧରେ ହଲୁଥିବା ପେଣ୍ଡୁଲମ୍‍ରେ ସବାର ହେଇ ଚାଲିଆସିଥିଲା ଆଉ ଗୋଟେ ଦିନ ଆଗକୁ, ତା'ପର ଦିନର ସନ୍ଧ୍ୟା ସମୟକୁ।

ସନ୍ଧ୍ୟା ବେଲକୁ କାଞ୍ଚନ, ସୁଗନ୍ଧା ଆଉ ଅଙ୍କିତା ବାହାରି ପଡ଼ିଲେ ମାତୃଛାୟାର ତଲ ମହଲାରେ ଥିବା ଫାଷ୍ଟଫୁଡ୍ ଦୋକାନର ପ୍ରଥମ ବାର୍ଷିକ ପୂର୍ତ୍ତି କାର୍ଯ୍ୟକ୍ରମରେ ଯୋଗଦେବାକୁ। ସେଥିପାଇଁ ଫୁଲତୋଡ଼ାଟିଏ ମଧ୍ୟ ସୁଗନ୍ଧା ସକାଲୁ କିଣି ରଖିଥିଲେ। ସେମାନଙ୍କୁ ଦେଖୁ ଦେଖୁ ମିଃ. ଗୁପ୍ତା ପାଖ୍‍ଛୋଟି ନେଇଥିଲେ

ଭିତରକୁ । ପଚାଶ ପାଖାପାଖ ଅତିଥ । ପ୍ରାୟ ସମସ୍ତଙ୍କୁ ଚିହ୍ନାଇ ଦେଲାପରେ ମିଃ. ଗୁପ୍ତା ଦୋକାନରେ କାମ କରୁଥିବା ଲୋକମାନଙ୍କୁ ମଧ୍ୟ ଚିହ୍ନାଇ ଦେଇଥିଲେ । ସେଇ ଗହଳଚହଳ ଭିତରେ ବେଶ୍ ଆଖୁଦୃଶିଆ ଚେହେରା ଥିବା ବାଇଶ ତେଇଶ ବର୍ଷ ବୟସର ପିଲାଟିଏ ଏପଟ ସେପଟ ହେଇ ସମସ୍ତଙ୍କ କଥା ବୁଝୁଥାଏ । ମିଃ. ଗୁପ୍ତା ପିଲାଟିକୁ ଏକପ୍ରକାର ଭିଡ଼ିଆଣି ସୁଗନ୍ଧାଙ୍କ ସହ ପରିଚୟ କରାଇ ଦେଇ କହିଥିଲେ—

"ମ୍ୟାଡାମ୍, ଇଏ ହେଲା ପ୍ରତ୍ୟୁଷ ଦାସ । ମୋର ଜଣେ ଅନ୍ତରଙ୍ଗ ବନ୍ଧୁର ପୁଅ । ଏମାନେ ସବୁ ରୁହନ୍ତି କୋଲ୍କାତାରେ । ପ୍ରତ୍ୟୁଷ କୋଲ୍କାତାରୁ ହୋଟେଲ ମ୍ୟାନେଜମେଣ୍ଟ କୋର୍ସ କରିଚି । ଲଣ୍ଡନର ଗୋଟିଏ ୟୁନିଭର୍ସିଟିରେ ଅଧିକ ପଢ଼ିବା ପାଇଁ ଚେଷ୍ଟା ମଧ୍ୟ ଚଲେଇଚି । ଏଇ ମଝି ସମୟତକର ସଦୁପଯୋଗ କରିବା ପାଇଁ ମୁଁ ତାକୁ ଏଠିକି ଡାକି ଆଣିଚି । ଏଇ ତ ମାତ୍ର ଛଅ ମାସ ହେଇଚି ତା' ଆସିବାର । ଆଉ କେତେ ଦିନ ଏଠି ରହିପାରିବ କେଜାଣି ।

ସେ ଯାହା ବି ହେଉ, ପ୍ରତ୍ୟୁଷ ହେଲା ଜଣେ ବେକର । ସେ ଖୁବ୍ ସ୍ୱାଦିଷ୍ଟ ଆଉ ସ୍ୱାସ୍ଥ୍ୟକର କେକ୍, ବିସ୍କୁଟ୍, ପାଉଁରୁଟି ସବୁ ବନେଇପାରେ । ଏଇଠି ଦେଖୁନାହାନ୍ତି, ସେ କଡ଼ରେ ଯେଉଁ ଓଭାନ୍ ରହିଚି ଆଉ ସେ ଜାଗାଖଣ୍ଡିକ ହେଲା ତା'ର । ସେ ସକାଳୁ ପହଞ୍ଚିଯାଇ ତା'ର ସେଇ ଓଭାନରେ ବିଭିନ୍ନ ପ୍ରକାର କେକ୍, ବିସ୍କୁଟ୍, ପାଉଁରୁଟିସବୁ ନିଜେ ହିଁ ପ୍ରସ୍ତୁତ କରେ । କୌଣସି କୃତ୍ରିମ ଖାଇବା ରଙ୍ଗ କି ସୁଗନ୍ଧ ସେ ତା'ର ପ୍ରସ୍ତୁତିରେ ବ୍ୟବହାର କରେନା । ଯେମିତି କେକ୍ ପ୍ରସ୍ତୁତିରେ ସାଲ୍‌ଗମ୍‌ର ରସ ପକେଇ ତାକୁ ନାଲି କି ଗୋଲାପୀ ରଙ୍ଗ ଦିଏ, ଏମିତି ଆହୁରି ଅନେକ । ଏସବୁ ତା' ନିଜର ଖୋଜ, ନିଜର ଆଇଡିଆ । ତା'ର ଏଇ ହାତ ପ୍ରସ୍ତୁତ ଜିନିଷଗୁଡ଼ିକ ଯୋଗୁଁ ହିଁ ମୋର ଏ ଫାଷ୍ଟଫୁଡ୍ ଦୋକାନଟି ଏତେ ପପୁଲାର ମାନେ ଲୋକପ୍ରିୟ ହେଇପାରିଚି ।"

ମିଃ. ଗୁପ୍ତା ପ୍ରତ୍ୟୁଷକୁ ସୁଗନ୍ଧାଙ୍କ ସହ ପରିଚୟ କରାଇ ଦେଲାବେଳେ ତା'ର ବ୍ୟକ୍ତିତ୍ୱର ଏମିତି ଏକ ସୁଦୀର୍ଘ ବିବରଣୀ ବଖାଣିଥିଲେ ।

ପ୍ରତ୍ୟୁଷ ଇଏ ହେଲେ ସୁଗନ୍ଧା ମ୍ୟାଡାମ୍, 'ମାତୃଛାୟା'ର ମାଲିକାଣୀ ଆଉ ଇଏ ତାଙ୍କ ଝିଅ.... ।

– 'ଅଙ୍କିତା...' କହିଥିଲେ ସୁଗନ୍ଧା ।

ପ୍ରତ୍ୟୁଉତରରେ ପ୍ରତ୍ୟୁଷ ଅତି ନମ୍ର ଭାବରେ ସୁଗନ୍ଧାଙ୍କୁ "ହ୍ୟାଲୋ ଆଣ୍ଟି" ବୋଲି କହି ସମ୍ଭାଷଣ ଜଣାଇ ଅଙ୍କିତା ଆଡ଼କୁ ହାତ ବଢ଼ାଇଥିଲା, 'ହାଏ' ବୋଲି କହି ।

ଅଙ୍କିତାର ହାତଟି ପ୍ରତ୍ୟୁଷ ହାତଯାଏ ଆପେ ଆପେ ଲମ୍ବିଯାଇଥିଲା ସତ, କିନ୍ତୁ ସେ ଟିକେ ଅପ୍ରସ୍ତୁତ ହେଇଯାଇଥିଲା ।

ଲୋକଗହଲି, ଖୁଆପିଆ, ନୂଆ ନୂଆ କେତେ ଲୋକଙ୍କ ସହ ଭେଟ, ବିଶେଷକରି ମିଃ. ଗୁପ୍ତା ଓ ପ୍ରତ୍ୟୁଷର ଆଦର ଓ ଅତିଥି ଅଭ୍ୟର୍ଥନାରେ ସମୟ କେତେବେଳେ ବିତିଯାଇଥିଲା ଜଣାପଡ଼ି ନ ଥିଲା । ତିନିହେଁ ଘରକୁ ଫେରୁଫେରୁ ରାତି ଆଠଟା ।

– "ଏତେଗୁଡ଼େ ଯାଉସ୍ୟାଉ ଖାଇଦେଇଚି ଯେ, ଆଉ ରାତିରେ ଖାଇହେଲା ପରି ଲାଗୁନି ।" କହିଥିଲେ ସୁଗନ୍ଧା ।

– "ସେ କେକ୍ ଆଉ ବିସ୍କଟଗୁଡ଼ାକ ଭାରି ସୁଆଦିଆ ହେଇଥିଲା ମ । ମୁଁ ତିନି ଚାରି ଥର ଖାଇଚି । ସବୁ ପ୍ରକାର ନାଲି, ଶାଗୁଆ, ହଳଦିଆ ଫଳରସ ଗୁଡ଼ାକରୁ ବି ଗୋଟେ ଗୋଟେ ଗିଲାସ ପିଇଦେଇଚି ଯେ, ମୋ ପେଟ ଭର୍ତ୍ତି ହେଇଚି ନାକଯାଏ ।" – ଏତକ କହି ଦୁଇ ଚାରିଟା ହାକୁଟି ମାରିଥିଲା କାଞ୍ଚନ ।

– "ହଁ ମୋର ବି ଠିକ୍ ସେଇ ଅବସ୍ଥା ମା', ଆଉ ରାତିରେ ମୁଁ କିଛି ଖାଇବିନି ।" ଏ ଥିଲା ଅଙ୍କିତାର କଥା ।

ଏବେ ତିନିହେଁ ବସିଯାଇଥିଲେ ଟିଭି ଦେଖିବାକୁ । ସୋଫାଟି ଉପରେ ଅଙ୍କିତା ପାଖରେ ବସି ସୁଗନ୍ଧା ଟିଭିକୁ ଦେଖୁଥା'ନ୍ତି କମ୍, ଅଙ୍କିତାକୁ ନିରେଖ୍ ଚାଲିଥା'ନ୍ତି ବେଶୀ । ପଥରକଟା ଗାଆଁରେ ତା' ଜନ୍ମଦିନରେ ବି ପିଲାମାନଙ୍କର ମେଳହୁଏ । ଏକାଠି ହେଇ ସବୁ ଭୋଜି ଖାଆନ୍ତି । ଆଜିର ଏ ପାର୍ଟିରେ ଲୋକ ଗହଳି, ଖୁଆପିଆ ସବୁ ଦେଖି ଅଙ୍କିତାର ପୁରୁଣା କଥା କିଛି ମନେପଡୁଛି କି ନାହିଁ ସେଇ କଥା ଭାବି ବାରମ୍ବାର ସୁଗନ୍ଧା ଅଙ୍କିତାକୁ ନିରେଖ୍ ଚାଲିଥା'ନ୍ତି । ଅବଶ୍ୟ ପଥରକଟା ଗାଆଁର ଭୋଜିର ରୂପ ଓ ଶୈଳୀ ଆଜିର ପାର୍ଟିରୁ ଭିନ୍ନ । ଅଙ୍କିତାର ଜନ୍ମଦିନ ଭୋଜିରେ ସମସ୍ତେ ତଳେ ବସନ୍ତି, ଆଉ ସେମାନଙ୍କୁ ଖାଦ୍ୟ ପରଷି ଦିଆଯାଏ । ଏଠି କିନ୍ତୁ ସବୁ ହାତରେ ପ୍ଲେଟ୍ ଧରି ଠିଆ ହେଇ ଖାଇଲେ । ଦୁଇଟିଯାକ ଭିନ୍ନ ପ୍ରକାରର ହେଇଥିବାରୁ ବୋଧହୁଏ ସେଥିପାଇଁ ଅଙ୍କିତା ବୁଝିପାରୁ ନ ଥିବ । ଏମିତି ଭାବି ନିଜକୁ ସହଜ କରି ନେଲାବେଲକୁ ବାଜି ଉଠିଥିଲା ମୋବାଇଲ ଫୋନ୍‌ଟି । ପହଲା ଫୋନ୍ କରିଚି ପଥରକଟାରୁ–

– "ହ୍ୟାଲୋ..."

– "ମା', ଜୁହାର, ପହଲା କହୁଚି ।"

– "ହଁ, କହ ।"

– "ମା', ମୋ ଦାଦିପୁଅ ଭାଇ ରାଜି ହେଇଚି ରାତିରେ ଆଚାର୍ଯ୍ୟ ଭବନକୁ ଜଗିକି ଶୋଇବାକୁ । ଦିନବେଳା ବି ଦି'ଥର ଦେଖିଯିବ କହିଚି । ବାକି ମା' ସେ ସାତ ଦିନରୁ ଅଧିକ ରହିପାରିବନି, ତାକୁ ତା' ପରେ ତା' ଶୁଅ ଘରକୁ ଭାର ନେଇକି ଯିବାକୁ ଅଛି ।"

- "ହଁ, ହଉ, ସପ୍ତାହେ ବି ବହୁତ କଥା। ତାକୁ ଡାକିକି ଘରର ଜରୁରୀ କଥାଗୁଡ଼ାକ ବୁଝାଇ ଦେଇ ଚାବି ଦେଇଦେବୁ। ଆଉ କାଲି ସକାଳୁ ବଲାଙ୍ଗୀରକୁ ପଲେଇ ଆସି ଭୁବନେଶ୍ୱର ପାଇଁ ବସ୍ ଧରିବୁ।"

- "ମୁଁ ସବୁ ବୁଝାବୁଝି କରିଦେଇଚି। କାଲି ସକାଳ ଆଠଟା ସୁଦ୍ଧା ମୋତେ ବଲାଙ୍ଗୀର ସଦର ମହକୁମାର ବସ୍‌ଷ୍ଟାଣ୍ଡରେ ପହଞ୍ଚିବାକୁ ପଡ଼ିବ। ତା'ପରେ 'ଚକାଡୋଲା' ବସ୍‌ରେ ବସିଲେ ସନ୍ଧ୍ୟାବେଳକୁ ପହଞ୍ଚିଯିବି ରାଜଧାନୀର ବରମୁଣ୍ଡା ବସ୍‌ଷ୍ଟାଣ୍ଡରେ।"

- "ଭଲ କଥା, ମୁଁ ଚକାଡୋଲା ବସ୍‌ରେ ଏଠ ଭୁବନେଶ୍ୱରରେ ପହଞ୍ଚିବାର ସମୟ ବୁଝି ନେଇ ତୋ ପାଖକୁ ଡାକ୍ତରାଣୀ ମାଉସୀଙ୍କ ଡ୍ରାଇଭର ଦିଲ୍ଲୀପକୁ ପଠାଇବି। ସେ ତୋତେ ଯାଇ ଏଠିକି ନେଇ ଆସିବ। ଦିଲ୍ଲୀପ ତୋ ପାଖେ ପହଞ୍ଚ ତୋତେ ତା ନାଁ କହିବ, ତେବେ ଯାଇ ତୁ ତା' ସହ ଆସିବୁ, ସେ ପର୍ଯ୍ୟନ୍ତ ବସ୍‌ରୁ ଓହ୍ଲାଇବୁ ନାହଁ।"

- "ହଉ ମା' ଜୁହାର, ଫୋନ୍ ରଖୁଚି।" –ଧଡ୍ କରି ଶୁଭିଥିଲା ପହଲା ଫୋନ୍ ରିସିଭର ରଖିବାର ଶବ୍ଦ।

ପହଲା ଆସିବାର ଖବର ଶୁଣିଦେଇ କାଞ୍ଚନ ଆଉ ଅଙ୍କିତା ହେଇଯାଇଥିଲେ ଖୁବ୍ ଖୁସି। କିଛି ସମୟର ଟିଭି ଦେଖା ପରେ ସମସ୍ତେ ନିଜ ନିଜ ବଖରାରେ ଶୋଇପଡ଼ି ଥିଲେ।

ରାତି ପାହି ଆସିଥିଲା ତା' ପର ଦିନର ସକାଳ, ଆଉ ଶେଷରେ ସେଦିନର ସନ୍ଧ୍ୟା। ସେଦିନର ସନ୍ଧ୍ୟାରେ ପହଲା ପହଞ୍ଚ ଯାଇଥିଲା ମାତୃଛାୟାରେ। ପହଲା ରାଜଧାନୀକୁ ଆସୁଚି ବୋଲି ପିନ୍ଧିଥିଲା ହାଫ୍ ଶାର୍ଟ ସହ ଫୁଲ୍ ପ୍ୟାଣ୍ଟ। ଘର ଭିତରକୁ ପଶିଆସି ପହଲା ସୁଗନ୍ଧାକୁ ମୁଣ୍ଡିଆ ମାରିଥିଲା। ଏପଟେ କାଞ୍ଚନ ପହଲାକୁ ମୁଣ୍ଡିଆ

ମାରିଥିଲା, ଆଉ ଅଙ୍କିତା ପହଲାକୁ ଦେଖ୍ ହସି ହସି ବେଦମ୍– "ପହଲା, ତୁ କ'ଣ ଫୁଲ୍ ପ୍ୟାଣ୍ଟ ।"

ଲାଜେଇ ଯାଇଥିଲା ପହଲା– "ଦେଈ, ରାଜଧାନୀକୁ ଆସୁଚି ପରା, ଆମ ଗାଆଁ କଥା କି ?"

– "ହଁ, ଠିକ୍ କରିଚୁ ଭାରି ମାନୁଚି ତୋତେ ଏ ଫୁଲ୍ ପ୍ୟାଣ୍ଟ । ଆଉ ଅଙ୍କିତା ତୋର ଏତେ ହସ କାହିଁକି, କାଞ୍ଚନ ତୁ ବି ମୁଚୁକୁଦିମାରୁଚୁ । ପହଲାକୁ ସାଙ୍ଗରେ ନେଇଯା, ତାକୁ ହାତଗୋଡ଼ ଧୋଇବାକୁ ଜାଗା ଦେଖା, ଆଉ ତା' ଖାଇବା ବ୍ୟବସ୍ଥା କର ।" କହିଥିଲେ ସୁଗନ୍ଧା ଆକଟ କରି ।

କାଞ୍ଚନ ପହଲାକୁ ଡାକି ନେଇଥିଲା ତା' କୋଠରିକୁ ।

ଏଇ ଟିକେ ସମୟ ପୂର୍ବରୁ ଅଙ୍କିତା କହିଥିବା କଥାଗୁଡ଼ିକୁ ମନେପକାଇଥିଲେ ସୁଗନ୍ଧା– "ପହଲାର ଫୁଲ ପ୍ୟାଣ୍ଟକୁ ଦେଖ୍ ହସି ଉଠିଥିଲା ଅଙ୍କିତା । ତା' ମାନେ ସ୍ୱପ୍ରବଣତା ବେଳେ ସେ ଦେଖିଥିବା ପହଲାର ଚେହେରା ତା' ମନେଅଛି । କିନ୍ତୁ ଗତକାଲିର ଫାଷ୍ଟଫୁଡ୍ ଦୋକାନର ପାର୍ଟିଟାକୁ ଦେଖ୍ ତା' ଜନ୍ମଦିନର ଭୋଜିକୁ ମନେପକାଇ ପାରି ନ ଥିଲା । ବୋଧହୁଏ ଦି'ଟା ଯାକ ସମ୍ପୂର୍ଣ୍ଣ ଭିନ୍ନ ପ୍ରକାର ଥିଲା ବୋଲି ।"

ଏତିକିବେଳେ ମୁଖ୍ୟ ଦରଜାର କଲିଂବେଲ୍ଟି ଟୁଁ... ଟାଁ... କରି ବାଜିଉଠିଥିଲା । ଦରଜା ଖୋଲିଥିଲା ଅଙ୍କିତା–

– "ହାଏ, ହାଓ ଆର୍ ୟୁ... ଭିତରକୁ ଆସିପାରେ ?" ହାତରେ କେତେଗୁଡ଼େ ପ୍ୟାକେଟ ଧରି ଠିଆ ହେଇଥିଲା ପ୍ରତ୍ୟୁଷ ଦୁଆରବନ୍ଦ ପାଖରେ ।

ସ୍ମିତ ହସି ଅଙ୍କିତା ପଛକୁ ଘୁଞ୍ଚିଯିବାରୁ ପ୍ରତ୍ୟୁଷ ବୈଠକଖାନା ଭିତରକୁ ପଶି ଆସିଲା ।

– "ହ୍ୟାଲୋ ଆଣ୍ଟି, ହାଓ ଆର୍ ୟୁ, ଆପଣମାନଙ୍କ ପାଇଁ ମୋ ହାତ ତିଆରି ସୁଜି ବିସ୍କୁଟ ଆଣିଚି ଆଉ ଗୋଟେ ପ୍ୟାନ୍ କେକ୍ । ନୋ ଆଡେଡ୍ ଫ୍ଲେଭର, ନୋ ଆଡେଡ୍ କଲର।" – ଏତକ କହି ସୁଗନ୍ଧାଙ୍କ ହାତକୁ ବଢ଼େଇ ଦେଇଥିଲା ସାଙ୍ଗରେ ଆଣିଥିବା ପ୍ୟାକେଟ୍‌ଗୁଡ଼ିକ ।

– "ଥ୍ୟାଙ୍କ୍ ୟୁ ଭେରି ମର୍ । ତୁମ ହାତ ତିଆରି ବିସ୍କୁଟ, କେକ୍ ଆଉ ଫଳରସ ସବୁ ଆମେ ସେଦିନର ପାର୍ଟିରେ ଖାଇଲୁ । ସବୁଗୁଡ଼ାକର ସ୍ୱାଦ ଭିନ୍ନ ପ୍ରକାରର, ମାନେ... ସମ୍‌ଥିଙ୍ଗ ସ୍ପେଶାଲ । କେମିତି କରୁଚ ଏସବୁ । ୟୁ ଆର୍ କ୍ୱାଇଟ୍ ଇନୋଭେଟିଭ୍ ।"

– "ଆଣ୍ଟି ଆପଣ ଚାହିଁଲେ, ଏମିତିକି ଅଙ୍କିତାର ଯଦି ଶିଖିବାର ଇଚ୍ଛା ଥିବ ମୁଁ ଶିଖେଇ ଦେବି, ଆମ ଏଇ ଦୋକାନର ଓଭାନରେ । ସକାଳେ ମୁଁ ସ୍ଟାଫମାନଙ୍କୁ ନେଇ ବ୍ୟସ୍ତ ରହେ । ଲଞ୍ଚ ହାୱ୍‌ର ମାନେ ଦ୍ୱିପ୍ରହର ଗୋଟାଏରୁ ତିନିଟା ଯାଏ, କେବେ କେବେ ତ ପାଞ୍ଚଟାଯାଏ ବି ବ୍ୟସ୍ତ ରହେ ମୋର ଏସବୁ ପ୍ରସ୍ତୁତ କରିବାରେ । ସେ ସମୟରେ ମୁଁ ଶିଖେଇ ଦେଇପାରିବି ।" କହିଥିଲା କଥାଗୁଡ଼ିକ ସହଜରେ ପ୍ରତ୍ୟୁଷ ।

– "ହଁ ଦେଖିବା ଭାବିକି କହିବି ।"

– "ବାଇ ଦ ୱେ, ୟୁ ଆର୍ ଇନ୍ ହ୍ୱିଚ୍ କଲେଜ, ଆଇ ମିନ୍ ଇନ୍‌ଷ୍ଟିଟ୍ୟୁଟ୍ ।" – ପ୍ରତ୍ୟୁଷର ପ୍ରଶ୍ନ ଥିଲା ଅଙ୍କିତା ପାଇଁ ।

ଅଙ୍କିତା କିଛି କହିବାକୁ ପ୍ରସ୍ତୁତ ହେବା ପୂର୍ବରୁ ଚଟାପଟ୍ ଉତ୍ତର ଦେଇଥିଲେ ସୁଗନ୍ଧା– "ପ୍ରକୃତରେ ଆମେ ରହୁ ବଲାଙ୍ଗୀର ଜିଲ୍ଲାର ଗୋଟେ ଗାଁଆରେ, ବଲାଙ୍ଗୀର ଜାଣିଚ ନା ?"

– "ହଁ ଆଣ୍ଟି ନାଁଆଟା ଶୁଣିଚି । ଓଡ଼ିଶା ବିଷୟରେ କିଛି କିଛି କଥା ଜାଣିଚି ।"

– "ଆରେ ବାଃ, ବେଶ୍ ଭଲ କଥା । ଆମେ ରହୁଥିବା ଗାଆଁଟିରେ କଲେଜ କି ଇନ୍‌ଷ୍ଟିଚ୍ୟୁଟ୍ ନାହିଁ । ତେଣୁ ଅଙ୍କିତା ମୋ ପାଖେ ଘରେ ପଢ଼େ ।"

– "ୟୁ ମିନ୍ ଡିସ୍‌ଟାନ୍‌ସ ଲର୍‌ନିଙ୍ଗ... ଏମିତି କିଛି"– କହିଥିଲା ପ୍ରତ୍ୟୁଷ ।

– "ହଁ... ସେମିତିଆ ।"

ଏ ସମ୍ବନ୍ଧରେ ଆଉ ଅଧିକ କଥା ବଢ଼େଇବାକୁ ଚାହୁଁ ନ ଥିଲେ ସୁଗନ୍ଧା, ତେଣୁ କଥା ବୁଲେଇଲେ–

– "ଆଚ୍ଛା, ଏଠି ଆଉ କେତେ ଦିନ ରହୁଚ ପ୍ରତ୍ୟୁଷ ।"

– "ଜଣାନାହିଁ, ଅତିବେଶୀ ହେଲେ ଦୁଇ ତିନିମାସ ।"

– "ଓହୋ, ମାତ୍ର ଦୁଇ ତିନି ମାସ ।"

– "ଆଉ ଅଧିକା ରହି ହେବନି, ୟା'ଭିତରେ ଆଡ୍‌ମିସନ୍ ପାଇଁ ସବୁ ଦରକାରୀ କାମ ସରିଯିବ, ତେଣୁ ଯିବାକୁ ହେବ । ନୂଆ ଯାଗାରେ ବି କିଛି ସମୟ ଲାଗିବ ନିଜକୁ ଥଇଥାନ କରିବାକୁ ।"

ଏଥର ତା' ହାତ ଘଣ୍ଟାକୁ ଚାହିଁଦେଇ ଫେରିଯିବାକୁ ବାହାରିଲା ପ୍ରତ୍ୟୁଷ ।

– "ଆସ୍ତି, ଅଙ୍କିତା ବାଏ, ମୋତେ ଯିବାକୁ ହେବ, ଦୋକାନଟିକୁ ବେଶୀ ସମୟ ଷ୍ଟାଫ୍‌ମାନଙ୍କ ହାତରେ ଛାଡ଼ି ହେବନି, ବାଏ... ।"

– "ବାଏ... ।" ଶୁଭିଥିଲା ଅଙ୍କିତାର ସ୍ୱର ପ୍ରତ୍ୟୁଉତରରେ ।

ପ୍ରତ୍ୟୁଷ ଚାଲିଯାଇଥିଲା, କିନ୍ତୁ ଛାଡ଼ି ଗଲା ଅଙ୍କିତା ଆଉ ସୁଗନ୍ଧାଙ୍କ ମନରେ ସଂଭ୍ରମତା ଆଉ ଆପଣାପଣର ଛବିଟିଏ ।

***

ଦଶମ ପରିଚ୍ଛେଦ

ପଥରକଟା ଗାଁଆରୁ 'ମାତୃଛାୟା'ରେ ଆସି ପହଞ୍ଚିବାର ପହଲାର ଆଜିକୁ ତୃତୀୟ ଦିନ। ପହଲାକୁ ସାଙ୍ଗରେ ନେଇ ସୁଗନ୍ଧା ଆଜି ସକାଳୁ ବାହାରି ଯାଇଛନ୍ତି ତାଙ୍କ ଶାଶୁଘର ମାନେ ସୌରଭଙ୍କ ଘରକୁ। ଭୁବନେଶ୍ୱରକୁ ଆସିଲାପରଠୁ ମାତ୍ର ଥରଟେ ସେଠିକି ଯାଇପାରିଥିଲେ। ସମୟ ଅଭାବରୁ ସିଏ ବି ଖାଲି ବାହାରୁ ବାହାରୁ ଚାଲି ଆସିଥିଲେ। ସେ ଘରଟି ବି ପୁରୁଣା ହେଲାଣି, ତା'ର ବି ମରାମତି ଆଉ ଯନ୍ ଦରକାର। ପହଲାକୁ ସାଙ୍ଗରେ ଆଣିଛନ୍ତି ଯେ, ସେ ଚାରିଆଡ଼ ବୁଲି ଦେଖି କହିଦେବ କଉଠି କ'ଣ ମରାମତି ଦରକାର ବୋଲି। ସୌରଭଙ୍କ ଘରଠୁ ଚଲାବାଟ ଦୂରତାରେ ଅର୍ଜ୍ନାଙ୍କ ଘର। ତେଣୁ ଅର୍ଜ୍ନାଙ୍କ ପାଖେ ଥାଏ ସେ ଘରର ଚାବି ଲେନ୍ତାଟି। ଅର୍ଜ୍ନା ବି ଚାବିଲେନ୍ତା ସହିତ ଆସି ପହଞ୍ଚ ଯାଇଥିଲେ। ଏବେ ତିନିହେଁ ଲୁହା ଫାଟକକୁ ଖୋଲି ଘରର ହତା ଭିତରକୁ ପଶିଥିଲେ।

– "ମା' ଏଇଟା ଆମ ବାବୁଙ୍କ ବସାଘର" – ପଚାରିଥିଲା ପହଲା।

– "ହଁ ରେ, ଏଇଟା ଆମର ପ୍ରକୃତ ବସାଘର, କହିପାରୁ ପ୍ରକୃତ ଆଚାର୍ଯ୍ୟ ଭବନ। କେବେ ଏ ଘର ଲୋକ ଗହଲି ହସରୋଳରେ ଫାଟି ପଡ଼ୁଥିଲା, ଏବେ ଦେଖ୍ କେମିତି ଖାଁ ଖାଁ ଲାଗୁଛି।" – ଦୀର୍ଘଶ୍ୱାସ ସହ ଏଇ କଥା ଦୁଇପଦ ବାହାରି ଆସିଥିଲା ସୁଗନ୍ଧାଙ୍କ ମୁହଁରୁ।

– "ସମୟ ସ୍ରୋତରେ କେତେ କ'ଣ ଭାଙ୍ଗିଯାଉଛି, ଉଜୁଡ଼ିଯାଉଛି, ହଜିଯାଉଛି।"

– "ଠିକ୍ କଥାରେ ପହଲା, ମଣିଷ ଖାଲି କାଠ କଣ୍ଡେଇ ।"

ସେମାନେ ଏମିତି କଥା ହେଇ ହେଇ ପହଞ୍ଚି ଯାଇଥିଲେ ମୁଖ୍ୟ ଦରଜା ପାଖରେ । ଦରଜାଟିର ତାଲା ଖୋଲୁ ଖୋଲୁ ଅର୍ଚ୍ଚନା କହିଥିଲେ– "ପହଲା ତୁ ଘର ଚାରିପଟ ଆଉ ଆଗ ବାଟ ବଗିଚାଟା ବୁଲି ଦେଖ୍ ଆସେ, ଚାରିପଟ ପାଚେରି କାନ୍ଥଟାକୁ ବି ଭଲକି ତନଖି କରି ଆସିବୁ । ଆମେ ଘର ଭିତରର ବଖରାଗୁଡ଼ିକୁ ଗୋଟିଗୋଟି କରି ବୁଲି ଦେଖ୍ ଆସୁଟୁ ।"

ପହଲା ବଗିଚାଆଡ଼କୁ ବାହାରି ଗଲା । ଅର୍ଚ୍ଚନା ଗୋଟେ ପରେ ଗୋଟେ କୋଠରିର କବାଟରେ ଲାଗିଥିବା ତାଲାଗୁଡ଼ିକୁ ଖୋଲି ଦେଇ କହିଥିଲେ– "ସୁଗନ୍ଧା ତୁମେ ସେପଟକୁ ଚାଲିଯାଅ, ମୁଁ ଏପଟର କୋଠରିଗୁଡ଼ାକ ଦେଖିଦଉଚି । ଭାଗ ବାଣ୍ଟି ବୁଲି ଦେଖିଲେ ଶୀଘ୍ର ହେଇଯିବ ।"

ରୋଷେଇ ଘର ଭିତରକୁ ପଶିଥିଲେ ସୁଗନ୍ଧା । ଚାରିଆଡ଼ ଆଖି ବୁଲାଇ ଆଣିଲେ, ଡାହାଣ ପଟ କାନ୍ଥଟାରେ ଫାଟଟିଏ, ତାକୁ ମରାମତି କରିବାକୁ ହେବ । ତା'ପରେ ଆଗକୁ ଆଉ ଦୁଇଟି ଛୋଟ ଛୋଟ କୋଠରିର ତଦାରଖ କରି ଆଗକୁ ବଢ଼ି ସୁଗନ୍ଧା ଆସି ପହଞ୍ଚିଯାଇଥିଲେ ତାଙ୍କ ଶୋଇବା ଘରେ । ଏ ଘରକୁ ନେଇ ସାଇତା ଅଭୁଲା ସ୍ମୃତିସବୁ ସୁଗନ୍ଧାଙ୍କ ମନରେ ଭଉଁରି ଖେଲିବାକୁ ଆରମ୍ଭ କରିଦେଇଥାଏ । ଶୋଇବା ଘରର ଦୁଆରବନ୍ଦଟି ପାଖରେ ଠିଆ ହେଇ ଭିତରକୁ ଚାହିଁଲେ– ସେମାନଙ୍କ ପଲଙ୍କ ଏବେ ବି ସେମିତି ତା' ଜାଗାରେ ପଡ଼ିଚି । କୋଠରିର ପ୍ରତିଟି କୋଣରେ ଆଖିବୁଲାଇ ଆଣିଲେ ସୁଗନ୍ଧା– ଏଇ ଚାରିକାନ୍ଥ, ଏଇ କୋଠିରେ ଆବଦ୍ଧ ବାୟୁମଣ୍ଡଳ ମୂକସାକ୍ଷୀ ତାଙ୍କର ଆଉ ସୌରଭଙ୍କ ଚିରନ୍ତନ ପ୍ରେମର । ଭିତରକୁ ପଶି ଆସିଲେ ସୁଗନ୍ଧା । କାନ୍ଥ ଆଲମିରାର କବାଟଟିକୁ ଖୋଲି ଦେଇ ଦେଖିଲେ, ପୁରୁଣା ସ୍ଟେଥୋସ୍କୋପଟିଏ ଆଉ ବହି କେତେଖଣ୍ଡ । ସ୍ଟେଥୋଟିକୁ ହାତରେ ଆଉଁଶି ପକାଇଲେ ସୁଗନ୍ଧା ।

ଆଲମିରା କବାଟକୁ ଖୋଲା ଥାକଟିଏ । ସୁଗନ୍ଧା ଏଥର ଥାକଟିର ଗୋଟିଏ କୋଣ ଉପରେ ଅନୁରୂପ ହାତ ବୁଲାଇ ଚାଲିଲେ । ମା' (ଶାଶୁ) ସେମାନଙ୍କ ଚତୁର୍ଥୀ ରାତିର ଦୀପଟି ସେଇଠି ଜାଳିଥିଲେ, ଆଉ କାନେ କାନେ କହିଥିଲେ– "ସୁଗନ୍ଧା ନଜର ରଖିଥିବୁ । ଦୀପଟି ଯେମିତି ଲିଭି ନ ଯାଏ । ଦୀପ ଭର୍ତ୍ତି କରି ଘିଅ ଦେଇଛି, ତଥାପି ଦୃଷ୍ଟି ରଖିଥିବୁ ।"

– "ମା' ଦୃଷ୍ଟି ରଖିଥିଲି, ଦୀପଟା ସକାଳ ପର୍ଯ୍ୟନ୍ତ ବି ଜଳିଥିଲା ସେଦିନ, ତଥାପି... ତଥାପି କାହିଁକି ସୌରଭଙ୍କ ସ୍ନେହରୁ ମୁଁ ବଞ୍ଚିତ ହେଲି ଏମିତି ଅକାଳରେ... ।"

ଶୂନ୍ୟ କୋଠରିରେ ନିଜ ଅତୀତକୁ ମନେପକାଇ ଏମିତି ଭାବବିହ୍ୱଳ ହେଇ ଉଠିଥିଲେ ସୁଗନ୍ଧା । ଆଖିରେ ଆଖିଏ ଲୁହ । ଏବେ ସବୁ ବୋହି ଚାଲିଲେ ନିର୍ଦ୍ୱନ୍ଦ୍ୱରେ । କୌଣସିମତେ ନିଜକୁ ସମ୍ଭାଳି ନେଇ କୋଠରି ଭିତରୁ ଝଡ଼ ବେଗରେ ବାହାରି ଆସିଲେ, ଅବଶ୍ୟ ବାହାରି ଗଲାବେଳେ ଆଲମିରା ଭିତରୁ ସୌରଭଙ୍କ ସ୍ୱେଥୋ ଆଉ ସେଇ ବହି କେତେଟା ସାଙ୍ଗରେ ନେଇ ଆସିଥିଲେ ।

ଦାଣ୍ଡ ଘରର ଆଗପଟ ପିଣ୍ଡାରୁ ବଗିଚାକୁ ଯିବାପାଇଁ ହେଇଥିବା କେତେଟା ପାହାଚର ମଝି ପାହାଚରେ ବସି ପଣତରେ ଆଖିର ଲୁହ ପୋଛିଲେ ।

କିଛି ସମୟ ପରେ ଅର୍ଚ୍ଚନା ବି ଆସି ବସିଗଲେ ତାଙ୍କ ପାଖକୁ ।

– "ଅର୍ଚ୍ଚନା, ତୁମେ ବି କାନ୍ଦୁଚ, ତୁମ ଆଖିରେ ବି ଲୁହ ? ପଚାରିଥିଲେ ସୁଗନ୍ଧା ।

– "ହଁ ସୁଗନ୍ଧା, ଏ ଘରକୁ ନେଇ ତୁମର ଖାଲି ମଧୁର ଅଭୁଲା ସ୍ମୃତି ନାହିଁ, ମୋର ବି ରହିଚି ଅସୁମାରି ଅଭୁଲା ସ୍ମୃତି ।"

ମାଉସା ମାଉସୀଙ୍କ ଶୋଇବା ଘର ପାଖର ସେଇ ଯେଉଁ ଛୋଟିଆ କୋଠରିଟି ଯେଉଠି ଗୋଟିକିଆ ଖଟଟା ଏବେ ବି ପଡ଼ିଚି, ସେଇଟା ଥିଲା

ସୌରଭର ପାଠପଢ଼ାବେଳର ମାନେ ବ୍ୟାଚେଲର ସମୟର ଶୋଇବା ଘର । ଆମ ଘରଟି ଆମ ଜେଜେବାପାଙ୍କ ଅମଲର ଘର । ମାଉସା (ସୌରଭର ବାପା) କିନ୍ତୁ ଏ ଜାଗାଟିକୁ କିଣି ଘର କରି ଏଠିକୁ ସପରିବାର ଆସିଥିଲେ, ଯେତେବେଲେ ସୌରଭ ପଢୁଥିଲା ତୃତୀୟ ଶ୍ରେଣୀରେ । ଆମେ ଦୁହେଁ ସେବେଠୁ ସାଙ୍ଗ । ନିମ୍ନପ୍ରାଥମିକରେ ଏକାଠି ପଢ଼ିଲୁ, ପ୍ରାଥମିକ ଶ୍ରେଣୀରେ ବି ଏକାଠି ପଢ଼ିଲୁ, ଏମିତିକି ହାଇସ୍କୁଲ, କଲେଜ ଆଉ ତା'ପରେ ଡାକ୍ତରୀ ବି ଏକାଠି ପଢ଼ିଲୁ । ମୁଁ ଅନ୍ୟ ଝିଅ ସାଙ୍ଗମାନଙ୍କ ସହିତ ଚାଲି ଚାଲି ସ୍କୁଲଯାଏ । ସୌରଭ କିନ୍ତୁ ପଞ୍ଚମ ଶ୍ରେଣୀରୁ ସାଇକେଲରେ ଯିବା ଆରମ୍ଭ କରିଦେଇଥିଲା । ସେଇ ପଞ୍ଚମ ଶ୍ରେଣୀରେ ମୁଁ ଜିଦିକରି ଥିଲି ସାଇକେଲ ଶିଖ୍ବାକୁ । ମୋର ସାଇକେଲ ନ ଥାଏ । ଗୋଟେ ରବିବାର ସକାଲୁ ଆସି ଏଠି ପହଞ୍ଚିଗଲି । ମାଉସୀଙ୍କୁ କହିଲି– "ମାଉସୀ ମୋତେ ସୌରଭ ସାଇକେଲରେ ଟିକେ ଚଲେଇବା ଶିଖ୍ବାର ଅଛି ।"

– "ସେ ଗଧ ତ ଶୋଇଚି, ତାକୁ ଉଠା । ସେ ଉଠିଲେ ତ ତୋତେ ସାଇକେଲ ଶିଖାଇଦେବ ।"

ମୁଁ ସିଧା ସୌରଭର ସେଇ ଶୋଇବା ଘରେ ହାଜର । ଦି' ତିନିଥର ଡାକିଲି ଉଠିଲାନି, ତାକୁ ଭିଡ଼ି ଆଣି ଖଟରୁ ତଲେ ପକେଇଦେଲି । ବିଚରା ନିଦରୁ ଉଠି ସାଇକେଲ ଶିଖାଇ ବାହାରିଲା । ଶିଖ୍ଲା ବେଲେ ଯେତେଥର ମୁଁ ପଡ଼ିବି, ଗାଲି ଖାଇବ ସେ । ମୋତେ ଏବେ ତୁମେ ଯେମିତି ଦେଖୁଚ, ଝିଅବେଲୁ ମୋ ଚେହେରା ଏମିତି । ଏମିତି ମୋଟା, ପୂରିଲା ପୂରିଲା ଗଢ଼ଣ ମୋର ।

ଦିନେ ଏମିତି ସାଇକେଲ ଶିଖୁଥିବା ବେଲେ ମୁଁ ପଡ଼ିଲି ଖୁବ୍ ଜୋର୍‍ରେ । ମାଉସୀ ଘରୁ ବାହାରି ଆସି ସୌରଭକୁ ଦି'ପଦ କଡ଼ା କି କହିଦେଲେ । ବାସ୍, ଆରମ୍ଭ ହେଇଥିଲା ସେଦିନ ସୌରଭର କାନ୍ଦ । କାନ୍ଦି କାନ୍ଦି କହିଥିଲା–

"ଏ ମୋଟୀ ବାଲାନ୍ଦ ରଖ୍ୟାପାରୁନି, ଆଉ ମୁଁ ଗାଳି ଖାଉଚି ।" ମାଉସୀ ପୁଣି କହିଥିଲେ– "ଝିଅ ପିଲାଟାକୁ ମୋଟୀ କହୁଚୁ, କେଡ଼େ ହୃଷ୍ଟପୁଷ୍ଟ ଚେହେରା ତା'ର । ଆଉ କ'ଣ ସୁକୁଟିଟେ ହେଇଥା'ନ୍ତା ?"

ଆହୁରି ରାଗିଯାଇ ସୌରଭ କହିଥିଲା– "ଏଡ଼େ ମୋଟିଟେ ହେଇଚି ଯେ, ତାକୁ କେହି ବାହା ବି ହେବେନି ।"

ମୁଁ ବି କୋଉ ଛାଡ଼ିବା ଲୋକ, ମୁଁ ସାଙ୍ଗେ ସାଙ୍ଗେ କହିଥିଲି– "ମୋତେ କେହି ବାହା ନ ହେଲେ ମୁଁ ତୋତେ ବାହା ହେଇଯିବି ।"

ଏଇ ପିଣ୍ଡା ଉପରେ ଚୌକିଟିଏରେ ବସି ଖବରକାଗଜ ପଢ଼ୁଥିବା ମଉସା ଏଥର ଖୁବ୍ ଜୋର୍‌ରେ ହସିକି କହିଥିଲେ– "ଭଲ ହେଲା, ଆମେ ବୋହୂକୁ ଆଉ କାର୍‌ରେ ନ ଆଣି ଚଲେଇ ଚଲେଇ ନେଇ ଆସିବୁ ।"

ପିଲାବେଲର ସେଇ ନିଷ୍କପଟ ଭାବାବେଗ ସମୟର ସୌରଭକୁ ନେଇ କେତେ ଯେ ଏମିତି ଅଭୁଲା ସ୍ମୃତି ମୋ ମନରେ ଏବେ ବି ଜମାଟ୍ ବାନ୍ଧିକି ଅଛନ୍ତି, କହିଲେ ରାତି ପାହିଯିବ ।

ମୋତେ ସେ ମୋ ନାଆଁ ଧରି ଡାକେ ବହୁତ କମ୍ । କନ୍‌ଫରେନ୍‌ସମାନଙ୍କରେ କିମ୍ବା ବାହାର ଲୋକଙ୍କ ଉପସ୍ଥିତିରେ ମୋତେ ମୋ ନାଆଁ ଧରିକି ଡାକେ, ନ ହେଲେ ସବୁବେଳେ ମୋତେ ମୋଟୀ ବୋଲି ଡାକେ ।

ଆମ ଦୁଇଜଣଙ୍କର ଫ୍ରେଣ୍ଡଶିପ୍ ବା ବନ୍ଧୁତ୍ୱ, କହିପାର ଏକ ନିଛକ, ଅନାବିଲ ସ୍ନେହର ଉଦାହରଣ ବୋଲି । ସେ ଯେ ଆମ ଗହଣରେ ନାହିଁ, ମୁଁ ଏବେ ବି ଏକଥାକୁ ଗ୍ରହଣ କରିପାରେନି । ତା' ପରି ସ୍ନେହୀ ମଣିଷଟେ ମିଳିବା ଭାରି କଷ୍ଟ । ଜନ୍ତା, ପିମ୍ପୁଡ଼ି, ପଶୁପକ୍ଷୀ ସମସ୍ତଙ୍କୁ ସେ ଭଲପାଏ । ଆଉ ତା'ର ଏ ଭଲପାଇବାରେ ନ ଥିଲା ସ୍ୱାର୍ଥ ।"

ଅର୍ଜ୍ଜନା ପୁଣି ଥରେ ହାତ ପାପୁଲିରେ ଆଖିଲୁହ ପୋଛିଥିଲେ ।

– "ତୁମ ହାତରେ ଏ ଛୋଟ ଖାତାଟି, କେଉଁଠୁ ପାଇଲ କି ?" ଅର୍ଜ୍ଜନାଙ୍କ ହାତରେ ପତଳା ଛୋଟିଆ ଖାତାଟିଏ ଦେଖି ପଚାରିଥିଲେ ସୁଗନ୍ଧା ।

– "ସୌରଭର ସେଇ ପାଠପଢ଼ା ବେଳର କୋଠରିର କାନ୍ତ ଆଲମିରାକୁ ଖୋଲି ଦେଖିଲାବେଳେ ଥାକରୁ ପାଇଲି ଏଇ ଖାତା ଖଣ୍ଡକ । ଖୋଲିକି ଦେଖିଲାବେଲକୁ ତା' ଗୀତଶିକ୍ଷା ବେଳର ଖାତା ଇଏ ।"

ତୁମକୁ ଆଉ ଗୋଟେ ମଜାଦାର କଥା କହୁଚି, ଏଇ ଗୀତଶିକ୍ଷା ଉପାଖ୍ୟାନ । ଆମେ ପଢୁଥିଲୁ ସେତେବେଳେ ସପ୍ତମ ଶ୍ରେଣୀରେ । ମୁଁ ଛୋଟରୁ ଭଲ ଗୀତ ବୋଲେ । ମୋତେ ସେ ବର୍ଷ ବିଭିନ୍ନ ଗୀତ ପ୍ରତିଯୋଗିତାରେ ଗୁଡ଼େ ପୁରସ୍କାର ମିଳିଗଲା । ସେଦିନ ସନ୍ଧ୍ୟାବେଳେ ଏଇ ବଗିଚାରେ ଆମେ ଦୁହେଁ ଛୋଟି ପାରା ଖେଳୁ ଖେଳୁ ମୁଁ ତାକୁ କହିଦେଲି– "ଗଧ, ଦେଖେ ମୋତେ କେତେ ପୁରସ୍କାର ମିଳିଲାଣି, ଆଉ ତୋତେ କିଛି ନାହିଁ, ଖାଲି ଶୁଖିଲା ଠକ୍... ଠକ୍... ।"

– "ଆଛା, ତୁ ମୋଟୀ କଚଡ଼ା ପରେ କଚଡ଼ା ଖାଇଲୁ, ହେଲେ ସାଇକେଲ ତ ଶିଖି ପାରିଲୁନି, ମୋତେ କହୁଚି ।" ସୌରଭ ମାରିଥିଲା ଏ ବାଣ ।

– "ହଉ, ତୁ ଟିକେ ଗୀତ ଶିଖିକି ଦେଖେଇ ଦେଲୁ, ତା'ପରେ ମୋତେ କହିବୁ ।"

– "ମୋତେ ଚ୍ୟାଲେଞ୍ଜ କର ନା.. ନହେଲେ ।"

– "ହଁ କଲି, ଦେଖିବା ଗୀତ ଶିଖିକି ଦେଖେଇ ଦେ ।"

– "ମଞ୍ଜୁର ମୋତେ ତୋ ଚ୍ୟାଲେଞ୍ଜ, ମଞ୍ଜୁର ।"

ମୁଁ ତାକୁ ଜବରଦସ୍ତ ମୁହଁ ମୋଡ଼ି, ଏଇ ଲୁହା ଫାଟକଟାକୁ ଧଡ୍ କରି ଖୋଲି ଚାଲିଆସିଥିଲି ଆମ ଘରକୁ । ଆଉ ସେ ଗରଗର ହେଇ ଚାଲିଯାଇଥିଲା ଏଇ ଘର ଭିତରକୁ ।

ଠିକ୍ ସେଇଆ ହେଲା, ସୌରଭର ଗୀତଶିଖା ଆରମ୍ଭ ହେଲା । ମୋତେ ଯେଉଁ ଗୁରୁ ଶିଖେଇବାକୁ ଆସୁଥିଲେ ଆମ ଘରକୁ, ସିଏ ଡକାହୋଇ ଆସିଲେ ସୌରଭକୁ ଗୀତ ଶିଖେଇବାକୁ । ପ୍ରାୟ ପନ୍ଦର ଦିନ ହୋଇଥିବ, ଗୁରୁଜୀଙ୍କୁ କୁଆଡ଼େ ଗୋଟେ ଯିବାକୁ ଥାଏ । ସେଦିନ ଗୁରୁଜୀ ମୋତେ ସାଙ୍ଗରେ ନେଇ ଆସିଲେ ଏଠିକୁ, ଦୁହିଁଙ୍କୁ ଏକାସାଙ୍ଗରେ ଶିଖେଇଦେବେ ବୋଲି ।

ଗୀତଶିଖା ଆରମ୍ଭ ହେଲା । ମୁଁ ଯେହେତୁ ସୌରଭଠୁ ଅନେକ ଦିନ ଆଗରୁ ଗୀତ ଶିଖୁଥିଲି, ମୋତେ ଗୁରୁଜୀ ମୋ ହିସାବରେ ରିଆଜ୍ ବା ଅଭ୍ୟାସ କରିବାକୁ ଦେଇଦେଲେ । ତା'ପରେ ସୌରଭକୁ ପୂର୍ବଦିନ ଶିଖେଇଥିବା ଆଉ ତାକୁ ମନେରଖ୍ବାକୁ କହିଥିବା ଗୀତ ସୁର ସମ୍ବନ୍ଧୀୟ ପ୍ରଶ୍ନ କେତେଟା ପଚାରିଥିଲେ । ଗୁରୁଜୀଙ୍କ ପ୍ରଶ୍ନ ଥିଲା ଗୀତର ସୁର- ସା, ରେ, ଗା, ମା, ପା, ଧା, ନି- କେଉଁ ପ୍ରାଣୀମାନଙ୍କ ସ୍ୱରରୁ ନିଆଯାଇଛି । ଯେମିତି ସା- ଆସିଚି ମୟୂରର ରାବରୁ । ମୟୂର ଯେତେବେଳେ ମେଘକୁ ଦେଖି ଖୁସିରେ ନାଚିଉଠେ, ସେତେବେଳର ତା'ର ରାବରୁ । ରେ- ଆସିଚି ବୃଷଭର ସ୍ୱରରୁ, ଗା- ଆସିଛି ଛେଲିର ସ୍ୱରରୁ, ଧା- ଆସିଚି ଘୋଡ଼ାର ହେଷା ରାବରୁ, ପା- ଆସିଚି କୋଇଲିର ସ୍ୱରରୁ, ମା- ଆସିଚି ହେରନ୍ ପକ୍ଷୀର ସ୍ୱରରୁ ଆଉ ନି- ଆସିଚି ହାତୀର ସ୍ୱରରୁ ।

ସୌରଭର ଏସବୁ କିଛି ମନେ ନ ଥିଲା । ଗୁରୁଜୀ ତାଙ୍କ ଛାଟରେ ସୌରଭର ହାଫ୍ ପ୍ୟାଣ୍ଟ ପିନ୍ଧା ଜଙ୍ଘରେ ଦେଲେ ଦୁଇ ଛାଟ, ଆଃ... ଆଃ... ବିକଳରେ ରଡ଼ିଛାଡ଼ି ଆଖ୍ରୁ ଲୁହ ଗଡ଼େଇ ରାଗ ତମତମରେ ସେ କୋଠରିରୁ ବାହାରିଯାଇ ଥିଲା ସେଦିନ । ବାସ୍ ସେତିକିରେ ଗୀତଶିଖା ଶେଷ । ମୋତେ ସେଦିନ ଗୁରୁଜୀଙ୍କ ଉପରେ ଖୁବ୍ ରାଗ ଆସିଥିଲା ସୌରଭକୁ ଏମିତି ବାଡ଼େଇଥିବାରୁ । ତା' ହାଫ୍ ପ୍ୟାଣ୍ଟ ପିନ୍ଧା ଜଙ୍ଘରେ ସେ ଛାଟର ନାଲିଦାଗ ବି ରହିଯାଇଥିଲା ବେଶ୍ କିଛିଦିନ ଯାଏ । ଏ ଘଟଣାଟି ପରେ ଆମ ଦୁହିଁଙ୍କ ଭିତରେ ଯେମିତି ଗୋଟେ

ନୀରବ ଚୁକ୍ତି ହେଇଯାଇଥିଲା । ନା, ସେ ଯା'ପରେ ମୋତେ କେବେ ସାଇକେଲ ଶିଖା କଥା କହି ଚିଡ଼ାଏ, ନା ମୁଁ ତାକୁ କେବେ ଗୀତ ଶିଖା କଥା କହେ । ଏଇଟା ତା'ର ସେଇ ଗୀତଶିଖା ଖାତା, ପନ୍ଦର ଦିନର ଗୀତଶିଖାର ଖାତା । ଦେଖିଲି ତ ସେ ଥାକରେ ନେଇ ଆସିଲି । ମଉସା ମାଉସୀଙ୍କ ଯିବା ପରେ ଆଉ ତୁମମାନଙ୍କର ପଥରକଟା ଗାଁରେ ରହିଯିବା ପରେ, ଏଠି ଯାହା କେତେଟା ପୁରୁଣା ଆସବାବପତ୍ର ଥିଲା, ସବୁ ତ ପ୍ରାୟ ବାହାର କରିଦିଆଯାଇଛି, କୋଉଠି କେମିତି ଗୋଟେ ଦି'ଟା ଯାହା ରହିଯାଇଛି ।

ଆଉ ତୁମ ହାତରେ ଏ ବହି କେତେଟା, ଆଉ ସ୍କେଥୋଟା ?

– "ଆମ ଶୋଇବା ଘର ଥାକରେ ଏତକ ଥିଲା, ନେଇ ଆସିଚି ସାଙ୍ଗରେ । ଏତେ ସବୁ ମାୟା ଲଗେଇ ଦେଇ ସୌରଭ ଚଢ଼େଇଟେ ପରି ଫୁର୍କିନା ଉଡ଼ିଗଲେ, ଆଉ ଆମେ ଏଠି ବସି ତାଙ୍କୁ ଖାଲି ଝୁରି ହେଉଚେ ।"

ଏ ଘରକୁ ଦେଖି ମୋ ମନରୁ କେବଳ ଦୀର୍ଘଶ୍ବାସ ବାହାରୁଚି, କ'ଣ ଏ ଘରର ଭବିଷ୍ୟତ । କିଏ ଅଛି ଯା'କୁ ଭୋଗ କରିବାକୁ ?

– "ଏ ଘର, ଆଉ ଅଙ୍କିତାର ଭବିଷ୍ୟତକୁ ନେଇ ସୌରଭର ଗୋଟେ ମାଷ୍ଟର ପ୍ଲାନ୍ ଅଛି, ସେ ତୁମକୁ ଏ ବିଷୟରେ କିଛି କହିନି ?"

– "କାଇଁ ନାଇଁ ତ, ସେ ଥିବାବେଳେ ମୁଁ ଅନେକ ଥର ତାଙ୍କୁ ବଡ଼ ବ୍ୟସ୍ତ ହେଇ ପଚାରିଚି ଯେ, ଆମ ପରେ ଅଙ୍କିତାର କ'ଣ ହେବ, କିଏ ତା' ଦାୟିତ୍ବ ନେବ ? କିନ୍ତୁ ସେ କେବେ ମୋତେ ଏ ବିଷୟରେ କିଛି ବି କହିନାହାନ୍ତି ।"

– "ବୋଧହୁଏ ସମୟ ପାଇନି କହିବାକୁ ତୁମକୁ । କିଛି ଗୋଟେ ଚୂଡ଼ାନ୍ତ ହେଲାପରେ କହିବ ବୋଲି ଭାବି କହି ନ ଥିବ । ତା'ର ଅଚାନକ ସେ ଦୁର୍ଘଟଣାରେ ଚାଲିଯିବାର ଠିକ୍ ମାସେ ପୂର୍ବର କଥା । ମୁଁ ସେତେବେଳେ ଏଠି ଭୁବନେଶ୍ବରରେ ନର୍ସିଂହୋମ୍ ନୂଆ ନୂଆ ଆରମ୍ଭ କରିଥିଲି । ବହୁତ ବ୍ୟସ୍ତ ରହୁଥାଏ । ଦିନେ ମୋତେ

ସେ ବଲାଙ୍ଗୀର ଡାକ୍ତରଖାନା ଆସିଥିବା ବେଳେ ଫୋନ୍ କରିଥିଲା, ସେଦିନ ସେ ବହୁତ ସମୟ ମୋ ସହ କଥା ହେଇଥିଲା ।” ଅର୍ଜ୍ଜନା ଏସବୁ କହି ଚାଲିଥିବା ବେଳେ ପହଲା ଘର ଚାରିପଟ ଆଉ ବଗିଚାରେ ଘେରେ ବୁଲି ଆସି ପହଞ୍ଚୁଆଇଥିଲା ଆଉ ତାଙ୍କ କଥା ଉପରେ କହି ଚାଲିଲା—

— “ମା’, ବୁଲି ଆସିଲି ପୂରା ଚାରିଆଡ଼ । ପଛପଟର ପାଚେରିରେ ଦୁଇ ଜାଗାରେ ଫାଟ ହେଇଚି ଆଉ ଗୋଟେ ଜାଗାରୁ ଚାରିଟା ପଥର ବି ଗଲିପଡ଼ିଚି ।”

— “ହଉ, ଏଥର ତୁ ଏ ଚାବି ଲେନ୍ତୁକୁ ନେଇକି ଯା’, ଘର ଭିତରର ସବୁ ବଖରାକୁ ତନଖ୍ ଦେଖ୍ ସବୁ କବାଟରେ ତାଲା ପକାଇ ଆସେ ।”

କଥା ଅଧାରେ ଅଟକି ଯାଇଥିବା ଅର୍ଜ୍ଜନା ଏତକ ପହଲାକୁ କହି ତା’ ହାତକୁ ଚାବିଲେନ୍ତୁ ବଢ଼ାଇ ଦେଇଥିଲେ । ଆଉ ପୁଣି ଥରେ ଅଧା କଥାକୁ ଆଗକୁ ବଢ଼ାଇନେଲେ— “ହଁ, ସେଦିନ ସୌରଭ ମୋ ସହିତ ଏ ବିଷୟରେ ବହୁତ ସମୟ କଥା ହେଇଚି । ଏ ଘର ଆଉ ଅଙ୍କିତାର ଭବିଷ୍ୟତ ପାଇଁ ତା’ର ଯେଉଁ ମାଷ୍ଟର ପ୍ଲାନ୍ ସେ କରିଥିଲା ସେ ବିଷୟରେ ।”

— “ମାନେ... ।”

— “ସୌରଭର ଇଚ୍ଛା ଥିଲା ଏ ଘରଟିକୁ ସ୍ୱପ୍ରବଣ ପିଲାଙ୍କ ପାଇଁ ଗୋଟେ ଆବାସିକ ସ୍କୁଲରେ ପରିଣତ କରିବାକୁ, ମାନେ ରେସିଡେନ୍‌ସିଆଲ ସ୍କୁଲ ଫର ଅଟିସ୍ଟିକ୍ ଚିଲ୍‌ଡ୍ରେନ୍” ଯାହାର ସର୍ବାଧିକ କ୍ଷମତା ରହିବ ଦଶରୁ ବାର ଜଣ ପିଲାଙ୍କ ପାଇଁ । ପିଲାମାନଙ୍କ ସହିତ ଯେବେ ବି ଚାହିଁବେ ସେମାନଙ୍କ ବାପା ମା’ ଆସି ରହିପାରିବେ । ସ୍କୁଲର ପରିଚାଳନା ଦାୟିତ୍ୱ ରହିବ ଗୋଟିଏ ଟ୍ରଷ୍ଟ ଉପରେ । ଆଉ ଏ ଟ୍ରଷ୍ଟର ସଭ୍ୟ ହେବେ ସ୍ୱପ୍ରବଣ ପିଲାଟିର ବାପା ଆଉ ମା’ ଉଭୟେ । ସେ ଯାକୁ ଗୋଟେ ଦାତବ୍ୟ ବିଦ୍ୟାଳୟ କରିବାକୁ ଇଚ୍ଛା କରିନି । ଆର୍ଥିକ ସ୍ତରରେ ସ୍ୱଚ୍ଛଳ, ଶିକ୍ଷିତ ଅଭିଭାବକଙ୍କର ସ୍ୱପ୍ରବଣ ପିଲାଙ୍କ ପାଇଁ ତା’ର ଏ ସ୍କୁଲର

ଯୋଜନା । ସୁସ୍ଥ ପିଲାଙ୍କ ସ୍କୁଲରେ ଯେମିତି ପଢ଼ିବା, ଖେଳିବା ପାଇଁ ସବୁ ବ୍ୟବସ୍ଥା ରହିଛି, ଠିକ୍ ସେମିତି ଏ ସ୍କୁଲର ପରିକଳ୍ପନା । ସନ୍ତରଣ, ଫୁଟ୍‌ବଲ ସହ ବିଭିନ୍ନ ପ୍ରକାର ଖେଳର ବ୍ୟବସ୍ଥା, ଆଉ ଏମିତି ଆହୁରି ଅନେକ । ଏସବୁ କଥାକୁ ସେ ପୂରା ଟିକିନିଖ୍ଧ ବିସ୍ତାରରେ ପାଖାପାଖି ଦଶଫର୍ଦ୍ଦ କାଗଜରେ ଲେଖିକି ମୋ ପାଖକୁ ତା' ପର ଦିନ ଡାକରେ ପଠାଇଥିଲା ।

ମୁଁ ସପ୍ତାହେ ପରେ ତାକୁ ପାଇଲି, ଆଉ ସବୁକୁ ଆମୂଳଚୂଳ ପଢ଼ି ଫୋନ୍‌ କରି ପଚାରିଥିଲି– “ତୁ ଆବାସିକ (ରେସିଡେନ୍‌ସିଆଲ) ସ୍କୁଲ କଥା କାଇଁ ଭାବୁଚୁ, ସେଥିରେ ଭାରି ଝିଂଝଟ । ଖାଲି ସ୍କୁଲ କଲେ ଭଲ ହେବ ।”

ସେ ମୋତେ କ'ଣ କହିଥିଲା ଜାଣ ? କହିଥିଲା– ଏକା ପ୍ରକାରର କଷ୍ଟ ଆଉ ଦୁର୍ଦ୍ଦଶା ଭୋଗୁଥିବା ଅଭିଭାବକମାନେ ଯେତେବେଳେ ପରସ୍ପରକୁ ଦେଖିବେ, ଭେଟିବେ, କଥାବାର୍ତ୍ତା ହେବେ, ସେମାନଙ୍କୁ ଲାଗିବ ଏ ଦୁନିଆରେ ସେମାନେ ଏକା ନୁହନ୍ତି, ସେମାନଙ୍କ ପରି ଆହୁରି ଅନେକ ଅଭିଭାବକ ଅଛନ୍ତି । ତେଣୁ ସେମାନେ ନିଜକୁ ନିଃସଙ୍ଗ ମନେକରିବେନି । ତା'ଛଡ଼ା ସେମାନେ ବୁଢ଼ାବୁଢ଼ୀ ହେଇ ଚାଲିଗଲେ ସେମାନଙ୍କ ପରେ ତାଙ୍କ ପିଲାର ଦାୟିତ୍ବ ନେବାକୁ ଏ ସ୍କୁଲ ଅଛି ।

– “ମୁଁ ବୁଝିପାରୁନି ତୁମକୁ କେମିତି ଧନ୍ୟବାଦ ଜଣାଇବି । ମୋ ମନ ତଳେ ଅଙ୍କିତାର ଭବିଷ୍ୟତକୁ ନେଇ ଜମାଟ ବାନ୍ଧିଥିବା ଭୟଟକ ଆଜି ତୁମ କଥା ଶୁଣି କିଛିଟା ଶିଥିଳ ହେବାକୁ ଲାଗିଲାଣି । ନ ହେଲେ ସବୁବେଳେ ଏ ଡର, ବେଳ ଅବେଳରେ ମୋ ଚିନ୍ତାକୁ ଦଂଶି ଚାଲିଥା'ନ୍ତି ।”

– “ମୋତେ ଏସବୁ ପାଇଁ ଧନ୍ୟବାଦ କୁହନି ସୁଗନ୍ଧା । ସୌରଭ ଏସବୁ ପାଇଁ ଭିଉପ୍ରସ୍ତର ପ୍ରସ୍ତୁତ କରି ଦେଇଯାଇଚି । ଏମିତିକି ପଇସା କେଉଁଠୁ ଆସିବ, କାହିଁକି ନା ଏ ଘରଟି ଉପରେ ଆଉ ଗୋଟେ ମହଲା ତିଆରି ହେବ, ନ ହେଲେ ଆବାସିକ ସ୍କୁଲ ପାଇଁ ଜାଗା କମ୍ ପଡ଼ିବ । ପୁଣି ପିଲାମାନଙ୍କ ଅଭିଭାବକମାନେ

ତ୍ରୁଷ୍ଟି ହେଲେ ତ୍ରୁଷ୍ଟିଟି କେମିତି କାମ କରିବ, ଏମିତି ସବୁ ଜିନିଷର ଟିକିନିଖି ବର୍ଣ୍ଣନା ତା' ପ୍ଲାନ୍‌ରେ ଅଛି ।

ମୁଁ କେବଳ ମୋ ସାଙ୍ଗଟିର ଅଧୁରା ସ୍ୱପ୍ନକୁ ସାକାର କରିବାକୁ ଚାହେଁ । ଆଉ ଜାଣ ସୁଗନ୍ଧା, ଯଦି ସତରେ ଆମେ ତା'ର ଏ ପ୍ଲାନ୍‌ଟାକୁ ସୁଲଭାବରେ କରିଦେବା ନା, ଏଇଟୋ ଆମ ରାଜ୍ୟ କାହିଁକି ଦେଶର ଗୋଟେ ଉଦାହରଣ ହେଲାପରି ସ୍କୁଲଟିଏ ହେବ ।"

ୟା'ଭିତରେ ପହଲା ସବୁ କୋଠରିରେ ତାଲା ପକାଇ ଦେଇ ଚାଲି ଆସିଥିଲା । ଏବେ ସୁଗନ୍ଧା ଆଉ ଅର୍ଜନା ଦୁହେଁ ତାକୁ ଦେଖି ଉଠି ଠିଆ ହେଲେ ।

– "ଚାଲ ଏଥର ଫେରିବା । ଆରେ, ପହଲା ଆଉ କାଞ୍ଚନଙ୍କ ରାଜଧାନୀ ବୁଲାଟା ବାକି ରହିଯାଇଚି । ଆଜି ମୁଁ ଦିଲ୍ଲୀପକୁ ପଠେଇଦେବି, ସେ ଦି'ଜଣଙ୍କୁ କିଛି ଜାଗା ବୁଲେଇ ଦେଖେଇ ଦେବ । ପୁଣି ଆସନ୍ତାକାଲି ଆଉ ପଅରଦିନ ବି କିଛି କିଛି ଜାଗା ବୁଲି ଆସିଲେ ପୂରା ରାଜଧାନୀଦେଖା ହେଇଯିବ, ନା କ'ଣ କହୁଚ ସୁଗନ୍ଧା ।"

– "ହଁ ସେଇଆ କରିବା । ତୁମେ ଦିଲ୍ଲୀପକୁ ଘଣ୍ଟେ ଦେଢ଼ ଘଣ୍ଟା ଭିତରେ ପଠାଇଦିଅ, କାଞ୍ଚନ ଆଉ ପହଲା ଦୁହେଁ ଯାଇ ଆଜି କିଛି ଜାଗା ବୁଲି ଆସନ୍ତୁ, ନ ହେଲେ ଆଉ ସମୟ ହେବନି ।"

ଏବେ ତିନିହେଁ ଫେରିବାକୁ ଲାଗିଲେ । ଅର୍ଜନା ତାଙ୍କ ଘର ଆଡ଼କୁ ଚାଲିବା ଆରମ୍ଭ କରିଦେଇ ଥିବାବେଳେ ସୁଗନ୍ଧା ଆଉ ପହଲା ଅପେକ୍ଷାରତ ସେମାନଙ୍କ ଅଟୋରେ ବସି ମାତୃଛାୟା ଆଡ଼କୁ ମୁହାଁଇଥିଲେ ।

ମାତୃଛାୟାର ବୈଠକଖାନା କାନ୍ଥରେ ଠିକ୍ ସମୟ ସୂଚାଉଥିବା ଅଥଚ ନିଃଶବ୍ଦ ସେଇ ପେଣ୍ଡୁଲମ୍‌ରେ ହଲି ହଲି ସମୟ ଆଗକୁ ଗଡ଼ି ଆସିଥିଲା ଆଉ ଚାରିଦିନ ଆଗକୁ ।

ସେଦିନର ସନ୍ଧ୍ୟା ପରେ ବୈଠକଖାନାରେ ବସି କାଞ୍ଚନ ଆଉ ପହଲା ସେମାନଙ୍କ ଜିନିଷ ସଜାଉଥିଲେ । ତା'ପର ଦିନ ସକାଳୁ ସେମାନଙ୍କୁ ଫେରିବାକୁ ହେବ ପଥରକଟା ଗାଁଁକୁ । ସେତିକିବେଳେ ଗପ ଆସର ଜମିଯାଇଥିଲା ।

– "ମା, ତୁମେ ଆଉ ଅଙ୍କୁ ଦେଇ ଜଲ୍‌ଦି ଫେରିବ ଗାଁଁକୁ । ମୁଁ ଏବେଠୁ ଯାଇ ଘର ପୂରା ଠିକ୍‌ସେ ସଜାଡ଼ି ଦେଇଥିବି ।" – ତା' ଲୁଗାସବୁକୁ ଚଉତାଇ ଭାଙ୍ଗ କରି ରଖୁ ରଖୁ କହିଥିଲା କାଞ୍ଚନ ।

– "ଘର ପୂରା ସଜଡ଼ା ହେଇକି ଅଛି, ତୁ ଆସିଲେ ଦେଖୁବୁନି ।" ମୁହଁକୁ ତମତମ କରି କହିଥିଲା ପହଲା ।

ପରିସ୍ଥିତିକୁ ହାଲୁକା କରିବାକୁ ଯାଇ କଥାର ମୋଡ଼ ବଦଲାଇ ଥିଲେ ସୁଗନ୍ଧା– "ଛାଡ଼ ସେ କଥା, ତୁମେ ଦୁଇଜଣ କୁହ ରାଜଧାନୀବୁଲା କେମିତି ହେଲା । ଆଉ କ'ଣ ସବୁ ବଜାରରୁ ଦିଲ୍ଲୀପ ସହିତ ଯାଇ କିଣାକିଣି କରିଚୁ, ସେ କଥା ତ କାଇଁ କହୁନୁ ପହଲା ।"

ଏବେ ତା' ବ୍ୟାଗ୍ ଭିତରୁ ଶାଢ଼ି ଖଣ୍ଡେ ବାହାର କରି ଦେଖାଇଥିଲା ପହଲା ।

– "ଏଇ ଶାଢ଼ିଖଣ୍ଡକ ଆଣିଚି ତା' ପାଇଁ ଯେ, କିନ୍ତୁ ଲୁଚେଇକି ରଖୁଥିଲି । ତୁମେ କହିଲାରୁ କାଢ଼ିକି ଦେଖଉଚି ।"

– "ଆରେ କି ସୁନ୍ଦର ହେଇଚି, ତାକୁ ଲୁଚେଇକି କାଇଁ ରଖୁଚୁ ?"

– "ସବୁବେଳେ ତ ସେ ଖୁଣେ, ନାଲି ରଙ୍ଗ ଆଣିଲେ କହିବ ଏ ନାଲିଟା ଟିକେ ଫିକା ହେଇଗଲା, ଗାଢ଼ ହେଇଥିଲେ ବେଶୀ ସୁନ୍ଦର ଦିଶିଥା'ନ୍ତା । ଗୋଲାପୀ ଆଣିଲେ କହିବ ଯେତା ଗୁଟେ କି ରଙ୍ଗ ।"

ପହଲାର ଏ ଅଭିଯୋଗଭରା କଥା ଶୁଣି ହସିଥିଲେ ସୁଗନ୍ଧା । କାଞ୍ଚନ ହାତକୁ ଲୁଗାଟି ବଢ଼େଇ ଦେଇ କହିଥିଲେ– "ଦେଖୋ, ତୁ ଏ ଶାଢ଼ିକୁ ଖୁଲି

ପାରିବୁନି, କେତେ ଶ୍ରଦ୍ଧାରେ ସେ ଆଣିଚି । ଏ ଶାଢ଼ିରେ ଇନ୍ଦ୍ରଧନୁର ସାତଟା ଯାକି ରଙ୍ଗ ଅଛି, ଠିକ୍ ସେ ଦେଖ, କି ସୁନ୍ଦର ଦିଶୁଚି । କାନି ଆଉ କୁଞ୍ଚ ଜାଗାରେ କେତେ ସୁନ୍ଦର କାମ ହେଇଚି ଦେଖିଲୁ ।"

ଲାଜେଇ ଯାଇଥିଲା କାଞ୍ଚନ । ଶାଢ଼ିଟାକୁ ହାତରେ ଧରି ଏପଟ ସେପଟ କରି ଦେଖି ଚାଲିଲା ।

ପହଲା ଏଥର ତା' ବ୍ୟାଗରୁ ବାହାର କରିଥିଲା ମୁଣ୍ଡପିନ୍ଧା କ୍ଲିପ୍ ହଲେ ଆଉ ଅଙ୍କିତା ହାତକୁ ବଢ଼େଇ ଦେଇ କହିଥିଲା- "ଦେଇ ତୁମ ପାଇଁ ଆଣିଚି ।"

– "ଓ୍ୱାଓ, ତୋର ତ ଭଲ ଚଏସ୍ । ମୋର ଗୋଟେ ବ୍ଲୁ ଲଙ୍ଗ୍ ଫ୍ରକ୍ ଅଛି ତା' ସହିତ ମ୍ୟାଚିଙ୍ଗ୍ କରିବ ।"

– "ଦେଇ ଆମର ଏମିତି କେତେ ସୁନ୍ଦର ଦିଶୁଚନ୍ତି, କେତେ ସଫା ସଫା କଥାଗୁଡ଼ିକ ତାଙ୍କର ।" ଆହୁରି ଅଧିକା କିଛି କହିବାକୁ ଯାଉଥିବା ବେଳେ ପହଲାକୁ ଠାରରେ କାଞ୍ଚନ ଆଉ ଅଧିକା ନ କହିବାକୁ ଜଣେଇ ଦେଇ ରୋକି ଦେଇଥିଲା ।

ପହଲା କଥା ଅନ୍ୟଆଡ଼େ ବୁଲେଇ ଦେଇ କହିଥିଲା- "ମା', ହେଲେ ତୁମ ପାଇଁ କିଛି ଆଣି ପାରିଲିନି । ବହୁତ ଭାବିଲି କ'ଣ ଆଣିବି ବୋଲି, କିନ୍ତୁ ଭାବି ଭାବି ରହିଗଲି ପଛେ କିଛି ଠିକଣା କରି ପାରିଲିନି ।"

– "ହଉ ମୋ ଜିନିଷଟା ବାକି ରହିଲା । ଗାଆଁକୁ ଫେରିଲା ପରେ ମୁଁ ମୋ ପସନ୍ଦର ଜିନିଷ କହିବି, ତୁ ଗାଆଁର ସାପ୍ତାହିକ ହାଟରୁ କିଣି ଆଣିବୁ ।"

ଖୁସି ହେଇଥିଲା ପହଲା । ସୁଗନ୍ଧା ଏତକ କଥା ପହଲାକୁ ସଶବ୍ଦେ କହିଥିଲେ ସିନା, କିନ୍ତୁ ନିଃଶବ୍ଦରେ ନିଜକୁ ନିଜେ କହିହେଇଥିଲେ-

"ପହଲାରେ ତୁ ମୋତେ କ'ଣ ଆଉ ଉପହାର ଦେବୁ । ତୁ ଆଉ କାଞ୍ଚନ ଛାଇପରି ମୋର ଏ ସଂଘର୍ଷମୟ ଜୀବନରେ ରହିଚ । ତୁମ ଦୁହିଙ୍କର ଏ ନିଃସ୍ୱାର୍ଥପର ସଙ୍ଗତିରେ ମୁଁ ସବୁ ପାଇସାରିଚି । ତୁ ମୋତେ ସବୁ କିଛି ଦେଇ ସାରିଚୁ । ଜଣା ନାହିଁ

ତୁମେ ଦି'ଟା କେଉଁ ଜନ୍ମରେ ବୋଧେ ମୋର ଭାଇ, ବନ୍ଧୁ କି କୁଟୁମ୍ବ ଥିଲ । ମୁଁ ତୁମ ଦୁଇ ଜଣଙ୍କର ରଣୀରେ ।"

ସୁଗନ୍ଧାଙ୍କର ଏ ଭାବନାକୁ ଚହଲାଇ ଦେଇ ପହଲା କହିଥିଲା– "ମା' ଆଉ ଗୋଟେ ଜିନିଷ ଆଣିଚି । ଆମେ ଯୋଉଦିନ ନନ୍ଦନକାନନ ବୁଲିବାକୁ ଯାଇଥିଲୁ, ସେଦିନ ଫେରିଲା ବାଟରେ ରାସ୍ତା ଦୁଇକଡ଼ରେ ଗୁଡ଼େ ଫୁଲ ଆଉ ବିଭିନ୍ନ ପ୍ରକାର ଗଛଗୁଡ଼ିକର ନର୍ସରୀ ସବୁ ଥିଲା । ମୁଁ ଡ୍ରାଇଭର ଭାଇକି କହି ସେଠି ଟିକେ ଓହ୍ଲାଇ ଦେଖିଥିଲି କ'ଣ କ'ଣ ସବୁ କେତେ କିସମର ଫୁଲ ଚାରାସବୁ ଅଛି ବୋଲି । ମା' ଜାଣିଚ ସେଠି ସେ ନର୍ସରୀରେ ଯେବେ ମୁଁ ଚାରାସବୁ ଦେଖୁଥିଲି, ଚାରା ବିକ୍ରି କରୁଥିବା ଲୋକଟି ମୋତେ ଡାକି କେତେଗୁଡ଼େ ମଞ୍ଜି ମୋ ହାତକୁ ଦେଇ କହିଥିଲା– "ଭାଇନା ଏତେବେଳୁ ଫୁଲଚାରାସବୁ ଦେଖିଲଣି, ତୁମ ହାବଭାବରୁ ଲାଗୁଚି ତୁମର କିସମ କିସମର ଫୁଲଗଛ ଉପରେ ଜ୍ଞାନ ଅଛି । ତୁମକୁ ଗୋଟେ ନୂଆ ଜିନିଷଟେ ଦଉଚି, ଲଗେଇକି ଦେଖିବ, ଆଉ ତା'ପରେ ମୋତେ ମନେପକାଇବ ।"

ଏତକ କହି ସେ ମୋ ହାତରେ ଗୁଞ୍ଜଦେଇଥିଲା ପାଞ୍ଚଟି ମଞ୍ଜି । କହିଥିଲା– ଏଗୁଡ଼ା! ନୂଆ ବୈଜ୍ଞାନିକ ପଦ୍ଧତିରେ ବାହାର କରାଯାଇଥିବା ଗୋଲାପ ଫୁଲର ମଞ୍ଜି । ଗୋଟିଏ ଗଛରେ ତିନି ଅଲଗା ପ୍ରକାର ରଙ୍ଗର ଫୁଲ ଫୁଟିବ, ମାନେ ଗୋଟେ ଗଛରେ କଳା, ନାଲି ଆଉ ସବୁଜ ରଙ୍ଗର ଫୁଲ ଫୁଟିବ ।"

– "ଇଏ କି କଥା ପହଲା, ତୁ ଏତେ ବଗିଚା କାମ କରିଚୁ, ଗଛଗୁଡ଼ିକ ବିଷୟରେ ତୋତେ କେତେ କଥା ଜଣା । ତୁ କ'ଣ ଜାଣିନୁ ନୂଆ ଗୋଲାପ ଗଛ ମଞ୍ଜିରୁ ନୁହେଁ, ଡାଙ୍ଗରୁ ହୁଏ ବୋଲି ।" – ଚିଡ଼ିଉଠି କହିଥିଲେ ସୁଗନ୍ଧା ।

– "ମୁଁ ଜାଣିଚି ମା', କିନ୍ତୁ ରାଜଧାନୀ କଥା । ମୁଁ ଭାବିଲି ବିଜ୍ଞାନ କେତେ ଉନ୍ନତି କଲାଣି, ହେଇ ଦେଖୁନ, ଆମ ପଥରକଟା ଗାଁ ଘର ଟିଭିରେ ଖାଲି

ଗୋଟିଏ ଦୂରଦର୍ଶନ ଦିଶୁଚି, ଏଠି ତ କ'ଣ ପଚାଶ ପ୍ରକାର ଚାନେଲ ଦିଶୁଚି । ଆମ ଗାଁ ଫୋନ୍‌ରେ ତାର ଲମ୍ବିଚି, ତୁମର ଏଠିକା ଫୋନ ତ ଖାଲି ଚାରିକୋଣିଆ ଡବା ଖୋଲଟେ ପରି ହେଇଚି । ତାକୁ ପୁଣି ସାଙ୍ଗରେ ନେଇ କୋଉଠିକି ବି ଯାଇହେବ । ତେଣୁ ଭାବିଲି ସବୁ ନୂଆ, ଉନ୍ନତ ଜିନିଷ ତ ସହରରେ ଆଗ ମିଳୁଚି, ତା'ପରେ ଆମ ଗାଁକୁ ଆସୁଚି । ତେଣୁ ହୁଏତ ଯ୍ୟା'ଭିତରେ ନୂଆ ଗୋଲାପ ଗଛ ପାଇଁ ମଞ୍ଜି ବୋଧେ ଆସିଗଲାଣି । ଆମ ଗାଁକୁ ଆସିବାକୁ ଡେରି ଅଛି । ମୁଁ ଏମିତି ଭାବିକି ମଞ୍ଜି ପାଞ୍ଚଟା, ଶହେଟଙ୍କାକୁ କିଣି ଆଣିଲି ।"

ପହଲାର ଏ ସରଳତାକୁ ସୁଗନ୍ଧା ମନେମନେ ସମ୍ମାନ ଦେଇ କହିଥିଲେ– "ଭଲ କଲୁ, ନୂଆ ଜିନିଷଟେ ଦେଖିଲୁ ନେଇ ଆସିଲୁ, କିନ୍ତୁ ସେ ମଞ୍ଜିଗୁଡ଼ାକୁ କଲୁ କ'ଣ ?"

– "ଦାଣ୍ଡପିଣ୍ଡା ତଳକୁ ଯେଉଁ ଅମୃତଭଣ୍ଡା ଗଛ ଦୁଇଟି ଅଛି, ତା'ରି ଛାଇରେ ପୋତିଦେଇଚି । ଅମୃତଭଣ୍ଡା ଗଛର ଅଧା ଛାଇ ଆଉ ଅଧା ଖରାରେ ଗୋଲାପ ଗଛ ଭଲ ହେବ । ସେ କହିଛି, ପନ୍ଦର ଦିନରେ ମଞ୍ଜିରୁ ଗଜା ହେଇ ଚାରା ବାହାରିବ ଆଉ ବେଶୀ ହେଲେ ମାସେରୁ ଦେଢ଼ମାସରେ ଫୁଲ ଧରିବ । ଏ ମଞ୍ଜିଗୁଡ଼ା ସଙ୍କର ଜାତୀୟ ସେଥିପାଇଁ ।" ଉତ୍ସାହିତ ହେଇ କହିଯାଇଥିଲା ପହଲା ।

ଏଥର କଥା ଯୋଡ଼ିଥିଲା କାଞ୍ଚନ– "ସେମିତି ଭାବେନା, ସହରୀ ଲୋକଙ୍କୁ ସବୁ ଜଣା ବୋଲି । ସେଦିନ ଦେଖିଲୁନି ଆମେ ଯୋଉ ଆଦିବାସୀ ମେଳାକୁ ଯାଇଥିଲେ ।"

– "କଉ ଆଦିବାସୀ ମେଳା ?" – ପଚାରିଥିଲା ଅଙ୍କିତା ।

– "ବୁଝିଲ ଦେଖ, ନନ୍ଦନକାନନ ଦେଖି ଫେରିଲାବେଲେ ଡ୍ରାଇଭର ଭାଇ ଆମକୁ ନେଇଯାଇଥିଲା ଗୋଟେ ବଡ଼ ପ୍ରଦର୍ଶନୀ ପଡ଼ିଆକୁ । କି ଭିଡ଼ ସେଠି ! କହିଥିଲା ଚାଲ ଆଦିବାସୀ ମେଳା ପଡ଼ିଚି ବୁଲି ଆସିବା । ଆମେ ଯାଇ

ଦେଖ୍‌ଲାବେଳକୁ ଆମ ଗାଆଁ ପଟ ଲୋକଗୁଡ଼ାକୁ ଆଣି ବସେଇଚନ୍ତି । ସେଇମିତିଆ କୁଡ଼ିଆ ଘର ସବୁ ତିଆରି କରିଚନ୍ତି । କାନ୍ଦୁଲ, ଅଁଲା, ବାହାଡ଼ା, ଲାଖ, କଣ୍ଟେଇ କୋଲି, ହଳଦୀଗୁଣ୍ଡ ସବୁ ବିକ୍ରି ବି କରୁଛନ୍ତି । ମୋତେ ତ ଦେଖ୍‌କି ଭାରି ହସ ମାଡ଼ିଲା । ଦେଇ ଗୋ ଯେତେ ଲୋକ ସେଠି ରୁଣ୍ଡ ହେଇଥିଲେ, କ'ଣ କହିବି ! ଆମେ ଆଉ ବେଶୀ ଭିତରକୁ ନ ଯାଇ ଫେରି ଆସିଲୁ ।" – କଥାତକ କହିଥିଲା କାଞ୍ଚନ ।

ସୁଗନ୍ଧା ଆଉ ଅଙ୍କିତା ଏବେ ଦୁହେଁ ଏକାସଙ୍ଗରେ ହସିଥିଲେ ସଶବ୍ଦ ମନଖୋଲା ହସ । କାଞ୍ଚନ ବି ମୁଚୁକୁନ୍ଦିଆ ହସ ହସିଥିଲା ।

ଏଇ କଥାବାର୍ତ୍ତ ଭିତରେ ରାତି ଖାଇବା ସମୟ ହେଇଯାଇଥିଲା । ଏଥର ସୁଗନ୍ଧା ଆଉ କାଞ୍ଚନ ଉଠି ଆସିଥିଲେ ରୋଷେଇ ଘରକୁ ।

– "କାଞ୍ଚନ ଖ୍ଆପିଆ ପରେ ରୋଷେଇ ଘର କାମ ଶୀଘ୍ର ତୁଟେଇ ଦେବୁ । କାଲି ସକାଳୁ ସକାଳୁ ତୁମମାନଙ୍କୁ ବାହାରିବାକୁ ହେବ ।"

– "ହଁ ମା', ବେଶୀ କାମ ନାହିଁ, ଏଇ ଅଳ୍ପ ସମୟରେ ସରିଯିବ ।" ଏତକ କହି କାଞ୍ଚନ ବୁଲପଡ଼ି ସୁଗନ୍ଧାଙ୍କ ପାପୁଲି ଦୁଇଟିକୁ ତା' ହାତରେ ଚାପିଧରି କହିଥିଲା– "ମା' ଦେଇ ଆମର କେତେ ସୁନ୍ଦର ଦିଶୁଚନ୍ତି । କେତେ ସହଳ ସହଳ ସବୁ କାମ କରିଯାଉଚନ୍ତି । ତାଙ୍କ ଓଠଟା କଥା କହିଲାବେଳେ କି ଖାଇଲାବେଳେ ଜମାରୁ ବଙ୍କା ହେଉନି । ଦେଇଙ୍କୁ ଏବେ ଦେଖ୍‌ଲେ ଜମାରୁ ବିଶ୍ୱାସ କରି ହେଉନି ତାଙ୍କର ସେ ପୂର୍ବ ଚେହେରା କଥା । ବାବୁ ଯଦି ଥା'ନ୍ତେ, ଦେଇଙ୍କୁ ଏମିତି ଦେଖ୍‌ଥା'ନ୍ତେ, କେତେ ଖୁସି ନ ହେଇଥା'ନ୍ତେ ସତେ !

ମା' ଯଉ ଔଷଧ ଖାଇକି ଦେଇ ଆମର ଠିକ୍ ହେଇଯାଇଛନ୍ତି, ସେଇଥରୁ ଡାକ୍ତରାଣୀ ମାଉସୀଙ୍କୁ କହି ଆହୁରି ଯୋଗାଡ଼ କରି ରଖନ୍ତୁ । ଯେମିତି ତାକୁଇ ଖାଇ ଦେଇ ଆମର ସବୁଦିନ ପାଇଁ ଏମିତି ସୁନ୍ଦର ହେଇ ରହିବେ ।"

– "ସେଇ ଔଷଧ ବିଦେଶରୁ ଆସିବାକୁ ଡେରି ହେଉଚି ବୋଲି ତ ମୋତେ ଏଠି ଆହୁରି କିଛିମାସ ରହିବାକୁ ପଡୁଚି । ଡାକ୍ତରାଣୀ ମାଉସୀ ତ ମଗେଇଚନ୍ତି, ବିଦେଶରୁ ଆସିବ ସେଥିପାଇଁ ସମୟ ଲାଗୁଚି ।"

– "ଆମ ଶିଳା ଦର୍ପଣ ମନ୍ଦିରର ମା' ତାରା ଭାରି ପ୍ରତ୍ୟକ୍ଷ, ଡାକିଦେଲେ ଓ କରନ୍ତି । ମା' ନିଶ୍ଚେ ସାହା ହେବେଯେ, ଔଷଧ ଶୀଘ୍ର ମିଳିଯିବ ।"– କହିଥିଲା କାଞ୍ଚନ ।

ସୁଗନ୍ଧାଙ୍କ ମନରେ ଭାସି ଆସିଥିଲା ମା' ତାରାଙ୍କ ବିଗ୍ରହର ଅଭୟ ପ୍ରଦାନକାରୀ ବରଦା ମୂର୍ତ୍ତି । ମନେମନେ ମା'ଙ୍କୁ ପ୍ରଣିପାତ ହୋଇ ସୁଗନ୍ଧା ସେଦିନର ବାକି କାମରେ ମନ ଦେଇଥିଲେ ।

***

ଏକାଦଶ ପରିଚ୍ଛେଦ

ଆଜିକୁ ପନ୍ଦର ଦିନ ହୋଇଗଲାଣି କାଞ୍ଚନ ଆଉ ପହଲା ପଥରକଟା ଗାଁଆଁକୁ ଫେରିଯିବାର। ମାତୃଛାୟାରେ ଏବେ ଖାଲି ଅଙ୍କିତା ଓ ସୁଗନ୍ଧା। ତେଣୁ ପୂର୍ବର ସେ ଗହଳଚହଳ ନାହିଁ। ସେଇ ଧରାବନ୍ଧା ନିୟମିତ କାମ।

ସୁଗନ୍ଧା ଉପନ୍ୟାସ ପଢ଼ିବାକୁ ଭଲପାଆନ୍ତି। ସେଥିପାଇଁ ଭୁବନେଶ୍ୱର ଆସିଲା ପରେ ପରେ ହିଁ କିଛି ଦିନରେ କିଣି ଆଣିଥିଲେ କେତେଖଣ୍ଡ ଓଡ଼ିଆ ଓ ଇଂରାଜୀ ଉପନ୍ୟାସ। ତା'ରି ଭିତରେ ଥିଲା ନୋବେଲ ପୁରସ୍କାରପ୍ରାପ୍ତ ଆମେରିକୀୟ ଲେଖକ ଅର୍ନେଷ୍ଟ ହେମିଙ୍ଗ୍ୱେଙ୍କ କ୍ଷୁଦ୍ର ଉପନ୍ୟାସ "ଦି ଓଲ୍ଡ ମ୍ୟାନ୍ ଆଣ୍ଡ ଦି ସି"। ଦିନକର ଅପରାହ୍ନରେ ଅଙ୍କିତା ସେଇ ଉପନ୍ୟାସଟିକୁ ଧରି ବୈଠକଖାନାର ସୋଫା ଉପରେ ବସି ପଢ଼ିବାକୁ ଚେଷ୍ଟା କରୁଥିଲା। ଏମିତି ଦୁଇ ପୃଷ୍ଠାଖଣ୍ଡେ ପଢ଼ି ସାରିଲା ବେଳକୁ କହିଥିଲା ଅଙ୍କିତା–

"ମା', କାଞ୍ଚନ ଗଲାପରେ ଘରଟା କେମିତି ଖାଲି ଖାଲି ଲାଗୁଚି। ସେଇ ରୋଷେଇବାସ, ଖୁଆପିଆ, ପାଠପଢ଼ା, କିଛି ସମୟ ଟିଭିଦେଖା ତା'ପରେ ବଗିଚାରେ ଟିକେ ବୁଲିଆସିବା, ବାସ୍ ସରିଲା। ଚାଲ ଆଜି ବାହାରୁ କୁଆଡ଼େ ଟିକେ ବୁଲି ଆସିବା। କିଛି ନ ହେଲେ ବଜାରକୁ ଚାଲ ଯିବା। ଛୋଟ ବ୍ୟାଗ୍‍ଟେ ନେଇକି ଯାଇଥିବା ଯେ, ଯଦି କିଛି ଭଲ ଜିନିଷ ଦେଖିବା ନେଇ ଆସିବା। ମା' ଚାଲ ଯିବା।"

– ସତେତ, କାଞ୍ଚନଟା ଗଲାଦିନରୁ ଘରଟା କେମିତି ଖାଁ ଖାଁ ଲାଗୁଚି। ସେ ଥିଲାବେଳେ କିଛି ନା କିଛି ଗପି ଚାଲିଥିବ। ଅସରନ୍ତି ତା' ଗପ। ତା' ପିଲାବେଳେ

ତା' ବା' ସହିତ କେମିତି ଜଙ୍ଗଲକୁ ଯାଇ ସବୁ ଔଷଧୀୟ ପତ୍ର ତୋଳିକି ଆଣୁଥିଲା । ତା' ବାହାଘର ବେଳେ ଗାଁ ଲୋକଙ୍କୁ ମାଉଁସ ଭୋଜି ଦେଲା ବେଳେ କେମିତି ବଦମାସିଆ କେତେଜଣ ଗଣ୍ଡଗୋଳ କରିଥିଲେ । ସେ ଗପସବୁର କିଛି ଆଦି ଅନ୍ତ ନ ଥାଏ । କିନ୍ତୁ ସେ ଗପୁଥାଏ, ଆଉ ତା' ସହିତ କିଛି ନା କିଛି ଘରକରଣା କାମ ମଧ୍ୟ କରିଚାଲିଥାଏ । ସେ ଗୋଟିଏ ଲୋକର ଉପସ୍ଥିତି ଦଶଟା ଲୋକର ଉପସ୍ଥିତି ସହ ସମାନ । ସେ ଗଲାଦିନଠୁ ଅଙ୍କିତା ବି ପୂରା ଏକା, ନିଃସଙ୍ଗ ହେଇଯାଇଛି । ପିଲାଟା ଯଦି କହୁଚି ବାହାରୁ ଟିକେ ବୁଲି ଆସିଲେ ଭଲ ହେବ । ଏକଥା ଭାବି ସୁଗନ୍ଧା ଅଙ୍କିତାକୁ କହିଥିଲେ– "ହଉ ଠିକ୍ ଅଛି, ତୁ ଜଲ୍‌ଦି ରେଡି ହେଇକି ଆସେ, ମୁଁ ମୁଖ୍ୟ ଦରଜାରେ ତାଲା ପକାଇବାକୁ ତାଲା, ଚାବି ନେଇକି ଆସୁଚି । ସାଙ୍ଗରେ ଛୋଟ କ୍ଲୁସ୍ ବୁଣା ବ୍ୟାଗ୍‌ଟା ବି ଆଣିଥିବୁ ।"

– "ଓକେ... ମା' ।"

କିଛି ସମୟ ଭିତରେ ଅଙ୍କିତା ଆଉ ସୁଗନ୍ଧା ବାହାରି ଯାଇଥିଲେ ମାତୃଛାୟାରୁ ପାଦଚଲା ବାଟରେ ଥିବା ମିନି ମାର୍କେଟକୁ । ବେଶ୍ କିଛି ସମୟ ସେଠି ବୁଲାବୁଲି କରି କିଛି କିଛି ଆବଶ୍ୟକ ଜିନିଷ କିଣି ଦୁହିଁଙ୍କ ଫେରିବା ବାଟରେ ମିଃ ଗୁପ୍ତାଙ୍କ ଫାଷ୍ଟ ଫୁଡ଼ ଦୋକାନ ଆଗରେ ସେମାନଙ୍କର ଭେଟ ହେଇଗଲା ପ୍ରତ୍ୟୂଷ ସାଙ୍ଗରେ ।

– "ହ୍ୟାଲୋ ଆଣ୍ଟି, ହାଏ ଅଙ୍କିତା, କେମିତି ସବୁ ଅଛତି ?"

– "ଓ, ହାଏ"– ପ୍ରତ୍ୟୂଷର ହାତ ସହ ତାଲ ଦେଇ ଅଙ୍କିତାର ହାତ ବି ଆଗକୁ ବଢ଼ି ଆସିଥିଲା, ଆଉ ଦୁହେଁ ହାତ ମିଲାଇଥିଲେ ।

– "ଆମେମାନେ ଭଲ ଅଛୁ, ତୁମେ କେମିତି ଅଛ ପ୍ରତ୍ୟୂଷ"– ପଚାରିଥିଲେ ସୁଗନ୍ଧା ।

– "ମୁଁ ଠିକ୍ ଅଛି ଆଣ୍ଟି । ଏତେ ଦିନ ପରେ ଦେଖାହେଉଚି, ଆଣ୍ଟି ଆସନ୍ତୁନା, ଭିତରକୁ ଆସନ୍ତୁ, ପ୍ଲିଜ୍ ।"

ଏବେ ଅଙ୍କିତା ଓ ସୁଗନ୍ଧା, ଦୁହିଁଙ୍କୁ କଡ଼ାଇ ନେଇଥିଲା ପ୍ରତ୍ୟୁଷ ଏକ ଦୁଇଟିକିଆ ଟେବୁଲ ପାଖକୁ। ସେମାନଙ୍କୁ ସେଠାରେ ବସାଇଦେଇ ଭିତରକୁ ଯାଇ ଦୁଇ ଗ୍ଲାସ ଡ୍ରିଙ୍କ୍ସ ନେଇ ଆସି ଟେବୁଲ ଉପରେ ରଖିଦେଇ କହିଥିଲା–

"ଆଜ୍ଞ ଏଇଟା ହେଲା 'ପୁଦିନା ପିପରମିଣ୍ଟ ମକ୍ଟେଲ'। ଆପଣ ଜାଣନ୍ତି ଦୁଇ ଟେବୁଲ ସ୍ପୁନ୍ ମିଣ୍ଟ ବା ପୁଦିନାରେ ଥାଏ ୦.୪ ଗ୍ରା. ପ୍ରୋଟିନ୍, ୦.୯ ଗ୍ରାମ କାର୍ବୋହାଇଡ୍ରେଟ୍, ୦.୮ ଗ୍ରାମ୍ ଫାଇଭର, ୧.୫ ଗ୍ରା. ଭିଟାମିନ୍ ସି, ୭୭.୪ ମିଲିଗ୍ରାମ କ୍ୟାଲସିୟମ, ୬.୮ ମିଲିଗ୍ରାମ୍ ଫସ୍ଫରସ୍ ଆଉ ୫୧.୫ ମିଲିଗ୍ରାମ୍ ପଟାସିୟମ୍। ଆଉ ଯ଼ା'ର ବେନିଫିଟ୍ କ'ଣ ଜାଣନ୍ତି, ପୁଦିନା ବ୍ରେନ୍ ପାୱ୍ର ବଢ଼ାଇଥାଏ, ଡାଇଜେସନ୍‌ରେ ସାହାଯ୍ୟ କରେ, ଡିପ୍ରେସନ ଦୂର କରେ।"

– "ଥାଉ ଥାଉ ପ୍ରତ୍ୟୁଷ, ସେତିକି ଥାଉ। ଆମ ଭଳିଆ ଲୋକମାନେ ଖାଦ୍ୟ ଆଉ ପାନୀୟକୁ କେବଳ ଉପଭୋଗ କରୁ। ତା' ସହିତ ଯୋଡ଼ି ହେଇଥିବା ଜ୍ଞାନ ଆଉ ବିଜ୍ଞାନ ଆମ ପାଇଁ ନିରର୍ଥକ।" – କହିଥିଲେ ସୁଗନ୍ଧା, ଆଉ ତା' ସହିତ ହା... ହା... ମନ ଖୋଲା ହସଟିଏ ହସିଥିଲେ।

ତାଙ୍କୁ ମଧ୍ୟ ଯୋଗଦେଇଥିଲା ପ୍ରତ୍ୟୁଷ। ହସିହସି କହିଥିଲା– "ଠିକ୍ କଥା କହିଚନ୍ତି ଆଜ୍ଞ।"

ଅଙ୍କିତା କିନ୍ତୁ ଏସବୁ କଥାବାର୍ତ୍ତାରେ ଯୋଗ ନ ଦେଇ ଗୁମ୍‌ସୁମ୍ ହେଇ ବସିଥିଲା। ତା'ରି ଆଡ଼କୁ ନଜର ପକାଇ ଦେଇ ପ୍ରତ୍ୟୁଷ କହିଥିଲା–

– "କ'ଣ ହେଇଚି, ଆମର ଏ ସୁକୁମାରୀ ଅଙ୍କିତାର, ମୁହଁଟା ଫୁଲେଇକି କାହିଁକି ବସିଚି।"

– "ଅଙ୍କିତା ଏବେ ଟିକେ ଏକୁଟିଆ ହେଇଯାଇଚି। କାଞ୍ଚନଟା ପଥରକଟା ଗାଁଆଁକୁ ପଲେଇ ଗଲାଣି ତ ସେଥିପାଇଁ।" – ପ୍ରତ୍ୟୁଷକୁ ଉତ୍ତରରେ କହିଥିଲେ ସୁଗନ୍ଧା।

– "ଆରେ ଏଇଟା ଗୋଟେ କଥା । ଯେ ସମସ୍ୟାର ମୋ ପାଖରେ ସମାଧାନ ଅଛି ।"

ଅଙ୍କିତା ଆଉ ସୁଗନ୍ଧା ଦୁହେଁ କୌତୂହଳରେ ଚାହିଁଲେ ପ୍ରତ୍ୟୁଷକୁ । ସେ କହିଚାଲିଥାଏ ।

– "ଦିନରେ ଗୋଟାଏରୁ ପାଞ୍ଚଟାଯାଏ ମୁଁ ଏଠି ବିଭିନ୍ନ ପ୍ରକାର କେକ୍, ବିସ୍କୁଟ୍ ଆଉ ଏମିତି ଅଲଗା, ଅଲଗା ପ୍ରକାରର ଡ୍ରିଙ୍କ୍ସ ସବୁ ପ୍ରସ୍ତୁତ କରିବାରେ ଲାଗିଥାଏ, କାହିଁକି ନା ସନ୍ଧ୍ୟା ବେଳକୁ ଗ୍ରାହକମାନଙ୍କ ଭିଡ଼ ଆରମ୍ଭ ହେଇଯାଏ । ତା' ପୂର୍ବରୁ ମୁଁ ମୋର ସ୍ୱେଶାଲ ଜିନିଷସବୁ ପ୍ରସ୍ତୁତ କରି ରଖିଦେଇଥାଏ, ଯେମିତିକି ଗରାଖମାନଙ୍କୁ ଫ୍ରେସ୍, ତାଜା ଜିନିଷ ମିଳିପାରିବ । ଏଇ ସମୟରେ ଅଙ୍କିତା ଯଦି ଏଠିକି ଆସି ପାରିବ, ତେବେ ମୁଁ ମଧ ତାଙ୍କୁ ଏସବୁ ଜିନିଷ କିଛି ଶିଖେଇ ଦେବି । ସେ କିଛି ନୂଆ କଥା ଶିଖିଲେ ତାଙ୍କୁ ବୋର୍ ଲାଗିବନି । ନା... କ'ଣ କହୁଛନ୍ତି ଆଣ୍ଟି ।"

ଆକସ୍ମିକ ଭାବେ ଆସିଥିବା ଏ ପ୍ରକାର ପ୍ରସ୍ତାବ ପାଇଁ ଆଦୌ ପ୍ରସ୍ତୁତ ନ ଥିବା ସୁଗନ୍ଧା, ପ୍ରତ୍ୟୁତ୍ତରରେ କ'ଣ କହିବେ ବୋଲି ଠିକ୍ କରିପାରିବା ପୂର୍ବରୁ ଅଙ୍କିତାର ଉତ୍ସାହୀ ଦୃଷ୍ଟି ତାଙ୍କୁ ନିରେଖିବାକୁ ଲାଗିଗଲା । ତା'ର ଏ ଚାହାଣିକୁ ଏଡ଼ାଇ ନ ପାରି ଅଗତ୍ୟା ସମ୍ମତି ଜଣାଇ କହିଥିଲେ–

– "ହଁ, ଏମିତି ଗୋଟେ ନୂଆ ଜିନିଷ ଶିଖିବାରେ ନିଜକୁ ବ୍ୟସ୍ତ ରଖିଲେ ହୁଏତ ଅଙ୍କିତା ଏତେଟା ବୋର୍ ହେବନି ।"

– "ଡ୍ୟାସ୍ ଇଟ୍ । କାଲିଠୁ ଆରମ୍ଭ ହେବ ଆମର ଏ ଅଭିଯାନ"– ପୂର୍ବପରି ହସି ହସି କହିଥିଲା ପ୍ରତ୍ୟୁଷ ।

କିଛି ସମୟ ଏମିତି କଥା ହେଇ ନିଜ ନିଜର ଡ୍ରିଙ୍କ୍ସକୁ ଶେଷକରି ପ୍ରତ୍ୟୁଷଠୁ ବିଦାୟ ନେଇ ଫେରିଆସିଥିଲେ ଅଙ୍କିତା ଆଉ ସୁଗନ୍ଧା ମାତୃଛାୟାକୁ ।

ସେଇ ଫେରନ୍ତା ବାଟରେ ମନରେ ଭାଲି ହେଇଥିଲେ ସୁଗନ୍ଧା- "କେଡ଼େ ସ୍ନେହୀ ପିଲାଟା। ତା' କଥାରେ ହଁ ତ କରିଦେଲି, କିନ୍ତୁ ଅଙ୍କିତା କେତେଦୂର ସହଜ ହେଇ ଏସବୁ ଶିଖିପାରିବ ?"

ଏ ଭାବନା ସହିତ ମନରେ ଆସିଥିଲା ଆଉ ଗୋଟେ ବିଚାରଯେ- "ସ୍ୱପ୍ରବଣତା ଭାବ କଟିଗଲା ପରେ ଏବେ ଅଙ୍କିତା ତା' ବୟସକୁ ଚାହିଁ ପ୍ରାୟ ସବୁ କଥା ବୁଝୁଛି ଆଉ କାମ ମଧ୍ୟ କରିପାରୁଚି। ଏମିତି ଘରଟାରେ ଏକା ମୁହଁ ଶୁଖେଇ ବସିବା ଅପେକ୍ଷା ଯାଉ କିଛି ଶିଖିଆସୁ। ଆଗକୁ କ'ଣ ଲେଖା ଅଛି ତା' ଭାଗ୍ୟରେ ବିଧାତାକୁ ଜଣା। ଏଇ ଯେତିକି ଦିନ ସୁସ୍ଥ ଅଛି ଜୀବନଟାକୁ ଯେତେ ପାରୁଚି ବଞ୍ଚିଯାଉ।"

ତା' ପରଦିନ ପୂର୍ବାହ୍ନ। ଦ୍ୱିପ୍ରହର ଖାଇବା ଖାଇଦେଇ ଅଙ୍କିତା ବାହାରି ପଡ଼ିଥିଲା ମାତୃଛାୟାର ଗୋଟେ ପଟରେ ଥିବା ସେଇ ଫାଷ୍ଟଫୁଡ୍ ଦୋକାନକୁ। ସାଙ୍ଗରେ ଆସିଥିଲେ ସୁଗନ୍ଧା। ଯଦିଓ ମାତୃଛାୟାର ମୁଖ୍ୟ ଲୁହା ଫାଟକଟିକୁ ଖୋଲିଦେଲେ ମାତ୍ର ଦୁଇ ମିନିଟ୍‌ର ଚଲାବାଟ, ତଥାପି ପିଲାଟିକୁ ପ୍ରଥମକରି ଏକା ଛାଡ଼ି ଦେବାକୁ ଇଚ୍ଛା ହେଇ ନ ଥିଲା ସୁଗନ୍ଧାଙ୍କର।

ଦୁହେଁ ଫାଷ୍ଟଫୁଡ୍ ଦୋକାନ ଭିତରକୁ ପଶିଯାଇ ଦେଖିଲେ ଗୋଟେ ଲମ୍ବା ଆପ୍ରୋନ୍ ପିନ୍ଧି ହାତରେ ଛୋଟିଆ ଟାଓ୍ୱେଲଟିଏ ଧରି ପ୍ରତ୍ୟୁଷ ବ୍ୟସ୍ତ ରହିଚି ତା' ଓଭାନ୍‌ରେ କିଛି ପ୍ରସ୍ତୁତ କରିବାରେ। ସେମାନଙ୍କୁ ଦେଖି ଦେଇ ବୁଲିପଡ଼ି କହିଲା- "ଆରେ ଆଣ୍ଟି ଆଉ ଅଙ୍କିତା, ମୁଁ ମନେମନେ ଆପଣମାନଙ୍କୁ ଅପେକ୍ଷା କରିଥିଲି।"

– "ପ୍ରତ୍ୟୁଷ ଅଙ୍କିତାକୁ ତୁମ ପାଖରେ ଛାଡ଼ିଯାଉଚି। ତୁମେ ଏଇ ଦିନେ ଦୁଇଦିନ ଦେଖ। ଯଦି ସେ ଏସବୁ ଶିଖିପାରୁଚି ତ ଠିକ୍ ଅଛି, ନ ହେଲେ ଅଯଥାଚାରେ ତୁମକୁ ହଇରାଣ କରିବିନି।" – କହିଥିଲେ ସୁଗନ୍ଧା।

"ଏସବୁ ଜିନିଷ ଖୁବ୍ ସହଜ ଆଣ୍ଡି, ଅଙ୍କିତା ଶିଖିପାରିବେ। ଆପଣ ଏବେ ଶାନ୍ତ ମନରେ ଯା'ନ୍ତୁ।"

ଫାଷ୍ଟଫୁଡ୍ ଦୋକାନର ରୋଷେଇଶାଳକୁ ଲାଗି ଛୋଟିଆ କୋଠରିଟିଏ। ସେଇଠି ପ୍ରତ୍ୟୁଷ ତା'ର ଆବଶ୍ୟକୀୟ ଜିନିଷସବୁ ରଖେ। ସେଠିକି ଡାକି ନେଇଥିଲା ଅଙ୍କିତାକୁ। କୋଠରିର ଚାରି ଆଡ଼କୁ ଆଖି ବୁଲାଇ ଆଣିଥିଲା ଅଙ୍କିତା। ଗୋଟେ ଲମ୍ବା ସୋଫା ସହ ରହିଚି ଚାରି ପାଞ୍ଜଟି ଡ୍ରୟର ଥିବା ମେଜଟିଏ। ମେଜଟି ଉପରେ କେତେଗୁଡ଼ିଏ ବହି ଆଉ ରାଇଟିଂ ପ୍ୟାଡ୍, ତା' ପାଖକୁ ଗୋଟିଏ ଲମ୍ବା ବେକବାଲା କାଚ ବୋତଲ ଭିତରେ ପାଣି ସହିତ ଲମ୍ବା ଡେଙ୍ଗବାଲା ନାଲି ଗୋଲାପର କଢ଼ି।

ଡ୍ରୟର ଭିତରୁ ଗୋଟିଏ ନୂଆ କିଚେନ୍ ଆପ୍ରୋନ୍ ଓ ଛୋଟ ଟାଓ୍ୱେଲଟିଏ ବାହାର କରିଆଣି ବଢ଼ାଇ ଦେଇଥିଲା ପ୍ରତ୍ୟୁଷ ଅଙ୍କିତା ହାତକୁ ଆଉ କହିଥିଲା– "ଏଇଟା ତୁମ ପାଇଁ। ସବୁଦିନ ଆସିଲାବେଳେ ଏ ଦୁଇଟିକୁ ସାଙ୍ଗରେ ନେଇ ଆସୁଥିବ। ଏବେ ଆପ୍ରୋନ୍ଟି ପିନ୍ଧିଦେଇ ଆସ କାମ ଆରମ୍ଭ କରିବା।"

ଅଙ୍କିତାକୁ ଛାଡ଼ିଦେଇ ସୁଗନ୍ଧା ଫେରି ଆସିଲେ ମାତୃଛାୟାକୁ। ଘରର ମୁଖ୍ୟ ଦରଜାର ତାଲା ଖୋଲିଲାବେଳକୁ ସେଇ ପିଣ୍ଡା ଉପରୁ ତାଙ୍କ ନଜର ପଡ଼ିଯାଇଥିଲା ଅମୃତଭଣ୍ଡା ଗଛ ଛାଇରେ ପହଲା ଯେଉଁଠି ପୋତିଥିଲା ମଞ୍ଜିଗୁଡ଼ାକ ସେଇ ଜାଗା ଉପରେ। ଯା'ଭିତରେ ଅଙ୍କୁରୋଦ୍‌ଗମ ପ୍ରକ୍ରିୟାରେ ମଞ୍ଜିରୁ ଶିଶୁ ଗଛ ଦୁଇଟି ବାହାରି କଅଁଳ ପତ୍ର କେତୋଟି ପ୍ରସ୍ଫୁଟିତ କରି ଖିଲିଖିଲି ହସୁଛନ୍ତି।।

"ପହଲା କ'ଣ ତାହାଲେ ସତ କହୁଥିଲା। ସତରେ କ'ଣ ଯା'ଭିତରେ ନୂଆ ଗୋଲାପଗଛ ପାଇଁ ମଞ୍ଜି ଆସିଗଲାଣି। ଦେଖାଯାଉ, ଆଉ କିଛି ଦିନରେ ବଳେ ଜଣାପଡ଼ିଯିବ। ମାଳୀକୁ କହିବାକୁ ପଡ଼ିବ, ଏ ଶିଶୁ ଗଛ ଦୁଇଟି ପ୍ରତି ଅଧିକ ଯତ୍ନବାନ୍ ହେବାକୁ।" – ମୁହୂର୍ତ୍ତକ ପାଇଁ ସେପଟକୁ ଚାହିଁ ଦେଇ ଏଥର ସୁଗନ୍ଧା ଘର

ଭିତରକୁ ଚାଲିଯାଇଥିଲେ ।

ସମୟ କାଳର ଏକ ଅବିରତ, ନିରବଚ୍ଛିନ୍ନ ଧାରା । ସେ ଅଟକି ଯାଏନା ମୁହୂର୍ତ୍ତେ, ବହମାନ ନିରନ୍ତର ସେ ଧାରା । ମାତୃଛାୟାର ବୈଠକଖାନାର କାନ୍ଥରେ ଟଙ୍ଗା ହେଇଥିବା ସେଇ ନିଃଶବ୍ଦ ପେଣ୍ଡୁଲମ୍‌ରେ ସମୟ ଝୁଲି ଝୁଲି ବେଶ୍‌ କିଛିଦିନ ଆଗକୁ ବଢ଼ି ଆସିଥିଲା । ଆଉ ତା' ସହିତ ବି ବେଶ୍‌ ଆଗକୁ ବଢ଼ିଯାଇଥିଲା ଅଙ୍କିତା ଓ ପ୍ରତ୍ୟୁଷର ବନ୍ଧୁତ୍ୱ ।

ଏବେ ଅଙ୍କିତା ପ୍ରତ୍ୟେକ ଦିନ ଦ୍ୱିପ୍ରହର ଖାଇବା ଖାଇଦେଇ ଗୋଟେ ଛୋଟ ହାତଧରା ବ୍ୟାଗ୍‌ଟିରେ ତା' ଆପ୍ରୋନ୍‌ ଓ ଟାଓ୍ୱେଲଟିକୁ ଧରି ପହଞ୍ଚିଯାଉଥିଲା ଫାଷ୍ଟଫୁଡ୍‌ ଦୋକାନରେ । ଓଭାନର ବିଭିନ୍ନ ବଟନ୍‌ଗୁଡ଼ିକର ପରିଚୟ ଆଉ ସେମାନଙ୍କର ବ୍ୟବହାରର ଶୈଳୀ ଅଙ୍କିତା ଏବେ ଖୁବ୍‌ ଭଲ ଭାବରେ ଜାଣି ଗଲାଣି । ପ୍ରତ୍ୟୁଷ ନିର୍ଦ୍ଦେଶରେ ସେ ଓଭାନ୍‌ ଖୋଲି ବିସ୍କୁଟ୍‌, କେକ୍‌, ପାଉଁରୁଟି ସବୁକୁ ବେକ୍‌ କରିବାକୁ ପୂରାଇଦିଏ । ଓଭାନ୍‌ର ତାପମାତ୍ରାକୁ ଆବଶ୍ୟକତା ଅନୁସାରେ ସଜାଇଦିଏ । କହିବାକୁ ଗଲେ ଶିଖିବାକୁ ଆଗ୍ରହ ଥିବାରୁ ଅଙ୍କିତା ତା'ର ଏ ନୂଆ କାମକୁ ଖୁବ୍‌ ଉପଭୋଗ କରୁଥିଲା ।

ଦିନକର ଏକ ବିଶେଷ ପ୍ରକାରର ବିସ୍କୁଟ ପ୍ରସ୍ତୁତ କରିବାକୁ ଯାଇ ପ୍ରତ୍ୟୁଷ ଅଙ୍କିତାକୁ ମଇଦା ଚକଟିବାକୁ କହିଥାଏ । ଲହୁଣି ଆଉ ଅଳ୍ପ ମାତ୍ରାର ପାଣି ଦେଇ ମଇଦାକୁ ଚକଟି ରଖିବା କଥା । ପ୍ରତ୍ୟୁଷର କଡ଼ା ନିର୍ଦ୍ଦେଶଥାଏ ଚକଟାଟି ଯେମିତି ପାଣିଆ ନ ହୁଏ । ଯେତେ ସମ୍ଭବ କମ୍‌ ପାଣିରେ ପ୍ରସ୍ତୁତ ହେବା ଦରକାର । ଅଙ୍କିତା ତା' କାମରେ ଲାଗିଗଲା । ତା'ରି ପଛପଟକୁ ଠିଆ ହେଇ ପ୍ରତ୍ୟୁଷ ମଧ୍ୟ ଲାଗିଥିଲା କାଜୁ, ପିସ୍ତା, ଅଖରୋଟ ସବୁକୁ ଖୁବ୍‌ ଛୋଟ ଛୋଟ କରି କାଟିବାରେ । ଏଇ କାମ ଭିତରେ ହଠାତ୍‌ ମୁହଁ ବୁଲାଇ ପ୍ରତ୍ୟୁଷ ଦେଖିଲା ବେଳକୁ ଅଙ୍କିତା ମଇଦା ଚକଟାରେ ପକାଇବାକୁ ଯାଉଚି ଅଧିକା ପାଣି । ଅପ୍ରତ୍ୟାଶିତ ଭାବେ ବୁଲିପଡ଼ି

ସେଇ ମଇଦା ଚକଟା ଭିତରେ ଥିବା ଅଙ୍କିତାର ହାତ ପାପୁଲିକୁ ମୁଠେଇ ଧରିଲା ପ୍ରତ୍ୟୁଷ–

– "ଆରେ ନା... ନା... ଆଉ ପାଣି ଦିଅନା, ପାଗଟା ପୂରା ଖରାପ ହେଇଯିବ।"

ପଛଆଡ଼ୁ ନଇଁପଡ଼ି ଅଙ୍କିତାର ହାତଧରି ପକାଇଥିବା ପ୍ରତ୍ୟୁଷର ମୁହଁଟି ଥିଲା ଅଙ୍କିତାର ଠିକ୍ ଡାହାଣ ହାତର କାନ୍ଧ ଉପରେ। ଦୁହିଁଙ୍କ କପାଳ ଭିତରେ ମାତ୍ର କେତେ ଆଙ୍ଗୁଠିର ବ୍ୟବଧାନ। ପ୍ରତ୍ୟୁଷର ଉଷ୍ମ ନିଃଶ୍ୱାସ ଛୁଇଁଥିଲା ଅଙ୍କିତାର କଣ୍ଠଦେଶ। ଶିହରି ଉଠିଥିଲା ଅଙ୍କିତା। ଆଗରୁ ଏମିତି ଅନୁଭୂତି ତ କାଇଁ କେବେ ହେଇ ନ ଥିଲା।

ସେଇ ଶିହରଣ ବିପରୀତ ଦିଗରେ ସଞ୍ଚରିଯାଇ ଛୁଇଁଥିଲା ପ୍ରତ୍ୟୁଷର ମନକୁ।

– "ଆଃ... ଅଙ୍କିତା..." ନିଃଶବ୍ଦ ଥିଲା ପ୍ରତ୍ୟୁଷର ପ୍ରତିକ୍ରିୟା। ବାସ୍, କିଛି ମୁହୂର୍ତ୍ତର ଏ ଭାବାବେଗ ପରେ ଶିଥିଳ ହେଇଯାଇଥିଲା ପ୍ରତ୍ୟୁଷର ହାତ ମୁଠା। ଅଙ୍କିତାର ପାପୁଲି ଉପରୁ ଆପଣାଛାଏଁ ତା' ହାତ ଉଠି ଆସିଥିଲା।

ନୀରବରେ ଏଥର ସେ ଲାଗିଯାଇଥିଲା ତା' ଅଧା କାମକୁ ସାରିବାକୁ ଆଉ ଏପଟେ ଅଙ୍କିତା ମଧ୍ୟ ନୀରବରେ ମଇଦା ଚକଟି ରଖିଦେଇଥିଲା।

ମଇଦା ଚକଟାକୁ ଛୋଟ ଛୋଟ ଗୋଲ୍‌ଗୋଲ୍ ଚେପ୍‌ଟା ବିସ୍କୁଟ ଆକାରର ଗଢ଼ିଦେଇ ବେକିଂ ଟ୍ରେରେ ଧାଡ଼ି ଧାଡ଼ି କରି ରଖିଦେଇଥିଲା ଅଙ୍କିତା, ଆଉ ତା' ଉପରେ ପ୍ରତ୍ୟୁଷ ସଜେଇ ଦେଇଥିଲା ଛୋଟ ଛୋଟ କଟା ହେଇଥିବା ଡ୍ରାଏ ଫ୍ରୁଟ୍‌ସଗୁଡ଼ିକୁ। ଅଙ୍କିତା ଓଭାନ୍‌ର ତାପମାତ୍ରାକୁ ଗୋଟେ ନିର୍ଦ୍ଦିଷ୍ଟ ସଂଖ୍ୟାରେ ରଖିଦେଇ ସୁଇଚ୍ ଅନ୍ କରିଥିଲା।

ସେଦିନ ପ୍ରତ୍ୟୁଷ ଆଉ ଅଙ୍କିତା କେହି କାହା ମୁହଁକୁ ଚାହିଁପାରି ନ ଥିଲେ। ଦୁହେଁ ଥିଲେ ଅତିମାତ୍ରାରେ ଅନ୍ୟମନସ୍କ। ଦୁହେଁ ନିଜ ନିଜକୁ ବ୍ୟସ୍ତ ରଖିଲେ ଭିନ୍ନ ଭିନ୍ନ ଛୋଟ ଛୋଟ କାମରେ। ଏମିତି କିଛି ସମୟ ବିତିଯାଆନ୍ତେ ସେ ପରିବେଶର ବାୟୁମଣ୍ଡଳରେ ଭାସି ଆସିଲା ହାଲୁକା ପୋଡ଼ାଗନ୍ଧ। ଏ ଗନ୍ଧକୁ ଅଙ୍କିତା ଅଚିରେ ବୁଝିପାରିଲା। ଏ ଗନ୍ଧ ଆଉ ଅଧିକା ଗାଢ଼ ହେଲା ପୂର୍ବରୁ ସେ ଧାଇଁ ଯାଇ ଓଭାନ୍‌ର ସୁଇଚ୍‌ ବନ୍ଦ କରିଦେଇଥିଲା। ହାତ ଗ୍ଲୋଭ୍‌ସଟି ପିନ୍ଧି ଦେଇ ଓଭାନ୍‌ରୁ ଟ୍ରେଟିକୁ କାଢ଼ି ଆଣିଥିଲା। ସେପଟୁ ପ୍ରତ୍ୟୁଷ ବି ପହଞ୍ଚିଯାଇଥିଲା ସେ ଗନ୍ଧକୁ ବାରିପାରି। ମାତ୍ରାଧିକ ତାପମାତ୍ରା ପାଇଁ ବିସ୍କୁଟଗୁଡ଼ିକ ପ୍ରାୟ ଅଧାଜଳା ହେଇଯାଇଥିଲା। ନୀରବରେ ତଳକୁ ମୁହଁ ପୋତି ଠିଆ ହେଇଥାଏ ଅଙ୍କିତା। ବିସ୍କୁଟଗୁଡ଼ିକୁ କିଛି କ୍ଷଣ ନିରୀକ୍ଷଣ କରିନେଇ ପ୍ରତ୍ୟୁଷ କହିଥିଲା–

"ଇଟ୍‌ସ ଓକେ..., ଆଜି ଆଉ ବେଶୀ କିଛି କରିବାର ନାହିଁ, ତୁମେ ଚାହିଁଲେ ଯାଇପାର।"

ପ୍ରତ୍ୟୁଷ କଥାରେ ଅଙ୍କିତା ମାତୃଛାୟାକୁ ଫେରିବାକୁ ପ୍ରସ୍ତୁତ ହେଲା ଆଉ ପ୍ରତ୍ୟୁଷ ଫେରିଆସିଥିଲା ରୋଷେଇଶାଳା ସଂଲଗ୍ନ ତା' ବ୍ୟକ୍ତିଗତ କୋଠରିକୁ। ଆଉ କାମ କରିବାକୁ ଇଚ୍ଛା ହେଉ ନ ଥାଏ। ତା' ଆପ୍ରୋନ୍‌ ଖୋଲି ଡ୍ରୟରରେ ରଖିଲା, ଆଉ ମନେମନେ ଅନୁତାପ କରୁଥାଏ, ଆଜିର ସେ ଘଟଣାଟି ପାଇଁ, ଭାବି ହେଉଥାଏ ବୋଧେ କାଲିଠୁ ଅଙ୍କିତା ଆଉ ଆସିବନି– "ଆଜି ଆଉ ଏଠି ରହିବାକୁ ଇଚ୍ଛା ନାହିଁ, ବରଂ ବାହାରୁ ଯାଇ ଟିକେ ବୁଲି ଆସିଲେ ଭଲ ଲାଗିବ। ଏକଥା ଠିକ୍‌ କରି କୋଠରିରୁ ବାହାରି ଆସିଲା ବେଳେ ଟେବୁଲ ଉପରେ ଓଭାନ୍‌ ପାଖରେ ସେ ଅଧାଜଳା ବିସ୍କୁଟର ଟ୍ରେଟି ଉପରେ ତା' ନଜର ପଡ଼ିଗଲା। ଟ୍ରେଟିକୁ ଉଠାଇ ନେଲା– ବିସ୍କୁଟ ତକ ଫିଙ୍ଗିବାକୁ ହେବ। ଠିକ୍‌ ଫିଙ୍ଗିବାକୁ ଯାଉଚି କି, ସେଇ ଅଧାଜଳା ବିସ୍କୁଟଗୁଡ଼ାକ ଉପରେ ଦୃଷ୍ଟି ପଡ଼ିଯିବାରୁ ନିମିଷକ ପାଇଁ ସ୍ଥିର

ହେଇଗଲା ପ୍ରତ୍ୟୁଷ।

– "ତା' କଅଁଳିଆ ହାତରେ କେତେ ସୁନ୍ଦର ଆକାର ଦେଇ ଗଢ଼ିଛି ଏ ବିସ୍କୁଟ୍‌ଗୁଡ଼ାକୁ ଅଙ୍କିତା। ସେଥିରେ ପୁଣି ଏ ମଇଦା ଚକଟା ଭିତରେ ହୁଏତ ରହିଯାଇଥିବ ସେ ଆବେଗର ତରଙ୍ଗ କିଛିଟା...।"

ପ୍ରତ୍ୟୁଷ ସେ ଅଧାଜଳା ବିସ୍କୁଟ୍‌ଗୁଡ଼ାକୁ ଫିଙ୍ଗି ପାରି ନ ଥିଲା। ସେଗୁଡ଼ିକୁ କାଚ ଜାର୍ ଭିତରେ ପୂରାଇ ଦେଇ ତା' କୋଠରିର ମେଜ ଉପରେ ଥୋଇଦେଇ ବାହାରି ଯାଇଥିଲା ଫାଷ୍ଟଫୁଡ୍ ଦୋକାନରୁ।

ଅଙ୍କିତା ଫେରିଆସି ଥିଲା ମାତୃଛାୟାକୁ ଏକ ସ୍ୱତନ୍ତ୍ର, ସମ୍ପୂର୍ଣ୍ଣ ଭିନ୍ନ ଓ ନୂଆ ଅନୁଭୂତି ନେଇ। ସେଦିନଟା ସାରା ଅଙ୍କିତା, ତା'ର ଗୋଟିଏ ହାତ ପାପୁଲିକୁ ଅନ୍ୟଟିରେ ଛୁଇଁ ବାରମ୍ବାର ଅନୁଭବ କରିବାକୁ ଚାହୁଁଥିଲା ସେ ଆବେଗକୁ।

ତା' ପରଦିନ ନିର୍ଦ୍ଧାରିତ ସମୟରେ ଅଙ୍କିତା ପହଞ୍ଚିଯାଇଥିଲା ଫାଷ୍ଟଫୁଡ୍ ଦୋକାନରେ। ତା' ପୂର୍ବରୁ ପହଞ୍ଚିଯାଇଥିବା ପ୍ରତ୍ୟୁଷର ମୁହଁରେ ଅଙ୍କିତାକୁ ଦେଖିଦେଇ ଝଲସି ଉଠିଥିଲା ଚେନାଏ ହସ। ସତେକି ବହୁଦିନରୁ ହଜିଥିବା ଜିନିଷଟେ ଅଚାନକ ମିଳିଗଲା। ଅଙ୍କିତା ଥିଲା ଖୁବ୍ ସହଜ। ସ୍ମିତ ହସଟିଏ ହସିଦେଇ ତା' ଆପ୍ରୋନ୍‌କୁ ପିନ୍ଧି ପକାଇଥିଲା। ପ୍ରତ୍ୟୁଷ ଏବେ ଚଟାପଟ୍ ଉଠିଯାଇ ଟିସ୍ୟୁ ପେପର ଖଣ୍ଡିଏରେ ଲେଖିଦେଲା– ସରି, ଆଉ ବଢ଼ାଇ ଦେଇଥିଲା ଅଙ୍କିତା ଆଡ଼କୁ। ଅଙ୍କିତା ସେତକ ପଢ଼ିନେଇ ତାକୁ ଚାରି ଚଉତା କରି ରଖିଦେଇଥିଲା ତା' ହାତ ବ୍ୟାଗ୍‌ରେ। ଏବେ ଅଙ୍କିତା ଟିସ୍ୟୁ ପେପରଟେ ନେଇ ଆସି ସେଥିରେ ଲେଖିଦେଇଥିଲା– 'ଇଟ୍‌ସ ଓକେ', ଆଉ ବଢ଼ାଇ ଦେଇଥିଲା ପ୍ରତ୍ୟୁଷକୁ। ପ୍ରତ୍ୟୁଷ ଲେଖାଟିକୁ ପଢ଼ିନେଇ ତାକୁ ଚାରି ଚଉତ କରି ରଖିଦେଇଥିଲା ତା' ଶାର୍ଟ ଛାତି ପକେଟ୍‌ରେ।

ସେଦିନର ସେ ଘଟଣାଟି ଯୋଡ଼ି ଦେଇଥିଲା ଅଙ୍କିତା ଆଉ ପ୍ରତ୍ୟୁଷର ସମ୍ପର୍କରେ ନୂଆ ଅଧ୍ୟାୟଟିଏ। ଆଜିକାଲି ଦୁହେଁ ଆତୁର ହୋଇ ଅପେକ୍ଷା କରି ରହୁଥିଲେ ସେମାନଙ୍କ ଦେଖା ହେବା ସମୟକୁ। କିଛି ପାନୀୟ ଓ ସ୍ୱତନ୍ତ୍ର ଧରଣର କିଛି ବିସ୍କୁଟ କି କେକ୍ ପ୍ରସ୍ତୁତ କରିଦେଇ ଦୁହେଁ ବେଶ୍ କିଛି ସମୟ ପ୍ରତ୍ୟୁଷର ବ୍ୟକ୍ତିଗତ କୋଠରିରେ ବିତାଉଥିଲେ। ଦୁହେଁ ଦୁହିଁଙ୍କ ସାନ୍ନିଧ୍ୟ ଉପଭୋଗ କରିବାକୁ ଲାଗିଥିଲେ।

ଏମିତି ଦିନେ କେକ୍ଟିଏ ପ୍ରସ୍ତୁତ କରି ଦେଇ ଦୁହେଁ ଆସି ବସିଯାଇଥିଲେ ସେଇ ନିର୍ଦ୍ଦିଷ୍ଟ କୋଠରିଟିରେ ପଡ଼ିଥିବା ସୋଫା ଉପରେ। ଯାଉ ସ୍ୟାଉ ମଜା ଗପ ଭିତରେ ଅଙ୍କିତାର ନଜର ପଡ଼ିଯାଇଥିଲା ମେଜ ଉପରେ ରଖାହେଇଥିବା କାଚ ଜାରଟିଏ ଉପରେ। ଜାର୍ ରେ ଦୁଇ ଚାରୋଟି ଅଧାଜଳା ବିସ୍କୁଟ। ଅଙ୍କିତା ଉଠିଯାଇ ଜାର୍ ର ଠିପି ଖୋଲି ବିସ୍କୁଟଟିଏ ବାହାର କରି ଆଣି କହିଲା- "ଏ ବିସ୍କୁଟଗୁଡ଼ା ତ ଅଧା ପୋଡ଼ି ଯାଇଛି, ତାକୁ ଏମିତି ସାଇତି କି ରଖିଛ ?"

– "ଏଗୁଡ଼ାକ ସେଇ ଅଧାପୋଡ଼ା ବିସ୍କୁଟ, ଯେଉଁ ଗୁଡ଼ାକ ସେଦିନ ଅଧିକ ତାପମାତ୍ରା ଯୋଗୁ ପୋଡ଼ି ଯାଇଥିଲା।"

– "ତାକୁ ଫୋପାଡ଼ି ନ ଦେଇ ରଖିଚ ?"

– "ଖାଲି ରଖିନି, ସବୁଦିନ ସେସବୁରୁ କିଛି କିଛି ଖାଏ ମଧ୍ୟ। ଏବେ ଖାଲି ଏ ଦୁଇଟି ବଞ୍ଚିଛି।"

– "ବାପ୍ ରେ... ଅଧାପୋଡ଼ା ବିସ୍କୁଟ ତୁମକୁ ପିତା ଲାଗେନି ?"

ଏ କଥାବାର୍ତ୍ତା ଭିତରେ ପ୍ରତ୍ୟୁଷ ଆସି ଠିଆ ହେଇଯାଇଥିଲା ଅଙ୍କିତାର ଖୁବ୍ ନିକଟରେ, ମେଜ ପାଖରେ। ଅଙ୍କିତାକୁ ଉତ୍ତର ଦେବାକୁ ଯାଇ କହୁଥିଲା– "ନା ମୋତେ ନୁହେଁ, ବିସ୍କୁଟଗୁଡ଼ାକୁ ଫୋପାଡ଼ି ଦେବାକୁ ଗଲାବେଳେ ମୋ ମନକୁ ଆସିଥିଲା ମୋର ସବୁଠୁ ପ୍ରିୟ ସାଙ୍ଗଙ୍କର ହାତର ସ୍ପର୍ଶରେ ବନିଥିବା ଏ

ବିସ୍କୁଟଗୁଡ଼ାକ ମୋ ପାଇଁ ସ୍ୱେଶାଲ। ଅଧା ପୋଡ଼ିଯାଇଥିଲେ ବି ମୋ ପାଇଁ ସ୍ୱାଦିଷ୍ଟ।"

ଏଥର ପ୍ରତ୍ୟୁଷ ତା'ର ଦୁଇ ବାହୁକୁ ଅଙ୍କିତାର ଅଣ୍ଟା ଚାରିପଟେ ବୁଲାଇ ଦେଇ ତାକୁ ପଞ୍ଚପଟୁ ଜଡ଼େଇ ଧରିଥାଏ। ଅଙ୍କିତାର ହାତ ପାପୁଲି ପ୍ରତ୍ୟୁଷର ପାପୁଲି ମୁଠାଭିତରେ। ପ୍ରତ୍ୟୁଷର ଓଠଟି ଏଥର ଅଙ୍କିତାର ଚିବୁକକୁ ଛୁଇଁଦେଇ ଆଙ୍କି ଦେଇଥିଲା ସ୍ନେହର ସ୍ୱାକ୍ଷରଟିଏ। ପ୍ରସ୍ଫୁଟିତ ହେବାକୁ ଅପେକ୍ଷାରତ ଅଧା ଫୁଟା ପଦ୍ମକଢ଼ିଟିଏ, ପ୍ରଭାତର ଆଦ୍ୟ କିରଣର ସ୍ପର୍ଶରେ ଯେମିତି ଆହ୍ଲାଦିତ ହେଇଉଠେ, ଠିକ୍ ସେମିତି ସ୍ନାୟୁରେ ସ୍ନାୟୁରେ ଖେଳିଯାଇଥିବା ସେଇ ଶିହରଣରେ ଅଙ୍କିତା ହେଇଉଠିଥିଲା ପୁଲକିତ। ପ୍ରତ୍ୟୁଷ ଦେହକୁ ଆହୁରି ଜାକି ହେଇ ଆସିଥିଲା ଅଙ୍କିତା। ବେଶ୍ କିଛି ସମୟଯାଏ ଦୁହେଁ ଦୁହିଁଙ୍କର ନିବିଡ଼ ସାନ୍ନିଧ୍ୟରେ ପରସ୍ପରକୁ ହଜାଇ ଦେଇଥିଲେ।

ଅପରାହ୍ନ ବିତିଯାଇ ସନ୍ଧ୍ୟା ଆଗତ ପ୍ରାୟ। ମାଳୀ ସହିତ ବଗିଚାରେ ଏପଟରୁ ସେପଟ ଘୂରିବୁଲି ତଦାରଖ କରୁଥିବା ସୁଗନ୍ଧା ମନେମନେ ବ୍ୟସ୍ତ ହେଇ ଉଠିଥିଲେ ଅଙ୍କିତାର ଫେରିବାରେ ଡେରି ହେଲାରୁ। ଠିକ୍ ଏତିକିବେଳକୁ ଲୁହା ଫାଟକଟିକୁ ଖୋଲିଦେଇ ପଶି ଆସିଥିଲା ଅଙ୍କିତା ମାତୃଛାୟାର ପରିସରକୁ। ଆଶ୍ୱସ୍ତ ହେଇଥିଲେ ସୁଗନ୍ଧା।

– "ଅଙ୍କିତା ଏତେ ଡେରି କଲୁ ? ହଉ ଶୀଘ୍ର ଗୋଡ଼ହାତ ଧୋଇ ସନ୍ଧ୍ୟା ଦେ, ମୁଁ ଆସୁଛି।"

ମୁଣ୍ଡ ଟୁଙ୍ଗାରି ହଁ କରି ଚାଲିଯାଇଥିଲା ଅଙ୍କିତା। ଏବେ ସୁଗନ୍ଧା ଘର ଆଡ଼କୁ ଆସୁ ଆସୁ ରହିଯାଇଥିଲେ, ସେ ଅମୃତଭଣ୍ଡା ଗଛ ଛାଇରେ ବଢ଼ିଥିବା ଗଛ ଦୁଇଟି ପାଖରେ। ଯା'ଭିତରେ ପାଖାପାଖି ମାସେ ଉପରେ ହେଇଗଲାଣି ପହଲା ସେଠି ମଞ୍ଜି ପୋତିବାର। ପାଞ୍ଚଟି ମଞ୍ଜିରୁ ଦୁଇଟି ଅଙ୍କୁରୋଦ୍ଗମରେ ସମ୍ପୂର୍ଣ୍ଣ ଗଛହେଇ

ପାରିଚନ୍ତି । ପତ୍ରଗୁଡ଼ିକର ସାମଞ୍ଜସ୍ୟ ଅନେକ ଭାବେ ଗୋଲାପ ଗଛର ପତ୍ର ସହ ରହିଚି । ହଁ ଫରକ ଏତିକି ଗୋଲାପ ଗଛଗୁଡ଼ିକରେ ସାଧାରଣତଃ ଯେତେ କଣ୍ଟା ଥାଏ, ଏ ଗଛ ଦୁଇଟିରେ ତା' ତୁଳନାରେ ଅପେକ୍ଷାକୃତ କମ୍ କଣ୍ଟା । ସେ ଗଛ ଦୁଇଟି ଭିତରୁ ଗୋଟିଏରେ ତିନୋଟି କଢ଼ ଧରିଥିଲା । ମଝି କଢ଼ଟି ଆକାରରେ ଟିକେ ବଡ଼ ଥିଲା ଅନ୍ୟ ଦୁଇଟି କଢ଼ଠାରୁ । ଭଲକି ଧ୍ୟାନ ଦେଇ ଚାହିଁଲେ ସୁଗନ୍ଧା-ସତରେ କ'ଣ ଗୋଟିଏ ଗଛରେ ତିନୋଟି ଅଲଗା ଅଲଗା ରଙ୍ଗର ଫୁଲ ଫୁଟିବ, ତା' ପୁଣି ମଞ୍ଜିରୁ ବଢ଼ିଥିବା ନୂଆ ଗୋଲାପ ଗଛରେ ।

ମନରେ ସନ୍ଦେହ ଆଉ କୌତୂହଲର ମିଶାମିଶି ଭାବ ନେଇ ସୁଗନ୍ଧା ଚାଲିଯାଇଥିଲେ ଘର ଭିତରକୁ ।

ସନ୍ଧ୍ୟା ଧୂପ, ପ୍ରାର୍ଥନା ସହ ସମୟ ଆଗକୁ ଗଡ଼ିଯାଇ ବାଜିଗଲା ରାତି ନଅଟା । ଯା'ଭିତରେ ସୁଗନ୍ଧା ଆଉ ଅଙ୍କିତା ସେମାନଙ୍କର ରାତି ଖାଇବା ସାରି ଦେଇଥାନ୍ତି । ଏବେ ଦୁହେଁ ସୋଫା ଉପରେ ବସିଯାଇଥିଲେ ଧାରାବାହିକ "କୁମ୍‌କୁମ୍ ଏକ୍ ପ୍ରେମ କାହାଣୀ" ଦେଖିବାକୁ । ଧାରାବାହିକଟି ଟିକେ ଆଗକୁ ଗଡ଼ିଯାଇଚି, ସେତିକିବେଳକୁ ମୁଖ୍ୟ ଦରଜାରେ ଶୁଭିଲା କଲିଂ ବେଲର ଟିଂ ଟିଂ ସ୍ୱର । କବାଟ ଖୋଲି ଦେଖନ୍ତି ତ ଆଗରେ ଠିଆ ହେଇଥିଲେ ଅର୍ଚ୍ଚନା ।

– "ଆରେ, ଆସ… ଆସ, କେତେ ଦିନପରେ ଦେଖା ହେଉଚି ।"

– "ହଁ, ଆସିବି ଆସିବି ହେଇକି ଆଜି ଜାଣ ଆସିପାରିଲି । ଏଇ ନିଅ ଏ ଫାଇଲଟା । ଯା' ଭିତରେ କେତେଗୁଡ଼େ କାଗଜ ଅଛି, ସେଥିରେ ତୁମର ଦସ୍ତଖତ ଦରକାର । ଯେଉଁଠି ଯେଉଁଠି ଛକି ମରାହେଇଚି, ସେଇ ଜାଗାଗୁଡ଼ିକରେ ଦସ୍ତଖତ କରିଦେବ ।"

ଏଇ କଥା ଭିତରେ ଅର୍ଚ୍ଚନା ଆସି ବସିଯାଇଥିଲେ ଡାଇନିଂ ଟେବୁଲ୍ ଚୌକି ଉପରେ ଆଉ ତାଙ୍କୁ ସାମ୍ନା କରି ସୁଗନ୍ଧା ମଧ୍ୟ ବସିଯାଇଥିଲେ ।

ଅର୍ଚ୍ଚନା ଫାଇଲଟି ଭିତରୁ କାଗଜ ତିନୋଟି ବାହାରକରି ଦେଖାଇ ଦେଇଥିଲେ ସୁଗନ୍ଧାଙ୍କୁ ଆଉ କହିଥିଲେ- "ସୌରଭର ସ୍ୱପ୍ନକୁ ସାକାର କରିବାର ଏ ହେଲା ପ୍ରଥମ ସୋପାନ । ତୁମେ ସବୁ ପଢ଼ିନେଇ ଦସ୍ତଖତ କରି ରଖ୍ଵଦେବ ।

ଆରେ ଆଉ ଗୋଟେ କଥା, ମୁଁ ପୁରୀ ବୁଲିବା ପ୍ରୋଗ୍ରାମ ଗୋଟେ କରିଚି । ତୁମେ, ଅଙ୍କିତା, ମୁଁ ଆଉ ପ୍ରଶାନ୍ତ (ଅର୍ଚ୍ଚନାଙ୍କ ସ୍ୱାମୀ) । ଚାଲ ବାହାରୁ ଟିକେ ବୁଲିଆସିବା, ଭଲ ଲାଗିବ । ସପ୍ତାହକର ରହଣି, ପୁରୀ ବେଳାଭୂମିରେ ଥିବା ପାନ୍ଥନିବାସରେ । ମୁଁ ସବୁ ବୁକିଙ୍ କରି ଦେଇଚି । କାଲି ସକାଳୁ ଏକା ସାଙ୍ଗରେ ବାହାରିଯିବା, ନା କ'ଣ କହୁଚ ?"

ଅର୍ଚ୍ଚନାଙ୍କ କଥାରେ ଅମଙ୍ଗ ହେବାର କିଛି ନ ଥିଲା । ଏବେ ଦୁହେଁ ପୁରୀରେ ଏଇ ରହଣିକୁ ନେଇ ବିସ୍ତାରରେ କଥା ହେବାକୁ ଲାଗିଲେ । ଏଇ କଥା ହେବା ଭିତରେ ସୋଫା ଉପରେ ବସି ଧାରାବାହିକ ଦେଖୁଥିବା ଅଙ୍କିତାର ହାବଭାବକୁ ବେଶ୍ ନିରୀକ୍ଷଣ କରୁଥିଲେ ସୁଗନ୍ଧା । କୌଣସି ଗୋଟେ ଅନ୍ତରଙ୍ଗ ଦୃଶ୍ୟରେ ଅଙ୍କିତାର ଦୃଷ୍ଟି ଆପେ ଆପେ ତଳକୁ ନଇଁ ଆସିଥିଲା । ସତେକି ସେ ନିଜକୁ ସାଉଁଟି ରଖ୍ଵବାକୁ ଚାହୁଁଥିଲା । ଅଙ୍କିତାର ଏ ପରିବର୍ତ୍ତିତ ହାବଭାବକୁ ଅର୍ଚ୍ଚନାଙ୍କ ସହ କଥା ହେଲାବେଲେ ଲକ୍ଷ୍ୟ କରିପାରିଥିବା ସୁଗନ୍ଧା ଭାବିଥିଲେ- "ଅଙ୍କିତା ତ ଏବେ ତା' କିଶୋରୀ ବୟସରେ । ତା'ଛଡ଼ା ଅନେକ ଦିନ ହେଲାଣି ତା' ସ୍ୱପ୍ନବଣତା କଟିଯାଇ ସେ ଏବେ ସୁସ୍ଥ, ତେଣୁ ଏସବୁ କଥାକୁ ତ ବୁଝିପାରିବା ଖୁବ୍ ସ୍ୱାଭାବିକ ।" ସୁଗନ୍ଧା କିନ୍ତୁ ଅଜ୍ଞାତ ଥିଲେ ଯେ, ଅଙ୍କିତା ଏସବୁ କଥାକୁ ଖାଲି ବୁଝୁନି, ଏସବୁ କଥାର କିଛିଟା ନିଜସ୍ୱ ଅନୁଭୂତି ବି ସେ ସାଉଁଟି ସାରିଲାଣି ଏଇ ବିଗତ କିଛିଦିନ ଭିତରେ ।

ପୁରୀ ବୁଲିଯିବା କାର୍ଯ୍ୟକ୍ରମକୁ ଚୂଡ଼ାନ୍ତ କରି ଅର୍ଚ୍ଚନା ଚାଲିଗଲେ । ଏବେ ସୁଗନ୍ଧା ସେ କାଗଜ ତିନୋଟିକୁ ପଢ଼ି ବସିଲେ । ପ୍ରତ୍ୟେକଟି ପୃଷ୍ଠାକୁ ପଢ଼ି ବୁଝିଲା

ପରେ ଛକ ହେଇଥିବା ସ୍ଥାନମାନଙ୍କରେ ଦସ୍ତଖତ କରିଦେଇ ପୁଣି କାଗଜ ତିନୋଟିକୁ ଫାଇଲ ମଝିରେ ରଖ୍ଦେଇଥିଲେ। ଯା' ଭିତରେ ଟିଭିରେ ସିରିଆଲଟି ସରିଯିବାରୁ ଅଙ୍କିତା ଚାଲି ଆସିଥିଲା ତା' ଶୋଇବା ବଖରାକୁ। ଆଉ ତା' ପଛେ ପଛେ ସୁଗନ୍ଧା ମଧ ଚାଲିଆସିଥିଲେ। ଆସନ୍ତା କାଲିର ପୁରୀ ଗସ୍ତ ଓ ରହଣି ପାଇଁ ନିଜକୁ ମାନସିକ ସ୍ତରରେ ପ୍ରସ୍ତୁତ କରି ନେଇ ସୁଗନ୍ଧା ଖଟରେ ଅଙ୍କିତା କଡ଼କୁ ଅଚିରେ ନିଦ୍ରା ଯାଇଥିଲେ।

***

ଦ୍ୱାଦଶ ପରିଚ୍ଛେଦ

ପୁରୀ ରହଣିର ଆଜି ଶେଷ ସନ୍ଧ୍ୟା। ଅପରାହ୍ନ ସରିସରି ଆସୁଛି। ଆକାଶର ଈଷତ୍ ନୀଳରଙ୍ଗ ପାଉଁଶିଆ ହେବାକୁ ଆରମ୍ଭ କରିଦେଇଥାଏ। ଅର୍ଚ୍ଚନା ଆଉ ପ୍ରଶାନ୍ତ ସମୁଦ୍ରର ଧାରେ ଧାରେ ବେଲାଭୂମିରେ ଚାଲିଚାଲି ବେଶ୍ କିଛିବାଟ ଆଗେଇ ଯାଇଥାନ୍ତି। ଅଙ୍କିତା ସମୁଦ୍ର ବାଲିରେ କେତେଗୁଡ଼ିଏ ଛୋଟ ଛୋଟ ଗାତ କରି, ସେମାନଙ୍କ ଭିତରେ ଲହଡ଼ି ସହିତ ପାଣି କେମିତି ଭରିଯାଉଚି, ଆଉ ଲହଡ଼ି ଫେରିଗଲା ବେଳେ ପୁଣି ପାଣିର ମାତ୍ରା। କେମିତି କମିଯାଉଚି, ତାକୁ ଦେଖ‌ବାରେ ଲାଗିଥାଏ।

ସୁଗନ୍ଧା ବସିଥିଲେ ବେଲାଭୂମିରେ ସମୁଦ୍ର ଆଡ଼କୁ ଚାହିଁ। ଦୃଷ୍ଟି ତାଙ୍କର ପ୍ରସାରିତ ହେଇଯାଇଥିଲା ଦୃଶ୍ୟର ଶେଷଧାରକୁ, ଯେଉଁଠି ମିଶିଥିଲେ ଆକାଶ ଆଉ ସମୁଦ୍ର। ନିର୍ନିମେଷ ନୟ‌ନରେ ଚାହିଁ ବସି ଭାବି ହେଇଥିଲେ– ହେ ମୋର ଅନ୍ତରଙ୍ଗ ବନ୍ଧୁ ଆକାଶ, ତୁମେ ବଡ଼ ରସିକ। ସେଠି ମୋ ପଥରକଟା ଗାଁରେ ମୋ ଘରର ପିଣ୍ଡା ଉପରୁ ତୁମ‌କୁ ଚାହିଁଲେ ଲାଗେ ସତେଯେମିତି ଗନ୍ଧମାର୍ଦ୍ଦନ ପର୍ବତ ଶ୍ରେଣୀର ସବୁଜ ବନାନୀ ତୁମ ଛାତିରେ ମୁହଁ ଗୁଞ୍ଜି ତୁମକୁ ଆଲିଙ୍ଗନ କରୁଚି। ଆଉ ଏଠି ଏଇ ପୁରୀ ବେଲାଭୂମିରେ ସମୁଦ୍ର ବକ୍ଷର ଶେଷ ଧାରକୁ ଚାହିଁଦେଲାବେଳକୁ ଲାଗୁଚି ସତେ ଯେମିତି ଦିଗ୍‌ବଳୟର ସେ ଧାରରେ, ସମୁଦ୍ର ତୁମକୁ ଆଲିଙ୍ଗନ କରି ପ୍ରଗଳ୍‌ଭ ପ୍ରାୟ। ପ୍ରକୃତି ସବୁବେଳେ ତୁମ ସାନ୍ନିଧ୍ୟର ପିପାସୀ। ତୁମର ସଙ୍ଗ ତା'ର ଯେମିତି ସର୍ବଦା କାମ୍ୟ ଆଉ ତୁମ ଆଲିଙ୍ଗନରେ ଯେମିତି ତା'ର ତୃପ୍ତି।

ସେଇ ଆକାଶରେ ଭାସୁଥିବା ବାଦଲଟିଏ ଭିତରୁ ଏଥର ଉଙ୍କିମାରିଥିଲା ସୌରଭଙ୍କ ସ୍ମୃତି । ଅଙ୍କିତାକୁ ଯେତେବେଳେ ଦେଢ଼ବର୍ଷ, ଯେବେ ସେ ଚାଲିବା ଆରମ୍ଭ କରିଥିଲା ଜାଣ, ସେବେ ତିନିହେଁ ଆସିଥିଲେ ପୁରୀ । ଏମିତି ବେଲାଭୂମିର ବାଲୁକା ଉପରେ ଚକାପକାଇ ସମୁଦ୍ରକୁ ଚାହିଁ ବସିଥା'ନ୍ତି ସୁଗନ୍ଧା । ଅଙ୍କିତାକୁ କାଖକରି ସୌରଭ ଟିକେ ଆଗକୁ ଯାଇ ଲହଡ଼ି ଭାଙ୍ଗୁଥା'ନ୍ତି । କେତେବେଳେ ଅପେକ୍ଷାକୃତ ବଡ଼ ଆକାରର ଲହଡ଼ି ମାଡ଼ିଆସି ସୌରଭଙ୍କ ଦେହରେ ପିଟି ହେଇଗଲେ, ପାଣି ସବୁ ଛିଟିକି ପଡ଼ୁଥିଲା ଅଙ୍କିତାର ମୁହଁସାରା । ସେ ସୌରଭଙ୍କ ବେକ ଚାରିପଟେ ତା' ହାତ ଦୁଇଟିକୁ ବୁଲାଇ ଦେଇ ଖୁବ୍ ଜୋର୍‌ରେ ତାଙ୍କୁ ଜାବୁଡ଼ି ଧରୁଥାଏ । ଆଜି ବି ସମୁଦ୍ର ଅଛି, ତା' ବେଲାଭୂମିକୁ ରାଶିରାଶି ବାଲୁକା ଏବେ ବି ସ୍ତର ସ୍ତର ହେଇ ଘୋଡ଼ାଇ ରଖିଛନ୍ତି । ଆଜି ବି ଲହଡ଼ି ଭାଙ୍ଗୁଛି ତା' ପାଣି ଆଉ ତା'ରି ବେଲାଭୂମିର ବାଲୁକା ଶଯ୍ୟାରେ ଆଜି ବି ବସି ସମୁଦ୍ରକୁ ନିରେଖୁଛନ୍ତି ସୁଗନ୍ଧା । ଖାଲି ଯାହା ନାହାନ୍ତି ସୌରଭ, ତାଙ୍କର ଅତିପ୍ରିୟ ମଣିଷ । ଆଖି ଭରି ଆସିଥିଲା ଲୁହରେ । ପଣତରେ ପୋଛିଲେ ଲୁହ । ଏତିକିବେଳକୁ ଅଙ୍କିତାର ପାଟି ପଛରୁ ଶୁଭିଲା–

– "ମା' ଦେଖ । ଟିକେ ଆଗକୁ, ଗୋଟେ ସରବତ୍‌ବାଲା ଅଛି, ମୁଁ ତା' ପାଖକୁ ଯାଉଚି ।"

ହଁ କି ନା ଶୁଣିବା ଅବସ୍ଥାରେ ନ ଥିଲା ଅଙ୍କିତା । କିଛି ସମୟ ପରେ ଗୋଟେ ପ୍ଲାଷ୍ଟିକ ଗ୍ଲାସରେ କମଲା ରଙ୍ଗର ସରବତ ସହ ଫେରି ଆସି ସୁଗନ୍ଧାଙ୍କୁ କହିଥିଲା– "ମା' ଟ୍ବେଣ୍ଟି ରୁପିଜ୍ ।"

ଅଙ୍କିତା ପଛେ ପଛେ ଆସିଥିବା ସେ ସରବତବାଲାକୁ କୋଡ଼ିଏ ଟଙ୍କା ନିଜ ହାତଧରା ପର୍ସରୁ ବାହାର କରି ବଢ଼ାଇ ଦେଇଥିଲେ ସୁଗନ୍ଧା ।

ସରବତ୍‌ରୁ ଢୋକେ ପିଇନେଇ ଅଙ୍କିତା କହିଥିଲା- "ଏ ସରବତ୍‌ଟା ପ୍ରତ୍ୟୁଷର ହାତ ତିଆରି ଡ୍ରିଙ୍କ୍‌ସ ପରି ମୋଟେ ହେଇନି । ତା' ହାତ ତିଆରି ଡ୍ରିଙ୍କ୍‌ସଗୁଡ଼ିକର ସ୍ୱାଦ ସବୁବେଳେ ସ୍ୱତନ୍ତ୍ର ।"

ସୁଗନ୍ଧା ଚାହିଁଲେ ଅଙ୍କିତା ଆଡ଼କୁ- ଏଇ ଗତ ସାତଦିନ ଭିତରେ ବୋଧହୁଏ ସାତ ଶହ ଥର ସେ ଅଙ୍କିତା ମୁହଁରୁ ପ୍ରତ୍ୟୁଷର ନାଆଁ ଶୁଣିଲେଣି । ପ୍ରତ୍ୟୁଷ ଏମିତି ଖାଏ, ସେମିତି ବସେ, ଏମିତି ହସେ ଇତ୍ୟାଦି ଇତ୍ୟାଦି । ପ୍ରତ୍ୟୁଷର କଥାଗୁଡ଼ିକୁ ମନେ ପକାଇବାକୁ ଅଙ୍କିତା ଭଲ ପାଉଚି, ଆଉ ବାରମ୍ବାର ସେଥିପାଇଁ ତା' ଉଦାହରଣ ଦେଇ ଚାଲିଚି... ତାହେଲେ କ'ଣ... ଅଙ୍କିତା ମନରେ ପ୍ରତ୍ୟୁଷ ପାଇଁ... ନା.. ନା... ସେମିତ ହେଇ ନ ଥାଇପାରେ । ତା' ନିଃସଙ୍ଗ ଜୀବନରେ ଗୋଟିଏ ବୋଲି ତ ସମବୟସ୍କ ସାଙ୍ଗ ତା'ର, ଏବେ ଏ ପ୍ରତ୍ୟୁଷ । ସେଥିପାଇଁ ମନେପଡୁଥିବ ତା'ର । ଆଉ କିଛି ନ ହେଇପାରେ ।"

ସମୁଦ୍ର ଧାରେ ଧାରେ ବେଲାଭୂମିରେ ବେଶ୍ କିଛିବାଟ ଆଗକୁ ଚାଲିଯାଇଥିବା ଅର୍ଚ୍ଚନା ଓ ପ୍ରଶାନ୍ତ ଏବେ ଫେରି ଆସି ପହଞ୍ଚ୍ୟାଇଥିଲେ ସେମାନଙ୍କ ପାଖରେ । କିଛି ସମୟ ପୂର୍ବର ପାଉଁଶିଆ ଆକାଶଟା ସନ୍ଧ୍ୟାର ଆଗମନୀରେ କଳା ରଙ୍ଗ ଧରିବାକୁ ଆରମ୍ଭ କରିଦେଇଥାଏ । ତାକୁ ପଛକରି ଏବେ ଏ ଚାରିଜଣଯାକ ବେଲାଭୂମିରୁ ସେମାନଙ୍କ ରହଣି ସ୍ଥାନ ପାନ୍ଥନିବାସକୁ ମୁହାଁଇଥିଲେ ।

ସପ୍ତାହ କାଳର ଏ ପୁରୀ ରହଣିରେ ଶ୍ରୀମନ୍ଦିରରେ ଠାକୁର ଦର୍ଶନ, ଅବଢ଼ାଖିଆ, ସମୁଦ୍ର ବେଲାଭୂମିରେ ବୁଲା ଏସବୁ ଏଇ ଚାରି ପ୍ରାଣୀଙ୍କ ମନରେ ଭରିଦେଇଥିଲା ଆମୋଦ । ଗୋଟିଏ ସୁଖଦ ଅନୁଭୂତି ନେଇ ସେମାନେ ଫେରି ଆସିଥିଲେ ଭୁବନେଶ୍ୱର । ତା'ପରଦିନ ପ୍ରାୟ ସକାଲ ଦଶଟା ବେଲକୁ ଯିଏ ଯାହା ଘରେ ପହଞ୍ଚ ଯାଇଥିଲେ ।

ମାତୃଛାୟାରେ ପହଞ୍ଚ ସୁଗନ୍ଧା ଆଉ ଅଙ୍କିତା ଯିଏ ଯାହାର ଲାଗିପଡ଼ି ଥିଲେ ନିଜନିଜ କାମରେ। ଠିକ୍ ସମୟରେ ଦ୍ୱିପ୍ରହରର ରୋଷେଇ ସରିଗଲା। ଦୁହେଁ ଏକାଠି ଖାଇବସିଲେ। ବୈଠକଖାନା କାନ୍ଥରେ ଲାଗିଥିବା ସେ ପେଣ୍ଡୁଲମ୍ ଘଣ୍ଟା ଆଡ଼କୁ ଚାହିଁଲେ ସୁଗନ୍ଧା, ସମୟ ଦ୍ୱିପ୍ରହର ଦୁଇଟା। ଅଙ୍କିତା ତରତର ହେଲା, ଶୀଘ୍ର ଖାଇବାଟା ସାରିଦେଇ ତା' ହାତ ବ୍ୟାଗ୍ ଧରି ବାହାରିପଡ଼ିଲା ଫାଷ୍ଟଫୁଡ୍ ଦୋକାନକୁ। ସୁଗନ୍ଧା ମଧ୍ୟ ନିଜ ଖାଇବା ଖାଇନେଇ ରୋଷେଇଘର ସଫାସଫି କାମ ସାରିଲେ। ଅଧାପଢ଼ା ଉପନ୍ୟାସଟିଏ ଧରି ଚାଲିଆସିଥିଲେ ଶୋଇବା ଘରକୁ। ଖଟ ଉପରେ ପଡ଼ି ପଡ଼ି ପୂର୍ବରୁ ଛାଡ଼ିଥିବା ପୃଷ୍ଠାରୁ ଆରମ୍ଭ କରିଥିଲେ ଆଗକୁ ପଢ଼ା।

ଏପଟେ ଅଙ୍କିତା ଫାଷ୍ଟଫୁଡ୍ ଦୋକାନରେ ପହଞ୍ଚିଯାଇ ଓଭାନ୍ ପାଖରେ ପ୍ରତ୍ୟୁଷକୁ ନ ଦେଖି ଖୋଜିଥିଲା ତାକୁ। କିଛି ସମୟ ଏପଟ ସେପଟ ଖୋଜିଲା ପରେ ଦେଖିଥିଲା ତା' ବ୍ୟକ୍ତିଗତ କୋଠରିର କବାଟ ଅଧା ଆଉଜା ହେଇଥିବାର। ଅଧା ଆଉଜା କବାଟକୁ ହାତରେ ଖୋଲିଦେଇ ଭିତରକୁ ଚାହିଁବାରୁ ଦିଶିଗଲା ପ୍ରତ୍ୟୁଷ ମେଜ ପାଖରେ ଚୌକିରେ ବସି କ'ଣଗୁଡ଼େ କରୁଚି। ପଞ୍ଚପଟୁ ପାଦ ଚାପି ଚାପି ଯାଇ ବଡ଼ ପାଟିରେ 'ଭୋ' କରିଥିଲା ଅଙ୍କିତା। ପ୍ରତ୍ୟୁଷ ଚମକି ପଡ଼ି ପଛକୁ ବୁଲି ଦେଖେତ ଅଙ୍କିତା। ପ୍ରତ୍ୟୁଷର ଚମକି ପଡ଼ିବାରେ ହୋ ହୋ ହସି ଅଙ୍କିତା ଯାଇ ବସିପଡ଼ି ଥିଲା ସୋଫା ଉପରେ।

– "ଆଚ୍ଛା ଆଜି ଏତେ ଦିନ ପରେ ଦର୍ଶନ ମିଲିଲା। କୁଆଡ଼େ ଓଭାନ୍ ହେଇଯାଇଥିଲ, ତା' ପୁଣି କିଛି ନ ଜଣେଇ।" – ଆପତ୍ତି କରି ପଚାରିଥିଲା ପ୍ରତ୍ୟୁଷ।

– "ଆମେ ସବୁ ପୁରୀ ବୁଲିବାକୁ ଯାଇଥିଲୁ। ସେଦିନ ମୁଁ ଏଠୁ ଗଲାପରେ ରାତିରେ ଆମର ପୁରୀ ବୁଲିଯିବାର ପ୍ରୋଗ୍ରାମ ହେଲା; ଆମେ ସବୁ ତା'ପରଦିନ

ସକାଳୁ ସକାଳୁ ବାହାରିଯାଇଥିଲୁ । ତୁମକୁ କେମିତି ଜଣାଇଥା'ନ୍ତି ?"

– "ଏତେଗୁଡ଼େ ଦିନରେ ମୋ କଥା ତୁମର ମନେପଡ଼ୁ ନ ଥିଲା ?"

– "ହଁ, ଅଳ୍ପ ଅଳ୍ପ ।"

– "ମୋର କିନ୍ତୁ ତୁମେ ମନେପଡ଼ୁଥିଲ ବହୁତ ବେଶୀ... ମାନେ ବହୁତ ବେଶୀ । ଏତେ ବେଶୀ ଯେ ମୁଁ ତୁମକୁ ମନେପକାଇ ପକାଇ ଲେଖ୍ ଦେଇଚି ଗୋଟେ କବିତା ।"

– "ଆରେ ବାପରେ, ସତେ ନା କ'ଣ ? ଦେଖ୍ ଟିକେ ପଢ଼ିକି ଶୁଣାଅ ତ ।"

ପ୍ରତ୍ୟୁଷ ଆରମ୍ଭ କରିଥିଲା କବିତା ପଢ଼ା– "ମୋ କବିତାର ଶୀର୍ଷକ ହେଲା ତୁମେ...

ତୁମେ

"ପ୍ରେମଟା ଯେ ଏତେ ଗଭୀର
ବୁଝିଥିଲି ତୁମ ସାନ୍ନିଧ୍ୟରେ,
ଜୀବନଟା ଯେ ଏତେ ମତୁଆଲା
ଅନୁଭବୀ ଥିଲି ତୁମ ସ୍ପର୍ଶରେ ।
ଲାଲ ଗୋଲାପର
ନାଲି ରଙ୍ଗଟା ଯେ ଏତେ ଗାଢ଼
ଜାଣିପାରିଲି ତୁମ ସଙ୍ଗତିରେ ।
ଆଉ ପ୍ରତୀକ୍ଷାଟା ଯେ ଏତେ
କଠୋର ଆଜି ବୁଝୁଛି ତୁମ
ବିରହରେ (ଅଙ୍କିତା) ।"

- "ତା'ପରେ... ତା'ପରେ... ।"

- "ତା'ପରେ... ତା'ପରେ କ'ଣ ?"

- "ଆଉ ଆଗକୁ ଲେଖ୍ୱପାରିନି ।"

- "ତା'ହେଲେ ଏ କବିତାଟି ସରିବ କେମିତି କୋଉଠି ?"

- "ଏ କବିତାକୁ ମୁଁ ସାରିବାକୁ ଚାହେଁନା, ଯେମିତି ତୁମ ସହ ମୋର ଏ ସମ୍ପର୍କକୁ ବି ମୁଁ ସାରିବାକୁ ଚାହେଁନା । ତୁମକୁ ପାଇ ଜୀବନରେ ଯେତିକି ଯେତିକି ନୂଆ ଅନୁଭୂତି ଯୋଡ଼ି ହେଉଥ୍ୱବ ଏ କବିତାଟିରେ ବି ସେତିକି ସେତିକି ନୂଆ ପଂକ୍ତି ଯୋଡ଼ି ହେଉଥ୍ୱବ ।

କବିତାଟିକୁ ପଢ଼ିଲା ବେଳେ ପ୍ରତ୍ୟୁଷ ଯାଇ କୋଠରିର କବାଟକୁ ଭିତରୁ ବନ୍ଦ କରିଦେଇଥିଲା, ଆଉ କବିତା ପଢ଼ା ସରି ଆସିଲା ବେଳକୁ ସେ ଆସି ବସି ସାରିଥିଲା ସୋଫା ଉପରେ ଅଙ୍କିତା ପାଖରେ ।

ବିହ୍ୱଳତାରେ ଆଚ୍ଛନ୍ନ ଅଙ୍କିତା ଏବେ କହିଥିଲା- "ତୁମେ ସତରେ ମୋତେ ଏତେ ମନେପକାଉଥିଲ ?"

ଏବେ ପ୍ରତ୍ୟୁଷ ଘୁଞ୍ଚ ଆସିଥିଲା ଅଙ୍କିତାର ଅତି ନିକଟକୁ । ଅଙ୍କିତାର ମୁହଁ ଦୁଇ ପଟେ ତା'ର କୁଞ୍ଚୁକୁଞ୍ଚିଆ ବୁଟି ଭିତରେ ପ୍ରତ୍ୟୁଷର ଦୁଇ ହାତର ଆଙ୍ଗୁଠି ଧୀରେ ଧୀରେ ଘୂରି ବୁଲୁଥିଲେ । ଅଙ୍କିତା ଲାଜେଇଗଲା, ମୁହଁ ତଳକୁ ହେଇଗଲା ଆପେ ଆପେ । ଏବେ ପ୍ରତ୍ୟୁଷ ଶକ୍ତ ଭାବରେ ଅଙ୍କିତାର ଦେହଟିକୁ ପଛକୁ ପେଲି ଦେଇ ସୋଫାର ଗୋଟିଏ କଡ଼କୁ ଜାକି ଦେଇଥାଏ । ତା' ଶରୀରର ଅଧା ଏବେ ଅଙ୍କିତାର ଛାତି ଉପରେ । ସେ ଓଜନ ଅସହ୍ୟ ହେଲା ଅଙ୍କିତାର-

- "ଆଃ... ଆଃ... କା...ଟୁ...ଚି... ।"

ଏତକ ଶବ୍ଦକୁ ପୂରା ତା' ପାଟିରୁ ବାହାରିବାକୁ ଦେଇ ନ ଥିଲା ପ୍ରତ୍ୟୁଷ । ତା' ପାଟିକୁ ଗୋଟେ ହାତ ପାପୁଲିରେ ଚାପି ଧରିଲା ଖୁବ୍ ଦୃଢ଼ ଭାବେ ।

ଅଙ୍କିତା ଦୃଷ୍ଟି ମିଳେଇଲା ପ୍ରତ୍ୟୁଷର ଦୃଷ୍ଟି ସହ । ସେ ଦୃଷ୍ଟି ଥିଲା ହିଂସ୍ର । ତା' ଛୁଆଁରେ ଆଜି ନ ଥିଲା ସ୍ନେହର ପରଶ, ଥିଲା କ୍ଷୁଧାର ଆତୁରତା ।

ଅଙ୍କିତା ଛାଟିପିଟି ହେଲା, ନିଜର ସମସ୍ତ ଶକ୍ତି ଲଗାଇ ପ୍ରତ୍ୟୁଷକୁ ଧକ୍କାଟିଏ ମାରି ପାରିଥିଲା । ଆଉ ସେ ଅପ୍ରତ୍ୟାଶିତ ଧକ୍କାରେ ପ୍ରତ୍ୟୁଷ ସୋଫା ଉପରୁ ତଳକୁ ଗଡ଼ି ପଡ଼ି ଥିଲା ।

ଏବେ ନିଜକୁ ସେ ଅବାଞ୍ଛିତ ବନ୍ଧନରୁ ମୁକୁଳେଇ ନେଇ ଅଙ୍କିତା ଆସି ଠିଆ ହେଇଯାଇଥିଲା କବାଟ ପାଖରେ ।

– "ତୁମକୁ ମୁଁ ଭୁଲ ବୁଝିଥିଲି, ଏ ଭଲପାଇବା ନୁହେଁ, ଏ ହେଲା ଜବରଦସ୍ତି ନିଜକୁ କାହା ଉପରେ ଥୋପି ଦେବା ।" ଆଖିରୁ ଟୋପା ଟୋପା ଲୁହ ବୋହିଯାଉଥିଲେ ବର୍ଷାଧାରା ପରି ।

– "ନୋ ଅଙ୍କିତା ନୋ, ତୁମ ବୁଝିବାରେ ଭୁଲ ରହିଯାଉଚି ।" ପ୍ରତ୍ୟୁଷକୁ ଆଉ ଅଧିକ କହିବାକୁ ନ ଦେଇ ଅଙ୍କିତା କବାଟ ଖୋଲି ବାହାରି ଚାଲି ଆସିଥିଲା । ଅଙ୍କିତା ବାହାରି ଆସିଲା ବେଳକୁ ତା' ଆଖିରୁ ଲୁହ ଦୁଇଟୋପା ଖସିପଡ଼ି ଥିଲା ପ୍ରତ୍ୟୁଷର ହାତମୁଠା ଉପରେ । ସତେକି ଆଗ୍ନେୟଗିରିର ଲାଭା ପରି ଉତ୍ତପ୍ତ ସେ ଲୁହ ଦୁଇଟୋପା । ସେ ଉତ୍ତାପ ଅଚିରେ ତା' ସ୍ନାୟୁତନ୍ତ୍ରୀରେ ସଞ୍ଚରି ଯାଇ ତାକୁ ଜାଳିବାକୁ ଆରମ୍ଭ କରିଦେଇଥିଲେ । ଅଙ୍କିତା ଚାଲିଯିବା ପରେ ପରେ ପ୍ରତ୍ୟୁଷ ମଧ୍ୟ ସେ କୋଠରିରେ ଥିବା ତା'ର ଆବଶ୍ୟକ ଜିନିଷଗୁଡ଼ିକୁ ଏକାଠି ଗୋଟେ ବ୍ୟାଗ୍‌ରେ ଧରି ବାହାରି ଯାଇଥିଲା ଫାଷ୍ଟଫୁଡ୍‌ ଦୋକାନରୁ ।

ଆଉ ଏପଟେ ଏକପ୍ରକାର ଦୌଡ଼ି ଦୌଡ଼ି ଅଙ୍କିତା ଚାଲି ଆସିଥିଲା ମାତୃଛାୟାକୁ। ମୁଖ୍ୟ ଦରଜାର କଲିଂ ବେଲ୍‌କୁ ଅତିଷ୍ଠ ହେଇ ବାରମ୍ୱାର ବଜେଇ ଚାଲିଲା। ସୁଗନ୍ଧା ପ୍ରାଣ ବିକଳରେ ଶୋଇବା ଘରୁ ଉଠି ଆସି କବାଟଟିକୁ ଖୋଲି ଦିଅନ୍ତେ, ତାଙ୍କୁ କୁଣ୍ଢାଇ ପକାଇଲା ଅଙ୍କିତା। ତା' କାନ୍ଦର କୁଇଁ କୁଇଁ ଶବ୍ଦ ପେଣ୍ଡୁଲମ୍ ଘଣ୍ଟାଟିର ସେକେଣ୍ଡ କଣ୍ଟାର ଟିକ୍‌ଟିକ୍ ଶବ୍ଦକୁ ଟପିଯାଇ ବୈଠକଖାନାର ପ୍ରତିଟି କୋଣକୁ ଦୋହଲାଇ ଦେଉଥାଏ।

ଏକ ଅଜଣା ଆତଙ୍କରେ ଶିହରି ଉଠି ସୁଗନ୍ଧା ଅଙ୍କିତାର ପିଠିକୁ ଆଉଁଶି ପକାଉଥା'ନ୍ତି– "ଅଙ୍କିତା କ'ଣ ହେଲା କହ। ଏତେ କ'ଣ କାନ୍ଦ ! ତୁ ତ ସବୁବେଳେ କେତେ ଖୁସି ହେଇ ପ୍ରତ୍ୟୁଷ ପାଖକୁ ତୋ ମନ ପସନ୍ଦର କେକ୍ ଆଉ ବିସ୍କୁଟ୍ ତିଆରି ଶିଖିବାକୁ ଯାଉ, ଆଉ ପୁଣି କେତେ ଖୁସିରେ ଫେରୁ। ପ୍ରତ୍ୟୁଷ ତୋର ଜଣେ ଅତି ଭଲ ସାଙ୍ଗ, ସେ ଯଦି କିଛି କହିଦେଇଚି ତା' କଥାକୁ ଧରି ଏତେ କାନ୍ଦ...।"

– "ନାଇଁ ମା' ପ୍ରତ୍ୟୁଷଟା ଜମା ଭଲ ପିଲା ନୁହେଁ, ମୁଁ ବି ତୁମ ପରି ଭାବୁଥିଲି। ଜାଣ ମା' ସେ ଆଜି କ'ଣ କଲା...।"

– "କ'ଣ କଲା ?" – ଭୟରେ ଥରୁଥାଏ ସୁଗନ୍ଧାଙ୍କ ସ୍ୱର।

ସୁଗନ୍ଧାକୁ ଭିଡ଼ିନେଇ ସୋଫା ଉପରେ ବେସାଇଦେଇ ତାଙ୍କରି ପାଖେ ନିଜେ ବସିଯାଇ ଆରମ୍ଭ କରିଥିଲା ଅଙ୍କିତା। ଗୋଟେ ପରେ ଗୋଟେ ଘଟଣା ଆରମ୍ଭରୁ ଧାରାବାହିକ ଭାବେ କହିଯାଇ ସାରିଥିଲା, ସେଦିନର ଘଟଣା ପାଖରେ।

ସୁଗନ୍ଧା ଶୁଣିଥିଲେ ଅଙ୍କିତାର କଥା, ସତେକି ସେ ପଥର ପାଲଟିଯିବେ। ୟା' ଭିତରେ ଏତେ ଆଗକୁ ବଢ଼ିଯାଇଥିଲା ଏମାନଙ୍କ ସମ୍ପର୍କ। ମୁଁ ତା'ହେଲେ ଠିକ୍ ଅନୁମାନ କରୁଥିଲି। ମା' ହେଇ ମୋ ତରଫରୁ ଟିକେ ଅବାହେଲା କରିଦେଲି। ଅଙ୍କିତାର ଅତୀତ ତାଙ୍କୁ ଜଣା, ତା'ର ବର୍ତ୍ତମାନ ସେ ଦେଖୁଛନ୍ତି, ତା' ଭବିଷ୍ୟତ

ସମୟ ହିଁ କହିବ । ନିଶ୍ଚିତ ଭାବରେ ତା' ଜୀବନର ଧାରା ସାମାନ୍ୟ ମଣିଷର ଜୀବନଧାରାଠୁ ସମ୍ପୂର୍ଣ ଭିନ୍ନ । ସେ ସମ୍ପୂର୍ଣ ଭାବରେ ଦୁଇଟି ବିପରୀତଧର୍ମୀ ପରିସ୍ଥିତିକୁ ସମ୍ମୁଖୀନ ହେଉଚି । ସବୁ କଥା ଜାଣି ମଧ ତାଙ୍କ ତରଫରୁ ଟିକେ ଅବହେଳା ରହିଗଲା । ତାକୁ ଏକା ନ ଛାଡ଼ି ସବୁଦିନ ତାକୁ ଛାଡ଼ିବା ଆଉ ଆଣିବା କାମଟା କରିଥିଲେ ହୁଏତ ଦୁହେଁ ଏତେ ନିବିଡ଼ ହେବାକୁ ସୁଯୋଗ ପାଇ ନ ଥାନ୍ତେ । ଛାଡ଼... ଦୀର୍ଘଶ୍ୱାସ ତୋଲିଥିଲା ସୁଗନ୍ଧାଙ୍କ ଭାବନା ।

– "ଅଙ୍କିତା ଏଥିରେ ତୋର ବି ଭୁଲ ରହିଚି । ତୁ ଯାଉଥିଲୁ କିଛି ନୂଆ ଜିନିଷ ଶିଖିବାକୁ । ତୋ କାମ ସରିଲା ପରେ ତୁ ସିଧା ଘରକୁ ଫେରିଥା'ନ୍ତୁ । ତା'ଛଡ଼ା ଏସବୁ କଥା ତୁ ମୋତେ ଆରମ୍ଭରୁ କହିବା କଥା, ମୁଁ କ'ଣ ତୋର ଭଲ ସାଙ୍ଗ ନୁହେଁ !"

ସୁଗନ୍ଧାଙ୍କ କାନ୍ଧରୁ ମୁହଁ ତୋଲି କିଛି ସମୟ ଚାହିଁଥିଲା ଅଙ୍କିତା, ଆଉ ତା'ପରେ ତା' ଦୃଷ୍ଟି ଆପେ ଆପେ ତଳକୁ ନଇଁ ଆସିଥିଲା, ସତେକି ସେ ଅନୁତପ୍ତ ।

– "ତୁ ଠିକ୍ ସମୟରେ ଠିକ୍ କାମ କରି ବାହାରି ଆସିଲୁ, ଏଇଟା ସବୁଠୁ ବଡ଼କଥା । ଏବେ ଯା' ମୁହଁ ଧୋଇ ଦେ, ନିଜକୁ ସମ୍ଭାଲେ ।"– ବୋଧଦେଇ କହିଥିଲେ ସୁଗନ୍ଧା ।

ଅଙ୍କିତା ଉଠିଯାଇଥିଲା ଶୋଇବାଘରକୁ ।

ସୁଗନ୍ଧାଙ୍କ ଚିନ୍ତାଶକ୍ତି ଥାଏ ଶୂନ୍ୟ । ଅଙ୍କିତାକୁ ସିନା ବୁଝାଇଦେଲେ, ହେଲେ ଏ ପରିସ୍ଥିତିରେ ନିଜକୁ କେମିତି ବୁଝାଇବେ । ଏ ଅସହାୟ ସମୟରେ ମନକୁ ଆସିଥିଲେ ଅର୍ଚ୍ଚନା । ତାଙ୍କୁ ସଙ୍ଗେ ସଙ୍ଗେ ଫୋନ୍ ଲଗାଇଲେ–

– "ହଁ ସୁଗନ୍ଧା କୁହ ।"

– "ତୁମ ସହିତ ଗୋଟେ କଥା ଥିଲା, ଫୋନ୍‌ରେ କହିହେବନି, ଯଦି ଆସିପାରିବ...।"

– "କ'ଣ ଜରୁରୀ କଥା କି ?"

– "ହଁ ଅତି ଜରୁରୀ ବୋଲି ଜାଣ।"

– "ଠିକ୍ ଅଛି ଏଇ ତ ଘର ପାଇଁ ବାହାରୁଥିଲି, ଘରକୁ ନ ଯାଇ ତୁମ ପାଖକୁ ଆସୁଚି।"

– "ଧନ୍ୟବାଦ, ତୁମ ଅପେକ୍ଷାରେ ରହିଲି, ଜଲ୍‌ଦି ଆସ।"

ପାଖାପାଖି ପନ୍ଦର ମିନିଟ୍ ଭିତରେ ଅର୍ଜୁନା ଆସି ପହଞ୍ଚିଯାଇଥିଲେ। ମୁଖ୍ୟ ଦରଜାଟି ସେମିତି ଖୋଲା ଥିବାରୁ ସିଧା ବୈଠକଖାନା ଭିତରକୁ ଚାଲି ଆସିଥିଲେ। ସୋଫା ଉପରେ ବସିଥା'ନ୍ତି ସୁଗନ୍ଧା, ସତେକି ସବୁ ଉଜୁଡ଼ି ଯାଇଚି, ମୁହଁରେ ସେମିତି ଗୋଟେ ଭାବ ଫୁଟାଇ। ଦୁଇ ପାଦ ଆଗକୁ ଯାଇ ଦେଖିଲେ ଶୋଇବା ଘର ଖଟ ଉପରେ ତକିଆ ଦୁଇଟି ତଲେ ମୁହଁକୁ ଜାକି ପେଟେଇ ହେଇ ଅଙ୍କିତା ଶୋଇଚି, ଆଉ ଧକେଇ ଧକେଇ କାନ୍ଦୁଚି।

– "ଇଏ କ'ଣ ସୁଗନ୍ଧା, କ'ଣ ହେଇଚି... ଏମିତି ସବୁ ଗୁମ୍‌ସୁମ୍ ଆଉ ଗାମ୍ଭୀର୍ଯ୍ୟ ପରିବେଶ, କ'ଣ ହେଇଚି..?" ଅର୍ଜୁନାଙ୍କ କଥା ନ ସରୁଣୁ ତାଙ୍କୁ ଡାକିନେଇଥିଲେ ସୁଗନ୍ଧା ବଗିଚା ଆଡ଼କୁ। ସେଠି ଥିବା ଗୋଟିଏ ଛୋଟିଆ ସିମେଣ୍ଟର ବେଞ୍ଚ ଉପରେ ଦୁହେଁ ବସିଯାଇଥିଲେ, ଆଉ ତା'ପରେ କଥା ଆରମ୍ଭ କରିଥିଲେ ସୁଗନ୍ଧା–

– "ଏଇ କିଛି ଦିନ ହେଲାଣି ମାନେ ପାଖାପାଖି ମାସେ ହେବ, କାଞ୍ଚନ ଯିବାର କିଛି ଦିନ ପରେ ଅଙ୍କିତା ବହୁତ ଏକାକୀ ଅନୁଭବ କଲାଠୁ ମୁଁ ତାଙ୍କୁ ନେଇ

ଛାଡ଼ି ଆସିଥିଲି ଏଇ ଆମ ଫାଷ୍ଟଫୁଡ୍ ଦୋକାନରେ, ସେଠି ବେକିଂ କାମ କରୁଥିବା ପିଲାଟି ପାଖରେ । ତା' ପାଖରୁ କିଛି ନୂଆ କଥା ଶିଖିଯିବ ବୋଲି ।"

– "ପିଲାଟା ନାଆଁ ପ୍ରତ୍ୟୁଷ ତ । ଖୁବ୍ ବଢ଼ିଆ କେକ୍ ବିସ୍କୁଟ ଆଉ ଭଲିକି ଭଲି ସ୍ୱାସ୍ଥ୍ୟକର ପାନୀୟସବୁ ପ୍ରସ୍ତୁତ କରେ, ସେଇ ତ ?"

– "ହଁ ସେଇ ପିଲାଟି ।"

– "ଆମର ଏଇ ପୁରୀ ରହଣି ବେଳେ ହିଁ ତ ଅଙ୍କିତା ପାଖରୁ ଶୁଣିଚି ତା' ନାଆଁ, ଆଉ ତା'ରି କାମ ବିଷୟରେ । ଅଙ୍କିତା ତ ଖୁବ୍ ପ୍ରଶଂସା କରୁଥିଲା ତା'ର । କ'ଣ ହେଲା ପିଲାଟିର ।"

ସୁଗନ୍ଧା ଆରମ୍ଭ କରିଥିଲେ କଥା । ଯେତିକି ଯେତିକି କଥାର ଧାରା ଆଗକୁ ବଢ଼ୁଥାଏ, ସେତିକି ସେତିକି ରାଗ ଆଉ ବିରକ୍ତିର ଭାବ ଫୁଟି ଉଠୁଥିଲା ଅର୍ଚ୍ଚନାଙ୍କ ମନରେ । କଥାଟି ସମ୍ପୂର୍ଣ୍ଣ ସରିଗଲା ବେଳକୁ ଗର୍ଜି ଉଠିଥିଲେ ଅର୍ଚ୍ଚନା- "ହ୍ୱାଟ୍, ଭାରି ସାହସ ସେ ପିଲାର । ତୁମେ ଫୋନ୍ କର, ତା' ବିଷୟରେ ମିଃ ଗୁପ୍ତାଙ୍କୁ ପଚାର । ଉଇ ମସ୍ଟ ଟିର୍ ଏ ଲେସନ ଟୁ ହିମ୍ । ଆଉ ଫୋନ୍ ସ୍ୱିକର ମଧ ଚାଲୁରଖ, ମୁଁ ଶୁଣିବି, ମିଃ ଗୁପ୍ତାର କଥା ।"

ଏବେ ମିଃ ଗୁପ୍ତାଙ୍କ ଫୋନ୍ଟି ବାଜିଉଠିଲା, ତା' ପରଦାରେ ସୁଗନ୍ଧାଙ୍କ ନାଆଁଟି ସୂଚାଇ ।

– "ମ୍ୟାଡାମ୍ ନମସ୍କାର, କେମିତି ଅଛନ୍ତି ?"

– "ଭଲ, ପ୍ରତ୍ୟୁଷ ସହ କଥାହେବାକୁ ଚାହୁଁଥିଲି ।"

– "ଏଇ ତ ପାଞ୍ଚ ମିନିଟ୍ ପୂର୍ବରୁ ତା' ଫୋନ୍ ଆସିଥିଲା । ଲଣ୍ଡନର ଯେଉଁ ବିଶ୍ୱବିଦ୍ୟାଳୟରେ ସେ ଦରଖାସ୍ତ ଦେଇଥିଲା ତା' ଉଚ୍ଚଶିକ୍ଷା ପାଇଁ, ସେଇଠୁ ତାକୁ

ଅନୁମତିପତ୍ର ଆସିଯାଇଛି । ସେଥିପାଇଁ ଆଜି ସେ ତା'ର ଯାହା ଯାହା ଜରୁରୀ ଜିନିଷସବୁ ଏଠି ଦୋକାନରେ ରଖିଥିଲା, ସେସବୁକୁ ନେଇ ସବୁଦିନ ପାଇଁ କଲିକତା ଚାଲିଗଲା, ସେଠି କିଛିଦିନ ରହି ଲଣ୍ଡନ ଯିବଭାରି । ଏମିତିକି ଟ୍ରେନ୍ କି ଫ୍ଲାଇଟ୍‌ରେ ଯିବାକୁ ଅପେକ୍ଷା ନ କରି ସେ ଟ୍ୟାକ୍ସିଏ କରି କଲିକତା ପାଇଁ ବାହାରିଯିବ ବୋଲି କହୁଥିଲା ।

       – "ଆପଣ ଯଦି କଥା ହେବାକୁ ଚାହୁଁଛନ୍ତି, ତା' ଫୋନ୍ ନମ୍ବରଟା ଆପଣଙ୍କୁ ଦେବି କି ?"

       – "ନାଇଁ ସେମିତି କିଛି ଆବଶ୍ୟକ ନାହିଁ । ଖୁସି ହେଲି ପ୍ରତ୍ୟୁଷ ବିଷୟରେ ଜାଣି । ରହୁଚି ।"

       – "ପୂରା ପ୍ଲାନିଂରେ କାମ କରିଚି ସେ ପିଲାଟା । ତଥାପି ମୁଁ କହିବି ମିଃ. ଗୁପ୍ତାଙ୍କୁ ଏ ଘଟଣା ବିଷୟରେ ଆମର ଜଣାଇବା ଉଚିତ ।" – ଉତ୍କ୍ଷିପ୍ତ ପ୍ରାୟ କହିଥିଲେ ଅର୍ଚ୍ଚନା ।

       – "ମୋ ମନକୁ କିନ୍ତୁ ଆଉ ଗୋଟେ କଥା ଆସୁଚି । ପ୍ରକୃତରେ ମୋର ବି କିଛିଟା ତ୍ରୁଟି ରହିଚି, ଏ ଘଟଣା ପାଇଁ ମୁଁ ବି କିଛି ପରିମାଣରେ ଦାୟୀ । ଏଇ କିଛିଦିନ ହେଲାଣି ମୁଁ ପ୍ରାୟତଃ ଭୁଲିଯାଇଥିଲି ଅଙ୍କିତାର ପ୍ରକୃତ ସତ୍ୟ । ସେ ଯେ ସ୍ୱପ୍ରବଣ ପିଲାଟିଏ, ଆଉ ତା'ର ଆଜିର ଏ ରୂପ କେବଳ ସାମୟିକ । କିଏ ଜାଣେ ଆଗକୁ କ'ଣ ? ମୋତେ ତାକୁ ଏମିତି ଏକା ଏକା ଛାଡ଼ିଦେବାର ନ ଥିଲା । ଏକଥାକୁ ଆଉ ଆଗକୁ ବଢ଼ାଇ ହେବ ବା କ'ଣ ? ମିଃ. ଗୁପ୍ତାଙ୍କୁ କହିଲେ ହେବ ବା କ'ଣ ? ଘଟିଥିବା ଏ ଘଟଣାର ମୋଡ଼କୁ ତ ମୁଁ ଆଉ ବଦଳେଇ ପାରିବିନି ।"

       ସତେତ ଅଙ୍କିତାର ସତ୍ୟତାକୁ ଏଇ କିଛି ମାସ ଭିତରେ ସେମାନେ ପ୍ରାୟ ଭୁଲିବାକୁ ବସିଥିଲେ । ଦୁହେଁ ସୁଗନ୍ଧା ଓ ଅର୍ଚ୍ଚନା ଥିଲେ ନିରବ । ବେଶ୍ କିଛି ସମୟ

ବିନା ଶବ୍ଦ ବିନିମୟରେ କଟିଯାଇଥିଲା । ଅପରାହ୍ନ ମଧ୍ୟ ବିତିଯାଇ ସନ୍ଧ୍ୟା ଆରମ୍ଭ ପ୍ରାୟ । ଆକାଶଟା ଅନ୍ଧାରୁଆ ହେଇ ଆସୁଥାଏ । ଏଥର ଉଠିଥିଲେ ଅର୍ଜନା– "ଠିକ୍ କହୁଚ ସୁଗନ୍ଧା, ଆମମାନଙ୍କ ତରଫରୁ ମଧ୍ୟ କିଛିଟା ହେଲା ହେଇଗଲା । ଅଙ୍କିତାକୁ ଏସବୁ ବିଷୟରେ ବାରମ୍ବାର ପଚାରିବନି । ତା' ସହିତ ଯେତେ ପାରୁଚ ମଜା ଗପ, ହସଖୁସି ହେଇ ସମୟ କାଟ ।"

– "ହଁ, ସେଇଆ କରିବି ।"– ଦୀର୍ଘଶ୍ୱାସ ସହ ଏ କଥା ପଦକ କହିଥିଲେ ସୁଗନ୍ଧା ।

ମାତୃଛାୟାର ମୁଖ୍ୟ ଲୁହା ଫାଟକଯାଏ ଅର୍ଜନାଙ୍କୁ ବାଟେଇ ଆସିଥିଲେ ସୁଗନ୍ଧା । ଅର୍ଜନା ବାହାରି ଯାଆନ୍ତେ ସେ ବୁଲିପଡ଼ି ଘରମୁହାଁ ହେଲେ । ସନ୍ଧ୍ୟା ପ୍ରାୟ ହେଇଯାଇଥାଏ । ଆପେ ଆପେ ଦୃଷ୍ଟି ତାଙ୍କର ଉଠିଯାଇଥିଲା ଆକାଶ ଆଡ଼କୁ– ଆରେ, ଆରେ ଆକାଶରେ ତ ଏତେ ବଡ଼ ଜହ୍ନ... କି ଉଜ୍ଜ୍ୱଲ ଏ ଜହ୍ନ ! ଚାରିପଟ୍ୟାକ ତା'ର ରେଣୁ ରେଣୁ ନୀଳାଭ ଜ୍ୟୋସ୍ନା । ତା'ହେଲେ କ'ଣ ୟା'ଭିତରେ ପୂର୍ଣ୍ଣମୀ ଆସିଗଲାଣି । ଏଇଟା ଆଉ ସେ ଭାଦ୍ରମାସର ପୂର୍ଣ୍ଣମୀ ନୁହେଁ ତ । ପାଗଳପ୍ରାୟ ଦୌଡ଼ି ଚାଲି ଆସିଲେ ସୁଗନ୍ଧା ଠାକୁର ଘରକୁ । କାନ୍ଥରେ ଟଙ୍ଗାହେଇଥିବା ଓଡ଼ିଆ କ୍ୟାଲେଣ୍ଡରଟିକୁ ଦେଖିଥିଲେ– "ହଁ ଏବେ ଭାଦ୍ରମାସ ଚାଲିଚି, ଆଜି ତ୍ରୟୋଦଶୀ ।

ଛାତି ଭିତରଟା ଥରି ଉଠିଲା । ସତେ କ'ଣ ଆଉ ମାତ୍ର ଦୁଇଦିନ ପରେ ଯେଉଁ ଭାଦ୍ର ପୂର୍ଣ୍ଣମୀ ଆସିବ, ସେବେଠୁ ପୁଣି ଆରମ୍ଭ ହେବ, ଅଙ୍କିତାର ସ୍ୱପ୍ରବଣତାର ଲକ୍ଷଣ ଆଉ ଠିକ୍ ମାସେ ପରେ ମାନେ ଆଶ୍ୱିନ ମାସରେ ସେ ପୁଣି ତା'ର ପୂର୍ବ ରୂପ ଓ ସ୍ଥିତିକୁ ଆସିଯାଇଥିବ । ଶିଳା ଦର୍ପଣରେ ଦେଖିଥିବା ସେ ଦ୍ୱିତୀୟ ଦୃଶ୍ୟଟି କ'ଣ ସତରେ ତା' ରୂପନେବ, ସତ ହେବ ? କାନ୍ଥକୁ ଆଉଥରେ

ଆଖିବୁଜି ଠୁଙ୍କା ମାରି ବସିଯାଇଥିଲେ ଠାକୁର ଘରର ଚଟାଣ ଉପରେ । ବନ୍ଦ ଆଖିର ପରଲରେ ଦୃଶ୍ୟ ହେଇଥିଲେ ଶିଳା ଦର୍ପଣ ମନ୍ଦିରର ଅଧ୍ୟେଷ୍ଠାତ୍ରୀ ଦେବୀ ମା' ତାରାଙ୍କ ବିଗ୍ରହ । ସେଇ ଉଜ୍ଜ୍ୱଳ ଚକ୍ଷୁଯୁଗଳର ଶାଣିତ ସ୍ଥିର ଦିବ୍ୟଦୃଷ୍ଟି, ବରଦା ମୁଦ୍ରାର ଅଭୟ ପ୍ରଦାନକାରୀ ହସ୍ତ, ଅଖଣ୍ଡ ପ୍ରଦୀପ୍ତର ଜ୍ୱଳନ୍ତ ଦୀପଶିଖାର ଜ୍ୟୋତିରେ ସେ ସ୍ୱର୍ଗୀୟ ପରିବେଶ ଏଥର ତୋଳିଥିଲା ସୁଗନ୍ଧାଙ୍କ ମନରେ ଶତ ସାହସର ହୁଙ୍କାର— ଯଦି ସମୟର ସ୍ରୋତରେ ଆଜିପର୍ଯ୍ୟନ୍ତ ସମସ୍ତ ଘାତ ପ୍ରତିଘାତକୁ ସମ୍ମୁଖୀନ ହେଇ ଆଜି ସେ ଏଠି ପହଞ୍ଚିଛନ୍ତି, ତେବେ ଭବିଷ୍ୟତକୁ ନେଇ ଏତେ ଶଙ୍କିତ ଓ ଭୟଭୀତ ହେବାରେ କ'ଣ ଯଥାର୍ଥତା ଅଛି । ଯାହା ଏଯାଏ ଘଟିଚାଲିଛି ତାକୁ ଯେମିତି ସମ୍ଭାଳି ନେଇଛନ୍ତି, ଆଗକୁ ଯାହା ଘଟିବ ତାକୁ ବି ସେ ସମ୍ଭାଳି ନେବେ । ତ୍ରୟୋଦଶୀର ଜହ୍ନକୁ ଦେଖି ଡରି ନ ଯାଇ ନିଜକୁ ମାନସିକ ଓ ଶାରୀରିକ ସ୍ତରରେ ପ୍ରସ୍ତୁତ କରିନେବା ଉଚିତ ଆଗତ ଭବିଷ୍ୟତ ପାଇଁ ।

ଆଖି ଖୋଲିଲେ ସୁଗନ୍ଧା, ଉଠି ଠିଆ ହେଲେ । ଠାକୁର ଘରୁ ବାହାରି ଆସି ଶୋଇବା ଘର ଖଟ ଉପରେ ସେ ପର୍ଯ୍ୟନ୍ତ ମୁହଁକୁ ସେମିତି ତକିଆରେ ଗୁଞ୍ଜି ସକସକ ହେଉଥିବା ଅଙ୍କିତାର ପିଠି ଆଉଁଶି ତାକୁ ଗେହ୍ଲା କରିବାକୁ ଲାଗିଲେ ।

ଦୁଃଖ ଆଉ ସୁଖଭରା ସଂସାରୀର ଜୀବନ । କାହା ଭାଗ୍ୟକୁ କେତେ ଦୁଃଖ ଆଉ କେତେ ସୁଖ, ତା'ର ହିସାବ କେବଳ ସମୟ ପାଖରେ । କିଏ ମରିହଜି ଗଲେ କିମ୍ୱା କିଏ କିଛି ପାଇବାର ଖୁସିରେ ଆତ୍ମହରା ହେଲେ ଏସବୁ କଥାରେ ସମୟର କିଛି ଯାଏ ଆସେନା । ସେ ମାଡ଼ି ଚାଲିଥାଏ ଆଗକୁ... ଆଗକୁ... ଆହୁରି ଆଗକୁ ।

ବୈଠକଖାନାର କାନ୍ଥ ଘଣ୍ଟାର ସେ ନିଃଶବ୍ଦ ପେଣ୍ଡୁଲମ୍‌ରେ ସମୟ ଢୁଲି ଢୁଲି ଆଉ ଦୁଇ ଦିନ ଆଗକୁ ବଢ଼ି ଯାଇ ପହଞ୍ଚିଯାଇଥାଏ ଭାଦ୍ର ପୂର୍ଣ୍ଣିମାର ରାତିରେ ।

ଆକାଶକୁ ଚାହିଁଲେ ସୁଗନ୍ଧା । ସମ୍ପୂର୍ଣ୍ଣ ଗୋଲାକାର ନିଖୁଣ ଜହ୍ନ ।

ଏତେଗୁଡ଼ିଏ ଆଲୋକକୁ ନିଜ ବକ୍ଷରେ ଚାପିଧରି ଦେହ ତାଙ୍କର ଦିଶୁଚି ଫୁଲା ଫୁଲା। ସେଇ ଉଜ୍ଜ୍ୱଳ ଜ୍ୟୋସ୍ନା ରେଣୁମାନଙ୍କ ପ୍ରାବଲ୍ୟତାରେ ଜନ୍ମ ଚାରିପଟେ ହଳଦିଆ ଓ ଈଷତ୍ ନୀଳରଙ୍ଗମିଶା ଏକ ସୂକ୍ଷ୍ମ ବଳୟ। ପୁଣି ପହଞ୍ଚିଗଲା ଭାଦ୍ରମାସର ପୂର୍ଣ୍ଣିମା। ପୃଥିବୀ ତା'ହେଲେ ଯ୍ୟା'ଭିତରେ ତା' କକ୍ଷପଥରେ ସୂର୍ଯ୍ୟଙ୍କୁ ଥରଟେ ସମ୍ପୂର୍ଣ୍ଣ ପରିକ୍ରମା କରି ସାରିଲାଣି। ଆଜିକୁ ଠିକ୍ ବର୍ଷେ ପୂର୍ବରୁ ଭାଦ୍ର ପୂର୍ଣ୍ଣିମାର ଜନ୍ମରୁ ଝରି ଆସିଥିଲା ତା' ଜ୍ୟୋସ୍ନା ସହ ଆଶିଷର ଧାରା। ଯାହାଫଳରେ ସେ ବର୍ଷକ ପାଇଁ ହେଉ ପଛେ ଉପଭୋଗ କରି ପାରିଥିଲେ ଜଣେ ଶାରୀରିକ ଓ ମାନସିକ ସ୍ତରରେ ସୁସ୍ଥ ସନ୍ତାନର ମା' ହେବାର ଅନୁଭୂତିକୁ। ତାଙ୍କ ମନର ଜିଜ୍ଞାସା ଯେ, ଅଙ୍କିତା ତା' ବୟସକୁ ଚାହିଁ ଶାରୀରିକ ଓ ମାନସିକ ସ୍ତରରେ ସୁସ୍ଥ ହେଇଥିଲେ କେମିତି ଦିଶିଥା'ନ୍ତା, କେମିତି କଥା କହିଥା'ନ୍ତା, କେମିତି କାମ କରିଥାନ୍ତା, ସେ ଓରମାନ ମେଣ୍ଟାଇ ଦେଇଚି ଶିଳା ଦର୍ପଣ ମନ୍ଦିରର ଅଧିଷ୍ଠାତ୍ରୀ ଦେବୀ ମା' ତାରାଙ୍କ କୃପା। ଏଣିକି ପୁଣିଥରେ ଯଦି ବିପରୀତ ପ୍ରକ୍ରିୟା ଏ ପୂର୍ଣ୍ଣିମାରୁ ଆରମ୍ଭ ହେଇ ଆସନ୍ତା ମାସ ଆଶ୍ୱିନ ପୂର୍ଣ୍ଣିମାକୁ ଅଙ୍କିତାର ସ୍ୱପ୍ରବଣତା ଗୁଣ ସମ୍ପୂର୍ଣ୍ଣ ଫେରି ଆସେ, ତେବେ କ୍ଷୋଭ ନାହିଁ କି ନିୟତିର ନିର୍ଣ୍ଣୟ ବିରୋଧରେ ବିଦ୍ରୋହ ନାହିଁ।

ଠିକ୍ ସେଇଆ ହେଇଥିଲା। ଭାଦ୍ର ପୂର୍ଣ୍ଣିମା ବିତିଯିବାର ସପ୍ତାହକ ପରେ ହିଁ ସ୍ୱପ୍ରବଣତାର କିଛି କିଛି ଲକ୍ଷଣ ଦିଶିବାକୁ ଲାଗିଥିଲା ଅଙ୍କିତାଠି। ତା' ମୁହଁର ୩ଠ ଧାରେ ଧୀରେ ବାଙ୍କିବାକୁ ଆରମ୍ଭ କରିଥିଲା। ତା' କଥାଗୁଡ଼ିକ ଅତି ସ୍ୱସ୍ତରୁ ପୁଣି ଆଗପରି କିଛି କିଛି ଅସ୍ପଷ୍ଟ ହେବାକୁ ଆରମ୍ଭ କରିଥିଲା। ଦେଖୁଦେଖୁ ମାସେ ଭିତରେ ଅଙ୍କିତା ପୁଣି ବଦଳି ଯାଇଥିଲା ସ୍ୱପ୍ରବଣ ଝିଅଟିଏରେ। ଆଉ ଏ ପରିବର୍ତ୍ତନ ଠିକ୍ ଆଗପରି ଖୁବ୍ ଧୀର ଓ ସୁସଙ୍ଗଠିତ ଥିଲା।

ଏ ମାସଟିୟାକ ପ୍ରତ୍ୟେକ ଦିନ ସନ୍ଧ୍ୟାରେ ଅର୍ଚ୍ଚନା ଆସୁଥିଲେ ମାତୃଛାୟାକୁ। ଡାକ୍ତର ହିସାବରେ ସେ ଦେଖିବାକୁ ଚାହୁଁଥିଲେ ଏ ଶାରୀରିକ ଓ

ମାନସିକ ପରିବର୍ତ୍ତନର ଧାରାକୁ ଆଉ ଜଣେ ସତ୍ ବନ୍ଧୁ ହିସାବରେ ସୁଗନ୍ଧାଙ୍କୁ ଦେବାକୁ ନୈତିକ ସାହସ ଓ ଧୈର୍ଯ୍ୟ। ସେଦିନ କିନ୍ତୁ ସେ ଆଶ୍ଚର୍ଯ୍ୟ ହେଇଥିଲେ, ଯେବେ ଅଙ୍କିତାର ପ୍ରାୟ ଅଧିକାଂଶ ପରିବର୍ତ୍ତନ ଘଟିଯାଇଥାଏ, ଆଉ ତା'ର ଏ ସ୍ୱପ୍ରବଣ ରୂପକୁ ଦେଖି ସମ୍ଭାଳି ନ ପାରି ସେ ନିଜେ କାନ୍ଦି ପକାଇଥିଲେ। ରୋଷେଇ ଘରର ଗୋଟେ କୋଣକୁ ସୁଗନ୍ଧାଙ୍କୁ ଭିଡ଼ି ନେଇ କହିଥିଲେ- "ସୁଗନ୍ଧା ଆଉ ସମ୍ଭାଳି ପାରିଲିନି। ପିଲାଟା ପୁଣି ତା' ପୂର୍ବ ଅବସ୍ଥାକୁ ଫେରି ଆସିଲାଣି। ଅଙ୍କିତାକୁ ଦେଖି ତୁମକୁ କାନ୍ଦ ମାଡୁନି ?"

      - "ଅର୍ଜନା, ଅଙ୍କିତାର ଶାରୀରିକ ପରିବର୍ତ୍ତନ ସହ ତା'ର ମାନସିକ ପରିବର୍ତ୍ତନ ବି ଘଟୁଚି। ବାହାରର ପରିବର୍ତ୍ତନକୁ ତ ଆମେ ଦେଖି ପାରୁଛେ, କିନ୍ତୁ ତା' ମାନସିକ ସ୍ତରର ପରିବର୍ତ୍ତନକୁ ତ ଆମେ ଦେଖି ପାରୁନେ। ତେଣୁ ଏ ସମୟରେ ମୁଁ ଯଦି କନ୍ଦାକଟା କରିବି, ନିରାଶ ହେବି, ହୁଏତ ତା'ର ଏ ଛାପ ତା' ମନରେ ରହିଯାଇପାରେ।

      ସୌରଭ ସବୁବେଳେ କୁହନ୍ତି, ସତଟାକୁ ଗ୍ରହଣ କରି ନେଲେ ଜୀବନ ବଞ୍ଚିବା ସହଜ ହୋଇଯାଏ। ଆଉ ଏକଥା ସତ ଯେ ଅଙ୍କିତା ପ୍ରକୃତରେ ସ୍ୱପ୍ରବଣ ହିଁଅଟିଏ। ତା'ର ସାମୟିକ ସୁସ୍ଥତା ଈଶ୍ୱରିକ କୃପା ଓ ଚମତ୍କାରିତା ଥିଲା ମାତ୍ର। ଅଙ୍କିତାର ଏଇ ଗତ ବର୍ଷର ସୁସ୍ଥତା ମୋ ପାଇଁ ସୁଖଦ ଅନୁଭୂତି ହେଇ ରହିବ ମୋ ଶେଷ ନିଃଶ୍ୱାସ ପର୍ଯ୍ୟନ୍ତ।

      ଏଥର ଆଖି ଲୁହ ପୋଛିଥିଲେ ଅର୍ଜନା, ସୁଗନ୍ଧାଙ୍କୁ କୁଣ୍ଢେଇ ପକାଇ କହିଥିଲେ- "ତୁମ ପାଇଁ ମୁଁ ଆଜି ମୁଁ ଖୁବ୍ ଗର୍ବ ଅନୁଭବ କରୁଚି। ତୁମେ ମାତୃଶକ୍ତିର ଜୀବନ୍ତ ଉଦାହରଣ ସୁଗନ୍ଧା।"

      ସୁଗନ୍ଧା ହସିଥିଲେ ଫିକା ହସଟିଏ। ଆଉ ତା' ସହିତ ପଚାରିଥିଲେ

ଅର୍ଜୁନାଙ୍କୁ ପ୍ରଶ୍ନଟିଏ- "ଆଚ୍ଛା, ଅଙ୍କିତାର କ'ଣ ମନେରହିବ, ତା'ର ଏଇ ବର୍ଷଟିଏର ସୁସ୍ଥ ଜୀବନରେ ଘଟିଥିବା ଘଟଣାସବୁ। ତା' ସ୍ୱପ୍ରବଣ ମସ୍ତିଷ୍କରେ ଏସବୁର ସ୍ମୃତି କ'ଣ ରହିଯିବ ?"

– "ଏକଥା ତ ସଠିକ୍ ଭାବରେ କହି ହେବନି। କାହିଁକି ନା, ଅଙ୍କିତା ପରି ଘଟଣା ଆଜିଯାଏ ଏ ପୃଥିବୀରେ ଘଟିନାହିଁ। ତଥାପି ଡାକ୍ତରୀ ବିଦ୍ୟା ଯାହା କହୁଚି, ସେଥିରୁ ମୁଁ ତୁମକୁ କିଛି ବୁଝାଇବାକୁ ଚେଷ୍ଟା କରୁଚି।

ଗୋଟିଏ ସୁସ୍ଥ ମଣିଷର ମସ୍ତିଷ୍କ ଓ ଗୋଟିଏ ସ୍ୱପ୍ରବଣ ମସ୍ତିଷ୍କର ସବୁଠୁ ବଡ଼ ଫରକ ହେଲା- ସୁସ୍ଥ ମଣିଷର ମସ୍ତିଷ୍କରେ ମେମୋରିମାନଙ୍କର ପ୍ଲନିଙ୍ ମାନେ ଅଦରକାରୀ ଘଟଣା ବା ସ୍ମୃତି ସବୁକୁ ଭୁଲିଯିବାର କ୍ଷମତା ଅଧିକ ଥାଏ ସ୍ୱପ୍ରବଣ ମଣିଷର ମସ୍ତିଷ୍କଠୁ। ଗଛଲତାମାନଙ୍କରେ ଅଯଥାଚାରେ ବଡ଼ ହେଇ ବଢ଼ିଯାଇଥିବା ଡାଳ ପତ୍ରଗୁଡ଼ିକୁ କାଟି ବାହାର କରି ଦେବା ପ୍ରକ୍ରିୟାକୁ ଇଂରାଜୀରେ ପ୍ଲନିଙ୍ କୁହାଯାଏ। ଆମକୁ ଯଦି ଦିଆସିଲି କାଠିରୁ ଟେଙ୍କା ବା ମହମବତିରୁ ଟେଙ୍କାଟିଏ ଲାଗେ, ଆମର ସେ କଷ୍ଟଟାକୁ ଆମ ମସ୍ତିଷ୍କ ସହଜରେ ଭୁଲିଯାଏ। ତେଣୁ ଟେଙ୍କା ପାଇଲା ପରେ ବି ଆମେ ଜ୍ୱଳନ୍ତ ମହମବତି ବା ଦିଆସିଲି କାଠିକୁ ଦେଖି ଭୟ ପାଉନା। କିନ୍ତୁ ସ୍ୱପ୍ରବଣ ମସ୍ତିଷ୍କ ଏଇ ଛୋଟ କଥାକୁ ବି ଭୁଲି ପାରେନି, କାହିଁକି ନା ତା'ର ମେମୋରି ପ୍ଲନିଙ୍ କ୍ଷମତା ତୁଲନାତ୍ମକ ଭାବେ କମ୍। ସେଥିପାଇଁ ସେ ଥରେ ଟେଙ୍କା ଖାଇଲେ ତା'ପରେ ଯେବେବି ଜ୍ୱଳନ୍ତ ଦିଆସିଲି ବା ମହମବତିକୁ ଦେଖିବ ଭୟ ପାଇ ପ୍ରତିକ୍ରିୟା ଦେଖାଇବ। ତେଣୁ ଛୋଟ ଛୋଟ କଥାକୁ ସ୍ୱପ୍ରବଣ ପିଲାମାନେ ଡରିଯା'ନ୍ତି। ଏପଟେ ସୁସ୍ଥ ମଣିଷର ମସ୍ତିଷ୍କ ଦିଆସିଲି ହଉ କି ମହମବତିର ଟେଙ୍କାର କଷ୍ଟକୁ ସନା ଭୁଲିଯାଏ, କିନ୍ତୁ ଗୋଟେ ବଡ଼ ଧରଣର ଜଳାପୋଡ଼ା ଘଟଣା ତା' ସହ ଘଟିଥିଲେ ତାକୁ ଭୁଲିପାରେନା ଆଉ କେଉଁଠି ହୁତୁହୁତୁ ଜଳୁଥିବା ନିଆଁକୁ ଦେଖିଲେ ଭୟପାଏ।

ତେଣୁ ଅଙ୍କିତାର ହୁଏତ ତା' ସୁସ୍ଥ ବେଳର କିଛି ତିକ୍ତ ଘଟଣା ତା' ସ୍ୱପ୍ରବଣ ମସ୍ତିଷ୍କରେ ସବୁଦିନ ପାଇଁ ରହିଯାଇପାରେ।"

ଅର୍ଜିନାଙ୍କ କଥାରେ ସ୍ତାଣୁ ପ୍ରାୟ ରହିଯାଇଥିଲେ ସୁଗନ୍ଧା। କିଛି ସମୟ ଭାବିହେଇ କହିଥିଲେ- "ଏବେ ମୋ ମନକୁ କଥାଟେ ଆସୁଚି, ବର୍ଷକ ତଳେ ଶିଳା ଦର୍ପଣରେ ସେ ଚମକ୍ରାର ଘଟଣାଟି ଦେଖିବା ପୂର୍ବରୁ ମୋ ମନରେ ଅଙ୍କିତାକୁ ନେଇ ଦୁଇଟି କଥା ଘୁରି ବୁଲୁଥିଲା- ଗୋଟିଏ ଥିଲା ମୋ ପରେ ଅଙ୍କିତାର ଭବିଷ୍ୟତ କ'ଣ ହେବ ? କିଏ ତା'ର ଦାୟିତ୍ୱ ନେବ। ତା'ର ସମାଧାନ ପାଇଲି ତୁମଠୁ, ସୌରଭ ତୁମକୁ କହିଯାଇଥିବା ତାଙ୍କର ଯୋଜନାରେ।

ବଲାଙ୍ଗୀର ଡାକ୍ତରଖାନାରେ ଦେଖିଥିବା ସେଇ ଅଭାବନୀୟ ଘଟଣାଟି ମୋ ଚିନ୍ତା ଓ ଭାବନାରେ ଯେଉଁ ପ୍ରତିକ୍ରିୟା ସୃଷ୍ଟି କରିଥିଲା, ସେଥିରୁ ସବୁବେଳେ ମୁଁ ଭାବି ହେଉଥିଲି ଯେ ଅଙ୍କିତା ଜୀବନକାଳରେ ଯଦି ଏମିତି କେହି ଦୁଷ୍ଟ ବ୍ୟକ୍ତି ଆସେ, ତେବେ ସେ ଜଣକର ମନ୍ଦ ଉଦ୍ଦେଶ୍ୟ ପ୍ରଣୋଦିତ ଛୁଆଁକୁ ଅଙ୍କିତା ବୁଝିବ କିପରି ? କିପରି ସେ ଫରକ କରିପାରିବ ଗୋଟିଏ ଭଲ, ସ୍ନେହାସିକ୍ତ ଛୁଆଁ ଆଉ ଗୋଟିଏ ଲାଳସାସିକ୍ତ ଛୁଆଁକୁ। ଯ଼ା'ର ଉତ୍ତର ମୁଁ ପାଇଲି ଅଙ୍କିତାର ସୁସ୍ଥ ଜୀବନର ଶେଷ ଦିନଗୁଡ଼ିକରେ ପ୍ରତ୍ୟୁଷ ସହିତ ଘଟିଥିବା ସେ ଅଗ୍ରହଣୀୟ ଘଟଣାରେ। ଆଉ ଏବେ ତୁମେ ଯେମିତି ମୋତେ ବୁଝାଇଦେଲ ସେଥିରୁ ସ୍ପଷ୍ଟ ଯେ, ଏ ଘଟଣାର ଆଘାତ ତା' ସ୍ୱପ୍ରବଣ ମସ୍ତିଷ୍କରେ ଅଲିଭା ଦାଗ ପରି ରହିଯିବାର ସମ୍ଭାବନା ଅଧିକ। ଯାହାଦ୍ୱାରା ଯଦି ଭବିଷ୍ୟତରେ ଏମିତି କିଛି ଘଟୁଛି, ଅନ୍ତତଃ ସେ ତା'ର ପ୍ରତିବାଦରେ ଚିକ୍କାର ବା ରଡ଼ି ଛାଡ଼ି ତା' ପ୍ରତିକ୍ରିୟା ଦେଖାଇ ପାରିବ।"

ରୋଷେଇ ଘରର କୋଣଟିରେ ଦୁହେଁ ଏମିତି କଥା ହେଉଥିବା ବେଳେ ସୁଗନ୍ଧାଙ୍କ ମୋବାଇଲ ଫୋନ୍‌ଟି ବାଜିଉଠିଥିଲା ବୈଠକଖାନାର ମେଜ ଉପରେ।

ସେମାନେ ଏବେ ରୋଷେଇ ଘରୁ ବାହାରି ଆସି ବସିଯାଇଥିଲେ ବୈଠକଖାନାର ସୋଫା ଉପରେ ।

କାଞ୍ଚନ ଫୋନ କରିଚି, ପଥରକଟା ଗାଁରୁ ।

– "ହଁ, ହ୍ୟାଲୋ, କହ କାଞ୍ଚନ କେମିତି ଅଛୁ ?"

– "ମା' ଜୁହାର । ମୁଁ ଭଲ ଅଛି । ସିଏ ବି ଭଲ ଅଛି । ତୁମେ, ଅଙ୍କୁଦେଇ ଆଉ ଡାକ୍ତର ମାଉସୀ ।"

– "ସବୁ ଠିକ୍ଠାକ୍ ଅଛୁରେ, ଗାଁ ଖବର କହ ।"

– "ଏଇ ଦୁଇଦିନ ପୂର୍ବରୁ କୁମାରପୂର୍ଣ୍ଣିମା ଗଲା ମା' । ମୁଁ ଯାଇଥିଲି ମନ୍ଦିର, ଡାଲାରେ ଫଳ ନେଇ । ଶୁକପକ୍ଷୀମାନେ ମୋ ଡାଲାରୁ ସବୁ କୋଳି ଆଉ ଫଳ ଖାଇ ଶେଷ କରିଦେଲେ । ତୁମେ କେବେ ଆସୁଚ ? ଗାଁ ଭିତର ସେବତୀ ଦେଇ, ଲକ୍ଷ୍ମିଆ ଭାଉଜ ସବୁ ତୁମ କଥା ପଚାରୁଥିଲେ । ମୋତେ ବି ଏତେ ବଡ଼ ଘରେ ଏକା ଏକା ଲାଗୁଚି, ଖାଲି ଖାଇ ଗୋଡ଼ଉଚି ଘରଟା । ତୁମେ ବେଗେ ଆସ ଅଙ୍କୁ ଦେଇଙ୍କୁ ନେଇ ।"

– "ହଁରେ କାଞ୍ଚନ, ମୋର ବି ତୁମେ ଦୁଇଟା ଭାରି ମନେପଡୁଚ । ଆଜିଠୁ ପାଞ୍ଚଦିନ ପରେ ଯେଉଁ ଶୁକ୍ରବାର ଆସିବ, ସେଦିନ ବସ୍ରେ ବସି ଆସିବି ବଲାଙ୍ଗୀରକୁ । ଏଠୁ ବାହାରିବା ପୂର୍ବଦିନ ତୋତେ ଫୋନ୍ କରିଦେବି ।"

– "ଜଲ୍‌ଦି ଆସ ମା', ମୋର ବହୁତ ଗୁଢ଼େ କଥା କହିବାକୁ ବାକିଅଛି । କେତେ କଥା ପେଟ ଭିତରେ ସବୁ ଗୁଡୁଗୁଡୁ ହେଉଚନ୍ତି ।"

ହସିଥିଲେ ସୁଗନ୍ଧା– "ତୁ ଗଲାଦିନଠୁ ଆମକୁ ବି ଏଠି ଭଲ ଲାଗୁନି । ତୋ ଗପଗୁଡ଼ା ବି ମୋର ଭାରି ମନେପଡୁଛି ।" – ସେପଟୁ ହସିଥିଲା କାଞ୍ଚନ ।

– "ହଉ ଏଥର ଫୋନ୍ ରଖ କାଞ୍ଚନ। ମୁଁ ଏଠୁ ବାହାରିବାର ପୂର୍ବ ଦିନ ତୋତେ ଜଣେଇକି ବାହାରିବି।" – କହିଥିଲେ ସୁଗନ୍ଧା।

– "ହଉ ମା' ଜୁହାର" ଧଡ଼କରି ଶୁଭିଥିଲା କାଞ୍ଚନର ଫୋନ୍ ରଖିବାର ଶବ୍ଦ।

– "ସୁଗନ୍ଧା ତୁମେ କ'ଣ ସତରେ ଏଇ ଶୁକ୍ରବାର ଦିନ ପୁଣି ପଥରକଟା ଗାଆଁକୁ ଫେରିଯିବ ବୋଲି ମନସ୍ଥ କରିଚ।" ସେମାନଙ୍କ ଫୋନ୍ର କଥା ଶୁଣି ପଚାରିଥିଲେ ଅର୍ଚ୍ଚନା।

– "ସେଠି ବି ଘରଟେ ଅଛି। ତା' ପାଇଁ ବି ଭାବିବାକୁ ପଡ଼ିବ। କାଞ୍ଚନ ଆଉ ପହଲା ସେ ଦି'ଟା ବି ତ ମୋ ପରିବାରର ଅଙ୍ଗ। ତେଣୁ ଠିକ୍ କରିଚି ଏବେ ପଥରକଟା ଗାଆଁକୁ ଯିବିଭାରି।

ତୁମେ ସୌରଭଙ୍କ ଯୋଜନାକୁ କାର୍ଯ୍ୟକାରୀ କରିବାକୁ ଯାଇ କାଗଜପତ୍ର କାମ ଆରମ୍ଭ କରିଦେଲଣି। ସେସବୁ ସମ୍ପୂର୍ଣ୍ଣ ଭାବେ ସରିବାକୁ ତ ଆହୁରି ପାଞ୍ଚ ଛଅ ମାସ ଲାଗିପାରେ। ତା'ପରେ ଉପର ଘର ତିଆରି କାମ ଆରମ୍ଭ ହେଇପାରିବ। ସେତେବେଳକୁ ମୁଁ ଆସିଯିବି।

– "ତୁମ ଇଚ୍ଛା, କିନ୍ତୁ ବସ୍‌ରେ ନ ଯାଇ ଦିଲ୍ଲୀପ ସହିତ କାର୍‌ରେ ଯାଅ। ଶୁକ୍ରବାର ସକାଳୁ ଟିକେ ଜଲ୍‌ଦି ବାହାରିଯିବ ଯେ, ସନ୍ଧ୍ୟାବେଳକୁ ତୁମେ ସବୁ ପଥରକଟାରେ ପହଞ୍ଚିଯିବ। ରାତିଟା ତୁମ ପାଖେ ରହିକି ପୁଣି ତା'ପର ଦିନ ସକାଳୁ ଭୁବନେଶ୍ୱର ପାଇଁ ବାହାରି ଆସିବ ଦିଲ୍ଲୀପ, ନା କ'ଣ କହୁଚ ?"

– "ହଉ ତେବେ ସେଇଆ କରିବା।"

– "ସୁଗନ୍ଧା ମୋ ମନକୁ କଥାଟେ ଆସୁଚି, ଅଙ୍କିତାକୁ ପୁଣି ଏ ରୂପରେ

ଦେଖିଲେ କାଞ୍ଚନ ଆଉ ପହ୍ଲାର ମନର ଅବସ୍ଥା କ'ଣ ହେବ, ସେମାନଙ୍କୁ କ'ଣ କହି ବୁଝାଇବ ।"

ଅଙ୍କିତାର ଯେବେ ସ୍ୱପ୍ରବଣତା ଧୀରେ ଧୀରେ ହଟିଯାଇ ସେ ଭଲ ହେବାକୁ ଲାଗିଥିଲା, ସେତେବେଳେ ମୁଁ ଏ ଦୁହିଁଙ୍କୁ ଯ୍ୟା'ର ପ୍ରକୃତ କାରଣଟି ନ କହି କହିଥିଲି ଯେ, ତୁମେ ବିଦେଶରେ ତିଆରି କିଛି ବିଶେଷ ଔଷଧ ପଠାଉଥିଲ । ଆଉ ସେ ଔଷଧକୁ ଖାଇ ଅଙ୍କିତା ଧୀରେ ଧୀରେ ଠିକ୍ ହେଇଯାଇଥିଲା ବୋଲି । ଏଥୁ ପଥରକଟା ଗାଁକୁ ଯିବା ବେଳେ ମୋତେ ବାରେବାରେ କହିକି ଯାଇଚି କାଞ୍ଚନ ଯେ, ତୁମକୁ କହି ସେ ଔଷଧରୁ ଆହୁରି ମଗେଇକି ରଖିବାକୁ । ସେ ଦୁହିଁଙ୍କୁ କହି ଦେବି ଔଷଧ ମିଳିଲାନି, ତେଣୁ ଅଙ୍କୁ ଦେଇ ପୁଣି ପୂର୍ବ ପରି ହେଇଗଲା । ଏମାନଙ୍କ ଛଡ଼ା ପଥରକଟା ଗାଁର ଆଉ କେହି ଅଙ୍କିତାକୁ ତା'ର ସମ୍ପୂର୍ଣ୍ଣ ସୁସ୍ଥ ଅବସ୍ଥାରେ ଦେଖି ନାହାନ୍ତି, ସେଥିପାଇଁ ମୋତେ ଆଦୌ ଅସୁବିଧା ହେବନି । ପଥରକଟା ଗାଁରେ ସାତ ଆଠ ମାସ ରହି ଚାଲି ଆସିଲେ ଏଠି ମିଃ, ଗୁପ୍ତାଙ୍କ ପରି କେତେଜଣ ଅଙ୍କିତାକୁ କେବଳ ସୁସ୍ଥ ଅବସ୍ଥାରେ ଦେଖିଛନ୍ତି, ସେମାନେ ବି ପାସୋରି ଯିବେ । ତା' ସୁସ୍ଥ ଅବସ୍ଥାରେ ତା'ର ସବୁଠୁ ଅନ୍ତରଙ୍ଗ ହେଇଥିବା ବନ୍ଧୁଟି ପ୍ରତ୍ୟୁଷ ତ ଏବେ ହଜାର ହଜାର କିଲୋମିଟର ଦୂରରେ, ତେଣୁ ଆଉ ଏତେ ଚିନ୍ତା ନାହିଁ । ମୋ ପିଲାଟିକୁ ମୁଁ ପୁଣି ପୂର୍ବପରି ସାଙ୍ଗରେ ନେଇ ବାକି ଜୀବନତକ କାଟି ଦେବି ।

ପଥରକଟା ଗାଁରେ ଏ ରହଣିବେଳେ ନିରନ୍ତର ମା' ତାରାଙ୍କ ପାଖରେ ଗୁହାରି କରିବି, ଅଳି କରିବି ମା' ତୁ ଯେ କଲ୍ୟାଣମୟୀ, କରୁଣାମୟୀ, ତୋରି ଆଶିଷରୁ ଚମତ୍କାର ଘଟେ, ଏ କଥାର ତ ମୁଁ ନିଜେ ମୂକସାକ୍ଷୀ । ତୁମରି ଆଶିଷରୁ କିଛି ଗୋଟେ ଚମତ୍କାର ଘଟୁ, ଆମ ଏ ଧରାରେ କେଉଁଠି ବି ଆଉ ସ୍ୱପ୍ରବଣ ଶିଶୁ ଜନ୍ମ ନ ହୁଅନ୍ତୁ । ଆଜିଯାଏ ଯେତିକି ଜନ୍ମ ହେଇଯାଇଛନ୍ତି ବାସ୍ ସେତିକି । ଆଗକୁ ଯେତେ ବି ମଣିଷ ଶିଶୁ ଜନ୍ମ ନେବେ, ସବୁ ଶାରୀରିକ ଓ ମାନସିକ ସ୍ତରରେ ସୁସ୍ଥ

ପିଲା ହିଁ ଜନ୍ମ ହୁଅନ୍ତୁ ।

ସୌରଭ ସବୁବେଳେ କୁହନ୍ତି ଯେ- "ଏ ସୃଷ୍ଟି ସମ୍ଭାବନାମୟ । ହୁଏତ ମୋ' ପ୍ରାର୍ଥନାରେ ଆଜି ନ ହେଲେ ଆସନ୍ତା ଭବିଷ୍ୟତରେ କେବେ ଏ ପ୍ରକୃତିରୁ ହିଁ ମିଳିଯାଇପାରେ ସ୍ୱପ୍ରବଣତାକୁ ସୁଧାରିବାର କିଛି ବଳିଷ୍ଠ ସମାଧାନ ।"

ସୁଗନ୍ଧାଙ୍କ କଥାଗୁଡ଼ିକୁ ବିହ୍ୱଳ ହେଇ ଶୁଣିଯାଉଥିଲେ ଅର୍ଚ୍ଚନା - ଏତେ କଷ୍ଟ, ଅନିଶ୍ଚିତତା, ଦ୍ୱନ୍ଦ୍ୱ ଭିତରେ ବି ସୁଗନ୍ଧାଙ୍କର ମନଟି କେତେ କୋମଳ, କେତେ ଆଶାବାଦୀ । ସତେକି ଜୀବନକୁ ଜୀବନ ପରି ଜିଇବା ହିଁ ତାଙ୍କର ଲକ୍ଷ୍ୟ ।

ସେଦିନ ସେମାନଙ୍କର ଏ କଥାବାର୍ତ୍ତା ଭିତରେ ହିଁ ସନ୍ଧ୍ୟା ହେଇଯାଇଥିଲା । ଅର୍ଚ୍ଚନା ଏଥର ଫେରିଯାଇଥିଲେ ତାଙ୍କ ଘରକୁ ଆଉ ସୁଗନ୍ଧା ସନ୍ଧ୍ୟା ଦେବାଠୁ ଆରମ୍ଭ କରି ଅନ୍ୟାନ୍ୟ କାମରେ ନିଜକୁ ହଜେଇ ଦେଇଥିଲେ । ଅବଶ୍ୟ ଏ କାର୍ଯ୍ୟଧାରାରେ ନିଜର ମନର ସ୍ଥିତିକୁ ଯଥାସମ୍ଭବ ସହଜ ରଖି ଅଙ୍କିତାର ଯନ ମଧ ନେଇଥିଲେ ।

ଞ୍ଝଞ୍ଝ

ତ୍ରୟୋଦଶ ପରିଚ୍ଛେଦ

ବୈଠକଖାନାର ସେ ନିଃଶବ୍ଦ ପେଣ୍ଡୁଲମ୍‌ରେ ଦୋହଲି ଦୋହଲି ସମୟ ଚାଲି ଆସିଥିଲା ଆହୁରି ପାଞ୍ଚ ଦିନ ଆଗକୁ, ସେଇ ଶୁକ୍ରବାରଟିକୁ ଯେଉଁ ଦିନ ସୁଗନ୍ଧା ଅଙ୍କିତାକୁ ନେଇ ପଥରକଟା ଗାଆଁକୁ ଫେରି ଯାଉଥିଲେ ବେଶ୍ କିଛି ମାସ ପାଇଁ । ନିଜର ଓ ଅଙ୍କିତାର ଆବଶ୍ୟକୀୟ ଜିନିଷସବୁକୁ ପୂର୍ବରୁ ସଜାଡ଼ି ରଖିଥିବା ସୁଗନ୍ଧା ଏଥର କୋଠରିଗୁଡ଼ାକରେ ତାଲା ପକାଇଲେ । ଅଙ୍କିତା ମଧ୍ୟ ନିଜକୁ ପ୍ରସ୍ତୁତ କରିନେଇଥାଏ, ଅବଶ୍ୟ ସୁଗନ୍ଧାଙ୍କ ସହାୟତାରେ । ଅଙ୍କିତା ପିନ୍ଧିଥାଏ ସାଲେୱାର ପଞ୍ଜାବି, କାନ୍ଧରେ ଛୋଟ ବ୍ୟାଗ୍‌ଟିଏ ଓ ଲଗାଇଥିଲା ତା’ ଓଠରେ ଲିପ୍‌ଷ୍ଟିକ୍ । ତା’ ସାମାନ୍ୟ ବଙ୍କା ଓଠରେ ଏପଟ ସେପଟ ହେଇଯାଇଥିବା ଲିପ୍‌ଷ୍ଟିକ୍‌ର ଗାରକୁ ସୁଗନ୍ଧା ଓଦା ତୁଲାରେ ପୋଛିଦେଇ ସଜାଡ଼ି ଦେଇଥିଲେ, ଆଉ ଅଙ୍କିତାକୁ ଗେହ୍ଲା କରି ଦେଇଥିଲେ ତା’ କପାଲରେ ସ୍ନେହର ପରଶ । ଏବେ ଠାକୁର ଘରେ ଦୁର୍ଗାମାଧବଙ୍କ ଫଟୋଟି ଆଗରେ ମୁଣ୍ଡିଆଟିଏ ମାରି ବାହାରି ପଡ଼ିଥିଲେ ମୁଖ୍ୟ ଦରଜା ଦେଇ ବାହାରକୁ । ତାଙ୍କ ପଛପଟ କାନ୍ଥରୁ ସେଇ ପେଣ୍ଡୁଲମ୍ ଘଣ୍ଟାଟିରେ ଦୋଲି ଖେଳୁଥିବା ସମୟ କେବଲ ତାଙ୍କୁ ନିରବରେ ଚାହିଁ ରହିଯାଇଥିଲା ।

ଏବେ ଦିଲ୍ଲୀପ ସେମାନଙ୍କର ଜିନିଷପତ୍ର ସବୁକୁ କାର୍‌ରେ ନେଇ ରଖିଥିଲା । ସୁଗନ୍ଧା ମୁଖ୍ୟ ଦରଜାରେ ତାଲା ପକାଇଲେ । ବୁଲିପଡ଼ି ଆଗକୁ ବଢ଼ିଲା ବେଲକୁ କ୍ଷଣେ ରହିଗଲେ, ତାଙ୍କ ଦୃଷ୍ଟି ଅଚାନକ ପଡ଼ିଯାଇଥିଲା ଅମୃତଭଣ୍ଡା ଗଛ

ଛାଇରେ ବଢ଼ି ଉଠିଥିବା ସେଇ ଗଛ ଦୁଇଟି ଉପରେ। ଏଥର ସେ ପାଖକୁ ଯାଇ ଦେଖିଲେ। କିଛିଦିନ ତଳେ ଗଛଟିରେ ଫୁଟି ଆସିଥିବା ତିନୋଟି କଢ଼ ଯା'ଭିତରେ ବେଶ୍ ବଡ଼ ହେଇଯାଇଥିଲେ ସତ, କିନ୍ତୁ ତିନୋଟିଯାକୁ ଅଧା ଅଧା କରି ପୋକ ଖାଇ ଦେଇଥାଏ। କୀଟଦ୍ରଂଷ୍ଟ କଢ଼ଗୁଡ଼ିକ ଚିହ୍ନାପଡ଼ୁ ନ ଥିଲେ ସତ, ଗୋଲାପର କଢ଼ି ନା ଆଉ କିଛି ଭିନ୍ନ ପ୍ରକାର ଫୁଲର କଢ଼ି। ସୁଗନ୍ଧା କିଛି ମିନିଟ୍ ସେଠି ଠିଆ ହେଇ ଅଙ୍କିତାକୁ ଧରି ଚାଲି ଆସିଲେ ମାତୃଛାୟାର ମୁଖ୍ୟ ଲୁହା ଫାଟକ ପାଖକୁ। ତାଙ୍କ ମନରେ ଏ ଗଛ ଆଉ ଫୁଲକୁ ନେଇ ସବୁ ଜିଜ୍ଞାସା ସରିଯାଇଥିଲା। ପ୍ରକୃତରେ ମଞ୍ଜିରୁ ନୂଆ ଗୋଲାପ ଗଛ ବିକଶିତ ହେବା ଯା' ଭିତରେ ସମ୍ଭବ ହେଲାଣି, ନା ସେ ମଞ୍ଜିବିକାଳି ପହଲାକୁ ଠକିଥିଲା, ଏକଥା ବି ଭାବିବାକୁ ତାଙ୍କର ଆଉ ଇଚ୍ଛା ନ ଥିଲା।

ଏବେ ମାତୃଛାୟାର ମୁଖ୍ୟ ଲୁହା ଫାଟକରେ ବି ପଡ଼ି ଥିଲା ତାଲାଟିଏ, ଆଉ ତା'ରି ସାମ୍ନାରୁ ସୁଗନ୍ଧା ଓ ଅଙ୍କିତା କାର୍‌ରେ ବସି ବାହାରି ଯାଇଥିଲେ ପଥରକଟା ଗାଁ ଉଦ୍ଦେଶ୍ୟରେ।

***

BLACK EAGLE BOOKS

www.blackeaglebooks.org
info@blackeaglebooks.org

Black Eagle Books, an independent publisher, was founded as a nonprofit organization in April, 2019. It is our mission to connect and engage the Indian diaspora and the world at large with the best of works of world literature published on a collaborative platform, with special emphasis on foregrounding Contemporary Classics and New Writing.